근대 기행 담론 자료 1

근대적 기행 담론과 계몽의식

: 1900~1910년대

이 자료집은 2014년 정부(교육부)의 재원으로 한국연구재단의 지원을 받아 수행된 연구임 (NRF-2014S1A6A4026474)

엮은이 김경남

건국대학교를 졸업하고 동 대학원에서 문학박사학위를 받았다. 현재 대학에서 글쓰기 강의를 하고
있으며, 글쓰기 이론에 관심이 많다.
「일제 강점기의 작문론과 기행문 쓰기의 발달 과정」, 「1910년대 기행 담론과 기행문의 성격」
등 다수의 논문이 있으며, 『일제강점기 글쓰기론 자료』(도서출판 경진) 등을 엮어 냈다. 그 밖에
한·중 지식 교류에 관한 연구를 활발히 진행중이다.

근대 기행 담론 자료 1

근대적 기행 담론과 계몽의식
: 1900~1910년대

© 김경남, 2017

1판 1쇄 인쇄_2017년 12월 05일
1판 1쇄 발행_2017년 12월 10일

엮은이_김경남
펴낸이_양정섭

펴낸곳_도서출판 경진
　　　등록_제2010-000004호
　　　블로그_http://kyungjinmunhwa.tistory.com
　　　이메일_mykorea01@naver.com

공급처_(주)글로벌콘텐츠출판그룹
　　　대표_홍정표　편집디자인_김미미 노경민
　　　주소_서울특별시 강동구 천중로 196 정일빌딩 401호
　　　전화_02) 488-3280　팩스_02) 488-3281
　　　홈페이지_http://www.gcbook.co.kr

값 34,500원

ISBN 978-89-5996-554-0 94800
ISBN 978-89-5996-553-3 94800(세트)

근대 기행 담론 자료 1

근대적 기행 담론과 계몽의식

: 1900~1910년대

김경남 엮음

경진출판

사전적인 의미에서 기행문은 "여행하면서 보고, 듣고, 느끼고, 겪은 것을 적은 글"을 의미한다. 『표준국어대사전』에서는 기행문의 의미를 풀이하면서, "대체로 일기체, 편지 형식, 수필, 보고 형식 따위로 쓴다." 라고 덧붙였다. 이는 기행문이 '기행', 곧 '여행'과 밀접한 관련이 있음을 의미하며, 기행의 체험이 여행이 이루어지는 시간과 장소와 불가분의 관계를 맺고 있음을 의미한다.

전통적으로 여행의 체험을 기록한 글은 '기(記)'라는 제목을 달고 있는 경우가 많다. 중국 당나라 현장법사의 '대당서역기(大唐西域記)', 연암 박지원의 '열하일기(熱河日記)' 등은 '기' 또는 '일기'라는 명칭의 대표적인 기행문이다. 전통적인 글쓰기에서 여행 체험과 관련된 글은 서사를 위주로 하는 '기(記)'의 형식으로 기록되었으며, 오늘날과 같이 '기행문(紀行文)'이라는 문체가 존재한 것은 아니었다. '기행문'이라는 용어가 언제부터 사용되었는지를 확증할 수는 없으나, 1909년 9월 『소년』 제2권 제8호에 발표된 최남선의 '교남홍조(嶠南鴻爪)'에서는 "以下 記錄하난 바는 往返 三十二日 동안 보고 드른 것을 소의 춤갓치 질질 흘녀논 것이라 쓸ㅅ대 업시 冗長한 紀行文의 上乘일지니라."라고 하여, '기행문'이라는 용어를 사용하고 있음을 확인할 수 있다.

이처럼 전근대적 문장 체제론에서는 등장하지 않던 '기행문'이 『소년』 발행 이후 본격화된 것은, 근대 이후 여행 체험을 바탕으로 한 글쓰기에서도 문장의 형식이나 내용 면에서 큰 변화가 일어났기 때문으로 보인다. 특히 '유기(遊記)', '견문기(見聞記)', '답사기(踏査記)', '시찰기(視

察記)' 등의 '기(記)'에서 '여정(旅程)'과 '감회(感懷)'를 중시하는 '기행(紀行)'의 글쓰기가 정착되어 가는 과정은 근대적 글쓰기가 형성되어 가는 과정과 비슷하다.

지난 3년간 근대적 의미의 기행 담론 형성 과정과 기행문의 발달 과정을 살피는 데 많은 노력을 기울였다. 특히 한국 근대 담론이 유력(游歷)과 정형(情形) 견문에서 비롯되고 있음은 수많은 자료를 통해 확인할 수 있다. 연구 제목을 붙일 때 '시대의 창'이라는 말을 쓰고자 했던 것은 기행문이나 기행 담론을 통해 그 시대를 읽어낼 수 있다는 믿음 때문이었다. 그럼에도 연구가 거듭될수록 자료에서 헤어나지 못하는 나를 발견할 수 있었다.

처음 계획할 때는 근현대 기행 담론을 제1기 근대의 기행 담론과 기행문 형성(개항부터 1900년대 초반까지), 제2기 관광 담론의 형성과 계몽적 기행 체험(1900년대 후반), 제3기 식민지적 계몽성과 재현 의식의 성장(1910년대), 제4기 기행 담론의 다변화와 국토 순례 기행(1920~1930년대), 제5기 국토 순례 기행의 쇠퇴와 식민 지배의 강화(1930~1945) 등으로 나누고, 각 시대별 기행문을 전수 조사하여 모두 입력하고자 하였다. 그러나 이러한 계획은 기행문의 양적인 면이나 선행 연구에서 정리한 자료 등을 고려할 때, 수정하는 것이 효과적이라는 판단을 하게 되었다. 이에 따라 본 연구를 진행해 가면서, 기행 담론에 대한 전수 조사의 성과를 요약하면서도 꼭 필요한 자료만을 정리하는 과제를 해결하지 않으면 안 된다는 생각을 하게 되었다.

연구 진행 과정에서 얻은 자료는 제1기 『한성주보』를 비롯한 학회보 및 신문 소재 5편, 제2기 『황성신문』, 『대한매일신보』, 기타 학회보(잡지) 소재 61편, 제3기 『매일신보』, 『청춘』 35편, 제4기~제5기 『개벽』, 『동광』, 『동아일보』, 『삼천리』 등의 286편으로 정리한 쪽수만도 A4 용지 1400장에 이르는 방대한 양이 되었다. 이처럼 양이 많은 까닭은 연재한 기행문이 많기 때문이다. 그렇기 때문에 일부 기행문은 연재물 전체를 입력하지 않고, 주요 내용만을 간추려 입력하는 방식을 취하기도 하였다. 특히 육당의『심춘순례』,『백두산근참기』나 안재홍의『백두산등척기』등은 국토 순례 기행문으로 널리 알려진 작품이나, 그 전문을 입력하는 작업은 이미 선행 연구에서 진행된 바 있으므로, 이 자료집을 편집할 때에는 고려하지 않았다. 이외에도 형태의 자료집 가운데는 최상익의『조선유람록』(1917), 이순탁의『세계 일주기』(1933) 등과 같은 기행문도 있으나, 자료 정리 과정에서 고려하지 않았는데, 그 이유는 기행문 자료의 양적 분포상 이들 단행본을 높이 평가할 기준을 찾기 어려웠기 때문이다. 또한 1920년대~1930년대 각종 신문과 잡지에 분포하는 기행 담론을 모두 정리하는 일은 양적인 면이나 연구 기간 및 출판계 사정 등을 고려할 때 순차적으로 진행해야 할 일이라고 판단하여, 이번 연구에서는 1880년대~1910년대에 해당하는 자료집과 1920년대『개벽』,『동광』,『동아일보』관련 자료만을 편집하여 출간하기로 하였다.

연구를 시작할 때 출판사와 두 권의 자료집과 1권의 연구서를 발행하기로 약속했었는데, 실제 정리한 것은 계획한 자료집의 두 배에 달한다. 최근 출판계 사정이 몹시 열악하여, 총 1400쪽에 이르는 책의 발행을 요구하는 것은 몹시 염치없는 일일 수밖에 없다. 연구서나 자료집이 팔리지 않는 시대가 되었음에도 지난 3년간의 약속을 지켜 자료집을 출간해 주기로 한 도서출판 경진 양정섭 대표님께 감사의 말씀을 올린다. 아울러 본 연구가 진행되도록 도움을 준 한국연구재단 저술 프로젝트 관계자, 연구 계획서를 심사하고 중간 보고서를 살펴주신 익명의 심사위원님들께도 감사의 말씀을 올린다.

2017년 11월
연구책임자 김경남

[일러두기]

이 자료집은 1880년대부터 1945년까지 기행 담론과 관련한 주요 자료를 엮은 것이다. 자료 선별 범위 및 정리 기준은 다음과 같다.

1. 대상 자료는 여행 관련 담론, 기행문, 여행 관련 규정 등을 포함하였다.
2. 기행문의 경우 신문·잡지에 연재된 것을 중심으로 하였으며, 연재물 가운데 단행본으로 출간되어 연구자들이 비교적 활발하게 연구한 기행문은 연재한 원문만을 일부 제시하였다. 특히 장편 연재물의 경우 연재 사실을 정리하고, 꼭 필요한 자료만 입력하는 방법을 택하였다.
3. 신문·잡지의 종류가 매우 다양하여, 이 자료집에서는 연구 가치가 높은 것만을 선별하였다.
4. 원문 입력은 띄어쓰기를 제외하면 가급적 원문에 가깝게 입력하고자 하였다.
5. 연재물의 경우 신문과 잡지의 호수가 달라지더라도 하나의 제목 아래 묶었으며, 제목 아래 날짜와 호수를 표시하였다.
6. 일부 자료는 해당 자료의 성격을 간략히 밝히고자 하였다.
7. 권1에서는 1880년대부터 1910년대까지의 자료를 대상으로 하였으며, 권2~권4에서는 1920~30년대의 자료를 대상으로 하였다.
8. 자료의 양이 많기 때문에 균형감을 고려하여 분책하기로 하였다.

2. 대한매일신보___ 123

03. 식민지적 계몽성과 재현 의식의 성장(1910년대)

1. 매일신보 ____ 339

2. 『청춘』 기행 담론 ___ 402

01.

1900년 이전 매체의
기행 담론

[01] 『한성주보』 제69호(1887.06.27). 집록(集錄), 總審擬定出洋遊歷章程
[02] 『대조선독립협회회보』 제17호(1897.07). 環游地球雜記
[03] 『독립신문』 1899.06.30. 각국 유람
[04] 『제국신문』 1899.02.28. 논설(대서양 바다의 비기란도 섬)
[05] 『제국신문』 1902.10.20. 론셜(삼국 인죵의 성질)
[06] 『제국신문』 1902.11.18~27. 론셜(대한 근일 정형) (8회)

[01] 『한성주보』 제69호(1887.06.27).
집록(集錄), 總審擬定出洋遊歷章程

이 규정은 총 14항으로 구성된 중국의 해외 유학생(여행자 파견 규정) 관련 규정으로, 원문은 한문이나 영인 상태가 좋지 않아 일부만 옮기고, 관훈클럽 신영연구기금 (1983)의 『번역판 한성순보·한성주보』의 번역문을 편집한다.

一. 選派人員 出洋游歷 當視經費之贏絀 以定員數之參 刻下設法鄭省 出使經費計省出之數 每年不過四萬餘兩. 以供派員出洋游歷之費 不爲充裕勢 不得不限定人數 臣等公同商酌 此次數出之員 除繙譯人員之外 當十員 或 十二員爲定額

一. 各衙門人員之願出洋者 固不乏有志有才之士 然其中 志大才疎於洋務一道難 以體貼入微者 亦然難免除翰林衙門人員 由於本衙門 先試以記載之筆 再行咨送外 其各衙門人員俊保送名單 彙齊之後撰由 臣衙門定期國集考試 以定去取其考試所取 專以長於紀載敍事有餘理者人選.

〈번역〉 출처: 관훈클럽신영연구기금(1983), 『번역판 한성순보·한성주보』(관훈클럽)

1. 海外로 나아가 遊歷하는 人員을 선발할 적에는 의당 經費의 過不足을 헤아려 人員數를 선정해야 한다. 현재 法을 설정하여 出使의 경비를 절약하고 있는데, 이 경비의 額數를 계산하여 보면 매년 4만여 냥에 불과하다. 이것으로 해외에 나아가 遊歷하는 인원의 비용에 제공하기에는 충분한 것이 되지 못하므로, 사세가 부득불 인원수를 한정할 수밖에 없다. 그래서 臣等이 이번에 공동으로 상의한 결과, 파견하는 인원은 繙譯人員을 제외하고는 10명 내지 12명으로 額數를 한정하도록 하였다.

1. 각 衙門의 人員 가운데 해외에 나아가 유력하기를 원하는 사람들은 큰

뜻과 재능을 지닌 이가 많다. 그러나 그 가운데는 뜻은 크지만 재능이 소활하여 洋務에 대해 몸소 정미로운 지경을 터득하기 어려운 자가 있을 것인데, 이런 사람은 선발하기가 곤란하다. 그러므로 輪林衙門의 人員으로서 本衙門에서 먼저 筆記 시험을 보이고 나서, 咨送한 인원 외의 각 아문 인원은 保送名單이 다 모여진 다음, 臣의 衙門에서 기일을 정하여 모아서, 考試한 다음 去取를 결정한다. 이 고시에서 取하는 자는 오로지 사건을 서술하여 기록하는 데 있어, 조리가 있는 사람들인데, 이들을 入選시킨다.

1. 遊歷하는 기간은 제일 오랜 것을 2년으로 한정한다. 따라서 왕래하는 程途는 모두 이 기간 안에 끝내야 한다. 2년의 기한을 넘기는 경우에는 즉시 遊歷의 비용을 自費로 해야 하고, 給料를 정지한다. 1년 半이 지난 뒤에 기한에 앞서 돌아오겠다는 자는 이를 허락한다. 各員이 해외로 나감에 있어 혹 聖旨를 받들어 西洋에 파견되기도 하고, 혹 中國 外省에서 특별히 파견되어 出使大臣을 따라가기도 하고, 各省의 督撫가 奏請하거나 咨文을 보낸 데 따라 파견되기도 하는데, 이들은 별명이 없어도 臣의 아문에서 기한대로 回京할 것을 독촉할 수 있다.

1. 京官의 實職 4품 이상인 인원이나 서울의 긴요한 職事에 있는 사람은 비록 해외에 나가기를 원하는 명단 속에 들어 있더라도 臣等이 감히 마음대로 결정할 수가 없다. 따라서 즉시 臣 衙門에서 奏聞하여 聖旨에 따라 바야흐로 결정한다. 5품 이하 人員에게는 매월 給料 2백냥을 지급하는데, 火食費와 僕役費는 모두 그 안에 포함된다. 每員은 繙譯生 1명을 고용하는데, 매달 지출하는 급료는 50냥이다. 그 번역생은 臣衙門 同文館 및 上海廣方言館·福建船政局·廣東同文館 등처에서 揀擇하도록 하되, 이외 다른 곳에서 특별히 고용하는 것도 허락한다.

1. 往返에 소요된 船價 및 각 나라를 遊歷하면서 타고 다닌 火車 車費는 公項에서 지출한다. 京官 5품 이하의 遊歷官과 繙譯官·繙譯生은 모두 2등 船艙 1위에 기준한다. 遊歷官 1員마다 僕役 1명을 대등하게 하는데, 僕役의 工價는 該員이 스스로 부담한다. 僕役은 3등船艙 1위에 기준하는데,

該員이 인정하면 그 보수는 作定하여 開銷한다. 遊歷官·繙譯官·繙譯生 및 遊歷官이 데리고 있는 僕役이 西洋을 遊歷할 적에 火輪車를 搭乘할 경우 그 章程의 等第는 역시 輪船을 탑승하는 等第에 기준한다. 火車의 좌석에 3등艙位가 설치되어 있지 않으면, 그때그때 등제를 참작하여 올리도록 한다. 輪船이나 火車를 고용한 일이 있으면, 이를 文書로 작성하여 局에 보고하고, 西洋에 주재하고 있는 使署·領事署에게 經理하게 한다.

1. 各員에게는 6개월 분의 급료를 미리 지급하고 公項銀 1천 냥으로 應用에 대비하게 한다. 이것이 혹 부족한 경우에는 각 使署에서 잠시 빌려서 지출하고, 이어 本衙門에서 發還한다. 단 빌려서 지출하는 액수가 該員에게 지급하는 액수를 넘어서는 안 된다.

1. 船價와 車價는 該員이 스스로 收支報告書를 책으로 만들어 두 번으로 나누어 보고하도록 한다. 제1년이 차는 때에 1차 보고하고, 제2년 것은 歸國하여 보고한다. 총 액수의 수지를 보고하는 외에 별도로 單子를 만들어 세부적으로 기재하여야 한다. 이를테면 모월 모일 某國 某處에서 모처에 갔고, 某國 某處에서 모구 모처에 도착하였다는 것과, 船票와 車票의 가치는 某國의 某種錢을 썼는데, 中國銀으로 환산하면 얼마라는 것을 날마다 세밀히 기재하여, 혼란시킴이 없게 함으로써 浮冒를 제거한다.

1. 각구의 遊歷할 만한 곳이 얼마이며 거기에 드는 車價는 얼마인지를 使署·領使署에 미리 질문하여 명백히 함으로써 허비를 줄인다.

1. 遊歷할 때에는 각처 地形의 要隘와 防守의 大勢 및 里數의 遠近은 물론 風俗·政治·水師·砲臺·製造廠局·火輪舟車·水雷·砲彈 등을 일일이 상세하게 기록함으로써 考査에 대비한다.

1. 각구의 言語 文字와 天文·筭學·化學·重學·電學·光學 및 일체 측량에 관한 學, 格致에 관한 學에 대해서 該員이 평소 유의하였던 것과, 出遊한 뒤에 자신의 性情에 맞아서 선택하여 學習한 것도 手冊에 손수 기록, 이를 臣衙門에 제출함으로써 參考에 대비하도록 한다.

1. 各員은 遊歷을 끝내고 中國으로 돌아온 뒤에는 익힌 것이 무슨 業이고, 정통한 것은 무슨 기술이고, 저술한 것은 무슨 책인가를 명백히 적어서

臣衙門에 제출한다. 臣衙門에서는 그 가운데 재능과 식견이 두드러진 人員을 가려 표창을 내려주도록 奏請하고, 聖旨의 裁決을 기다린다.

1. 海外로 遊歷하는 인원은 臣衙門에서 文牘과 旅券을 給與하는데, 각구에 주재하고 있는 出使大臣이나 領事官이 수시로 照料한다.

1. 各員들은 臣衙門의 文牘과 여권을 영수한 뒤에는 先後 출발할 날을 갖추어 보고한 다음, 즉시 해외로 나갈 것이요, 같이 동행할 필요가 없다. 동행할 경우 遊遊戲 懲逐하여 公事를 그르칠 수가 있기 때문이다. 臣衙門에서는 자료에 의하여 各員의 勤慢을 公考하고 各員의 見聞을 分驗할 수 있다.

1. 遊歷하는 各員을 各衙門에서 保送한 뒤에 만일 부모가 老病에 있어 해외에 나가기를 원하지 않는 그 사유를 臣衙門에 명백히 보고하면 出行을 免除시킨다. 該員이 이미 해외에 나간 다음 父母喪을 당한 사람은 遊歷의 기간이 차서 中國으로 돌아오기를 기다려 그가 고향으로 돌아간 다음 관직을 사임하고 3년간 喪服을 입게 한다. 외구에 가 있는 도중 다른 항목의 사고를 당한 자는 일체 臣衙門의 出使 章程에 의거하여 辦理한다.

[02] 『대조선독립협회회보』 제17호(1897.07). 環游地球雜記

이 글의 필자는 알 수 없으나, 중국인으로 서양에 유력하며, 서양 문명을 공부해야 하는 이유를 밝힌 기행문으로 볼 수 있다. 현재까지 『중서견문록』과 『격치휘편』 전반에 걸친 자료 조사가 미흡한 상태여서, 출처를 정확하게 고증할 수는 없으나, 『대조선독립협회회보』에 이들 신문에서 전재된 글이 많음을 고려할 때, 중국인의 서양 기행문을 전재(轉載)한 것으로 추정된다. 일부만 번역하였다.

蓋聞諺云秀才不出門 能知天下事無 他惟能於書中所見知之耳. 然書中所見終不如目覩之尤爲親切也. 於是人每喜出門游歷遍觀各處之敎化風俗人情土物 必欲飽其知識以爲快 但世之欲游而不克遠游者居多 所以曾經游歷之大 將所見者誌之筆墨俾未經目覩之人 亦得卽其所誌者以擴其見

聞可使局於一國之人　周知列邦之政教風俗以博宏通之譽　而銷鄙陋之懷
庶幾異同之見胥融　彼我之分悉化　而道一風同有天下一家之氣象也.

　　夫近數年來出門游歷者不乏　其人在泰西諸國爲尤多　商賈家欲尋訪新
地　以興其貿易之利　各國有欽使領事諸大員駐箚各口　非特保護本國人民
亦講信修睦令　彼此不相猜忌才智之士　專事游覽　以廣見博聞　竝詳究各邦
之學業如何　卽以裨益. 夫格致之學有志者　且週行天下　以搜探商務幾無地
不到矣. 亦有好游之客親歷險遠藉以見珍奇之物罕覯之景　以擴其胸襟　且
有因痼疾難瘳遠涉重洋遍訪佳地　或取海濱澹蕩之風　或取山巓淸明之氣
調攝　以養其病體者　凡此諸多游歷之人于新文紙上　見有著爲論說者　有傳
諸信箚者　且有著述書籍者　各國文字悉備　有之所以　因見獵而知者不啻以
千萬計云.

　　余於一千八百八十九年冬　起程環遊地球週轉所見諸多格物攻效用　敢
述諸筆墨庶　或裨益於格致學之一二云. 因思四百年前泰西諸國　亦以地形
屬方部位居中　而日月星辰旋轉四圍　與淸國天圓地方之說相似. 惟邇來各
國人士多有環繞地球　而行者　或向西逕行　而仍至原處　亦　或向東直達而盤
歸舊所者　則地球明係圓形. 故能旋繞如屬方形則動多窒礙矣.

　　夫人之所以得環繞而行者　無非因格物之學研究　旣精功效　亦廣能製造
機器　且明算學　與航海法. 故能駕馭輪舟　可越大洋之險　竝有電線以通　有
各種書籍以知各地之情形. 故凡占出門有功者　不致畏縮　而不前向非格致
烏能至是　今西國　是學日新月盛　每因研窮玩索　而得新法多端. 年深一年
可以成愈精愈妙之器用　試問西人之所以殫誠竭慮　而思索新法者　亦不過
爲謀利計耳.

　　蓋泰西律例　人能得一新法　以獲利者　准其獨擅利權　多年　他人不得. 覬
覦如美國以十七年爲期倘淸國　亦有此例人豈有不肯悉心　而研求新法乎.
近來十五年間　所得新法以成利用者　較百年前之所得尤多. 若電學內之代
拿模　又名互生電機　若電氣燈　若德律風卽通言器　若記聲器等. 又如天文
學內之極大　拆光遠鏡　火輪車之新式機器　刊印新報　機器照相印書　器掘鑛
製金　器醫家所用之哥　哥愛唔卽悶藥　更有印寫機器　照相新法諸如此類　不

勝枚舉已 足徵格致學之廣行矣.

至於互生電機一器即代拿模在二十年以前止能用常力磁鐵其力不甚大而費資反大所以其用不廣西曆一千八百六十七年有德國人名西門斯者英國人名輝子敦者同時查出一新理凡平常銹鐵內亦略有餘磁如造互生電機可不必用常力磁鐵矣遂設一新法將平常銹鐵造成此代拿模可用人力或汽機力以運動之則自生電機轉動愈速則電力愈大制之則經費不大用之則電力絕大故其用處愈推愈廣有用以作電車者電燈者又可用以傳力於數十里外者新法之較舊法不更精妙乎.

至論夫余所目覩者於前年回國時曾更換輪船七艘其六艘上俱用電燈惟一艘上尚未裝得其法將小汽機與代拿模置於機器房令大汽爐之汽分及小汽機以運代拿模其力或有三十匹馬力或有四十匹馬力者大小不等即於代拿模上裝銅絲而通電以至各處可使客房內及餐飯所竝職司者之房內其電燈俱能發光倘不湏用光則燈上有一小鈕可以旋轉關閉又省又便且無焚如之患格物學不誠足尚哉.

余又於去歲一年中遊歷美國之許多城鎮有數百家戶口之鄉鎮中 其街衢上亦用電燈以照路人店家與客棧均無不用. 惟住居民房內用者尚少因此康莊市肆俱明如不夜行場與大店鋪亦照耀如白日所以人有撫掌稱慶者曰有此電燈而一切肰篋挖包之宵小不得施其技矣蓋黑夜通明完同白晝彼等不易下手巡捕且易于拿獲也而其電燈之經費概由人民軿股捐銀設立公司建造房屋置辦汽機竝代拿模若干將電線通聯各處在道路者其光大在塵肆者其光小而置電燈之家光多者價貴光少者價廉悉公司中計算收取在用電光者取攜良便而用度非奢在設公司者獲利孔多而費資不鉅且公司中非獨於夜間通電光以獲利日間又能傳電力以生財蓋工作之所式自置傳力電機公司中即可以電線通至其處而代拿模之力即遞至其傳力電機內以帶動各樣器械斤者斤削者削無不如志焉又曾於夏間至一處入飯館中午餐正值炎暑之時而館內設有自行旋轉之扯風因彼處亦有傳力電機通線以借公司代拿模之力此尤足徵其用處之廣耳今西國每於通衢大街人烟聚集之處皆設電氣車在昔本有鐵路而以馬拖車遍來測以電氣易馬力矣蓋鐵路兩傍設立

木桿兩行上繫銅絲而車內有傳力電機上出銅絲綴以小輪聯及桿上之銅絲以運其車行路既速而且省用馬力此等電車在美國為尤多其傳力電機之用年增一年凡洗衣印書工作處運動機器層樓內所用升樓車及起貨稱車等皆用之蓋甚靈便云

德律風者卽通言電機邇來西國亦大廣其用處非獨於衙署及客棧中用之卽民居用者亦復不少亦非獨城內用之可省往來以及信箚卽鄉中田主家亦用銅絲聯至城中以通言語雖離城三四十里之遙亦如晤言一室無異且大城大鎮有相去數百里者亦竟問答相通言語相接矣又有極好之用處蓋有一學友臥病十餘載不能親至演說堂聽講經論因置一德律風於演說堂內通至己室每逢演說日十一點鍾彼屬耳聽之可以備聞詳細余亦曾於演說日在是堂中講解書籍迨明日往候之彼將余所講者歷歷言之不爽毫末溯此器創造之初於十四年前有美國人裴爾者查出其理設法而成之領得國家護照准其十七年獨握利權他人不得仿造因軡股設立公司購辦機器凡欲用者須向公司租賃所以一年中所得租息甚鉅於是人每希冀其速速滿期則方可仿造而租價亦必得大減也其人於英國亦曾領照但年期較近於上年已滿故英國內之德律風由上年始價已廉而器亦多矣且是器之能通言語有甚奇者一人言不獨一人聞之卽無數人皆得聞之蓋有收言機器置之耳內則皆可備聞此言余於新聞紙上見有人計算合天下人聚立一處止滇方三十里之地而每人置一收言機器於耳則一人出言而統天下人得聞矣在數十年前得通行電報之法且便且速人每驚以為異乃邇來又有此德律風則尤為便捷矣雖此刻尚不能通行數千里外而數百里中已能以此傳通言語不較之電報為更便乎.

曾於格致彙編載有記聲機器今余回國時屢見斯器蓋有奇妙絕倫者倘其人將語言記此器中而其人逝世雖遠隔幾時始將其機放出則炎炎者刺刺者無不而熟能詳一若親聆其談吐且可記其言於器內之蠟管中而以蠟管寄至遠方友處其友亦置機器內依法放出則雖遠隔千里而不啻親承色笑云又於藥局中荷蘭水店中與火輪車機房中曾見有置一記聲機器以博利者其器上一孔隙欲聽者以一五分洋錢納入之而將其銅條扯過一邊更以兩小管置之兩耳則其中或有作樂聲巨細必揚節奏不紊或有敢笑語聲亦醰醰有味洋洋

動人聞之均可快意所以肩摩轂擊之區每有是器而聽者亦復不少

印書之法今西國人精益求精而便益加便矣余曾詣新報館歷歷觀之其館統年計之每日扯數須出新報紙三十六萬張其紙張較獨立新報紙大至六倍有餘其紙幅約闊四尺餘捲成一軸約尺餘對徑將此抽繹出之入機器中其中兩面有字版而墨亦有在其內機器發動卽已進彼出已印好裁好且摺好矣一人勤緊收取幾忙迫若不及者此館向來地部不甚闊大邇因興盛異常嫌其狹窄現已廣拓地基約清國二十畝之大其所造房屋盡用堅緻磚石以及鐵料其樓有二十六層高約三百六十英尺

向來印書以闊板爲簡易而西人猶嫌排板之煩瑣欲思出至妙之法今得一至易者卽以照相法成之其藥內加些紅礬以照字樣而其字照着卽筆畫堅硬又能令無字跡處盡成毀去儼成字板可以之印出書籍西國有所謂叢書者每部三十本每本可售洋十元今則每本止售二元五角可知其必減省人工幾倍矣至論照相之法本屬奇妙蓋不啻以日光作繪也目下不獨以照相博利者爲人傳神而已卽遊歷之士亦每以此法照出所歷之美景所見之古蹟置之座右或藉以作談柄使座客皆得目見所以每嫌玻璃片爲重滯或探幽涉險不便携帶因思得一良法用木質煎成透明之膠以作軟片其薄如紙可捲而置之照相匣中軸上可將已照之片運以移捲一空軸之上既輕且便何妙如之其器具大小不等價洋自二十五元至六十元余路經諸景亦以此器照得幾片意欲將此照得者製成射影燈片俾諸好友及諸學生均得見所未見之景物也．

夫書法一事無論何國皆不可少而古昔之時西國則有以鐵筆蠟版作書者清國則有以竹簡漆書爲字者皆古樸遲滯後以紙筆代之靈便甚矣而今又有機器名台波來脫耳者卽印寫紙之意於前號之格致彙編已載及斯器矣其器內二十六字母及圈點號碼俱備欲寫某字卽以指按於某字上其紙上卽印得某字蓋以筆書之猶或有模糊難辦之處而此字字皆清所以邇來大店鋪中每用是器其店物欲作何書卽囑其夥用短寫法隨說隨寫而其物他往公幹其後卽以所錄出者用此器——印出亦易亦速且更清楚絕倫云．

대개 들은 바 속언에 이르기를, 수재는 문을 나서지 않고도 능히 천하의 일을 안다 했으니 이것은 다름이 아니라 능히 책 가운데의 소견으로 그것을 아는 것일 따름이다. 그러므로 서중소견은 직접 보고 더욱이 친히 행한 것만 같지 못하다. 이에 사람은 매번 문을 나서기를 기뻐하며 각처의 교화·풍속·인정·토물(土物)을 유람하여 그 지식을 넓힘으로써 즐거움을 삼고자 해야 한다. 다만 세상에 유람하고자 하나 가능하지 않고, 멀리 유람하는 자가 유람의 경험을 이해하여, 장차 본 바를 필묵으로 적어 두는 까닭은 목도하지 못한 사람이 또한 그 적어 놓은 바[誌]로 그 견문을 넓힘으로써 가히 한 나라에만 사는 사람에게 열방의 정교풍속(政敎風俗)을 두루 알게 하고자 하는 것이다. 이로써 그 빛나는 것을 넓혀 다소 견문한 바 같고 다름으로 비루함을 녹여내고 피아의 구분을 서로 융합하여 도리가 하나가 될 수 있도록 다함으로써 천하가 하나되는 기상이 있게 하고자 함이다.

대저 수년 이래 문을 나서 유력한 사람들이 적지 않으나, 그 사람들이 태서 제구에서는 상고가 많고, 새로운 지방에 탐방하고자 하는 자는 무역의 이익을 흥하게 하고자 하여 각구에 사신과 인원을 보내 각구에 주차하며 특히 자구의 인민을 보호하고자 하는 것이 아니라 또한 조약과 화목을 강구하여 피차 재지를 시기하지 않고자 하는 것이니, 선비가 오직 유람에 전념하는 것은 이로서 견문한 바를 넓히고 아울러 각 나라의 학업 여하를 상세히 고찰하여 보익하게 하는 것이다. 대저 격치학에 뜻을 둔 자는 또한 천하를 주유하여 상무를 탐색함에 가지 못할 지방이 없는 것이다.

또한 여행을 좋아하는 객이 친히 멀리 유력하여 진기한 사물을 보고 경치를 구경함으로써 흉금을 넓히고 또한 멀리 여러 대륙을 다니고 아름다운 지역을 방문함으로써 고질병을 치료하고, 혹은 해빈의 담탕(澹蕩)한 바람을 취하고, 혹은 산령(山嶺)의 청명한 기운을 취하여 조섭(調攝)함으로써 그 육체를 건강하게 할 수 있는 것이다.

무릇 새로 지상(紙上)에서 여러 지역을 유력한 사람이 많으니, 이를 논하고 설명하는 것을 볼 수 있으며, 여러 곳 머문 지역을 전하는 것을 볼 수 있다. 또한 본 바와 아는 바로써 각구 문자로 서적을 저술하여 읽게 하는 것은 천만금을 계산하지 않는다고 이른다.

내가 1889년 겨울에 지구를 환유하기 시작하여 격물치지의 효용에 대해 두루 둘러 본 바를 감히 필묵으로 저술하니 혹 격치학의 한둘을 보태어 이롭게 하고자 함이다. 인하여 생각하니 사백 년 전 태서 제구에서도 또한 지형이 네모진 부분에 속하고 그 가운데 살며 일월성신이 사위를 돈다고 하였으니, 청구의 천원지방설과 유사하다.

　오직 각구 인사가 지구를 두루 유력한 이래 혹은 서쪽으로 가서 다시 본래의 땅으로 돌아온 자가 있고, 혹은 동으로 가서 곧바로 본래의 장소로 돌아온 자 많으니 곧 지구가 둥근 것과 관계되는 것이다. 그러므로 능히 둥근 것을 밝힐 수 있는데 방형에 속하면 곧 움직임에 질애(窒礙)가 많음과 같다.

　대저 사람이 지구를 알고 일주를 하는 것은 격치학 연구에서 말미암지 않는 것이 없으며 이미 그 공효가 정밀하다. 또한 기기를 제조하고 산학과 항해법을 밝힌다. 그러므로 능히 배를 움직이고 가히 대양의 험로를 넘을 수 있고 전선(電線)으로 통하며 각종 서적으로써 각지의 사정을 안다. 그러므로 무릇 해외에 나가는 공효는 위축을 두려워하지 않고 격치를 향하지 않음이 어찌 이에 이르겠는가. 지금 서구이 이를 배워 날로 새롭고 달로 성하며, 모든 것이 궁극을 연구하고 본원을 탐색하여 신법을 얻음이 매우 많다. 해가 깊어 일 년이면 가히 기묘한 기기를 사용하는 데 정통하며, 서양인이 진실로 온 힘을 다해 사려하는 까닭을 묻고 새로운 법을 사색하는 것은 또한 이로움을 꾀하는 것일 따름이다. (…하략…)

[03] 『독립신문』 1899.06.30. 각국 유람

『독립신문』에는 기행문으로 볼 수 있는 자료가 많지 않다. 1897년 1월 26일자 미국 유학 관련 논설, 1899년 6월 30일자 각국 유람의 필요성과 관련된 논설 등과 같이, 논설 형태의 기행 담론을 찾을 수 있다.

사름의 학식이 천박ㅎ고 례졀에 몽민ㅎ면 담벽을 디면홈과 ᄀᆞᆺ치 ᄆ
음도 답답ㅎ고 소견이 부죡ㅎ며 외국 풍속과 명산 대천의 화려홈을 보
지 못ㅎ면 우물 속에 쳐홈과 ᄀᆞᆺ치 문견이 고루ㅎ고 혜두가 막힐지라.
그런 고로 외국의 친왕들과 황ᄌᆞ 왕손이라도 각국에 유람ㅎ기를 당연
ᄒᆞᆫ 일노 알고 학문 잇ᄂᆞᆫ 션비들과 지혜 잇ᄂᆞᆫ 명인들은 외국 풍토를 구
경치 아닌 이가 ᄒᆞ나도 업ᄂᆞᆫ지라. 이번에 덕국 현리 친왕이 일본으로
좃ᄎᆞ 대한 물졍을 보고 청국 교쥬만으로 향ᄒᆞ엿스니 대한 빅셩들도 다
아ᄂᆞᆫ 일이어니와 사름이 남의 집 살림의 규모와 법도를 구경ㅎ야 만일
ᄌᆞ긔 집 규모보다 죠흔 것이 잇슬 것 ᄀᆞᆺ흐면 남의 집 법률이라고 바릴
것이 아니라 반다시 그 죠흔 법을 취ㅎ야 ᄌᆞ긔 집에도 쓸 것이요 만일
남의 집안에 괴악ᄒᆞᆫ 풍속이 잇슬 것 ᄀᆞᆺ흐면 ᄌᆞ긔 집에ᄂᆞᆫ 그런 풍속이
일어날신 렴녀ㅎ고 경계ㅎᄂᆞᆫ 것이 참으로 달관 군ᄌᆞ의 본식이요 영웅
호걸의 ᄉᆞ업이라. 녯젹에 아세아 사름 ᄉᆞᄆᆞ쳔은 각국이 통상ㅎ기 전이
라 릉히 외국은 보지 못ᄒᆞ엿스나 방년 二十에 남으로 강호에 유람ㅎ야
九년 홍슈에 하우씨가 물을 다ᄉᆞ려 룡문산을 보히던 고젹을 보고 북으
로 진시황이 ᄊᆞ아노흔 만리쟝셩과 쵸한젹 젼쟝을 구경ᄒᆞᆫ 후에 도라와
즁원 텬디에 문쟝이 되엿스며 법국 사름 릐ᄆᆞ두ᄂᆞᆫ 외국에 유람ㅎ야 죠
흔 학문을 만히 글ᄋᆞ친 고로 동양 세계ᄭᆞ지 일홈이 놉흔지라. 그런즉
세상에 뜻잇ᄂᆞᆫ 션비ᄂᆞᆫ 불가불 외국에 유람ㅎ여 회포를 널니ㅎ고 안목
을 식롭게 홀 것이오 황실 귀인들도 부득불 외국 물졍과 졍치와 풍토를
열람ㅎ야 남의 나라의 죠흔 법을 내 나라로 옴겨 오ᄂᆞᆫ 것이 문명ㅎ고
부강ㅎ기에 뎨일 긴요ᄒᆞᆫ 묘슐이라. 그러나 영국을 갈 때에 <u>다만 론돈셩</u>
<u>의 쟝려홈만 보고 그 나라 졍령의 붉게 된 근본을 궁구치 아니ㅎ면 그</u>
<u>유람이 쓸딕 업고 법국 파리스와 덕국 빅림 도셩과 오디리의 유아랍과 아</u>
<u>라샤의 피득셩과 합즁국의 화승돈을 구경홀 때에 그 굉장ㅎ고 화려홈ᄆᆞᆫ</u>
<u>볼 것이 아니라</u> 그 나라 학교의 인ᄌᆡ를 교육ㅎᄂᆞᆫ 법과 군뎨의 용병ㅎᄂᆞᆫ
뎨도와 긔계의 쳡리ᄒᆞᆫ 기슐을 착심ㅎ야 궁구ㅎ고 류렴ㅎ야 싱각ᄒᆞᆫ 후
에 내 나라 션왕의 법이 아닌즉 대한에ᄂᆞᆫ 쓸딕업다 ᄒᆞ지 말고 반다시

본밧아 힝훈 후에 나라의 부강홈을 가히 일울지라. 외국에 가셔 공부ᄒ 는 대한 학원들은 죠흔 학문과 남의 풍토를 ᄌ셰히 열람ᄒ야 텬하 각국 의 잇는 죠흔 법은 일졔히 대한으로 옴겨다가 침쟉ᄒ야 쓰고 보면 나라 가 젼로 부강홀 것이요 외국 사름들이 감히 대한을 업슈히 녁이지 못홀 줄 우리는 밋노라.

[04] 『제국신문』 1899.02.28. 논설, 세계 각국의 풍습 소개

『제국신문』에서는 세계 풍습을 소개하거나, 견문장식(見聞長識)의 필요를 강조하는 논설 등을 찾을 수 있다. 특히 '삼국 인종의 성질'(1902.10.20), '대한 근일 정 형'(1902.11.18~27, 8회 연재) 등은 기행 담론과 밀접한 관련을 맺는다.

*세계의 기이한 풍속을 소개하고, 개화를 역설하기 위한 의도임＝기행 체험이 직접 드러나지는 않는다.

외양 각국 즁에 괴이ᄒ 풍속을 어느 외국 신문에 닉엿기로 대강 긔지 ᄒ노라.

대셔양 바다 가온뒤 (바긔도)란 섬이 잇스뒤 참치부졔ᄒ야 크고 젹은 섬이 일빅오십여 긔가 합ᄒ야 흔 디경이 되엿는뒤 사름이라고 잇기는 팔십여 쳐쌍인뒤 사름이 이 사름을 잡어먹는 고로 혹 히상에서 표풍ᄒ 야 그곳을 가면 그 토죵들이 잡어 먹으믹 그곳으로 갈가 두려ᄒ고 지이 비가 죽으면 그 쳐가 반다시 친족에게 죽어야 지이비를 ᄉ랑ᄒ미오 황 쳔에 히로ᄒ미라 ᄒ고 비를 짓던지 집을 지으면 혼인 량쪽이 모여셔 노복을 죽여야 공경흔다 ᄒ고 그럿케 아니ᄒ즉 사름들이 웃고 흉을 보 며 칙망ᄒ고 노복을 보기를 지극히 쳔ᄒ게 ᄒ야 죠금이라도 쥬인에 뜻

26

에 맛당치 아니ᄒ면 독흔 형벌도 ᄒ고 혹 살머 먹기도 ᄒ고, <u>인도국 가온</u>
<u>디 (비렬산)이란</u> 곳 빅셩들은 귀신을 미우 밋ᄂᄃ 온역신과 룡신과 시두
신 갓흔 거시 각각 일홈이 잇ᄂᄃ 그 졔ᄉᄒᄂ 디가 놉흔 산상에 디를
만들고 겻히 즌혹 말과 돌말을 만들어 안치되 즌혹 말은 속을 뷔게 ᄒ
고 뒤에 큰 구멍을 늬여놋코 사름이 죽은 후에는 혼이 그 구멍을 다녀
셔 텬당으로 올나간다 ᄒ고, ᄯᅩ (목람)이란 싸에ᄂ 극히 큰 귀신이 등신
을 나무로 만들고 그 겻히 그 ᄋᆞ우 등신과 그 누이란 등신이 잇ᄂᄃ
그 귀신들이 사름에 병을 주기도 ᄒ고 죽게도 흔다 ᄒ며 지셩으로 긔도
ᄒ고 ᄯᅩ 가리ᄉ두즁이란 귀신이 잇ᄂᄃ 그 두 신이 산 사름에 피를 죠
아흔다 ᄒ고 졔ᄉ지닐 새면 사름을 ᄭᅳᆯ고 그 귀신 위ᄒᄂ 집에 가두엇다
가 죽이고, ᄯᅩ 아비리가 쥬 (딘민국) 이란 디ᄂ 계집이 쳐음으로 나게
드면 즉시 일홈을 군부에 보ᄒ고 졈졈 자라거드면 젼쟝에셔 싸호ᄂ 거
슬 가라치고 익혀셔 산ᄋᆞ히보다 용밍ᄒ고, 궁궐 즁에 고루누누침궁이
ᄅᆞᆫ 궁은 두루 사름에 ᄒᆡ골을 펴고 ᄯᅩ (격룡흔득도)ᄅᆞᆫ 셤은 디방이 널으
고 긔후가 몹시 차고 사름이 드믄디 그곳 사름들이 어름을 ᄶᅥ셔 집을
짓고 고기와 즘싱에 가죽을 입고 덥고 사ᄂᄃ 존쟝도 모로고 님군도
업고 피ᄎᆞ에 셔로 편안이 지니고 다토지 아니ᄒ니 가위 무회씨에 빅셩
이 갈텬씨에 빅셩이오, 진실노 근릐에 무릉도원이라 홀 만ᄒ고, ᄯᅩ 아
비리가 쥬 (함뎡돌)이ᄅᆞᆫ 짜은 토인들이 우쥰ᄒ야 사름이 병을 들어 위
틱하면 병든 놈을 잡고 혼들고 발노 차셔 이리 뒤치고 뎌리 뒤쳐셔 죽
여야 그만두되 죽은 후에 그 죽은 사름에 귀에 디고 그 일홈을 크게
불으며 네 죄가 약시약시ᄒ다 ᄒ며 ᄭᅮ짓고 퇴셩소릐를 들으면 말ᄒ기
를 무삼 악흔 물건이 발ᄒᄂ 소릐라 ᄒ고 공즁을 향ᄒ여 거듭거듭 짓거
리며 쥬져리고 번기 빗슬 보면 헌신짝을 던지며 막ᄂᆞᆫ다 ᄒ고 뭇 슈숭이
들에 다니던지 혹 길에셔 버레를 보면 다 귀신이라고 졀ᄒ기를 공근이
ᄒ고 ᄯᅩ, 아묵리가 쥬 비로와 묵셔가 니디 토죵들은 계집을 슈십긔식
빅여긔식 잇ᄂᆞ 놈이 잇고, 풍속이 몸에 흠 잇ᄂᆞ 거슬 숭상ᄒᄆᆡ 사름
만이 죽인 쟈ᄂᆞ 가삼에 문의가 얼키고, 문의가 업ᄂᆞ 쟈ᄂᆞ 사름이 비루

흐게 넉여 버린 놈으로 알고, 또 토이기 국에셔는 회회교를 존슝흐는딕 날마다 목욕흐고 꾸러안져 다섯번식 빌고, 일년에 흔들 가량은 긴직계 라고 날마다 져녁밥을 일즉먹고 어둡기 젼에는 셔로 경계흐야 감이 무 삼 말을 흐지 못흐고, 또 (도삭리아쥬) 사름들은 말흐기를 사름의 익비 흐나히 구름 속에 잇셔셔 능히 만물에 싱쟝흐는 거슬 도아준다 흐고 갑직기 죽는 쟈가 잇슨즉 왼 집이 크게 놀나셔 원슈 잇는 놈이 부작이 나 슐법을 부려셔 죽엇다고 그 원슈를 압어닌다 흐고, 죽은 신톄를 놉 흔 언덕에 쟝흐고 얼마던지 무덤 우의 혹을 쑤다려 무덤이 평토가 된 후에 젹은 버레가 그 평토 친 딕로 가게드면 그 버레가 향흐야 가는 방위로 원슈 잇는 곳이라 흐야 그 방위로 얼마를 가던지 죽은 사름과 무삼 혐의가 잇던 사름이 잇스면 좃츠가셔 죽이되 심흔 쟈는 슈쳔리 밧가지 가셔 죽이는 폐가 잇고, 또 대양쥬 (곤스)른 짜 사름들은 빗치 검은 인종인딕 구라파 빅인종을 보거드면 져의가 죽어셔 구라파에 가 셔 다시 싱긴 사름이라 흐고 또 말흐기를 사름 죽은 후에 쳔빅년이 되 더리도 죽지 안는 거시오, 뎌 희도 즁에 발셔 변흐여 빅인종이 된다 흐고 또 (우졔른) 이른 짜 토민들은 귀신에 슐업을 슝향흐여 일홈은 모의라고 상션흐여 오는딕 본토지인이 사른 짜을 모의가 바다 가온딕 셔 낙시질흐여 쓰어닉 노앗고 그 젼에는 망망흔 바다이라 흐고 사름이 죽은 후에는 변흐야 거미와 싀와 빅암의 등속이 단다 흐고 (미완)

** 3월 1일자 신문이 발견되지 않아서 이어진 내용을 알 수 없음

[05] 『제국신문』 1902.10.20.
론셜, 삼국 인종의 셩질(인종론), 기행 담론

외구에 유람흐는 사름들은 학문을 넉넉히 공부흔 후에 혹 제나라 닉 디나 혹 타국이나 두로 다니며 구경흐식 도쳐에 인졍과 풍속과 산쳔

경ᄀᆡ며 한셔 긔후든 모든 리샹ᄒᆞᆫ 일과 물건을 낫낫치 사실ᄒᆞ야 ᄎᆡᆨ을 만들어 가지고 고국이나 고향에 도가가는 날에 ᄎᆡᆨ을 만들어 ᄉᆞ방에 젼하ᄒᆞ여 그곳 형편과 풍경을 모로던 사ᄅᆞᆷ이 안져 보고 친히 다니나 다름업시 ᄒᆞᄂᆞ니 인민의 문견과 자식을 널니는 ᄃᆡ 이마치 유죠ᄒᆞᆫ 것이 업는지라. 심샹ᄒᆞᆫ 유람ᄀᆡᆨ이나 바ᄅᆞᆷ군과는 비교치 못ᄒᆞ깃도다.

그런즉 세계에 형편과 각국에 졍형을 소상히 아는 사ᄅᆞᆷ들은 곳 셔양인이니 오날날 우리는 동양에 ᄉᆡᆼ장ᄒᆞ여 가지고도 동양 형편을 알기는 ᄉᆡ로에 내 나라 내 고을 일도 ᄌᆞ세히 모른즉 우리 사는 곳과 우리 셩질 풍쇽을 불가불 셔양 사ᄅᆞᆷ들의 평론을 빙자ᄒᆞ야 의론ᄒᆞᆯ 슈밧게 업스니 ᄯᅩᄒᆞᆫ 챵피ᄒᆞᆫ 일이라 ᄒᆞ깃도다.

셔양 션ᄇᆡ들이 동양에 일 한 쳥 삼국 인졍을 의론ᄒᆞᄂᆞᆫᄃᆡ 일인은 너무 각박ᄒᆞ야 너무 심ᄒᆞᆫᄃᆡ 병이 잇고, 쳥인은 너무 유라 ᄒᆞ야 엇지ᄒᆞᆯ 슈 업는 인죵이오 대한 사ᄅᆞᆷ은 디형이 그 두 나라 ᄉᆞ이에 노혀셔 쳥인의 유ᄒᆞᆷ과 일인의 강ᄒᆞᆷ을 겸ᄒᆞᆫ 고로 그 즁에 나흔 셩질을 가젓다 ᄒᆞᆯ지라. 이 의론에 ᄃᆡᄒᆞ야 여러 의견들이 엇더ᄒᆞᆫ지는 모로깃거니와 본 긔ᄌᆡ도 ᄯᅩᄒᆞᆫ 의아ᄒᆞᆷ이 업지 안은지라. (…하략…)

[06]『제국신문』 1902.11.18. 論說 대한 근일 졍형 (유람기)[1]

▲ 11월 18일 대한 근일 졍형

대한 속담에 등잔 밋치 어둡다 ᄒᆞ며 외국인의 속담에 론돈(영국 셔울) 소문을 들으려거던 파리스(법국 셔울)로 가라 ᄒᆞᄂᆞ니 대한 소문을 들으려거던 일본을 가야 ᄌᆞ세히 들을지라 우리는 미쳐 듯도 못ᄒᆞᆫ 일을

---

1) 이 논설은 11월 18일, 20일, 21일, 22일, 24일, 25일, 26일, 27일 간 8회 연재되었음: 미국인 학사 아서 브라운이 1개월간 한국에 체류한 뒤 일본에서 유람기를 번역 등재한 것임.

날로 들어닉어 신문 잡지 등에 날마다 나는 거시 깁혼 궁중에셔 흔둘이 비밀히 의론ᄒ는 말이나 정부에 몃몃 관인이 감안히 운동ᄒ는 소문을 낫낫치 전파ᄒ는디 실로 긔괴망측ᄒ야 대한 사름이라고는 얼골이 쑷쑷ᄒ야 춤아 보지 못흔 말이 만흔지라 실로 혈긔 잇는 쟝부는 곳 칼에 업더여 죽고 십흔 싱각이 몃번식 나ᄂ니 져 아모것도 보도못하고 셰샹 ᄉ를 다 ᄌ긔가 혼져 알며 남은 귀도 업고 눈도 업는 줄로 알아 그 슈모 즁에셔 가쟝 호강시러히 지닉는 사름들에게 비ᄒ면 공연히 셰샹 일을 아는 거시 도로혀 병이라 ᄒ깃도다

그러나 일본셔 오는 신문 잡지 등에는 너무 히쳠ᄒ야 대한 신민된 츙분흔 쟈의 입으로 옴기기 어려온 말이 만흐믹 우리가 흔히 엇오보기도 원치 안커니와 혹 보고도 번둥ᄒ지 안오되 이 대한에 발근 량반네들은 혹 오히려 우리다려 외국인의 의견을 올케 넉인다 ᄒ며 간혹 정치샹 득실을 말ᄒ올진디 내 나라 흉담을 닉여 외국인이 보게 ᄒ니 대단 불가타 ᄒ는지라

슬푸다 이런 어두은 인류들에 말을 별로 론란ᄒ올 것 업거니와 내나라 ᄉ정을 뎨일 모로는 사름은 대한 빅셩이라 셔양 사름은 동양 정치 관게를 말ᄒ올진디 의례히 청국이나 일본을 의론ᄒ올 쑨이오 대한 일에는 별로 말ᄒ는 쟤ㅣ 듬으나 <u>우리나라 닉정을 알기는 통히 대한 정부 대관네보다 오히려 소샹흔지라</u> 근쟈에 미국 학ᄉ 아더 쑤라운 씨가 대한에 와셔 일삭가량을 유람ᄒ고 도라가 유람긔를 빅여 대한 정치 ᄉ정을 기즁에 대강 말ᄒ엿는디 관게가 젹지 안키로 련일 번둥ᄒ을 터이니 우리나라 샹하 관민간에 일테로 쥬의ᄒ야 보아 남이 내 ᄉ정을 아는가 모로는가 이 ᄉ정을 긔직ᄒ는 터인즉 우리를 엇더케 평론ᄒ는가 깁히 싱각ᄒ여 보기를 바라노라.

그러나 그 글을 번역ᄒ는 즁에도 오히려 <u>그 쯧슬 다 옴기기도 어렵고 ᄯ한 다ᄒ기 어려온 말도 잇스니 불가불 말과 글이 쟈라는 딕로 대강 쏜바 올닐지라.</u> 우리나라 소년들이 외국 글ᄌ를 속히 공부들 ᄒ야 참 긔명흔 학문의 법률 셔칙도 보며 이런 신문 월보 등셔를 볼 줄 알아 세상 사름

들에 공론도 들어보며 의견도 알아 ᄎᄎ 완고ᄒᆞᆫ 옛 싱각을 바리고 ᄉᆡ의 ᄉᆞ를 두어 ᄎᄎ 내 나라 일도 알고 남의 세상도 보아 사름마다 움물 속에 고기를 면ᄒᆞ고 광활ᄒᆞᆫ 바다를 향ᄒᆞ야 널은 텬디를 구경ᄒᆞᆯ진ᄃᆡ 인민의 지혜와 식견이 늘어 몃 ᄒᆡ 안에 나라에 지혜 잇고 ᄀᆡ명ᄒᆞᆫ 사름이 츙만ᄒᆞᆯ지니 이 엇지 나라의 영광이 아니리오. <u>이런 글을 번역ᄒᆞᄂᆞᆫ 본의 는 첫ᄌᆡ 이 권리 가지신 이들이 그러히 녁여 곳치기를 권홈이오, 둘ᄌᆡ 이 권리 아니 가진 이들이 듯고 빅화 ᄉᆡ의견이 나기를 권홈이라. 그러나 그 의론에 시비 곡직은 본샤에셔 모로는 바ㅣ라 다만 본문을 짜라 번등ᄒᆞᆯ ᄲᅮᆫ 이로라.</u> (미완)

▲ 11월 20일 대한 근일 정형 번역 련속(二)

*정치와 교회 관련 문제점

아더 ᄲᅡ라운 씨의 글에 대항ᄒᆞ엿스되 내가 대한에셔 한달을 허비ᄒᆞ 엿는ᄃᆡ 뇌디에 잇는 미국 교회는 다 단녀 보앗스나 대구만 보지 못ᄒᆞ엿 스며 셔울셔 평양은 률도로 단녀 구경도 만히 ᄒᆞ엿노라.

대기 대한에 가장 큰 문제를 말ᄒᆞᆯ진ᄃᆡ 두 가지에 분별ᄒᆞᆯ지니 <u>정치와 교화라.</u> 그러나 두 가지가 서로 관계되여 써날 슈 업ᄂᆞ니 몬져 정치를 말ᄒᆞᆯ진ᄃᆡ 정부가 심히 약ᄒᆞᆫ지라. 릉히 덕ᄒᆡᆼ을 비호지 못ᄒᆞ야 그 황실과 정부안 관원들이나 경향간 백셩들이나 일톄로 비픽ᄒᆞ고 썩엇스며 백셩 은 ᄉᆡᆰ도 업는 세를 만히들며 엇던 빅셩이던지 ᄌᆡ산만 잇는 쥴로 알면 곳 잡아다가 그 더러온 옥중에 가두고 돈을 만히 불너 졔 ᄌᆡ산을 힘ᄃᆡ 로 밧치도록 가도어 두거나 혹 악ᄒᆞᆫ 형벌을 힝ᄒᆞ며 벼살은 인지 여부를 물론ᄒᆞ고 혹 친근ᄒᆞᆫ 이에게 식히거나 혹 갑 만히 쥬는 쟉쟈의게 팔거나 ᄒᆞ야 리익 나는 거슨 ᄀᆞᆺ치 먹으며 법ᄉᆞ에셔들은 남의 물건 쎗앗는 쟈들 이 법관이 되는 고로, 빅셩이 원통ᄒᆞᆫ 일이 아모리 만타 ᄒᆞ여도 셜원ᄒᆞ

여 준다는 일은 업스며, 범빅일이 져러툿 써겨셔 조금도 싱믹이 업스믹 아직신지 그 나라이 부지흠은 사름마다 신긔히 너길지라. 그러나 <u>아직</u> <u>신지 부지흐는 연고인즉 빅셩의 참는 셩품이 셔양 발근 빅셩과 달나셔</u> <u>쥭게 어려운 스졍이라도 아직 견듸여 볼 힘이 질기듸</u> 좌우간에 아직 귀졍 이 나지 안음이오, 겸흐야 밧그로는 각국의 샹지흐는 즁에 들어 져로 제어흐는 고로 부지흠이라. 이 두가지 연고가 잇는 고로 아직 근근히 지닉어 가는 터이로듸 그 관민은 아지 못흐고 도로혀 틱평셩듸로 넉이 더라.

　지졍을 말홀진듸 쏜흔 졍치와 갓치 문란흐지라. 관원들이 압졔흐기 와 도적질흠으로 인연흐야 젼국 빅셩의 지산 모홀 싱각은 업시흐나니 가령 한 농민이 소 한 마리를 더 믹거나 집을 몃 간 느릴진듸 올빔이 갓흔 관원의 눈이 방방곡곡이 둘너보다가 곳 그 솜씨에 당흘즉 조반셕 쥭도 못 이을 터이니 누가 익쓰고 일흐고져 흐리가. 그럼으로 여간 쓸 셤이나 만들어 겨오 먹을 거시나 작만흐면 그 후는 홀 거시 업셔 소일 거리를 구흐노라고 무슈이 협잡홀 병통이 싱기며, 외국 물건을 실어 드리는 거시 나라마다 그 빅셩에 진췌흐기와 편리흐기를 위흠이어늘 죠션에는 도로혀 큰 히가 되는 거시 당초에는 온 나라 사름의 입는 옷 감이 항용 빅목이오 좀 나흔 것은 면쥬라. 이것을 다 본국에셔 틀을 노코 손으로 쪄셔 입든 것을 셔양목과 일본 비단이 들어간 후로는 싱각 홀 줄 모로는 빅셩들이 손으로 힘들여 쪄기보다 젹은 갑에 사 입는 거 시 편홀 줄로 넉여 영히 비화셔 만들어 보기는 시험치 아니흐며 기타 담빅 기름 셕량 등류의 천빅가지를 다 져의 손으로 지어 쓰든 것을 외 국에셔 긔계로 졔조흐야 갑 젹게 밧는 것을 듸신으로 사 쓰며 짓던 것 은 다시 흐지 아니흐니 <u>이럼으로 외국 물건은 합업시 드러가나 외국으로</u> <u>실어닐 물건은 하나도 업슨즉 엇지 직력이 마르지 안키를 도모흐리오.</u> 일로 볼진듸 대한 사름들이 일이갓치 활동흐고 졔조흐는 빅셩이 아니 라 광산과 삼림이 여러 곳인듸 빅셩들에게 혹 인가를 흐고도 뒤로는 쎅아스믹 하나도 확실히 키여 쓰지 못흐며 <u>외국 회샤에셔들 관원에게</u>

<u>혹 뢰물을 약간 쓰고 인가를 엇어 키여니미</u> 관원들이 당쟝 리를 엇어 하나도 빅셩 위ᄒᆞᄂᆞᆫ 디 쓰ᄂᆞᆫ 거시 아니오 헛되이 랑비ᄒᆞ고 빅셩에게는 조금도 리익이 업스며 모든 소츌은 다 외국인에게로 도라가ᄂᆞᆫ지라. 이러툿 전국 지졍이 <u>모도 외국으로 나가며 조금도 들어오ᄂᆞᆫ 것은 업스며</u> (미완)

▲ 11월 21일 대한 근일 졍형 번역 련속(三)

*러시아와 일본의 철도를 통한 침탈 가능성 외교/국권침탈에 무능 무감각한 정부(내정)

근일 아라ᄉᆞ의 형셰를 볼진디 에쇼쥬 히면에 잇ᄂᆞᆫ 군함이 ᄉᆞ십오척이오 극동에 잇ᄂᆞᆫ 군ᄉᆞ가 합이 심삼만명인디 빈와 군ᄉᆞ를 다 조션에 압근ᄒᆞᆫ 곳에 두어 무슴 일만 잇스면 운동ᄒᆞ기 가쟝 경편ᄒᆞ게 ᄒᆞ엿스며 날로 예비ᄒᆞᄂᆞᆫ 거시 다 조션 디방에 갓가와셔 일조에 시비만 싱기면 조션이 곳 젼징마당이 될지라. 밧갓 형편은 실로 이러툿 위름ᄒᆞ거날 조션 졍부의 닉졍을 본진디 두 시비ᄒᆞᄂᆞᆫ 나라 ᄉᆞ이에셔 ᄭᆞᆯ녀 왓다가 홀 ᄲᅮᆫ이오 ᄉᆞ로 셜 쥴은 모로ᄂᆞᆫ지라. 일본관원들이 일쳔팔빅구십오년 십월 팔일에 국모를 히ᄒᆞᆫ 죄법을 도모ᄒᆞ야 일로써 조션을 영히 장악에 너려 ᄒᆞ더니 일쳔팔빅구십륙년 졍월 십일일에 황실이 도로혀 아라ᄉᆞ 공관으로 이어ᄒᆞ시미 일본의 경영은 여의치 못ᄒᆞᆫ 모양이라.

지금은 소위 외교샹 큰 문제라 ᄒᆞᄂᆞᆫ 거시 철도 금광과 차관 엇ᄂᆞᆫ디 관계ᄒᆞᆫ 일 ᄲᅮᆫ이라. 지금 조션 안에 리왕ᄒᆞᄂᆞᆫ 쳘로가 다만 셔울과 제물포 ᄉᆞ이에 통ᄒᆞᄂᆞᆫ 것 ᄒᆞ나ᄲᅮᆫ이라 일쳔팔빅구십륙년 삼월에 이 쳘도 인가를 미국인 모스의게 약됴ᄒᆞ여 쥬엇더니 일쳔팔빅구십팔년 십이월 삼십일일에 그 인가를 일본 회샤에게 넘겻ᄂᆞᆫ디 그 회샤에셔 지금 쥬장ᄒᆞᄂᆞᆫ 바ㅣ라. 일쳔팔빅팔십팔년 칠월 팔일에 일인이 인가를 엇어 셔울과 부산 ᄉᆞ이에 젼보를 노앗고 근재에 ᄯᅩ 약됴ᄒᆞ야 경부 쳘로를 놋ᄂᆞᆫ디

ᄌ본금이 천오빅만원을 각기 슈합ᄒ야 곳 모아 노코 금년 팔월 이십일에 영등포에셔 긔공에 식을 힝ᄒ는듸,

닉외국 관원이 모혀 거힝ᄒ고 역ᄉ를 시작ᄒ엿는듸 부산 항구인즉 일본 젹 무관에서 열시 동안이면 류션이 도박ᄒ는지라. 무숨 일만 잇스면 슌식간에 군ᄉ를 조션 닉디와 셔울에 편만ᄒ게 만들지라. 이럼으로 아라ᄉ 공ᄉ는 어슈룩ᄒ게 말ᄒ기를 이 텰로가 조션에 조혼 거시 아니라 ᄒ더라.

아라스는 경부 텰로 반듸에 운동이 잇스니 이는 곳 조션 북방으로 통ᄒ기를 경영흠이라. 일쳔팔빅구십륙년에 불란셔 회샤에셔 의쥬 텰로를 인가 엇어 곳 노으려 ᄒ다가 약죠ᄒ 긔한 안에 그 회샤에셔 일을 시작지 못ᄒ는 고로 그 회샤에셔 다시 쥬션ᄒ야 일쳔팔빅구십구년 칠월에 도로 조션 정부로 돌녀 보닉며 약조ᄒ기를 이 텰로를 조션 정부에셔 노코 긔계 공장과 모든 물건은 다 불란셔 것을 쓰기로 ᄒ엿스나 닉 외국인이 모도 밋기를 조션 정부에셔 지금 돈도 업거니와 돈이 잇셔도 텰로 놋는 일이 산쳔 긔도만치 긴즁치 못혼 쥴로 아는 고로, 이 일을 젼혀 아라스에 맛겨 쥬쟝ᄒ게 ᄒ고 돈과 물건을 통히 아라스나 불란셔에 구ᄒ려 혼다 ᄒ는듸 지금 불란셔 공ᄉ가 그 텰로 노흘 긔디를 측량ᄒᄂ 듸 간섭ᄒ니 ᄉ시이 다 이상ᄒ더라.

의쥬는 죠션 셔편 곳치라. 청국 만쥬와 인졉ᄒ야 포트오더와 샹거가 심히 갓가온듸 포트오더는 지금 아라스의 군ᄉ가 가쟝 만히 잇는 곳이라. 아라스 목덴 디방과 통ᄒ야 셔빅리아 텰로와 련속ᄒ면 조션 북방으로 통ᄒ야 군ᄉ를 셔울로 실어들이기 심히 속ᄒᄆ 일본에 샹거만 못지 안은지라.

밧게 예비는 두 나라이 다 이러틋 쥬션ᄒ야 노코 조션 닉디에 두는 군ᄉ는 두 나라히 약조ᄒ야 각기 팔빅명 외에는 더 두지 못ᄒ기로 작뎡이미 일본은 셔울에 류빅명을 두엇스나 아라스에는 별로 긴혼 거시 업게 넉이는 고로 다만 삼십명만 공관 보호로 두고 긔외에 다른 나라에셔는 군ᄉ를 두지 안코 다만 군함만 두니 항국에 도박ᄒ며 일본 홀노 부

산 항구에 인가가 잇셔 히져 젼션을 노아 일본으로 통ㅎ고 셔울로 통한 다 ㅎ고 긴요ㅎ 곳마다 병참소를 셜시ㅎ엿더라.

〈슬푸다. 대한 텬디에 사는 신민들이여. 이런 형편을 아는가 모로는가. 목을 놉혀 크게 부르지즈노니 사룸마다 알게 홀지어다.〉

▲ 11월 22일 대한 근일 졍형 번역 련속(四)=화폐와 주거

대한에 근일 쓰는 화폐를 말홀진디 통히 혼돈세계라. 외국 사룸이 쳐음 보면 기가 막혀 홀 말이 업슬지라. 경향에 통용ㅎ다는 돈이 일본돈과 대한돈을 셕거 쓰ᄂ니 이것도 졍신 업는 일이라 ㅎ려니와 소위 조션돈이라는 거슨 동을 셕거 넓게 만들고 가온디 모진 궁글 뉘여 쓴에 쉬게 만들어 위지 엽젼이라 ㅎ는디 ㅎ 기를 셔울셔는 ㅎ 푼이오 시골셔는 오푼이라 ㅎ며 실샹 쓰는 디는 읍촌 물론ㅎ고 ᄀ치 광관ㅎ며 그보다 좀더 둣터온 돈은 ᄯ혼 동으로 만들어 시골돈 오푼이오 셔울은 스물다셧입히라 ㅎ며 그 다음은 좀더 젹은 빅동젼이 잇스니 시골 스물다셧입히오 셔울 일빅이십오푼이라. 특히 혜기를 미양으로 회계ㅎ는디 ㅎ량이 일빅 푼이라 ㅎ며, 오젼 외에는 조션돈이 업는디 물건 미매ㅎ는 종류를 볼진디 조션돈 일빅푼엇치 물화를 금젼 삼십칠 젼이면 샹환홀지라. 돈이 이러틋 일뎡ㅎ 규모가 업셔 졍신을 차릴 슈 업스며,

일본돈이라고 통힝ㅎ는 거시 ᄯ한 여러 가진디 금젼이라고는 볼 슈 업고 지젼이라고는 슈십원 ᄶ리가 통힝ㅎ나 싀골 사룸들은 당초에 밧지 아니ㅎ면 말ㅎ기를 조희가 무슴 돈이라 ㅎ나뇨 ㅎ는지라. 부득이 리왕 로즈를 엽젼으로 밧고아 가지고 다녀야 ㅎ나니 로즈가 거의 나귀에 한 바리가 되니 먼 길을 다닐 슈 업는지라. 급기 평양에 이른즉 지젼을 구ㅎ기가 도로혀 어려워 미월에 이십젼식을 가게 쥬고 제물포나 셔울에서는 곳곳이 달나 구십칠젼ᄭ지 밧고엇스며 기타 졍신차리기 어려온 일은 물론ㅎ고 통히 돈이 엇지 귀ㅎ든지 여러빅리 리왕에 합이 로즈가 몃푼

이 되지 못ᄒ지라. 내 싱젼에 겨를이 잇거든 죠션에 가셔 쓰고온 돈을 다 합ᄒ여 볼 터이니 전후에 몃푼이 들엇는지 보면 참 가소로울너라.

거쳐ᄒ는 집을 볼진ᄃᆡ 빈한 곤궁홈이 겻헤 들어나는지라. 그 중 쟝ᄒ다는 대궐과 관샤를 보면 청국 제도를 모본ᄒ야 그 인민의 안목에는 가쟝 웅쟝ᄒ게 넉이나 외국인에 보기에는 심히 웅졸ᄒ여 미국과 비교 홀진ᄃᆡ 그 님군 게신 대궐이 미국 촌에 사는 샹민에 집만 못ᄒ야 샹민에 좌우 ᄆᆞ구간 버린 것을 보면 한 고을 관찰부 영문보다 낫다 홀지라. 그 집들이 다 짓기에만 웅졸홀 ᄲᅮᆫ 아니라 한번 지은 후 몃 ᄃᆡ를 젼혀 슈보홀 줄 몰나 모도 파샹ᄒᆫ 벽과 마당이 도쳐에 보히며 여염가는 흔히 거칠게 지어 젼혀 기동으로 힘을 쓰며 기동인즉 곳은나무가 귀ᄒᆫ 고로 흔히 굽은 나무로 버틔고 안에 슈슈ᄃᆡ를 집싁기로 역거 셰우고 진흙을 발나 벽을 싸아 겨오 풍우를 가리오며 집 우흔 셩중에 극히 샹등집이 진흙으로 구은 기와로 덥고 기타는 다 벼집으로 역거 두터이 이엇고 문과 창은 사름 츌입ᄒ기 위ᄒ야 한 두 군ᄃᆡ 외에는 공긔를 통ᄒ기 위ᄒ야 ᄂᆡ는 창은 드물며, 소위 창에는 두터운 죠희를 발나 ᄒᆡ발이 들면 게오 어두은 빗치 나고 방바닥은 흑인ᄃᆡ 흑기름 무든 죠희로 바르기도 ᄒᆞ고 혹 집ᄒ로 역근 자리도 펴며 ᄆᆡᆫ간 바닥 밋헤는 고ᄅᆡ를 노아 부엌에셔 음식 익히는 불길에 련긔가 통ᄒ게 ᄒᆞ며, 쟈며 침샹은 아조 업고 다만 방바닥에 누어 쟈ᄆᆡ 유람ᄒ는 쟈ㅣ 혹 불힝이 길 침샹을 아니 가지고 쩌날진ᄃᆡ 불가불 토민들과 갓치 방바닥에셔 누워셔 무슈히 모혀드는 물즘싱과 싸화셔 밤을 지닐너라.

▲ 11월 24일 대한 근일 형편 번역 련속(五)

대한에 인종을 조사홀진ᄃᆡ ᄒᆡ마다 쥴어드는ᄃᆡ 그 연고인즉 일인이 점점 만히 넘어와 식민ᄃᆡ로 뎡ᄒ고 사는 식ᄃᆞᆰ이라. 텰로와 뎐보는 우에 말ᄒ엿거니와 이외에 셕탄광과 금광 네 자리와 고ᄅᆡ잡는 긔디와 우톄샤 셜시와 은힝소 삼ᄉᆞ십 쳐와 학교 열녀달 곳디 다 일본의 쥬쟝ᄒ는 바ㅣ라. 이 여러 가지 ㅅ업을 ㄴㅣ디 각쳐에 버려노코 일인들이 리익을 엇는ㄷㅣ 이 모든 사업쥬들이 긔쵸를 졈졈 확쟝ㅎ난 ㄷㅣ로 ㅅㅣ로 건너와 자리를 졈졈 널니는지라. 위션 흔가지로 보아도 일인 흔나히 제물포 압헤 셤을 흔나 사셔 아조 겸거ㅎ려 ㅎ엿스며 쟝안에 대궐 긔디가 좁아셔 미국 교회에 손흔 학당터를 사셔 대궐을 느리고져 ㅎ는지라. <u>조션 황실에셔 그 교회를 문 밧그로 옴기고 그 터를 팔진ㄷㅣ 셩밧게 뎡ㅎ는 ㄷㅣ로 어듸던지 쥬마ㅎ는지라. 교화에셔 셔소문 밧게 강 못미쳐 노힌 언덕을 달나ㅎㅁㅣ 궁늬부에셔 허락ㅎ고 그 싸흘 사셔 쥬려 ㅎ더니 급기 쌍 임즈들의게 물은즉 일인이 몬져 다 삿다 ㅎ는지라.</u> 일인다려 팔나흔즉 일인이 허락지 아니ㅎ야 부득이 파의ㅎㅎ엿스며 흔 번은 내가 친히 일인의 촌을 가셔 보니 대궐 남편에 산을 ㅼㅣ고 잇셔 쟝안을 나려다 보ㅁㅣ 온 셩즁을 다 호령ㅎ려도 어렵지 안을지라. <u>그 언덕에 총이나 대포를 들어나게 노흔 거슨 볼 슈 업스나 싸흘 총총히 파고 곳곳치 혹을 도도아 노흔 거시 곳 포디나 대포 뭇은 것 ㄱㅅ더라.</u>

형편이 이러ㅎ되 한국 졍부나 빅셩은 조금도 관계되는 쥴을 모르는 고로 일본이 그 반ㄷㅣ되는 나라의 속으로 운동ㅎ는 거시 엇더흔지 의심 나셔 <u>일본 졍부에셔 작년에 일본 공ㅅ의게 신칙ㅎ야 대한 졍부나 황실에셔 비밀히 토디를 어느 나라에 쥬며 빌니는 것을 깁히 사실ㅎ야 특별히 보고 ㅎ라 ㅎ엿는ㄷㅣ 이 신칙을 드듸여</u> 보고흔 ㅅ연을 볼진ㄷㅣ <u>덕국</u>은 다른 싸흘 엇은 거시 업고, 다만 김셩에 잇는 금광 한 자리를 일쳔팔빅구십구년에 덕국 샹민 월터이게 허락흔 거시오, <u>미국</u> 빅셩의 ㅊ지흔 것은 셔울에 잇는 뎐긔 텰로와 운산 금광 한 자리인ㄷㅣ 이 금광은 대단이 크다고 유명ㅎㄷㅣ 고용인은 셔양인이 ㅅ십명이오 일인이 사십명이오 조션인이 일쳔이빅명이라. ㅎㅣ마다 이만오쳔원식 궁늬부로 셰납ㅎ는ㄷㅣ 이 금광 약조를 당초에 <u>모쓰</u>라 ㅎ는 이가 잇셔셔 지금은 힌트와 픽셋트가 쥬쟝ㅎ며, <u>영국</u>은 운산 근쳐에 금광 한 자리를 엇더 푸리카드 모간이 쥬쟝ㅎ나니 이는 영국 국회원이오 향항과 샹ㅎㅣ 은힝소 회샤 쥬인이라. 이 사름에게 속ㅎ야 ㅼㅗ흔 일이 미우 잘 된다 ㅎ며 긔외에 가쟝 즁대흔 것은 죠션 희관이 영인 믹클리비 쑤라운에 장악에 드럿더라.

기타 <u>아라스</u>는 함경도에 셕탄광을 엇어 일ᄒ다가 나는 거시 시원치 못ᄒ 고로 즁지ᄒᄆᆡ 이는 일인이 ᄆᆡ우 반가히 녁이는 바ㅣ오, 고릭 잡는 인가와 집을 ᄂᆡᄃᆡ에 셰우고 텰로에 기름 예비ᄒ는 곳을 마련ᄒᆯ 인가며 압록강과 두만강 등디에 장목 베히는 인가를 아라스 사름이 다 맛탓ᄂᆞᆫᄃᆡ 그 직목인즉 상등 나무라 ᄒᆞ야, 아라스에 큰 리가 될 거시라 ᄒᆞ며, ᄂᆡᄃᆡ에 슈윤ᄒ기 위ᄒ야 죠션 북도 연희변으로 길을 대단히 힘써 닥거 노아 요동반도에셔부터 희삼위ᄭᆞ지 통ᄒ기 가쟝 편리ᄒ게 만들엇스며 아라스에셔 년젼부터 셕탄 긔디를 엇으려고 무슈히 힘쓰더니 엇지 되엿는지는 ᄌᆞ셔히 말ᄒ지 안엇스나 졀영도와 그 근쳐 디방을 조션이 발셔 속으로 인가ᄒ야 그런 줄로 밋는 쟈ㅣ 여러히라 ᄒᆞ더라.

〈<u>긔쟈ㅣ 왈 이상에 말ᄒᆞᆫ 바는</u> 다 일본 공ᄉ가 그 정부에 보고ᄒᆞᆫ ᄉᆞ연을 이 아더 쑤라운 씨가 긔록ᄒᆞᆫ 글이라. 그 시비곡직은 본샤에셔 샹관ᄒᆞᆯ 바ㅣ 아니어니와 대기 대한 정부에셔 내 토디를 보젼ᄒ는 직칙을 엇더케 힝ᄒᆞᆫ엿던지 세상에셔 이러틋 의심훔을 마지 아니ᄒ는지라. 어린 ᄋᆞ히도 져 가진 썩은 남을 쥬기 슬허ᄒᆞ야 혹 쎗앗으려는 쟈ㅣ 잇시면 곳 소릭를 질으거든 나라에셔 토디 보호ᄒ는 것을 엇지 슬혀하는지 비밀이 약조ᄒᆞ야 속으로 쥬려ᄒᆞᄆᆡ 내 빅셩은 알지도 못ᄒ고 남은 시비가 이러ᄒ게 되엿는고 통분통분.〉 (미완)

▲ 11월 25일 대한 근일 경형 번역 련속(六)[2]

그러나 아라스가 년젼에 요동을 졈령ᄒᆯ 쌔에 일본이 심히 반디ᄒᆞᄂᆞᆫ 고로 일본을 달ᄂᆡ기 위ᄒ야 조션에는 챡슈치 안니ᄒᆯ 약됴가 잇섯는지

---

[2] 프랑스가 러시아 대신 이권을 행사하였으며, 이권 행사에서 천주교가 중요한 역할을 하였다고 기록함.

라. 이럼으로 아라스가 조선 닉경에 들어나게 간에챠 못ᄒ고 볼란셔를 거간식여 비밀히 운동ᄒ는딕 본릭 불란셔는 조선에 별로 쥬의흠이 업스나 아라스와 비밀흔 관계가 잇셔 <u>불란셔가 아라스를 위ᄒ야 죠선에서 운동ᄒ고</u> 아라스는 그 딕신에 다른 딕셔 쥬션흠이라. 아라스가 들어나게 착슈ᄒ기 어려온 일은 모도 불란셔가 딕신 힝ᄒ야 정부에 권리 자리를 만히 엇으믹 모든 일이 전혀 불란셔와 아라스의 편당에게 다스림을 밧는지라. (<u>이 귀졀에 불긴흔 말은 번역지 안노라</u>) 모든 권리 자리를 쳐음은 법아 량국 편당의 손에 잇스나 후에는 ᄎᄎ 아라스가 독이 차지ᄒ는 바ㅣ라. 히관 감독 <u>쑤라운(빅탁안)</u> 씨가 <u>영국인으로 탁지 고문관을 보다가 아라스의 운동으로 쑤라운 씨를 돌녀</u>보닉고 아라스의 심복을 두교져 ᄒ여 여러 번 시비가 되엿스나 잘 되지 아니ᄒ믹 황실에셔는 군식흔 직정을 돌니고져 ᄒ여 불란스의게 오빅만원 챠관을 엇고 히관을 그 동심흘 쟈의 쟝악에 내셔 직정을 마음딕로 ᄒ고 십허 합력ᄒ야 쥬션ᄒ는 일이 여러번 되게 되엿스나 각 공관에셔 심히 반딕ᄒ며 조선 정부를 권ᄒ되 쑤라운을 풀어 보닉는 거시 조선에 리롭지 못ᄒ고 ᄯ흔 나라를 불란셔와 아라스에 전당잡히는 거시 대단히 불가ᄒ다 ᄒ야 그 약됴셔가 비밀히 질뎡되여 인을 쳐셔 시힝ᄒ게 되엿다가도 필경 파의되엿스믹 황실에셔는 직정에 량픽된 것만 관계ᄒ야 부득하ᄒ여 반딕편으로 쥬션흘식 셩즁에 잇는 일본 은힝소에 오빅만원을 엇기로 익쓰는 즁이더라.

　<u>아법 량국의 운동ᄒ는 쥬션인즉 셩즁에 잇는 텬쥬교회당에셔 힝ᄒ는딕 그 교당에셔는 신부가 삼십구인이오 임원이 이십소인이라.</u> 총회당이 셔울에 잇셔 쟝안에 뎨일 화려흔 집이라. 이 교당에 속흔 것이 전국 안에 각식 학교가 륙십일기요 교민이 소만이쳔소빅소십인이라. 쥬교 머렐 씨가 쥬쟝인딕 그 위인이 가쟝 령특흔지라. 통히 대표ᄒ야 소기가 되믹 불란셔 공관과 텬쥬당 소이에 교제가 심히 친밀흔지라. 교화와 공관 일이 심히 합동ᄒ야 힝ᄒ믹 쥬교니 신부를 곳 정치상 권리 가진 소신갓치 딕졉ᄒ는지라. <u>이럼으로 아법의 권력이 이러틋 굉쟝ᄒ야 특별히 군함이나 군소로써 위엄을 들어닉지 안어도 운동이 넉넉</u>ᄒ더라.

그런즉 조선에 잇는 예슈교 선교ᄉ들과 예슈교인들은 ᄌ연 어려운 ᄉ졍에 잇는지라. 교ᄉ들은 항상 셔로 권면ᄒ는 일이 아모리 어려운 ᄉ졍에 쳐ᄒ야 공평치 못ᄒ 되졉을 당ᄒ며 견딜 슈 업는 ᄉ졍을 밧어도 법과 권리는 무단히 소요ᄒ지 말고 니졍과 쥬권은 간에치 말기로 힘쓰는디 이거시 예슈교회에 본 셩질이라. 그러나 셩셔복음은 항샹 써거진 나라에 변혁ᄒ는 시초라. 독립 셩질과 인민에 덕힝과 츙이와 올코 진실ᄒ 것을 가라쳐 풍속과 졍형을 날노 시롭게 ᄒ미 이거시 필경은 변혁의 긔초가 되는지라. 영국의 혁명과 미국의 독립이 다 이러케 긔초잡혓나니 대한에도 한갓 바랄 거슨 교회에 달녓스나 조션에 인졍이 항샹 약ᄒ고 안졍ᄒ야 용밍이 젹으미 ᄌ연 셔양에 강쟝ᄒ 인민보다는 더듸될 터이나 조만간 긔명에 긔초는 이에 달닌지라. 대기 써근 졍치와 복음에 힘은 함ᄭ 셔지 못ᄒ나니 아모리 졍치샹 관계를 간에치 안으려 ᄒ나 긔명에 힘쓰는 사름들이 열심히 교화와 합ᄒ야 속히 운동ᄒ고ᄌ ᄒ는 고로 교ᄉ들이 가쟝 엄금ᄒ야 ᄌ연히 화ᄒ야 ᄎᄎ 되기를 쥬의ᄒ나니 (미완)

▲ 11월 26일 대한 근일 졍형 번역 련속(七)

각국이 긔명을 시작ᄒ 젹에는 항샹 졍변이 일허나 피가 만히 흘으고 되는 법이나 다만 교화의 복음으로 긔초를 잡은 후에는 흔히 피를 흘니지 아니ᄒ고 슌히 되는 법이라. 이럼으로 교회에셔 ᄒ는 일이 날마다 대한의 긔명을 직촉ᄒ야 대한을 변혁ᄒ게 만드는 바ㅣ나 다만 사름의 마음을 흔둘식 고쳐 변ᄒ게 홈이오 싱령을 소요ᄒ거나 법률에 침범홈을 허락지 안느니 이 모양으로 필경은 공평 진실ᄒ 덕힝을 인도 비양ᄒ야 조션 인민이 쏘흔 도탄을 면ᄒ고 홈ᄭ 문병부강에 나갈 쥴을 밋는 바ㅣ라.

그러나 교회에셔는 항샹 졍치샹 간에가 업고져 ᄒ야 교ᄉ들이 항샹 셔로 조속ᄒ는지라. ᄒ물며 조션이 아직도 긔명에 나셔지 못ᄒ야 쳐ᄉ

40

국이라 ᄒ나 실상은 쾌히 열어노흔 나라이라. 당초 통상 약도에는 각 통상 항구와 거류디 외에는 무란히 티왕ᄒ거나 오릭 살기를 허락지 안 엇스나 그후에 불란셔에서 특별히 더 후흔 약됴를 엇어 어듸던지 오국 인 사는 곳슨 다ᄀᆺ치 거류ᄒ게 ᄒ다 ᄒ엿스믹 각국이 다 젼 약됴를 불 게ᄒ고 이와 ᄀᆺ치 힝ᄒ는듸 일인은 자츠로 닉듸에 어듸 아니 사는 곳시 업는 고로 각국인이 다 일로 인연ᄒ야 어듸던지 못 가 살 곳시 별로 드물지라. 이 형편이 졈졈 더 열니기는 쉬우되 다시 금ᄒ기는 만무흔즉 조션이 다시는 쳐ᄉ국이 되지 못ᄒᆯ지라.

죠션 사름의 셩질이 조흔 거시 여러 가지니 죠션 관인들은 힝ᄉ를 엇지ᄒ던지 교인들은 맛당히 즈긔 도리를 직혀야 ᄒᆯ지라. 그러나 그 빅셩의 셩질이 항상 약ᄒ야 쳥인과 일인만도 못ᄒ믹 이 약흔 셩질로 인연ᄒ야 닉듸에셔는 탐관오리에 도탄과 탐학을 밧으며 그 견딜 슈 업 는 ᄉ졍을 무심이 당ᄒ고 ᄒᆯ 슈 업셔ᄒ며 밧그로는 나라이 리웃 강국의 압졔와 핍박을 당ᄒ며 아직 무스히 부지ᄒ기만 다힝이 넉이는지라. 나 라 형세가 인ᄒ야 곤궁 위급ᄒ믹 이것을 아직 부지ᄒ기 위ᄒ야 무명잡 세를 갓가지로 밧으며 직물을 륵탈ᄒ야 곤궁흔 빅셩이 힘드려 농ᄉ흔 곡식을 편이 먹어보지 못ᄒ믹 이 즁에셔 날로 염치와 례모가 업셔지며 속이고 잔히ᄒᄂ 마음이 졈졈 자라셔 엇지ᄒᆯ 슈 업는 지경에 이른지라. 그러나 그 빅셩에 총명은 남만 못지 아니ᄒ니 만일 조흔 졍부 아릭셔 잘 교육ᄒ면 참 조흔 빅셩들이 될지라.

이 졉경흔 쳥국에는 외국인을 슬허ᄒᄂ 싱각이 대단이 심ᄒ되 죠션에 는 지금 이런 싱각이 조금도 보이지 아니ᄒ니 실로 리상흔 일이라. 삼십 년 젼에는 외국인을 밧지 안으려 ᄒ야 일쳔팔빅륙십륙년에 란리가 이러 나 텬쥬교인이 합이 이만명이 죽은지라. 그 동안에 이 형편이 엇더케 변ᄒ엿던지 그 구습이 다 업셔지고 다만 몃몃 관인들과 완고흔 션빅들이 혹 슬허ᄒ야 긔명에 쥬의가 조연이 져희도는지라. 직작년 양력 십일월 이십일에 은밀히 조칙이 나리사 민심을 션동ᄒ야 외국인을 반듸ᄒᆯ 거죠 를 십이월 오일에 거ᄉ흐게 ᄒ엿더니 (본샤에셔는 자셰히 아지 못ᄒᄂ

바ㅣ나 본문디로 번역ㅎ노라) 대기 민심이 동ㅎ기 쉬운 것은 기명훈 나라에셔됴 흔히 당ㅎ는 바ㅣ오 한번 동훈 후에는 졸연히 진정키 어려오며 빅셩이 그 지경에 이른 후에는 원슈와 은인을 분간치 못ㅎ는 법이 어늘 하물며 이 어두은 빅셩이 이 경우를 당훈다 ㅎ즉 그 위험홈이 엇더ㅎ리오. 이 째에 다힝이 미국 공ㅅ의 연슉훈 슈단으로 셰상에셔 져혀 모로는 비밀훈 운동을 밀이 발각ㅎ야 이 비계를 파ㅎ고 무ㅅ히 만들미 일을 잠시 귈ㄴ 묘게로 돌녀 보ㄴ고 무ㅅ이 타쳡ㅎ엿더니 그 이듬히 삼월 십팔일에 그 모의ㅎ든 자 즁에 한 김영쥰이 교형에 쳐ㅎ더라.

〈이 즁에 우리 못듯던 소문이 만이 잇스니 젹실 여부는 본새에셔 ㅈ셰히 알 슈 업스나 년젼에 김영쥰이 경무ㅅ로 잇슬 째에 무슴 일이 잇셧던지 미국 공ㅅ와 산도 씨가 탄ㅎ는 고로 김씨가 곳 불변ㅎ리라 ㅎ더니 산도 씨는 궁ㄴ부 고문관이 되고 쏘 엇지엇지ㅎ더니 다시 김씨도 관계치 안코 다른 일도 업스미 셰상에셔 지금ㅅ지 리상히 넉인다더라.〉 (미완)

▲ 11월 27일 대한 근일 졍형 번역 련속(八)

동양 각국에는 형편이 항샹 위틱ㅎ야 변란이 어늬 쩌에 싱길넌지 모론지라. 그 근인인즉 졍치가 바로잡히지 못ㅎ고 탐쟝토식이 날로 심ㅎ미 아모리 나약훈 민졍이라도 능히 견듸기 어려울지라. 이 즁에셔 엇지 쟝구히 편ㅎ기를 긔약ㅎ며 훈번 소동ㅎ야 졍신을 ㅊ리지 못ㅎ게 될진디 친구와 원슈를 분간치 못홀지라. 이번에 제쥬 민란으로 보아도 텬쥬교인들이 혹 셰감이 되어 늘어 밧는 셰를 것우는 고로 빅셩이 견듸지 못ㅎ야 일시에 이러나 교인을 무슈히 샹히ㅎ미 형셰가 심히 흉흉훈지라. 산신히 진졍ㅎ미 예슈교인들은 이 ㅅ건에 간셥이 업셧스나 이거시 다 민졍을 진졍치 못ㅎ야 싱기는 근심이라. ㅎ믈며 흉년이 들기 쉬운즉 빅셩이 더욱이 엇지 견듸리요. 이 쩌를 타셔 상져ㅎ든 리웃 나라에셔 이 ㅅ졍을 ㅈ셰히 알고 응당 민졍을 션동ㅎ야 닌란이 싱기게 ㅎ고 흔단을 타셔 졍치를 더욱 갓가히 간섭ᄒ려 ᄒᆯ지니 <u>조선 남도에셔 불구에 소통이 일허ᄂᆞ기가</u> 심히 렴려되는 바ㅣ더라.

그러나 이상에 말ᄒᆫ 바는 다 들어난 근심이어니와 그 속을 더 궁구ᄒᆯ진ᄃᆡ 가장 국셰의 위급ᄒᆷ인즉 민졍이 모도 썩어지고 요ᄉᆞᄒ고 궤휼ᄒᆫᄃᆡ 침혹ᄒᆞ야 열닌 빅셩은 잠시도 이즁에서 살 슈 업슬 듯ᄒᆞᆫ지라. 셔양 교ᄉᆞ들이 남녀로소간에 사는 자ㅣ 무슈ᄒᆞᆫᄃᆡ 이 사름들인즉 도탄즁에 든 연고로 이 나라와 사름들을 위ᄒᆞ야 와셔 각기 ᄌᆞ의로 고초를 ᄀᆞᆺ치 격그며 일ᄒᆞ는 거시라. 만일 이 나라ㅣ 열니고 빅셩이 다 편안ᄒᆯ진ᄃᆡ 미국이나 영국에 교인들이 무엇ᄒᆞ러 왓스리요. ᄒᆫ 교ᄉᆞ의 어린 ᄯᆞᆯ이 잇셔 그 모친다려 뭇기를 어머니 여긔 사름들의 사는 거시 미국만 못ᄒ 구려 ᄒᆞᆫᄃᆡ 그 모친이 답왈 오냐 그러ᄒᆞ다. 여긔가 우리나라만 못ᄒᆫ 고 로 우리가 여긔 왓ᄂᆞ니라 ᄒᆞ엿ᄂᆞ니 외국 션교사들은 맛당히 이 ᄯᅳᆺ를 잊지 말고 이 사름들을 구졔ᄒᆞ기 위ᄒᆞ야 일을 더욱 부지런히 ᄒᆯ 거시오 본토 사름들도 맛당히 이 ᄯᅳᆺ을 속히 ᄭᅢ달아 ᄉᆞᆫ닥업시 ᄆᆡ워ᄒᆞ지 말지라. 이 빅셩들에 교졔ᄒᆞ는 모양을 볼진ᄃᆡ 쳥국갓치 반ᄃᆡᄒᆞ는 마음은 업고 도로혀 외국인에게 의뢰ᄒᆞ야 <u>그 환란과 고초 당ᄒᆞ는 사졍으로 외국인에 구졔를 바라며 나의 ᄂᆡᄃᆡ 유람ᄒᆯ</u> ᄯᅢ에 도쳐에 그 민졍을 살핀 거시 ᄯᅩ한 족히 젼국인을 다 짐작ᄒᆯ지라. 가는 곳마다 사름이 겹겹이 에워 ᄊᆞ셔 구걸ᄒᆞ며 혹 웃는 낫츠로 졍다히 인ᄉᆞ도 ᄒᆞ고 혹은 무엇슬 가져다가 ᄃᆡ졉도 ᄒᆞ며, 우리가 구ᄒᆞ는 것은 말ᄒᆞ는 ᄃᆡ로 엇어쥬며 우리가 혹 갑슬 쥬면 도모지 밧지 안코 먼 길에 편히 ᄅᆡ왕ᄒᆞ기를 부탁ᄒᆞ며 졍답고 공손ᄒᆷ이 교인이나 일톄로 각별ᄒᆞ더라.

ᄂᆡ외국인의 관계를 말ᄒᆯ진ᄃᆡ 첫ᄌᆡ 대한 사름들이 령민ᄒᆞ야 감동ᄒᆞ기 쉬운 고로 교육만 식이면 화ᄒᆞ기 쳥인보다 대단히 혹ᄒᆯ 거시오, 둘ᄌᆡ는 몃빅년을 강ᄒᆫ 리웃 나라에 속ᄒᆞ야 지ᄂᆡ엿스ᄆᆡ 지금은 비록 일홈으로 독립이라 ᄒᆞ나 실샹은 아직도 외국에 의뢰ᄒᆞ는 마음을 바리지 못ᄒᆞ엿 스며, 셋ᄌᆡ는 셰를 만히 거두며 빅셩을 잘못 다스리는 즁에서 환란곤궁 이 ᄉᆞᆼ겨 사름마다 구졔ᄒᆞ고 보하ᄒᆞ여 쥬기를 바라ᄆᆡ ᄌᆞ연히 교회 즁에

셔 도아쥬는 힘으로 구졔ᄒ기를 바라며, 넷지는 미국 공ᄉ가 쳐음 척신 귀족에 위틱홈을 구원ᄒ엿고 을미ᄉ변 째에 황실이 ᄯ한 위틱ᄒ 고로 미국 공ᄉ와 여러 교ᄉ들이 힘써 보호ᄒ여 들엿드믹 내가 폐현홀 째에 우에셔 친히 날다려 그 째 감ᄉᄒ던 말슴을 ᄒ시는지라. 조선에 근일 졍형이 대강 이러ᄒ더라.

〈본 긔쟈ᅵ 왈 이샹 여달 폭에 련일 번역ᄒ 것은 다 <u>아더 ᄲ라운 씨의 대한 유람긔</u> 즁에셔 대강만 ᄲ바 번역ᄒ 거시라. 련ᄒ여 즈세히 보면 내 나라 ᄉ졍도 더 알 거시 업지 안으오니 외국인이 우리를 엇더케 싱각ᄒ는지 깁히 짐작홀지라. 그만 ᄭᄎᄎᆞᆯ 맛치노라〉

44

02.

관광 담론의 형성과
계몽적 기행 체험
(1906~1910)

1. 황성신문¹⁾

[01] 『황성신문』 1900.09.12.13~10.16. 외보, 北京在圍日記 (26회)
[02] 『황성신문』 1902.12.05. 논설, 遊覽世界 增長 學識 (유람, 견문론)
[03] 『황성신문』 1905.06.01. 별보, 韓國 見聞錄 抄記
[04] 『황성신문』 1905.09.25~27. 논설, 東遊聞見 (3회)
[05] 『황성신문』 1905.10.02. 잡보, 游 帝室 博物館 記 (5회, 한문)
[06] 『황성신문』 1905.10.19~21. 외보, 上野 公園 動物園記 (3회, 한문)
[07] 『황성신문』 1905.10.23~25. 觀 植物園 記 (2회, 한문)
[08] 『황성신문』 1906.04.02. 잡보, 大東 古蹟(고적)
[09] 『황성신문』 1907.04.08. 광고, 일본 유람협회 회원 모집
[10] 『황성신문』 1907.04.23. 잡보, 일본 유람협회 관람순서 (유람, 관광 담론)
[11] 『황성신문』 1907.09.06~07. 잡보, 박람회기(2회, 경성 박람회 = 견문기)
[12] 『황성신문』 1908.04.03. 잡보, 일본 순유회 예정 (일본 유람, 기행)
[13] 『황성신문』 1908.04.04. 광고, 한국신사일본 순유회 취지서
[14] 『황성신문』 1908.07.03. 논설, 묘향산의 만취경황 (국토의식, 묘향산)
[15] 『황성신문』 1908.09.12. 논설, 蒙拜 白頭山靈 (백두산, 기행 담론)
[16] 『황성신문』 1908.10.27. 논설, 아국 칠십년 전 선각자의 관념 (기행문)
[17] 『황성신문』 1909.01.30. 광고, 서적 광고 (기행-금강산 관련 책자)
[18] 『황성신문』 1909.05.09. 논설, 보성학교 수학여행 (관광, 수학여행, 기행문)
[19] 『황성신문』 1909.07.27. 논설, 아한 학생에게 청국의 하기 여행을 권흠
　　　(여행 담론, 기행)
[20] 『황성신문』 1909.07.30. 奇聞, 도립수행으로 세계 일주 (기행)
[21] 『황성신문』 1909.08.11. 잡보, 서도 여행기사 (기행문, 서도, 박은식)
[22] 『황성신문』 1909.08.13. 별보, 서간도 실기 (기행문, 실기)
[23] 『황성신문』 1910.02.01~04. 잡보, 안씨의 여행기(1) = 기행문 = 안병찬(4회)
[24] 『황성신문』 1910.06.01~06.08. 잡보, 松井 국장 연설 (5회, 관광단)
[25] 『황성신문』 1910.06.21~07.01. 잡보, 西道 旅行記, 박은식 (7회)

---

1) 『황성신문』의 기행 자료는 국한 혼용체로 유람기, 수학여행 관련기, 시찰기 등이 다수
발견된다. '북경재원일기'(1900.9.2~10.16)는 일본 시사신보 기자의 북경 체류 일기이며,
'유 제실 박물관기(遊 帝室 博物館記)'(1905.10.2~10.6) 등의 한문 기행문도 나타난다. 박
은식의 '서도 여행기'(1910.6.21~7.1)와 같은 근대식 기행문도 주목할 만하다.

[01] 『황성신문』 1900.09.12~13. 외보, 北京在圍日記 (일본 시사신보 기자의 북경 체류 일기)2)

▲ 9.12. 時事新報에 揭흔 바 北京 特派員의 在圍日記3)를 左에 譯載ᄒ노라.

六月 十九日 午後 西公使가 居留民에게 午後 八時에 公使館에 來輯ᄒ

---

2) 이 취재일기는 의화단 운동 당시 북경에 체류했던 일본 시사신보 기자의 일기임. 의화단 운동 기간 일본인 기자로 서양 제국주의자들의 전쟁 상황을 담아낸 무용담에 불과함= 이 기사를 게재한 이유가 무엇일지 추측하기 어려움.

3) 이 일기는 의화단 운동과 깊은 관련이 있음. 「참고」 의화단 운동(義和團運動)은 청나라 말기 1899년 11월 2일부터 1901년 9월 7일까지 산둥 지방, 화베이 지역에서 의화단(義和團)이 일으킨 외세 배척 운동이다. 의화단의 난이라고도 하며 1900년, 즉 경자년(庚子年)에 일어난 교난이라는 의미로 경자교난이라고 부르기도 한다. 또 의화단을 주먹을 쓰는 비적들이라는 의미의 '권비(拳匪)'나 '단비(團匪)'로 지칭하였는데, 따라서 의화단운동을 '의화단의 난', '권비의 난', '단비의 난' 등으로 지칭하기도 하였다. 산둥 지역에서는 일찍이 의화권(義和拳)이라는 민간 결사가 생겨나 반외세 운동을 벌이고 있었는데 1897년 독일이 산둥성 일대를 점령하자 의화권의 반외세, 반기독교 운동이 격화됐다. 의화권은 다른 민간 자위 조직에 침투해 통합을 이루고는 스스로 의화단이라고 칭했다. "부청멸양"을 구호로 내건 본격적인 의화단 운동은 독일 로마 가톨릭 교회의 선교활동이 왕성했던 산둥 성의 북부 지역에서 1898년 4월부터 일어나기 시작했다. 이 해 여름부터 비가 오지 않는 날이 계속되어 가뭄 피해가 극심해지자 많은 유민이 발생했는데 이들이 대거 의화단에 가입했다. 1899년 12월에 새로 부임한 산둥 순무(巡撫) 위안스카이는 열강의 요구에 따라 의화단을 강력히 탄압했는데 이것이 의화단 세력이 허베이 성으로 번지는 계기가 되면서 의화단 운동이 더욱 격렬해졌다. 의화단은 철도, 교회, 전선 등 모든 외래적인 것을 파괴하기 시작했고 기독교도를 학살하기도 했다. 1900년 1월 서태후가 황제인 광서제를 폐위시키려고 했으나 열강이 서태후의 의도를 간파하고 공동으로 압력을 가해 그 의도를 좌절시켰다. 이 때문에 청나라 정부의 수구파는 의화단의 배외 운동을 고무해서 열강에 압력을 가하고자 했다. 1900년 6월에 의화단이 베이징에 있는 외국 공관을 포위 공격하자 서태후는 그들을 의민(義民)으로 규정하고 열강에 선전 포고했다. 이에 러시아, 일본, 독일, 영국, 미국, 이탈리아, 오스트리아, 프랑스 8개국이 파병해서 베이징을 비롯해 양쯔 강 이북 지역을 대부분 점령했다. 열강은 중국을 분할하지 않는 대신 보존하기로 결정하는 한편 청나라 왕조와의 협상을 거쳐 1901년 9월 7일에 강화 조약인 신축 조약(베이징 의정서)을 체결했다. 그 내용은 청나라가 제국주의 열강에 거액의 배상금을 지급하는 동시에 열강의 중국 내 군대 주둔권을 인정하는 것이었다. 이 사건으로 인해 중국의 반식민지 상태가 더욱 심화되었다. 출처: 〈위키백과〉

라 通知홈을 因ᄒ야 公館에 赴ᄒ니 公使가 告ᄒ여 曰 淸國 政府에셔 太沽砲臺(태고포대) 攻擊의 事ᄂ 外國이 肯自起事ᄒ 터인즉 二十四時 內에 北京을 退去ᄒ라고 淸廷의 通牒이 來홈으로 各國 公使 等이 會議 흔 後 退去 期限을 四十八 時間으로 延期홀 事, 沿道의 保護 輜重車를 供給홀 事로 請求ᄒ 터이니 諸君은 天津으로 退去홀 準備를 ᄒ되 아모 조록 輕裝과 武器를 携帶홈이 可ᄒ니라 ᄒ거늘 予等이 宿所로 各歸ᄒ 야 所持흔 金銀 衣服은 今에 不緊홈으로 雇丁(고정) 等에게 分與ᄒ고 다만 每人이 各二升 白米를 携ᄒ고 明日 出發ᄒ기로 決ᄒ야 其夜ᄂ 一 睡(일수)도 不着ᄒ고 退去홀 準備에 忙殺(망살)ᄒ다.

六月 二十日 日本 居留民이 悉其居宅을 棄ᄒ고 公使館에 集홈이 倫敦 泰晤士報(윤돈 태어사보, 런던 타임스 신문)의 通信員 모리손 氏가 來 訪ᄒ되 英國 及 德法美伊墺(영국, 독일, 프랑스, 미국, 이탈리아, 오스트 리아) 等은 皆 此地에 留ᄒ고 天津으로 退去 안키로 決ᄒ얏스니 此ᄂ 退去 途中에서 大兵의 襲攻을 被ᄒ면 一擊之下에 鏖殺ᄒ깃기로 各國이 皆 北京에 籠居홀 決心이어늘 日本과 俄國이 退去를 主唱홈은 何故오 ᄒ거늘 余曰 其由를 知치 못ᄒ노라 ᄒ니, 모리손 氏가 又曰 此를 詳細히 書記官 等에게 告ᄒ얏노라 ᄒ되, 日本 公使館에서ᄂ 尚且 退去홀 準備 에 忙然ᄒ야 秘密書類를 燒却ᄒ얏더라.

此朝에 各國 公使가 總署에 向ᄒ야 十九日 照會흔 回答을 促홀 터인 디 德國 公使 켓틀어 氏가 몬저 總署로 赴ᄒ다가 途中에서 支那兵의 狙擊을 受ᄒ야 死體ᄂ 被奪ᄒ고 隨行 譯官은 負傷ᄒ얏스나 艱辛히 虎口 를 脫ᄒ야 逃歸ᄒ얏더라. 於是에 各國 公使가 總署行을 中止ᄒ고 更히 總署에 向ᄒ야 天津에 立退홈이 困難흔즉 滯京홀 意로 通홈이 總署도 回答ᄒ되 途中의 危險이 有흔즉 滯京홈이 可ᄒ다 ᄒ얏스니 此ᄂ 各國 公使와 淸國 政府間의 最後 往復이라.

各國이 會議ᄒ 後 英國 公使館으로써 最後 退去地로 決ᄒ고 몬져 婦女子를 同 公館에 集ᄒ고 兵士 外에 在ᄒ야 其力所及ᄃ로 防禦ᄒ기에 決事ᄒ고 但 日本만 軍隊의 數가 寡少ᄒ으로서 義勇兵ᄭ지 進ᄒ야 兵士와 ᄒ의 戰鬪에 與ᄒ야 防禦 工事에 忙急ᄒ더니 午後 四時에 至ᄒ야 淸兵이 몬져 發砲ᄒ야 英國 防禦地를 攻擊ᄒ거늘 英兵이 應戰ᄒ시 漸次로 此處 彼處에 銃聲이 起ᄒ야 入夜益激ᄒ야 砲聲裡에 一夜를 明ᄒ다.

▲ 9.13.

六月 二十一日 日淸國 政府에서 各國 公使에게 十九日 洞知ᄒ 事ᄂ 諸外國을 向ᄒ야 戰爭을 開ᄒ 由를 我輩ᄂ 다만 驚異ᄒ 쑨이더니 最後에 各國을 向ᄒ야 滯京ᄒ이 도로혀 安全ᄒ다 ᄒ기로 或은 淸國 政府가 戰爭ᄒ 意가 必無ᄒ 것을 其 義和團徒(의화단도)가 董福祥(동복상)의 雜兵과 亂을 混成ᄒᄂ 줄노 疑ᄒ얏더니 本日 上諭를 見ᄒ즉 諸 外國을 敵으로 合아 開戰의 意를 宣布ᄒ 其勅旨에 曰 我朝 二百數十年에 深仁厚澤(심인후택)ᄒ야 凡遠人이 中國에 來ᄒ 者를 列朝列宗이 懷柔로써 待치 아님이 無ᄒ고 道光 咸豊 年間에 及ᄒ야 彼等의 請ᄒᄂ 바를 依ᄒ야 互市를 許ᄒ고 又 我國에 敎法을 傳ᄒ기를 請ᄒ되 其人에게 爲善ᄒ을 勸ᄒᆽ노라 ᄒ기로 此를 免許ᄒ얏더니 彼等도 (1줄 미입력) 束ᄒ지 三十年來에 我國의 仁厚ᄒ을 恃ᄒ고 乃益肆梟張(효장)ᄒ야 我國家를 欺陵(기릉)ᄒ며 我土地를 侵占ᄒ며 我人民을 蹂躪(유린)ᄒ며 我財物을 勒索ᄒ니 朝廷이 稍稍 注意ᄒ건ᄃ 彼等이 負其兇橫ᄒ이 日一日甚ᄒ야 無所不至ᄒᄂ지라 小則平民을 欺壓ᄒ고 大則神聖을 侮慢ᄒ으로 我國 赤子의 仇怨이 鬱結ᄒ야 人人이 欲得甘心ᄒ더니 至是에 義勇이 敎會堂을 燒ᄒ며 信敎者를 屠殺ᄒ되 朝廷은 開釁을 不肯ᄒ고 如前히 保證ᄒᄂ 者ᄂ 各人民을 傷ᄒ가 恐ᄒ야 詔旨를 再降ᄒ야 使館을 保衛ᄒ고 敎民을 加恤ᄒ 事로 申ᄒ지라 故로 前日拳民敎民이 皆吾赤子란 諭旨가 有ᄒ은 信敎者와 普通人民의 夙怨을 解키 爲ᄒ이라 朝廷이 遠人을 懷柔ᄒ이

至矣盡矣ㅎ되 彼等은 不知感激ㅎ고 反肆要挾ㅎ야 昨日에 公然히도시란 者ㅣ我에 照會ㅎ되 太沽砲臺를 出ㅎ야 歸彼看管ㅎ면 已어니와 否然ㅎ면 以力襲取ㅎ깃노라 危辭恫喝ㅎ는 其意가 肆其披猖ㅎ야 畿輔를 永制ㅎ라는데 在ㅎ니 平日隣交의 道에 我未嘗失禮於彼ㅎ거늘 彼가 敎化國이라 自稱ㅎ면서 乃無理橫行ㅎ야 堅兵利器를 專恃ㅎ고 決裂을 自取홈이 如此ㅎ니 朕의 臨御가 將至三十年에 待百姓如子孫ㅎ며 百姓도 亦戴朕如天帝ㅎ고 況慈聖이 中興ㅎ샤 宇宙恩德의 被ㅎ는빅 挾髓淪骨ㅎ야 祖宗이 憑依ㅎ며 神祇가 感格ㅎ며 人人의 忠憤은 曠代所無라 朕今涕泣ㅎ야 先廟에 告ㅎ고 慷慨히써 師徒에게 誓ㅎ되 苟且圖存ㅎ야 貽羞萬古ㅎ느니보다 大張撻伐ㅎ야 一決雌雄홈이 孰勝ㅎ뇨ㅎ야 連日大小臣工을 召見ㅎ야 詢謀皆同ㅎ니 近畿山東等의 義兵이 不期同日에 集ㅎ는 者ㅣ 數十萬人에 不下ㅎ야 下로 五尺童子싯지 亦能執干戈ㅎ야 社稷을 衛ㅎ되 彼憑詐謀어던 我恃天理ㅎ고 彼憑悍力이어던 我恃仁心ㅎ야 無論我國은 忠信을 甲胄로숩고 禮義를 干櫓로숩아 人人甘死ㅎ고 且土地는 廣有二十餘省ㅎ고 人民은 多至四億ㅎ즉 彼兇燄을 翦ㅎ기에 何難ㅎ리오 臨陣退縮ㅎ고 甘心從逆ㅎ야 竟爲漢奸ㅎ면 朕은 卽刻嚴誅ㅎ야 決無寬貸홀지니 汝普天의 臣庶는 其各忠義의 心을 懷ㅎ야 神人의 憤을 共洩홈이 寔有厚望이니 欽此어다

此日塿伊의 防禦方面이 敵軍과 最尤接近ㅎ지라 朝來로 敵이 頻頻히 此方面을 向ㅎ야 發砲攻擊ㅎ니 塿軍이맛춤니 退却喇叭을 吹ㅎ거늘 我軍은써ㅎ되 塿가만일 其位置를 退却ㅎ면 此는 唇亡齒寒이니 自衛홀 困難을엇지홀고 憂慮ㅎ더니 少焉에 塿兵이 原位置를 恢復ㅎ얏스나 此日은 砲聲이 終日不絶ㅎ더라 (未完)

▲ 9.14.

六月 二十二日 敵軍이 大擧 來攻홈으로 塿兵이 先退ㅎ고 英法德이 亦退去ㅎ거늘 日本兵도 勢不得已ㅎ야 暫時 美國 公館으로 退去ㅎ얏다

가 原地로 再歸ᄒ얏스나 墺國 公館은 맛춤ᄂᆡ 被燒ᄒ고 其兵은 法國 公館 內로 退却ᄒ얏ᄂᆞᆫᄃᆡ 日本의 義勇兵 及 兵士가 同歸ᄒ야 一部ᄂᆞᆫ 公館을 保護ᄒ고 一部ᄂᆞᆫ 墺兵과 흠ᄭᅴ 肅王府(숙왕부)를 占據ᄒᆞᆫ지라. 盖 此肅王府ᄂᆞᆫ 英國 公館에 面ᄒᆞᆫ 樞要의 位置ᄂᆡ 만일 此 王府가 敵의 據ᄒᆞᆫ 빅 되면 外國軍은 東西로 分ᄒ야 交通이 斷ᄒᆞᆯ 쑨 아니라 敵兵이 此府에 據ᄒ야 英國 公使館을 攻擊ᄒ기가 極히 容易ᄒᆞᆯ지숨으로 日軍이 此處를 當先死守ᄒ기로 決ᄒ고 是夜에 伊國 公使館이 亦被燒ᄒ얏더라.

六月二十三日敵軍이 火를 又放ᄒ야 總稅務司하도 氏의 官舍가 被燒ᄒᆞᆫᄃᆡ 猛火烈燄이 其界隈를 燼燒ᄒᆞᆫ 中英國公使館의 北方되ᄂᆞᆫ 翰林院에서 火起ᄒᆞᆫ지라 若其火勢ㅣ 不衰ᄒ야 蔓廷에 至ᄒ게되면 英國公使館도 亦被燒ᄒᆞᆯ가 虞ᄒ야 共同協力ᄒ야 消防을 纔得ᄒ고 此時에 放火ᄒᆞᆯ 次로 來集ᄒᆞᆫ 敵十數名을 仆ᄒ고 午後에 至ᄒ야 日本公使館과 並列ᄒᆞᆫ 玻璃店에 放火ᄒᆞᆫ 者ㅣ 有ᄒ더니 德國兵이 來助ᄒ야맛춤ᄂᆡ 公使館을 安全히 保存ᄒ얏더라

六月二十四日此朝에 敵이 英國公使館附近에 放火ᄒ고 西方으로 從來ᄒ더니 未幾에 前面城壁上에 在ᄒᆞᆫ 支那兵이 東方에서 漸動ᄒ야 城墻을 從ᄒ야 公使舘街를 攻擊코져ᄒ거ᄂᆞᆯ 法德美의 兵이 突貫ᄒ야 此를 破ᄒ고 맛춤ᄂᆡ 占領ᄒ얏스나 兵力이 寡小흠으로 不得已棄退ᄒ니라 敵이 全力을 肅王府後面에 集ᄒ야 城壁을 破壞突入코저 謀ᄒ며 又梯子를 用ᄒ야 侵入ᄒ기로 計ᄒ고 彼處를 禦ᄒ면 此處로 出ᄒ야 殆不絶攻來ᄒ거ᄂᆞᆯ 英法의 援兵이 救我ᄒ야드ᄃᆡ여 敵軍으로ᄒ야곰 侵入치못ᄒ게ᄒ얏ᄂᆞᆫᄃᆡ 此日에 淸兵이 登梯蹻坂ᄒ야 進來ᄒᆞᆫᆫ것을 伊國兵이 狙擊退却ᄒ고 尙且登城ᄒ야 梯子를 奪ᄒᆞᆯ 際에 其前面에 一淸兵이 顚倒흠을 見ᄒ고 敵의 梯子를 利用ᄒ야 彼處로 飛降ᄒ야 能히 敵의 武器를 奪來ᄒ얏스니 此實使人感歎ᄒᆞᆯ만ᄒ며 且董福祥의 兵士가 英國公使館後面燒地에 隱ᄒ야 巧히 外國兵을 擊射ᄒ야 艱困케흠으로 英公使가 援兵을 請ᄒ니 (未完)

▲ 9.15.

日軍이 亦數名兵卒을 分ᄒᆞ야 英兵과흠의 突擊奮鬪ᄒᆞ야 悉其敵兵을 擊退흠이 英公使가 列國公使面前에셔 日本軍을 極稱ᄒᆞ더라 是日에 淸帝ᄭᅴ셔 義和團으로써 軍隊를 編制ᄒᆞ란 勅諭를 發ᄒᆞ야 肅親王剛毅等으로ᄒᆞ야곰 統率케ᄒᆞ고 又戶部로셔 粮米二百石을 發ᄒᆞ야 剛毅의 手를 經ᄒᆞ야 義和團에게 分與ᄒᆞ라ᄂᆞᆫ 上諭를 發ᄒᆞ얏더라 六月二十五日午後五時半에 白旗를 擧ᄒᆞᆫ 使者가 北河橋上에셔 公使舘을 保護ᄒᆞ고 開槍을 嚴禁ᄒᆞ란 命을 奉ᄒᆞ얏노라 示ᄒᆞᄂᆞᆫᄃᆡ 右使者가 武裝ᄒᆞᆫ 多數兵士에게 擁ᄒᆞ얏슴으로 英國兵이 彼를 向ᄒᆞ야 發砲흠이 同使者가 棄其白旗ᄒᆞ고 逃走ᄒᆞ거ᄂᆞᆯ 英國이ᄯᅩ 支那人을 遣ᄒᆞ야 其書를 受取케ᄒᆞᆫ즉 淸兵이 亦此를 向ᄒᆞ야 發砲ᄒᆞ니 其意思가 在何ᄒᆞᆫ지 通치못ᄒᆞ깃ᄂᆞᆫ지라 此ᄂᆞᆫ 淸國政府가 詭策을 弄흠인즉 白旗使者ᄂᆞᆫ 寸毫도 認重ᄒᆞᆯ것이아니오 彼必不意에 來襲ᄒᆞ리라 待ᄒᆞ얏더니 果然其夜에 董軍이 大擧ᄒᆞ야 王府의 後方을 再襲ᄒᆞ얏스나 我兵이 擊退ᄒᆞ야맛ᄎᆞᆷᄂᆡ 侵入치못ᄒᆞ고 尙且當日에 發ᄒᆞᆫ 淸帝勅諭를 見ᄒᆞᆫ즉 神機營虎神營及義和團에게 九十萬兩賞銀을 賜ᄒᆞ고 甘軍武營軍에게도 各有賞與ᄒᆞ얏더라

六月二十六日此日上諭ᄂᆞᆫ 兵丁及義和團에게 金銀을 與ᄒᆞᄂᆞᆫ 詔인ᄃᆡ 此一事로 徵ᄒᆞ더라도 銀을 與치아니ᄒᆞ면 赴戰치아니ᄒᆞᄂᆞᆫ 淸國兵士의 實情이 明흠을 得ᄒᆞ깃고 卄三四五의 三日은 從來에업던 劇戰을 經ᄒᆞ얏ᄂᆞᆫᄃᆡ 王府의 第一防禦地를 守키 不能ᄒᆞᆫ 形勢가 有ᄒᆞ야 第二防禦地를 設ᄒᆞ얏고 卄五日夜에 董軍이 大擧ᄒᆞ야 再次來襲ᄒᆞᆯ듯ᄒᆞᆫ 所傳이 有흠으로 日本公使舘을 守備ᄒᆞᄂᆞᆫ 義勇兵ᄭᅡ지 會集ᄒᆞ야 其來襲흠을 待ᄒᆞ더니 深夜에 入ᄒᆞ야 法軍方面으로셔 銃聲이 頻聞ᄒᆞ더니 王府ᄂᆞᆫ도로혀 平穩ᄒᆞ다

六月二十七日午後二時半에 至ᄒᆞ야 敵이 數日來에 盡力ᄒᆞ던 王府의

墻壁破壞ᄒ고 一時擁入ᄒ야 大殿에 放火ᄒ더니 日本軍이 第二防禦地에 據ᄒ야 此를 打擊흠이 敵軍의 侵入흔 者ㅣ一人도 生還치못ᄒ얏고 英國公使ᄂ 此報를 聞흔 後使者를 特派ᄒ야 賀意를 述ᄒ다

六月二十八日朝來에 予ㅣ數多人夫를 引率ᄒ고 王府東北口에 第二防禦地를 修ᄒ얏더니 敵軍이 此處에 來ᄒ야 八方으로 野砲를 放ᄒ고ᄯᅩ 前面의 高屋으로셔 亂擊ᄒ야 屋上의 日軍砲座를 破壞ᄒ고 卽入放火흔 後東面의 墻壁을 破壞ᄒ고 此處로셔 亂入ᄒ거ᄂᆯ 予ㅣ十數名人夫를 率ᄒ고 瓦石이 雨下ᄒᄂ 間에셔 防禦ᄒ다가 不幸히 所率人夫가 皆受傷흔지라 指揮官이 一時中止ᄒ란 命을 下ᄒ야 其夜에 更히 再襲ᄒᄂ 敵軍을 防禦ᄒ다

六月二十九日午後에 敵이 更히 東面墻壁을 破ᄒ고 侵入放火흠이 數日來苦心設計흔 日軍의 防禦工役이다 燒却되고ᄯᅩ 王府의 大部分도 盡燒ᄒ다

六月三十日伊太利軍이 日軍과흠ᄭᅴ 王府를 守ᄒ더니 敵이 此方面을 砲擊ᄒ고곳 侵入放火흠으로 予ㅣ다시 援助ᄒ야 防火ᄒᆯ 事만 施흠이 王府가 無事ᄒ다 (未完)

▲ 9.18.

七月 一日 城壁 上에 在흔 德軍 方面을 向ᄒ야 崇文門으로 來襲ᄒᄂ 敵軍의 勢ㅣ 頗激ᄒ니 德兵이 맛ᄎᆷᄂᆡ 棄城而下ᄒ고 美國 防守에 係흔 一小部를 保흘 ᄯᅮᆫ이라. 予ᄂ 昨日의 工役을 繼續ᄒ야 伊軍 方面에 加勢ᄒ기로 忙急ᄒ더니 敵兵이 提砲 又來ᄒ야 後面에셔 砲擊ᄒ거ᄂᆯ 一面은 英伊軍 一面은 日本軍이 突出迎擊흘ᄉᆡ 日英伊의 兵數名이 死傷ᄒ고 伊太利 士官은 右手를 被打흔지라. 此日 淸國이 義和團을 據ᄒ야 外國의

精銳를 當ㅎ란 勅諭를 發ㅎ얏더라.

▲ 9.19.=의화단 운동 당시 기독교에 대한 중국인의 태도

七月 二日 淸國 政府가 六個月 前붓터 電線이 不通이라 稱ㅎ고 外人의 使用을 妨ㅎ더니 本日 此에 關ㅎ야 一片 上諭를 發흔 바를 據ㅎ건딕 其 事實이 明白ㅎ고 尙且 勅諭로써 耶蘇敎徒 及 敎師에 關흔 件을 布告ㅎ되 敎徒가 邪說에 迷ㅎ야 敎師를 賴ㅎ야 屢行其非ㅎ며 異類에 感染ㅎ야 自取誅夷(자취주이)ㅎ ᄂ니보다 革面洗心ㅎ야 以復其本ㅎ이 可ㅎ니 若能悔悟前事ㅎ면 不問其非行ㅎ깃노라 흔지라. 是日에 敵이 大砲로써 各所에서 來攻ㅎ거늘 我軍이 맛츰ᄂᆡ 東北角을 棄退ㅎ고 午後에 敵이 北方을 更廻ㅎ야 日伊 方面을 砲擊홈으로 伊太利兵이 退却ㅎ난지라. 更히 第三 防禦地를 城上에 築홀 際에 義勇兵 日本 外交官補兒 島正一郎 氏가 敵에게 被殺ㅎ고 敵은 맛츰ᄂᆡ 第二 防禦地를 占取ㅎ얏더라.

▲ 9.20.

七月 三日 雨下ㅎ더니 午後에 晴홈이 敵이 頻頻히 放火ㅎ면셔 死力으로써 法軍 方面에 集ㅎ니 法 墺兵 等이 暫時 西賓間ᄭᅵ지 退却ㅎ다가 又 復 突出ㅎ야 原位置를 回復ㅎ고 王府에ᄂ 防禦에 忙急ㅎ고 此日에 美國兵이 城上에 敵營을 進擊ㅎ야 五十餘名을 斃(폐)ㅎ고 數多흔 武器를 取ㅎ얏더라.

▲ 9.21.

七月 四日~七月 八日 (…중략…)
七月 九日 李鴻章(이홍장)이 上諭로써 直隷 總督(직예총독)을 任ㅎ고 午前은 法軍 方面에셔만 銃聲이 有ㅎ더니 午後에 我東方의 守護地를

向ᄒᆞ야 大砲로 亂擊ᄒᆞ야 我 砲座를 破壞ᄒᆞ며 此邊 家屋을 燒却ᄒᆞ거늘 支那 人夫를 督ᄒᆞ야 內面에 防禦 工役을 施ᄒᆞ니 外面에서 瓦石을 投入 ᄒᆞ야 人夫와 義勇兵 小寺 氏가 負傷ᄒᆞ고 此日에 法國 公使館에 暗來放 火ᄒᆞ랴던 三名 敵을 捕縛ᄒᆞ다.

▲ 9.22.

(…7월 10일자 중략…)

▲ 9.23.

七月 十一日 予ㅣ 支那 義勇兵을 率ᄒᆞ고
七月 十二日 午前 三時에

▲ 9.25.

七月 十三日에 敵軍이 伊軍 及 我 牧丹臺의 砲壘를 向ᄒᆞ야
七月 十四日 義和團이 大擧 入京ᄒᆞᆫ 以來로

▲ 9.26.

七月十五日朝來로 敵軍이 大砲로 我東門을 攻ᄒᆞ고 又時時로 伊軍方 面도 其攻擊을 受ᄒᆞᄂᆞᆫ지라 此日에 總署를 向ᄒᆞ야 昨日의 荅書를 送ᄒᆞ 얏ᄂᆞᆫ딕 其大意ᄂᆞᆫ 總署에 赴往ᄒᆞᆯ 事ᄂᆞᆫ 謝絶ᄒᆞ고 且外國援兵의 來흠은다 만 我等外人의 生命財産을 保護ᄒᆞ기 爲흠이란 意를 附記ᄒᆞᆫ지라 其後使 者가 總署의 一封書狀을 齊歸ᄒᆞ얏스니 曰各國公使의 無事흠은 政府의 誠喜ᄒᆞᄂᆞᆫ빅라만일 外國軍이 發砲치아니ᄒᆞ면 政府도 亦淸兵을 命ᄒᆞ야 發砲치안케ᄒᆞᆯ터이오 幸히 兩軍이 俱不發砲ᄒᆞ면 政府가 更히 多數保護

兵을 公使舘附近에 增加ᄒᆞᆼ깃노라 使者ㅣ 英國公使舘에 將到ᄒᆞᆯᄉᆡ 皇城
內에 備ᄒᆞᆫ 大砲가 三發ᄉᆡᆫ지 放ᄒᆞ얏스나 幸히 使者ㅣ 無事而歸ᄒᆞ다

七月十六日日本水兵及義勇兵이 戰鬪區域은 廣濶ᄒᆞ나 人數ᄂᆞᆫ 極少ᄒᆞᆫ
中兵士二十三名內五名은 死ᄒᆞ고 六名은 重傷ᄒᆞ고 七名은 輕傷ᄒᆞ고 壯
健ᄒᆞᆫ 者ᄂᆞᆫ 五名에 不過ᄒᆞᆫ터인즉 晝夜毫不能憩ᄒᆞ야 體汚虱生ᄒᆞ되 洗濯
ᄒᆞᆯ 暇가 不有ᄒᆞᆷ으로 柴中佐가 英國公使에게 水兵을 請求ᄒᆞ야 二日間式
交代休息ᄒᆞᆷ을 得ᄒᆞᆫ지라 此日柴中佐와 英國副尉一名及倫敦泰唔士報와
通信員모리손 氏가 王府의 防禦區域을 巡察ᄒᆞ다가 敵의 狙擊을 受ᄒᆞ야
同副尉가 先倒ᄒᆞᆫ지라 柴中佐가 急歸ᄒᆞ야 軍醫를 率ᄒᆞ고 其塲에 至ᄒᆞ니
此時에모리손 氏도 右足을 被傷ᄒᆞ얏스나 回救ᄒᆞ기 足ᄒᆞ되 同副尉ᄂᆞᆫ맛
ᄎᆞᆷᄂᆡ 落命ᄒᆞ얏더라

七月十七日聞ᄒᆞᆫ즉 德國公使舘에 敵의 一哨官이 來言ᄒᆞ되 吾等이 互
相休戰中인 故로 散步次로 來ᄒᆞ얏노라ᄒᆞ고 敵對ᄒᆞᆯ 模樣이 更無ᄒᆞᆷ으로
防禦委員長이 命을 下ᄒᆞ야 妄然히 發砲ᄒᆞᆷ이 不可ᄒᆞ다 嚴命ᄒᆞᆫ지라 余ㅣ
東阿斯門外의 多數支那兵이 集合ᄒᆞᆫ 其內數名을 誘入ᄒᆞ야 詳査ᄒᆞᆫ즉 皆
新募兵이라 別般敵情은 知치못ᄒᆞ나 彼等이 我砲壘에 接近ᄒᆞ되 恐怖ᄒᆞ
ᄂᆞᆫ 模樣이 無ᄒᆞ니 此ᄂᆞᆫ 休戰ᄒᆞᆷ인줄노 信ᄒᆞ고 且法國學生一名이 支那兵
과 接話ᄒᆞᄂᆞᆫ데 突然히 兩面으로서 多數淸兵이 出ᄒᆞ야 總署로 捕送ᄒᆞ더
니 總署에셔도로혀 厚遇ᄒᆞ야 水瓜等物을 彼에게 與ᄒᆞ야 歸送ᄒᆞ되 政府
가 誠意로 平和를 希望ᄒᆞᄂᆞᆫ 意를 傳케ᄒᆞ고 尙且數日外國軍이 一個發砲
가 無ᄒᆞᆷ은 政府의 大喜ᄒᆞᄂᆞᆫ바라ᄒᆞᆫ 書翰을 給ᄒᆞ야 無事送歸ᄒᆞ얏더라

七月十八日此日은 愈益平靜ᄒᆞ야 淸兵이 我砲臺에 益益接近ᄒᆞ야 休
戰을 悅ᄒᆞᄂᆞᆫ 意를 述ᄒᆞ며 榮祿의 兵과 董福祥의 軍幾十이 來談도ᄒᆞ며
且彼等中에셔 附近家屋에 入ᄒᆞ야 掠奪을 擅恣ᄒᆞ야 空手로 歸去ᄒᆞᄂᆞᆫ 者
ㅣ 無ᄒᆞᆫ지라 余가 我砲臺外에 出ᄒᆞ야 彼等과 接近ᄒᆞ야 彼等에게 野菜等

買入을 試托홈이 快諾ㅎ고 直其數多ㅎ 水瓜菓物鷄卵等을 携來ㅎ거늘
於是에 朝市를 始得혼지라 鷄卵野菜를 조곰식 一般에 分혼즉 人人다다
其幸을 喜悅흘쑨아니라 余等이 此支那兵과 混談흘 際에 我公使舘에셔
七月初旬天津에 派遣혼 一名使者가 敵과 混入ㅎ야 余側에 來ㅎ야 天津
으로셔 歸來혼 事를 告ㅎ거늘 余ㅣ喜不自勝ㅎ야 直時柴中佐에게 引到
홈이 彼가 天津軍의 手翰을 携帶혼지라 此를 據혼즉 福島少將이 三四千
兵을 率ㅎ야 天津攻擊에 聯合軍이 大勝利를 得ㅎ얏고 山口中將이 第五
師團兵一萬五千을 率ㅎ고이믜 上陸ㅎ야 ——日頃에는 天津을 發ㅎ야
更히 北京에 向흘 事가 明白홈으로써 急히 右意를 英國公使에게 通ㅎ
고 直刻此를 告示ㅎ니라 (未完)

▲ 9.27.

援軍의 消息을 聞치못혼지 一個月半에 久及ㅎ야 一縷의 妄想을 僅抱
ㅎ고 慰憂ㅎ던 幾多可憐혼 邦民外國人及教民等이 今에 確實혼 援軍의
書信을 接ㅎ고 歡極ㅎ야 手舞足蹈에 不知所止ㅎ야 人人이 皆一個月餘
의 愁眉를 開ㅎ더라○此日에 總署의 一書記官이 美國公使舘에 來ㅎ야
既已休戰ㅎ고 互相發砲안키로ㅎ얏스니 城壁上에 在혼 美國兵을 撤退
케ㅎ라 云ㅎ며 尚且杉山氏의 死骸는 맞춤늬 探得치못ㅎ얏스나 德使의
死體는 華柩에 收入혼 事를 語ㅎ며 李鴻章이 直隷總督을 任ㅎ다ㅎ얏거
늘 英公使等이 右에 對ㅎ야 城壁上의 兵은 斷然히 撤退치못ㅎ깃다는
意로 告送ㅎ니라 是日ㅣ諭에 曰此次中外之肇釁啓於民教之相闘嗣因太
沽砲臺被佔以致激成兵端朝廷宜重邦交仍小肯輕於決絕迭經明降諭旨保
護使舘並諭各直省保護教士現在兵事未弭各國商民在中國者甚多均應一
律保護着該將軍督撫查明各國洋商教士在通商各阜暨各州縣者依條約一
體認眞保護不得稍有疎虞上月日本書記杉山彬被戕止深駭異乃未幾復有
德國公使被害之事該公使駐京辦理交涉遽遭傷害惋惜尤深應仍嚴飭拿兇
手務獲究辦所有此次天津間戰後除因戰事外其有因亂無故被害之洋人教

58

士等及損失物産着順天府直隷總督飭屬分別查明聽候彙案核辦至近日各
處土匪亂民焚殺劫掠擾害良民尤屬不成事體着該督撫及各統大員查明寔
情形相機剿辦以靖亂源將此通諭知之欽此 (未完)

▲ 9.28.

七月十九日此日에 總署의 書翰二封이 來ᄒ얏ᄂᄃᆡ 一은 皇帝ᄭ셔 各
國帝王及大統領ᄭᆡ 淸國目下의 危急을 訴ᄒᆫ 者오 其他ᄂᆫ 慶親王의 私信
이라 其中에 有曰義和團徒가 北京에 益多進入ᄒ니 畢竟政府力으로 此
를 制키 難ᄒᆫ즉 天津으로 撤退홈이도로혀 安全홀듯ᄒ다ᄒ거ᄂᆞᆯ 外國公
使가 此를 答ᄒᄃᆡ 撤退를 能히못ᄒᄀᆞᆺ노라ᄒ얏더라

七月二十日此日도 至極히 穩靜홈으로 工役을 竣홀ᄉᆡ 余가 多數人夫
를 率ᄒ고 處處에 防禦砲壘를 築ᄒ다가 淸兵의 狙擊을 遭ᄒ야 支那人一
名이 被殺ᄒᆫ지라 英國公使及武官等의 意見에ᄂᆫ 彼ᄂᆫ 攻擊ᄒ기 爲ᄒ야
工役을 施ᄒ고 吾ᄂᆫ 防禦ᄒ기 爲ᄒ야 工役을 施ᄒᄂᆫ터인즉 休戰中이라
도 中止홈이 不可ᄒ다ᄒ더라 此日淸帝ᄭ셔 總署를 經ᄒ야 西瓜等을 車
四輛에 滿載贈送ᄒ니 一面은 戰爭ᄒ고 一面은 贈物홈은 奇恠ᄒᆫ 擧動이
라 謂ᄒᄀᆞᆺ도다 盖英國公使가 過日總署에 送書ᄒᄃᆡ 外人은 食物이 不自
由ᄒ니 唯有厚意어던 氷과 菓物을 贈ᄒ라 戲書ᄒ얏더니맛츰ᄂᆡ 淸帝ᄭ
셔 此贈物이 有홈이더라

七月二十一日此日에 使人으로 敵의 動靜을 探ᄒ니 董福祥의 兵士三
營은 萬壽山을 守護ᄒ며 三營은 天津을 向ᄒ고 使舘攻擊에 當ᄒᆫ 者ᄂᆫ
一千에 不足ᄒᆫ 兵이오 其他ᄂᆫ 或死ᄒ며 或奪財逃亡ᄒ고 餘兵도 亦今彈
藥이 盡ᄒ야 每一人에 十數發餘에 不過ᄒ며 董福祥도 進退維谷ᄒ야 如
何히홀지 苦慮ᄒᄂᆫ 模況이 天津의 援兵은 不遠에 至ᄒᄀᆞᆺ고 北京에 在
ᄒ얀 外人을 鏖殺홈이 容易치못ᄒᄃᆡ 太后ᄂᆫ 眞實ᄒᆫ 報告를 得치못ᄒ고

苦憂煩悶ㅎ야 二三十名親兵에게 守護ㅎ야 東華門外의 本營에 在ㅎ나 數日來로 食事도 不進ㅎ는 恣況이라 且彼手下에서 五營을 率흔 張統領과 營官張之兩人이 戰死흠으로 軍氣가크게 沮喪흔지라 是日에 總署에서 總稅務司하트 氏에게 一封書翰을 送흔 槪意에 海關燒却됨은 實로 悚然ㅎ다ㅎ고 且南方關稅一欵을 語及ㅎ얏는듸 其實은 淸廷에셔하트 氏에게 助力을 求흠이라 然ㅎ나 氏는 冷淡히 回答홀쑨이더라 (未完)

▲ 10.1.

七月二十二日淸兵의 賣物者에게 請ㅎ야 六月中의 上諭를 得見ㅎ니 政府가 義和團과 合흔 事實이 明的흔지리 然ㅎ나 天津이 陷落ㅎ고 聶士成이 戰死흔 後로는 外國軍의 攻擊을 受홀쥴노 覺悟ㅎ고 外人損害를 調査ㅎ야 賠償金을 給與홀 事로 直隷總督及順天府尹을 命ㅎ고 且公使舘을 保護ㅎ라 命令ㅎ얏는듸 其委細는 前号上諭에 揭흠

七月二十三日昨夜붓터 今朝씃지 大雨가 降ㅎ야 工役과 朝市를 不能ㅎ더니 午後에 晚晴ㅎ야 一名支那兵이 來報曰山西로셔 十營兵이 來ㅎ야 蘆口橋에 在ㅎ다ㅎ고 是夜北堂에 激烈흔 攻擊이 有ㅎ더라

七月二十四日曉頭에 睡覺ㅎ기 前에 一兵이 來ㅎ야 支那人一名이 東阿斯門外에셔 余를 呼ㅎ더 傳ㅎ거늘 急起赴見흔즉 支那兵이라곳 引見ㅎ야 外況을 問ㅎ니 昨夜에 十三坐大砲가 保定府로셔 到達ㅎ야 蒙古舘에 四坐、崇又門에 四坐、前門에 三坐、皇城에 三坐를 備ㅎ며 十個入의 彈丸箱百個가 到達ㅎ얏다ㅎ고 山西로셔 來흔 十營兵도 蘆口橋를 發ㅎ야이믜 彰義門外에 在ㅎ다ㅎ고 (未完)

▲ 10.2.

又言ㅎ되 昨晚攻擊은 義和兵勇과 合ㅎ야 北堂으로 向흔 者이나맛참

니 攻破홈을 不得ᄒ얏나니라 余ㅣ또 彼로ᄒ야곰 外國援軍이 果然何處
신지 至ᄒ얏는지 探偵케ᄒ니 歸報曰援軍이 楊村에 達ᄒ다ᄒ나 此는 盖
董福祥이 偵察兵을 出ᄒ야 探知ᄒ 者인즉 信을 足히 置치못ᄒ깃고 今
早朝에 楢原書記官은 死去ᄒ지라 午後에 支那兵이 彰義門으로 歸報ᄒ
는바를 據ᄒ즉 門外에 西軍四千八百名이 在ᄒ야 今晚十時頃신지 皆交
民巷附近에 集홀터인딕 每人에 百二十發彈丸을 有ᄒ고 又大砲五坐와
此에 用홀 百五十發彈丸이 有ᄒ다ᄒ고 又他의 所聞을 據ᄒ즉 外國軍이
舊曆六月十九日天津을 占領ᄒ고 廿一日楊村에 着ᄒ야 廿三日楊村에서
支那兵과 大衝突ᄒ 模況이오 今朝에 甘軍의 負傷兵歸來ᄒ 者ㅣ百四五
十名이라 肅王府에서 日軍方面을 攻擊ᄒ던 馬統領이 此夜到着ᄒ 大砲
九坐를 率ᄒ고 皆北堂으로 向ᄒ야 四日에 全力을 北堂에 注ᄒ 後英國公
舘을 攻擊홀터이더라.

七月廿五日午前에 猝然히 英國公使館北方에서 銃聲이 起홈으로 久日
平靜ᄒ던 天地가 騷擾ᄒ니 此는바다시 敵이 來襲홈이라ᄒ고 防禦地에
急就코져ᄒ더니 未幾에 還靜ᄒ는지라 後에 聞ᄒ즉 此日英軍이 此方面
에 出兵ᄒ야 二名清兵을 討殺ᄒ 由로써 看守兵이 深夜에 外兵이 來襲홀
가 恐ᄒ야 發砲홈이라 然ᄒ나 此夜는 前數日과 異ᄒ야 銃聲이 不結ᄒ다
가 至曉에 乃息ᄒ거늘 余ㅣ東阿斯門外에 出ᄒ야 敵軍의 事情을 探홀시
一清兵이 告余ᄒ되 董福祥의 三營、中軍二營이 皆萬壽山으로셔 歸京ᄒ
고 且新募ᄒ 五營도 城外신지 到着ᄒ얏는딕 右董軍은 彈丸各五十、中軍
은 各八十、新招募兵은 各三十發을 携ᄒ고 此外에 大砲五門과 七十五發
彈丸이 有ᄒ다ᄒ며 又榮祿이 董軍本營에 來ᄒ야 軍議ᄒ되 榮祿은 太后
의 旨를 從ᄒ야 和議를 主張ᄒ나 董은 主戰論을 固守不決ᄒ거늘 榮祿이
董을 對ᄒ야 事勢及玆ᄒ야는 論議無益ᄒ니 卿은 任自爲戰ᄒ라ᄒ고 其
責任을 董福祥에게 全歸홈이 董이 答ᄒ되 假令百萬外國人이 來ᄒ더라
도 一步도 城內에 入치못ᄒ게ᄒ깃노라 誓ᄒ고 尙且各城門에 巨石으로
써 塞ᄒ기로 計畫ᄒ다ᄒ며 又來報를 據ᄒ즉 今朝에 來着ᄒ 二門大砲는

北堂으로 向ᄒ고 山西兵四千八百은 今夜六点鍾에 天津으로 下ᄒ터이오 城門堅塞의 事ᄂ이믜 着手ᄒ얏다ᄒ며 又董福祥이 下令ᄒ되 外人敎民을 勿論ᄒ고 雖休戰中이ᄂ 此를 見ᄒ거던 立擊不捨ᄒ라ᄒ며 其後來報를 更據ᄒ즉 二十四日午後一時에 河西務의 東三十淸里地에서 大戰이 有ᄒ야ᄌ못 夜半ᄭ지 戰ᄒ더니 敵軍이맛참ᄂᆡ 敗ᄒ야 河西務로 退歸ᄒ얏다ᄒ며 此日英公使가 總署에 何故로 休戰中에 夜襲ᄒᄂ뇨 詰問ᄒᄂ 照會를 送ᄒ얏스며 兵勇이ᄯᅩ 來報ᄒ되 通州邊에서 新募ᄒ 五營이 山西十營과흠ᄭᅴ 出外ᄒ야 外國軍을 防ᄒ기로 決ᄒ얏다ᄒ더라 (未完)

▲ 10.3.

七月卄六日早朝에 外況의 通報를 據ᄒ즉 河西務에서 昨日午前十時붓터 午後三時ᄭ지 戰爭이 有ᄒᄃᆡ 淸兵及義和團의 死傷이 千二百以上에 及ᄒ야 河西務의 北十淸里地에 退在ᄒ얏더라 此日總署에서 慶親王等의 名으로 書翰을 送ᄒ여 曰總署ᄂ 外國公使를 爲ᄒ야 其電報의 使用을 代任ᄒ되다만 人人의 健康에 關ᄒ 通知만ᄒ고 暗號等을 用흠은 許치안킷노라ᄒ고 且北京退去의 事를 返迫ᄒ여 曰北京에 滯在ᄒ면 何如ᄒ 不虞의 事가 有ᄒᄂᆫ지 知치못ᄒ깃스니만일 天津으로 下흘진ᄃᆡ 白河의 便이 有ᄒ야 二日이면 得達흘터이오 且淸國政府에서 準備ᄭ지 用意ᄒ깃노라ᄒ니 各國公使기 此에 關ᄒ야 會議흘식 外情의 密報를 據ᄒ즉 董軍本營에셔 會議ᄒ되 榮祿李秉衡等은 皆交民巷攻擊에 其效를 速奏치못ᄒ즉 甘言으로써 外人에게 信케ᄒ야 天津으로 送ᄒᄂ 歷路中曠野에서 遮阻ᄒ야 大兵으로써 一擧에 潰敗케ᄒ기로ᄒ고맛참ᄂᆡ 天津에 立退흘 事를 要求흠이더라 七月卄七日昨日以來로 文書의 往復을 更始흠으로 市內가 一般靜穩ᄒ지라 英國公使가 總署에 答書ᄒ야 電報代任의 厚意를 先謝ᄒ고 今將各國公使와 商議ᄒ 後回答ᄒ깃노라ᄒ고 立退一條ᄂ 目下病者도 有흔즉 炎日之下에 陸路旅行은 畢境能히못흘 意로 拒絶ᄒ얏ᄂᆫᄃᆡ 英公使가 回答을 遲延케흠은 盖政略上에아모조록 往復交

通을 久續ᄒ가 爲흠이더라 外邊의 投言을 據ᄒ즉 西太后皇帝기 近日中에 外國軍의 攻進흠을 聞ᄒ고 西安府로 逃흘 準備를ᄒ고 董福祥은 甘軍及武營等凡二十營을 率ᄒ고 扈從ᄒ기로ᄒ더라

七月卄八日此喇에 使者가 天津으로셔 還來ᄒ얏ᄂᄃᆡ 彼가 六月四日 北京을 出ᄒ야 途中河西務에셔 義和團에게 被捕ᄒ야 七八日間을 團營에셔 困苦ᄒ다가 僅逃ᄒ야맛참ᄂᆡ 天津에 至ᄒ야 英國領事의 書翰을 持歸ᄒ지라 其書에 二萬四千兵이 上陸ᄒ야 一萬九千이 天津에 在ᄒ고 天津은 洋兵이 占領ᄒ얏다ᄒ더라 此日에쏘 支那兵의 報를 據ᄒ즉 二十六日夕에 河西務北方에셔 開戰ᄒ야ᄌ못 天明ᄭ지 達ᄒ야 支那兵義和團의 死傷이 七百餘에 及ᄒ고 外兵은드ᄃᆡ여 安平에 到ᄒ고 支那兵은 馬頭附近으로 退歸ᄒ얏다ᄒ면 又曰董福祥의 第四子가 明朝六点鍾에 先發ᄒ야 西安으로 向흘터이라ᄒ더라

七月二十九日許景澄袁昶兩人은 皆總理衙門大臣으로 洋務들 通ᄒ야 外人의 愛重을 受ᄒ던 人이라 義和團當時븟터 頻頻히 此를 鎭壓ᄒ기를 主張ᄒ고 這回外國과 開戰흠을 本來反對ᄒ더니맛참ᄂᆡ 頑固黨이 得勝ᄒ야 今에 許袁兩大臣을 死刑에 處ᄒ 其上諭에 曰吏部左侍郞許景澄太常寺卿袁昶屢次被人奏參聲名惡劣平日辦洋務皆存私心每遇召見時任意妄奏萋言亂政語多離間有不忍言者實属大不敬若不嚴行懲辦何以整肅群僚許景澄袁昶均着卽行正法以昭炯戒 (未完)

▲ 10.5.

七月三十一日外況의 投信을 據ᄒ즉 外國兵이드ᄃᆡ여 二十九日以來의 攻擊을 繼續ᄒ고 三十日午後五時에 張家灣을 占領ᄒ고 淸國兵은 通州의 南十數淸里의 地로 退却ᄒ얏다ᄒ며 且曰今에 端王李秉衡兩人이 專히 任事ᄒ야 二萬五千의 義和團을 二分ᄒ야 其一로써 端王이스ᄉ로 北

堂을 攻ㅎ고 一은 通州方面에 送出ㅎ고 李秉衡은 武衞五大軍의 總大將이되야 榮祿의 後를 繼ㅎ야 中軍甘軍의 二十營으로써 交民巷을 攻擊홀 事로 決ㅎ얏다ㅎ더니 午後에 又來報를 據ㅎ즉 數日來로 法軍方面에 當ㅎ야 彼가 百餘人役夫를 使役ㅎ야 地雷布設에 着手ㅎ야즈못 法國公使舘의 中院을 掘通ㅎ야 一發에 顚倒케되얏다ㅎ며 又曰長安府에서 新來혼 十五營兵이 通州方面으로 罔夜發行ㅎ더라ㅎ더니 今에 所聞을 據혼즉 李秉衡이 甘中兩軍에게 各五十五發丸을 與ㅎ고 大砲丸三百五十이 有ㅎ고 自外歸來혼 中의 廿六營도 又已前門을 入ㅎ야 交民巷을 攻擊홀 模況이더라 英國公使가 總署로 向ㅎ야 休戰中인딕 何故로 北御河橋上에 砲壘을 築ㅎ는뇨 詰問홈이 政府의 回答에 曰橋上의 通過를 安全케ㅎ기 爲ㅎ야 築홈이어늘 外兵이 發砲ㅎ니 此에 對ㅎ야 發砲혼 事라ㅎ더라 少焉에 一雇夫가 又入來曰法國公使舘에 通ㅎ는 地雷를 布設ㅎ더라ㅎ거늘 法軍이 急히 防禦具를 作ㅎ더라.

八月一日余의 向日派送혼 使者가 福島少將이 柴中佐에게 上月二十六日發一封書를 齎歸ㅎ얏는딕 其大意는 大沽上陸及船隻困難으로 由ㅎ야 意外에 進軍의 遲滯혼 事를 述ㅎ고 尙且北京의 模樣이 何如혼지 無限焦慮ㅎ더니맛참 北京發의 書翰을 接ㅎ야 愈愈危急에 瀕홈을 確知ㅎ고 各國軍이 協議ㅎ야 速히 北進의 準備를ㅎ고 兩三日內에 楊村에 在혼 馬玉崑의 兵一萬五千餘를 破혼 後에 北上ㅎ깃다는 事를 聞ㅎ고비로소 從前外況의 報告가 皆虛搆의 言인줄을 乃知홀너리 此日總理衙門에셔 天津ᄭ지 立退홀 準備가되얏는뇨ㅎ는 督促이 來ㅎ되 車馬의 供給도 用意ㅎ얏순즉 期日을 豫知케ㅎ라고 更히 附言ㅎ여 曰交民巷에는 多數의 耶蘇敎徒가 在흔딕 此等이반다시 諸船事를 說ㅎ야 撤退를 中止케ㅎ리니 此에 傾耳치말나 且何故로 休戰中이거늘 今에 北堂을 攻擊ㅎ나뇨 詰問ㅎ더라 此日又支那政府에 到達혼 電報를 據혼즉 六月二十九日發 日本公使의 電報와 七月十八日發美國公使의 電報가 關門을 纉越ㅎ야 諸外國에 公宣되얏더라 (未完)

▲ 10.6.

八月二日支那政府에셔 兩三日中에 出發期日을 通知ᄒ라 申出홈으로 各國公使가 此日會議를 開ᄒ니리 去月二十七日上諭의 可記홀 事가 有ᄒ니 此ᄂ 山東巡撫ᄒ던 有名ᄒ 頑固黨의 首領李秉衡이 嚮者武衛五軍의 總大將이되야 榮祿의 後를 襲ᄒ얏다ᄂ 支那兵의 報告ᄂ 卽誤報라 李가 其職을 任ᄒ 以後붓터 北堂의 攻擊이 前보다 激烈ᄒ고 又交民巷附近에도 兵數를 增加ᄒ며 頻頻히 地雷를 布設ᄒ며 墻壁을 作ᄒᄂ 等事가 異常ᄒ고 又夜間의 襲擊도 十八日以來로 猛烈ᄒ나 但以前에 比ᄒ면 兵數가 大減ᄒ고 彈藥이 又少ᄒ것은 發砲ᄒᄂ 模況으로 知ᄒ깃더라 夜間에 再次小攻擊이 有ᄒᄂ 大事엔 不至ᄒ고 此日에 英國이 西方의 支那墻壁을 破ᄒ야 敵을 逐退ᄒ 後其場掃를 奪ᄒ야크게 突出홈으로 夜間에 此方面의 攻擊이 一時ᄂ 盛ᄒ얏스나 一兵도 損치아니ᄒ니라 此日淸帝上諭에 日前因中外釁端未弭各國商民敎士之在華者本與兵士無涉諭令各督撫照常保護現在近畿大兵雲集各路統兵大員亦常仰體此意凡洋商敎士均當設法保全以副朝廷懷柔遠人之意至於敎民亦國家赤子本無畛域可分惟自拳敎肇釁以來敎民等多有盤踞村莊堀濠築壘抗拒官軍者此等跡同叛逆自不能不嚴行剿辦第念其究係迫於畏罪之心果能悔禍仍可細開一面昨據宋慶報稱寶抵縣敎民等均呈繳軍械平塹塡濠自行解散各就村屯居住是該敎民等非盡甘心爲匪亦可槪見所有各處敎民如有感悔提誠者著該將弁及地方長官一體照此辦理不得槪加殺戮其各處匪徒假託義民尋仇劫殺者卽著分別查明隨時懲辦以靖亂源○又總理衙門에셔 外人을 天津에 護送ᄒ깃다ᄂ 照會에 日前因近畿民敎滋事激成中外兵端各國使臣在京者理應一律保護迭經總署王大臣致函慰問並以京城人心未靖防籠難周與各使臣商議派兵護送前往天津暫避以免驚恐卽著大學士榮祿預行遴派妥實文武大員帶同得力兵隊俟該使臣定期何日出京沿途妥爲護送倘有匪徒窺伺搶掠情事卽行剿擊不得稍有疏虞各使臣未出京以前如有通信本國之處但係明電卽由總署速爲辦理母稍延閣用示朝廷懷柔遠人相與致意

八月三日昨唎公使가 會議ᄒ되 淸國政府에 北京撤退아니ᄒᆯ 所以를 數日內에 告ᄒ기로 決ᄒ얏고 又此日所聞을 據ᄒᆫ즉 昨日天津으로셔 使者가 總稅務司에게 賷來ᄒᆫ 其要에 楊子江一帶의 不穩과 滿洲의 騷亂과 廣東의 騷擾를 記ᄒ얏더라

八月四日昨日英公使가 總理衙門을 經ᄒ야 受取ᄒᆫ 電報ᄂ 英國外部에서 淸國公使羅豊祿氏를 經由ᄒ야 送ᄒᆫ 者인ᄃᆡ 其大要에 曰七月四日ᄭᅵ지ᄂ 貴官이 尙存ᄒᆷ을 知ᄒ얏거니와 其後如何히되며 今又在何ᄒ뇨ᄒ며 且總署에셔 戰爭에 關치아니ᄒᆫ 電報ᄂ 受ᄒ깃노라고 各國公使에게 通知ᄒᆫ 由로 因ᄒ야 英國公使가 右電報를 回答ᄒᆯ 事를 總理衙門에 託ᄒ고 各國公使도 亦此를 倣ᄒ야 淸國公使를 經ᄒ야 本國에 電報를 發ᄒᄂᄃᆡ 總署에셔 一一히 此를 酬應ᄒᄂ 中에 暗号도 有ᄒ되 異論업시 受接ᄒ더라 此日上海의 日本領事가 袁世凱의 厚意로 因ᄒ야 日本公使의 安否를 尋問ᄒᄂ 電報를 送ᄒᆷ이 總署에셔 替傳ᄒ더라 目下各國公使가 總理衙門에 向ᄒ되 吾等外人을 護送ᄒᄂ 一事에 就ᄒ야 上諭ᄭᅵ지 出ᄒ얏ᄂ지 政府가 愈益吾等을 出發ᄒᆯ줄노 認見ᄒᄂ뇨ᄒ더니 午後에 淸兵이 式器를 携ᄒ고 墻壁外에 多來ᄒ야 余等에게 朝市를 要請ᄒ며 平和回復ᄒ야 吾等의 手로 卿等을 數日內에 天津으로 護送ᄒᆯ 事로 定ᄒᆷ을 聞ᄒᆫ즉 其快悅을 不勝ᄒ노리ᄒᄂ지라 是夜에 大雨가 降ᄒᆫᄃᆡ 淸兵이 朝來의 靜肅를 破ᄒ고 突然發砲를 始ᄒ거ᄂᆯ 余等은 思ᄒ되 彼等이 我의 突擊을 恐ᄒ야 如斯히ᄒᆷ이라ᄒ고 皆不驚異ᄒ더니 夜半雨晴ᄒ고 發砲 又止ᄒ더라 (未完)

▲ 10.8.

八月 五日 總理衙門에셔 送書ᄒ야 我撤退의 事에 就ᄒ야 決答을 促ᄒᆷ으로 各 公使가 協議를 開ᄒ고 本日 淸廷을 向ᄒ 吾等 進退에 關ᄒ야ᄂ 本國 政府의 命令을 仰치 아니치 못ᄒ깃ᄉᆫ즉 此 電報를 替傳ᄒ라 ᄒ야

各國 公使가 一樣으로 本國의 打電을 請求ᄒ얏ᄂᄃ (未完)

▲ 10.9.

其電槪意에 曰僅僅四百寡兵으로써 二百의 婦女子를 守치아님이 不可ᄒ고 且五十餘의 病者及負傷者가 有ᄒ니 畢竟目下守備兵外에 外國兵의 護衛가 無ᄒ즉 北京立退ᄂ 困迫ᄒ다ᄒ얏ᄂᄃ 此ᄂ 暗號에 記ᄒ 事인즉 淸國政府에셔ᄂ 何事인지 不知ᄒᆯ터이오 且彼等이 電文은 明電만 要ᄒ다ᄒ면셔 再昨自公使等의 暗号電文을 替傳ᄒᆷ은 一意로써 慰我置信ᄒ야 其出發ᄒᆯ 事를 望ᄒᄂ 情인줄을 明知ᄒ깃더라 然ᄒ나 目下淸國政府의 所謂電線도 當地와 山東濟南府間에 斷絶ᄒ 故로 (未完)

▲ 10.10.

總署에셔 此濟南을 經ᄒ야 各國에 打電ᄒᄂ 時間을 增加ᄒ얏슨즉 本國政府의 返電이 有ᄒ기ᄭ지 少ᄒ야도 八日以上을 費ᄒᆯ지라 政府의 意思ᄂ 援軍이 北京에 近着ᄒ기 前에 交民巷의 外人을 出送ᄒ야 一攫에 生擒ᄒ란데 在ᄒ즉 本國政府와 問答ᄒᄌ면 尙且八日以上을 要ᄒ깃다ᄂ 事를 斷不了諾ᄒ고 最後通牒을 再送ᄒ야써 吾等의 出發을 要求ᄒ더라 (未完)

▲ 10.12.

八月六日午後二時英國公使舘方面에셔 近來稀有ᄒ 勢로써 攻擊을 始ᄒ고 且法國公使舘方面及肅王府等을 向ᄒ이 發砲ᄒᄂ디ᄌ못 英國公使舘은 其西方에셔 攻擊을 受ᄒ기를 凡四十五分間에 三四千發射를ᄒ고 敵의 總數ᄂ 二三百이라 夜間에 彼等이 鯨音吶喊ᄒᆷ이 七月半頃以來로 曾無ᄒ던바라 然而曉頭에ᄌ못 外況이 靜息無聲ᄒ거ᄂ 使人探視ᄒᆷ이

敵影이 無ᄒ니 或은 援軍이 近到흠으로 彼等이 向外흠은아닌지ᄒ나 此
際에 彼等이 各處로 出來ᄒ야맛참니 肅王府東門外의 唯一朝市를 開ᄒ
ᄂ 道路를 塞ᄒ니 是ᄂ 吾等의 突出을 恐흠이더라. (未完)

▲ 10.13.

午後에 至ᄒ야 總署에서 回答을 送ᄒ여 曰各國公使가 撤退에 關흔
指令을 本國政府에 仰ᄒᄂ 電報를 替傳ᄒ얏노라ᄒ니 盖其電報ᄂ 暗號
라 此에 對ᄒ야 各國이 撤退를 停止ᄒ란 指令이 有흠은 支那政府라도
此事를 知ᄒ면셔 往復八日을 要ᄒᄂ 電報을 替傳ᄒ고 其回答을 待ᄒᄂ
데 同意흠은 知치못흘 故타 且此日書翰에 再昨夜의 攻擊은 自我始發이
라ᄒᄂ 抗議를 申出ᄒ고 過日英國公使館을 向ᄒ야 發砲흔 事에 對ᄒ야
詰問ᄒ던 時에 彼의 言辭가 窮ᄒ이 昨夜攻擊은 一笑에 附흠이 可ᄒ다
ᄒ얏더라 八月七日은 午前에 發砲가 少有흘쑨이오 大事엔 至치아니ᄒ
얏더라 (未完)

▲ 10.15.

八月八日에 總署에서 各國公使에게 通ᄒ야 李鴻章으로써 全權을 委
任ᄒ야 海外諸國과 電報ᄒ야 平和談判을 開흘 事로써ᄒ고 且李鴻章全
權委任의 勅諭를 送ᄒ여 曰着李鴻章授爲全權大臣電商各國政府辦理一
切事宜라ᄒ얏더라

八月九日各國公使가 此日李鴻章을 全權委員에 任命흔 通知를 受取
흔 事를 總署에 通ᄒ고 暗號로써 各其國政府에 電報ᄒ되 無條件으로
淸廷에 如何흔 承諾이던지 與치말나ᄒ얏ᄂ듸 其條件은 援軍을 北京에
入ᄒ야 目下在圍흔 外人을 救出흘 事인듯 是夜晴空滿月에 四隣如畫ᄒ
야 寂然無聲ᄒ더니 午前三時頃에 至ᄒ야 黑雲이 月光을 遮ᄒ야 雨下흘

듯흔 中忽然히 激烈흔 銃聲이 肅王府後面에셔 起ᄒ며 且英法等諸方面
에도 攻擊이 有ᄒ딘즈못 肅王府後面에셔 最激흔 彈丸이 雨下ᄒ며 前門
樓附近에셔 一聲烟花를 放ᄒ더니 居無幾에 還靜ᄒ이라

八月十日此日에 吾의 使者가 援軍의 景況과 福島少將의 書翰을 齊來
흔바를 據흔즉 外國軍이 五日北倉을 略取ᄒ고 翌日楊村에셔 激戰ᄒ야
淸兵을 逐退ᄒ고 八日同地를 發ᄒ야 蔡村에셔 柴中佐의 使丁을 遭ᄒ얏
스며 且入京홀 豫定은 途中에 格別흔 抵抗과 障礙가 無ᄒ면 九日은 河
西務에 十日은 馬頭에 十一日은 張家灣에 十二日은 通州에 至홀터이오
北京攻擊은 十三四日頃쯤되깃노타ᄒ얏더라
此日肅王府後面에셔 銃聲이 不絶ᄒ딘 敵이 高築흔 砲坐로셔 我陣地
를 亂擊ᄒ거늘 我等이 三面으로 攻擊을 試홈이 彼가맛참닉 堪當치못ᄒ
야 退去ᄒ고 午後에 法軍方面及肅王府와 英美俄三公使館에 三十分間激
烈흔 攻擊을 受ᄒ얏스나 一兵도 損치아니ᄒ얏더라

八月十一日夕陽에 總理衙門의 使者가 一書를 薺來ᄒ얏ᄂ딘 卽先日
各國公使가 淸廷을 向ᄒ야 貴政府가 友誼厚情等語를 口陳ᄒ면셔 何故
로 病者小兒等에 要用홀 鷄卵等買入의 通路를 塞ᄒ나뇨 詰問흔바를 荅
홈인딘 是ᄂ 兩軍交戰中에 不得己흔데 出흔바나 然ᄒ나 政府의 本意ᄂ
如斯흔 供給을 樂從ᄒᄂ터인즉 明朝九時쯤 總署의 官吏를 遣ᄒ깃스니
向後ᄂ 此官에게 買物等事를 議及ᄒ라흔지라 是夜에 會議를 開ᄒ고 買
入홀 物目을 製ᄒ얏ᄂ딘 久日饑餒ᄒ던 此腹도 明日붓터 佳味의 食物이
入홀줄노 思흔즉 雖支那兵의 攻擊이라도 足히 畏懼홀비 無ᄒ더라 此夜
에 肅王府後面에셔 攻擊이 激烈홈이 伊大利軍이몬져 石油空罐으로써
吶喊ᄒᄂ 模樣을 示ᄒ고 丘上의 日壘兵도 同時에 鯨聲을 發ᄒ야 上下相
應ᄒ야 突出ᄒᄂ 勢를 示홈이 敵이 洋兵의 突進홈인가 誤認ᄒ고 皆逃
走ᄒ더라

八月十二日昨日總署의 官吏가 來ᄒ깃다ᄂ 其約束을 待ᄒ나맛춤ᄂ 官吏가 來치아니ᄒ고 此日午後二時에 總理衙門에셔 送書ᄒ되 親王以下各大臣이 明日午前十一時에 英國公使舘으로 來ᄒ야 平和談判을 議ᄒ깃노라ᄒ더니 午後엔 無類ᄒ 攻擊을 始ᄒ야 終夜토록 激戰不已ᄒ다

八月十三日慶親王等이 來舘ᄒ줄노 待ᄒ나 定約ᄒ 十一時에 至ᄒ되 來지아니ᄒ더니 午後二時에 至ᄒ이 總署에셔 送書ᄒ얏ᄂᄃ 卽慶親王等이 各國公使에게 其違約ᄒ 理由를 說明ᄒ여 曰昨日에도 洋兵이 英軍方面에셔 攻擊을 始ᄒ야 二十六名淸兵을 殺ᄒ고 士官一名ᄭ지 斃ᄒ얏스니 各國의 模況이 如斯ᄒ즉 平和談判을 開ᄒ더라도 無益ᄒ다ᄒ얏더라 (未完)

▲ 10.16.

八月 十四日 午前 二時頃붓터 東方에셔 砲聲이 起ᄒ며 又 城壁上의 淸兵이 頻頻히 發射흠을 聞ᄒ야 此必 外國 援軍의 來흠이라 ᄒ야 人人이 皆喜ᄒᄂ 中 曉頭 以來로 砲擊의 聲이 愈益宏盛ᄒ되 東方의 齊化門 東便門 兩處에도 砲聲이 有ᄒ니 明朝엔 其*門을 擊破 進ᄒ깃슨즉 淸國의 城下之盟이 不遠에 在흘 터이니 其快悅흠을 不勝ᄒ 것이 六十餘日 苦戰도 到今ᄒ얀 一場夢 中이라. 殷殷ᄒᄂ 城外 砲聲이 人으로 ᄒ야곰 過去의 辛苦勞役을 忘케 ᄒ더라. (完)

[02] 『황성신문』 1902.12.05. 논설, 遊覽世界 增長 學識 (유람, 견문론)

吾儕 | 生亞細亞洲一隅之褊邦야 比五洲全世界而言之ᄒ면 不啻滄海 之纖芥오 泰山之片壤而已라 自古以來로 人之生於斯長於斯老於斯斃於 斯者 | 不能蹈海外一步地ᄒ고 局局然如井蛙■鷄ᄒ야 不知寰宇之內에

70

有何等世界ᄒ며 有何等人物ᄒ고但飯來開口ᄒ며 衣來蔽體ᄒ야 自以爲
吾家世界者ᄂ 固無論ᄒ고 其稍大膽濶目ᄒ야 游覽海表ᄒ고 自以爲窮天
下之壯觀ᄒ며 博一世之快意者도僅不過支那日本等東亞一片之土已耳라
惡覩所謂地球萬分之一乎리오然則較諸不出戶牖ᄒ고 生長老死於玆土者
면 差可謂稍開眼目이나 以今時世에 周游五洲者로 觀之면 均之爲未免於
井蛙醢鷄之見則一般矣니 古之人이 不亦悲哉아 一自鐵軌滊帆之之創而
近五洲於咫尺ᄒ고 通國於戶庭ᄒ야 堅亥之步ㅣ不足爲多오 夸父之走ㅣ
未必爲捷而涉鯨波如安流ᄒ고 越羊腸如坦途ᄒ야 飅飅乎有搏扶搖登閶
風底快意ᄒ니 生于今之時者ㅣ岂不誠幸矣哉아 余觀近日泰西人新報則
頃有爲世界游覽者迅捷敏活之謀ᄒ야 乃設立一個聯合會社ᄒ야 凡於全
世界一週之人에 其旅客賃金도 議以極廉計定이라ᄒ고 自英京倫敦發出
ᄒ야 周回返還之費를 以百三十磅(一千三百元)爲定ᄒ고 其線路ᄂ 分之
二線ᄒ니 一은 自歐羅巴로經印度支那日本美國ᄒ야 還至歐洲ᄒ고 一은
經濠洲婁支蘭美國而還至者니 其駛行甚便ᄒ고 賃費亦廉ᄒ야周遊於五
洲全球之上이 誠不難矣라寧不快哉며 寧不壯哉아 然이나 人之所以貴游
覽各邦ᄒ고 閱歷殊俗者ᄂ岂徒然而然哉아 貴其能大其耳目ᄒ며 博其胸
襟ᄒ고 因之以增長其學識意量也如遊覽者ㅣ與未遊覽者로同其局見ᄒ며
同其陋習則奚足以遊覽爲快哉아 昔에 司馬子長은 周遊名山大川ᄒ야 以
之成一部史記ᄒ고 張博望은 乘槎西域ᄒ야 以之究風土物産ᄒ니 古之人
善於遊覽者ㅣ盖如是夫라 今日生長於斯土者ᄂ 宜周遊全球之內ᄒ야 大
其耳目ᄒ며 博其胸襟ᄒ야 洗濯腐陋ᄒ며 開發蒙驗ᄒ고 增長其學識意量
而日進乎文明之域을是余之癙寐切望於諸君子也로다

[03] 『황성신문』 1905.06.01. 별보, 韓國 見聞錄 抄記,
      일본 학습원 學士 松宮春一郎

  曩者 日本學習院學士 松宮春一郎氏가 我國을 視察次로 渡來ᄒ야 諸

71

般 情況을 詳細周察ᄒ고 及其歸國ᄒ야 所謂 韓國見聞이란 論文을 著作
ᄒ얏ᄂᄃᆡ 其中 可히 參考警惕ᄒᆯ 点이 多有ᄒ기로 其緊要ᄒᆫ 數項文句를
摘示ᄒ야 惟我上下耳目의 一覽ᄒ기를 供ᄒ노라

　該論文中에 所謂 不幸ᄒᆫ 日本人이란 題意로 論ᄒ야 曰 日本의 領土가
寒溫熱 三帶에 亘ᄒ얏스되 其中 溫帶에 屬ᄒᆫ 部分이 尤多ᄒ야 溫帶地가
熱帶와 如히 四時에 花咲果結ᄒᄂᆫ 美事와 又寒帶와 如ᄒ 白雪皚皚의
壯觀이 無ᄒ되 春去夏來와 秋往冬來에 季節이 適宜ᄒ야 實노 天與ᄒ
樂土國이라 稱ᄒ나 然이나 又一面으로 觀ᄒ면 此幸이 亦不幸 情懷가
不無ᄒ니 日本이 自近年以來로 年年六七十萬의 人口가 增加ᄒᆷ으로 今
日에 至ᄒ야 其過多ᄒᆷ을 苦憫ᄒᄂᆫ 境遇에 我國이 不可不 海外에 新日本
을 建設치 아니치 못ᄒᆯ 터인ᄃᆡ 與我로 接近ᄒᆫ 滿韓二地方에 向ᄒ야 手
足을 伸張ᄒᄂᆫ 것은 此自然의 趨向이라 我國民中에 可히 霸氣가 鬱勃ᄒ
者ᄂ 勿論이어니와 其生活의 艱難을 謳歌ᄒᄂᆫ 者도 競爭ᄒ야 彼地에
往ᄒᄂᆫ 者가 日日增加ᄒᆷ은 實노 慶賀ᄒᄂᆫ 바로ᄃᆡ 此等人人이 滿韓二國
으로써 永久의 住所로 不認ᄒ고 些少間 相當의 懷金을 得ᄒ면 再次 故
國으로 歸來ᄒ야 其餘生을 嗜樂코져 ᄒ니 是ᄂ 滿韓의 二地가 故國風色
에 比ᄒ야 不美ᄒ 理由보다 別노 永久히 住居ᄒᆷ을 不嗜ᄒᄂᆫ 者ㅣ니 所
謂 滿韓二地에 新日本을 建設코져 ᄒᄂᆫ 者ᄂ 其墳墓의 地를 玆에 指定
ᄒ기ᄭᆞ지 決意가 無ᄒ면 不可ᄒ고 且日本의 人民이 由來進取의 氣像이
贍富ᄒ되 尙且海外의 地에 永住ᄒᆯ 計劃을 不謀ᄒᄂᆫ 것은 卽天與ᄒ 幸福
을 不幸ᄒ 源泉으로 做作ᄒᆷ이니 我國移住者ᄂ 永久히 滿韓地方에 第二
故鄕을 成立ᄒ기를 可히 忘치 못ᄒᆯ 것이라 ᄒ얏고

　又舌人政治란 題目에 曰 今日漢城의 政治機關은 舌人으로써 運轉ᄒ
니 今韓國政治ᄂ 卽通辯의 政治라 某ᄂ 日本語를 通ᄒ고 某ᄂ 英語를
解ᄒᆷ으로써 外國使臣과 交際ᄒᄆᆡ 此交際가 一大의 勢力을 作ᄒ야 能히
彼等으로 臺閣에 昇進케 ᄒᄂ니 此等人物이 元來 臺閣의 偉器가 아니어
ᄂᆯ 如何히 國政을 料理ᄒᆷ을 得ᄒ리요 外國語를 通ᄒᄂᆫ 者가 現今 韓國
에서 必要ᄒᆷ은 更히 再論ᄒᆯ 것이 無ᄒ거니와 此로 國政의 樞機에 參與

케 ㅎㄴ 것은 甚히 滑稽의 感이 不無ㅎ지라 今漢城政界에 所謂 大臣候補者로 自稱ㅎㄴ 者ㅣ 三十餘名이 有ㅎ야 此等人物이 互相頭首를 圍合ㅎ야 政權을 爭奪ㅎㄴ 計策이 不絶ㅎ다고 極히 嘲笑의 筆을 揮弄ㅎ얏더라

[04] 『황성신문』 1905.09.25~27. 논설, 東遊聞見 (3회)

▲ 9.25.

植木趣旨

平壤府 有志人 金龍興氏 等의 設立ㅎ 植木會社趣旨書가 如左ㅎ니 環顧地球上富强諸國과 各種 學問考課之暇의 尤以急先務者ㄴ 勿論官有民有地ㅎ고 不能以耕墾之處則 以森林果木을 設法經栽而守護 故로 處處森林이 鬱密成材ㅎ야 凡於家屋舟楫鉄路 等 需用과 及外國出口의 每年 以億萬計ㅎ니 其爲利源也ㅣ 豈不深遠乎아 且廣植樹木이 亦有三條利益焉ㅎ니 大抵 樹木之陰이 常有滋潤之氣ㅎ야 不爲日光所灼 故로 水氣ㄴ 常多上升ㅎ야 成陰而致雨ㅎ야 暵乾之患을 可除 故로 歉荒之災罕少ㅎ니 是乃第一條有益也오 凡於人畜稠雜之處의 恒多穢物ㅎ야 蒸鬱而生炭素ㅎㅇ이 樹木은 吸炭素而吐酸素이고 人物은 吸酸素而身體强壯無病 故로 每於城市街路와 家屋庭園의 樹之花木이면 當其春夏의 佳香美陰而足以淸爽其心肺ㅎ고 且大野峻嶺의 炎日蒸薰ㅎᄐ데 行旅脅息ㅎ야 汗漿如雨라가 若當數樹綠陰이면 先覺心暢ㅎ야 鮮衿納凉의 善風吹面ㅎ고 爽氣快神이라 由是觀之라도 行者 居者가 俱得其宜니 是乃第二條有益也오 且斧斤時入이면 宮室舟楫과 橋梁桿櫓의 材木을 不可勝用也며 亦可以出口外國ㅎ야 以收厚利ㅎ리니 其於利用厚生之策이 眞莫大於此ㅎ니 是乃第三條有益也라 (未完)

▲ 9.26.

盖尙氣節者는 捨性命於死生之外하야 惟知義節之爲重ᄒ고 不以身家之死生으로 計較利害 故로 雖殺身而不顧焉하ᄂ니 日本之人은 有此特性이라 雖政府之威權이 凜烈이라도 若拂於興情이면 匹夫個人이 能奮拳而撲倒之하며 雖外國之強力이 絶大라도 苟及於國辱이면 隻士單男이 亦能裂眦而格去之ᄒᄂ니 往古는 尙矣어니와 自三四十年以來로 其閣老之被刺者를 指不勝搜ᄒ니 如井伊 安藤 橫井 太村 島田 岩倉 大隈 等 諸人의 或斃或傷과 其外國人如英美佛俄淸之公舘使節의 被殺被傷이 亦非一再오 至于近日ᄒ야 日比谷之一場風浪에 亦可見其國民之勃勃矣라 其人之敢死氣節이 能如是하니 所以로 其士氣不死ᄒ고 民論이 益振ᄒ야 政府ㅣ 不敢以疲軟으로 涖於人民ᄒ고 人民이 不欲以畏怯으로 服於政府ᄒᄂ니 由是로 其强制之習染이 日祛ᄒ고 自由之幸福이 日增ᄒ야 致有今日之發達而勃興矣로다 嗚乎라 大抵 宇內之風氣ㅣ 愈闢ᄒ고 世界之文明이 尤進하니 人種之競爭이 亦隨以益烈이라 當此之日ᄒ야 彼開明國民도 猶且以熱血로 塗地 然後에 方能做去거던 而況乎坐在黑闇之界ᄒ야 毫髮不損ᄒ고 僥倖其自落之果ᄒ면 是豈得乎아 德國卑斯麥이 恒言曰 吾는 無他라 惟鉄血而已라 ᄒ니 惟此鉄血政畧이 卽基礎德國今日之强盛者也라 大抵 世界에 雖有許多文明之法制ᄒ며 雖有許多富强之術業이라도 不實行則 無用也니 然則 其文明富强이 在人이오 不在乎法制術業也라 記者ㅣ 觀於日本에 見其法制術業이 非不美也나 是皆從人民特性中流血而做得者 故로 窃不勝感發於中ᄒ야 今於執筆之先에 略以愚衷陳告ᄒ노라 (未完)

▲ 9.27.

本記者ㅣ 先就其報舘而論之호리니 凡東京市內에 所在新聞雜志之社가 迨三十六個所而有電報新聞社ᄒ며 有各處通信所하고 其他 各種 實業

과 各種 教育에 莫不有報하며 以至演戱舞臺 等界에도 亦各有報하니 此
는 不在計數라 記者ㅣ 雖未能一一遍閱이나 大槪는 觀覽矣라 凡其械機
之巧妙와 印刷之速力과 與各種 蒸溜瓦斯之動機와 與諸般工役事務之敏
活은 具在別記하니 不必架疊이어니와 大抵 其可述者는 交通之鉄路航
途가 聯絡如織 故로 逐日發行之紙가 飛馳全國하야 數三千里之外에 朝
發而夕至하고 又其通信之電線郵遞가 交錯內外 故로 每日集信之所에 應
接不暇하야 數千萬里之事를 晝接而夜收하니 其發送之捷疾과 記事之神
速을 俱爲可驚이라 雖然이나 夫新聞者는 間接之教育也라 凡廣聞見啓
智識하며 皷民氣礪風教之術이 莫此爲急 故로 文明諸國之所以獎勵報舘
하야 視以爲機關者ㅣ 此也니 歐美諸國은 尙矣어니와 觀乎日本이라도
上自皇宮帝后와 親王華族과 政府官吏로 下至平民 商工 農業之類와 以
及輿臺 僮僕 婦女 懲丁 罪囚之屬히 莫不購覽新聞하야 人人이 視閱讀新
聞을 如朝夕飮食之不可廢 故로 人力車夫도 驅車乍停이면 輒取出車中新
聞하야 閱覽於途傍하고 其乘人力車者도 亦在車中하야 行走而讀新聞하
며 在電車 滊車 馬車 船航者ㅣ 莫不皆然하고 其家家戶外에 皆設新聞接
受之筒하며 町町街街에 皆有新聞賣捌之聲하니 全國人人之愛讀新聞을
如是則 其人民社會之程度를 可想矣라 然而其國이 惡得不開發而興昌哉
아 以故로 其國內 新聞發行之紙가 逐日增加하야 其最旺者는 每日發行
之紙가 多至二十餘萬枚 或 十八九萬枚하고 雖少者라도 亦不下數萬枚云
하며 其每年收入之金額이 最高等은 多至百餘萬元하니 如報知國民時事
每日朝日 等이 最其優者云而就其報知一社而言之라도 該社之重建竣功
이 在本年五月인디 其屋이 用洋制二層하야 上層에 有應接室 二個所와
及畵工, 編輯, 會議, 植字 等 四個室하고 其下層에 有應接, 安信, 公衆,
事務, 荷造, 發送, 印刷, 原動, 機具, 鑄造, 工場事務, 職工食堂, 郵送分室,
社員食堂, 木版, 寫眞, 小使, 供待, 配達夫詰所, 便所, 紙庫 等 各室하며
其機械則 有新式色刷輪轉機 二臺와 舊式 一臺와 普通墨刷輪轉機 一臺
하니 一時間印刷力이 凡四頁新聞 約六萬枚오 又瓦斯原動機 二臺니 凡
五十馬力이오 又有電氣發動機하니 社內所点電氣十六觸光이 凡一百七

十餘燈이오 每日에 用電氣鉛版이 凡七十四個오 事務工役之人이 凡千餘
名이니 女子가 居十之三四오 又該社ㅣ 新發明電銅花邊雕刻器ᄒ야 特受
專賣之權ᄒ고 其他 印書印唧 等 器機ᄂ 不知其數오 每年廣告料金이 至
十六萬元云則 其他를 推可知也니 此皆由於人民之愛讀新聞而無杏價慾
額之獘故也라 其視我韓에 社會之發達이 顧何如哉아

[05] 『황성신문』 1905.10.02. 잡보, 游 帝室 博物館 記 (5회, 한문)

▲ 10.2.

帝室博物舘 在上野公園之西 日本皇室之所建設也 始入門 左右皆樹林
蔭翳 場中築一方塘 設噴水機 珠沫飛洒 池東有一銅像 卽英醫之發明牛痘
者 從南廊迴轉庭下 有日本古棟瓦一具 卽黑田侯屋上物也 年代甚古 鈍樸
其質 其傍有太和國 石人男女 合抱六千年古物 舘宇凡二層 制度安大 其
第一號舘第一室 有有捷川親王熾仁塑像 白色騎白馬在當中 其左右皆烏
獸類 各種乾物列置 此卽天産部也 又有我國軺軒四人轎 及日本舊代車輿
長柄傘等物 其第二室至第七室 皆天産部也 第二室動物諸鳥 第三室動物
諸魚獸 有米國産大鹿角 長數丈 枝柯亦數十 猿猴獅子虎豹象 及象全軆骨
蝙蝠 海狗 海馬 海豚 蝟地 鼠鼠類 翅虫類 狐貉狗獺熊羆鹿麢等 偶蹄類
又玉兔海狸 及北米南阿産 狸鼴齒類 有水牛大於牛數倍 卽犀也 其角甚厖
厚 有亞非加産麒麟毛黃有斑点大如羊 又豪猪毛如蝟又有白色豪猪栗鼠
有斑文兔有白黃二種九余身有鱗介如龜鼈南米産者有陵鯉甚大猫有山猫
野猫皆大如狸羚羊印度産也角滑而甚剛又別有羚羊角一對長可數尺犀角
亦然海豚似豚而大鯨鬚長數十尺有角魚牙長數尺又有大魚長數十尺有袋
鹿麝香皆濠洲産啄木怪鴟及鸚鵡杜鵑蜂雀鶤鶩之我國産者最大而鷲嘴如
釰鋒有長尾鷄尾長八尺雌則否孔雀食火鷄駝鳥鸘鶴等各種羽族不可殫記

鱗介有龜大如盤鰐魚長可十尺背有斑紋層鬐如琴柱列立狀蜥蜴蟾余大蛇
冉蛇玳瑁大鯢等各種魚類不一其狀其第四室卽植物及乾腊類其第五室亦
各種植物模型圖畵及植物種子與乾昔之類其第六室卽各種鑛物類如自然
銅黃硫銅石鍾乳琥珀瀝靑石腦油無焰炭石炭銅靑石褐炭孔雀石霞石丹砂
鉛鑛菱鉄天隕石膽礬水泡石斧石重晶石魚眼石冰長石黃玉石朋石石膏冰
石水晶雌黃雄黃燐火石鷄冠石辰砂雲母白石英各色晶玉及火石又木化蛋
白石大三丈其第七室各種化石岩石模型及圖類有象牙象脛之化石有鯨骨
魚骨石及野牛犀角等化石其他鳥獸魚鼈等化石或一羽一脛一鱗一足皆依
稀現狀不知幾千年古物而其最多者卽螺蛤等殼粘于石者奇形怪狀不可枚
述若使米顚見此當百拜不暇矣轉向第八室卽歷史部之始也蝦夷琉球臺灣
等風俗家屋衣服器皿等制度而其琉球之象碁與我同樣其他耶子杓子等髹
漆器用皆極精滑今日本之漆器皆取法於此云（未完）

▲ 10.3.

其第九室 卽我國與暹羅安南印度支那埃及爪哇希臘等風俗 而有我韓
之軍器軍用品一通 及新羅古樂器伽耶琴等物 暹羅之磁器繪花紋甚巧 印
度之席如我國之花紋席一般 又有塗杖甚奇 卽錫杖也 爪哇之石紙幣 大如
鼎 盖中穿一孔 如錢狀 埃及希臘之古陶器片 皆屢千年遺物 又有亞米利加
武器及揉皮 大數十丈 北亞米利加陶器草器筍箱 甚精緻 支那之籩豆尊罍
等 祭器甚多 其第十第十一室 皆上古遺物 有用石時代之古石器石斧石匙
石鑽石刀 及塚中古石器石棒石椎在焉 又有銅器時代之古物 及骨角諸具
皆出自古塚中 又有金銀環銅輪小環珠等 亦有應神天皇陵中遺物 及朽敗
之古刀一口 其曰 朝鮮品云者 皆亦古墓中掘取物 而有瓦坩瓦盌瓦盃等 八
九種 卽善山地所掘者 其他刀劒玉屬多 金海地所掘者 其他陶器十五種 稱
云慶州半月城所取者也（未完）

▲ 10.4.

　其第十二室　皆古佛像　有我國百濟時古木佛蛀蝕太半　又有古陶棺二具
其十三室　皆祭祀神佛等所用器具　亦有石磬一金鼎一念珠金具各種　及古
碑板　其十四室　卽古典籍文書圖畵及金石文版　有高句麗廣開上王碑銘一
本　此碑在盛京省懷仁縣洞溝地方而枕鴨綠江右岸距九連城百五十里　土
人言此碑久埋土中　三百年前漸顯　至明治十五年壬午　盛京將軍左宋棠雇
人發掘　始至爲廣開土王碑　而其碑高一丈八尺　北南兩面五尺六七寸　東西
四尺四五寸　南面正面四面刻文字　南面十一行　西面十行　北面十三行　東面
九行　每行四十一字　合計四十三行一千七百五十九字　明治十七年　日本步
兵大尉　酒勾氏　赴淸途次　榻取一本以來者　余觀其本字　大如椀　多用古篆
字　或有刓缺處　然亦堪讀也　朴君容喜　曾有抄寫一本　寄付於余　余甚珍賞
盖三國史高句麗廣開土王勳業　多泯滅無傳　而後之讀史者　但以廣開土三
字諡號　想像　其當時拓土之蹟　然本史脫略　無可考處　今幸於數千年之後
宛然眞蹟露出於陵谷中古碑　可以補一部史家之闕文　良與禹碑周鼓　當倂
傳於千秋矣　豈不幸哉　然而所可慨然者　此乃吾邦之古蹟　而吾邦之人未聞
有榻置一本者　酒勾氏　乃以異邦之武人　亦能愛其古蹟　用力榻取　以供博物
之珍賞　嗚乎咄哉　其下有日本人註明曰　此碑文中　倭以辛卯渡海　破百殘云
者　就將日本史記考之　仁德天皇七十九年　當同碑文記事　一百二十年前　辛
卯　應神天皇三年　紀角宿禰等　討破百濟辰斯王　立其子阿花王　其事相符云
云（未完）

▲ 10.5.

　其第十二室　皆古佛像　有我國百濟時古木佛蛀蝕太半　又有古陶棺二具
其十三室　皆祭祀神佛等所用器具　亦有石磬一金鼎一念珠金具各種　及古
碑板　其十四室　卽古典籍文書圖畵及金石文版　有高句麗廣開上王碑銘一
本　此碑在盛京省懷仁縣洞溝地方而枕鴨綠江右岸距九連城百五十里　土

人言此碑久埋土中 三百年前漸顯 至明治十五年壬午 盛京將軍左宋棠雇
人發掘 始至爲廣開土王碑 而其碑高一丈八尺 北南兩面五尺六七寸 東西
四尺四五寸 南面正面四面刻文字 南面十一行 西面十行 北面十三行 東面
九行 每行四十一字 合計四十三行一千七百五十九字 明治十七年 日本步
兵大尉 酒勾氏 赴淸途次 搨取一本以來者 余觀其本字 大如椀 多用古篆
字 或有刓缺處 然亦堪讀也 朴君容喜 曾有抄寫一本 寄付於余 余甚珍賞
盖三國史高句麗廣開土王勳業 多泯滅無傳 而後之讀史者 但以廣開土三
字諡號 想像 其當時拓土之蹟 然本史脫略 無可考處 今幸於數千年之後
宛然眞蹟露出於陵谷中古碑 可以補一部史家之闕文 良與禹碑周鼓 當倂
傳於千秋矣 豈不幸哉 然而所可慨然者 此乃吾邦之古蹟 而吾邦之人未聞
有搨置一本者 酒勾氏 乃以異邦之武人 亦能愛其古蹟 用力搨取 以供博物
之珍賞 鳴乎咄哉 其下有日本人註明曰 此碑文中 倭以辛卯渡海 破百殘云
者 就將日本史記考之 仁德天皇七十九年 當同碑文記事 一百二十年前 辛
卯 應神天皇三年 紀角宿禰等 討破百濟辰斯王 立其子阿花王 其事相符云
云（未完）

▲ 10.6.

第三号舘 卽第一号舘之東 亦上下兩層 其第一室 卽美術工藝部 皆燒製
品寫眞 又圖畵類 其第二室 亦燒製品多 高麗磁器 制極精美 椀楪壺壜杯勻
等品 非近日所見者 盖日本磁器製造之法 亦我國磁陶手之所刱 而今日愈
益精製 其發達甚 美輸出 我國國人 皆以此取用 其始發明之我國 反爲退步
制甚拙劣 求之全國 其如高麗磁器者 迨難得見 推此可知 其工藝之日縮一
步 寧不可慨哉 廣州盆院地産 白土燒製磁器 則精白堅滑 故爲世所稱矣 爲
官吏於玆土者 歲貢御廚 及寄贈勢家 故所需甚多 逐日驅迫磁工 勒取品製
而其工價則稱曰 官支定撥給甚賤 又或白取 而不給一文錢 故業磁工者 不
惟贏利之絶無 倂其雇役所入之費 亦無以措辦 貧不能自食 故皆離散他鄕
其磁遂絶跡於世 良用慨惜 因此工業 皆以鈍拙爲貴 其視他國之奬勵發達

至以專賣權准與者 比看則文野之程度可判矣 其他又有日本支那諸國之磁器 其第三室又織製品匹帛類簾帳類 及玉石品筆硯硯床文房諸具 竹木品紙革品 與古印信符節等類 其第四室 美術品繪畫 至此上一層 爲第五室 繪畫雕刻建築等品 其第六第七第八室 皆各種繪畫錦屛繡障等 至第九室 皆古書籍金石古文蘇黃蘭亭諸帖多 淳和閣古物 又開成石經古文全部 及漢郎中鄭固碑文 卽延喜元年四月 所立者也 其第四号舘閉鎖 不得見 問之 則皆天産部動物參考室 及魚類標本 人體標本等 於是乎觀止 (完)

[06] 『황성신문』 1905.10.19~21. 외보, 上野 公園 動物園記 (3회, 한문)

▲ 10.19.

上野公園在宮城北下谷區清水町 自電車停留場北陟小岡左右 皆古樹嘉木中多櫻林 謂之櫻岡 有西鄕隆盛銅像 狀貌厖碩 身掛着物衣〈日本衣名〉左手牽一犬 嵬然佇立 石塔上下刻明治廿六年造成字 彰義隊墓在其後 木板上繪 當時諸義士剚刃狀 盖西鄕氏抗朝命起騷亂 寔未免賊之魁誅 而乃日廷赦之 又從而像而褒之 何也 盖其人始有勳勞於維新 而原其情則拗也 未必爲顚覆宗邦而起見故歟 稍轉有觀音堂又摺鉢山一岡突起樹林蔭翳官兵敗義兵于此其林間處處搆小屋或設冰水店床卓皆覆以紅氈氈在在如是以供遊客之休憩每歳自櫻花開時抵丹楓節候都人士女游賞塡途迨一閙區也轉西南卽動物園明治十四年所設者買札〈札卽入門証票每個五錢式〉從入口入纔數武卽第一室有鸚哥在籠嘿然是亞米利加種盖熱帶地方如濠太摩洛哥等地多産者明治廿三年購自濠洲云其第二室有丹頂鶴一雙西比利亞東部及我國産者至第三室有厖然一物身體壯大雙牙對峙如高角鼻垂牙間長可四五尺可知其爲象也此明治廿一年清帝所寄贈者本牝牡各一來此五年牝象病斃云盖象性甚溫和馴之能隨人意作舞出藝而此象性猛惡

不服馴鍊淸國馴象者來相其言如此其次室有野猪肉甚肥大臺灣産也次有
獸頭似駱駝脚如牛驢尾無角此鹿類滿洲地方産淸國皇城南苑所飼者榎本
氏爲淸公使時請於淸朝得牝牡各一以寄贈於本園者其次室曰香鹿卽麝牝
牡皆無角牡者齒或露口外腹下有香囊此種多産於中央亞細亞而此在一牝
卽我國所産云其次有獐其牡大五尺餘其肉中美味濠洲人多恒食其牝腹有
袋又曰胎盤凡生育其子皆於此腹袋裏包入吸乳至其生長不出袋外云此卽
濠洲産也其次有兩鹿臺灣産牡者其角槎牙甚高又有斑文鹿一頭亦灣産云
其次有牝猪二卽淸國家畜者又其次曰駱駝有雙峯如馬鞍崇其背大可一丈
餘南方亞比利亞所産此物有壯力阿洲之人以之駕車運輸行沙漠中亦以之
耕作頗得其力其次有一騾卽驥父馬母者體大力强善行走其次有我國産長
耳灰色驢數三頭其次室有駝羊狀如駱駝而無雙峯項長數尺脚甚高牝牡各
一皆亞米利加産次室獅子體如羊項以上鬣髮髯鬣毛黃口濶有牝牡是北亞
非利加産也其次有黃身玄文之虎鬚髯如刺眼炯炯如火而縶在圈內其敢猛
之氣亦無所施矣其次卽觀魚室繞隧道級而入其室黑暗如夜以噴水機注水
於假山附岩中壁以玻瓈養魚其中多日本産赤白鮒魚金鯽銀條鯉軍鼈蛤等
族鯢四足突晴班黑無鱗似鼉大小凡十餘尾大者長三四尺 （未完）

▲ 10.20.

又有名鬪魚者 體圓黑 有兩尾 暹羅産也 又有伯耆丹波等 國産 鯢甚長
大 其巖穴間盤陀 一綠毛龜綠髮鬖鬆如絲 其外有黃蛇盤旋古查名曰黃令
其次又各種鳥獸之所養有狸如狗小嘴有狐斑文有懽黃而小又有印度産狐
及兔牝牡産育頗多有米國鼠雪白如玉兔其他各鼠狀貌不一羗鹿狀如鹿二
牝皆臺灣産有三寸餘毛髮旋於角根而體大山猫有數種又有有袋鹿及有獸
桃花色不知其名南洋羣島熱帶地所産其次曰羗鷲自北海道來者又有我國
北土産海東靑及秋隼又有南阿洲産黑鷲毛黑眼大又曰狗鷲我國産其他角
鷹海鷲皆喙利如劍爪長數寸有鳶曰朝鮮産又有鳥白色腦後有長毛狀如鷄
曰米洲産又有鷗鶘及雕有錦鳩斑鳩英國暹羅産各一又有時辰雀相思鳥皆

不知其産地有黃兔白兔及米國鼠大如兔雪色鸚哥青色食火之鷄身毛如猪
黑而鬆無羽翅及尾脚如鷄長尺餘頂有冠其趾三岐其距銳利有鷩雉五色尾
甚長鷄有爪哇産濠洲産皆長大鳧有丹毛者猫有淸國産暹羅産又有暹羅猿
尾長數尺有兔耳長尺餘皆異狀也其他各種羽族皆寄巢於古木上飛繞下上
甚自得焉其次又一畝丸池設島嶼於池中環池有樹木置各種禽籠上卓鉄網
以防飛逸養水禽諸族於此鴻鴈鳧鴨鵠鷺鵝鷺鸛雀等皆浴波掠浪捿止飛動
其鍋冠鳥大如鷺玄背白腹頂垂毛如鷺狀卽鷺也有阿非利加産鸛冠頂如鶴
又錦鷄斑紋雌雄各一支那西南部産者其次又丹頂鶴卽日本皇太子所下賜
者其次又小禽類如黃雀金翅雀花鷄黃道尾繡眼兒時辰雀文錦鳥翠鳥長生
鳩燕鶉鷃鴿鷦鷯啄木等各種不可彈述又有吐綬鳥米國産也珠鷄者阿非利
加産也有野鷄狀如鷄而大稱云家鷄之先祖又有灰色鳥似鶴而小此中央亞
細亞産者其次有羊四五頭毛甚麁又有有袋鹿類一牡及大熊黑色如小牛無
角又有大如猪者其次又有小水鴨北米所産及小嘴鴨鷄鵝等水禽別爲數室
其中有紅冠水鷄及黑頭似鳶者灰色背紅味赤脛又有練鵲翠鵲鳩鴿桑鳸布
穀黃鶯雲雀鷗鵂相思鳥胡錦鳥白頭鳥丹鳧等諸族而所謂白頭鳥者狀如鷄
腦垂長毛白色者濠洲産也其次有蝟毛磔能食害虫者日本人謂之針鼠又有
黃鼬及貂鼠及臺灣産猿猴各種又有猩猩毛甚茂有洋犬甚大卽古西獒之族
又有陸奧洲産馬二頭又有野犬野猪山猪及臺灣産猢猻獼猴喬捷飛越以逞
奇技有所謂駝鳥者脚高數尺頸亦甚長而鼻孔極濶面厖體大力能駕車而行
云盖鳥之最有力者而其趾亦三岐其次有鹿及駝鳥卽阿非利加阿剌比亞等
地産者又有綠雋龜大如鼎盖是小笠原島産也凡溫熱帶海中恒有者歐米人
以充美味云有寒號虫裸而駁又有黑羆大如熊獅子一頭前春購來者云而卽
北亞非利加産者亦稱夜獸盖日中靜伏至日沒後始起來捕諸獸食故云牝牡
各一圍頸毛髮甚盛其次又日本皇太子下賜一熊越後産也毛黑色（未完）

▲ 10.21.

又有赤熊 名曰魋 體長大力 强爪甚利 是能登樹泳水 捕食禽獸魚介 及野

菜等物 或至村落 往往害人 畜云卽北海道産也 又有我國産者 比日本熊 其
耳甚大 見人作百拜拱揖狀 以求食 投果與之拾食又拜 盖馴之也 熊是獸類
之最鈍劣 而馴之則能拜揖求食 況人之靈智者 受敎育之力 則其增進 豈可
量耶 其次又有牝牡野猪及山羊數頭 又有北冰海熊 其色雪白 體比他熊甚
大 又有四熊牝牡 身長三丈 毛亦甚白 卽北極寒帶産物 其次有水龜秦龜等
種 又有孔雀 尾長數三尺 頂有高髻數寸 文彩爛然 而其雌則否 又有白鶴丹
頂 別居一圈 又有水鴉及白鷺白 而大雄有亞非利加産者 頂有散毛 其次又
白鶴翺翔於樹林間 凡三十餘室 此其終也 回至出口門通路 有冰水店 飮一
椀解渴 纔欲出門 忽聽轟然大聲 如晴雷落來驚 顧視之乃獅子吼也 (完)

[07] 『황성신문』 1905.10.23, 10.25. 觀 植物園 記 (2회, 한문)

▲ 10.23.

植物園者 宮內省內苑局所管也 聞其經始迨今二十六年 而至近歲稍稍
擴張 現方築造家屋 修治場所 栽培卉木工役 尙未告竣云 然以余所目擊者
其區域之濶大 其鋪置之繁密 可謂極其殷富 而彼猶自歎於未盡精美者 可
想其異日成効之無窮也 余多未辨於草木之名狀 但其蔥菁而敷榮者 爲卉
爲花 見其槎牙而蔭樾者 爲木爲林而已 況其園藝之術 惡得辨其精粗也哉
大槪其林木 計爲二十餘萬株云 而其卉木之種類 甚繁 殆難枚述 然略記其
覩聞者 樹木松杉檜柏樅櫟楓桂櫻櫃梧桐枇杷冬柏鴨脚篁竹楊柳棕櫚等居
多苽果如梨査林檎桃李梅杏葡萄等最多花卉如四季芭蕉映山紅山茶蘭菊
等甚多而其各種花卉皆別搆溫室凡數三十間皆穿地通蒸溜管以備溫煖之
適度而皆架設數層長木卓子鋪細石以通濕氣安置花盆于其上盆身皆周圍
穿孔以通蒸氣覆以玻瓈木板奄成板屋其架卓下皆鑿貯水小石池以供灌漑
其花卉多歐洲米洲阿墨利加濠太利等熱帶地産物而有暹羅蘭者長榦抽數
尺如鹿角狀而無傳葉其他奇形異狀者靑紫絢錯不可名述是猶徒卉而已其

適於實用者惟果木是已凡果樹栽培極臻精妙或用橫接或用移接等法而每
樹必養成一本四個條幹疊作兩個三枝山字鎗㨾長皆丈餘而皆剪去其梢頭
昻藏槃礴編作笆籬其長短大小表裏均一如一筆描畫狀桃李梨查林檎皆部
分其類各編一籬現當秋初果皆結實成熟而悉用紙包裹以妨傷損 (未完)

▲ 10.25.

又或架設大板屋 列置盆栽果木於其中 長僅數尺 而結子甚夥 亦皆依頭部
分爲桃室梨室林檎室葡萄室 而其葡萄方結子 濃熟千百馬乳 便做一團艸龍
珠帳 是最可愛也 其餘林木場圃 皆以綠莎細草播種除蹊徑以外皆一色平綠
如鋪靑茵于地無一寸隙土其林間往往有八手木者葉皆八岐好長於林樾下
而其葉甚繁四時長靑亦可異也又有印度希馬拉松者葉如綠髮甚長其杉櫻
櫟長皆數十丈連抱束立者多亦有方池塘綠波漣漪而一帶溪潺潺然流瀉注
之溝渠其沼中種水草芰荷之屬丹頂鶴及鳧鴨等皆卵育滋養焉亦有一區動
物園於其間有袋鼠大如兔前足甚短跳躑而行尾甚長孔雀見人張尾而立如
五彩大扇展開㨾高過人頂其他駝鳥錦鷄鷹鷲等各種禽鳥等多而有濠洲産
白鸚鵡數雙能鮮日本語敎之使言能呼吾道上三字及白癡等日語句如人音
殊覺絶倒也其花木等植物皆日本及西南洋各土産品我國種絶無植者至其
動物如山雉角鷹黑鷲丹頂鶴等謂之朝鮮産云者頗多推此觀之則我國植物
之不繁可想也已古人云十年之計莫如種樹夫種藝之於殖産其利益不貲而
吾人皆等棄度外不究所以發達之術天産富源之見失外人不亦宜哉 (完)

[08] 『황성신문』 1906.04.02. 잡보, 大東 古蹟(고적)

　　*원각사, 유응규, 명승구거＝별도 정리 필요

△ 圓覺寺는 在中部慶幸坊ᄒ니 古名 興福이오 太祖時에 爲曹溪宗本社

라가 後에 廢爲公廨러니 世祖時에 改創ᄒ고 號爲圓覺이라 以權司者
ㅣ 三百有餘오 舳陵金碧이 無與爲此ᄒ고 庭中에 建十三層石塔ᄒ고
又使金 守溫으로 撰碑而立ᄒ니 卽今塔洞公 園地 是也라

△ 庾應圭ᄂ 高麗毅宗時에 出倅南京ᄒ야 政尙淸簡ᄒ고 一芥를 不取於
人ᄒ더라 其妻昔得乳疾ᄒ야 但啜菜羹ᄒ니 有衙吏審饋隻鷄어ᄂ 妻
曰良人 平生에 未嘗受饋遺ᄒ니 豈可以我口 腹으로 累淸德耶아ᄒ니
吏慚而退러 라

△ 明昇舊居ᄂ 在開城訓鍊廳後山下 ᄒ니 盖明大祖가 旣平蜀ᄒ고 竄明
昇 于高麗ᄒ야 子孫이 世居此地ᄒ니 明 王珍의 衰冕畵像이 遺傳이러
니 宣 祖壬辰에 煅於兵燹이러라.

[09] 『황성신문』 1907.04.08. 광고, 일본 유람협회 회원 모집

日本遊覽協會會員募集

主意 戰後의 日本이 顯著히 其面目을 一新ᄒ 샏 아니라 今에 東京에
勸業博覽會가 有ᄒ고 其他 京都大坂北方의 狀況視察ᄒ야 韓國殖産興業
에 資홈이 現下 最急務라 故로 吾人有志者가 協議ᄒ야 本會를 組織ᄒ노
니 有志의 士ᄂ 贊同ᄒ심을 望홈
第一回會員募集 每回 五十名을 一團으로 홀 터인 則 速速히 申出홀 事
但 入會節次ᄂ 事務 又ᄂ 各申出所에 來問홀 事
巡遊地 東京, 大阪, 京都, 橫濱, 神戶
往復日數 凡十七日間 會費手數料 合計金四十八圓
出發豫定日 四月十五日
現金辦納所 五十八銀行京城支店 天一銀行
申出所 五十八銀行京城支店, 天一銀行, 日本人商業會議所京城日報社,
大韓日報社, 帝國新聞社, 皇城新聞社, 萬歲報社, 大韓每日申報社, 國民

新報社, 大東運輸會社, 林田商店

事務所 京城南門通四丁目東亞商會內 電話 八三七

日本遊覽協會

協贊者 順序不同

山口太兵衛 和田常市 正三品 白寅基 宋秉畯 淵上眞助 曾我勉 濱野德次
郎 菊地謙讓 森勝次 鮎貝房之進 廣漸長康 田中常次郎 吉貝儀平 淸水淺
吉 井只平協 大庭貫一 林田金次郎

京城日報社 大韓日報社 皇城新聞社 萬歲報社 大韓每日申報社 國民新聞
社 帝國新聞社

[10] 『황성신문』 1907.04.23. 잡보, 일본 유람협회 관람순서 (유람, 관광 담론)

日本遊覽에셔 遊覽旅行者의 便宜를 爲ㅎ야 在東協會京漫運用達所南
商會와 協約ㅎ고 又其觀覽順序가 如左ㅎ니

東京 到着日 日本銀行

二日 博覽會, 動物園, 博物舘

三日 印刷局, 砲兵工廠, 淸樂園

四日 白木屋吳服店, 三越吳服店, 九段招魂社, 淺艸公園, 札幌麥酒工場吉
原의 夜景

發行日 宮城前, 日比谷公園

京都 舊御所, 西陳, 東本願寺, 淸水 又ᄂ 東山公園, 蹴上, 美術舘, 三條四
條夜景

大阪 中之島造幣局, 大阪城, 築濱, 寺町道夜景

[11]『황성신문』1907.09.06~07. 잡보, 박람회기 (2회, 경성 박람회 = 견문기)

▲ 9월 6일

京城博覽會를 本月一日붓터 開會홈은 本報에 已爲報道ㅎ얏거니와 特別入場券을 送來ㅎ얏기 本社員이 其好意를 感ㅎ야 再昨日에 此를 觀覽훈지라 其景況을 槪記ㅎ건디 第一号舘은 長方形 四十五坪인디 酒類와 鴨綠江邊에셔 採取훈 木材와 財政顧問部에 莨葉과 各郡에셔 出品훈 米穀 果實 等과 礦石과 穀物에 有害虫及有益虫을 陳列ㅎ얏고, 第二号舘은 四角形 一百二十坪인디 醬油, 菓子, 化裝品, 藥品, 紙製品, 毛皮物, 茶 等을 陳列ㅎ얏고, 本舘은 二百三坪인디 我政府의 補助로 建築훈 大東俱樂部니 圓形의 洋屋이라 人形과 美術品을 裝置ㅎ얏고

演藝園에는 一週日에 三次式 我國妓生及三牌와 日本妓生이 各一日式 歌舞를 秩奏훈다는디 伊日에는 三牌康津과 蓮心과 歌客 李順書가 雜歌를 迭蕩히 ㅎ미 觀客이 此處로 來集ㅎ야 廣場이 彌滿ㅎ고 (未完)

▲ 9월 7일

植物園에는 纛島農業模範場에셔 栽培훈 野菜 等屬을 設ㅎ얏고, 第四号舘에는 姑未陳列ㅎ야 十五日以後라야 美麗훈 物品을 畢列ㅎ겟다 ㅎ며, 第三号舘은 四角形 一百二十坪인디 吳服類, 絲類와 人形을 陳設ㅎ얏고, 第四舘은 長方形 八十四坪에 金屬製品, 金庫, 裝身具, 指輪, 行李, 洋傘, 家具, 잉크, 筆類, 가방 等은 陳列ㅎ얏고, 其外에 韓國風俗의 舍廊 一間을 精潔히 建築ㅎ야 文房四友 諸般 房具를 備設ㅎ얏고 各料理店이 處處에 在훈디 韓國料理店으로는 明月主人 安淳氏가 廣告ㅎ기 爲ㅎ야 出張ㅎ얏는디 極히 廉價로 飮食을 供陳훈다 ㅎ더라.

以上과 如히 觀覽훌 時에 所感이 何如오 博覽會를 我國農商工部의

計劃으로 實業을 發達ᄒ기 爲ᄒ야 始設홈인ᄃᆡ 其內에 陳列ᄒᆫ 物品은 皆是外國物品이오 韓國人은 出品ᄒᆫ 者이 二三人에 不過ᄒ니 趙彰漢氏가 毛皮物을 出品ᄒ고 白寅基氏ᄂᆞᆫ 珠簾이오 鄭斗煥氏ᄂᆞᆫ 紙類오 朴永斗氏ᄂᆞᆫ 扇子를 出品ᄒᆫ 外에 農商工部의 出品으로 各郡에셔 送來ᄒᆫ 物件數種ᄲᅮᆫ이라 韓國人民이 商業에 曚昧홈을 可知라 寧不寒心가 大抵 實業에 從事ᄒᆞᄂᆞᆫ 人은 其所有物品을 博覽會에 送ᄒ야 世人으로 ᄒ야금 其美麗홈을 知케 ᄒ고 該會에셔 有功賞牌를 得ᄒ여야 信用이 有ᄒ고 世人이 此를 知ᄒ야 商業이 興旺ᄒᄂᆞᆫ 것이여ᄂᆞᆯ 人民이 曚昧ᄒ야 出품치 아니ᄒ고 外國人에게 奪占ᄒᆫ 바 되얏스니 實業의 衰殘홈이 豈其遇然홈이리오 嗚呼라 地方郡守도 博覽會의 何物됨을 不知ᄒ야 生擒ᄒᆫ 鶩兒와 舊甲等을 送來홈이 外國人의 笑柄이 되얏다고 ᄒ니 實로 寒心ᄒ도다 (完)

[12] 『황성신문』 1908.04.03. 잡보, 일본 순유회 예정 (일본 유람, 기행)

日本巡遊會計劃豫定 道路、四月中旬에 仁川셔 發程ᄒ야 京釜鉄道로 釜山을 經ᄒ야 門釜聯絡船으로 門司에 至ᄒ고 鉄道로 福岡市、唐津港、長崎港、下關에 到着ᄒ야 官鉄幹線을 依ᄒ야 宮島、*島、岡山、神戶、大阪、京都、伊勢、名古屋、四日市、靜岡、橫濱、大磯東京에 着ᄒ고 舊鐵線으로 日光에 着ᄒᄂᆞᆫᄃᆡ 每一處에셔 半 乃至五日間을 滯留ᄒ야 順次 視察巡遊ᄒ고 自東京으로 直行ᄒ야 仁川에 歸着ᄒ되 日數ᄂᆞᆫ 二十日間 但會員이 多數ᄒ면 往路或復路만 滊船을 搭乘ᄒᆯ 事
一旅費旅行에 要ᄒᆯ 総費用은 百二十圓이니 此中에 滊車、滊船、旅舘、宿泊、食事、車馬、案內料等一切를 包含홈 但該旅費中에 各自私費ᄂᆞᆫ 包含치안이홈
一紹介本社에셔 定ᄒᆫ 紹介書를 受領ᄒ니 各其隨意ᄒ야 紹介書를 作ᄒ되 左開ᄒᆫ 所要事項을 詳記ᄒ야 提出홈이 可홈 會員數ᄂᆞᆫ 五十名乃至百

名으로 定ᄒ고 在韓日本紳士가 入會를 希望ᄒ야도 旅行趣意를 依ᄒ야
ᄂ 承諾홈이 有홈

左開

姓名、住所、身分、年齡、職業、健康狀態、海外遊覽ᄒ 經歷自無、日本
語讀觧與否、日本에 親族知舊間現住ᄒᄂ 者가 有ᄒ거든 其住姓名、確
實ᄒ 保証人一待遇及案內全行程滊車滊船은 中等以上人士의 恒例를 倣
ᄒ야 二等으로ᄒ고 旅舘은 確實ᄒ 等旅館을 選擇ᄒ고 本社員通譯各三
名以上을 附添ᄒ야 懇篤히 視察上에 便宜를 與ᄒ고 遺憾이 無케ᄒ며
亦各區古跡等을 遊覽ᄒ 時에ᄂ 數名에 地方指導者를 使用ᄒ야 說明홈
一會員의 旅裝은 韓裝과 洋裝을 不問ᄒ되 簡略을 務從ᄒ고 暮春을 適際
ᄒ야 遊覽에 最可ᄒ 時節이니 普通春期行裝으로ᄒ고 手荷物은 滊車滊
船의 制限에 過ᄒ 運賃은 自辦으로홈 會員은 特別ᄒ 待遇를 受ᄒ 時가
多ᄒ니 禮裝一件을 携帶홈이 必要홈
一本社의 義務本社ᄂ 官衙에 對ᄒ 諸般便宜를 請願ᄒ야 出發前에 社員
數人이 視察ᄒ고 地方에 派出ᄒ야 有力ᄒ 各新聞社、各社會、公共團体
等에게 交涉ᄒ야 視察에 關ᄒ 諸般便宜와 準備를 整理ᄒ고 巡遊會開催
趣旨의 實益을 收ᄒ야 安全愉快히 旅行을 完畢케홈에 用意周到홀 事

[13] 『황성신문』 1908.04.04. 광고, 한국신사일본 순유회 취지서

韓國紳士日本巡遊會趣旨書

　日韓兩國國交의 親善을 保雜ᄒ야 兩國間의 幸福을 增進ᄒ기 爲ᄒ야
弟一先取ᄒ 方策은 韓民을 啓導ᄒ야 入明이 何物인줄을 知得케홈에 在
ᄒ지라、韓國의 將來開發은 日本人의 力을 期待홈이 不尠ᄒᄂ 韓國人
으로ᄒ야곰 事業을 利用ᄒ고 智識을 涵養홈이 亦是逸치못ᄒ 問題라 其
敎育이던지 其事業이던지 多數韓人이 專혀 依賴ᄒ바ᄂ 韓國上等人士

에 在ᄒ니 此에 些少ᄒᆫ 改善을 施치안이ᄒ고 晏然히 舊慣을 墨守ᄒᄂᆫ 것은 最히 遺憾ᄒᆫ바이라 本社에셔 此를 思惟ᄒ야 多數有志의 贊同으로 韓國搢紳日本巡遊會를 組織ᄒᄂᆫᄃᆡ 本會의 目的은 日數二十日間總費用 百二十圜에 依ᄒ거니와 實로 以上欠缺을 補塡코쟈ᄒᄂᆫ것이니 韓國紳士ᄂᆫ 吾人과 思想을 同一케ᄒ야 希望을 本社에 寄ᄒ야 日本巡遊ᄒᆯ 意을 示ᄒᆯ지라 或者不便을 感ᄒᆯ바ᄂᆫ 生疎ᄒᆫ 外國에 觀覽ᄒ이도 言語와 風俗이 不同ᄒ야 觀覽ᄒᄂᆫ 目的을 達ᄒ기 難ᄒ다ᄒᆯ지나 此二三不便底事를 忍耐ᄒ고 決意外遊ᄒ면 日本國文明에 悅惚ᄒ고 繁華에 眩惑ᄒᆯᄲᆞᆫ안이라 其文明繁華의 實狀을 可히 會得ᄒᆯ지니 此를 尙今未遑ᄒᆷ은 大遺憾大欠缺ᄒᆫ바이라 是以로 本社의 現今計劃은 一般有志者의 希望ᄒᄂᆫ바어니와 當局도 亦是滿心贊意를 表ᄒ니 韓國多數人士ᄂᆫ 本會에 入會ᄒ야 其素志를 貫徹ᄒ야 徐徐히 韓國을 啓發ᄒᆯ 事에 努力ᄒᆷ이 可ᄒᆯ지어다. 仁川朝鮮다이무스 新聞社

[14] 『황성신문』 1908.07.03. 논설, 묘향산의 만취경황 (국토의식, 묘향산)

妙香山의 晩翠景况

寧邊郡은 即我始祖檀君의 發祥ᄒ신 地라 天造草昧에 人文이 首開ᄒ야 我大韓億萬世無彊의 業을 基ᄒ얏고 妙香의 雄深과 鐵甕의 險固와 藥山東臺의 奇勝이 實노 天下名區오 靈氣攸華라 其民이 勁悍勇敢ᄒ고 其俗이 勤儉樸實ᄒ야 人物之産이 從古不絶ᄒ니 事業上做去와 開明界 進就가 宜其不後於他郡人士이거늘 邇來吾儕所聞에 心竊惜之ᄒᆫ바 有ᄒᆷ은 何也오

年來平安南北道各郡人士가 文明風潮의 觀念으로 敎育事業에 爭先奮發ᄒ야 學校設立이 在在相望ᄒ니 現時代에 在ᄒ야 關西一路가 實노 文

明先導者의 地位를 得ᄒᄆᆡ 全國輿論이 莫不稱揚之推詡之ᄒᄂᆞᄃᆡ 惟獨
寧邊一郡이 頑固未開ᄒ고 遲疑不進ᄒᄂᆞ 態度가 有ᄒ다ᄒ니 豈其風俗
이 移易ᄒᆞ야 勁悍勇敢者가 委靡劣弱ᄒᆞ며 勤儉樸實者가 怠惰放逸而然
歟아 竊爲該郡人士ᄒᆞ야 羞愧를 不勝이더니

　去月頃에 至ᄒᆞ야 該郡에서 各校聯合運動會를 開設ᄒᆞ야 頗히 盛況을
呈ᄒᆞ얏다ᄒ니 於是乎該郡人士의 敎育思想이 開發홈을 量度혼바 有ᄒᆞ얏
고 繼ᄒᆞ야 西來報道를 接혼 則該郡境內에 私塾은 盡行廢止ᄒ고 師範의
材料를 養成ᄒ기 爲ᄒᆞ야 於明倫堂에 維新學校를 創設ᄒ고 各面里의 聰
俊人士를 募集ᄒᆞ야 數百人에 達ᄒᆞ얏고 敎科書籍을 自京貿去ᄒᄂᆞᄃᆡ 一
千圜價値에 至ᄒᆞ얏다ᄒ니 該郡人士의 勇敢혼 性質이 於是乎發現ᄒᆞ얏고
今又實業增殖의 主旨로 農學會를 組織ᄒ고 農業學校를 建立ᄒ기로 趣
旨를 發佈ᄒ니 其於開明事業에 着着進步ᄒᄂᆞ 思想은 尤可確認홀지니
遲遲澗畔松은 鬱鬱含晩翠가 此之謂歟아 瞻彼妙香에 我思悠悠로다

　嗚呼라 該郡은 我始祖ᄭᅴ셔 肇基王跡ᄒ시고 首開人文ᄒ신 地로 山川
이 依舊ᄒ고 風景이 不殊라 我神聖種族의 忠君愛國ᄒᄂᆞ 精神이비록 萬
億浩劫을 經過홀지라도엇지 久久히 沉埋湮鬱에 止ᄒ고 終乃發揮顯揚
ᄒᄂᆞ 日이 無ᄒ리오 今日文明進步ᄒᄂᆞ 態度에 對ᄒᆞ야 感覺이 實深ᄒ도
다 吾儕가 特別히 此郡人士의 進步를 擧ᄒᆞ야 祝賀의 意를 表ᄒᄂᆞᆫ것은
凡我國中에 頑固未開ᄒ고 遲疑不進ᄒᄂᆞ 地方人士를 警醒키 爲ᄒᆞ야 然
홈이니 從此로 各地方의 敎育發達이 亦皆此郡과 如히 鬱鬱晩翠의 景況
이 發現홈을 無時不拭耳而竢ᄒ노라

[15] 『황성신문』 1908.09.12. 논설, 蒙拜 白頭山靈
　　(백두산, 기행 담론)

　是歲中元之夕에 商飆가 噓涼ᄒ고 素月이 揚輝ᄒ니 玉宇ᄂᆞ 崢嶸而無
涯ᄒ고 金波ᄂᆞ 滉瀁而滿地라 虛堂一枕에 形骸를 頓忘ᄒᄆᆡ 怡乎有羽化

之想터니 旣而오 莊園蝴蝶이 翛然而騰ㅎ야 溯大漠之風ㅎ며 歷鬼門之
關ㅎ야 陟彼白頭高巓ㅎ니 呼吸之氣가 上通帝座라 于時에 霓旌虹橋가
閃閃駕空ㅎ고 風馬雲車가 翳翳揚靈ㅎ는되 一位白頭老人이 頂天冠을
戴ㅎ며 黃色袍를 衣ㅎ며 巨靈掌을 拱ㅎ고 夸娥背에 坐ㅎ야 南顧瀛洲ㅎ
며 西指鴨綠ㅎ나 百靈이 呵前ㅎ고 衆怪가 遠跡이라 余가 望之慄慄ㅎ야
屛息俯伏터니 老人이 令侍者로 招余而前曰維玆東洋半島에 大韓彊土는
皆白頭山의 枝脉으로 天建地設き 錦繡江山이아닌가 我大韓民族은 皆
神聖ㅎ신 檀君의 子孫으로 皇天의 寵賜하심을 蒙하야 世居此土에 休養
生息이 迄今四千餘載인즉 可謂文明古國에 優等民族이라 自爾祖先으로
皆其天職을 克修하며 世業을 勿失하야 太平의 福樂을 享有ㅎ더니

奈何로 至于今日ㅎ야 一般國民이 皆怠棄天職ㅎ고 荒墜世業ㅎ야 萬
般事爲가 皆退步于他族ㅎ며 許多權利를 皆讓與于他族ㅎ야 四千年歷史
에 令譽를 全失ㅎ고 三千里山川에 精采가 頓改ㅎ야 樂國의 生活을 不得
ㅎ고 劣等의 地位를 自取ㅎ얏는가 爾等民族도 耳目의 視聽과 手足의
運動과 性靈의 感覺이 有ㅎ지어늘 何故로 生命財產에 關ㅎ 各種事業과
各種權利를 對ㅎ야 一個도 進就ㅎ는 精神은 無ㅎ고 但其退縮ㅎ는 狀態
만 有ㅎ야 今日此境에 至ㅎ얏는가

他事는 不遑枚擧ㅎ고 但以森林一事로 言홀지라도 我大韓國內에 山
林原野가 皆禁養法이 有ㅎ얏스니 禁者는 其濫伐을 禁홈이오 養者는 其
成材를 養홈이라 近世以來로 爾等民族이 皆怠惰自逸ㅎ야 山林原野에
栽培護養은 姑舍ㅎ고 自生自長ㅎ는 林木도 斫伐을 濫行ㅎ야 國內山林
이 童濯禿赭ㅎ야 蔚蒼ㅎ 景色이 全無케ㅎ얏스니 雖是朝家의 林政이 不
修ㅎ 緣故라ㅎ나 爾等民族도엇지 財木과 柴炭의 需用을 供給홀 思想이
無ㅎ얏는가 我의 當爲를 我가 不爲ㅎ면 畢竟他人의 代爲가 有ㅎ느니
於是乎拓植會社가 出ㅎ얏도다 從此로 國內山林이 童濯禿赭를 變ㅎ야
蔚蔚蒼蒼ㅎ 景色을 呈홀터이니 山神岳靈이 豈其厭之乎아 但爾等民族
이 自己의 擔負ㅎ 責任을 不修ㅎ다가 他人의 着手를 資ㅎ엿스니 復誰怨
尤리오 嗚呼라 旣往의 失은 追之無及이어니와 目下當做的事業에 對ㅎ

야 急急奮勵ᄒ고 孜孜勤勉ᄒ야 桑楡의 收를 是圖ᄒ라 爾도 大韓國民의 一分子니 此를 銘念ᄒ야 特히 代表로 全國同胞에게 佈及ᄒ라ᄒ고 言訖에 老人이 不見ᄒ니 但山上에 有雲如五色이러라 余乃欠伸而覺ᄒ니 汗流遍體라 於是에 夢拜白頭山靈이란 問題로 一篇을 陳述ᄒ야 告我全國同胞ᄒ노라.

이해 중원(中元) 저녁에 광풍이 불어오고 흰 달이 비치더니 옥우(玉宇)는 가파르고 끝없어 금물결이 깊고 넓게 가득 찼다. 빈 집 베개머리에 형해를 잊고 신선이 되는 생각을 하더니 어찌 된 것인가. 장자의 나비가 홀연 날아올라 넓고 광막한 바람이 불며 귀문(鬼門) 난간을 지나 저 백두(白頭) 높은 봉우리에 오르니, 기운을 들이켜 상제(上帝)가 앉은 자리이다. 이에 정문의 무지개 다리가 하늘가에 번쩍이고 풍운 마차가 일산으로 혼령을 드높이는데 한 사람 백두 노인(白頭老人)이 정천관을 쓰고 황색포를 입고 거령장을 잡고 과아배(夸娥背)에 앉아 남으로 영주를 바라보고 서로 압록을 가리키나 모든 영령이 껄껄 웃고 괴이한 무리가 멀리 자취를 남긴다. 내가 놀라 바라보며 엎드렸더니 노인이 시자(侍子)를 시켜 나를 불러 말하기를, 오직 동양 반도에 대한 강토는 모두 백두산의 지맥으로 하늘이 세우고 땅이 만든 금수강산이 아닌가. 우리 대한 민족은 모두 신성하신 단군의 자손으로 천황의 총애를 받음을 입고 세상에 내려와 이 땅에 휴양생식한 지 지금 4천년인니 가히 문명 고구의 우등한 민족이다. 이 조상으로부터 모두 천직을 닦으며 세업을 잃지 않아 태평한 복락을 누리더니 어찌하여 지금에 이르러 일반 구민이 모두 게을러 천직을 버리고 황량한 세업에 떨어져 만반 일들이 모두 다른 민족에게 뒤지며 허다한 권리를 다른 종족에게 양보하여 4천년 역사의 영예를 모두 잃고 3천리 산천의 정채가 바뀌어 낙원 구가의 생활을 얻지 못하고, 열등한 지위를 스스로 초래했는가. 너희들 민족도 이목으로 보고 수족을 움직이며 성령의 감각이 있다면, 어찌 생명 재산에 관한 각종 사업과 각종 권리가 하나도 진취하는 정신은 없고 단지 퇴축하는 상태만 있어 금일 이 지경에 이르렀는가. 다른 일은 모두 들 수 없고 단지 삼림 하나만 말하더라도 우리 대한 구내에 산림

원야가 모두 금양법(禁養法)이 있으니, 금지라는 것은 남벌을 금지하는 것이요, 양이라는 것은 그 재목을 기르는 것이다. 근세 이래로 너희들 민족이 모두 게으르고 안일하여 산림 원야에 재배 보호하기는 고사하고 스스로 생장하는 임목도 작벌을 남행하여 구내 산림이 손 씻고 민대머리 되는 것과 같아 울창한 모습이 모두 없게 만들었으니 비록 조정의 산림정책이 확립되지 않은 때문이라고 하나 너희들 민족도 어찌 재목과 땔감에 필요한 것을 공급할 생각이 없었는가. 나의 당위를 내가 하지 않으면 필경 타인이 대신할 것이니 이에 척식회사가 출현했구나. 이로부터 구내 산림이 동탁독저를 변화시켜 울창한 모습을 보일 터이니 산신령이 어찌 그것을 싫어하겠는가. 다만 너희 민족이 자기가 맡은 책임을 다하지 않다가 타인이 착수하도록 했으니 다시 누구를 원망하겠는가. 오호라. 기왕의 잘못은 따를 수 없거니와 지금 당장 해야 할 사업에 대해 급히 분려하고 근면하여 상유의 수(收)를 거두도록 하라. 너도 대한구민의 일분자이니 이를 명심하여 특히 대표로 전구 동포에게 알리라 하고, 말을 마치매 노인이 보이지 않으니, 단 산 위에서 오색 구름과 같았다. 내가 이에 놀라 깨니 땀이 온몸에 흘렀다. 이에 꿈에 백두산령에게 절하더라는 문제로 한 편의 글을 써서 전구 동포에게 고한다.

—『황성신문』 1908.9.12. 논설, '몽배 백두산령'

[16] 『황성신문』 1908.10.27. 논설, 아국 칠십년 전 선각자의 관념 (기행문)

我國七十年前先覺者의 觀念[4]

日本人所述雜誌에 慷慨時聞을 據호 則距今七拾年前에 我國人이 航

---

4) 70년 전 항해 무역으로 북경에 갔다가 태풍을 만나 영국 상선의 구원을 받은 아국 인사가 보낸 편지＝일본인 소술 잡지에 소재한 것＝한문으로 된 표류기의 일종임.

海貿易으로 北京에 赴ᄒᆞ다가 颶風을 遭ᄒᆞ야 英船의 救援으로 英國에 漂泊ᄒᆞ야 多年滯在ᄒᆞᆫ 中에 本邦知舊에게 寄函ᄒᆞᆫ 文字가 如左ᄒᆞ더라

在英國客中與鄕國人書

朝鮮人 讓失姓

戊戌之秋與諸友爲貿市航海特赴北京會東南風暴起海上漂數日風愈烈船折楫摧人疲力困所乘船終碎岩石而溺海者拾餘人皆葬鮫魚之腹免死者僅七人幸遇英吉利船之援相携至英國余遂居院中鞠養懇切飮膳相繼而未鮮方言故主所問者客不能答客所言者主不能曉對坐一室之中宛爲啞聾之趣獨有게시이호류라 云者能讀中華之書頗有學識從僕等學言語居數年後僕曉語音今才辨事態嗟乎邈邈異邦寓居五年水土不服歟抑亦命耶五人先歿其不先朝露者(嚴伯貞)與(讓)雖存終不可面親友又何有快樂哉乃若事閒人散風寒海鳴燭光在前虫聲起後夢庭闈於萬里而夢不可省際當此時悲哀未嘗不刺骨噫(讓)去後妻爲寡子爲孤必依賴諸君而居伏祈不棄哉(讓)近頃亦伏枕向三旬自知其不可醫男子有四方之志雖不幸死於絶海萬里之外化異邦之土遊魂亦向依於誰哉(讓)曾窃有欲告諸君者略揭于左請審察哉
英人夙有取朝鮮琉球之議而頃年有佛國之事緣故姑未能也西洋之富豪無有若英國者然貪婪不厭以未得五大洲爲嫌限其人物之偉才慮之秀亦無抗英國者由是輕視其四方如兒輩其意專在倂呑五大洲倂呑之功漸以可就故先得東海中之一州以欲固其基礎也英人皆云韓倭及琉球土壤相倂唇齒相依缺一而一亦自斃盖其最强者倭也倭雖强以爲自足敢無覘他國之志其勢亦何難當也獨若韓球者褊小之地縱有中國之援唾手即得不出期年之外然先韓後球姑未議决也寇至必近倘邊警有事諸君亦罹其禍(讓)窃所以書呈者爲是故而已且院中諸子從(讓)而或學我諺文俚言或問我文物事態及兵器制度嗚呼朝鮮父母之國也英人雖有再生之恩安忍其告實哉一二之妄談姑其塞責而已因英人之豪傑(讓)之所畧見聞者擧之以告諸君欲補異日著

龜之萬一也都督고무터긔 卜云者深厚謙下有大臣態度人之有善必能容實
爲人之上者而通旁推步之術

猛將고스무도 云者身長八尺膂力絶世擊劒拳法無所不兼綜其爲人沈實無
華貌往年佛國之戰屢有大功

又諫士라레이하와이도 云者才鍾不羣頗長兵學謀猷進向無所不克善放虎
蹲跪稱絶世之技也

又쓰리모요라 云者眼光如霹靂大貝猛士之體夙有神童之名才氣卓*文武
兼綜英中諸人之所推獨在此人也凡此數子顯貴之族而人望之所依歸者其
他異能之士不遑枚擧也(讓)伏念吾土諸公侮英取敗哉今英之商舶將浮東
海想必至北京在市而北京諸港韓舶常泊之所則必逢諸君故窃以書呈欲言
非一

　　編者曰此文字之出也ㅣ在七拾年前則其時東西形勢가 雖與今日不同이
나 大抵西洋人之眈視我東土ᄒ고 流涎我東土ᄂ 其來久矣라 在我東洋에
惟日本이 獨能先察大勢ᄒ고 先達時務ᄒ야 變法維新者四拾年에 國力이
日强ᄒ고 國步가 日隆ᄒ야 北摧俄鋒ᄒ고 西暎英盟ᄒ야 聲威가 赫赫ᄒ
거늘 獨我韓人은 沉寢不醒ᄒ고 遲疑不進타가 致有今日之狀況ᄒ니 使
此等人으로 復起於九原之下ᄒ면 當作如何思想哉리오

[17] 『황성신문』 1909.01.30. 광고, 서적 광고
(기행-금강산 관련 책자)

全一冊 定價金十八錢
　支那人曰願生高麗國ᄒ야一見金剛山이ᄒ라니金剛이엇지世界에 光耀
ᄒ者ㅣ 아니리오然ᄒ나自忙浮生이其暇를難得홈으로生此國人도往往瞻
望不及의歎이不絶ᄒ도다年前此册은山海勝景絶絶奇奇處를無遺筆記ᄒ
니實로山川의名畵라願見諸氏ᄂ臥遊金剛ᄒ시옵
　元賣所 京城罷朝橋越邊

廣德書館安泰瑩

安州 安陵書館金翼河

分賣所 京鄕各有名書館

[18] 『황성신문』 1909.05.09. 논설, 보성학교 수학여행
   (관광, 수학여행, 기행문)

普成中學校學員一同이 日間 京義列車로 修學旅行을 作혼다 호니 吾
儕가 此에 對호야 河南見獵의 想이 勃勃然觸動홈을 自不能禁이나 但
報務의 忙碌으로 以호야 幷轡의 願을 遞遂키 難혼지라 於是乎 一筆을
擧호야 健美의 情과 勸勉의 意로써 諸君을 爲호야 贈與호노라

諸君이 知乎아 司馬子長의 文章이 名山大川에 在타 홈은 何也오
盖名山大川의 觀이 眼目을 快活케 호며 胷宇을 開拓호야 空明雄大혼
氣를 吸收호야 文章의 奇氣를 滋養호는 材料가 됨이라 吾人의 學問도
亦然호야 養氣工夫가 即其原素가 아인가 諸君이 東洋一隅韓半島에 生
長호야 漢城內普成學校에서 修業호는 中이라 按日課程에 萬國地誌를
閱讀호얏스미 一次東西六大洲에 探險客이 되야 希馬拉의 山高와 미시
십비 河의 大를 登陟호고 溯游홀 思想이 固有홀지나 現在에는 夢想에
屬홀 뿐이라 然則 名山大川의 壯觀으로써 其奇氣를 助코져 호면 何處
에 求홀가 門前咫尺에 平壤이 是로다

盖其形勝으로 論호면 東洋에 在호야 支那의 金陵과 我韓의 平壤으로
써 俱是第一江山이라 稱호는디 實地觀覽혼 人의 月評을 據혼 則 其實은
平壤이 金陵보다 優過호다 호는지라 諸君此行에 牧丹峰에 登陟호야 黃
海의 大를 挹호며 大同江에 泛舟호야 綾羅島를 溯洄호며 浮碧樓와 淸流
壁에 臨觀호면 眼目의 快活과 胸宇의 開拓홈이 實로 男兒의 奇氣를 助
홀 바 有홀 것이오 該地는 三聖古都라 檀君이 首出호사 人文을 肇開호

시고 箕聖이 出治ᄒ샤 仁賢의 化가 萬代不替ᄒ얏고 東明聖王이 仗釖北
來ᄒ야 漢吏를 驅逐ᄒ고 彊宇를 克復ᄒ야 八百年霸業을 開創ᄒ셧스며
廣開土王이 十萬貔貅를 親率ᄒ시고 四夷를 擊攘ᄒ야 國威를 四海에 顯
揚ᄒ셧스며 乙支文德이 七千精騎를 出ᄒ야 惰의 百萬大衆을 鏖殺ᄒ 地
라 先聖의 遺化와 英雄의 古跡을 追慕ᄒ고 想狀ᄒ면 萬古가 一日이라
諸君於此에 一層 養氣의 功을 得ᄒ이 尤稱何如哉아 又我國歷史에 平壤
의 이 三處가 有ᄒ니 一은 遼東의 盖平이 卽平壤이라 ᄒ며 一은 關西의
平壤이오 一은 今之漢陽이 卽古之南平壤이라 此三處에 就ᄒ야 平壤의
稱이 俱有確據ᄒ니 異日 吾儕가 遼河를 涉ᄒ야 盖平 等地의 旅行을 作
ᄒ야 檀箕句麗의 古跡을 採得ᄒ면 我大韓男子의 活躍世界ᄒ 志氣가 又
一層 奮發ᄒ 줄노 思惟ᄒ노니 諸君은 勉哉어다.

[19] 『황성신문』 1909.07.27. 논설, 아한 학생에게 청국의 하기 여행을 권흠 (여행 담론, 기행)

我韓學生에게 淸國의 夏期旅行을 勸흠

今回 夏期休學에 日本留學生諸君이 團結을 作ᄒ야 本國에 歸來ᄒ야
或은 講習所를 開ᄒ야 同胞의게 新智識을 紹介ᄒ며 或은 運動部를 組成
ᄒ야 外人과 競爭ᄒ야 大勝利를 得ᄒ야 韓國의 榮譽를 表彰케 ᄒ니 吾
人은 於玆에 第二國民이 活潑健全흠을 見ᄒ고 雀躍欣抃ᄒ 뿐 아니라
敬愛의 念을 禁키 難ᄒ도다 目下 全國同胞의 思想界를 觀察흠이 恭爾不
振ᄒ야 自信의 觀念과 進取의 氣魄을 有ᄒ 者ㅣ 殆無ᄒ거늘 今此海外留
學生諸君이 夏期休學을 利用ᄒ야 如許ᄒ 美事를 擧ᄒ야 內國同胞를 警
醒케 ᄒ며 覺悟케 ᄒ야 到處에 朝鮮魂을 發揮ᄒ니 時代精神에 適合ᄒ
事業이라 可謂ᄒ리로다 然而此時機를 際ᄒ야 本記者의 平日所見을 社
會에 對ᄒ야 一言ᄒ 必要가 有ᄒ 줄노 思量ᄒᄂ 것은 非他라 韓國과

清國이 歷史上 地理上으로 唇亡齒寒의 關係가 有훈지라 故로 今日 我韓 識者中에 韓國의 將來를 論호는 者ㅣ는 動必稱淸國問題라 然이느 如何 훈 理想이라도 實行치 아니호면 卽一個空想에 不過홈이니 我韓人이 如 斯히 淸國問題가 我韓의 前途와 密接훈 因果가 有홈을 自覺훈 以上에는 今后로 淸國方面에 向호야 國民的 交際를 行치 아니치 못홀 것이라 其 方法에 對호야는 二三에 不止호느 第一相當훈 方針은 韓淸兩國의 學生 交際問題라 何則고 國家의 將來 運命은 第二國民의 掌握中에 在훈 즉 韓淸兩國의 靑年이 互相握手호면 卽將來 兩國國民이 歡合홈과 無異홈 이라 然而 今日껏지 我韓人은 東洋에 惟一日本國이 有홈을 知호고 五千 餘年文明歷史를 有훈 淸國을 一老大國으로 認定호야 別로 注意硏究호 는 顯跡이 無호니 良可慨歎이로다.

我韓第二國民되는 學生諸君의게 一告호느니 每年夏期休學을 利用호 야 大團結을 作호야 淸國에 修學旅行을 期圖홀지어다 南淸에 往호면 東洋에 第一勝景이 되는 瀟湘江 洞庭湖가 諸君의 容懷를 慰蕩호고 北淸 에 往호면 東洋歷史에 最大遺跡이 되는 秦始皇의 萬里長城이 諸君의 意氣를 壯大케 호리니 豈不爽快哉아 淸國이 雖曰 老衰나 于今에 至호야 는 自覺心을 發훈 國家ㅣ라 諸君이 彼國에 旅遊호야 一面으로 彼國의 國情과 人心과 慣習을 硏究호야 國際上 智識을 涵養호며 一面으로 彼國 의 靑年과 遊技를 協同호며 學識을 交換호야 友誼를 敦結호얏다가 他日 國民的 活動을 試홀 時에 同情을 相表케 홈이 엇지 深謀遠慮가 아니리오.

[20] 『황성신문』 1909.07.30. 奇聞, 도립수행으로 세계 일주 (기행)

○○倒立手行으로 世界一週○○

△獨逸國에는 뮤닛쓰히 地方에 맛스쓰쓰펏크라 稱하는 者가 有하야 倒

立과 倒行으로 名價가 不貧흔 者이라 彼ᄂᆞᆫ 足으로 步行홈보다 手로써 步行홈이 便安하다 하야 街路에서 恒常 步行하더니 今番에ᄂᆞᆫ 暫時도 足을 利用치 아니하고 倒行法으로 世界를 週코자 하ᄂᆞᆫ 大希望을 起하야 임의 去五月十日에 伯林을 出發하얏다ᄂᆞᆫᄃᆡ 其行路ᄂᆞᆫ 伯林으로붓터 漢堡ᄭᅥ지ᄂᆞᆫ 倒行하고 漢堡에셔 英國倫敦ᄭᅥ지ᄂᆞᆫ 海路인 故로 不得已 滊船을 乘ᄒᆞ며 倫敦에셔 리바불ᄭᅥ지ᄂᆞᆫ 更히 倒行으로 리바풀에서 米國紐育ᄭᅥ지ᄂᆞᆫ 西大洋이 隔在홈이 此亦不得已 滊船을 乘ᄒᆞ고 又紐育오로셔 桑港ᄭᅥ지ᄂᆞᆫ 倒行ᄒᆞ기로 順序를 定ᄒᆞ얏ᄂᆞᆫᄃᆡ 如此흔 酷暑에 陽傘을 持ᄒᆞ고 馬車를 乘ᄒᆞ고 陸地를 遠行키도 極難하거ᄂᆞᆯ 彼ᄂᆞᆫ 單身으로 倒立ᄒᆞ야 手로써 數萬里(非但 數萬里) 大廣漠흔 世界를 一週코ᄌ 登程흔 지 임의 二個日에 于今ᄭᅥ지ᄂᆞᆫ 無事히 倒行ᄒᆞᄂᆞᆫ 中이라 今에 彼의 旅行規程을 聞흔 즉 一은 自動滑車(前日 本報奇聞欄에 揭載흔 步兵用速步機가 卽此라)機를 手에 着홈을 許ᄒᆞ되 但 不得已흔 境遇를 當흔 時만 限홈 一은 日暮途遠홀 境遇에ᄂᆞᆫ 滊車ᄂᆞ 馬車 等을 乘홈을 許홀 事但如此흔 境遇에도 客車中이ᄂᆞ 或 客車屋上에 倒立ᄒᆞᄂᆞᆫ 事이라 彼의 年은 現今 二十二歲인ᄃᆡ 妻도 有ᄒᆞ고 子女도 一人을 有흔 者이라더라

[21] 『황성신문』 1909.08.11. 잡보, 서도 여행기사 (기행문, 서도)

西道旅行記事

去月廿五日에 本記者(朴殷植)가 上午八點에 京義列車를 搭乘ᄒᆞ고 下午五點에 平壤에 抵ᄒᆞ니 盖此地ᄂᆞᆫ 世의 稱ᄒᆞᄂᆞᆫ 바 第一江山이오 余의 久遊흔 바 第二故鄕이라 中間相別이 十有四年을 經ᄒᆞ야 今焉重到ᄒᆞ니 山川草木이 皆懽意를 帶ᄒᆞ야 迎ᄒᆞ더라 是夕에 日新學校를 訪ᄒᆞ야 經宿홀ᄉᆡ 該校學生及日本留學生諸君이 聯翩來訪ᄒᆞ야 禮意를 表ᄒᆞ니 其謙

恭흔 態度와 敏活흔 精神이 果然文明敎育의 特色을 著ᄒ더라 翌日에
大成學校를 訪問ᄒ니 時値休學ᄒ야 多數 學生은 不得接見이나 諸般 設
備에 莊嚴과 若個靑年의 健全흔 氣象이 實로 國內 學校에 第一指를 屈
ᄒ지로다 因ᄒ야 乙密臺에 登ᄫᄒ야 錦繡全幅을 縱覽ᄒᆯᄉᆡ 學生 六七人
이 踵至ᄒ야 午餐의 期를 告ᄒ니 乃箕林을 治ᄒ야 日新學校에 返ᄒ다
于時에 一般 紳士諸友와 講習生徒 五百餘人이 余와 金君源極과 劉君銓
을 爲ᄒ야 懽迎會를 大同門樓에 開設ᄒ기로 來函이 有ᄒ니 余ㅣ 固辭不
獲ᄒ야 翌日에 及期而往ᄒ니 整齊흔 儀式과 懇篤흔 情誼와 愉快흔 興味
ᄂᆫ 實로 衆美를 具有흔지라 於是에 循序로 學問上勸勉의 意를 演述ᄒ고
歸ᄒ다 翌早에 列車를 乘ᄒ고 新義州에 到着ᄒ니 海天浩渺ᄒ고 原野가
曠濶ᄒ야 實로 海左의 勝區이나 乃人烟이 蕭條ᄒ야 我人의 家屋이 七十
餘戶에 不過ᄒ고 其餘ᄂᆫ 皆外人의 新建흔 家屋으로 亦其堅緻흔 結搆가
無ᄒ더라 盖此行의 目的은 新義州로 由ᄒ야 安東縣의 貿易狀況과 義州
宣川 等地의 敎育程度를 視察코져 ᄒ이러니 是夕에 大水가 猝至ᄒ야
人家가 沈墊ᄒ니 勢頗危險이라 翌早에 一隻 苙皮船을 搭乘ᄒ고 停車場
에 還到ᄒ니 預期흔 目的地ᄂᆫ 未達ᄒ고 回程ᄒ야 鐵山郡鷹山村의 彰東
學校를 尋訪ᄒ니 校主 吳熙源氏와 其子侄 三四人과 講習生徒 五十餘人
이 余等의 至흠을 聞ᄒ고 懽迎의 式을 準備ᄒ야 道左에 出迎ᄒ더라 金
君源極과 金君壽哲은 該講習所의 敎授를 擔흔 宿約이 有ᄒ나 歸期가
忽遽ᄒ야 多日逗留를 不得ᄒ고 數日 討論을 經흔 後에 發程ᄒ야 車輂館
韓興學校에 到着ᄒ니 該校任員及學生諸君이 會同ᄒ야 一宵 留宿을 懇
勸ᄒ고 翌日에 懽迎式을 設行ᄒᄂᆫ 故로 一場勸勉의 意를 演陳ᄒ고 因ᄒ
야 列車를 乘ᄒ고 定州郡五山學校에 至ᄒ야 又値大雨흠으로 一日 滯留
ᄒᄂᆞᄃᆡ 該校ᄂᆫ 平北一道內에 敎育程度가 第一位에 居흔 者라 一般 學生
의 勤篤흔 工夫와 健全흔 體胳이 果然平日希望과 相符ᄒ더라 翌日에
發程ᄒ야 嘉山郡芹場里育英學校를 訪問ᄒ니 該校ᄂᆫ 儒林諸君이 參酌
新舊ᄒ야 建設흔 者니 一般 守舊派로 ᄒ야곰 漸次 新敎育에 引進ᄒᆯ 機
關은 此에 在ᄒ다 謂ᄒᆯ지로다 翌午에 發程ᄒ야 嶺美驛에 至ᄒ니 鐵道

가 傾壞ᄒ야 車行이 不通ᄒᄂ지라 乃徒步로 四十里를 行ᄒ야 新安州에 抵宿ᄒ고 翌朝에 日本留學生 李君寅彰을 訪見ᄒ고 上午十點에 列車를 乘ᄒ고 下午十一點에 歸京ᄒ다.

[22] 『황성신문』 1909.08.13. 별보, 서간도 실기 (실기)

*서간도 이주 정황＝遊歷

別說
△ 西間島記實
年來 我同胞가 西間島地方에 移住ᄒᄂ 情況은 種種 報道ᄒ 바어니와 玆에 該處에 遊歷ᄒ 紳士의 記實ᄒ 文字를 據ᄒ이 頗히 詳悉ᄒ 故로 謄載如左ᄒ

△ 位置
該地位置ᄂ 我國平安北道江界 渭原 楚山 等郡交界오 鴨綠江對岸이오 淸國奉天府輯安縣 等地인ᄃᆡ 長은 七百里오 廣은 三百里라 ᄒ

△ 地勢
長白山一脉이 西走ᄒ야 鴨綠江과 婆猪江間에 千枝萬葉이 星羅棋錯ᄒ 야 山峽과 原野를 開ᄒ 故로 間島라 名稱ᄒ얏ᄂᄃᆡ 水泉이 甘洌ᄒ고 土 品이 膏沃ᄒ야 人類生活에 適宜ᄒ

△ 物産
第一農産物이 饒足ᄒ고 養蔘의 産이 每年 數十萬元의 金額을 得ᄒ고 山蔘과 蜂蜜과 牧畜과 養蚕과 麻布의 種이 無不具足ᄒ고 獵砲手의 營業 으로 熊膽과 鹿茸과 皮物 等屬이 多出ᄒ

△ 人戶居住
該地ᄂ 從來 原野가 閒曠ᄒ고 森林이 叢茂ᄒ 未墾地라 三十年以來로 淸人이 開拓을 始ᄒ고 韓人의 移住가 年年增加ᄒ야 數萬戶에 達ᄒ니

兩國人戸를 総計ᄒ면 數萬戸에 始近흠

△ 人情風俗

該地居民의 産業은 皆農作爲務ᄒᄂ 故로 風俗이 質厚ᄒ고 韓清人間에
도 親誼가 敦睦ᄒ야 凌壓侵奪의 習이 無ᄒ고 韓人間婚喪 等에ᄂ 互相扶
助ᄒ며 禮節은 韓國古制를 用흠

△ 政治關係

該地政治로 論ᄒ면 數年以前에ᄂ 清人은 清國官吏가 轄治ᄒ고 韓人은
江界 楚山地方官吏가 轄治흔 時도 有ᄒ고 政府에서 管理視察 等 官員을
派遣흠도 有ᄒ얏스나 皆貪饕剝割도 爲事ᄒ야 人民에게 貽毒홀 ᄲᅮᆫ이더
니 現今은 均히 清國官員管理下에 在ᄒ야 韓人의 自由를 放任ᄒ고 或
悖類의 惡習을 嚴禁ᄒᄂ 故로 安堵資生흠

△ 敎育曙光

該地韓人이 曾前에ᄂ 舊日私塾規模도 兒童을 敎育ᄒ더니 數年來에 耶
蘇敎도 流入ᄒ고 又新時代文明에 感覺이 有흔 有志人士가 往往 移住ᄒ
야 新敎育의 事業을 倡導ᄒ고 祖國思想을 皷吹흠으로 漸次 學校가 設立
되야 開進홀 希望이 有흠

△ 移住日加

數年以來에 內地人民의 生活이 愈益困難흠으로써 扶老携幼ᄒ고 移住
者가 相續 不絶흠

[23] 『황성신문』 1910.02.01~04. 잡보, 안씨의 여행기 (4회, 만주)

▲ 2.1.

旅順에 渡去ᄒ야 當地鮫島町一丁目寶豊客棧에 宿泊ᄒᄂ 辯護士安秉
瓚氏가 安東縣、奉天、大連等地의 見聞흔바를 記送흔 者이 如左ᄒ니

安東縣은 盛京省에 屬ㅎ야 滿洲의 最南端에 位ㅎ고 東南은 鴨綠江을 隔ㅎ야 我韓에 境ㅎ고 東은 寬甸縣、西ᄂᆞᆫ 岫巖、北은 鳳凰城을 連接ㅎ고 西南一方은 海洋을 面ㅎ지라 盖此地가 三十年以前에ᄂᆞᆫ 土地가 未開ㅎ고 人民이 曚昧ㅎ야 只히 馬賊이 橫溢ㅎᆯ쑨이러니 淸國同治十三年에 奉天総督龍氏를 遣ㅎ야 馬賊을 討滅ㅎ고 農商을 奬勵ㅎᆷ으로 漸次繁榮ㅎ다가 日本明治三十七八年日淸戰役의 結果로 該地가 日本勢力範圍以內에 幾乎墜落ㅎ야 爾來日本人의 來居者가 日日增加ㅎ야 市街를 新舊의 二로 分ㅎ야 舊市街ᄂᆞᆫ 舊來의 淸國人家屋으로 淸國人이 居住ㅎ며 新市街ᄂᆞᆫ 日本人이 建設ㅎᆫ 者라 鳳凰山脉이 北으로 縱橫起伏ㅎ야 安東縣의 背後에 至ㅎ야 元寶山을 起ㅎ야 我韓白馬山과 對峙ㅎ고 鴨綠江이 遠히 長白山地方에서 發源ㅎ야 通化、懷仁、寬甸의 諸縣을 經ㅎ야 黃海로 注ㅎ니 舟楫이 如林ㅎ야 韓日淸二國의 貿易이 最盛ㅎ야 商業이 繁榮ㅎ지라 物産은 柞蚕、大豆、豆粕、(肥料或馬粮所用)唐米、木材等은 鴨綠江岸一帶에셔 産出ㅎ고 此地ᄂᆞᆫ 我韓과 連鎖를 掌ㅎᆫ 主要港이니 其我韓과 境界ㅎᆫ 鴨綠江은 河口一帶가 淺ㅎ야 大船巨舶의 出入이 不便ㅎ나 多獅島河口*ᄂᆞᆫ 船舶의 碇泊ㅎᆷ을 得ㅎ고 又輸出入貨物은 多獅島와 安東縣의 艀船小蒸滊로 如何ㅎᆫ 大貨物의 運輸이라도 無慮ㅎ나 但冬期間은 江이 全히 結冰ㅎᆷ으로 船舶의 出入이 無ㅎ고 海上의 交通이 杜絕ㅎ니 地方으로 輸出ㅎᆫ 大豆等은 冰上을 利用ㅎ야 所謂雪馬로 輸運ㅎᆫ 故로 此期間에ᄂᆞᆫ 尤히 繁忙ㅎ고 安東縣으로 新義州ᄭᆞ지 橇으로 約十分時에 達ㅎᄂᆞ니라 陸上에ᄂᆞᆫ 市街를 通貫ㅎᆫ 輕便鉄道가 有ㅎ고 安奉線은 日本明治三十七年에 起工ㅎ야 速成急設ㅎᆫ 軍用鉄道인ᄃᆡ 停車塲은 鴨綠江의 左岸에 在ㅎ야 南滿鉄道의 支線安奉線의 起点으로 江을 渡ㅎ야 京釜線에 接ㅎ니 其延長이 百八十八哩七分、軌道의 幅員은 一呎八吋、重量은 十三噸半에 不過ㅎ고 且其速力도 敏速치못ㅎᆯ쑨더러 往往히 脫線顚覆의 獘가 有ㅎᆷ으로 昨年붓터 日本에서 改築工事에 着手ㅎ야 早晩間完全ㅎᆫ 鉄道를 成ㅎᆯ지라 名勝은 鎭江山臨濟寺、元寶寺、蛤蟆塘이오 各種官衙及團体中安東知縣、南滿洲鉄道株式會社出張所、安東新報社

가 有ᄒ며 我韓京城慈惠藥房主人李觀化氏가 此地中央에 居留ᄒ야 各種藥品을 販賣ᄒᄂᄃᆡ 其中我國名産人蔘淸心丸이 淸國으로 輸出이 多ᄒ야 將次一大會社를 設立홀 計劃이 有ᄒ다더라.

▲ 2.2.

奉天(一名瀋陽)은 淸朝發祥의 地라 城外十里에 停車塲이 有ᄒ야 小西門外ᄭᆞ지 馬車鉄道를 敷設ᄒ야 行旅便利ᄒ며 城壁이 雄大ᄒ고 市街가 宏壯ᄒ야 物貨가 輻湊ᄒ고 商賈가 群集ᄒ며 電線으 蛛網과 如ᄒ고 電燈은 不夜城을 作ᄒ지라 城內中央의 宮殿은 金鑾殿이라 云ᄒ니 淸國崇德年間에 建立ᄒ 者인ᄃᆡ 百西가 五百五十餘間이오 南北이 百四ㅣ餘間이니 大淸門이 正門이되야 門內에 二箇樓閣이 有ᄒ니 東은 飛龍閣이오 西ᄂ 翔鳳閣이라 淸國의 珍寶ᄂ 皆此閣에 藏置ᄒ얏고 崇政殿左右에 日華樓、霞綺樓가 有ᄒ며 其後面에 在ᄒ 淸寧縣에셔 淸國太宗皇帝가 崩御ᄒ 故로 此를 祭宮이라 稱ᄒ고 大祭를 行ᄒ며 宮殿西에 文溯閣이 有ᄒ니 圖書를 多集ᄒ야 其數가 四庫六千七百五十一函을 藏置ᄒ얏다 云ᄒ고 名勝은 停車塲附近에 石塔이 壯麗ᄒ고 各城門內에 皷閣이 有ᄒ야 此에 登ᄒ면 城市全部를 俯瞰ᄒ며 福陵(俗云東陵)永陵、昭陵俗名北陵)이 有ᄒ고 各種官衙及團体中에 總督府、奉天大學堂、大淸銀行、英米煙草會社가 皆其壯麗ᄒ고 盛京時報社가 有ᄒ고 各國領事館이 有ᄒ야 各其自國의 國旗를 高揭ᄒ얏스되 惟獨我韓太極旗ᄂ 不見ᄒ깃고 我國에셔 此地로 輸出ᄒᄂ 皮物、白紙等物이 多홈으로 我韓商賈가 多ᄒ나 外交權墜落以後로 皆淸服을 易着ᄒ얏더라.

▲ 2.3.

大連은 滿洲의 一大商港이라 柳樹屯과 相對ᄒ야 元來靑泥窪라 稱ᄒᄂ 一漁村에 不過ᄒ더니 露國이 占領ᄒ 後에다류니라 改ᄒ고 其後日本

의 占領에 歸ᄒ야 明治三十八年二月에 大連이라 改ᄒ얏스니 其地形이 西南은 丘陵을 負ᄒ고 東北은 大連灣을 面ᄒ야 一般氣候는 爽快ᄒ야 人의 健康에 適宜ᄒ고 露國이 西曆千八百九十八年에 露淸條約ᄒᄋ 結果로 關東洲(大連、旅順、金州)를 租借ᄒ야 此地에 一大商港을 建設ᄒ야 歐亞 貫의 西比利亞鉄道의 利益을 振興ᄒ기 爲ᄒ야 千八百九十九年븟터 大資金을 投ᄒ야 大工事에 着手ᄒ야 諸般設備가 幾成ᄒ얏더니 日本 明治三拾七年二月日露戰爭이 起ᄒ야 該事業이 中止되고 同年四月에 日本軍이 占領흠으로 當時露軍이 此地를 撤退흘ᄉ 鉄道、水道、發電所、電信、電話等을 破壞ᄒ고 各建物을 放火흔지라 日本政府에서 明治三十八年六月에 民政署를 設置ᄒ고 翌年九月에 關東都督의 治下에 歸흔지라 物產은 大豆、豆粕、唐米等이오 海產物은 沿海漁業의 中心으로 極히 豊富흔딕 鯛魚가 最多ᄒ고 該港의 開放흔 以來로 日本人의 來居者가 日日增殖ᄒ야 市街가 櫛比ᄒ고 商業이 繁榮ᄒ야 滿洲惟一의 大都會를 成흔지라 日本人約二萬餘人、淸國人四千五百餘人、西洋人四十餘人이 居留ᄒᄂᄃ 我韓人은 數戶에 不過ᄒ고 或來往ᄒᄂ 者ㅣ 有ᄒ나 皆勞働者類쑨이라 名勝은 老虎灘小平島、西公園(一名虎公園)常盤公園、北公園等이 有ᄒ고 各種官衙及團体中大連政署、南滿洲鉄道會社(日本政府及人民、淸國政府合資成立)淸國稅港、英、米、露各國領事舘、遼東新報社、滿洲日日新聞社、泰東日報社等이 有ᄒ니라.

▲ 2.4.

旅順은 東洋의 一大軍港으로 遼東半島의 最南端에 位ᄒ야 港口가 老虎尾半島와 黃金山에 扼ᄒ야 連亘흔 山嶽이 其背面을 繞ᄒ야 天然흔 要害地라 市街를 新舊의 二에 分ᄒ니 右는 新市街오 左는 舊市街인딕 新市街의 建築物은 大槪露國人의 遺物이니 日本關東都督府의 所在地로 陸軍部、民政部、郵便部其他諸官衙로 充ᄒ얏스니 前은 西港을 面ᄒ고 *市街는 東港을 接ᄒ이 日淸商賈의 居住者가 多ᄒ고 港內에 船渠의

設備가 有ㅎ야 日本軍艦이 恒常碇泊ㅎ야 此方面의 警備를 嚴密히ㅎㄴ니 日本人六千餘人、淸國人六千餘人、西洋人三十餘人이 居留ㅎㄴ듸 我韓人은 一人도 無ㅎ고 名勝은 戰利品紀念陳列館(旅順要塞戰에 日軍이 鹵獲ㅎ 物을 陳列處)白玉山에 日軍忠魂碑、納骨堂(日軍戰込土卒白骨埋置處)二百三高地(日露戰役의 苦戰地)吏鷄冠山、北砲臺、赤阪山、大孤山、老鉄山等名山이라 老鉄山麓에 高麗人의 古塚이 多ㅎ듸 昨年에 此地에 居留ㅎㄴ 日本人이 發掘ㅎ고 石鏃、石斧、高麗磁器及土器等物을 發見ㅎ얏슴으로 昨年七月中에 日本島居博士가 視察ㅎ고 當時高麗人의 工業發達됨을 驚歎ㅎ얏다ㅎ니 此地가 元來我國의 版圖에 入ㅎ얏던것은 實노 無疑로다 氣候ㄴ 寒暑適宜ㅎ고 嚴冬이라도 港灣의 結冰이 無ㅎ고 大槪雪이 少ㅎ고 風이 多ㅎ야 中麓에 樹木이 不生ㅎㅁ으로 皆是童濯이오 物産은 著名ㅎ 者가 別無ㅎ나 漁業이 甚히 盛ㅎ야 鯛魚等生鮮이 多ㅎ고 各種官衙團体中關東都督府、關東都督府高等法院、同地方法院、民政署及諸團体가 有ㅎ되 此地ㄴ 軍港인 故로 各國官署가 無ㅎ고 各國商賈가 稀少ㅎ니 盖此地ㄴ 露國이 千八百九十八年露淸條約 *依ㅎ야 九十九年을 租借ㅎ얏다가 日本에셔 明治三十八年日露戰役의 結果로 二十五年을 租借ㅎ 者라

大抵關東洲管轄은 旅順、大連、金州인듸 此等地ㄴ 皆日本의 統治權下에 歸ㅎ고 安奉線鉄路附近에도 日本에셔 警察을 擴張ㅎ야 淸人의 干涉이 無ㅎ되 獨奉天은 淸國에셔 警察權을 行使ㅎㄴ니라

余ㅣ昔히 大韓歷史를 考閱ㅎ즉 高麗恭愍王*九年에 我太祖高皇帝게옵셔 遼陽城을 攻破ㅎ시고 北元에 移咨ㅎᄉ 曰遼瀋은 元*本國의 舊界라 蒙古와 漢人은 幷히 干涉이 無ㅎ다ㅎ셧스니 盖此遼東半島ㄴ 我韓의 舊界가 明確ㅎ지라 惟我靑年同胞ㄴ 我國의 疆土를 恢復ㅎㄴ 義務를 雙肩*에 負擔ㅎ 者인즉 斯速히 智識을 開發ㅎ고 實業을 振興ㅎ야 國家의 大事業을 企圖ㅎ지어다

[24] 『황성신문』 1910.06.01~08. 잡보, 松井 국장 연설 (5회, 관광단 관련)

▲ 6.1.

松井局長演說 五月廿七日漢城俱樂園에셔 今回歸國ᄒ 日本觀光團에 對ᄒ 松井警務局長의 演說이 如左ᄒ니 今日은 京城日報社主催의 觀光 團員諸君이 無事히 歸國ᄒ신 祝賀로 此에가장 關係가 深ᄒ신 趙農相과 兪團長끠셔 開催ᄒ신 此宴席에 叅列ᄒ게된것은자못 感謝흠을마지아니 ᄒ거니와 特히오늘늘 此宴席에셔 諸君이 無事히 歸國ᄒ신것은 大段히 愉快ᄒ게예김나이다 只今趙農相끠셔 本人에게도무엇시든지 觀光團에 關ᄒ 所感을말ᄒ라ᄒ시ᄂ 故로 暫時鄙見을 吐코자ᄒ오니 諸君은 淸聽 ᄒ시기를 望ᄒ옵나이다

우리 日本은 距今四十餘年前에ᄂ스스로생각ᄒ기를 世界中의 强國이 라하야 門戶를굿게닷고다른것을도라보지안이ᄒ야도넉넉홀쥴노아랏 든것은여긔 參列ᄒ신 諸君도임에짐작하신쥴노아옵ᄂ이다 然이나 世界 의 大勢ᄂ 閉門의動作을 容納지아니ᄒ고 歐米各國의 文明은 時時로 逼 迫ᄒ야와셔 日本도이에 覺醒ᄒ기를 催促바다스니 萬一日本이 此人勢 을 拒逆홀쎡신지라도 閉鎖主義의 國是를굿게직혀더면 或是滅亡ᄒ 當 하얏슬ᄂ지모르거니와 時勢가 一變하야 歐米의 文明을 規模로슴아 國 民이 上下업시 農業工業商業과 外他여러가지 方面으로 向하야 大段히 勸勉ᄒ 結果로 諸君도아시ᄂ것과갓지 今日日本이 戰爭으로 雄名을 世 界에들치게ᄒ엿슬쑨야니라 其他文物도 世界中顯著ᄒ나라가된것은 國 民이 勤勉은식듥 外에다른일은업습나이다 此自奮刀이 眞實로 日本으 로ᄒ야곰오날늘 잇게ᄒ 緣故로쏘ᄒ 外國人도 日本이 쌜리 進步된것을 놀나셔 日本人이엇던것슬깁히 硏究ᄒ려ᄂ 傾向이 잇게되엿습ᄂ다이와 갓치 日本이오늘늘이럭케된것은 彼此에 國情을 探究ᄒ야 他의 長處를 應用ᄒ야 凡事를 日金에 適當게ᄒ식닭이올시다 然즉 韓國도다른나라

에 實地를 調査ㅎ는것슨 即나라의 發達을 圖謀ㅎ는것시오그가장 便利
흔 方法은 觀光團을 組織ㅎ는디잇슴이다 (未完)

▲ 6.2.

觀光團에는여러가지 方法이잇깃스나 歐米와 淸國日本等東西各國을
觀光흔 然後에 自國의일을도라다보는것도 大段히 必要ㅎ지마는그것슨
經費를마니드려야홀터이니 便利흔 方法은글도갓고또흔 兄弟關係가잇
는 日本國을 視察ㅎ는것시올시다그런데 日本國을 視察ㅎ는데 假令東
京大阪等地와갓흔 大都市를보는 方法과 一地方만 視察ㅎ는 方法이잇
다홀수잇고또엇던 事項만 限ㅎ야 專門的으로 視察ㅎ는 方法도잇슴이
다 日韓兩國의 經濟上의 關係을보닛가 共通的으로 農商敎育其他百般
의 發達을 圖謀ㅎ야홀것슨말슴홀것도업고 其他方法은 觀光種類의 如
何흠을 勿論ㅎ고 實行ㅎ는것이 今日韓國에가장 緊要흠으로생각하오며
또 韓國內에셔 觀光團을 組織ㅎ는것도민우 有益홀줄노아옵니다 假令
京城을 中心을슴아 地方人을 召하든지또는 地方에셔는 觀察道所在地
에 觀光하는것 等은 大抵時勢의 變化를 實地로보게홀 必要가잇슬줄노
암니다 或은 滊車博覽會와갓톤것 或은 實物硏究會의 開催와갓튼것슨
實際上으로 實行될만흔 便利흔 方法인줄노암니다 그런고로 內部에셔
도 觀光團의 開催를 獎勵하고또 本人等도 今番諸君이 組織하신 觀光團
에 對하야 贊成흔 意를 表흔 緣故 올시다 元來觀光하는 本意가 事物의
眞想을아는것시 必要하고 空然히 軍艦이 雄大흔것과 蜘綱갓치펴져진
滊事의 往來ㅎ는것슬보고만 驚嘆하기만하야셔는조곰 不足흔 所感이잇
슴니다 要컨된 本人의 所見으로는 觀光時期에두가지가잇는것갓삼니다
몬져 第一期는무엇시든지널게보는 時代오 (未完)

▲ 6.3.

　第一期에는 其以外에 *門的으로 視察하는것이니 日本셔도 維新當時에는널게 歐米洲로 遊覽ᄒ야 大槪를 視察ᄒᆫ 者ㅣ만오날날 當하야도 이와갓흔일이 種種잇스나흔이들 專門事業의 調査를하려 漫遊하는사람이가장만하엿습닉다이와갓치 第一期의 觀光은 有益키는ᄒ나 皮想의 所見이오이를따라 槊段도업달수업깃거니와 何如ᄒ던지 多聞博識이될것이오녯사람의말에도 百番듣는것이흔 番보는것만갓지못ᄒ다는 明言이잇는것과갓치 其效果가젹지안습닉다 諸君은잘이뜻을아르시고 韓國現狀을도라보아 愼重ᄒᆫ 態度로 適當ᄒᆫ 方法을 硏究ᄒ시고 日本셔 實見ᄒ신 事物을 次第로 韓國에 應用되게ᄒ기로힘쓰시기를바라옵닉다이것이홀노 觀光團員의 個人을 爲ᄒᆯ쑨아니라 韓國全体의 幸福될줄노아옵닉다이에 對ᄒ야 諸君은 此利益을 私事로ᄒ지마시고넓게 儒生과 兩班들에게도 紹介說明ᄒ시고써ᄒᆫ 便으로 指導開發ᄒᆯ 任務를 負擔ᄒ시기를 바람닉다

　大抵이 番觀光團이엇더흔 感想을 諸君에게쥬엇슬신아마도 諸君이 聞見ᄒ신 事物에 對하야는흔이이를 韓國에도 實行하고십흔 生覺이나 셧슬줄노밋슴닉다 枝光製鉄所에가시고는 其規模가커셔 鉄材를마음딕로 切斷도하고 引延도하고 機械力이 偉大ᄒᆫ것슬깨다러셧슬뜻ᄒ고쏘는 福岡共進會에셔는 其規模가큰것을깨다르셧슬뜻하고쏘 福岡病院에이르러셔는 其設備가미우잘된것을 見聞ᄒ셧슬뜻ᄒ고쏘는 嚴島의 樹木이 參天하고 神堂이 宏大ᄒ고 淸泉이 滾滾흔것은반다시 諸君의 客懷를 叙케하엿슬뜻ᄒ고 (未完)

▲ 6.4.

　쏘는 吳軍港에셔는 軍艦이 雄大흔것을 斟酌ᄒ셧깃고 特히 安藝攝津의두 軍艦갓튼것은 建造費에 各一千五百萬乃至二千萬圓이나드러야흔

단말을드러셧슬찍에 韓國의 國費가 大段히 增加ᄒ여야될것도씌다라셧
슬뜻ᄒ고쏘 京都에셔ᄂ 織物等類가 美麗ᄒ것으로 耳目에 悅케ᄒ셧슬
뜻ᄒ고 武德會의 勇猛스로은 演武와 琵琶湖의 佳景等을모다 永久히 諸
君이 記憶ᄒ실듯ᄒ고쏘 本願寺建設物의 壯大ᄒ것를보셧슬찍에이것을
韓國의 通度寺에 比較ᄒ야 多少間感慨를품으셧슬듯ᄒ고쏘 藝妓가 日
韓兩國旗를가지고 演舞ᄒᄂ것을보시고ᄂ 藝妓식지라도 諸君에게 敬意
를 表ᄒ것을 斟酌ᄒ셧슬뜻ᄒ고쏘 名古屋共進會를 視察하셧슬찍ᄂ 日
本工藝의 發達에 對하야 大段이 奮起心을 發生케하셧슬뜻ᄒ고쏘맛치
貴國의 王氏時代의 舊都開城이라 稱ᄒ만ᄒ 奈良의 舊都를보셧슬찍에
日本古代의 美術이엇덧케 世界에 雄飛ᄒ것에 對ᄒ야 多大ᄒ 感想을 惹
起케하셧슬뜻ᄒ고쏘 大阪造幣局에셔 金銀塊의만흔것을보셧슬찍에 諸
君이 突然히 石崇이갓혼 富者된 感想이 生ᄒ엿슬뜻도ᄒ고쏘 神戶楠公
의 神堂에 拜謁하시고ᄂ 其精忠에 感慨하야 諸君이녯적 韓國의 崔鳴吉
을 生覺하셧슬뜻ᄒ옵니다 (未完)

▲ 6.8.

요하건딕이번 觀光團의 組織으로하야 道路의 整頓홈과 殖林의 繁茂
홈과 機械學力의 發達ᄒ것을보시고 漸漸韓國도 그와갓치 發達되도록
홀 希望으로크게 奮起心을 養成하셧슬뜻하오

本人은 平素에 觀光團에 對ᄒ 所感은혼이 觀光ᄒ 當時에만 外國에
感化될 傾向이잇ᄂ것이오 外國의 風物을 見聞ᄒ찍ᄂ 忽然히 自己나라
도이와갓치되기로만 生覺ᄒ기가쉬우니 諸君은이와갓치 淺薄ᄒ 思想을
품지마시고이번 觀光團은다만 向上心의 動械된것으로아시고 將來에더
욱힘들쓰시고 其日本이오날날이잇슨 綠由를깁피 硏究ᄒ신 後諸君도
亦此와갓치 發達되기를 勤勵ᄒ시기를바라옵나이다

諸君은 觀光으로 得하신 材料를 韓國的으로 消化케힘쓰시ᄂᆞᆫ것이가 장 緊要하외다우리가 韓國의 風俗習慣을 調査하ᄂᆞᆫ것도 畢竟하로밧비 韓國에 國情에맛고 實行ᄒᆞᆯ만ᄒᆞᆫ 眞想을 看破ᄒᆞ랴ᄂᆞᆫ뜻시오엇지그러랴ᄒᆞ 면그나라에 適應될 眞理ᄂᆞᆫ다만ᄒᆞᆫ가지밧긔업슴니다

最後에 本人은 一言으로 日韓關係의 親善을 圖謀하기에ᄂᆞᆫ 觀光團갓 흔것이 急務될것을말삼하고자하�ᄂᆞᅵ다 大抵今日韓國은 誤解ᄒᆞᆷ이기만 흔것은 眞實로 想象치못ᄒᆞᆯ일인즉오늘날 急務될것은 誤解를 防禦ᄒᆞᄂᆞᆫ 데잇슴니다 向日에 本人이 韓國內地를 視察ᄒᆞ얏슬찌도 此에 過ᄒᆞ지안 슴니다 今回觀光團이 發起된 本意도 畢竟本人等의 精神과쪽갓흔쥴노 아ᄂᆞᆫ 同時에여긔 叅席ᄒᆞ신 諸君도반다시 本人과 同感이실쥴노밋슴ᄂᆞᅵ 다 本人이 觀光團에 對ᄒᆞᆫ 不平도 多少間드럿스나엇지쯘지 成功된것은 秉心으로 歡喜ᄒᆞᄂᆞᆫ바오 細少ᄒᆞᆫ일은다말삼ᄒᆞᆯ것업슴니다 諸君은아모조 록 特히 儒生兩班其他諸君에 對ᄒᆞ야 此觀光ᄒᆞᆫ 利益을 均等케 ᄒᆞ시기를 바름ᄂᆞᅵ다이것은다만 諸君만 爲ᄒᆞᆷ이아니라 實노 韓國을 爲ᄒᆞ야 祝願ᄒᆞ ᄂᆞᆫ바이오 尚且本人은 最終에 臨ᄒᆞ야 此觀光團을 爲ᄒᆞ야가장 盡力ᄒᆞ신 大圖京城日報社長趙農相兪團長各位에 對ᄒᆞ야 諸君과 共히 鄭重ᄒᆞᆫ 敬意 를 表ᄒᆞ옵ᄂᆞᅵ다 (完)

[25] 『황성신문』 1910.06.21~07.01. (완) 잡보, 西道 旅行記, 박은식 (7회, 기행문)

▲ 6월 21일 [本記者朴殷植]

去月一日에 本記者ㅣ事務와 家私所幹을 帶ᄒᆞ고 西道의 旅行을 作ᄒᆞᆯ 시 當日初車로 平壤에 到着ᄒᆞ니 停車塲에 下ᄒᆞ야 最先面目에 吾의 眼眸 와 腦魂을 異常히 觸激興感케ᄒᆞᄂᆞᆫ 者는 數千年傳來ᄒᆞ던 箕子井側에 鐵

道紀念碑가 半空에 高聳ᄒ엿더라. 噫라 從古의 八條設敎로 倫理를 闡明ᄒ야 禮義之邦을 建設ᄒ 歷史도 此에 在ᄒ고 現今競爭時代에 交通을 便利케ᄒᄂ 事業으로 鐵軌를 敷設ᄒ 紀念도 此에 在ᄒ니 大抵此에 對ᄒ야 古今時代에 變遷不常ᄒ 情況이 滄海桑田에 浩刧이 相尋ᄒᄂ 光景을 慨嘆치 아니ᄒᆯ 者ㅣ 豈有ᄒ리오. 城內에 轉八ᄒ야 一宵를 經宿ᄒ고 一般 學界 情況을 視察ᄒᆷ이 日新 箕明 靑山 三學校에셔 余를 慰藉키 爲ᄒ야 運動會를 箕子陵 附近에 設行ᄒ니 實로 感謝ᄒ고 祝賀ᄒᆷ을 不任ᄒ지로다. 翌日에 北行車로 新安州 停車場에 下ᄒ야 安州 安興學校를 歷訪ᄒ야 午餐을 經ᄒ고, 四十餘里의 徒行으로 价川郡 重遠學校에 到着ᄒ니 山日이 已暮라. 該校職員 及學生一同과 附近 平遠塲里의 自治會 父兄이 勞働夜學徒와 女校學員을 帶同ᄒ고 歡迎式을 擧行ᄒ더라. 該校ᄂ 前日 儒林 諸君이 讀書講道ᄒ던 崇華齋로 風氣가 一變ᄒ야 新敎育에 傾向ᄒ 地라. 山重水複ᄒ고 樹林이 茂密ᄒ 中에 校室制度이 頗히 宏敞ᄒ고 其 右에ᄂ 箕子와 孔子의 祠宇를 建立ᄒ고 某某先賢으로 配享ᄒ야 春秋兩 丁에 釋奠擧行ᄒ며 武夷九曲을 模倣ᄒ야 曲曲奇岩에 見心寒泉等의 刻 字가 有ᄒ더라. 一日을 憩了ᄒ고 該郡芝村玄氏村에 抵ᄒ야 玄熙鳳氏를 訪問ᄒ니 氏ᄂ 屢世經學家로 一鄕에 名望이 素著ᄒ고 其子侄諸君이 如 龍如虎ᄒ야 才器不凡ᄒ니 氏가 篤於守舊ᄒ야 新時代敎育을 抵死排斥 ᄒ고 子弟의 遊學을 嚴詞不許ᄒᆷ으로 可惜他千里駿足이 乃翁의 繫繁을 被ᄒ야 寸步를 未展ᄒ고 草間에 屈伏ᄒ야 靑春을 虛度ᄒᆯ 而已러라.

　지난 1일 본 기자가 사무와 주요 개인용품을 들고 서도를 여행하고자 할 때, 당일 첫차로 평양에 도착하니, 정거장에 내려 가장 먼저 나의 눈동자와 뇌혼(腦魂)을 이상하게 감흥시키는 것은 수천년 전해오던 기자 우물 곁에 철도 기념비가 반공에 솟아 있던 것이었다. 아아. 옛날 8조로 설법하여 윤리를 천명하여 예의구을 건설한 역사도 이에 있고, 지금 경쟁시대 교통을 편리하게 하는 사업으로 철도를 부설한 기념도 이에 있으니, 대저 이에 대해 고금시대의 변천이 일상이 아니한 경황이 창해상전에 활달히 상심(相尋)하는 풍경을 개탄하지 않을 자가 어찌 있겠는가. 성내에 들어가 한 밤을 자고, 일반 학계의 정황을 시찰하니, 일신, 기명, 청산 세 학교에서 나를 위로하기 위해 운동회를 기자릉 부근에서 여니, 실로 감사하고 축하함을 다하지 못하겠다. 다음날 차로 북행하여 신안주 정거장에 내려 안주 안흥학교를 방문하여 점심을 먹고, 40여 리의 걸음으로 개천군 중원학교에 도착하니, 산골 하루가 이미 저물었다. 이 학교 직원과 학생 일동과 부근 평원장리의 자치회 부형이 노동야학도와 여학교 학원을 대동하고 환영식을 거행했다. 이 학교는 전날 유람 제군이 독서하고 도를 강론하던 숭화재(崇華齋)로 풍기가 일변하여 신교육으로 바뀐 곳이다. 산이 첩첩하고 물 건너 수림이 무성한 곳에 교실 제도가 웅장하고 그 오른쪽에는 기자와 공자의 사당을 건립하고 모모 선현을 배향(配享)하여 춘추 양정에 석존을 거행하며 무이구곡을 모방하여 곡곡기암에 '견심한천' 등을 새긴 글자가 있었다. 하루를 쉬고 이 군의 지촌 현씨 마을에 가서 현희봉(玄熙鳳) 씨를 방문했는데, 그는 여러 세대 경학가로 한 고을에 명망이 높고 그 자질 여러 사람이 용호와 같아 재기가 평범하지 않으니, 그가 수구(守舊)를 지켜 신시대 교육을 결사적으로 반대하고 자제의 유학을 엄히 금지하니 가히 안타깝다. 천리 준족이 노인의 간섭을 받아 한걸음도 펼치지 못하고 초간에 엎드려 청춘을 보낼 따름이었다.

—박은식, 「서도 여행기」, 『황성신문』 1910.6.21.

▲ 6월 22일=완고한 유림 현희봉을 교육사업에 참여시키고자 하였으나 실패함

盖玄熙鳳 氏는 數十年前에 余와 共히 經義齋 門下에 同窓의 誼가 有한지라. 白首相逢이 出於料表호얏스니 엇지 殷勤欽叙의 懷가 無호리오. 且其律身治家의 規模는 實로 鄕黨의 模範이되는 故로 由來 該村居民은 是非爭端이 起홀 境遇에는 該家에서 曲直을 曉譬호면 自然息訟이 되는지라. 如斯혼 信用으로 敎育事業을 擔任호면 遠近이 翕然傾向호는 實效가 有홀지어늘 此를 極力 反對호야 當地 敎育界에 一大障碍를 加호니,

殊深慨嘆인 故로 余가 古今時勢의 變遷과 目下時務의 必要를 大略 提及
ㅎ얏스나 殆히 聽信의 幾微가 無ㅎ더라. 午餐을 經ㅎ고 該郡 鳳鳴學校
를 訪問ㅎ신 該校職員及學生과 西北學會 支會員 諸氏가 道左에 出迎ㅎ
더라. 該校內에셔 一宵를 經宿ㅎ고 父老諸氏를 對ㅎ야 學會及學校의 維
持홀 方針을 討論ㅎ고 翌日 東林村에 往ㅎ야 金庭植氏를 訪問ㅎ다. 盖
該郡風氣가 儒林을 崇拜ㅎ고 舊規를 篤守ㅎᄂ 故로 深衣大帶의 人이
往往有之ㅎ더라. 本月十一日은 平壤大成學校의 運動會라, 該校의 請牒
을 接홀 故로 仍히 回程ㅎ야 運動의 盛況을 叅觀ㅎ다. 翌日에 該校職員
諸氏가 余를 爲ㅎ야 大同江에 船遊를 準備ㅎ니 於是에 淸流壁을 溯ㅎ
야 綾羅島에 艤ㅎ고 水道局을 觀覽홀이 山河 風景은 十五年前 面目이
自在ㅎ더라. 會에 江風이 蕩漾ㅎ고 江雨가 霏微ㅎ니 扁舟가 輕颺ㅎ고
衣巾이 盡濕ㅎ되 飮酒樂甚ㅎ야 及暮乃還ㅎ다. 翌日에 叓히 本社學務를
因ㅎ야 寧邊郡에 向홀신 新安州에 下車ㅎ니 安興學校職員及學生이 道
左에 出迎ㅎ더라. 校室에 入ㅎ야 休憩良久에 新建築ㅎᄂ 校舍를 觀覽ㅎ
니 二層木製로 結搆가 宏敞ㅎ고 其位置ᄂ 百祥樓와 比肩ㅎ야 薩水를
俯瞰ㅎ고 黃海를 遙望ㅎ니 眼界의 爽은 人으로ㅎ야곰 憑虛御風의 想이
有ㅎ더라. (未完)

▲ 6월 23일

　數百步를 移ㅎ야 百祥樓에 登臨ㅎ니 歲久不修ㅎ야 宏傑堅緻혼 軒楹
欄檻은 太半朽頹ㅎ고 玲瓏輝映ㅎ던 詩文懸板은 擧皆剝落ㅎ얏스니 以
若海左名樓로 今日 此境에 至홈은 實로 可慨可嘆의 甚혼 者로다. 於是
에 循城而北ㅎ야 忠愍祠를 瞻謁ㅎ니 南忠壯 以下 諸公의 忠魂毅魄이
森然如在ㅎ고 碑文은 南相國九萬氏의 所製라. 該郡은 關西雄藩으로 通
燕의 大路를 扼ㅎ고 背에 德川 价川 等郡을 負ㅎ야 山岳이 重疊ㅎ고
面에 登萊諸州를 對ㅎ야 海路가 聯絡ㅎ얏스니 實로 東洋半島의 要衝地
라. 自古戰跡의 歷史가 歷歷在眼ㅎ더라. 翌日 該校에셔 薩水의 汎舟遊

宴을 擧홀시 龍塘峴에 登陟ᄒ야 <u>乙支文德公의 石像과 碑記를 拜ᄒ니</u>
<u>石像及碑가 俱已折斷ᄒ야 土中에 埋沒ᄒ엿더니</u> 碑ᄂ 安興學校에서 已
運置ᄒ얏고 石像도 移奉ᄒ기로 計料ᄒ더라. 緣城而下ᄒ야 野를 越ᄒ 白
沙를 涉ᄒ야 <u>薩水에 至ᄒ니</u> 南北兩校가 聯合ᄒᆷ이 學徒가 數百人이라.
六隻船을 聯結ᄒ야 中流에 放ᄒ니 十餘個 校旗가 船頭에 颺揚ᄒ고 一般
學徒ᄂ 唱歌를 迭奏ᄒ니 懽易快甚ᄒ야 縱其所如러니 俄而오 天氣가 陰
寒ᄒ고 風浪이 洶湧ᄒᄂᄃ 四圍亂山은 森如劒戟ᄒ고 雨絲風花ᄂ 晦冥
閃쉭ᄒ야 <u>昔年 乙支公의 數萬 貔貅(비휴)가 隋병 백만을 包圍掩擊ᄒ던</u>
<u>光景이 森然如覩이러라.</u> 河豚은 該江所産이라. 數十尾를 買取ᄒ야 數十
盃를 痛飮ᄒ니 風濤의 困勞를 頓忘ᄒᆯ지라. 微醺을 帶ᄒ야 百祥樓詩板中
에 薩水湯湯漾碧虛、隋兵百萬化爲魚、只今留得漁樵話、不滿征夫一笑
餘의 語를 乘興高咏ᄒ고 薄暮에 乃還ᄒ다. 翌日發程ᄒ야 城北의 七佛寺
를 過訪ᄒ니 正室은 年前에 燒燬를 經ᄒ야 但遺址와 廊廡만 存在ᄒ더
라. 沿岸十餘里에 至ᄒ야 骨積島와 破軍臺와 菩薩灘이 有ᄒ니 此ᄂ <u>乙</u>
<u>支公의 大捷處라 云ᄒᄂᄃ</u> 卽寧邊郡交界라. 江流浩深ᄒ고 原野廣潤ᄒ
中에 最其富盛者ᄂ 車氏村落이라. 從古産業이 饒足ᄒ고 科宦이 聯綿ᄒ
야 西道의 名村이라 稱ᄒᄂᄃ 猶是舊日風習으로 一個學校의 建設이 未
有ᄒ야 殊屬可歎일쑨더러 該村은 余의 妻鄕도되고 知舊가 兼有ᄒ니 一
次訪問ᄒ야 父老諸氏를 對ᄒ야 子弟敎育의 必要ᄒᆷ을 勸告ᄒᆷ이 可ᄒ나
行色이 忩遽ᄒ야 憂過不問ᄒ니 尤用歎嘆이라 自安州로 至寧邊六十里
에 道路修築의 役이 方張ᄒ야 山谷을 鑿ᄒ고 川渠를 架ᄒ야 坦坦如砥에
往來甚便ᄒ니 其利用의 方針을 可以揣知ᄒ지로다 (未完)

수백보를 옮겨 백상루(百祥樓)에 오르니, 오랜 세월 닦지 않아 굉장히 웅
장하고 견고하며 치밀한 난간은 태반이 썩어 무너지고 영롱하게 빛나던 시
문 현판은 대부분 벗겨졌으니, 만약 바다 왼편 명루로 금일 이 지경에 이른
것은 가히 개탄이 심할 것이다. 이에 성을 돌아 북으로 가서 <u>충민사(忠愍</u>
<u>社)</u>5)를 바라보고 배알하니, 남 충장(남이흥) 이하 제공의 충혼의백이 삼림

과 같이 들어 있으며 비문은 상구 남구만이 지은 것이다. 이 군은 관서(關西)의 웅장한 울타리로 연경과 통하는 대로를 움겨쥐고 뒤에 덕천, 개천 등의 군을 담당하여 산악이 중첩하고 앞의 여러 주를 대하여 해로(海路)가 연결되었으니 실로 동양 반도의 요충지이다. 자고로 전적의 역사가 눈앞에 역력하였다. 다음날 이 학교에서 살수(薩水)에 배를 띄우고 연회를 베푸니, 용당현(龍塘峴)에 등척하여 을지문덕 공의 석상과 비기를 참배하니 석상과 비가 이미 꺾여 흙 속에 묻혔더니, 비는 안흥학교에서 이미 옮겨갔고, 석상도 옮기기로 했다고 한다. 연성(緣性) 아래 들판을 지나 백사(白沙)를 건너 살수에 이르니, 남북 두 학교가 연합하니 학도가 수백 명이다. 6척의 배를 연결하여 중류에 놓으니 10여 개 교기가 뱃머리에 휘날리고 일반 학도는 창가를 부르니 환영 상쾌하여 그 가는 바를 따를 따름이다. 날씨가 어둡고 차며 풍랑이 휘몰아치는데 사방을 에둘러 엄습하던 경치가 빽빽이 보는 듯하다. 하돈(河豚)은 이 강의 산물이다. 수십 꼬리를 사서 수십 잔을 기울이니 풍도의 피곤함을 잊을 듯하다. 미훈을 갖고 백상루 시의 현판 중에 '살수탕탕양벽허 수병백만화위어 지금유득어초화 불만정부일소여'라는 시구를 흥에 겨워 높이 읊고 저물 무렵에 돌아왔다. 이튿날 여정을 떠나 성 북쪽의 칠불사(七佛寺)를 지나니 정실(正室)은 연전에 불타고 단지 유적지와 행랑만 남아 있다. 연안 10여리에 이르러 골적도(骨積島)와 파군대(破軍臺)와 보살탄(菩薩灘)이 있으니, 이는 을지 공이 대승한 곳이라고 하는데, 곧 영변군의 경계이다. 강류가 넓고 깊어 들판이 광활한 가운데 그 부요하고 성한 것은 차씨촌락이다. 옛날의 산업이 풍족하고 벼슬한 자가 끊이지 않아 서도의 명촌이라고 일컫는데 옛날 풍습으로 한 개의 학교도 세우지 않아 특히 탄식할 뿐만 아니라, 이 촌은 내 처의 고향도 되고 옛날 친구도 있으니 한 번 방문하여 부로 제씨들에게 자제 교육의 필요함을 권고하는 것이 마땅하나 행색이 초라하여 문득 지나고 묻지 않으니 더욱 탄식할 따름이다. 안주로부터 영변 60리에 도로를 수축하는 공사가 널리 펼쳐 있으니 산곡을 뚫고 산거(山渠)

---

5) 충민사: 정묘호란 때 순절한 평안병사 남이흥(南以興)과 수하 장졸들을 제향하던 사당.

를 놓아 탄탄하게 하여 왕래하기에 편하도록 하니 그 이용 방침을 알 수 있다.

—박은식, 서도 여행기, 『황성신문』 1910.6.23.

▲ 6월 24일

當日六拾里의 徒行으로 <u>寧邊城南門</u>에 <u>到着</u>호니 門樓上에 額을 揭호야 曰天下第一城이라호엿더라. 盖其形勝은 四圍山勢가 巉嚴陡絶호야 其高極天호고 惟南北二門에 其路가 稍平호야 石築으로 塡補호얏스니 城曰鐵甕이오 額曰天下第一城이라 홈이 果然 名實이 相副라 謂홀지로 다. 但伊來南門側에 石堞을 開鑿호야 大路를 作호엿더라. 沿路左右에 無數石碑가 磊磊相望호 者는 多是前日貪饕月吏의 不忘碑라. 過去時代 에 民氣가 殘劣호고 風化가 混濁홈은 則可哀오, 一則可憎이러라. 城內 에 轉人호야 <u>西北學會 支會長 韓東皜氏家</u>에 投宿호니 當地會員 及<u>雜新 學校</u> 職員 諸氏가 次第로 訪호더라. 翌朝에 維新學校를 訪問호야 一般 學徒의 歡迎을 受호고 高邱를 登陟호야 四面을 眺望호니 該邑形勢가 鐵甕城裏에 在호야 堪輿**謂天獄과 如혼즉 舊時代에 設險禦侮홈에는 國內에 第一이나 現時代에 在호야 外來文化를 輸入홈에는 便利치못호 다 謂홀지나 該城內에 官衙와 鄕校와 寺利의 建築制度는 悉皆宏傑雄壯 호니 據此觀之호면 該地人氣가 武健雄壯호야 他地方에 對호야 何許事 業이던지 讓頭홀 思想이 無홀것은 可以想見이니 幸其敎育程度가 漸次 發達호는 日이면 好個人物이 多數産出홀줄노 認定홀지로다 當地實業 界에 第一光導線이된 鐵工塲을 觀覽호니 現在製造의 成績을 實驗호는 디 此는 吾友明以恒君의 苦心熟誠으로 自己의 成敗利害는 不計호고 國 民實業界의 模範을 倡設키 爲호야 建立혼 者니 有志者ㅣ事竟成이 豈不 信哉리오 (未完)

 數百步를 移ㅎ야 六勝亭에 登臨ㅎ니 樹陰이 掩暎ㅎ고 池面이 澄潔ㅎ게 瀟灑幽靚의 趣가 自足ㅎ니 該城內에 在ㅎ야 一片勝區의 價値를 占有ㅎ엿더라 於是에 若個社友가 同伴ㅎ야 藥山東臺의 行을 作홀식 數 里*谷*泉石이 曲曲奇奇ㅎ고 森林이 重重交陰ㅎ야 人으로ㅎ야곰 塵土에 腸胃를 洗滌ㅎ더라 天柱寺에 至ㅎ야 休憩良久에 數盃을 傾了ㅎ고 仍復 前進ㅎ야 履巉岩披蒙茸ㅎ야 東臺에 登陟ㅎ니 時丁落照라 臺는 萬仭山 巓에 片奇石이라 其底는 缺嵌ㅎ야 附着於地者ㅣ甚狹ㅎ고 其上面은 展 平ㅎ야 *廣이 二間房屋의 假量이라 眼力所及은 一望無涯ㅎ야 大天海가 浩渺**烟雲이 靉蕩ㅎ니 果然鐵脚道人*仰大人叫的趣味가 有ㅎ더라 臺 의 左右 天然的欄干石이 有ㅎ야*의 箕踞*便케ㅎ더니 何許外人이 該兩 個石을 推而墜之ㅎ야 舊日面目을 虧損케ㅎ엿스니 此*無窮의 缺憾이로 다. *臺西便에 一束奇岩에 矗立雲間ㅎ야*是猿노 欲度愁攀緣의 處인듸 無數貴人의 名字가 絢爛相暎ㅎ야 石面이 半朝廷인즉 當日官人의 風力 이 果何如哉오 臺下石面에 一詩를 刻ㅎ야 日大陸羣山沒長空一海來라 ㅎ얏스니 該奇勝을 摸寫홈에 庶幾近之로다 盖此藥山東臺의 落照玩賞 은 從古遊人이 爭詫奇勝ㅎ는바인듸 今日此行에 二者를 兼得ㅎ얏스나 良不偶然이라 乃命從者ㅎ야 拾枯松而煖酒ㅎ야 數盃를 飮*ㅎ고 海岳의 灝氣를 呼吸ㅎ다가 日且薄暮라 臺의 南便으로 轉下ㅎ야 棲雲寺에 止宿 ㅎ니 古人詩에 云ㅎ바 幽壑生靈籟遠林散淸影者ㅣ果是實際景況이러라 翌朝晏起ㅎ야 該山南麓에 逕路를 取ㅎ야 西*鎭遺址에 登陟ㅎ야 林忠愍 의 影幀을 瞻謁ㅎ니 英風이 颯爽에 令人肅然이러라 舊日門樓를 穿過ㅎ 야 石逕松陰에 或步或憩ㅎ야 午后二点에 還抵郡內ㅎ니 適値市日ㅎ야 該地貿易形便을 槪行視察ㅎ고 翌日은 夒히 安州에 經宿ㅎ고 新安州에 셔 列車를 搭乘ㅎ고 定州郡古邑驛에셔 下車ㅎ야 五山學校를 訪問ㅎ야 宿*經ㅎ고 該郡古州村에 至ㅎ야 盧德濟氏를 訪問ㅎ니 氏는 朴雲庵先生 의 高弟라 伊來阻濶이 十有餘年이라 今日過訪에 氏가 適遊山舍ㅎ야 晤

119

言을 不得ᄒ니 唐人詩에 云ᄒᄂ바 松下問童子言師採藥去者ㅣ是耶아 該村 塢川學校에 暫憩ᄒ야 若個知舊를 相面ᄒ고 仍即發程ᄒ야 淸亭里에 向往ᄒ니 該地新興學校에셔 余의 來홈을 聞ᄒ고 一般職員及學徒百餘人이 道左에 出迎ᄒ더라 該地ᄂ 山中開野ᄒ고 野中有川ᄒ야 風景이 幽雅ᄒ고 閭*이 櫛比ᄒ 中에 納淸亭이 翼然臨流ᄒ얏ᄂᄃᆡ 栗谷先生이 昔以賓使住此홈으로 所題詩板*尙在ᄒ더라 最其可愛者ᄂ 邇來教育程度기 漸臻良好ᄒ야 風俗이 一變ᄒ고 男女學校의 職員諸氏가 皆熱心做去ᄒ니 實로 方興未艾의 象이 有ᄒ더라 (未完)

▲ 6월 26일

該地ᄂ 元來鍮器製造*國內에 著名ᄒ야 曾前에ᄂ *方官吏와 京中勢家의 善謝品이되더니 今日은 此等善謝의 用이 無ᄒ 故로 輸出이 減少되얏다 云ᄒ더라 午餐을 經ᄒ고 德達*德達學校에 至ᄒ니 即*川趙氏의 二百餘年世居地라 山川이 明麗ᄒ고 洞壑이 窈窕ᄒ야 外密內寬의 一幅名區*家屋結構와 森林種植이 皆有制度ᄒ고 古來科*이 聯綿ᄒ야 該郡五名村의 一이라 盖定州ᄂ 西道에 在ᄒ야 山水가 最佳ᄒ고 名族이 尤多홈으로 湖中의 懷 *連山과 嶺上의 禮安安東에 比擬ᄒ더니 今其幾處村落를 歷覽ᄒ니 良然ᄒ더라 從則該郡人士가 經課를 篤尙ᄒ야 懸髻讀書의 勸做가 有ᄒ 故로 一郡內에 生存搢紳이 七八 人에 達ᄒ얏스니 此等性質로 今日教育界에 專力做去ᄒ면 文化의 蔚興이 實未可量이어날 乃頑固守舊의 風氣가 尙强ᄒ야 今日教育의 有望ᄒ 者ᄂ 五山育英新興若個學校에 止ᄒ고 其餘ᄂ 全無起色이라 余가 父老諸氏를 對ᄒ야 曰此地가 舊時代에 在ᄒ야ᄂ 科業을 勉勵홈이 他地方보다 非常히 超過ᄒ것은 地靈所毓에 叡智가 明敏홈으로 由홈인즉 今日에 時代形便과 時務必要에 對ᄒ야쏘 他方人士보다 先機覽察홈이 有ᄒ지어날 乃教育事業이 若是零星홈은 何其人智의 明覽홈이 反不如前ᄒᆫ가 願父老諸氏ᄂ 余의 此言을 泛聽치 勿ᄒ고 子弟教育을 汲汲振起홀지어다 (未完)

▲ 6월 30일

於是德達學校에셔 信宿ᄒ고 익일 五山學校의 運動會를 叅觀ᄒ니 其
順序擧行은 大成學校의 運動會와 一般이러라 更히 塢川學校에 至ᄒ야
盧德濟氏와 其他知舊를 面晤ᄒ고 嘉山郡芹塲里育英學校에 至ᄒ야 該
校創立紀念式을 叅觀ᄒ니 敎育程度가 昨年所覩보다 進步된 狀況이 有
ᄒ더라 翌日에 博川郡舊津振明學校敎師趙任世君과 同伴ᄒ야 大定江南
岸에 到着ᄒ니 該校職員及學徒가 一齊히 津頭에 出迎ᄒ더라 該江은 泰
川郡地方에셔 發源ᄒ야 西海口에 至ᄒ야 淸川江과 合流ᄒ니 船舶의 交
通으로 貿易狀況이 頗히 繁盛ᄒ더니 鐵道가 敷設된 以來로 海路運船이
鐵道以南에 止泊ᄒᄂ 故로 貿易이 減退되야 市況이 不振다 云ᄒ더라
該校校長金賸燮氏ᄂ 孝行이 純摯ᄒ고 儒敎를 篤信ᄒ야 孔敎會를 組織
ᄒ고 每週日에 男女敎員이 會集ᄒ야 講道式을 擧行ᄒ야 實心做去ᄒᄂ
ᄃ 敎員이 百數十人에 至ᄒ고 當地耶蘇敎員은 三百人以上에 達ᄒ얏더
라 自此發程ᄒ야 余의 私幹으로 肅川郡蛇山面에 田土調査件이 有ᄒ지
라 肅川郡內에셔 一宿을 經ᄒ고 西行十五里로 釰山村에 至ᄒ야ᄂ 藥泉
이 有ᄒ야 男女의 會集이 終繹不絶ᄒᄂᄃ 該藥泉이 野中田畓側에 一井을
掘ᄒ야 其深이 數尺에 不過ᄒ나 其味를 뿔흔즉 淸冽이 異常ᄒ야 胸膓이
爽然ᄒ니 滯症을 治*이 大段神效가 有ᄒ다 云ᄒ더라 又三十里를*ᄒ야
海倉浦들 越ᄒ야 蛇山面*至ᄒ니 野色이 一望無際ᄒ야 土地가 沃衍ᄒ고
海路를 直通ᄒ야 居人의 鹽業이 甚盛ᄒ더니 挽近淸人의 鹽船이 交通ᄒ
야 鹽價가 稍廉ᄒ 故로 本土人民의 鹽業은 衰退ᄒ얏다 云ᄒ더라 (未完)

▲ 7월 1일

該村에셔 所幹을 畢了ᄒ고 翌日南行車로 平壤에 到着ᄒ야 一日憩了
ᄒ고 發程ᄒ야 鳳山郡沙里院에 抵ᄒ야 楡洞 朝陽學校 校主 李台健 氏와
共히 該校에 至ᄒ야 一日을 留連ᄒ다 該地ᄂ 黃海道內에 在ᄒ야 穀物의

産이 最富호 處라 鳳山 黃州 宿川 載寧 安岳 文化 等郡의 壤地가 相連호야 一大平野에 幾萬頃稻田이 一望無際호고 魚鹽의 産이 쏘호 豐饒호더라. 然호나 該處田畓이 多係 宮土驛土인 故로 拓殖會社에 入호 者가 半數以上에 居호얏다더라. 沙里院은 挽近交通의 便利로 貿易이 漸繁호야 人戶가 增殖되야 新築호 家屋이 數百戶에 達호얏더라. 翌日初車로 午后四點에 京城에 來着호다 盖西道情況에 對호야 余의 目擊호비 大略如斯호딕 教育程度는 實로 吾儕의 宿望을 不副處가 多有호고 最其發達者는 耶蘇教會라 謂호깃고 一般人士의 注意點은 實業界에 傾向호는 態度가 有호니 此에 起點호야 漸次 文化進步의 階梯를 作호면 庶幾吾人의 幸福이 될 줄노 思惟호노라.

2. 대한매일신보

[01] 『대한매일신보』 1905.09.20. '雜報' 遊覽長人見識

[02] 『대한매일신보』 1905.11.16. 논설 '遊獵會'

[03] 『대한매일신보』 1905.11.18~1906.02.09.
잡보, '英國倫敦博物院書樓記' (2회)

[04] 『대한매일신보』 1906.03.08. 논설, 論協律社

[05] 『대한매일신보』 1906.03.26. 잡보, 責協律社觀光者
(협률사 연극을 관람한 사람들)

[06] 『대한매일신보』 1907.06.06. 奇書, 日本留 낭齋生

[07] 『대한매일신보』 1907.08.02. 광고, 日本 遊覽者 募集

[08] 『대한매일신보』 1907.08.02. 遊覽會 美國留學菊人

[09] 『대한매일신보』 1907.09.12. 기서

[10] 『대한매일신보』 1907.10.05. 별보, 搏虎者의 說(留學生會報 照謄),
海外 觀物客 李奎영

[11] 『대한매일신보』 1909.04.14. 논설, 觀光團 送別記

[12] 『대한매일신보』 1909.06.12. 논설, 學生界의 特色

[13] 『대한매일신보』 1909.06.20. 논설, 觀光團과 親睦會

[14] 『대한매일신보』 1909.06.29. 논설, 西南遊客 談

[15] 『대한매일신보』 1909.07.08. 논설, 國民同胞의 歡迎을 바는 何오

[16] 『대한매일신보』 1909.10.07. 논설, 吊 漢拏山, 瀛洲生, 寄書

[17] 『대한매일신보』 1910.04.05. 논설, 歐美客과 韓國人

[01] 『대한매일신보』 1905.09.20. '雜報' 遊覽長人見識

人之見識이 局於所處ᄒ야 處於山林者ᄂ 有山林之見識ᄒ며 處於江湖者ᄂ 有江湖之見識ᄒ며 處於城市都會者ᄂ 有城市都會之見識ᄒ야 若或捨而之他則凡於事爲應接之際에 未免生疎ᄒᄂ니 此豈非局於所處ᄒ야 見識이 未周而然歟아.

今夫讀書之士ㅣ 學究天人ᄒ며 識通古今ᄒ야 聽其談論則영 天地千事萬物이 畢羅於胸中ᄒ야 歷歷指陳을 如觀掌紋이되 及其出而莅事ᄒ며 動而接物이면 顚側失錯에 況如兩截人者ᄂ 何也오. 空言이 異於實踐ᄒ고 十聞이 不如一見故也니라.

然則 人之年壽ᄂ 有限ᄒ리 見識은 無窮ᄒ니 必須廣加遊覽ᄒ야 天地之博大와 河海之浩渺와 山嶽之奇險과 人物之繁多와 鳥獸草木昆虫等 千彙萬狀 可驚可喜之事을 躬親歷之ᄒ며 默加體驗ᄒ야 俱爲收藏于方寸之間然後에 如金百鍊而見識이 自高ᄒ야 破百年之睡夢ᄒ며 臨大事而無疑ᄒ야 其宏而文明之效果가 如世之矻矻窮經而坐談於牖下者로 不可同日語矣니 人之於遊覽에 其可忽諸아.

仲尼ㅣ 轍環天下ᄒ시며 資其博識ᄒ시며 馬遷이 壯遊山川ᄒ야 成其文章이나 此猶亞細亞區域 以內인즉 以今思之컨디 不足爲奇이고

彼西人者 一大舶巨艦으로 遊遊於六洲ᄒ야 無遠不到ᄒ며 無細不探ᄒ야 其學問之精邃와 志氣之堅確과 商業之發達이 亦嘗多賴遊覽之力인즉 凡居此世界者 一苟有意於時務딘 遊覽之不可廢也ㅣ 審矣어날

韓人則不然ᄒ야 惰其筋骸ᄒ며 痼其志慮ᄒ야 寧爲坐飢十日이언졍 羞其搬柴運水ᄒ며 寧爲坐讀萬卷이언졍 겁於出門遠遊ᄒ야 悠悠送生而不做一事一業者ㅣ 滔滔然皆是ᄒ니

以此習俗과 以此志氣로 較看於西人컨디 不啻醢鷄之於곤鵬인즉 國勢之濱危와 民生之受困과 學問之不進과 商業之不發이 實是自招라 何足怪焉이리오.

今此 美國貴賓之來遊ᄂ 可謂巾국丈夫也라. 涉盡重溟而周覽列國ᄒ야

124

閱寒暑於殊方ᄒᆞ며 勞形骸於旅食이고 賈其餘勇ᄒᆞ야 又此渡韓ᄒᆞ니 其力於遊覽ᄒᆞ야 以廣見식이 如此之切且深矣라. 凡厥韓人之人士ᄂᆞᆫ 於其歡迎之際에 庶幾知愧也哉인져.

[02] 『대한매일신보』 1905.11.16. 논설 '遊獵會'6)

近聞傳說에 有一提議ᄒᆞ니 過去 經營보다 功效가 應多ᄒᆞᆯ지라. 其 提議方針이 尙今未完矣니 其 結果與否ᄂᆞᆫ 依例未確이나 若 其主意가 堅固成立이면 成就之道에 必無阻碍ᄒᆞ리로다.

其 提議件은 非他라. 萬國 遊獵會를 創設ᄒᆞ야 其 本部를 置之于漢城ᄒᆞ이니 此ᄂᆞᆫ 韓國民士와 居留 外人의 會遊所로 適用ᄒᆞᆷ에만 不止라. 遊覽者를 待遇ᄒᆞ기에 必要ᄒᆞ니 遊獵 與否ᄂᆞᆫ 勿論이되 逗留 此國之遠긱이 從便乘興ᄒᆞ리로다.

因路日戰局ᄒᆞ야 大韓이 著名于一世矣니 此地等訪者가 年年增加ᄒᆞ거ᄂᆞᆫ 十分無疑오 且其遊訪諸人의 消費金이 國民 歲入에 一大 財源이니 設便宜于諸客하야 使之流連於國內케 ᄒᆞᆷ이 可ᄒᆞ도다. 今以日本觀之면 遊覽者의 費金을 夥多收入하나니 如此良遊諸人이면 韓國도 幾乎百萬金額을 收用ᄒᆞᆯ지라. 若欲完遂此計면 諸賓을 供之以便宜ᄒᆞᆯ 것시니 韓國內興味處를 知悉하ᄂᆞᆫ 외인이 尙今稀少ᄒᆞ지라. 此會의 第一 向意ᄒᆞᆯ거ᄂᆞᆫ 各地 要点에 探報員을 擇定하야 編輯各報하야 遊獵 及 遊歷者로 便覽케 ᄒᆞᆫ 後에 使之尋訪各處케 ᄒᆞᆯ지어다.

此會 經營이 甚美하야 弗勞而成大效ᄒᆞᆯ지라. 如此 計策이 地方 救助를 得하면 政府 贊成이 無疑하니 曾有如此設備ᄒᆞᆫ 邦國은 開進됨이 明確ᄒᆞ 所致也라. 韓國之技藝 及 工作이 如彼凋殘ᄒᆞᆷ에 對하야 大有興起ᄒᆞᆯ거시오 韓國 인민도 模倣諸客하야 增進學識하리니 大韓은 自然 有利하리로다.

---

6) 관광 자원 및 관광 안내 자료의 필요성 역설.

余輩는 如右經營을 本邦 인사가 熱心贊助하기를 希望함으로 愛讀會員에게 略陳其由하야 此會가 至于完成케 하노라.

[03] 『대한매일신보』 1905.11.18~1906.02.09. 잡보, '英國倫敦博物院書樓記'(2회)

*영국 런던 박물관의 서루(도서전시실)에 대한 사실적 기록. 2회에 걸쳐 자료가 수록되었으나 다른 자료는 발견되지 않음

▲ 1905.11.18.

夫國家의 盛衰가 何常之有리오 蕞爾小邦도 崛然振興ᄒᆞᆫ 者有ᄒᆞ고 巍峨大國도 忽焉頹敗ᄒᆞᆫ 者가 有ᄒᆞ니 其故ᄂᆞ 何也오 人才의 得失로 由ᄒᆞᄂᆞ지라. 普天之下에 何處無才리오 培植如何에 在ᄒᆞ니 培植之法은 學問을 必資ᄒᆞ고 學問의 增進은 誦讀으로써 其知識을 開發ᄒᆞᆯ지니 益人知識의 緊要ᄒᆞᆫ 書籍은 寒士의 能히 容易購讀ᄒᆞᆯ 者가아니니 故로 書樓의 設立이 더욱 培植人才의 要務라.

近世各國書樓가 列若繁星ᄒᆞ나 英國倫敦博物院의 書樓로써 巨擘를숩ᄂᆞ니 其制를 觀ᄒᆞ건ᄃᆡ 其頂이 圓形을 作ᄒᆞ야 縱廣이 各十有四丈이라 大地之上에 羅馬大廟의 殿을 除ᄒᆞᆫ 外ᄂᆞ 此樓로써 第一을 稱ᄒᆞᄂᆞ지라. 樓內圓頂下에 圍墻을 作ᄒᆞ고 墻內에 格式을 作ᄒᆞ고 格之內ᄂᆞ 藏書之櫃이라 藏書의 極高ᄒᆞᆫ 處ᄂᆞ 有階可登ᄒᆞ니 周圍가다 一律인 故로 取之甚便ᄒᆞ고 樓內書籍은 任人涉獵ᄒᆞ되오작 借出을 不准ᄒᆞᄂᆞ지라.

格下의 隨便可閱之書가 二萬券이오 格上所藏은 各國語言文字와 一切實學要務等書와 各月報一共히 五萬券이라

其圓頂의 製ᄂᆞ 雕鏤가 精巧ᄒᆞ야 金銀으로써 施ᄒᆞ고 各樣彩繪가 皆淡色으로써 着ᄒᆞᆫ 故로 樓內光輝가 燦爛陸離ᄒᆞ야 人의 眼目을 照耀ᄒᆞ고

樓內에 長卓十九張과 小卓十六張을 排置ᄒᆞ야 足히 三百餘人의 坐次를 敷列ᄒᆞ고 西曆一千八百五十四年으로붓터비로소 婦女入觀을 許ᄒᆞᆫ 故로 坐 兩卓을 特設ᄒᆞ야 婦女의 坐次를 準備ᄒᆞ고 此二卓外에도坐ᄒᆞᆫ 隨便而 坐ᄒᆞᆷ을 許ᄒᆞᆫ지라 每長卓之上에 立板을 中設ᄒᆞ야 對坐之人으로ᄒᆞ야곰 兩不相覰ᄒᆞ야 專心閱讀케ᄒᆞ고 其興會를 撓敗ᄒᆞᄂᆞᆫ바가 無ᄒᆞ도록ᄒᆞᆷ이라.

　樓內의 式은 本屬圓形ᄒᆞ야 車輪과 如ᄒᆞ고 長卓의 設은 車輪의 輻과 如ᄒᆞᄃᆡ 卓의 製ᄂᆞᆫ 首低而尾高ᄒᆞ니비록 閱者滿堂ᄒᆞ나 初入其門ᄒᆞ야 취視ᄒᆞ면 人의 多ᄒᆞᆷ을 不見ᄒᆞᄂᆞᆫ지라. 屋之中에 圓櫃를 置ᄒᆞ고 書의 題目 三百券으로써 其上에 陳列ᄒᆞ야 使人으로 檢視를 便利케ᄒᆞ니 此櫃ᄂᆞᆫ 車의 軸과 如ᄒᆞ야 各櫃이 俱得相接ᄒᆞᆫ 故로 置諸左右와 如ᄒᆞᆫ지라. 圓櫃內에 極中之處가 摠管書樓人의 坐位가되니비록 閱書者가 三百餘人이라도 實로 擧目悉數ᄒᆞ기 不難ᄒᆞᆫ지라. (未完)

▲ 1906.2.9.

　此樓가 西曆一千七百五十九年에 起ᄒᆞ얏스니 初創ᄒᆞᆫ 人은 曰喝瑞니 立法이 美善ᄒᆞ야 至今ᄭᆞ지 其約章을 循ᄒᆞᆷ이 毫無獘病이라오직 制度의 華美ᄂᆞᆫ 月異日新ᄒᆞ고 觀書ᄒᆞᄂᆞᆫ 人數가 加增ᄒᆞ야 前百年에 氣象을 較ᄒᆞ면 迥不相侔ᄒᆞᆫ지라 樓內에 閱書者가 四面에서 俱能寫字ᄒᆞ고坐 執役之人이 有ᄒᆞ니 何書를 欲觀ᄒᆞ면 一紙條를 卽寫ᄒᆞ야 執役人의게 付ᄒᆞ야 立刻照取ᄒᆞ니비록 世家가 自置書樓라도 恐컨ᄃᆡ 如斯히 便치못ᄒᆞᆯ지라 書樓規例를坐ᄒᆞᆫ 下에 昕錄ᄒᆞᄂᆞ니

　一은 書樓之設이 人의 閱看을 供ᄒᆞ야 學問을 增長코ᄌᆞᄒᆞᆷ이니 禮拜日과 各節期만 入觀을 不得ᄒᆞ고 餘日은 風雨勿論ᄒᆞ고 各門을 俱開ᄒᆞᆷ이오.

　二ᄂᆞᆫ 開樓時刻九月初로붓터 四月底에 至ᄒᆞ야ᄂᆞᆫ 早九點鍾에 開門ᄒᆞ야 晚八點鍾에 關門ᄒᆞ고 五月로붓터 八月에 至ᄒᆞ야ᄂᆞᆫ 九點에 開ᄒᆞ야 七點에 閉ᄒᆞᆷ이오

　三은 欲入觀書者가 先二日에 薦函이 有ᄒᆞ야 總管의게 致ᄒᆞ되 果係可

靠者는 本人이 住址와 姓名만 只寫ᄒ면 卽可入늬홈이오. (未完)

[04] 『대한매일신보』 1906.03.08. 논설, 論協律社

協律社는 年前에 張鳳煥 氏가 皇上陛下게 上奏하되 軍樂隊를 設寘ᄒ 經費를 補充ᄒᆯ 計劃으로 協律社를 創設하ᄌ고 屢屢히 天聰을 欺蔽하야 帑金 四萬元을 늬下하야 歐洲 演戲屋 樣子로 建築하고 藝妓를 招選하며 倡優를 募集하야 所謂 春香歌 華容道 打令을 百般 演劇으로 玩戲를 呈 ᄒ야 金錢을 謀取ᄒ야 樂隊 經費를 幾分이나 補充ᄒ얏ᄂ지 主謀人의 一時 富華를 加하얏다 하니 帑金을 靡費하야 私腹을 充物홈이 世人의 公論이 沸騰홈이 一也오

每日風樂이 轟天하며 艶妓가 如月ᄒ며 倡夫가 如雲ᄒ야 一場風流陣 을 設홈이 年少子弟들이 心志가 搖揚ᄒ고 耳目이 悅홀ᄒ야 黃金을 弗惜 ᄒ고 靑春을 虛送하야 家産蕩殘은 尙矣勿論하고 萬事營爲가 從此消磨 하기로 其父其兄의 慨歎憤恨하ᄂ 聲이 滿城에 沸騰홈이 二也오

世界各國에 角力戲이니 習舞會이니 演劇場이니 輕術業이니 活動寫 眞이니 猿戲狗戲熊戲虎戲等諸般劇場이 非曰無之로딕 皆是下賤倡優의 謀生的에 弗過홈이어날 莫重尊嚴ᄒ 皇室遊戲場이라 稱托ᄒ고 宮內府 憑票를 使用ᄒ야 宮中營業이라홈은 天下各國에 創見創聞ᄒᄂ 一大怪 事이니 內外國人의 譏笑가 沸騰홈이 三也라

年前에 過密八音ᄒᄂ 時代를 當ᄒ야 不禁自禁홈이 弗幸中大幸으로 國中人民이 爽快無地ᄒ야 但히 穹然ᄒ 圓屋子만 見ᄒ야도 指斥唾罵ᄒ 야 彼는 昔日의 敗家亡身ᄒ든 協律社이라ᄒ야 反唇側目ᄒᄂ 狀態가 有 더니, 何意今者에 金容濟崔相敦高義駿諸氏는 一代名譽人으로 何等事業 을 不做ᄒ고 내외國人의 譏笑唾罵하ᄂ 協律社를 更起하야 上으로 皇室 尊嚴를 貽損하고 下으로 國民子弟를 誘陷하야 京城中에 一大銷金阱을 開하고 靑年心志를 搖蕩하야 敗家亡身의 機關을 大設하얏스니 諸氏의

不良ᄒᆞᆫ 智術이 利端에 從出ᄒᆞ얏슨즉 翻然改悔ᄒᆞ야 亟日廢止ᄒᆞᆯ 新智識
은 念頭에도 不萌ᄒᆞᆯ지라 空言無施ᄒᆞᆯ쥴은 吾儕도 思想ᄒᆞᄂᆞ바어니와, 大
抵此時何時완ᄃᆡ 玉樹後庭花로 國民志意를 飄揚하고 事爲를 喪失하야
靡然ᄒᆞᆫ 淫風淫樂으로 一國을 斷送케ᄒᆞᆷ을 不勝痛憤하노라.

[05] 『대한매일신보』 1906.03.26. 잡보, 責協律社觀光者 (협률사 연극을 관람한 사람들)

近日 協律社 景況을 聞ᄒᆞᆫ즉 逐日 觀光者가 雲屯霧集ᄒᆞ야 可謂 揮汗成
雨ᄒᆞ고 連袵成帷라. 其坐次의 價格이 四等으로 分排ᄒᆞ야 第一層은 紙貨
一元이오 第二層은 六十錢이오 第三層은 四十錢이오 第四層은 二十錢
이오 又別層 坐次는 第一層과 同ᄒᆞᆫ지라.

該社ᄂᆞᆫ 金鎔濟崔相敦高義駿三氏가 組織ᄒᆞᆫ것인ᄃᆡ 其實相은 日本人의
出資營業ᄒᆞᄂᆞ바라 日昨에 一進會評議長송秉俊氏가 該社에 往ᄒᆞ야 警
責曰協律社演戲ᄂᆞᆫ 外各國에도 亦有ᄒᆞᆫ 者나 人民의 營業으로 爲之ᄒᆞᄂᆞ
것이오 以官人而爲此ᄂᆞᆫ 未聞ᄒᆞ얏고 妓女의 雇用은 有ᄒᆞ거니와 官妓使
用은 萬萬不當이라. 此等非理의 事爲ᄂᆞᆫ 不得不防遏이라ᄒᆞᆫᄃᆡ 同三氏와
日人이 송氏를 對ᄒᆞ야 其寬恕를 懇乞ᄒᆞ얏다ᄒᆞ니 噫彼三氏의 攫取民財
之計와 傷敗風俗之事ᄂᆞᆫ 言之醜也어니와 其觀光諸人을 論ᄒᆞ건ᄃᆡ 非其
病風喪性者면 豈至如此之甚이리오 今夫韓人의 身世를 顧念ᄒᆞ면 곳釜
中之魚오 幕上之燕이라 雖勻天廣樂이 迭奏於前이라도 宜其悽然傷懷ᄒᆞ
고 慨然下淚ᄒᆞᆯ거시오

且夫生於憂患ᄒᆞ고 死於安樂은 人情之常이라 今에 失所之患과 滅種
之慮가 迫在垂眉ᄒᆞ니 苟有一分人心者면 宜抱憂勤恐懼之念ᄒᆞ야아모쪼
록 學問에 從事ᄒᆞ던지 實業注意ᄒᆞ던지 生活門路를 尋得ᄒᆞ기로 日不暇
給ᄒᆞ깃거날, 乃紛紛結隊ᄒᆞ고 逐逐成群ᄒᆞ야 一聞協律社之復設ᄒᆞ고 如
愚婦之聽賽皷ᄒᆞ야 快覩爭先ᄒᆞ고 惟恐或後ᄒᆞ야 嬉笑娛樂에 擲錢如土ᄒᆞ

니 是何反常之甚也오 古人曰當憂而樂이면 必有殃咎라ᄒᆞ니, 今韓人이
値此危急ᄒᆞ야 침於淫樂이 如此ᄒᆞ니 正恐禍變之至가 尙未有艾로다 噫
라 如斯히 病風喪性ᄒᆞᆫ 人類를 對ᄒᆞ야 所謂修身이니 愛國이니ᄒᆞᄂᆞᆫ 義理
로써 雖曰陳萬言이라도 便同牛耳誦經이오 閔忠正과ᄀᆞ치 民國을 爲ᄒᆞ
야 身命을 棄擲ᄒᆞᄂᆞᆫ이가 項背相望ᄒᆞᆯ지라도 如斯ᄒᆞᆫ 劣種은 警醒할 道理
가 無ᄒᆞ니 此類가 滅亡치안코무엇세 所用이리오 吾儕ᄂᆞᆫ 實로 韓國前塗
를 爲ᄒᆞ야 哀痛不已ᄒᆞ노라

[06] 『대한매일신보』 1907.06.06. 奇書, 日本留 낭齋生[7]

頃於陰曆 四月 中旬之日曜日에 與二三同志로 綠芳을 玩賞ᄒᆞ야 偶到
下谷區 上野公園ᄒᆞ니 此處ᄂᆞᆫ 卽日本 明治 四拾年 博覽會 開設場也라.
館舍ᄂᆞᆫ 宏壯ᄒᆞ야 雲外翼如ᄒᆞ고 國旗ᄂᆞᆫ 燦爛ᄒᆞ야 風前에 飄然ᄒᆞᄃᆡ 都人
士女ᄂᆞᆫ 輻輳幷臻ᄒᆞ야 便成人山人海러라. 同伴友人이 互相指點曰 以我
等所見으로ᄂᆞᆫ 似是壯麗나 聞諸泰西에 遊學ᄒᆞᆫ 同胞之所傳則比較西洋에
猶屬幼稚라 ᄒᆞ야ᄂᆞᆯ 在傍一友가 乃止之喟然歎曰壯哉라 和國之學問發達
이여. 計 其維新則不過四十年이오 看其人種則同是黃色種으로 物質
文明이 如是盛大ᄒᆞ야 現爲東洋之先驅ᄒᆞ니 豈不偉美哉아.

今我學生도 去家離國ᄒᆞ고 遠渡滄溟ᄒᆞ야 衣此和服도 專爲學問이오
喫此和食도 專爲學問이니 晝宵勿惰ᄒᆞ고 勉旃做課호ᄃᆡ 政治也法律也兵
學也警察也醫學也ᅵ 揣度我國形便컨ᄃᆡ 不可須臾關者也로ᄃᆡ 就中第一
急迫者ᄂᆞᆫ 農商工實業이 是也라 國庫之充實도 在於實業之發達이오 學生
之做課도 在於實業之發達이로다 請看博覽會舘舍에 前面懸미ᄒᆞ라 特書
勸業兩字ᄒᆞ니 此非獎勸實業而何오 旣到此地則玩賞陳列品ᄒᆞ야 모範先

---

7) 일본 우에노 공원의 박람회장을 견학하고 적은 글임. 박람회장의 이모저모가 자세히 기
록됨.

覺人 學問研究ᄒ면 聞見博而智盆明ᄒ야 모塞이 頓開ᄒ리니 是我學生之
當行ᄯᆞᆫ더러 從今以後로 各自注意於實業ᄒ야 以圖後日我國之博覽會도
亦一義務라ᄒ야늘 作件諸友가 同聲相應ᄒ야 各出拾五錢金而購得觀남
券後에 直向第一會場本舘矣러니 自該舘內로 彼人四五名이 作件出來에
談笑戲謔이라 風便乍聞則第一會場內에 朝鮮動物二個가 有ᄒᄃᆡ 大段可
笑云云ᄒ면셔 揚揚過去ᄒᄂᆫ지라 我等一行이 相顧而語曰我國動物이 必
在該會場內로다 未知何許可笑物渡來오ᄒ고 忙步直入ᄒ야 第一第二第
三第四號舘을 次第觀남ᄒ니 物品之華麗와 機械之便利ᄂᆫ 眩人耳目ᄒ야
不可一一枚擧러라

　乃轉至第五號舘ᄒ니 舘舍가 比他甚少ᄒᄃᆡ 內掛韓國統監府之繡미ᄒ
엿스니 此所謂期鮮舘而自統監府로 購送我國之物品ᄒ야 使之出品者로
다 간此舘舍則名稱朝鮮에 未參於外國舘之列ᄒ고 付ᄌ於第一會場內壹
隅ᄒ니 暗揣其源에 心膽俱裂ᄒ고 憤恚塡胸ᄒ야 余乃指天呼泣曰悠悠蒼
天이여 彼何人斯며 余何人斯오 其ᄌ均露에 厚彼薄余가 何若是偏隘고
空自咄歎타가 乃反求自省曰인天이 豈有是理시리오 今日我國之如是受
制가 寔出於樂於安逸ᄒ야 不修學問ᄒ고 勇於私慾ᄒ야 競爭權柄ᄒ고
偏於朋黨ᄒ야 誇張門閥타가 乃致今日ᄒ니 實是自速其禍라 豈敢怨天而
尤人哉아 含憤忍辱ᄒ고 細察舘內之陳列ᄒ니, 上段에ᄂᆞᆫ 我國士農工商上
下等社會男女嫁娶篩儀各港口漁具等을 以寫眞으로 搭影高掛ᄒ고 其次
則米豆太乾魚物藥材乾柿白木綿紬紬亢羅三八紬班紬苧布上下等男女衣
服食盤鍮器血粧籠喪人祭服方笠平凉子各項家具農기楊石然繡鴈屛長烟
竹木履麻鞋草鞋等各樣細微物을 一一陳列ᄒ얏고 西邊入口正而에 (我國
所産)虎豹二首를 木假山一座上下에 排置ᄒ엿ᄂᆫᄃᆡ 宛如咆吼而活動樣矣
라 友人等이 指而相顧曰俄者彼人之朝鮮云者가 指此物而謂歟아 一友曰
非也라 夫動物者ᄂᆞᆫ 活動之謂也니 指死謂動이 豈非謬哉아 必有別樣動物
이로다 四面詳察ᄒ되 此外에 更無獸族이라.

　覽畢此舘ᄒ고 更尋別處더니 五号舘之側에 又有小小一舘ᄒ니 題額寶
玉殿ᄒ고 又一名은 水晶宮이라ᄒ얏ᄂᆞᆫᄃᆡ 觀覽料ᄂᆞᆫ 大人金十錢小人金五

錢이라ᄒᆞ얏기 投金買券ᄒᆞ야 一同入去則黑동등ᄒᆞᆫ 漆室에 咫尺을 難辦이라 隨其如線複道ᄒᆞ야 行進數步ᄒᆞ야 望見一處ᄒᆞ니 太陽光線이 依迷入照ᄒᆞ고 布帳을 下垂ᄒᆞ얏ᄂᆞᆫᄃᆡ 一邊에ᄂᆞᆫ 我國男子一名이 髮은 薤ᄒᆞ고 宕巾에 添笠씨고 쥬衣를 着ᄒᆞ고 椅坐에 倨坐ᄒᆞ엿기 問其姓名則但云大邱住金哥라ᄒᆞ고셔ᄂᆞᆫ 俛而不答ᄒᆞ며 一邊은 女人一名이 頭의ᄂᆞᆫ 女裳을 써시되 兩眸믄닉여노코 我國婦人服을 着ᄒᆞ고 椅子에 倨坐ᄒᆞ얏ᄂᆞᆫᄃᆡ 其前面에ᄂᆞᆫ 欄干을 橫隔ᄒᆞ야 他人의 出入을 不許ᄒᆞ더라 一友가 看此光景ᄒᆞ고 顔色이 忽變ᄒᆞ면셔 喟然太息曰俄者路上過去ᄒᆞ던 彼人의 朝鮮動物二箇云云者가 必指此兩人而謂也로다 嗚呼痛哉라.

溯考歷史컨ᄃᆡ 天下萬古에 寧有是理리오 大抵我國人이 有何負於日本人ᄒᆞ야 同是黃人種으로 有此殘인薄行에 指人爲獸ᄒᆞ고 受金錢而縱人觀覽케ᄒᆞ니 雖是野蠻時代라도 決不行此事여던 所謂文明者도 固如是耶아 嗚咽語塞에 雙涙산然ᄒᆞ지라 一友가 勃然大怒曰惡라 君是何言고 以若文明國人民으로 豈有指人爲獸之理哉아 何妄出自蔑之悖談고 更勿多煩ᄒᆞ고 試聽我告ᄒᆞ라 此邦建國이 在於我邦建國後千有餘年之下ᄒᆞ야 人種之始殖이 或從支那來라ᄒᆞ며 或從我國來라ᄒᆞ며 或從天上來라ᄒᆞ야 原無可據之實蹟ᄒᆞ니 難以稽考어니와 以舊學問上論之ᄒᆞ면 皆從我國而發達은 彼國內一般人士가 確然共知故로 當此新學問發達之日ᄒᆞ야 不忘舊誼ᄒᆞ고 別設寶옥殿ᄒᆞ야 聘我士女에 延之上座而使人瞻모오 至於料금受取ᄒᆞ야ᄂᆞᆫ 但爲充補於舘舍建築費而已라 有何別意리오 俄者動物二個云云者ᄂᆞᆫ 的指虎豹二首而言也어ᄂᆞᆯ 空生自激에 釀出自蔑이 何若是太甚고 日色이 已西ᄒᆞ니 不如早歸로다 仍卽連袂ᄒᆞ야 各歸旅舘ᄒᆞ얏스나 靜夜思之ᄒᆞ니 兩友問答에 孰是孰非를 難破疑惑ᄒᆞ야 不拘文拙ᄒᆞ고 略述所經事ᄒᆞ야 以待同胞 僉員之斤正ᄒᆞ노라.

[07] 『대한매일신보』 1907.08.02. 광고, 日本 遊覽者 募集[8]

一. 遊覽會員 募集 人員은 五十名으로 一團을 成ᄒ니 한일인을 不問ᄒ
　　고 速히 請入ᄒ시옵
一. 巡遊地 東京 博覽會 橫빈 京都 大阪 神戶
一. 往復日數 뒤低 十七日間
一. 浮費 遊覽費 及 手數料을 合ᄒ야 總 四十八圓
一. 出發日 請入 順次를 從ᄒ야 出發 三일 前에 直接히 通知홈
一. 請入所 在京셩 新聞社 五十八 銀行 경셩 支店 天一銀行
一. 會員은 遊覽을 終ᄒ야 開散ᄒ 後에는 本會와 關係가 小無홈
一. 南대문셔 釜山으로 直行ᄒ는 者의 對ᄒ야도 同一 便法으로 同行 請
　　入을 應諾홈
日本人 遊覽協會 事務所 경셩 남뒤門通 東亞商會

[08] 『대한매일신보』 1907.08.02. 遊覽會 美國留學菊人

▲ 嘆時事之變遷, 1907.8.2.

　男女同俗ᄒ며 同族搖婚雖曰共俗이나 豈免禽獸之稱가 人民簡詐은 日
夕 이십 年이오 外交之無信은 隣國欺貪하며 世上公論을 不憚ᄒ니 可惜
ᄒ다 東方 先進國이 西方人에 陶笑疾視를 바는도다. 淸人 數萬 學生에
豊富ᄒ 官費 私費은 學業 實業을 如意히 못홀 慮가 有ᄒ리오. 韓人 學生
七八百名에 熱心之學은 可商이나 學費 困難에 令人落淚로다. 然而松升
은 經霜後貞節을 知하나니 如此 困難 中 憂國愛民之心 頃刻不息ᄒ야
太極學會를 組織ᄒ며 學報를 發刊ᄒ니 學業 餘暇 會務를 兼ᄒ며 困難之

---

8) 동아상회 광고문으로 이후 지속적으로 광고문이 실림.

中 學報를 實行이라. 變而上者 此捨하고 事之速達刮目相對로다.

嗚呼哀哉 江南 갓든 연雀도 녯집을 차주오고 들에 노든 여호도 제 구멍을 차거든 우리 韓種들아 갈곳 韓國이라. 혼번 大韓江山 바라보니 長安城中 大闕內에 我皇館 頗分明호고 平北 義州 양 市邊에 父母兄弟 起居로다. 江山이 눈에 익고 水土가 適體혼대 雇軍商人 션革官人 脣級은 곡異호나 흔피로 된 내 종족 娟美 츄악 顔面은 不同호나 言語風俗 一律이라. 港口에 벌린 輪船 陸路에 실닌 鐵路 數三層華*屋 골목골목 巡檢걸이걸이 無*二四年 變復이 이갓치 達인가 다시 보니 輪船에 단 旗幟는 太極이 아니오 (未完)

▲ 遊覽記 續, 대한매일신보, 1907년 8월 4일

鐵路에 事務員과 兵丁 巡檢 言語 難辨이라 놀닉 싱각호되 旗號 服壯 言語도 同一 變遷홈인가. 問於隣人호나 含悲而答曰外是韓而內是日也라. 鐵路 電線 郵遞 礦山 山림 港口 川澤이 無非日人所奪 유而甚至於良田廣室美女枯骨이 任어彼之所向 博之則博 逐之則逐 殺之則殺호야 韓人生亦不能死不敢欲이라. 山峽斗屋에 縮頭愁面者是吾同胞 而帶劍橫行村市者皆是日人兵丁巡檢商人顧問教師遊覽人 而昨日司令部內被殺者是韓人박書房이오 저기 被逐見縛者是乃韓人이니 君欲知韓日人之別인딕 若從此徒이면 知悉호리니 닉 心躍血沸에 奮然問曰 我皇陛下는 安寧乎아. 答曰君何其疊也오. 四肢苦痛에 頭腦能安寧耶. 乙巳變怪 後 日本 統監이 壓縛호야 但 守虛位 而出入을 不能任意오 黜陟不能自處니라. 然則 政府大官者不能尊嚴 皇上而保護人民耶. 答曰 尊嚴皇上而保護人民 姑舍호고 欺君賣國附日虐民믄 아니흔들 이 지경이야 되얏슬가.

然則 人民이 雖弱雖微나 所重者 祖션骨傳來業이오 所羞者奪我妻女搏 而煩所惡者滅亡이어니 何以縮頭下氣而已乎. 嗚呼忠臣烈人自殺其身者知其數 而愚믹之盗得目前殘命 而羞辱도 莫知公憤莫覺이라. 教育捐助 國債報償 社會出義도 不啻不用力 妨害毀謗호나니 寗不寒心哉. 問曰

殘民愚딍不暇言이어니와 有志션覺者 必有團體일이라. 然則然國運盡이라. 他國以會로 興ㅎ되 我國以會로 亡이라. 所謂一進會가 奪我利 日亡韓興日은 口不可忍言 而豈若無會之爲優其外 或有義會나 縛之束之何以用力일이오. 故我只待國亡命絶쑨이로다 ㅎ거늘 仰天嘆曰是非變而下者變而退者耶. 國亡我死오고 心思紛紛ㅎ고 血淚가 橫行타가 精神況忽ㅎ야 非夢似夢間 隱隱一聲이 自天謂我曰이 何不以이之於日懈退之罪로 爲悔而反以國亡 이死로 爲哀乎. 何不以政府賊臣之賣國虐民 苟死而反以外人之暴虐爲恨乎. 何不以人民之夢寐愚蠢으로 爲歎而反以政府賊臣外人暴虐爲痛哭耶.

今不晩이라. 自反省用力則哀哭亡死가 變爲笑歌興生일이니 試觀泰셔荷蘭 希납 伊틔利 法덕 셔班牙 北美ㅎ라. 陷之死地然後 生ㅎ나니라. 旣曲覺悟ㅎ니 是乃上帝之默諭라. 信哉 天上不欺라. 今之愚믬微弱懈惰貧窮惡劣離散으로 變出死亡則後日敎育熱心 實業勤力勇進團合이면 變造興復安樂일터니 誰를 願ㅎ며 誰를 依ㅎ리오. 盡吾責任而己同胞에 喜死樂亡則己어니와 好生欲興則盡心竭力훌지어다. 勢不能生인딘 死於義利則生道生ㅎ고 事不能興인딘 亡吾身家則與道興훔이라 嗚呼 同胞여. (完)

[09] 『대한매일신보』 1907.09.12. 기서,
　　美國 紐育 留學生 朴鳳來[9]

僕이 遍行美洲타가 一日은 一處 旅館에 來投ㅎ야 擧目一覽ㅎ니 屋宇의 翬飛ᄂ 高聳雲霄ㅎ고 窓牖의 玲瓏은 輝映日光ㅎ딕 五洲世界에 各處遊覽者가 多數薺集이라. 有一白衣少年이 向余而問曰 看君形貌ㅎ니 想是東亞人物인대 未知커라 貴位ᄂ 是何國人民고. 對曰余ᄂ 無國之民이로라. 其人이 怪而問之曰 世豈無國之民乎아. (…하략…)

---

9) 미국 뉴욕에서 백인 소년을 만나 나라가 망한 국민으로 안타까운 대화를 하게 된 이야기.

[10] 『대한매일신보』 1907.10.05. 별보,
搏虎者의 說(留學生會報 照謄), 海外 觀物客 李奎영

*유람 중에 산 속에 사는 사람을 만나 대화하는 내용(계몽)

余가 往歲에 東峽 遊覽의 行을 作ᄒ야 山下 孤郵을 過去ᄒ다가 適値
日暮ᄒ야 一軒을 借宿ᄒ더니 是夜將半에 忽然 窓外에셔 衆人의 跑蹌
諠譁ᄒᄂ 中에 有物曳來ᄒᄂ 聲이 耳膜을 來鼓ᄒᄂ지라.

[11] 『대한매일신보』 1909.04.14. 논설, 觀光團 送別記

*한성 부민회에서 주최하는 일본 관광단 송별 장면을 보고, 한일 정부 및 일본
각 지방단체에서 이 관광을 장려하는 것을 비판하는 논설

半壁의 掛鐘은 七點時를 打罷ᄒ고 東窓의 紅色은 庭樹影을 曳照ᄒᄂ
대 記者ㅣ 衾褥을 始斂ᄒ고 悄然起坐러니 瞥眼間 兩三火砲聲이 굉굉히
來ᄒ야 雙耳를 驚ᄒᄂ지라. 記者ㅣ 蹶然驚起ᄒ야 曰 此가 何聲인가. 因
ᄒ야 曰 余ㅣ 暫忘ᄒ얏도다. 今日이 四月 十一日이지. 今日이 觀光團
渡日ᄒᄂ 日이지. 今日이 漢城府民會에셔 觀光團 餞別ᄒᄂ 日이지. 此
聲이 觀光團 送別 爆竹聲이로다.
於是에 帽를 着ᄒ고 鞋를 穿ᄒ고 短杖을 携ᄒ고 南大門驛으로 置向
ᄒ니 噫嘻 壯觀이로다. 送觀光團 餞別 綠門이 半空에 聳立ᄒ고 送觀光
團 餞旗가 四面에 飄拂ᄒ고 壹邊에ᄂ 軍樂이 哀鳴ᄒ고 壹邊에ᄂ 俗樂이
유亮ᄒ고 壹邊에ᄂ 日本人의 彩花旗가 爛漫ᄒ고 又壹邊에ᄂ 各大官이
于于擁立ᄒ얏더니 忽然 汽笛은 鳴ᄒ고 汽車ᄂ 發ᄒᄂ대 觀光團 萬歲의
聲이 天地를 震動ᄒ더라.
記者ㅣ 覽畢에 凄然히 發行淚를 拭罷ᄒ고 遠히 觀光團 諸君에게 路贐

슴아 數言을 寄送ㅎ노라. (其言은 左와 如홈)

슯ㅎ다 觀光團아. 今日 觀光團이 萬里海外日本行을 臨發ㅎ얏는대 余 는 綠門도 無ㅎ고 旗도 無ㅎ고 音樂도 無ㅎ고 又 他人과 又치 送場에 擁立ㅎ야 萬歲도 唱치 못ㅎ고 只是 慘憺 悲憤혼 數行淚로 諸君을 餞別 ㅎ니 此는 實로 余의 遺憾이라. 然則 余는 何로 以ㅎ야 諸君의 贐을 作 홀식. 於是乎 數言으로 贈ㅎ노니 諸君은 耳를 傾ㅎ야 聽홀지어다.

슯ㅎ다 觀光團아. 三千里 錦繡江山을 雙肩에 擔ㅎ고 扶桑 東風에 浮 去ㅎ는 觀光團아. 四十三紀 神聖歷史를 雙手에 奉ㅎ고 不可思議의 遊覽 場으로 入去ㅎ는 觀光團아. 此 壹去에 萬古 流芳兒도 되깃고 此壹去에 百世 遺臭兒도 될 觀光團아.

슯ㅎ다 觀光團아. 諸君이 南大門驛에셔 굉굉 飛走ㅎ는 氣車를 乘ㅎ 고 釜山海에셔 灛灛 駛行ㅎ는 氣船을 乘ㅎ거던 諸君이 曰 我輩도 밧비 文明ㅎ야 此等 工業術로 世界에 橫行ㅎ리라 ㅎ며 諸君이 馬關을 從ㅎ야 大阪 京都 等地로 過去ㅎ다가 大都市 大港口 軍艦 大砲 陸海軍 大學校 大會社를 觀覽ㅎ거던 諸君이 曰 我輩도 밧비 進步ㅎ야 此等 實力을 培 養ㅎ야 全球를 凌駕ㅎ리라 ㅎ며 諸君이 東京에 倒着ㅎ야 各國 大使館 公使館을 觀覽ㅎ거던 諸君이 曰 我輩도 밧비 獨立ㅎ야 此等 國家 勸力 을 覓邀ㅎ리라 ㅎ며 諸君이 日本 國中에 貴族院 衆議院 各種 地方團體, 壹般 人民 權利를 觀察ㅎ거던 諸君이 曰 我輩도 밧비 自由ㅎ야 此等 人民 權利를 保有ㅎ리라 ㅎ며 又 諸君에게 壹語를 添送ㅎ노니 諸君이 或 何等 奇奇怪怪혼 觀光場에 臨ㅎ더라도 諸君이 曰 我輩는 四千載 神 聖혼 大韓國民이라 何如혼 妖怪輩가 甘誘혼들 我輩를 奈何ㅎ며 何如혼 凶慘輩가 威嚇혼들 我輩를 奈何ㅎ리오. 我輩는 寧死언뎡 亡國民이 되지 아니ㅎ리라 ㅎ야 大奮發 大勇作ㅎ야 祖國精神을 大揮揚홀지어다.

記者ㅣ 言을 畢ㅎ고 遙遙히 送ㅎ니 汽聲이 漸徹ㅎ고 汽煙이 漸遠ㅎ야 釜山으로 直向ㅎ더라.

記者ㅣ 論曰 怪異ㅎ도다. 此事가 實로 怪異ㅎ도다. 幾個 頑舊輩가 觀光次로 渡日ㅎᄂ대 何故로 送別의 光景이 如彼宏壯ㅎ며 何故로 大官輩가 大崇拜ㅎ며 何故로 韓日 政府가 大奬勵ㅎ며 又何故로 日本 各地方에셔 大歡迎ㅎᄂ가 怪異ㅎ도다. 怪異ㅎ도다. 此事가 實로 怪異 又 怪異ㅎ도다.

[12] 『대한매일신보』 1909.06.12. 논설, 學生界의 特色[10]

壯哉라 鳳鳴學校學生 諸시여 勇哉라 鳳鳴학校학生 諸시여 余ㅣ 諸시를 愛ㅎ노라 壯哉라 鳳鳴學校학生 諸시여 勇哉라 鳳鳴학校학生 諸시여 余ㅣ 諸시를 拜ㅎ노라

今番 日人觀光團出來時에 히校校主李鳳來시가 학生을 指揮ㅎ야 觀光團을 歡迎ㅎ랴 ㅎ거날 學生 諸시가 奮起反對ㅎ되 我輩ᄂ 大韓帝國男子라 아모리 校主의 命令이 嚴ㅎ며 아모리 학監의 威脅이 急홀지라도 日本旗를 持ㅎ고 九州客을 迎흠은 寧死연뎡 不爲라 ㅎᄆ 彼李鳳來시의 妖心이 未已ㅎ야 畢竟年幼無知ᄒ 小학生徒幾名을 甘誘ㅎ야 停車場에 出往ㅎ지라

학生 諸시의 忠憤이 尤激ㅎ며 怒氣가 益騰ㅎ야 紛紛唾罵ㅎ되 彼妖妄ᄒ 李鳳來가 我輩와 何仇가 有ㅎ기에 我輩를 誘引ㅎ야 奴窟에 陷ㅎ며 我輩를 嚇驅ㅎ야 魔鬼를 作코ㅈ ㅎ야 我학生界의 劣性을 養ㅎ고 我民族界의 恥辱을 作ㅎ고 我大韓帝國의 慘禍를 促하나냐 此等魔학校에 在ㅎ야 彼輩魔校主의 敎育을 受흠은 萬萬不可라 ㅎ고 壹齊退학ㅎ얏스니 壯哉라 諸시여 勇哉라 諸시여

韓國學生의 獨立思想이 如彼其雄壯ㅎ며 韓國학生의 愛國精神이 如

---

10) 봉명학교에서 이 학교의 교주 이봉래가 학생들을 동원하여 관광단 출래 시에 환영회를 개최한 것에 대해 이 학교 학생들이 반발한 것을 의기로운 일로 논의함.

138

彼其熱烈ᄒ니 吾儕가 又何를 憂ᄒ리오

大抵 李鳳來시의 事蹟은 路人도 皆知ᄒᄂᆫ 바ㅣ라 吾儕가 贅論치 아니ᄒ거니와 彼가 日前에 학생을 對ᄒ야 演說ᄒ올 時에 其妖口가 本社에ᄭᅡ지 及하얏다 ᄒ나 以若李鳳來의 言을 本社에셔야 何를 可ᄒ다 否ᄒ다 ᄒ리오만은 但可痛ᄒᆫ 바ㅣᄂᆫ 彼가 學生을 凌虐홈이 是다

學生 諸시가 憤怒退學ᄒ올 時에 彼가 學生을 對ᄒ야 恐喝이 頻頻ᄒ고 麁拳이 紛紛ᄒ얏다 ᄒ니 嗚乎라 彼의 無憚이 此極에 至ᄒᄂᆫ도다

又所謂학감宋某ᄂᆫ 助桀爲虐ᄒ야 妄談悖說로 학생을 凌辱ᄒ얏다 ᄒ니 嗚乎라 鳳鳴學校의 敎育家ᄂᆫ 모다 如此ᄒᆫ가

或曰 아모리 校主의 指導가 不良ᄒ올지라도 學生된 者가 其固有의 目的만 不變ᄒ면 可ᄒ올지니 엇지 退學ᄭᅡ지 ᄒ리오 ᄒ나 此ᄂᆫ 不然ᄒ니 大抵學生이 되야 敎育을 受홈은 知識을 增長코ᄌ 홈이며 國粹를 發揮코ᄌ 홈이여날 此等校主의 指導를 受ᄒ면 知識은 增長치 아니ᄒ고 魔心만 增長ᄒ며 國粹ᄂᆫ 發揮치 못ᄒ고 奴性만 발휘되ᄂ니 彼학생의 退學이 決코 該校에 在ᄒ야 優等卒業證을 受홈보다 百倍나 優勝ᄒ니라

然이나 又吾儕ᄂᆫ 李鳳來시를 爲ᄒ야 甚惜ᄒ노니 시가 國家精神으로 敎育의 目的을 立ᄒ야 子弟를 敎導ᄒ면 現時韓國의 大敎育家가 되며 將來韓國의 大功臣이 될지여날 此를 不肯ᄒ니 此ㅣ 엇지 可惜지 아니ᄒᆫ가

嗚乎라 學生諸시여 益益勇進ᄒ올지여다 嗚乎라 리鳳來시여 早早悔悟ᄒ올지여다

[13] 『대한매일신보』 1909.06.20. 논설, 觀光團과 親睦會[11]

現今 韓日 兩國間에 觀光團과 親睦會가 先後 相望ᄒ야 壹往壹來에

---

11) 대련 동유회의 숨은 사정을 소개하면서, 당시 한일 관광단과 친목회에 숨어 있는 사정을 설파한 논설.

禮數가 殷勤ᄒ고 左酬右酌에 辭意가 融洽ᄒ니 果然 兩國人間에 疑嫌이 煥釋ᄒ고 契好가 益敎ᄒ야 東洋 將來에 無量ᄒ 平和 安樂을 共享ᄒ깃ᄂ 가. 若其其情이 實出於此者면 吾儕 敺入도 此를 贊揚ᄒ고 祝賀ᄒ지니 무슴 批評이 有ᄒ리오. 但 古人이 云ᄒ되 言지 太甘에 其中必苦라 ᄒ얏 스니 今에 觀光團 來往과 親睦會 發起로 觀ᄒ면 可謂言之太甘이라. 其 裡面如何를 不可不察이로다. 嗟乎韓人이여. 耳目이 有ᄒ고 精神이 有ᄒ 거던 全然히 他人의 菅魂樂을 貪喫지 勿ᄒ지어다. 玆에 淸國其情을 據 ᄒ즉 日人의 隱情을 說破홈이 如左ᄒ더라.

大連 東遊會之隱情

上海民呼日報에 云ᄒ얏스되 大連 泰東報館은 日人의 創立ᄒ 바라. 凡 東省에셔 東遊ᄒᄂ 者면 曩報館의 招待를 由ᄒ야 幷히 火車 氣船 旅館 等費를 減ᄒ야 三分之一에 至ᄒ고 東省人이 旣往至日本ᄒ면 各處 紳國 이 邀往遊覽ᄒ야 壹壹 詳細 指示ᄒ야 以盡地主之情ᄒ니 不可謂非盛擧 也나 然이나 營口에셔 發行ᄒᄂ 某日文報를 調ᄒ즉 臺灣 生蕃이 梗頑 不服ᄒ더니 後에 日人이 導往日本ᄒ야 遊歷而髓其 後에 慈普告其種族 ᄒ야 現在 胥馴辰於肘腋之下ᄒ얏고 韓人이 痛心國亡ᄒ야 時時에 輕蔑 難端ᄒ야 以與我 日人 抵抗타가 後에 日人이 說法ᄒ야 招往 日本 遊覽 ᄒ야 遍國에 明制度케 홈으로 現在에 遂逐漸就我範圍ᄒ지라. 此次에 東 遊會를 創立ᄒ야 淸國 往遊之人을 優待ᄒ면 莫大ᄒ 效果를 必收ᄒ리라 云云ᄒ얏스니 由是觀之컨대 彼가 臺灣 生蕃과 朝鮮人을 待ᄒᄂ 者로써 我 淸國人을 待홈이니 我國人이 能敢之耶아. 大連에셔 創設ᄒ 東遊會가 其名則美ᄒ나 日人某報所言을 觀하면 可히 日人의 虛心說慮를 知ᄒ리 라 하얏더라.

噫라. 此等 手段은 日人이 壹賦於臺灣ᄒ야 其效果를 得ᄒ고 再賦於韓 國ᄒ야 其效果를 圖ᄒ고 又欲試之於淸國ᄒ니 其裡面所存이 豈不遠哉 아. 嗟乎韓人이여. 此等 隱情은 但히 淸人의 批評이 아니오 日報 記者가

<u>自信自誇ᄒᆞᆫ</u> 者이니 精神이 有ᄒᆞ고 耳目이 有ᄒᆞ거던 試壹觀之ᄒᆞ라.

[14] 『대한매일신보』 1909.06.29. 논설, 西南遊客 談

現今 經濟의 恐荒이 日大ᄒᆞᆫ 中에 雨澤이 又不足ᄒᆞ야 天時人事가 交相壓迫ᄒᆞ민 民情嗷嗷가 極度에 達홈은 言을 不俟ᄒᆞᆯ 바어니와 日昨에 記者가 西南各地로 遊歷ᄒᆞ던 壹行客을 遇ᄒᆞ야 其談話를 聞ᄒᆞ민 又 *層凄楚의 感을 不勝ᄒᆞᆯ지라 其大畧을 撮錄ᄒᆞ건딕 左와 如ᄒᆞ니 客曰余가 年前에 偶然히 壹事故를 因ᄒᆞ야 西南各地로 遊歷ᄒᆞᆫ시 莊麗ᄒᆞᆫ 市동과 膏沃ᄒᆞᆫ 田地ᄂᆞᆫ 大半外人의 居住及占領이라 산河光景이 人으로 ᄒᆞ야금 起感ᄒᆞᄂᆞᆫ 者ㅣ 已自不少ᄒᆞ더니 今年에 重到ᄒᆞ야 伊時를 回想ᄒᆞ민 便是太古華胥의 日月이오 太古堯舜의 乾坤이로다 而今에ᄂᆞᆫ 江山不可復識의 歎이 累起ᄒᆞᄂᆞᆫ도다

經濟窘急의 情形을 隨ᄒᆞ야 人民의 生活이 益益히 無聊ᄒᆞ민 眼前의 瘡을 醫ᄒᆞ기 爲ᄒᆞ야 心頭의 肉을 斫下홈을 不惜ᄒᆞ야 土地家屋을 外人의게 典執 或賣渡ᄒᆞ야 時月糊口의 策을 是做ᄒᆞᄂᆞᆫ 者ㅣ 比比ᄒᆞ니 如此ᄒᆞ면 幾年을 不過ᄒᆞ야 韓人은 自家私土壹斗落도 保全ᄒᆞᄂᆞᆫ 者ㅣ 無홈은 意內事이니 엇지 憤歎處가 아니리오

然則目前生活이 層層困難ᄒᆞ리니 人民敎育을 何道로 唱ᄒᆞ며 國家思想은 何術로 保ᄒᆞ리오 時機가 如此急迫ᄒᆞ민 其中文字를 稍解ᄒᆞ고 名譽가 稍高ᄒᆞᆫ 上等人物은 尙且門을 閉ᄒᆞ고 枕을 高ᄒᆞ야 舊時代思想을 膠守ᄒᆞ고 新世界風潮를 全昧ᄒᆞ야 壹貳志士의 設校홈을 反對ᄒᆞ며 許多靑年의 入學홈을 呵禁ᄒᆞ니 其頑昧가 可悶이며 又學校設立者로 言ᄒᆞᆯ지라도 眞正ᄒᆞᆫ 愛國思想에 基因ᄒᆞ야 我國家를 何以恢復ᄒᆞ며 我民族을 何以振興홀가 ᄒᆞᄂᆞᆫ 者ᄂᆞᆫ 其人을 不可見이오 但只斯世에 生하야ᄂᆞᆫ 風打雨打를 向ᄒᆞ야 與時推移홈이 第壹件上策이라 日語를 通ᄒᆞᆫ 然後에 日人과 交涉홀 터인즉 日語를 不可不學이며 法律을 解ᄒᆞᆫ 然後에 裁判所主事壹窠를

始得홀 터인즉 法律을 不可不학이라 ㅎ야 壹切학問을 爲國獻身的으로 勸獎치 안코 只是苟生苟活的으로 訓導코즈 홈이니 其子弟가 비록 絶奇 흔 姿質이 有홀지리도 彼가 何를 從ㅎ야 正覺을 得ㅎ리오 其卑劣홈이 可惜이로다 嗚乎라 今日 可憂의 事가 奚但壹件쁜인가 經濟가 如是甚急 ㅎ며 敎育이 如是甚難ㅎ대 又雪上의 霜을 加ㅎ야 旱騷가 如是甚緊ㅎ니 國民資生의 道理와 進步의 方針에 畫策이 全無ㅎ나니 此를 誰와 共히 硏究ㅎ리오

記者曰吁라 客言이 誠然ㅎ도다마는 雖然이나 經濟의 紓救와 敎育의 振興을 今日 政府에 可望홀 빙 아니니 我의 祝ㅎ는 바는 惟善男信女가 各其棒喝의 力을 盡ㅎ야 遊衣遊食의 數爻를 減殺홀 而已며 頑夢譫語의 者流를 警醒홀 而已라 如是히 進行ㅎ면 國民의 知德力이 彼沛然의 雨에 勃興의 苗와 如홀지니라

且客은 天災를 是憂ㅎ는가 只今은 遊手蠹食의 災가 旱災보다 甚ㅎ며 魑魅跳梁의 災가 旱災보다 甚ㅎ나니 客은 此를 憂ㅎ고 彼를 勿憂ㅎ라

人事를 盡ㅎ면 天降의 災도 可救어니와 人災가 極히면 天賜의 時도 失ㅎ나니라

[15] 『대한매일신보』 1909.07.08.
　　논설, 國民同胞의 歡迎홀 바는 何오

日本 觀光團이 渡來홈에 歡迎의 旗를 棒흔 奴腕이 紛紛ㅎ며 曾彌 統監이 新赴任홈에 歡迎의 歌를 作ㅎ는 奴舌이 쥬쥬ㅎ며 伊藤 舊統監이 入城홈에 歡迎의 頌을 製ㅎ는 奴筆이 揚揚ㅎ야 今日의 歡迎이 纔畢(재필)에 明日의 歡迎이 又作ㅎ니 嗚呼라 風光凌凌흔 韓半島 江山에 何其 歡迎홀 것이 如此히 多ㅎ뇨 然이나 俗眼의 樂界는 佛眼의 汚土라. 彼輩의 歡迎聲中에 吾儕는 悲觀의 淚만 下홀 而已로다.

萬壹 韓日兩國이 國際上平等地位에 在ㅎ야 友誼平和를 敦睦ㅎ기 爲ㅎ

야 此等往來送迎의 節이 有ᄒ진딘 國民도 此를 歡迎ᄒ려니와 今日歡迎은 忍히 歡迎ᄒ 빈 아니거던 況壹邊에ᄂ 衛生稅 家屋稅 酒稅 艸稅 等各雜稅에 不聊生의 歎聲이 日高ᄒᄃᆡ 엇지 壹邊에 此等歡迎을 忍行ᄒ며 況壹邊에ᄂ 地方騷擾가 未靖ᄒ야 韓日人의 仇隙이 日深ᄒ야 劍戟이 相撞ᄒᄂᄃᆡ 엇지 壹邊에ᄂ 此等歡迎을 忍行ᄒ며 況壹邊에ᄂ 雨澤이 未洽ᄒ야 民情이 嗷嗷ᄒ 中 經濟恐慌이 日劇ᄒᄃᆡ 엇지 壹邊에 此等歡迎을 忍行ᄒ며 況壹邊에ᄂ 外勢가 日로 接觸ᄒᄆᆡ 農商工ㅋ界가 其影響을 受ᄒᆷ이 日甚ᄒ야 失業流離ᄒᄂ 者ㅣ 日多ᄒᄃᆡ 엇지 壹邊에 此等歡迎을 忍行ᄒ며 況壹邊에ᄂ 憂國忠義의 肝膽을 灑ᄒ고 毅然히 壹暝ᄒ 者ᄂ 其壹點不滅의 靈이 帝左에셔 彷徨ᄒ면서 無量의 眼淚를 下ᄒ야 後來國民이 國權恢復의 凱歌를 奏ᄒᆷ을 切望ᄒᄂᄃᆡ 엇지 壹邊에 此等歡迎을 忍行ᄒ리오 苟或如此ᄒ 關係를 忘ᄒ고 强히 歡迎을 作ᄒ지라도 面은 歡迎ᄒ나 心은 恨迎이며 名은 歡迎이나 實은 愮迎이니 此를 엇지 忍行ᄒ리오

然則韓國民同胞의 歡迎ᄒᆯ 빈ᄂ 何에 在ᄒ뇨

曰國民的의 敎育이 興ᄒ거던 此를 歡迎ᄒ며 愛國的의 會團이 現ᄒ거던 此를 歡영ᄒ며 文明的의 書籍이 出ᄒ거던 此를 歡迎ᄒ며 壹頑盲이 新開ᄒ거던 此를 歡迎ᄒ며 壹奴顔이 新換ᄒ거던 此를 환영ᄒ야 搖搖海船에셔 怪浪을 歡迎치 말고 彼岸을 歡영ᄒ며 炎炎火屋에 薪油를 歡영치 말고 反風을 歡영ᄒ야 平等世界에 獨立旗를 揭ᄒ며 文明國土에 自由鍾을 撞ᄒ고 韓日兩國이 禮相往來의 歡영을 設ᄒᆷ이 同胞의 切切希望ᄒᆯ 바인져

嗚乎라 此論을 迂論에 勿歸ᄒ고 發憤三復ᄒ지어다

[16] 『대한매일신보』 1909.10.07.
　　논설, 吊 漢拏山, 瀛洲生, 寄書

　　*토지 측량에 따른 한라산 점탈 관련 논설임

漢拏山은 本郡의 壹巨山이오 抑亦本國의 第三靈山(壹 金剛 二 智異 三 漢拏)이라. 白頭祖山의 泰脈을 受ᄒ야 大海上에 屹立ᄒ 者니 往古 鴻濛의 初에 高夫梁 三聖人을 降ᄒ야 全島를 敎化ᄒ야 本國을 爲ᄒ야 西南의 (…하략…)

[17] 『대한매일신보』 1910.04.05. 논설, 歐美客과 韓國人

嗚乎라 今日韓國人은 世界人交際의 權利가 缺ᄒ 國民이라 如何ᄒ 悲境이 有ᄒ야도 說與ᄒ 處가 無하며 如何ᄒ 慶事가 有ᄒ야도 同樂ᄒ 者가 無ᄒ며 아모리 天에 徹하고 地를 動ᄒᄂ 寃抑이 有ᄒ야도 哀訴를 作ᄒ 地가 無ᄒ며 아모리 山이 悲ᄒ고 水가 慘ᄒ 苦痛이 有ᄒ야도 同感을 得ᄒ 道가 無ᄒ나니 人事의 寂寞이 此에 至ᄒᄂ가

然이나 此深深苦獄中에 坐하야 可히 時時로 世界人을 得對ᄒ 一路가 有ᄒ니 卽韓國에 來遊ᄒᄂ 歐美客의 交際가 是라

彼歐美客이 千里萬里를 不遠ᄒ고 高山을 越ᄒ며 大洋을 渡ᄒ야 此風雲凄凄ᄒ 韓半島에 來흠은 彼가 徒然히 無意識의 旅行으로 白頭山鴨綠江의 風景만 縱覽코ᄌ흠이아니라 韓國의 人情國俗을 參考코져ᄒᄂ 者ㅣ 多ᄒ며 彼가 徒然히 無關係ᄒ 漫遊로 漢城이나 平壤에셔 一宿코져흠이아니라 韓國의 時勢事情을 探知코져ᄒᄂ 者ㅣ 多ᄒ며 果然韓國人의 程度가 如何ᄒᄂ지 韓國內의 現象이 如何ᄒᄂ지 韓國이 開國ᄒ 以後로 果然 文明의 旗幟를 得立ᄒ엿ᄂ지 抑或草昧의 時代를 未免ᄒ엿ᄂ지 韓國이 保護된 以後로 果然極樂域에 등ᄒ엿ᄂ지 抑或水火中에 墮ᄒ엿ᄂ지 其實象을 視察코져ᄒ며 其內情을 知得코져ᄒᄂ 者ㅣ 多ᄒ야 雙眼을 高擧ᄒ고 脣襟을 曠開ᄒ야 東亞半島國에 其足을 投흠이어늘 乃者彼가 韓國에 入ᄒ민 韓人의 面을 得見키ᄂ 曉天의 星ᄀᆺ치 貴ᄒ며 韓人의 言을 得聞키ᄂ 蜀道의 行ᄀᆺ치 難ᄒ고오즉 迎接의 禮를 勞ᄒ야 同情을 求ᄒᄂ 者ᄂ 日人쑨이며오즉 訪問의 禮를 執하야 酬應을 作ᄒᄂ 者ᄂ 日人

쑨이라 以故로 彼歐美客이오즉 日本의 仁善만 信ᄒ며오즉 韓國의 暗昧만 想ᄒ야 韓國이 挽近에 果然文明이 進ᄒ며 安樂이 作ᄒ야 韓國의 山川이 瑞光을 帶ᄒ며 韓國의 草木이 仁風에 偃ᄒᄂ줄노 思ᄒ며 韓國이 自來로 果然未開가 甚ᄒ며 無能이 極ᄒ야 國家ᄂ 自立의 能力이 無ᄒ며 人民은 自主의 資格이 缺ᄒᄂ줄노 信ᄒᄂ 者ㅣ 多ᄒ지라

鳴呼라 韓國同胞여 엇지 此를 不思ᄒᄂ뇨 同胞ᄂ 或此에 注意ᄒ야 歐美佳客이 賁然히 來하거던 可及的으로 交際의 道를 勉ᄒ지어다

同胞ᄂ 試思하라 同胞가 旣히 鐵道市港 學교等의 施設이 壯麗치못ᄒ며 家屋衣食起居等의 狀態가 光輝치못ᄒ야 足히 外國人의 耳目을 快悅치못ᄒ거니엇지 此交際ᄭ지 注意치아니ᄒ며 同胞가 旣히 國際外交의 權이 無有ᄒ며 海外遊行의 路가 困難ᄒ거니엇지 此交際ᄭ지 注意치아니하며 國交의 關係가 私交로 從出ᄒᄂ 者ㅣ 多ᄒ나니엇지 此交際를 注意치아니ᄒ리오

此問題가 비록 小ᄒ듯ᄒ나 其所及의 影響은 實로 大ᄒ며 又世界人交際의 道가 專혀 此쑨이라ᄒᆷ이아니오 此亦其一道가된다ᄒᆷ이니라

3. 학회보(잡지)

[01] 『태극학보』 제1호(1906.08.24), 東京 一日의 生活, 會員 李潤柱

[02] 『태극학보』 제2호(1906.09.24), 海水浴의 一日, 白岳生

[03] 『태극학보』 제8호~제21호, 海底旅行 奇譚,
　　　法國人 쥴스펜 氏 原著, 朴容喜(譯)12)

[04] 『태극학보』 제17호(1908.01.24), 觀菊記, 惟一閒閒子

[05] 『태극학보』 제21호(1908.05.24), 世界 風俗誌, 文一平 譯述

[06] 『태극학보』 제21호(1908.05.24), 莊園訪靈, 抱宇生

[07] 『태극학보』 제23호(1908.06.24), 遊 淺草公園記, 松南 春夢

[08] 『태극학보』 제23호(1908.06.24), 東西 氣候 差異의 觀感, 觀海客

[09] 『태극학보』 제24호(1908.09.24), 遊日比谷 公園, 春夢子

[10] 『서우』 제11호(1907.10.01), 博覽會, 金達河

[11] 『서우』 제11호(1907.10.01), 新嘉坡의 植物園談

[12] 『공수학보』 제1호(1906.01.31), 旅窓에 感循環理, 揚致中

[13] 『공수학보』 제2호(1907.04), 橫須賀 有感, 豊溪生 姜筌

[14] 『대학흥학보』 제2호(1909.04)~제4호, 觀日光山記, 斗山人 尹定夏 (3회)

[15] 『소년』 제1권 제1호(1908.01)~제2호, (광고) 小人國 漂流記 (2회)

[16] 『소년』 제2권 제2호~제2권 제7호, 로빈손 無人 絶島 漂流記 (5회)

[17] 『소년』 제1권 제1호(1908.11)~제3권 제3호(1910.03),
　　　快少年 世界周遊 時報 (7회)

[18] 『소년』 제2권 제1호(1909.01)~제2권 제2호,
　　　現世界 最大 踏査家 헤딘 博士의 略歷 (2회)

[19] 『소년』 제2권 제1호(1909.01)~제4호,
　　　六朔一望間 搭冰 漂流談: 北極 探險 事蹟 (4회)

[20] 『소년』 제2권 제6호(1909.07), 快男兒의 消遣法: 最新 南極 探險家

[21] 『소년』 제2권 제7호(1909.08)~제9호, 半巡城記(上), N.S. (3회)

[22] 『소년』 제2권 제7호(1909.08), 執筆人의 文章

[23] 『소년』 제2권 제8호(1909.09)~제2권 제10호, 嶠南鴻爪(교남홍조),
　　　公六 (2회)

[24] 『소년』 제2권 제10호(1909.11), 平壤行, N.S.

[25] 『소년』 제3권 제2호(1910.02), 태백산 시집

[26] 『소년』 제3권 제6호(1910.06), 썩긴 솔나무

[27] 『소년』 제3권 제6호(1910.06), 北極 到達 兩大 快男兒: 北極 探索 史蹟

[28] 『소년』 제3권 제7호(1910.07), 題辭

[29] 『소년』 제3권 제8호(1910.08), 天主堂의 層層臺

---

12) 이 글은 쥘베른의 〈해저2만리〉를 대상으로 역술한 글이다. 기행 소설을 번역 편술했다는 점, 이 작품에 대한 최초의 역술이라는 점에서 의미가 있다. 역자의 번역 태도와 인지명 표기 방식을 천명한 것도 의미 있는 일이다. 제8호에 역술자의 의도를 한문으로 밝혔고, '보는 사람이 주의할 사항'을 네 가지로 정리했다. 역술자 박용희는 '자락당(自樂堂)', '모험생(冒險生)'이라는 필명을 사용하기도 했으며, 『태극학보』에 역사, 기담을 역술 등재했는데, '비스마르크', '시저'의 이야기도 포함되어 있다. 연재는 21호까지 11회에 걸쳐 이루어졌으며, 미완의 상태이다.

[01] 『태극학보』 제1호(1906.08.24). 東京 一日의 生活, 會員 李潤柱[13)]

　冊床우에 노아둔 醒寐鍾이 씽씽 六點을 報ᄒᆞᄂᆞᆫ 聲에 忽然이 잠을 ᄭᆡ니 窓外에 喧嘩ᄒᆞᄂᆞᆫ 人馬聲이며 먼 길에 通行ᄒᆞᄂᆞᆫ 電車소리 人力車 소리 쑬쑬쑬쑬쑬 人事의 多忙을 告ᄒᆞ더라. 두 눈을 부븨고 이러나셔 寢褥를 收藏ᄒᆞᆫ 後 窓門을 開放ᄒᆞ고 洗手를 畢ᄒᆞᆫ 後에 房에 도라오니 下女는 발셔 食卓을 排列ᄒᆞ고 朝餐을 準備ᄒᆞ엿더라. 味噌汁(토장쪽)菁沈菜로 淡泊ᄒᆞᆫ 食事를 纔畢ᄒᆞ니 隣室壁上에 걸닌 時鐘 七點을 鳴打ᄒᆞ더라. 卽時 日服을 脫ᄒᆞᆫ 後에 洋服을 換着ᄒᆞ고 어젯밤에 亂雜히 버려둔 冊子를 整頓ᄒᆞ며 本日 學校셔 授業할 教科書ㅣ 幾卷을 冊보에 ᄭᅮ려ᄭᅵ고 點心을 ᄲᅡᆺᄃᆞᆫ 後에 門外에 썩나시니 旭日은 東天에 三竿인데 집집이 場園洒掃와 一日準備에 紛忙ᄒᆞ며 官人 商人 職工 等은 各自의 事務處所를 向ᄒᆞ야 奔忙ᄒᆞ고 滿衢의 男女學生은 接踵來往ᄒᆞ야 各其 學校길을 急ᄒᆞ드라.

　學校에 到達ᄒᆞ니 四處에셔 從來ᄒᆞᄂᆞᆫ 幾百學徒가 爭先雲集ᄒᆞ야 十分 假量 休憩ᄒᆞ고 上學鐘을 기다려 一齊 室內에 드러가 少時後에 教師가 臨席禮畢ᄒᆞ고 講說을 始ᄒᆞ니 此 時間은 卽 西洋歷史科라. 題目은 佛國 革命時代니(自西歷一七八九年 至一八一五年)佛王 路易 十六世代에 至ᄒᆞ야 佛國의 財政이 益益困難ᄒᆞ민 名士 츄ー루고넥ー커 等이 相議ᄒᆞ야 財政方策을 改革코져 ᄒᆞ다가 貴族과 僧侶의 妨害를 遇ᄒᆞ야 如意치 못ᄒᆞ고 캐ーᄅ론의 召集ᄒᆞᆫ 바 縉紳會도 好結果를 不擧ᄒᆞ민 評議會는 國政 改革의 急務를 上言不已ᄒᆞᄂᆞᆫ 句節로 起說ᄒᆞ야 國會의 召集ᄒᆞᆫ 事由며 革命의 發端과 市民이 激仰一擧ᄒᆞ야 ᄲᅢ스칠獄을 破壞ᄒᆞᆫ 情形이며 國民會議의 進行과 新憲法의 制定 等으로 滔滔數千言 當時 佛國의 亂脈과

---

13) 도쿄에서 유학생활을 하면서 보낸 하루의 기록: 수업하는 모습, 여관의 모습, 학생들의 모습 등을 기록함.

貴族 僧侶의 跋扈와 下民의 慘狀을 況然可想ᄒ깃더라. 破學鍾이 셩셩셩 셩셩셩.

每時間마다 十分式 休ᄒ 後에 數學 物理 地理 等科로 正午ᄭ지 受學 ᄒ고 午砲소리와 갓치 休學鍾이 亂鳴ᄒ니 正年로부터 零時 半 三十分間 은 點心時間으로 許與홈이라. 各自 携帶ᄒ 點心을 喫畢ᄒ 後에 運動場 에 亂散ᄒ야 或 體操 或 遊戲로 精神을 活潑히 ᄒ고 少許後 開學鍾이 更鳴ᄒ민 運動場에 齊會ᄒ야 兵式體操를 訓練ᄒ고 餘課를 畢ᄒ 後에 二點半 廢學鐘에 學校門을 退出ᄒ야 各其 宿所로 散歸ᄒ더라.

旅舍에 도라와 衣服을 換着後에 沐浴을 畢歸ᄒ니 身體가 疲勞를 少覺 ᄒ깃더라. 一時間 靜息ᄒ야 五點量에 晩餐을 畢ᄒ고 木履短節으로 消風 兼不忍池(東京上野公園下 池名)를 向ᄒ니 大道兩邊에는 萬點燈光이 如 晝ᄒᄂ데 晝間에는 如許히 忙殺ᄒ든 全般 社會도 一日의 業務를 다ᄒ고 凉天을 乘出ᄒ야 屋外에 散策ᄒᄂ 者 兩兩三三으로 人山人海를 遍成ᄒ 고 商店과 演劇場 等에셔는 呼客聲이 頻繁ᄒ더라.

緩步로 逍遙ᄒ야 池畔에 다다르니 滿池蓮葉은 靑靑ᄒᄂ데 紅花은 點點 ᄒ야 香氣를 吹送ᄒ고 걷는 便 公園에셔는 男兒立志出鄕關學若不成死 不還을 高聲朗吟ᄒᄂ 소리 心神이 快活ᄒ야 頓然이 我를 忘ᄒ고 池畔에 徘徊터니 上野山 외로운 결에 七點을 報ᄒᄂ 쇠북소리 隱然이 蒼林속 으로 쑹쑹쑹쑹쑹쑹.
書窓에 도라와 耿耿寒燈下에 書床을 對坐ᄒ고 이것져것 學科를 自習 ᄒ며 明日學校課工을 多少預備ᄒ니 夜已十點에 萬籟皆息이라. 玆에 一 日學業을 庶畢ᄒ고 디듸여 天地의 秘密로 더부러 接合.

[02] 『태극학보』 제2호(1906.09.24). 海水浴의 一日, 白岳生[14]

八月 十九日(晴)

早朝五點에 이러ᄂᆞ 簡短히 遠足準備를 畢ᄒᆞ고 朝餐을 喫ᄒᆞ 後에 同居 三人이 伴行ᄒᆞ야 昨日預期와 갓치 六點頃에 太極學校에 往到ᄒᆞ니 先着 ᄒᆞ 會員이 발서 十餘名이오 後로 追到ᄒᆞ는 會員이 七時頃에 及ᄒᆞ민 合 二十七名에 達ᄒᆞ더라. 一同이 同道ᄒᆞ면 到底이 一電車에 搭乘키 難ᄒᆞ리 니 各自 隨便發往ᄒᆞ야 品川을 經由ᄒᆞ여 大森停車場에서 相待會合ᄒᆞ자 結約ᄒᆞ고 各自의 點心이며 預備로 貿來ᄒᆞ 菓子 牛乳 等物을 齊齊分擔ᄒᆞ 後에 三三五五로 幾隊를 編成ᄒᆞ야 海水浴遠征地로 發向ᄒᆞ니라. 崔友錫 夏君과 余ᄂᆞ 太極學報發刊事로 印刷所에 交涉ᄒᆞᆯ 事末이 有ᄒᆞ야 直行치 못ᄒᆞ고 銀座街 該活版所에 暫寄ᄒᆞ엿다가 다시 電車를 乘ᄒᆞ고 新橋驛을 經ᄒᆞ야 品川(東京電車의 終點)에 至ᄒᆞ니 紅日은 朝霧를 披脫ᄒᆞ고 海面 上에 놉히 걸녀 嚴酷ᄒᆞ 光線을 直射ᄒᆞ더라. 余ᄂᆞ 身體도 少困ᄒᆞ고 炎熱 이 太甚ᄒᆞ니 京濱鐵道를 乘ᄒᆞ고 直往ᄒᆞ사 主張ᄒᆞ며 崔友ᄂᆞ 遠足兼徒步 로 試往ᄒᆞ자 主張ᄒᆞ고 互相不下ᄒᆞ야 停車場附近에서 躊躇彷徨ᄒᆞᆯ 際에 先發ᄒᆞ엿든 一隊가 電車의 遲延ᄒᆞᆷ으로 晩到追及ᄒᆞᆷ을 相遇ᄒᆞ야 徒步로 目的地를 向ᄒᆞ니라.

或吟 或歌ᄒᆞ며 前呼後應ᄒᆞ야 左로ᄂᆞ 一望無際ᄒᆞ고 水面이 如鏡ᄒᆞ 東 京灣內에 林立ᄒᆞ 漁船과 來往ᄒᆞ는 輪船의 活畵를 望觀ᄒᆞ고 右로ᄂᆞ 大野 平地에 稻苗黍菽等 穀物의 靑靑ᄒᆞ 快景을 望ᄒᆞ면서 三里 四里 五里許를 進行ᄒᆞ니 路傍一村店에서 梨子 桃子 水菓 等을 山갓치 積置ᄒᆞ고 來往人 을 誘入ᄒᆞᄂᆞ 處所가 有ᄒᆞ더라. 此店에 入ᄒᆞ야 水菓 二個를 七十錢에 買

---

14) 백악생은 장응진. 소풍하며 느낀 것을 기록한 일기. 최우석과 동행함.

得ᄒ니 此는 西國種이라 其 大와 重量이 我國 것에 比ᄒ면 實로 想像外에 出ᄒ도다. 此를 輪次로 肩上에 擔荷ᄒ고 汗顔을 頻拭ᄒ면서 大森停車場에 到達ᄒ니 先着隊는 一軒氷水店을 占領ᄒ고 後隊의 到着을 苦待ᄒ는 모양이더라. 店內에 爭先突入ᄒ야 各氷水一杯로 窮渴을 纔醫ᄒ고 小憩後에 一齊海水浴場에 다다르니 各店頭에서 迎賓送客ᄒ는 소릭 處處에 들리더라.

元來 此處는 東京 市内에서 限二十韓里隔地라. 海水가 汚濁ᄒ야 沐浴에는 適當치 아니ᄒᄂ 營業者等이 處處에 浴場을 區劃ᄒ고 邊岸으로는 料理店과 露幕을 配設ᄒ야 東都士女의 一日煩襟을 洗淸케 ᄒ이니 浴場 賃는 一名에 一日 下等五錢 上等十錢 假量이더라.

從容ᄒ 處所를 차즈랴고 이곳저곳 단이다가 最後에 一露店에 드러가니 男女老少 浴客이 欄干에 充滿ᄒ엿는데 下女의 引導로 一隅에 占座ᄒ야 一獨立國을 宛成ᄒ고 浴衣를 換着後에 層階를 下ᄒ야 爭先水中에 投入ᄒ니 此時는 方今 退潮ᄒ 씨라. 處處에 游泳ᄒ는 士女는 如雲ᄒ데 水際限三里許周圍에는 旗竿을 樹立ᄒ야 此外에는 出泳ᄒ을 禁止ᄒ고 ᄯ 萬一의 危險을 計ᄒ야 四面에다 救助船을 配置ᄒ고 外海에는 水上警察署에서 派遣ᄒ 巡廻船이 上下ᄒ야 浴客의 保護를 注意不怠ᄒ니 國家의 人民을 保護ᄒ이 如此周到ᄒ은 實로 驚歎ᄒ 만 ᄒ더라. 我隊도 先進後驅ᄒ야 游泳 水戰 或 採蛤 等으로 快樂을 相極ᄒ니 此中에 가장 興味를 助長ᄒ는 者는 海底에 介蛤이 遍滿ᄒ야 此를 採集ᄒ는 快味드라. 如此히 半日을 消盡ᄒ고 正午頃에 本陣에 撤還ᄒ야 點心을 喫ᄒ 後에 一部隊는 即時 乘勢再入ᄒ야 游躍이 倍前ᄒᄂ 余는 四肢가 疲困ᄒ야 風欄에 暫依터니 忽然 萬斛의 悲感이 涓涓湧出.

回憶ᄒ면 六年昔此季節에 余의 가장 敬愛ᄒ든 金友와 某某親友로 肝膽을 相披ᄒ고 鬱懷를 相慰ᄒ며 且飮且浴ᄒ야 淸快의 一日을 消遣ᄒ도

쏘흔 이 ㅣ곳이로다. 風景은 依依ᄒ야 舊容을 不改흔데 人事는 蹉跎ᄒ야 昨昔이 幼夢이라. 嗚呼라 余의 親愛ᄒ든 金友여 其時 慷慨相照ᄒ든 徹天의 抱負를 一分의 發現도 果흠이 無ᄒ고 속결업시 不歸의 旅路를 …………..

切切喚起ᄒ야 此에 至ᄒ미 無量의 慨懷가 胸間을 迫壓ᄒ야 熱淚의 潛下를 不覺ᄒ깃더라. 午後 二點頃에 다시 浴場에 드러가 餘興을 更盡ᄒ니 上潮ᄂ 千兵萬馬의 勢로 미러든다. 白鷗ᄂ 翩翩ᄒ고 火鳥는 西飛레라. 菓子 水菓 等物의 餘分을 喫盡ᄒ고 採集흔 介蛤을 一包식 쑤려든 後 乘車歸路에 就ᄒ니 樹稍의 걸인 烟氣ᄂ 暝色을 助生ᄒ고 먼 ㅣ山에 도라가는 가마귀 신옥신옥.

[03] 『태극학보』 제8~21호. 海底旅行 奇譚, 法國人 슐스펜 氏 原著, 朴容喜(譯)[15]

▲ 제8호(1907.4), 法國人 슐스펜[16) 氏 原著 朴容喜(譯) 海底旅行

---

15) 이 글은 쥘베른의 〈해저2만리〉를 대상으로 역술한 글이다. 기행 소설을 번역 편술했다는 점, 이 작품에 대한 최초의 역술이라는 점에서 의미가 있다. 역자의 번역 태도와 인지명 표기 방식을 천명한 것도 의미 있는 일이다. 제8호에 역술자의 의도를 한문으로 밝혔고, '보는 사람이 주의할 사항'을 네 가지로 정리했다. 역술자 박용희는 '자락당(自樂堂)', '모험생(冒險生)'이라는 필명을 사용하기도 했으며, 『태극학보』에 역사, 기담을 역술 등재했는데, '비스마르크', '시저'의 이야기도 포함되어 있다. 연재는 21호까지 11회에 걸쳐 이루어졌으며, 미완의 상태이다.

16) 쥘베른(Jules Verne, 프랑스어 발음 [ʒyl vɛʁn] 1828년 2월 8일~1905년 3월 24일)은 프랑스의 과학 소설 분야를 개척한 작가이다. 그는 『지구 속 여행』(1864), 『해저 2만리』(1870), 『80일간의 세계 일주』(1873)와 같은 소설로 유명하다. 베른은 이미 비행기나 잠수함, 우주선이 만들어지고 상용화되기 전에 우주, 하늘, 해저 여행에 대한 글을 썼다. 'Index Translationum'에 의하면, 그의 작품은 개인으로서는 세 번째로 가장 많이 번역되었다. 그의 몇몇 작품은 영화화되었다. 베른은 휴고 건스백, H. G. 웰즈와 함께 '과학 소설의 아버지'로 불린다. 출처: 〈다음백과〉

譯述

余嘗愛稗史野說其所閱眼之漢籍洋書數頗不尠 而舉皆失於虛飾馳於空
想 且非淫則俗至於挽回世俗之道 誠無以爲料是可歎惜. 近讀佛國 文士
슐스펜氏 所著〈海底旅行〉則其言論之玲瓏璀璨 廻奇獻巧不啻脫乎塵臼
娛悅耳目 亦足以令人 有取始自閒話誘入眞理 更自汎論導達哲學似虛而
實 非空伊完 且明辨其善惡邪正之結果間引理學之奧旨 及博物之實談 而
縷分毫柝咸屬正雅 其於扶植世歪 亦可有萬一之效. 故玆以牛豹之見聊思
一蠡之助摘其要 而譯其意備供僉眼其或勿咎則幸甚

나는 일찍이 패사와 야설을 좋아하여 한적 양서에서 찾아본 것이 적지
않은데, 대개 허식과 공상에 치달아 실망하거나 또 음란하지 않더라도 풍속
이 세독의 도를 만회하는 데 진실로 쓸 만한 것이 없어 이를 안타까워했다.
근자에 프랑스 문사 슐스펜 씨가 지은〈해저여행〉은 곧 그 언론이 영롱하고
빛나니 돌이켜 속세를 벗어나 이목을 즐겁게 함이 적지 않으며 또한 사람으
로 하여금 한담으로 시작하여 진리에 들게 하니, 다시 무릇 철학으로 이끌어
허허실실하여 공변되지 않으며, 또한 선악과 사정(邪正)을 밝혀 그 결과 이
학(理學)의 심오한 취지에 이르게 하며, 아울러 박물(博物)의 실제 담론과
자세한 분석은 정아함에 미치며, 세상에 미치는 힘이 또한 가히 만일의 효과
가 있을 것이다. 그러므로 이에 반표(牛豹)의 눈처럼 좀먹듯이 그 대요를
발췌하고 그 의미를 번역하여 여러분께 제공하니 이를 보고 탓하지 않으면
다행으로 알겠습니다.

覽者注意(보는 사람이 주의할 바)

一 本文 中에 說明을 加할 必要가 有한 時에는括弧( )「」를 用홈.
二 學文上有助호 說明을 要할 時에는(米)(○)(十) 等 表占을 其 學名 及
　物名右邊에 附호고 其 說明은 他桁에 書호되 但 本文보다 호 즈를

153

닉려써셔 本文 及 說明에 區別을 定홈.

三 地名 山名 及 國名에는 其 右邊에 符票(一)를 人種 及 人名에는 符票 (一)를 附홈.

四 本文 中에 (一八〇〇 — 一八九三)를 書홈은 西曆 千八百年으로 千八百 九十三年을 代表홈이니 其他난 倣此홈.

五 本文 中에 (北三〇 — 東八三)이나 (南七二 — 西二八)은 卽 某國 쏘난 某物이 北緯 三十八度 東經 八十三度間이나 南緯 七十二度 西經 二 十八度間에 在홈을 表示홈이니 其他는 倣此홈.

第一回 海妖出沒浪激覆船 傑士艱難溟滄爲家

天地가 闢ᄒ여 日月이 麗ᄒ고 江山이 分ᄒ여 水陸이 定이라 天生地靈 ᄒᄉ 爰司萬物ᄒ시니 宇內到處에 勘無其跡矣로다. 迨今文明이 倍進에 地理上 發見이 不知基數而十九世紀 叔世에 有一大理想的 外之事ᄒ니

話說印度 南方에 大洋洲라 名稱ᄒᄂ 一大洲가 有ᄒᆫ데 四面은 海洋에 圍繞ᄒ야 渺茫ᄒᆫ 滄溟은 幾萬里蒼空에 相連ᄒᆫ지 倪涯가 無限ᄒᆫ 듯ᄒ고 洶湧ᄒᆫ 波濤은 岩礁에 撞衝ᄒ야 百雷가 俱轟에 天神이 怒吼ᄒᄂ 듯 于 中猛鷲悍鳶은 攪鳥捕魚에 翔空棲崖ᄒ며 鯨群鮫族은 東走西逐에 山崩川 鬪ᄒᄂ 듯 ᄒ며, 쏘 一邊으론 大氣가 潯溫에 和靄가 滿天ᄒ며 水連空月 低水에 金華洞天銀世界에 屹立ᄒᆫ 듯 ᄒ다가도 忽然 黑漠漠雲飛ᄒ고 滄 溟溟海湧氣嘯에 颶風이 乍起ᄒ며 暴雨가 驟作ᄒ야 心身이 阿鼻地獄에 墮落ᄒᆫ 듯ᄒᆫ, 이 自然界의 景光을, 참 形喩키 難ᄒᆯ너라.

本洲가 ᄒᆫ번 葡萄아人에 發見ᄒᆫ 빅 된 後로 白哲人의 出入이 連絡不 絶ᄒ더니 千八百六十六年 七月旬頃에 一群漁夫가 海岸에 蝟集ᄒ야 漁 具를 整備ᄒ고 灣外에 漕出코져 ᄒᆯ 際에 忽然 海上에 一怪物이 現出하 ᄂ딕 動如魚走如獸而非魚非獸며 首尾가 尖銳에 形如鐵鍼ᄒ고 進退左 右가 如箭似星에 指目키 難ᄒᆯ너니, 쏘 閃光이 瞥輝에 非電非燐이라 漁

夫 等이 大驚小怪ᄒ야 瞪呆顧眄ᄒᆞᆯ 쑨이러니 內에 年老ᄒᆞᆫ 一漁夫가 일너 曰 吾儕가 일즉 드르미 昔日 歐洲 北端 노-웨(諾威)海岸에 一奇異ᄒᆞᆫ 白蛇가 現出ᄒ야ᄂᆞᆫᄃᆡ 長이 數百尺이요 尾力의 强大ᄂᆞᆫ 五六百噸의 船隻이라도 容易이 飜覆ᄒᆞᆫ다 ᄒᆞ고, 또 드른즉 印度의 土人은 이를 敬畏ᄒ야 雨神이라 稱ᄒᆞ고 乾旱ᄒᆞᆫ 時節에ᄂᆞᆫ 이것에 祈雨ᄒᆞᆫ다더니, 이 怪物이, 그 白蛇가 아니뇨 ᄒᆞ미 衆漁夫가 다-唯唯ᄒᆞ더라 以後로 該怪物이 太平洋 上과 亞多羅(大洋洲 近海)海邊에 出沒ᄒ야 作弊가 尤甚ᄒᆞ미 歐米 諸國間에 風說이 紛紜ᄒ야 航家船客이 東洋에 遠渡ᄒᆞᆷ을 危懼ᄒᆞ며 博學措大의 論評이 不一ᄒ야 或은 浮礁라 或은 魚族이라 或은 獸類라 互相 主張ᄒ야 다ᅵ 怪物을 探出코져 熱望ᄒᆞᆯ 際에 千八百六十七年 二月 上旬에 또ᄒᆞᆫ 飛報가 歐洲에 達ᄒᆞᆫ지라 其 報에 曰

「英船 스코시아가 亞多羅海ᄅᆞᆯ 通過ᄒᆞᆯ 時에 瞥眼間 一怪物이 衝突터니 天幸沈沒의 地境은 免ᄒᆞᄂᆞ 船底에 略二「야-드」直徑의 穴隙을 生ᄒ야 千辛萬苦로 겨우 本國에 得達ᄒ얏다 云云」此 報가 一傳ᄒᆞᆫ 後로 魚獸의 說이 一變ᄒ야, 이ᄂᆞᆫ 潛水艇의 所爲라 ᄒᆞ고 다ᅵ 除害ᄅᆞᆯ 硏究ᄒᆞ더니 年久月深에 被害가 愈甚ᄒ야 飜覆ᄒᆞᆫ ᄇᆡ 船隻이 임의 數千艘에 達ᄒᆞ미 米洲人士가 十分激昻ᄒ야 金丘銀山을 蕩盡터릴도 逐跡除滅키로 決定ᄒᆞ더라.

却說 이ᄯᅢ 佛國에 一個 秀才가 有ᄒᆞ니 名은 아론낫구스라. 先天的 聰明이 凡人에 超越ᄒ야 名聲이 一國에 震動ᄒᆞ고 特히 博物學에 有名ᄒᆞᆷ으로 巴里府博物館長으로 本國政府에 命令을 受ᄒᆞ고 플이米洲에 赴ᄒ야 新世界의 動 植 鑛物 等 採收에 從事타가 深山幽谷에 跋涉ᄒᆞᆫ지 半餘年 後에 千八百六十七年 三月 下旬頃에 니-우욕(紐育)市에 達ᄒ야 歸國船便을 姑待ᄒᆞᆯᄉᆡ 當時 市中到處에 怪物의 風說이 狼藉ᄒᆞᆫ지라 氏가 暗思 曰 余가 館長初任時에 「海底秘密」一卷을 著ᄒᆞᆫ 後로 博學多識의 名聲이 一世에 震動ᄒᆞᆫ즉 今般 本國에 歸ᄒᆞᆫ 後론 該事件에 對ᄒ야 來問者도 不少ᄒᆞᆯ지며 此 怪物이 非常ᄒᆞᆫ 速力이 有ᄒᆞ다ᄂᆞᆫ 世論을 據ᄒᆞᆯ진댄 浮礁의

說은 不可信이요 船舶之說이 有可信이ᄂ 當今 烈强이 倂力討滅홈을 無
不渴望홈을 推察컨디 其 秘密이 ᄯ혼 疑呀혼지라. 然則 余의 所見으로
ᄂ 廣闊혼 大洋에 如何혼 動物과 如何혼 魚族이 棲息ᄒᄂ지 固所難知며
第一은 動物界의 理想과 第二ᄂ 學理上 實地로 推測컨디, 이ᄂ 犀屬의
所爲에 不出ᄒ도다. 云云혼 一說을 同洲 某新聞에 請求를 依ᄒ야 一日
記載ᄒᄆ 合衆國人士가 無不稱嘆信依ᄒ고 米國政府도 同氏의 說을 信
ᄒ고 卽時에 拔先討滅에 從事코져 ᄒ야 同國 第一等 軍艦 아부라함, 린
고룬號를 派遣키로 決定ᄒ얏더니 爾後로 怪物出沒의 報告가 頓絶ᄒ야
略 二個月間 無消息이러니 六月二日 桑港發 上海行 某號가 該 怪物을
太平洋上에 發見혼 報告가 飛到ᄒᄆ 同月 十日가지 解纜키로 決定ᄒ고
石炭 糧食 及 其他 武器를 無不備載ᄒ니라. 이ᄯ 아론낫구스氏가 怪物
消息에 對ᄒ야 正是궁굼이 잇더니 六月 七日 米國 海軍卿 某氏로 一封
書翰이 來到ᄒ얏ᄂ디 其 內開에 曰

僕은 貴公에 一封書翰을 送呈ᄒᄂ 光榮을 得ᄒ노라. 現今 我政府에서
海中怪物을 討滅ᄒ고 宇內國民의 患難을 救濟코져 ᄒ야 軍艦 린고룬號
를 派遣ᄒ오니 貴下도 學術上 硏磨에 對ᄒ야 該討滅事의 一部分을 擔當
ᄒ사 忘勞相助ᄒ시면 弊國은 艦長 팰로-에 命令ᄒ야 貴下를 代理官으
로 相待ᄒ깃ᄉ오니 照諒.
　　　合衆國 海軍卿 쩨쎄, 하부손 頓
　　　巴里 博物館長 아론낫구스 閣下

氏가 讀了에 暗想 曰 몸이 國命을 承ᄒ고 天然物採收키 爲ᄒ야 米洲
에 來ᄒ얏다가 國命을 不待ᄒ고 輕率이 去就홈도 不可ᄒᄂ 千載一會라
時乎時乎不再來라. ᄒ고 卽時回謝一封을 修혼 後에 多年手足과 갓치 부
리던 콘셀을 불너 일너 曰 余ᄂ 只今 米廷의 照會에 應ᄒ야 장찻 海洋萬
里에 漂流홀 터이니 汝ᄂ 乃公의 累月勞神焦思혼 바 採收標本을 가지고
歸國ᄒ야 博物館에 傳送ᄒ라 ᄒᄂ 말이 未了에 콘셀이 熱淚가 滿眶ᄒ

고 목이 미여 對答 曰 僕이 相公에 從事흔지 임의 十餘年에 至今가지 相離흔 일이 읍거늘 只今 相公의 杳茫흔 滄溟과 危險흔 討滅에 航海흐는 째를 當흐야 木石이 아니거던 豈可相捨흐오리가. 흐고 隨行을 懇請흐는지라(彼以一奴, 尙能如此, 況乎世食國錄者哉如使今古東西世食國錄. 而尙有不厭 欺君罔上 買國蠧民者. 有眼覽此. 必不免羞死愧倒於幽冥現世矣)아氏가 코셀의 衷情을 察흐고 不得已 許諾흐민 콘셀이 欣天歡地흐더라.

且說 아론낫구스가 採收標本을 郵便船에 托흐고 主僕兩人이 埠頭에 至흐야 艦長 펠로ー에 面會를 請흔즉 艦長 以下가 아氏의 主僕을 歡迎흐야 極眞이 寬待흐더라.

話說 린로룬號가 하도손灣을 出發흘세 째는 빗긴늘 西山에 煙霞는 徐起흐고 淡雲이 蔽天에 淸凉을 可掬흘너라. 汽笛소리 뚜뚜흐더니 山川이 動흐며 潋漪가 起흐고 埠頭의 萬歲소리는 임의 들이지 안코, 비는 벌셔 灣外에 達흐얏더라. 아氏가 콘셀과 甲板上에셔 往來眺望타가 콘셀더러 일너 曰, 이 軍艦에 準備흔 器具를 觀察흐건듸 無所不備는 可惜타 水中에는 <44>大砲 千放이 一力士의 千鈞의 漁叉에 不及흐는듸 奈何오.흐고 船頭를 回顧흔즉 艦長 펠로ー邊에 一個 容貌가 傀偉흔 壯士가 섯는듸 威風이 凜凜에 膂力의 發達이 孟賁烏獲에 超過흘 듯 흔지라 콜셀로 흐야금 水夫더러 審問흔즉 該漢의 姓名은 넷드란드니 加那多洲人이라. 力能拔山흐고 性本豪俠흐며 또 漁獵에 巧妙흐야 一投之下에 能斃巨鯨흐는 力士인듸 今次 自願을 依흐야 同乘흠이라흐는지라 아氏가 十分欣喜흐더라. 째에 乘艦一同이다ー 相喜흐야 曰 學家에는 臨機應變에 進攻退禦의 謀策을 講籌흘 아론낫구스氏가 有흐고 勇士에는 力能拔山에 一投斃鯨흐는 넷드란드氏가 有흐고 艦長에는 精通航術에 進退如意흐는 펠로ー氏가 有흔즉 此 三傑이 乘船흔 以上에는 비록 該 怪物이 乘天入地흐는 不足念慮라흐고 各自鼓勇舞氣흐야 該 怪物發見흐긔만

時望分待ᄒ더라.

▲ 제9호 (1907.5.3) 第二回 乘衆皷勇

却說 린고룬號가 ᄒ도손灣을 出發ᄒ야 亞多羅洋으로 眞向ᄒ야 一向
怪物搜索에 熱中ᄒᆯ시, 씩에 艦長 팔로-가 下令 曰 勿論 某人ᄒ고 怪物
發見者에ᄂ 賞金 二千弗을 給ᄒ리라 ᄒᄆᆡ 乘艦一同이 無不激勵ᄒ야 或
은 肉眼으로 或은 望遠鏡으로 不分晝夜ᄒ고 遠眺近探ᄒ며 아氏 主僕도
賞金에 貪着흠은 아니나 最初 目的을 達코져 ᄒ야 彼此 或 巖礁에 撞碎
ᄒᄂ 白浪과 遠距離에 出沒ᄒᄂ 鯨群을 怪物로 誤認흠도 非一非再러라.
於焉之間에 力士 넷드란드와 相親ᄒ야 彼此 蘭頗之誼로 相愛相慕ᄒ며
間間 넷氏의 北氷洋 猛獸毒魚의 討滅ᄒᆫ 景況도 採問ᄒ더라. 六月 三十
日에 某處에 達ᄒᄆᆡ 米國 捕鯨船 몬로-號 船長이 린고룬號에 來請ᄒ기
를 同號가 四五日間來 一群 巨鯨를 進擊ᄒ나 漁叉가 不透에 勢可難捕인
ᄃᆡ 드른즉 貴艦의 넷氏ᄂ 天下力士오 漁叉의 善手라 ᄒ니 暫時 그 才能
을 借得ᄒ기를 切望ᄒ노라 ᄒᄂᄃᆡ 잇씩ᄂ 正是 乘艦一同이 넷氏의 技
能을 一見코져 ᄒ던 씩라 다ᅵ 搏手喝采ᄒᄂ지라 넷氏가 即時 便船에
移乘ᄒ야 千斤의 漁叉를 左支右攀ᄒ고 巨鯨을 追尾ᄒ야 霎時間에 狙投
터니 其 心臟를 貫徹ᄒ야 即地立斃ᄒ고 쏘 再擊之下에 連斃數頭ᄒᄆᆡ
兩隻一同이 無不稱揚ᄒ더라. 七月 六日 午後 三時頃에 南米洲 南端 호
른 岬에 達ᄒ야 다시 太平洋 搜索에 從事ᄒ나 怪物은 一向藏跡ᄒ야 去
處가 杳漠ᄒ지라 彼此間 十分 注意ᄒ야 或 水面에 浮上ᄒᄂ 魚族의 背
面과 天涯에 現出ᄒᄂ 龍卷에 迷惑ᄒᆫ 일도 枚陳키 難ᄒᆯ너라.

龍卷은 颶風이 驟作ᄒ야 水波를 空中으로 卷上ᄒᄂ 現象이니 大槪
夏節에 我國人이 (龍 오른다 흠은)이 現象를 誤認흠인 듯.

如此이 린고룬號가 赤道直下 經度 百十度를 經ᄒ야 太平洋 中央을

158

歷探호 後 支那日本 及 朝鮮海邊을 —— 覓出홀시 애氏는 심심破寂으로
콘셀과 넷氏로 다부러 韓日淸의 歷史를 槪論ᄒ야 曰 져 淸國은 古來에
偉人 傑士가 不少ᄒ나 數千年間 專制之下에 士氣가 浸滯ᄒ고 民心이
離散ᄒ며 政虐吏奸에 怨情이 滿腔ᄒ야 個人的 主義에 一般 傾向ᄒ 고로
自然 國自國 民自民ᄒ며 君自君 我自我ᄒ야 以世界 四分之一 以上 人數
로 城下之盟과 發塚之辱을 不免ᄒ니 可憐ᄒ며, 이 朝鮮도 數千年來 支
那風에 同化호 바 되야 弊風惡習을 形喩키 難홀 샏더러 終始 支那의
屬隸로 獨立의 思想을 專失ᄒ야 該國國士 乙支文德梁萬春金庾信李舜臣
朴堤上 等의 精神은 小無ᄒ고 所謂 上等社會는 狐假虎勢之格으로 漁民
虐氓은 目不忍見이며 所爲 事業은 買春花鬪로 子寢午起요 恐喝號令으
로 討索賄賂而已며 且 其 下等社會는 奔命不及으로 更無餘地ᄒ야 一同
이 國民的 精神을 沒却호 고로 往來홈이 등신 一般일 샏더러 世界潮流
가 如何이 變動홈도 不知ᄒ고 但只 高談峻論으로 악가운 歲月만 虛送ᄒ
니 未久에 必然 外國의 蹂躪됨은 姑捨ᄒ고 內國의 富源과 外洋의 財泉
은 다ㅣ 他人의 手에 歸홀지며 非但 止此라. 如此터라도 尙未悟覺ᄒ는
時에는 滅亡의 怒濤에 卷去ᄒ는 빈 되리니 哀홈다. 그러나 聖經에 일너
시되 信ᄒ라 我를, 信ᄒ는 者는 永久의 福을 바들지며 歸依ᄒ라 我를
歸依ᄒ는 者에는 無限의 幸을 쥬리라. 我는 他人이 아니라 곳 弱호 者에
强홈이 되며 病든 者에 나음이라 ᄒ셧시니 眞哉라. 此 訓이여 聖哉라
此 敎로다. 萬一 彼等이 彼等의 困辱을 早覺ᄒ고 速速히 眞理의 眞狀을
猛覺ᄒ야 肉體의 慾望(私心)을 버리고 靈魂의 滿足(公心)을 求ᄒ야 救
主를 確然이 信仰ᄒ며 十字의 血를 十分 信依ᄒ는 時에는「救主는 最히
弱호 者에 더욱 同情을 表홈신다 호」ᄒ느님의 말삼에 依ᄒ야 將來에
極樂의 天堂과 最强의 國을 得ᄒ리라. 但 日本은 諸君도 임의 見聞호
빈즉 不要更陳ᄒ노라.

乘艦一同이 임의 二個月間 搜索ᄒ나 每日 數十次式 疑似物에 奔命
惶惶홀 샏 이민다ㅣ 倦厭의 氣와 思鄕의 懷를 禁치 못ᄒ야 各其 光陰을

虛費홈이 早歸홈만 不如ㅎ다 ㅎᄂ지라 아氏가 從容이 艦長 펠로ー다려
닐너 日 吾儕가 怪物을 討滅코져 ㅎ야 滄溟에 漂流ㅎ지 數月間에 未嘗
不 一日이 如三秋나 不避晝夜ㅎ고 一向搜索홈은 人類를 爲ㅎ야 怪物을
除去코져 ㅎ미여늘 不幸이 怪物은 片影半點 쏘 不現ㅎ미 熱心이 已熄ㅎ
야 最初에 地浪家艦ㅎ고 萬死不謝로 決心ㅎ엿던 勇士도 只今은 다ㅣ
厭情이 滿腔ㅎ야 이 搜探을 捉雲逐霧로 看做ㅎ미 不若衆心을 姑從ㅎ야
歸航ㅎ다 稱托ㅎ고 歐洲近海를 去去 搜索홈이 爲好라 勸誘ㅎ미 이에
艦長이 一行의게 約束ㅎ기를 自今으로 三日間만 太平洋 搜索에 從事ㅎ
後 歸航ㅎ기로 作定ㅎ고 衆勇을 鼓舞ㅎ야 更一層 平生의 熱心으로 怪物
探出에 發憤忘食케 ㅎ니 쩍ᄂ 곳 九月 二日이라. 如此이 二日間 從事ㅎ
나 消息이 永絶에 落望을 難喩라. 第三日의 探討를 終ᄒ 後 卽時 回梶코
져 ㅎ니 쩍에 린고룬號ᄂ (北三一ー東一三六)度間에 在ㅎᄃ 蜻蜓一帶
(日本)은 遠距離 雲霧 中에 隱臥ㅎ얏고 白浪錦波ᄂ 天涯에 飜湧ㅎᄂᄃ
自然의 聲과 無形의 吼에 感傷홀 쑨 而已러라. 少焉에 夕陽이 橫射ㅎ야
天地가 紫然터니 無心ᄒ 雲霞ᄂ 眼界에 斷連ㅎᄂᄃ 還巢의 水鳥ᄂ 空間
에 倦飛ㅎ며 淸冷의 風은 英雄兒의 襟懷를 惹起ㅎᄂᄃ 半天의 明月은
造化翁의 照夜鏡을 九天에 掛懸ᄒ 듯 萬一 李忠武로 이 景光을 再演ㅎ
얏던덜 當時 閑山島의 愛國吟「水國秋光暮寒營孤月照」의 悲懷를 難禁홀
지며 蘇子로 復活ㅎ엿던덜 赤壁上의 絶世咏「哀吾生之須臾羨大洋之無
窮」의 理性을 高吼홀 쑨일너라. 아氏가 正히 이 懷抱에 感激ㅎ야 喟然
長歎ㅎ미 콘셀이 慰勞ㅎ야 日 古來에 英雄俊才가 다ㅣ 東西에 奔走ㅎ며
萍水에 漂流ㅎ야 他人의 춤아 못홀 冒險과 非常ᄒ 困難을 지닌 후에
비로소 屹然ᄒ 事業을 成就ㅎ얏ᄉ오니 主公은 過이 今番 遠征을 悲觀
치 맙소셔. 上帝가 必然 吾人의 眞誠을 洞察ㅎᄉ 最初의 目的을 得達케
ㅎ오리다 ㅎ더니 言이 未了에 甲板上 一邊에셔 落雷와 갓ᄒ 소릭잇서
大叫ㅎ야 日 怪物怪物이라 ㅎᄂ지라 一行이 急急히 其 勇士處로 蝟集ㅎ
야 觀望ᄒ즉 넷氏가 멀니 二十餘里 海上을 指示ㅎ야 日 이것이 怪物이
아니뇨 ㅎᄂ지라 衆人이 圓目正視ㅎ니 一片光線이 乍明乍滅ㅎᄂᄃ 非

燐非火며 霽小霽大ㅎ는딕 非魚非獸라. 大如鐵鍼ㅎ고 形似橢圓이라. 衆
人이 十分疑訝ㅎ야 다ㅣ 面面 相對홀 쓴이러니 애氏가 黙視良久에 닐너
曰 光輝는 電氣性이라 必然 潛水暗行犀의 所爲인 듯 ㅎ다 ㅎ고 一同觀
察홀 쓴이러니 忽然 該 怪物이 린고룬號로 前進衝來ㅎ는 貌樣이라 一
行이 다ㅣ 手戰足舞ㅎ야 面如土色이러니 該 怪物이 린고룬號의 周圍를
一回흔 後 非常흔 光輝를 發ㅎ고 쏘 二三十里 外로 退去ㅎ더니 쏘 再次
襲來ㅎ야 二十餘間 外에서 光輝가 消滅ㅎ면셔 다시 不知去處러니 艦底
를 潛航ㅎ야 艦舳에 忽然 再現ㅎ는딕 光線이 四射에 難可正視며 쏘 其
怪物의 進退가 如彈如星에 難可砲擊이라. 如此이 該 怪物이 五六次 襲
來襲去ㅎ믹 衆人이 다ㅣ 魂飛魄散ㅎ야 엇디 홀 줄를 아지 못ㅎ고 艦長
팔로―는 必死之力을 다ㅎ야 前避後走ㅎ며 左向右轉ㅎ나 該 怪物의 進
退迅速과 出沒無比에 無可奈何라. 亦是 幾分의 恐惶心을 難免ㅎ야 아氏
다려 닐너 曰 該 怪物이 貴君의 推測흔 바 犀族인 듯ㅎ나 討滅의 手段이
無흠에 奈何오. 아氏가 對答 曰 이 怪物은 不可不 砲擊 外에는 別無妙策
이느 只今 夜深風動에 進退不便ㅎ니 防禦地로 暫避ㅎ얏다가 明日에 追
擊흠만 不如ㅎ다 ㅎ고 이에 徐徐이 安全點으로 退去흔즉 該 怪物도 亦
是 不知去處러라. 次日 天明에 艦長及 아, 넷 兩氏가 怪物討滅方針을
彼此 相討 中 忽然 海上에 一怪聲이 響來ㅎ는지라. 乘艦一同이 다ㅣ 攻
擊의 機械를 準備ㅎ고 甲板上에 整列ㅎ야 觀望ㅎ니 쐬는 午後 二點이
라. 天無點雲에 日光이 在頂ㅎ고 强風이 激浪에 怒濤가 鳴動ㅎ는딕 五
十里 許海上에 光線이 灼灼ㅎ더니 쏘 不知去處라. 同三時頃에 艦舳에셔
넷氏가 大呼ㅎ야 曰 怪物怪物이라 ㅎ는지라 急速히 가본즉 十餘里 海
上에 橢圓體 黑褐色의 一個 怪物이 略 一「야―드」(三英尺)의 背面을 水
面에 現出ㅎ고 截浪而去에 水波가 爲動ㅎ고 光線이 四散이라. 此時에
一行이 다ㅣ 該 怪物 攻擊에 無不熱中이느 但 該 怪物의 神速흠에는
無可奈何라. 팔로―氏도 十分 激昂ㅎ야 火力을 倍加ㅎ야 追尾ㅎ나 終始
難及홀 쓴더러 或 砲擊도 ㅎ나 亦無效力이오. 但只 氣萬丈火千仞일 쓴
이러라. 如此이 數日間 或退 或逐도 ㅎ나 別로히 着手홀 機會가 無ㅎ더

니 九月 六日 夜十一時 頃에 西方 三十里 海上에 該 怪物이 復現ᄒ야 光輝가 射出에 不進不退ᄒ며 不潛不動에 如休似眠이라. 衆人이 다ㅣ 該 怪物이 數日間 疲勞를 不耐ᄒ야 休眠ᄒᄂ 줄노 推測ᄒ고 宿鳥之射와 穴兎之襲을 擧行코져 ᄒ야 擧踵趾行之勢로 該 怪物에 近接ᄒ야 넷氏로 ᄒ야곰 端艇에 移乘ᄒ야 千斤의 漁叉를 持ᄒ고 略 數十尺 相距에 至ᄒ야 一平生 死力으로 猛然 狙擊ᄒᄌ 腹部에 正中터니 鏦然一聲에 漁叉ᄂ 粉碎ᄒ고 電光도 隨滅터니 忽然 水湧川鬪ᄒ며 浪激波坼ᄒ고 天回地轉ᄒ며 艦傾船斜ᄒ고 舵折舳碎ᄒ며 穴穿隙生ᄒ야 世界無比의 米國軍艦 린고룬號가 沈覆의 悲境에 至ᄒ니라

▲ 제10호 (1907.6.3) 第三回 主僕漂浪 命如浮萍 三士投海心似鐵石

且說 아氏가 甲板上에셔 넷드란드의 投叉를 望見타가 艦體의 東搖가 甚히 激烈함으로 避身無策ᄒ야 艦外의 搖落한 비 되야 將次 三閭를 從 游케 된 刹那에 多幸이 昔日 演習ᄒ 泳術의 德으로 水上에 浮上ᄒ야 左顧右眄ᄒ니 黑暗暗漆夜에 咫尺을 難辨이요 但只 潮水를 從ᄒ야 漂去 漂來러니 忽然 前面에 一個 物體가 流動ᄒᄂ 듯 ᄒ지라. 心中에 避亂短 艇인 줄노 推測ᄒ고 大聲을 發ᄒ야 救濟를 哀乞ᄒ나 辛若之餘에 心身이 疲盡ᄒ야 音聲이 不出함으로 海底에 浸去할 쑨 이러니 意外에 콘셀과 넷氏가 來援홈으로 萬死一生을 得ᄒᄂ 杳茫한 滄溟에 依處가 更無ᄒ야 萬一 僥倖이 河馬 海蛇에 毒齒를 不遇ᄒ면 鳩頭之浸믄 相期러니 이 아 니 天助가 아닌가. 前面에 一個 岩礁體가 現出ᄒ난지라 三士가 盡力泳 逐ᄒ야 그 水上現出處에 攀上ᄒ야 ᄌ셔이 살펴보니 岩礁이 아니요 곳 堅如鐵石의 怪體러라. 쩌ᄂ 秋九月(但 陽曆으로)曉頃이라. 海風이 乍起 에 雲霞가 四散ᄒ고 半月이 微現에 錦波가 玲瓏이러라. 三士가 이 怪體 에 對ᄒ야 一邊으로ᄂ 驚駭ᄒ며 一邊으로ᄂ 疑訝할 際에 아氏가 愕然 發言 曰 이 怪物이 魚獸도 안니며 暗礁도 아니요 곳 潛行의 鐵艦이라. 然而 이 鐵艦이 다幸이 浮上함으로 一時의 運命은 得ᄒ얏스ᄂ 未久에

復沈흠에 奈何오. 間隙이ᄂ 잇스면 이 艦內에 드러가 臨機應變타가 不
幸運盡ᄒ야 彼等의 猛毒흔 手下에 死ᄒ더리도 只今 束手浸沒ᄒᄂ 거보
다 倍勝ᄒᄂ 無奈無隙에 奈何오 ᄒ고 彼此 對面相嘆할 쏀 이러니 忽然
暴風이 怒吼에 波濤가 激天ᄒ고 艦內에 有聲ᄒ야 恰似 指揮러니 鐵艦이
漸沈ᄒ난지라. 아氏 及 콘셀은 仰天長嘆ᄒ야 曰 此 所謂 「回看月已斜今
夜宿誰家」之格이라 ᄒ고 眩然下淚할 쏀 이러니 이쩌에 넷드란드氏ᄂ
怒氣가 衝天에 頭髮이 上指ᄒ고 氣高万丈에 不勝憤激之勢로 擧族撞艦
ᄒ며 大叫曰 汝輩도 亦是 人類거던 何其無禮아 ᄒ더니 이 소리가 內艦
에 達ᄒ얏ᄂ지 該艦이 忽然 沈去를 中止ᄒ더니 閃然一聲에 艦門이 小開
ᄒ면서 一壯士가 艦外에 現出ᄒ야 橫竪數說 後에 다시 艦內에 入去ᄒ더
니 須臾에 容貌가 怪偉흔 壯士 八人이 艦上에 再出ᄒ야 三人을 艦內로
引導ᄒ야 一暗黑室에 牢入ᄒ고 鎖去ᄒ난지라. 三人이 益益疑訝ᄒ야 그
室의 構造와 位置를 알고져 ᄒ야 各其 手撫足深ᄒ니 左觸者난 壁이며
右接者ᄂ 卓이요 前撞者난 콘셀이며 後衝者ᄂ 넷氏라. 三人이 本座에
復坐할시 넷氏가 怒嗚ᄒ야 曰 이 아니 野蠻奴의 剝肉庖間이 아니뇨?
콜셀이 對答ᄒ야 曰 이거슨 所謂 釋迦佛의 阿鼻地獄이라네 ᄒ고 一邊
으로난 呵呵大笑ᄒ며 一邊으로ᄂ 疑訝不已러니 略 三十分間 經過 後에
忽然 灼然흔 光線이 室內에 照散ᄒ야 反射의 光輝에 目難開視라. 三人
이 彼此間 擧手蔽目ᄒ고 以隙仰見흔즉 天井에 一個 半圓球燈을 倒懸ᄒ
얏ᄂᄃ 繪眼難窺러라. 이 쩌에 넷氏ᄂ 彼野蠻 等이 三人을 害ᄒ러 오ᄂ
줄노 推測ᄒ고 腰帶의 短劍을 拔ᄒ야 鐵壁에 隱依ᄒ면서 猛虎賁河之氣
와 獅子博兎之勢로 그 八來를 姑待ᄒᄂ지라. 아氏가 慇然曉喩ᄒ야 曰
萬一 彼等이 吾輩의 言語를 不納ᄒ고 無禮의 擧動에 着手ᄒᄂ 時에는
其 時에 腕力으로 相對흠도 未晩ᄒ다 ᄒ며 콜셀도 挽留ᄒ야 曰 넷氏요
閣下ᄂ 妄動치 말고 凡事를 從容이 處置홀지여다. 萬一 妄動ᄒᄂ 時에
ᄂ 來歷과 情形相通은 姑捨ᄒ고 反招其怒ᄒ야 自陷禍亂之兆이라 說諭
ᄒ민 넷氏도 亦是 回心ᄒ야 收劍納鞘ᄒ고 蟄在一隅ᄒ더라. 이 쩌에 房
中이 靜寂에 四顧無物ᄒ며 鐵門이 嚴鎖에 波聲도 不聞ᄒ고 相照者ᄂ

唯光이요 所感者는 唯悲라. 彼此 黙然垂首에 如懷如思러니 忽然 閜然
一聲에 鐵門이 左開ᄒ면셔 壯士 二人이 入來ᄒ더라.

河馬는 海洋에 息棲ᄒ는 動物인딕 形容이 馬에 近似ᄒ고로 河馬라
名稱ᄒᆫ 것니 本是 陸地에 居處ᄒ던 動物인고로 長時間 水下에 蟄伏치
못ᄒ고 一定ᄒᆫ 時間에 水上에 浮上ᄒ야 空氣를 呼吸ᄒᆷ. 고로 冷血動物
(魚族蚯蚓)과 判異ᄒ야 溫血을 有ᄒᆫ니라. 以故로 動物學에는 此等 獸
族를 棲水獸族이라 名稱ᄒᆫ니 鯨, 海豹, 臘虎, 海象, 河馬, 海驢, 海狗
等은 다 此 科에 屬ᄒᆫ딕 一般天性이 遲鈍頑迷ᄒ며 從而神經感覺이 遲鈍
ᄒᆷ이 그 特質이니라. 但 蝦蟆 等類도 表面上으로는 亦是 棲水獸族에 疑
似ᄒᆫ 그 發育次序와 先顙後肺 等 異點이 不小ᄒᆷ으로 別노히 兩棲蟲類
라 名稱ᄒᆷ.

海蛇는 熱帶海洋에 棲息ᄒ는 爬蟲類니 丈이 數十尺이며 圓如棟樑ᄒ
딕 能卷鯨鯢而嚼呑ᄒᆫ니라. 本 爬蟲類는 一般 性質이 猛毒ᄒ며 또 系
統的 塊形 神經系를 有ᄒᆷ으로 비록 中斷ᄒ더린도 그 主管的 塊形 神經
球만 온存ᄒᆫ 時에는 頭生足躍ᄒᆷ이 그 特徵이니라. 此 爬蟲類에는 海蛇,
毒蛇, 蝮, 飯匙倩(日人之稱 하부者 是也니 人若被咬則毒甚命危라), 蚺蛇,
響尾蛇, 大蟒, 蜈蚣, 蜥蜴(俗稱 동아빔者 是也니 熱帶地方所産者는 與我
國所産者로 甚異ᄒ야 長過五六尺이요 形如鰐魚라) 等이다. 此 類에 屬
ᄒᆫ니 다 冷血動物이니라.

注意 本 海底旅行에 但只 光線 또는 半球燈이라 稱ᄒᆷ은 곳 電氣 及
電燈을 稱ᄒᆷ이니 大槪 第十二回에 네모ㅣ 奇計忽倒蠻敵이라 ᄒᆫ 秘密을
先洩ᄒᆷ을 不好ᄒᆷ이라 ᄒ딕 大槪 電氣作用을 詳說ᄒ랴면 越卷疊章ᄒᆫ
고로 難可 ——記載는 大凡 電氣를 動作ᄒᆷ에 摩擦 發電作用과 化學作用
이 有ᄒ니 前者는 곳 器械와 器械를 摩擦ᄒ야 電氣를 發케 ᄒᆷ이니 곳
水力電氣 回輪電氣 等이 是也요. 後者는 化學作用을 利用ᄒ야 電池內에

發電藥品(假令 鹽化암모니움과 水를 同盛ᄒ야 發電케 홈과 如홈)을스
코, (十) 極 곳 陽極(又 稱 積極)과 (一) 極 곳 陰極(又稱 消極)의 排置로
電流를 싸이나마라 名稱ᄒ는 機內에 流通케 혼즉 싸이나마의 大小를
從ᄒ야 그 逆流의 電力도 隨而等此倍加ᄒᄂ니 이를 應用ᄒ야 或 機械
電車 等도 任意 運轉ᄒ며 或 電燈 電話 電信 等도 任意 使用홈

▲ 제11호 (1907.7.5) 第四回 言語不通 艦長空去 點心不饋 壯士震怒

却說 三士가 正히 默思홀 時에 二個壯士가 入來ᄒᄂ디 一人은 骨格이
通中에 筋肉이 硬直ᄒ며 兩眼이 烟烟에 威風이 凛凛 ᄒ고 一人은 身長
이 軒昂에 兩眼이 淸逸ᄒ며 隆準廣額에 面如白玉이라 兩人이 다 水獺皮
帽子를 峨冠ᄒ고 海豹革鞋를 穿用ᄒ얏시며 모록고 革外套에 土耳其製
短劍을 腰帶ᄒ얏더라.

(水獺 及 海豹腦虎(此 外에 海驢 海狗 膃肭 等屬)은 北氷洋에 産出ᄒ
ᄂ디 于中(北 五0-六五, 東 一四0-一六0)度間에 多産ᄒ며 就中 露領 감
댯가牛島 近海가 爲最ᄒ디 그 毛皮가 軟暖홈으로 價直이 百餘圓에 上
홈. 製革에ᄂ 德佛 間에 處혼 모록고國이 有名ᄒ디 只今 聖經에 씨는
革製冊衣ᄂ 만히 同國所産이니라. 釖戟冶造에ᄂ 土耳其와 日本이 世界
에 有名홈)

兩人이 入來터니 小不開口ᄒ고 但只 三士의 容貌만 熟視ᄒ다가 아氏
에 向ᄒ야 開口ᄒᄂ 何國言語인지 難可了解라. 아氏가 爲先 佛語와 랏
텐(羅甸)語로 來歷을 詳說ᄒᄂ 但只 傾耳홀 ᄲ이요 小不理解ᄒᄂ 貌樣
이라. 이에 콘셸과 밋 넷氏가 各其 德語 英語로 說明ᄒᄂ 一向 如前홀
ᄲ 이러니 突然 立去ᄒᄂ지라. 넷氏가 高聲大叫 曰 汝沒學之海賊아ㅣ
英德佛 等 國語도 不知ᄒᄂ 沒廉恥의 蠻奴로다. 殺我則 速速히 下手홈
이 可ᄒ지 何其相窘之甚耶아 ᄒ고 聲聲大呼ᄒ민 아氏 及 콘셸이 十分勤

留ㅎ야 曰 吾儕가 可히 擧動을 細察홀 커시요 妄動치 말지여다. 넷氏가
對答하야 曰 닌가 임의 다 아노라. 아氏가 繼問 曰 然則 彼 兩人은 何邦
産物이뇨. 넷氏가 對答 曰 彼等은 곳 人非人島産이니라. 아氏가 微笑ㅎ
야 曰 人非人島는 至今가지 地圖에 不載홀 뿐 아니라 余의 觀察로는
비록 彼等의 言語는 難解ㄴ 佛南所産인 듯 ㅎ다고 如此이 說往說來로
二時間을 浪費ㅎ얏더니 突然 鐵門이 復開ㅎ면서 一了頭(쏜이)가 入來
ㅎ야 衣裳三領을 與ㅎ더니 少焉에 料理를 卓上에 陳列ㅎ고 出去ㅎ는지
라. 三士가 會坐ㅎ야 飢虎之勢와 渴狼之格으로 揷來흔즉 昧盡山河ㅎ고
灸得英佛이라. 곳 法國巴里의 쓰란드호텔 旅店과 英國리파불의 아델네
호텔 旅店의 料理를 接口흠과 一般이며 洋刀肉串에는 다(N)字를 刻銘
ㅎ얏더라. 이 쎄에 넷氏 及 콘셀은 飢渴흔지 半餘日에 이 美味를 飽食一
場ㅎ고 不勝魂困ㅎ야 依卓睡去ㅎ고 아氏도 疲困을 難堪ㅎ는 思往思來
에 百感이 交起ㅎ야 六月 十日 乘艦 以來로 린고룬號 乘衆의 行衛如何
흠의 始末에 念及ㅎ야 展轉落淚타가 於焉間에 亦是 就眠ㅎ니라. 小頃에
俄然 開目흔즉 四肢가 如繫에 呼吸이 窒息ㅎ고 電光이 愴然에 艦內가
寂寞이러니 移刻에 콘셀 及 넷氏도 不勝窒息ㅎ야 呆然 起坐ㅎ면서 相呼
氣窒ㅎ고 넷氏는 쏘 大叫 曰 彼等이 吾儕를 窒殺ㅎ는도다 ㅎ는지라. 아
氏가 懇喩ㅎ야 曰 不然ㅎ다. 一人 一時間에 所吸의 酸素量은 空氣量 百
七十六핀트(一핀트는 三合 一四六이라)中에 包含흔 全量이요 一時間
所吐의 炭素量은 所吸酸素量과 同量이라. 然則 只今 酸素가 消盡ㅎ고
炭素가 充滿흠으로 如此흠이니 未久에 이 鐵艦이 如何흔 方法으로 新空
氣를 換入ㅎ는 거는 未知ㄴ 必然 化學的이ㄴ 쏘는 機械的으로 水上에
浮出ㅎ야 新空氣를 換入흠에 不過ㅎ다고 說諭터니 言未訖에 忽然 鮮氣
가 襲入ㅎ면서 新舊가 相換ㅎ더라.

「空氣 中에는 些小의 他元素도 混在ㅎㄴ 大略 空氣를 五로 平分ㅎ면
其 中에 四는 窒素며 一은 酸素라. 動物은 이 酸素를 吸收ㅎ고 生存ㅎ는
거시니라.」

此 時에 넷氏는 窒息의 困苦는 姑免ᄒ얏시느 飢渴을 不勝ᄒ야 了頭의 午餐을 遲送홈에 十分 激怒ᄒ는지라. 콘셀이 安喩ᄒ야 曰 넷氏요. 貴下는 如此이 妄動치 말고 艦內의 定호 規則을 守홈만 不如ᄒ다 ᄒ믹 넷氏 曰 君의 沈着은 可謂 過度로다. 萬一 如此이 規則만 姑守ᄒ면 餓鬼를 免홀ᄂ지 ㅣ 如此이 數時間을 經過ᄒᄂ 了頭가 尙且 未來ᄒ더라. 大槪 그 睡眠을 驚擾홀가 念慮ᄒ야 不來홈이니 眞所謂 好意가 反讐之格이라 넷氏가 益益 憤怒燥暴ᄒ더라. 씩에 艦體는 水底幾千尺에 沈下ᄒᄂ 듯 ᄒᄃᆡ 四面은 寂寞ᄒ고 電光믄 灼灼ᄒ지라. 아氏 主僕이 出來事를 不解ᄒ야 甲則疑懼戰慄ᄒ고 乙則恬然變色홀 ᄲᅮᆫ 이러니 有頃에 鐵門이 乍開ᄒ면셔 了頭가 入來ᄒᄂ지라. 넷氏가 大喝一聲에 躍身蹴倒ᄒ고 左打右擊에 跨腹壓喉ᄒ믹 其 勢가 甚激에 難可挽留며 了頭는 叫苦一聲에 已如絶命이라. 아氏 主僕이 不勝慌怯ᄒ야 不知所出이러니 忽然 門外에셔 法語로 大叫ᄒ야 曰 넷氏는 過이 激怒치 말지며 아君은 余의 所言을 暫聽ᄒ라 ᄒᄂ지라. 이 씩에 아氏 主僕은 姑捨ᄒ고 넷드란드도 胸轟身戰을 不勝ᄒ야 丁立呆見홀 ᄲᅮᆫ이러라.

▲ 제13호 (1907.9.24) 第五回 艦長慷慨 絶人世界 三士艱難 落別乾坤

却說 아氏 主僕이 넷氏의 暴行을 挽留타가 忽然 門外의셔 一壯士가 法語로 連呼홈을 듯고 魂不附體ᄒ야 不知所措러니 該 壯士가 從容히 入來ᄒᄂᄃᆡ 別非他人이오 곳 先頃에 英法德 及 羅甸語를 不解ᄒ던 者라. 三士가 惶惶怯怯ᄒ야 各其 一隅에 竄立ᄒᆫ즉 該 壯士가 椅子에 從容就坐ᄒ면셔 三士다려 닐너 曰 余가 英法德 及 羅甸語에 無所不通이ᄂ 先頃에 假粧不通홈은 無他라. 僉位의 來歷所述이 一致홈을 알고져 홈이러니 果然 諸君의 所述이 大同小異홀 ᄲᅮᆫ이라. 故로 眞僞를 判解ᄒ얏노라 云云ᄒᄂᄃᆡ 口調가 爽滑에 舌如懸河러라. 少頃에 또 닐너 曰 諸君은 余의 遲來홈을 怪異 녀기거 말라. 諸君은 곳 余의 生活을 妨害코져 ᄒ다가 相投홈이라. 故로 余가 諸君을 如何이 待遇홀가 ᄒ야 如此이 遲滯홈

이라 云云ㅎ는지라. 阿氏가 對辯ㅎ야 曰 不然ㅎ다. 吾儕는 貴下를 妨害
코셔 ㅎ야 옴이 아니요 但只 偶然 相投홈이라 흔딕 該 壯士가 論駁ㅎ야
曰 貴下가 如何이 辯明터릭도 不可ㅎ도다. 련고룬號의 數月間 余等을
搜索홈을 엇지 偶然이라 흘지며 諸君의 故意로 該 艦에 乘移홈을 엇저
偶然이라 흘지며 君等이 數次 余의 艦體를 砲擊홈을 웃지 偶然이라 흘
지며 넷氏가 漁叉로 余의 艦體를 狙擊홈을 엇지 偶然이라 ㅎ느뇨. 萬一
이를 偶然이라 稱托ㅎ면 世間에 無論 某事ㅎ고 다 偶然이라 稱托치 못
홀 일이 잇스리요 ㅎ고 言中에 自有憤氣라. 阿氏가 再辯ㅎ야 曰 貴下의
所言이 誠是有理느 然則 貴下는 何故로 航來航去의 船舶에 衝突ㅎ야
無故흔 生靈으로 魚龍의 餌를 作케 ㅎ얏시며 流血灑汗의 結果로 海藻와
同化케 ㅎ얏느뇨. 是故로 宇內가 戰慄ㅎ야 그릇 怪物노 誤認ㅎ고 米國
政府는 人類를 爲ㅎ야 禍根을 除去코쟈 ㅎ야 累萬의 黃金을 虛費ㅎ고
遠征隊를 拔撰派遣ㅎ야 怪物을 追跡홈이요 貴艦인 줄노는 小不置意홈
은 貴下의 適見으로 明若觀火어늘 何其相迫之甚乎아 흔딕 該 壯士가
三詰ㅎ야 曰 然則 君等은 彼等이 本艦을 怪物이 아닐 줄노 是認ㅎ는
場裡에는 攻擊지 아니홀 줄노 確信ㅎ느냐 ㅎ는지라 阿氏가 現今 歐洲
諸國이 다 怪物이 如何흔 物體던지 이를 除去ㅎ야 航路安存을 恢復홈에
熱中홈을 推測ㅎ고 低首良久에 默默不答흔즉 該 壯士가 莞爾ㅎ야 曰
然則 吾們이 君等을 敵視홈도 不無有理로다. 然則 已爲仇視ㅎ는 場裡에
는 君等의 措處는 余의 任意딕로 홈도 君等이 必然 自覺ㅎ리라. 그러느
萬一 余가 惡意를 품어시면 諸君이 艦上에 잇슬 쎅에 抛棄ㅎ얏실 거시
라 何必 艦內에 引導ㅎ얏시리요 云云ㅎ는지라 阿氏가 對答ㅎ야 曰 見
人方死而不救는 野蠻人의 權利요 文明社會의 所行이 아니라 흔딕 該
人이 返言ㅎ야 曰 余는 文明社會의 分子가 아니라 事故가 有ㅎ야 塵世
를 抛棄흔지 己久에 人界의 法網에는 小不拘束ㅎ니 人界의 人事에 對ㅎ
야는 再次 長說치 말라. 余는 임의 人事界의 所聞을 듯기를 不願ㅎ노라
ㅎ면셔 顔色이 사變에 如懷如思터니 忽然 또 憤氣가 滿面에 熱血이 沖
空ㅎ고 慷慨悲憤에 血淚가 滿眼이라. (此 壯士有何不合於浮世而如此逃

世乎不覺覽者重疑疊感而意者必憤慨於聞人之勃匥衆小之滿延歟?) 아氏가 該 壯士가 如此이 憤慨ᄒᆞᄂᆞᆫ 動靜을 觀察ᄒᆞ고 暗思ᄒᆞ야 曰 嗚呼라. 誰知彼心中乎아. 萬一 彼若確信神存이면 必然 彼의 心內를 이 神明에ᄂᆞᆫ 明告ᄒᆞ리라 ᄒᆞ고 思往思來ᄒᆞᆯᄉᆡ 該 壯士가 良久에 다시 닐너 曰 余가 비록 人事界의 法律에ᄂᆞᆫ 拘束치 아니ᄒᆞᄂᆞᆫ 仁慈의 心은 不異ᄒᆞ노라. 故로 余ᄂᆞᆫ 仁慈의 眼으로 諸君을 相待ᄒᆞ야 이 艦內에셔 無上의 自由를 與ᄒᆞ리라. 그러ᄂᆞ 余가 諸君에게 一個 要求가 有ᄒᆞ니 相納ᄒᆞ깃ᄂᆞ뇨 ᄒᆞ거ᄂᆞᆯ 아氏가 對問ᄒᆞ야 曰 何等 要件니뇨. 該 壯士 曰 今後에 萬一 君等과 갓치 人間의 法網에 未脫ᄒᆞᆫ 者를 目擊시키지 못ᄒᆞᆯ 時에ᄂᆞᆫ 諸君을 不可不 一室에 牢入ᄒᆞᆯ 터이니 이 一件ᄲᅮᆫ이요 其他ᄂᆞᆫ 艦內에셔 다 諸君의 自由에 一任ᄒᆞ깃노라 ᄒᆞᄂᆞᆫ지라. 아氏가 그 裡面은 未知ᄂᆞᆫ 左右間 許諾ᄒᆞᆫ즉 該 壯士가 아氏다려 닐너 曰 余가 君의 高名을 안지가 임의 君의 海底秘密이라ᄂᆞᆫ 著書를 愛讀ᄒᆞᆫ 以來라. 그러ᄂᆞ 爲君所憾은 該 著書가 一班ᄲᅮᆫ이요 未得 完成ᄒᆞᆷ이라. 貴下ᄂᆞᆫ 可히 余의 艦內에 居ᄒᆞ야 海底秘密의 眞象을 熱心硏究ᄒᆞᆯ지여다다 ᄒᆞᄂᆞᆫ지라. 아氏가 그 厚意에 甚히 感動ᄒᆞ야 黙謝良久에 問其姓名ᄒᆞᆫ즉 該 壯士가 對答ᄒᆞ야 曰 余ᄂᆞᆫ 本艦의 艦長 네모ー네모ーᄂᆞᆫ 佛語니 猶 我國之無名氏라.)요 此 艦의 命名은 노ー 딀라스노ー디라스ᄂᆞᆫ 佛語니 鸚鵡螺之意也라. 言艦內에 多小室而于其 最大處에 有動物이 居焉이니 卽 艦長이 比自身於動物而比諸艦於殼也라.)라 ᄒᆞ고 言訖에 了頭를 命ᄒᆞ야 二士에 料理를 饋ᄒᆞ라 ᄒᆞ고 아氏를 向ᄒᆞ야 同去ᄒᆞᆷ을 請ᄒᆞ거ᄂᆞᆯ 아氏가 네모ー를 從ᄒᆞ야 略 十二야드의 廊下를 經ᄒᆞ야 左側의 一門을 開ᄒᆞ고 入去ᄒᆞᆫ즉 곳 食堂인ᄃᆡ 構造가 極麗ᄒᆞ얏고 所列의 物品은 支那 陶器 日本 漆器 埃及 玻璃製品 法國里昂織 卓子掛며 其他 金銀珠玉은 珖珌燦爛ᄒᆞ고 所進料理ᄂᆞᆫ 龜鱉의 卷肉과 海豚의 肝臟과 鯨鯢의 乳酪과 海老의 煎油魚더라. 就飯之中에 아氏가 네모ー다려 問曰 貴下가 海洋을 愛ᄒᆞᄂᆞ냐? 네모ー 對答ᄒᆞ야 曰 余ᄂᆞᆫ 甚히 海洋을 愛ᄒᆞ노라. 大槪 海洋이라ᄂᆞᆫ 거슨 動植鑛 等物의 無盡藏이라. 欲取則取ᄒᆞ며 欲止則止를 任余之自由ᄒᆞ고 ᄯᅩ 空氣가 淸爽에 一適健康ᄒᆞ

야 臥床之憂와 病魔之患도 無홀 쑨 아니라 水는 陸에 對ᄒ야 略 三倍의
廣을 占호 고로 一逃不出則暴君之誅尤와 奸吏之蹂躪도 不及ᄒ니 不愛
此而愛何며 不有此而有何乎아 ᄒᄂ 소리 一邊으로ᄂ 仙境에 屹立호 듯
ᄒ고 一邊으로ᄂ 懷舊之思가 尤切ᄒ더라. 有頃에 네모-가 阿氏다려 닐
너 曰 萬一 貴下가 本艦을 周覽코져 ᄒ면 余가 忘勞相導ᄒ마 ᄒ거ᄂ
阿氏가 그 好意를 厚謝호 後에 起身相隨ᄒ야 食堂後邊의 二重鐵門을
開ᄒ고 드러시니

　"器ᄂ 日本이 世界에 有名홈."
　"磁器 及 陶器ᄂ 十八 九世紀頃ᄭ지 淸國 곳 支那가 東西에 有名ᄒ얏
더니 近日에ᄂ 法國에 그 聲價를 ᄭ기니라. 緋緞도 十五世紀ᄭ지ᄂ 支
那産이 宇宙에 轟名ᄒ야 甚至於 羅馬婦女ᄂ 黃金一斤과 絹一斤과 相換
ᄒ야 極上의 奢侈品으로 着用ᄒ더니 東羅馬 皇帝 유스디니아ᄂ스가 耶
蘇 敎徒 二人을 支那에 送ᄒ야 蠶種을 歐洲에 離殖호 以來로 歐洲人士
가 此 事業에 獻身從事ᄒ야 至今은 非但 支那에 對ᄒ야 그 染織의 精巧
가 優越홀 쑨ᄆ 아니라 法國里昂所産은 舊世界人士ᄂ 姑捨ᄒ고 新世界
(南北阿米利加 二大洲를 指홈)婦女가 年年巨萬의 黃金으로 壟斷買用홈
大槪 支那ᄂ 頑冥 固執으로 古態ᄆ 固守타가 現今 商工農 等業에도 自
縛之格으로 利益을 다 白晳人의 掌中에 歸케 ᄒ얏시니 읷홉다."

▲ 제14호 (1907.10.24) 第六回 네모統海 金玉盡美 電氣放光 艦中如晝

　話說 阿氏가 네모를 從ᄒ야 二重鐵門을 開ᄒ고 드러시니 곳 圖書室
인ᄃ 烏木(화튜)에 金銀을 揷刻호 書案을 左右에 列ᄒ고 累萬의 書籍을
順次 列置ᄒ야ᄊ며 中央에 一脚圓卓이 잇ᄂᄃ 鳶褐色의 佛蘭西 革製褓
子로, 네 귀 맛쳐, 더퍼ᄊ며 周圍에ᄂ 錦花綾羅의 椅子를 設置ᄒ얏고
天井四隅에ᄂ 電光에 爛然에 白如晝日이러라. 阿氏가 그 粧飾華麗에 吃
驚ᄒ야 吐舌良久에 椅子에 就坐호즉 네모가 일너 曰 君이 博物館에 留

홈과 如何흔 感知가 生ᄒᄂ뇨? 아氏 日 그 靜閑華麗흔 點은 不可形喩며
特히 놀나운 일은 書冊의 夥多홈이로라. 네모— 日 此等 書冊은 余가
塵世를 別ᄒ고 無何有鄕에 入홀 際에 携來흔 바ㅣ라. 비록 陋粗ᄒᄂ 貴
下가 參考홀 일이 잇거던 任意 觀覽ᄒ라 ᄒ거늘 아氏가 感謝흔 後에
書案에 至ᄒ야 細細히 살펴보니 自哲學 理學 論理 心理 生理 倫理 等學
으로 **至於物理 化學 天文 地理 歷史 數學 語學 傳記 等學에 無所不有ᄒ**
며 甚至於 淸語獨習과 極東古籍 四書三經ᄭ지라도 다 具備흔지라. 아氏
가 暗思ᄒ야 日 余도 文學을 素嗜ᄒ야 支那書籍 極東文學에도 頗有所抱
어늘 彼ᄂ 極東文學은 姑舍ᄒ고 馬來土語도 隨意通情ᄒᄂ 貌樣이니 춤
歡服無地로다. 그러나 홀노 經濟書를 不有홈은 彼가 海洋을 獨占흔 故
로 經濟의 必要가 無홈이라 ᄒ고 思往思來홀ᄉᆡ 네모—가 다시 아氏를
引導ᄒ야 烟室에 入ᄒᄂ지라. 아氏가 怪問ᄒ야 日 公이 海底에 處ᄒ야
煙草를 從何求來ᄒᄂ뇨? 네모— 含笑ᄒ야 日 余의 天性이 元是 喫烟을
嗜홈으로 비록 하와니國(疑是指呂宋島라)과 相通홈은 아니나 海底에도
陸産煙草에 不下ᄒᄂ 香味를 有흔 草種이 有흔 故로 余가 이를 精製吸
用ᄒ노라 ᄒ더라. ᄯᅩ 一室에 入ᄒ니 곳 長이 三十尺 廣이 十八尺 高가
十五尺의 亞剌比亞(故 大食大完 等國 所在地라.)風 洋屋인ᄃᆡ 抹樓에ᄂ
花氈을 ᄭᆯ럿고 四璧에ᄂ 法伊 等國의 美術品과 印度産 班豹皮를 掛張ᄒ
엿시며 間間히 天竺産 紅寶玉(一名은 夜光珠라)과 ᄲ라질(南美洲 東北
方에 在흔 國名이라.)의 金剛石을 珖瑰이 排置ᄒ얏고 架上에ᄂ 有名흔
올헤네스時代에 作흔 올간, 피아노, 바이올린, 自鳴音樂器, 留聲器, 寫
眞機 x光線試驗器 等이 一一具備ᄒ며 一邊에 琉璃函 數個가 잇ᄂᄃᆡ 函
中에ᄂ 奇珠珍貝가 多흔ᄃᆡ 濠洲産 珊瑚와 錫蘭産 眞珠 等의 靑黃赤白黑
五色이 玲瓏ᄒᄃᆡ 彼 波斯王이 數年 前에 三百萬弗에 買得흔 眞珠ᄂ 名
啣도 못드리겟더라. ᄯᅥ에 네모—가 ᄯᅩ 아氏를 便室에 引導ᄒᄂᄃᆡ 名不
知 用不知의 器械가 櫛比흔ᄃᆡ 곳 航海에 必要흔 器具 圓動羅針盤, 寒暖
計, 晴雨計, 驗溫器, 驗風器, 方向指針器, 六圓儀(太陽의 高度를 從ᄒ야
緯度를 測量ᄒᄂ 機), 時辰器, (經度 測量機), 天儀觀察의 大望遠鏡, 박데

리아 覓探의 顯微鏡, 太陽班點과 地震 及 火山 等 爆裂의 豫報器, 反射鏡, 海平測量鏡 等이더라. 아氏가 此等 機械를 如何히 使用ᄒ며 노-디라스의 如何이 航海흠을 ᄆ問ᄒᄃ 네모- 日 此等 機械가 無不必要나 本艦의 一層 有用ᄒ며 一層 迅速흠은 天氣의 疎密을 測量ᄒ면 海水의 壓力과 海底의 深淺을 知ᄒᄂ 一難形難喩의 動力이 有ᄒ니 이 動力은 곳 本艦의 生命이라. 이 動力을 因ᄒ야 本艦을 運轉도 ᄒ며 食物을 烹煮도ᄒ며 光明도 與ᄒ며 活動도 得ᄒ노니 無他라 곳 電氣니라. 아氏 愕然 日 電氣가 果然 如許의 功效가 有ᄒᄂ뇨. 네모- 日 그러ᄒ니라. 貴下의 아시ᄂ 비와 갓치 海水를 分拆흘진ᄃ 一千그람 中에 百分의 九十六個 二分之一싯지ᄂ 純粹ᄒ 水며 百分의 二個 三分之二ᄂ 食鹽이오 此 外에 些少ᄒ 막네시야, 낫토리움(쏜타시움)이 有ᄒ지라. 故로 水分을 除去ᄒ 즉 多量의 食鹽을 得흠은 明白한지라. 余가 海水 中으로 이 食鹽을 收取ᄒ야 이를 利用ᄒ야 莫大의 電氣를 活用ᄒ며 쏘 그 電流를 利用ᄒ야 任意 作用ᄒ노니 故로 이 電氣ᄂ 곳 本艦의 靈魂이며 本艦의 生命이라 稱ᄒ노라. 아氏 日 然則 貴下가 本艦 內에셔 呼吸ᄒᄂ 空氣도 亦是 이 電氣를 利用ᄒ야 製造흠이뇨? 네모- 日 그러ᄒ노라. 然이나 本艦의 海面에 浮上흠이 自由自在흠으로 別로히 所費酸素를 製造흘 必要가 無ᄒ고 但只 外界에 通ᄒ 一喞筒만 開管ᄒᄂ 時에ᄂ 數日 所用의 空氣를 本艦 內에 流通ᄒ며 쏘ᄒ 魚龜의 所有ᄒ 浮鰾와 如ᄒ 一介 秘密 喞筒이 有ᄒ야 ᄒ 번 그 고등만 트ᄂ 時에ᄂ 비록 幾年 幾月이라도 海底에 潛跡흠을 得ᄒ며 艦內 諸般 機械도 다 該 電力을 應用흠이니 貴下ᄂ 이 時辰器(時計)를 보라. 이 亦 電氣의 作用을 利用ᄒ 비라. 비록 ᄒ 平生 틔협을 트러쥬지 아니ᄒ더릭도 一分도 外界의 正確ᄒ 時鐘과 差異ᄒᄂ 바ᅵ 無ᄒ며 艦內에 日月의 照와 晝夜의 別이 無흠으로 余가 伊太利國 時計와 갓치 二十四時間에 分흘 必要가 無ᄒᄂ 便利上으로 該 時計 經緯度分則을 模用ᄒ여 一般히 便利케 用흠이라. 아氏가 聽了에 感謝ᄒ여 日 貴下의 慇懇ᄒ 情談을 因ᄒ야 塵世에셔 未聞 未所見ᄒ던 發明 及 發見의 榮光을 浴ᄒ얏시니 感謝無地며 쏘 ᄒ 번 듯고져 흠은 本艦의

速力은 幾何㴜뇨? 네모- 曰 더 球形의 玻璃器가 곳 그 速度를 指示ᄒ
ᄂ 指針이니 本艦의 速力은 一時間에 十五里 乃至 卄里(一里ᄂ 我國 十
里라.)의 距離의 驅馳ᄂ 如反掌이니 이ᄂ 다ㅣ 現今 外界에서 未發明ᄒ
바 電氣의 作用이니라 ᄒ고 言訖에 ᄯ 別室노 請邀ᄒ거ᄂ 아氏가 그
뒤를 ᄯ라신즉 노-디라스 中央에 一個 鐵階梯가 有ᄒ지라. 아氏가 叩
問 曰 이 梯子ᄂ 何處로 通히ᄂ뇨? 네모- 曰 短艇에 通ᄒ 梯子로라.
아氏 曰 然則 短艇을 乘ᄒ고 海面에도 出흠을 得ᄒᄂ뇨? 네모 曰 然ᄒ
다. 本艦 內에 亦是 短艇의 設置도 有ᄒ야 陪阿가 夜啼에 河伯이 噓唏ᄒ
며 鯨鯢가 呑吐에 鮭鰤가 愁嘯ᄒ고 明月이 緩步에 姮娥가 獻巧ᄒ며 淸
風이 徐來에 水波가 不興ᄒᄂ 際에ᄂ 泛彼柏舟ᄒ고 漂流中天하야 吊韓
爾勃(韓有勃은 카세지의 名將이니 일즉 알푸스山을 過ᄒ야 同國 讐敵
羅馬를 席捲ᄒ다가 廟謨가 不滅ᄒ야 드듸여 國覆身亡의 患을 當ᄒ니
라)於葛堂수 城堞ᄒ며 哭高壽加(波蘭 末年에 露德墺 三國이 同國을 第
一回 分割을 行흠을 보고 不勝忿慨ᄒ야 興復戰爭을 起ᄒ엿다가 事不如
意ᄒ야 一敗塗地ᄒ지라. 이에 美國에 至ᄒ야 華盛頓과 會見ᄒ고 生平所
懷를 彼此 開明ᄒ 後 華盛頓과 戮力盡心ᄒ야 合衆國의 獨立을 完成ᄒ
後 故國의 滅亡과 同胞의 魚肉의 感에 切齒腐心ᄒ야 合衆國 志士들과
埠頭에서 血淚로 訣別ᄒ고 故國에 歸하야 二三次 擧事타가 失敗에 終ᄒ
고 露軍 亂刀下에 晏然히 天堂으로 歸ᄒ니라.)於듀노스 河畔ᄒ고 酌汨
灘而饗三閭ᄒ며 拜救主以獻五尾ᄂ 余의 平生自慰로라 ᄒᄂ 소리 慷慨
悲壯에 如泣無淚며 如訴無聲에 이 肝腸鐵石아닌 以上에야 嗚咽을 難禁
ᄒᄂ러라. 彼此 感懷에 衝激하야 黙然 良久에 아氏가 다시 叩問ᄒ야 曰
歸時에ᄂ 如何ᄒ 手段을 行ᄒᄂ뇨? 네모- 曰 余ᄂ 졸(線)이 업서도 잇
ᄂ 거 보담 倍勝ᄒ 電線(抑 네모-가 指無線電話耶아?)으로 노-디라스
를 招하야 來迎케 ᄒ노라 ᄒ더라. 言迄에 機械部를 委蛇ᄒ야 흔 房으로
드러시니 이 房은 곳 機械室이더라.

且說 아氏가 機關室에 드러시니 이 房의 長은 六十五尺이요 廣도 數十尺의 一個 廣闊혼 房이라. 數多혼 機關이 順序羅列ᄒ얏는딕 이를 大別홀진딕 곳 甲乙 二種의 種類에 不過ᄒ니 甲種은 電氣를 流通케 ᄒ는 機具며 乙種은 노-디라스의 機關을 連絡ᄒ는 機具더라. 良久에 네모-가 說明ᄒ야 曰 只今 余가 이 機械를 觸ᄒ는 時에는 電流가 이 函 中으로셔 機械를 通ᄒ야 싸이나마를 經ᄒ야 磁石에 傳入ᄒ야 種種의 作用을 起ᄒ며 許多의 機械를 運轉ᄒ야 最强의 熱度에 達ᄒ는 時에는 一時間에 略 五百里의 速力을 起혼다 ᄒ더라. 또 네모-가 노-디라스의 雛型을 指示ᄒ면셔 일너 曰 本艦은 이와 갓치 長圓形이라 兩端은 鐵針과 갓히 狹尖ᄒ며 長이 二百三十二尺이요 廣은 平均 六十六尺이며 容積은 一千五百立方야드며 噸數는 一千五百噸이며 構造는 內外 二重이니 곳 廣大혼 鋼鐵艦 內에 또혼 艦體를 製八ᄒ고 T字形 螺釘으로 連結혼 고로 비록 막가로후(露國 海軍 名將이니 黑海에셔 土耳其 艦隊를 擊滅홈으로 名聲이 歐洲에 振動ᄒ야시며 또 水雷를 發明홈도 同氏의 功績인딕 一九〇四年 日露戰爭 時 旅順口 外海 海戰에 出戰ᄒ다가 不幸이 機械水雷에 一片黑烟과 갓치 大氣 內에 氣化ᄒ니라.)의 魚形水雷와 法國式 速射砲와 露國製 野戰砲와 德國式 攻城臼砲로 千射萬擊ᄒ더린도 不足掛念이며 當初에 余가 本艦體의 九分之一은 水上에 現出케 ᄒ고져 ᄒ야 外艦은 重量이 三百九十四噸이며 內艦은 六十二噸이요 其他 機關 及 雜品의 重量은 九百六一噸 六二니 總 噸數가 一千三百五十五噸 六二며 이의 水量은 千五百噸 十分之九에 相當홀지라. 故로 노-디라스의 艦體의 十分之九는 何時던지 水中에 沈浮홈이요. 또 余가 水面에 出코져 ᄒ거나 水下에 潛伏코져 ᄒ는 時에는 곳 前者에 說明홈과 갓치 喞筒의 水量을 十九世紀 最新式의 電氣폼푸로 壓出커나 또는 汲入홈이라고 ─一히 仔細이 說明ᄒ더라. 아氏가 熟聽良久에 感歎ᄒ야 曰 本艦의 構造의 奇妙는 可謂 神出鬼沒이랄. 貴下가 何處에셔 如許혼 良工을 雇來ᄒ

야 이 不可思議의 神艦을 製造ㅎ얏ㄴ뇨? 네모—가 莞爾ㅎ야 曰 이는
余가 余의 心靈의 良工에게 百問千思ㅎ야 造作홈이니 當初에 余가 浮世
에셔 暴君의 誅求와 奸吏의 殘忍을 蛇蝎視ㅎ야 造化翁의 霹靂棒과 自然
主의 無聲椎로 腕力兒(非指一人이라. 指一强國을 如一人也라.)의 手足
을 斷ㅎ며 滅種家(滅他人種而圖繁殖自國之民族者也라.)의 耳目을 括出
코져 ㅎ다가 事不如意에 孤掌難鳴之勢로 窮蟄一隅라가 世事가 日非홈
에 無可奈何홈을 보고 憤然 決心ㅎ야 英國리파—불의 鐵材와 구라스고
의 螺旋과 록키(山名)의 良材와 豪洲의 巨木과 德國의 機關과 巴里의
水桶과 其他 各 國의 有名훈 材料를 求來ㅎ야 某洋 無人島에셔 余의
平生敎育훈 바 同志 數十人과 本艦을 設計ㅎ야 浮艦式을 行훈 後 同島
에 遺存훈 餘跡을 다 燒却ㅎ고 如此히 五洋에 漂流ㅎ며 宇宙에 彷徨홈
이라 ㅎ는 소린 慷慨悲壯ㅎ더라. (壯哉라. 네모—之意氣여. 不覺使人으
로 如立秋月冬霜에 金風錚鏦之前이로다.) 回顧ㅎ니 故國江山에 衆小가
陸梁ㅎ며 奸孼이 未戡ㅎ야 忠男兒가 刎頸에 國運이 昏昏ㅎ고 我同胞가
塗炭에 聲聲子子이라. 當此艱難櫛風之時ㅎ야 果能爲國而發忿忘食ㅎ야
聞其同志에 三吐其飯ㅎ며 見其悲境에 流血於足掌而往救ㅎ며 繫頸於桎
梏而不屈ㅎ고 聲聲忠愛와 言言眞情으로 慷慨自許ㅎ야 蹈白刃於不忍ㅎ
며 枕閃矛於不毛ㅎ야 供自身於犧牲而欲救黎元二千萬於水火者果有幾
人乎아. 東隣이 雖仁이ㄴ 其 人이 非仁이며 同胞가 雖暴ㄴ 其 暴가 非暴
라. 不我之擇이면 人雖施仁이ㄴ 無益於我며 若我之警醒이면 彼此間에
必知其加暴乎同胞之不忍矣리니 焉有暴爲리요. 勿賴外人ㅎ라. 是는 不
過於托猛虎而嬰兒며 勿毁我民ㅎ라. 是는 自足其愚聞自甘其滅이니라.
故로 古來雄兒가 絶叫 曰 有志成功者는 不曰不能이라 홈은 吾人의 所共
知者也라. 故로 余雖不才ㄴ 敢以一言眞理로 忠告于我愛國의 國民 曰爲
國家而定億萬年基業ㅎ며 成冠六洲之帝王事業의 我國民은 皆曰 有爲則
成而自今爲始ㅎ야 孜孜相勉而進則其得其實은 明若觀火니 試爲焉ㅎ라.
更告焉ㅎ노니 所爲今世之我國有志者들아 余以未成之乳臭로 吐此猥濫
唐突之說은 未免老成諸君子之誚責이ㄴ 本是 內國 古習的 有志者는 姑

捨ㅎ고 所謂 開化的 諸士들아 余聞接傳說則 曰 公等이 其當衆集之場과 廣會之席ㅎ야ᄂ 奮袂大呼 曰 國勢가 如此如此ㅎ고 風潮가 如此如此ㅎ니 엇지ㅎ면 죠흔냐고 或 搏案大叫도 ㅎ며 或 俺面泣涕도 ㅎ다가도 觀其內容ㅎ며 探其裏面則朝伺于泥峴ㅎ며 暮候於京洞ㅎ고 群立於大監更衣之傍而談吳王之屎甘ㅎ며 蠅集於權門擅職之門而假虎威於愚氓ㅎ고 奈翁的 斷髮과 巴里式 洋靴로 捲五寸之鬚而作威於堂上ㅎ며 揮三尺之杖而橫行於門外云ㅎ니 以余淺識으론 是必二三生開化者談과 鸚鵡的日語而附驥作威ㅎ며 行猿猴的洋風而自慢侮人ㅎ야 不免一魚가 濁水에 全池가 潢潢ㅎ고 一人이 作非에 九族이 及之之格이ᄂ 然이ᄂ 所聞이 唯是며 所噂이 唯此則豈不痛歎哉아. 方今에 國勢倒懸이 如此에 諸子가 雖千吐百詧에 發忿警醒이라도 唯恐未免堂燕之禍온 況乎自負其薪而助其火焰之爲哉아. 眞是意外라. 古語에 曰 人誰無過리요 改之則善이라 ㅎ얏시니 諸子ᄂ 當聒目而新ㅎ야 不有假裝志士之形之譏而發揮其天性之眞과 先天的朴ㅎ야 共濟斯民ㅎ며 同拯此元則於國於家에 無上幸甚이니 恭望)

著者曰 大抵 地球上에 洋은 陸의 三倍라. 그 面積이 略 八千萬 아굴이요 水量은 二兆000 二億 五千萬立方里에 不下ㅎᄂ지라. 故로 只今 地球上 流動ㅎᄂ 川流로 이를 充溢케 ㅎ고져 흘진된 四萬歲 可量 걸닐지며 地質學上으로 推遡흔진된 地球原始에ᄂ 水의 時代며 次에ᄂ 火의 時代가 되얏다가 橫壓力은 造山力을 産出ㅎ며 外力은 內力을 壓伏ㅎ야 凹凸이 生ㅎ며 水陸이 成ㅎ고 鳴動이 作ㅎ며 噴火가 始ㅎ면셔 一局에 洪水가 濫漲ㅎ면 他部엔 島嶼가 崛起ㅎ야 由來數萬年間에 現今과 如흔 世界를 成ㅎ니 곳 五洋(南北 氷洋, 印度洋, 太西洋, 亞多羅洋, 太平洋) 六洲(亞細亞, 유롭파 (歐)아푸리카(亞弗利加) 오세아니아(濠), 南北亞美利加)에 分ㅎ니라, 太平洋은 亞米 兩洲 間에 挾在ㅎ야 經線 一四五度 間에 汎濫ㅎᄂ 第一 廣闊흔 海洋이며 노－디라스의 方今 航海ㅎᄂ 處더라.

却說 兩人이 說話를 中止ㅎ고 喫飯흔 後에 네모－가 아氏 다려 일너 曰 暫時 船上에 開游흠이 何如ㅎ뇨 ㅎ고 세 番 電氣時辰器를 壓ㅎ더니 啣筒(즐통)의 水를 噴出ㅎ고 梯子를 從ㅎ야 出ㅎᄂ지라. 아氏도 싸러신

즉 天靑日朗에 東風이 徐吹ᄒ고 水波가 不起에 四望皆水라. 雖無鳥語蟲
聲과 花英草綠이ᄂ 猶有五洋煙霞가 盡入寸裏ᄒ고 假使故園으로 沒在
天倪雲無有之間이ᄂ 尙見紅輪이 鑠鑠乎彼蒼崖無之中이러라. 久錮之艦
囚가 初見三烏之光ᄒ니 喜滿悲滿이요 騎虎之傑兒가 再立太乙之間ᄒ니
愁多感多러라. 此 時에 네모ー는 六圓儀로 天體를 測ᄒ며 緯度를 量ᄒ
고 아氏다러 일너 曰 只今은 곳 正午라. 노ー디라스의 進路는 곳 五大潮
流(黑潮「北 二八ー六0, 東 一四0ー西 一四0一」北赤道流「空度ー北 二0間還
流, 南赤道流」空度ー南 二0間還流, 부라질流「南 二0ー四0, 西 二0ー五0」,
灣流「北 二三ー四五, 西 四0ー八0」等 暖流라.) 中黑潮라 稱ᄒᄂ 潮流를
逆航흠이라 ᄒ고 遠距離의 微現ᄒ 一點蒼雲을 指示ᄒ야 曰 이ᄂ 日本이
라 ᄒ고 言訖에 艦內로 復歸ᄒ야 아氏 다려 일너 曰 時方 本艦은 水中
百五十六尺下에 航進ᄒ노니 貴下는 此 室에 留ᄒ야 圖書를 任意 觀覽흠
이 何如ᄒ뇨. 余는 便室로 歸ᄒ노라 ᄒ고 謝去ᄒ더라. 이 ᄢ에 아氏가
홀노 沈黙 生覺ᄒᄌ 天地가 雖廣이ᄂ 此 身은 無脫艦之口ᄒ고 待遇는
雖厚ᄂ 斯心엔 無暫留之意라. 身作楚囚에 魚鴈이 無路요 魂游故園에 故
人이 時懷라. 悽然의 淚와 悲感의 思에 低首自憐타가 驀地에 鐵門이 左
開ᄒᄂ지라 吃驚觀來ᄒ니 別非他人이라. 곳 넷氏 及 콘젤이라. 三人이
合坐ᄒ야 彼此 說往說來홀ᄉ 電氣燈은 乍滅ᄒ고 琉璃窓이 閃開터니 再
次 電光이 灼然에 輝耀數里ᄒ민 日本支那 近海의 奇魚異獸가 光明을
愛慕ᄒ고 窓外에 來集ᄒᄂ디 空間의 烏類와 山中의 獸族은 그 數가 此
에<53>不足比喩러라. 晚餐을 當ᄒ민 各其 住所에 歸ᄒ야 喫了ᄒ 後
就寢ᄒ니라. 如此이 五六日을 經過ᄒᄂ 네모ー는 如何ᄒ 事故가 有ᄒᄌ
終無消息에 疑呀不已러니 一日은 忽然 了頭가 一封書를 持來ᄒᄂ디 表
面에 아론낫구스 閣下라 書ᄒ지라. 急히 開封 讀來ᄒ니 其 書에 曰

隔阻數天ᄒ니 悵懷萬重이라. 本欲頻頻相逢이ᄂ 於勢에 莫之奈何오.
敬詢此辰에 貴體萬重이오며 讀書之味가 果若何否아. 爲之頌祝이라. 第
近傍에 有구레스포ー島ᄒ온디 千態가 隱見ᄒ고 萬景이 岔入이온 바 참

絶世의 奇景이오니 雖爲相勞ㄴ 明十七日에 銃獵散策於該島가 若何오.
餘는 姑不備禮라.

　　　노-디라스 艦長 네모- 拜

　　　巴里博物館長 아론낫구스 閣下

▲ 제16호 (1907.12.24) 第八回 千尋海底提獵銃去 萬重波間着潛衣步

　話說 아氏가 네모-의 請牒을 受讀흔 後에 籠鳥가 上林에 再飛흐며 檻獸가 山野에 復游흐는 듯흐야 期日만 苦待타가 九月 十七日 黎明에 네모-를 客室에 往訪흔즉 네모-가 欣然 出迎흐면셔 寒溫을 相敍흔 後에 朝飯을 咆흐고 法國人 某의 發明흔 루게르潛水機(同潛水衣는 普通用 다이붕우뻴潛水器와 判異흐야 革囊에 空氣를 貯蓄흐고 吹爐로 空氣를 壓出흐야 二個 印度膠管으로 鼻孔에 通케 흠이니 甲은 吹入管이며 乙은 咄出營이라.) 數領을 持來흔 後 經便用 腰帶 電燈 數個와 水中用 空氣壓力 應用 水中砲 數挺을 具備흐야 便室에셔 넷氏 及 콘셀과 一領一挺式 束裝흐니 重 各 數百斤이라 身如粉碎러라. 忽然 室內가 漆黑갓더니 海水가 混入흐면셔 電燈光線에 海底가 暎照흐는지라. 三人이 네모- 主僕을 緊看隨行흘시 先頃에 千斤갓흔 潛水衣가 只今은 魯縞倭紗에 不過흐며 電光의 明輝는 太陽에 不下흐여 能히 數十間 內外를 照暎흐더라. 一行이 去去 探險흘시 岩礁를 圍繞흐며 藻蘱을 搔開흐고 左旋右轉흔즉 海月은 浮沈흐며 海盤車의 散合흠은 春花秋葉에 多흐며 鰤魴은 驚駭흐며 貝鼇의 逃竄흠은 山禽野獸에 倍蓗흐더라. 坐 數分間 海阪을 步上흔즉 太陽의 光線이 斜映흐야 水面에 屈折흠으로 五色이 玲瓏흐야 全面이 錦繡江山의 美觀을 呈흐고 海草洋蘱은 靑綠이 相雜흐야 艶麗無比흐니 眞是世間에 第一 好風景이며 無類의 壯意氣러라. 一行이 그 坂上을 從흐야 數十分間 前進흔즉 곳 海中大岩礁라. 可히 半身을 水面上에 露出흘너라. 이 쩌에 네모-가 一行다려 일너 曰 이 섬은 千八百〇一年에 西將 구레스포가 發見흔 孤島이 아니라 卽 水中銀岩인듸 此 處로

178

日本을 相距가 不過 數百浬이며 黑潮와 寒流의 會點이니 곳 熱帶魚族과 寒帶魚群의 集合處라. 이 魚群이 다시 오—쓰구海로 入ᄒ야 樺太北海道 海峽에 遊泳ᄒ며 又 其 一派는 日本海로 游入ᄒ야 朝鮮 東岸을 沿游홈으로 그 나라는 곳 世界 三大 魚産場의 第一되는 베—링우海 魚族의 出入處인 고로 海産物의 豊富는 可謂 無盡藏이라. 圖們江 近洋과 永興灣 外海에는 鯨鯢가 怒吼ᄒ며 魚鱉이 群集하고 城津浦 內와 鬱陵島 邊에는 魛魥魟魶魵魼鱈鰤鮑鮫鮹鰻鯛鮊鯖鯽鰈海蔘紅蛤海豹海狗(膃肭)臘虎 明太 大口魚 等類에 沒有不捿는 一般 國民은 如何ᄒ 影響을 受ᄒ야 如彼ᄒ 惰性的 蠢物에 不過ᄒ는지는 우리 思想으로는 推測키 難ᄒ는 如此ᄒ 天賦의 金庫에는 少無慾望ᄒ고 國內에 閒居ᄒ야 終日 所謀가 都是 大小相食之圖로 骨肉相殘만 爲業ᄒ다니 眞所謂 地獄불을 自己 面前에 두고도 不知ᄒ는 盲物이며 ᄯ 그 一族은 베링우 東岸을 沿ᄒ야 아라스카海邊에 出沒ᄒ야 合衆國 人民을 肥曉케 ᄒ는니라고 孜孜 說明ᄒ더라. 一行이 如此히 數十分間 休憩ᄒ 後에 다시 峻坂을 回繞ᄒ야 水底 略 千餘야드 下에 至ᄒ즉 日光은 微照ᄒ고 海草는 茂盛ᄒ야 寸步을 難進이라. 一步蹇 再步蹶에 恰若駑馬가 走阪ᄒ며 肥豕이 馳氷之勢로 相携共進홀ᄉᆡ 刺射裡에 群魚가 飛躍ᄒ며 波浪이 激動ᄒᄆᆡ 一行이 出來事를 不知ᄒ야 瞪目觀來ᄒ즉 一大 巨鮫가 流星과 갓치 魚族을 逐擊홈이라. 다 不勝恐惶ᄒ야 蟄伏避身ᄒ니라. 如此히 幾時間을 前進ᄒ얏더니 네모—가 앗氏에게 那邊을 指示ᄒ는데 森林이 鬱蒼ᄒ고 岩石이 險凸ᄒ데 그 意思가 구레스포島에 渡達홀을 表示ᄒ는 듯 ᄒ더라.

▲ 제18호 (1908.2.24) 第九回 氣銃放聲忽倒巨蟹 匍匐躱軀巧瞞沙魚

話說 네모 及 아氏의 一行이 크레스포—島 森林에 到着ᄒᄆᆡ 數百의 喬樹는 梢를 列ᄒ고 數千의 灌木은 枝를 交ᄒ야 厚薄의 綠葉은 參差相嵌ᄒ고 縱橫의 幹旋은 盤碗相結ᄒ엿는데 地面을 掩閉ᄒ 雜草는 鬱鬱蒼蒼히 絨氈을 撒布ᄒ 듯, 枝端에 垂下ᄒ 果實은 珠玉을 聯貫ᄒ 듯 目中所觸이

陸地의 森林과 少許도 無異ᄒ야 花樹는 迎時綻葩에 紅白을 亂粧ᄒ엿ᄉ니 錦繡의 大幕을 廣張ᄒ 듯 枝間에 遊泳ᄒᄂ 魚族은 黃鳥의 金梭를 投織ᄒᄂ 듯 入眼風物이 陸地에 比ᄒᆡ 幾層의 美觀을 呈ᄒ더라. 네모는 新世界를 發見ᄒ 듯이 誇壯의 顔色을 帶ᄒ고 아氏는 餘念업시 此處彼處를 覽回ᄒᆡ 珍奇ᄒ 樹木을 驚異ᄒ되 欲言未遂ᄒ고 欲答不能ᄒ야 徒然히 콘셀의 頭를 撫ᄒ면셔 手目으로 其 喜를 表出ᄒ더라. 四時 頃을 踏步ᄒᆡ 心身도 俱疲홀 ᄲᅢᆫ더러 空腹을 頗覺ᄒ겟ᄂ지라. 綠草를 披坐ᄒ고 暫時 休息홀ᄉᆡ 心神의 融弛를 從ᄒ야 稍稍 就睡ᄒ엿더니 忽然 遺響에 아氏 愕然破眠ᄒ야 起身四顧ᄒ니 滿波金鱗은 漸次로 逃去ᄒ고 日色은 西山에 將斜ᄒ야 美麗壯觀이 蕭寥의 氣味를 挑出ᄒ더니 忽然 怪異의 遺響이 更聞ᄒᄂ지라. 驚急視之ᄒ니 甲의 直徑이 大略 十五尺 可量의 大蟹가 兩指를 伸張ᄒ야 아氏 背後를 摑付코져 ᄒ거늘 惶怯太甚에 所爲를 莫知ᄒ던 次에 네모도 眼目을 漸覺ᄒ쟈 電氣銃을 急持ᄒ야 向射 一放ᄒ니 蟹甲이 塵碎라. 콘셀과 노티라스 水夫 等이 驚起ᄒ야 콘셀은 主人身上에 不測의 虞가 有ᄒ 줄노 誤測ᄒ고 魂飛九天ᄒ야 所爲를 莫知ᄒ다가 僥倖 無恙ᄒᆷ을 覺破ᄒ고 欣喜를 莫測ᄒ며 아氏는 撫膺獨思ᄒ여 曰 從此로 吾人 前途上에 如彼 怪物이 幾度 逢着홀 거늘 難測ᄒ겟ᄉ니 身上에 心要ᄒ 防備物 不無ᄒ겟거늘 余의 身上에는 單着ᄒ 一領 常衣ᄲᅢᆫ이니 此로써 危險을 何避리오 ᄒ야 前後를 沈思ᄒ며 恐念이 不止ᄒ되 네모는 秋毫도 屈撓ᄒᄂ 氣色이 無ᄒ고 意氣勃勃ᄒ야 冒險의 路를 愈探ᄒ니 到底 禁止의 術이 無ᄒ지라. 其 心은 怏怏이나 事勢無可奈何로 隨行ᄒ더니 海路가 下坂을 作ᄒ지라 谷底에 深入ᄒᆡ 時ᄂ 午後 三時 頃이라 水面 以下 大凡 四百五十尺地에 深在ᄒ니 其 以下ᄂ 太陽光線이 全然 不及ᄒ야 漸次 暗黑ᄒ지라. 네모ㅣ 腰間에 電氣燈을 燃出ᄒᆡ 아氏 等도 螺旋館을 掠回ᄒ야 玻璃提燈 中에 移取ᄒ니 四箇電灯이 一時에 明光을 發ᄒᆡ 光이 三十야드 距離의 四方을 廣照ᄒ니 海底 暗天이 變作 白晝江山이라. 一行이 皆是 氣力을 奮發ᄒ야 漸次 深進ᄒ니 此邊은 草木의 生育이 全絶ᄒ야 一莖도 不見ᄒ나 魚族의 游泳은 依然尙多ᄒ야 成群作隊로 燈光을 從來ᄒᆷ이 蝴蝶

이 花間에 醉來홈과 恰似ᄒ더라. 於焉間에 크레스포ㅣ 島根抵에 至ᄒ니
네모ᄂ 所志를 盡ᄒ지라. 前路를 更轉ᄒ야 險阻ᄒ 谷間을 攀登ᄒ니 忽然
水面下 十야드 半處에 至ᄒ지라. 太陽光線이 明光을 透來ᄒᄆ 空氣 中
諸嶼에서보다 數多種種의 魚族이 身邊에 來集ᄒ야 戱泳ᄒᄂ 現狀이 아氏
一行을 同類로 斟酌ᄒᄂ 듯ᄒᄆ 一行도 戱喜를 未禁ᄒ야 或 捕尾擊鰭로
興味를 相埒터니 忽然 네모ㅣ 銃端을 自己頭上으로 向ᄒ야 一次 狙擊ᄒ
ᄂ지라. 一行이 無非驚怪ᄒ엿더니 忽然 水心에 沈落物이 有ᄒ듸 長이
五尺有餘의 一種 水獺이라. 元來 此 海獸ᄂ 大韓, 淸國, 近海에 多産ᄒᄂ
바이며 兼且 皮質이 殊良ᄒ야 一張價格이 六七百弗에 不下ᄒᄆ 爭先獵盡
홈으로 今日에 至ᄒ여ᄂ 種類가 殆盡ᄒ엿더라. 네모ㅣ 水夫를 命ᄒ야
水獺을 提負ᄒ고 漸次 前進ᄒ야 水面 近地에 踏到ᄒ야 水夫ㅣ 手銃 一發
에 水面上 數야드 距離에 翩翩ᄒᄂ 一羽白鳥를 射落ᄒ거늘 아氏 主僕은
其 神巧ᄒ 射術을 感嘆ᄒ야 捲舌相見홀 而已더라. 順臾에 前路 半里 隔地
에 灼爍ᄒ 光耀가 照ᄒ거늘 아氏ㅣ 眸子를 定注ᄒ니 此ᄂ 노티라쓰艦인
듸 此 時에 器械 中 空氣가 幾欲將盡에 身體의 困憊도 頗覺ᄒ겟더라.
速히 本艦에 歸來ᄒ야 新鮮ᄒ 空氣를 十分 吸入홀 計劃으로 步調를 促進
홀시 忽然 네모ㅣ 停步佇立ᄒ엿다가 아氏의 首部를 押取ᄒ야 地上에
壓倒코져 ᄒ거늘 콘셀이 怒氣大發ᄒ야 네모를 摳打코져 ᄒ더니 水夫
等이 合力奮臂ᄒ야 畢竟 콘셀을 押倒ᄒᄂ지라. 아氏ㅣ 此 光景을 見ᄒ고
駭驚滋甚ᄒ야 네모ㅣ의 手腕을 捉振코져 ᄒ나 到底 腕力을 堪當치 못ᄒ
ᄆ 畢竟 狙伏홀 而已러라. 넷氏도 打倒를 被ᄒᄆ 四肢를 不動ᄒ고 雜草
間에 靜臥ᄒ엿더니 忽然 身長 百餘尺 可量의 二頭 大鯊魚가 箕를 連ᄒ고
巨口를 竝開ᄒ야 劍刃과 如ᄒ 大齒를 露出ᄒ고 燐火를 放散ᄒ며 病風ᄀ
치 馳來ᄒᄂ지라. 아氏ㅣ 毛骨이 震慄ᄒ고 齒根이 不合ᄒ야 所爲를 莫知
ᄒ고 屛息俯伏ᄒ엿더니 僥倖 鯊魚ᄂ 아氏 等을 未見ᄒ고 忽然 走去ᄒ거
늘 虎口의 難을 纔避ᄒ고 노티라쓰에 歸來홀시 海上에 露出ᄒ 戶口가
依然 尙開ᄒ지라. 콘, 넷 兩人도 네모ㅣ의 後를 隨ᄒ야 艦中에 入來ᄒ니
네모ㅣ 戶口를 先閉ᄒ고 第二戶를 少叩ᄒᄆ 喞筒의 働音이 始起ᄒ며

室中의 水를 無漏吸上ᄒᆞᆫ지라. 開戶人中ᄒᆞ야 各其 身體를 洗ᄒᆞ며 器械를 脫ᄒᆞᆯᄉᆡ 아氏 等은 네모ㅣ의 不敬無禮홈을 尙奮ᄒᆞᄂᆞᆫ 中 넷氏ᄂᆞᆫ 特히 怒拳을 揮ᄒᆞ야 네모를 打擊코져 ᄒᆞᄂᆞᆫ지라. 콘셀이 附耳微語로 從容挽留曰 彼等이 吾儕를 押倒홈은 決코 惡意가 아니오 鯊魚를 避ᄒᆞ려ᄒᆞᆫ 바니 君은 怒氣를 鎭靜ᄒᆞ라. 넷氏 拍掌大笑曰 噫라. 余ᄂᆞᆫ 愚物이로다. 余ᄂᆞᆫ 君이 手로써 余의게 摺伏을 勸示ᄒᆞ기로 余ᄂᆞᆫ 不平을 强抑ᄒᆞ고 地上에 摺伏ᄒᆞ엿노라 ᄒᆞ니 一座가 捧腹相笑ᄒᆞ고 晩餐을 經ᄒᆞᆫ 後에 各其 寢所에 歸ᄒᆞ야 疲勞를 休養ᄒᆞ고 翌 十八日 昧爽에 起出ᄒᆞ니 昨日 疲勞ᄂᆞᆫ 已爲消復ᄒᆞᆫ지라. 室內에 獨步ᄒᆞ더니 少焉에 노티라쓰가 水面에 浮上ᄒᆞ야 新鮮ᄒᆞᆫ 空氣를 吸入ᄒᆞ거늘 甲板 上에 先登ᄒᆞ야 海上을 遠望ᄒᆞ니 太陽은 碧波를 快披ᄒᆞ고 瞳瞳ᄒᆞᆫ 光線을 雲霧에 拂ᄒᆞ며 累累ᄒᆞᆫ 金瀾은 金色을 呈出ᄒᆞ니 風景의 美麗ᄂᆞᆫ 客子의 鄕愁를 挑盡ᄒᆞᄂᆞᆫ지라. 嘆賞一聲에 聊然憑坐ᄒᆞ엿더니 須臾에 네모ㅣ 出來ᄒᆞ야 一心으로 視察홀ᄉᆡ 아氏의 在傍을 未知ᄒᆞᄂᆞᆫ 樣子러니 少頃에 視察을 畢ᄒᆞ고 海面을 遠望ᄒᆞᄆᆡ 노티라쓰 水夫 等 數十名이 大綱을 負出ᄒᆞ야 魚獵을 將始ᄒᆞᄂᆞᆫ지라. 아氏도 其 側에 在ᄒᆞ여 熟視ᄒᆞᆫ즉 水夫 等이 一種 奇異ᄒᆞᆫ 言語를 發ᄒᆞᄂᆞᆫ 中에 佛國産愛耳蘭, 希臘等國 産者ㅣ가 有ᄒᆞ더라. 此時 네모ㅣ 水夫를 指揮ᄒᆞ야 艦窓의 篏板을 推外ᄒᆞ니 炯炯ᄒᆞᆫ 光輝가 海中에 忽發ᄒᆞᄆᆡ 巨多의 魚族이 光彩를 羨慕ᄒᆞ야 艦周에 來集ᄒᆞ니 其 數ㅣ 幾億萬을 難測ᄒᆞ겟더라. 水夫 等이 一齊히 網을 投ᄒᆞ니 穀物을 袋囊에 盛入홈과 恰似ᄒᆞ야 網罟가 欲裂이라. 次第 擧上ᄒᆞ야 甲板 上에 傾敷ᄒᆞ고 最良ᄒᆞᆫ 品質만 撰擇ᄒᆞ야 食用을 供ᄒᆞ고 其 餘ᄂᆞᆫ 一切 海中에 投ᄒᆞ거늘 아氏 快味를 難勝ᄒᆞ야 콘, 넷, 兩人을 呼誘ᄒᆞ니 先是에 兩人은 客室에 在ᄒᆞ야 窓前에 群集ᄒᆞᄂᆞᆫ 魚族을 注視ᄒᆞ며 娓娓相笑ᄒᆞ더라.

아氏도 一層의 美觀을 驚嘆ᄒᆞ며 津津相娛ᄒᆞ더니 而已요 投網을 畢ᄒᆞᄆᆡ 네모ㅣ와 흠의 室內에 歸入ᄒᆞ야 昨日 銃獵으로브터 今日 投網 等事를 細細 說明ᄒᆞ거늘 아氏 問曰 今日 投網은 實是奇觀이거니와 大槪 幾許의

魚族을 獲捕ᄒᆞ엿ᄂᆞ뇨. 네모ㅣ 答曰 槪算ᄒᆞ면 九千噸 以上에 達ᄒᆞ리다.
아氏ㅣ 再問曰 此 魚를 沒數生蓄ᄒᆞ겟ᄂᆞ뇨. 네모 答曰 或은 生蓄ᄒᆞᆯ 者ㅣ도
有ᄒᆞ고 或은 鹽漬ᄒᆞᆯ 者ㅣ도 有ᄒᆞ리다. 아氏ㅣ 又 問曰 如此ᄒᆞᆫ 漁獵을
往往開催ᄒᆞᄂᆞ뇨. 네모ㅣ 答曰 然하다. 何時던지 開催ᄒᆞ노라. 아氏 又 問曰
今日 爲始ᄒᆞ여는 本艦이 何許方向을 取ᄒᆞ야 進航ᄒᆞ겟ᄂᆞ뇨. 네모ㅣ 答曰
從此로 進路를 東南에 取ᄒᆞ야 太平洋 中 水面 以下 二百尺地를 進航ᄒᆞ겟
노라. 如此히 談話로 時間을 移ᄒᆞ다가 네모ㅣᄂᆞᆫ 居室노 歸去ᄒᆞ고 其 後ᄂᆞᆫ
接客의 樣子가 頗稀ᄒᆞ민 奇譚小論을 聽치 못ᄒᆞ엿더라. 十二月 十一日
午後 二時 頃에 아氏ㅣ 客室에 在ᄒᆞ야 古書를 閱讀ᄒᆞ더니 콘, 넷, 兩人도
來會ᄒᆞ야 艦窓을 倚ᄒᆞ고 海中을 眺望ᄒᆞ니 或 海草 上에 偃臥ᄒᆞᆫ 海馬의
形體도 見ᄒᆞ며 礁上에 就眠ᄒᆞᄂᆞᆫ 海豹도 有ᄒᆞᆫ지라. 넷氏ㅣ 奮然曰 余ㅣ
萬一 海中에 在ᄒᆞ엿드면 揮拳一打에 彼等 海獸를 倒去ᄒᆞ리라. 콘셀이
笑曰 君은 艦中에서만 謾言을 空吐치 믈나. 萬一 海中에 在ᄒᆞ면 彼의
牙瓜를 難脫이리라. 넷氏 笑曰 否라. 余ㅣ 腕力을 久廢ᄒᆞ엿ᄉᆞ민 近頃에ᄂᆞᆫ
拳擊의 念이 時起ᄒᆞ노라. 아氏ㅣ 曰 君等은 這邊에서 游泳ᄒᆞᄂᆞᆫ 尺漁를
知ᄒᆞᄂᆞ뇨. 넷氏 答曰 此ᄂᆞᆫ 北美加奈陀近海에 多産ᄒᆞᄂᆞᆫ 者인디 其 名은
로ー브로다. 아氏曰 否라 此ᄂᆞᆫ「로ー브」가 아니오. 沙魚의 一種되ᄂᆞᆫ 鯤魚
의 兒魚로다. 콘셀이 넷氏다려 謂曰 彼 礁根에 生着ᄒᆞᆫ 海草ᄂᆞᆫ 何名이뇨.
넷氏曰 此ᄂᆞᆫ 石菜花로다 ᄒᆞ야 相問相答ᄒᆞ더니 而己요. 了頭一盤珍餐을
持來ᄒᆞ거늘 三人이 下箸一時에 其 珍美ᄒᆞᆫ 味臭를 嘆賞ᄒᆞ여 且食且言ᄒᆞ야
艦外風光을 有時觀望ᄒᆞ던 次에 콘셀이 一言을 不發ᄒᆞ고 眼眸를 頻轉ᄒᆞ야
凝視良久에 忽然 容態를 變作ᄒᆞ고 急히 아氏다려 向言曰 相公은 請看ᄒᆞ
오. 這邊에 驚怖ᄒᆞᆯ 巨大物體가 有ᄒᆞ외다 ᄒᆞᄂᆞᆫ지라.

▲ 제20호 (1908.5.12) 第十回 偶視沈船思航海險 密謀脫艦待機會到

却說 아氏가 콘셀의 驚起ᄒᆞᄂᆞᆫ 樣子를 見ᄒᆞ고 胸膽이 轟落ᄒᆞ야 手中
에 把讀ᄒᆞ든 圖書를 放棄ᄒᆞ고 艦窓에 接觀ᄒᆞ니 노티라스가 進航을 中

止호고 艦窓을 完開호야 電光을 海天에 遠照호니 海中天地가 混然히 不夜城을 作호엿는디 萬種魚族은 如涌來集호야 背嗜를 相連호니 片片 木葉이 微風을 從飄호고 雙雙蝴蝶이 研花에 遊戲호는 듯 粲爛흔 光景이 人目을 感奪호더라. 아氏는 餘念업시 聊然熟視홀 而已러니 콘셀이 海底 를 指視호여 曰 相公은 彼 邊을 請看호라. 彼가 沈沒船이 아니뇨. 아氏 瞠目視之호니 大鯨이 海底에 偃臥흔 듯 果是 一個 沈沒艦인디 舵檣은 毁折호엿스나 船體는 依然不傷호엿스니 推想컨디 沈沒흔 지가 過爲不 久흔 듯 흔지라. 아氏 不意의 大聲을 發揚호여 曰 沈沒船 沈沒船이로다. 在傍흔 넷氏가 舵檣下에 橫臥흔 人體를 指示호니 아氏ㅣ 潛然下淚에 拭目詳視흔즉 男子가 四人이오 女子가 一人인디 女子는 年可 廿五六에 容貌가 非凡호고 風彩가 秀美호며 頭上에 幼兒를 捧出호는 듯 愛兒를 救助흘 듯시 心力을 盡供호다가 渺然히 海中孤魂이 된 듯호고 幼兒는 楓葉잣흔 小手를 擧호야 其 母親의 襟幅을 欲握호엿스니 其 慘狀은 眞 不可目睹ㅣ라. 아氏ㅣ 一見에 其 身을 忘却호고 淚頰을 頻拭호며 故鄕 을 遠思호니 妻子親眷이 漂然無跡이라. 愛然惜之호야 垂頭歔泣호더니 鼓動소릭 轟然一發에 船體가 颶風갓치 進航호더라. 콘셀이 沈沒船體에 [푸로리다, 산다ー란드]라 書列흠을 瞥見호고 아氏의게 告호니 아氏 沈 黙良久에 留心흘 而已오. 此後로는 아氏 沈沒船을 思到흘 時 아다 鼻腰 가 往酸에 枕食을 忘却호더라.

却說 노티라스가 進路를 東南으로 取호야 晝夜를 不分호고 進行호야 赤道 直下處에 至호믹 方針을 更轉호야 西北으로 向進호니 此 處는 太陽 의 光線이 頭上에 直射호야 暑氣가 極烈호딕 當時 노티라쓰艦은 水底 一百二十尺 乃至 一百五十處를 進航흠으로 熱氣는 秋毫도 不侵이라. 아 氏ㅣ 客室에 獨坐호야 壁上에 掛在흔 地圖를 案察호야 地理를 考究호더 니 네모ㅣ 突然 入來호야 아氏를 向호야 地圖의 一方을 指示호여 曰 至今 노티라스 進航處는 那邊이니 卽 쌔니콜島로다. 아氏ㅣ 此 言을 一 聞호고 愕然良久에 一言을 不出호니 大抵 아氏가 쌔니콜島名을 聞驚흠

은 偶然의 事가 아니라 一千八百七八十年頃에 歐洲 各國이 全世界의 航海를 目的ᄒ고 堅牢ᄒᆫ 船舶을 製造ᄒ며 水利測量에 能通ᄒᄂᆫ 人士를 撰擇ᄒ야 航行을 裝勵ᄒᆯᄉᆡ 當時에ᄂᆫ 航路가 區區未定ᄒᆷ으로 或은 飄風의 翻覆을 當ᄒ며 或은 暗礁의 觸碎을 被ᄒ야 完美ᄒᆫ 效果를 未得ᄒ엿ᄂ 딘 佛國도 一千七百八十五年 路易 第十四世가 라페로쓰卿을 命ᄒ야 쌕솔, 아스트로라베 兩艦을 修繕派送ᄒ엿더니 其 後 五六年의 星霜이 己過 ᄒ딘 音信이 頓絶이라. 政府ㅣ 苦憫不一ᄒ야 探索次로 一千七百九十一年에 쏀트레카스쓰 로 船將을 命ᄒ고 렛셀스, 에스페란스 兩艦을 領率派送ᄒ엿더니 에스페란스號ᄂᆫ 不幸히 쌔니콜島에셔 巖礁에 抵觸ᄒ야 海底에 沈沒ᄒᆫ 바가 되엿고 렛셀스號ᄂᆫ 沈沒船을 引出ᄒ기 爲ᄒ야 海底를 探索ᄒ다가 意外에 쌕솔號의 沈沒을 發見ᄒᄆᆡ 아스트로라베號도 此 近海에 沈沒ᄒ엿ᄉ리라 ᄒ야 百方盡力에 遑遑探索이나 目的을 未遂ᄒ고 情景을 佛國政府에 報告ᄒᄆᆡ 政府ᄂᆫ 레셀스號의 勝利를 大賞키 爲ᄒ야 死者遺族에 相當ᄒᆫ 恩給을 布與ᄒ엿ᄉ니 如此ᄒᆫ 履歷이 有ᄒᆷ으로 쌔니콜島라 云ᄒ면 佛國에셔ᄂᆫ 婦人 小兒도 未知者가 無有ᄒ엿더니 至是에 아氏ㅣ 쌔니콜島의 名稱을 及聞ᄒ니 驚愕의 懷가 不無ᄒ지라. 네모ㅣ를 向言 曰 然則 아스트로라號도 此 處에 沈沒ᄒ엿슬지니 之子ㅣ ᄂᆫ 能知아 否아. 네모ㅣ 아氏의게 答曰 余를 從來ᄒ라 ᄒ고 甲板上에 踏登코져 ᄒ거늘 아氏 其 意思를 斟酌ᄒ고 네모ㅣ의 後를 從ᄒ야 甲板에 至ᄒ니 東北方에 二個 火山質島가 有ᄒ야 其 周圍가 四百里許에 不過ᄒ나 草木이 生茂ᄒᆫ 處에 野蠻人이 多數來集ᄒ야 노티라스艦을 望見ᄒ고 恐怪의 色을 帶ᄒ더라. 時에 네모— 錫製 一小函을 取出ᄒ야 아氏의게 示與ᄒ니 其 中에 鹽水의 浸入을 因ᄒ야 黃色을 呈帶ᄒᆫ 書類幾葉이 有ᄒᆫ딘 此ᄂᆫ 路易十四世가 親筆노 아스트로라베艦長 라펜로스卿에게 命與ᄒᆫ 世界周航命令書여늘. 아氏 大驚ᄒ야 其 裏許를 詳聞ᄒᆫ즉 네모— 答曰 余 曾往에 아스트로라베號의 蹤跡을 未知ᄒ다 ᄒ기로 쌔니콜島에 至ᄒᆯ 時마다 海底를 探索ᄒ야 此 書를 得ᄒ엿스며 該 船은 卽 쌕솔號 沈沒地에셔 數理를 隔在ᄒᄆᆡ 今日에 至ᄒ도록 一人도 知者가 無ᄒ니라. 아氏ㅣ 此 言을

聞ᄒ고 心中에 自許ᄒ되 余ㅣ 他日에 本國 春色을 伴歸커든 此 顚末을 仔細報告ᄒ야 向日 獨斷으로 怪物討伐隊에 乘入ᄒᆫ 罪를 購免ᄒ리니 該船 沈沒狀態 等에 詳細ᄒᆫ 것ᄭ지 知悉ᄒᆷ이 可ᄒ리라 ᄒ야 說去說來ᄒᆯᄉᆡ 當時 노티라스艦이 西南으로 轉ᄒ야 一時間 一百五十里速力으로 晝霄 進航ᄒ야 오스트랄니아 北東海岸에 直到ᄒ엿ᄉ니 向日 日本近海 크레스포ー島邊에셔는 相距가 三萬 三千四百里오 時節은 一千八百六十三年 一月 一日이니 海底에 新年儀式이 無ᄒᆫ즉 아씨 主從과 及 넷氏는 客室에 會同ᄒ야 雜談으로 時間을 移過ᄒ더라.

忽然 네모ー 突入 曰 余는 從此 로틀레스海門을 逾過ᄒ야 印度洋에 至ᄒ리라 ᄒ니 此 틀레스海門은 오스트릴리아와 其 西北에 在ᄒᆫ 핏파인島 間에 夾在ᄒᆫ 海門인ᄃᆡ 廣이 一千三百里요 數多ᄒᆫ 小島와 岩礁가 此處 彼處에 散布ᄒ엿고 海底에는 珊瑚가 多産ᄒ엿ᄉ니 可謂險絶ᄒᆫ 處이라. 노티라스艦이 左避右奔ᄒ야 險惡을 不關ᄒ고 一向 進航ᄒᆯᄉᆡ 一月 四日 午後 三時頃에 至ᄒ여는 汐水가 漸落에 進航이 從難이라. 如何ᄒᆫ 失數가 有ᄒ엿던지 勇迅ᄒᆫ 노티라스艦이 暗礁上에 乘坐되야 進退에 自由를 未能ᄒᄆᆡ 水夫 等은 皆是 惶刧ᄒ되 네모ー는 悠然自若ᄒ야 駭慮의 氣色이 毫無ᄒ고 笑顔을 常帶ᄒ더라. 然ᄒ나 아氏는 憂色을 隱帶ᄒ고 네모ー를 向言曰 本艦이 暗礁에 乘坐되엿슨즉 別般詮術이 無ᄒ리니 嗟呼라. 吾輩與君으로 此 島 住民을 作ᄒᆯ 外에 他策이 無ᄒ리로다. 哀哉라. 可惜지 아니ᄒᆫ냐. 네모ー 答曰 否라. 今日이 卽 一月 四日이니 汐水가 十分 退落ᄒ야 進航에 困苦가 有ᄒ거니와 今後 五日을 經ᄒ면 滿潮가 되리니 好時機를 固待ᄒ야 大海로 出航ᄒ면 何難이 有ᄒ리오. 言畢에 窓外로 出去ᄒ는지라. 客室에는 三人이 曾坐ᄒ야 談笑로 時間을 移送ᄒ더니 넷氏 아氏를 向言曰 今에 吾輩의 逃免ᄒᆯ 時機가 到來ᄒ엿ᄉ니 吾輩는 此 機를 不失ᄒ고 陰密遁歸ᄒ야 鄕國春光을 作伴ᄒᆷ이 不難의 事實이니 相公의 意思는 何如오. 氏ㅣ 答曰 君의 所言도 無理는 아니로ᄃᆡ 此 地에셔는 吾輩의 逃走ᄒᆯ 時機가 아니니 數日을 尙航ᄒ야 英領海

岸에 至ᄒ거든 吾輩ㅣ 脫走홈이 似好似好라 ᄒ믹 콘셀도 此 意見을 贊成ᄒ되 넷氏는 半里許에 在흔 길쌘아島를 望見ᄒ고 逃脫의 動心을 味抑ᄒ야 아氏를 催促曰 相公은 陸地上 食物을 不嗜ᄒ는가. 余는 彼 島에 往獵ᄒ면 鳥獸의 食料品을 多數 獲取ᄒ리니 果然 爽快치 아니ᄒ뇨. 콘셀이 亦是 催請曰 넷君의 所言이 心意에 最合ᄒ오니 相公은 네모ー의 許可를 請得ᄒ시옵쇼셔. 아氏 應諾ᄒ고 네모ー를 往見ᄒ니 不意에 네모ー 快許ᄒ는지라. 콘, 넷 兩人은 喜踊雀躍ᄒ며 아氏와 明日早天에 該 島에 進赴ᄒ기를 約定ᄒ니라. 此 夜에 넷氏는 一時가 三秋와 如ᄒ야 熟眠을 不成ᄒ고 轉輾不寐ᄒ다가 翌日 未明에 아氏를 呼起ᄒ야 喫飯을 了畢흔 後에 네모ー의게서 銃砲斧鉞 等을 借出ᄒ야 艇舟에 乘入ᄒ니 時己 午前 八時頃인딕 海面은 波穩如畫ᄒ야 淸風이 徐吹ᄒ니 其 快活흔 趣味는 所言을 未知러라. 此處彼處에 鯨鯢는 水線을 噴擧ᄒ고 水禽은 群翼을 齊飛ᄒ니 海上風光이 客懷를 頗慰ᄒ더라. 넷氏는 舵를 把ᄒ고 아氏 及 콘셀은 櫂를 盪ᄒ야 縱興漕出ᄒ니 舟子는 疾風과 如흔딕 三人이 同聲齊歌로 길쌘아島의 東端을 向ᄒ고 航進ᄒ니라.

▲ 제21호 (1908.5.24) 第十一回 三土上陸獵獲末收 蠻民襲艇矢石 如雨

却說 아氏ㅣ 콘, 넷 兩人을 率ᄒ고 一葉艇을 萬頃波上에 乘出ᄒ니 淸風은 徐來ᄒ고 水波는 不興이라. 一葦의 所如를 放任ᄒ야 海島一小灣에 將近ᄒ니 넷氏는 虎口를 脫出흔 드시 喜踊雀躍ᄒ야 아氏를 回顧曰 吾輩ㅣ 此 島에 上陸커든 鳥獸를 多數 獵取ᄒ야 久廢흔 肉食을 挽回홈이 可홀 듯ᄒ외다. 아氏 答曰 吾輩ㅣ가 此 島에 上陸ᄒ야 鳥獸를 獵取키는 姑舍ᄒ고 吾輩를 唅食홀 猛獸가 現出ᄒ면 將次 如何히 ᄒ고 넷氏ㅣ 笑曰 世所謂 猛獸라 爲名흔 者가 有홀지라도 虎獅熊豹 等에 不過홀지니 如或逢着커든 余는 所有의 腕力을 出試ᄒ리다. 余ㅣ 近來 海底의 沈生物을 未脫ᄒ야 陸獸를 獵取흔지가 頗久ᄒ엿거니와 腕力을 一出ᄒ면 何

等所畏가 有ᄒᆞ리오. 콘셀이 笑曰 君은 過言을 勿吐ᄒᆞ고 肉食만 只求ᄒᆞ라 ᄒᆞ야 相顧相笑ᄒᆞ며 勇氣를 鼓進ᄒᆞ야 瞬時間에 잘파島 海岸에 到着ᄒᆞ야 艇舟를 岸頭岩石에 係置ᄒᆞ고 岩石을 攀登ᄒᆞ니 無數ᄒᆞᆫ 喬木은 連列對立ᄒᆞᆫᄃᆡ 鬱益益ᄒᆞᆫ 綠葉은 島景을 自誇ᄒᆞ고 兀出ᄒᆞᆫ 峯岩은 天然을 畵出ᄒᆞ엿ᄉᆞ니 眼前所在가 無非博物家의 玩賞物이라. 아氏ᄂᆞᆫ 躇躕遠望ᄒᆞ야 景色을 採探ᄒᆞᄃᆡ 콘, 넷 兩人은 少不關念ᄒᆞ고 食物을 只求ᄒᆞᆯᄉᆡ 數十大椰子樹를 把撓ᄒᆞ야 滿熟自落ᄒᆞᄂᆞᆫ 椰實을 多數 拾取ᄒᆞ고 아氏를 招招ᄒᆞ야 其 味를 嘗試ᄒᆞ니 其 味가 雖美로ᄃᆡ 數十顆를 喫盡ᄒᆞ나 飽氣ᄂᆞᆫ 少無러라. 然이나 넷氏ᄂᆞᆫ 攀木撓枝ᄒᆞ야 椰果만 欲取커ᄂᆞᆯ 콘셀이 挽留曰 他所를 進往ᄒᆞ면 幾多의 果物이 不無이거ᄂᆞᆯ 何由로 此 椰子만 只貪ᄒᆞᄂᆞᆫ가. 넷氏ㅣ 曰 是矣 是矣라. 君言이 可也로다 ᄒᆞ야 行步 數十야드에 他種果實은 絶無ᄒᆞᆫ지라. 넷씨 忽然 發憤擧聲曰 果物이 何在오 左顧右眄에 不平의 氣가 頗有러라. 三十야드 相距를 進前ᄒᆞᄆᆡ 何許物이 越便林下에 橫走ᄒᆞ거ᄂᆞᆯ 넷氏ㅣ 擧手一擊에 其 眉間을 正中ᄒᆞ니 奇怪一聲에 與丸共斃라. 進前熟視ᄒᆞ니 不過 一狸라. 捨而不顧ᄒᆞ고 三時頃을 進向ᄒᆞ야 리마라 云ᄒᆞᄂᆞᆫ 一種 植物의 叢立ᄒᆞᆫ 樹林을 發見ᄒᆞ니 此ᄂᆞᆫ 熱帶地方 植物이라. 果味 頗良ᄒᆞ야 麵包를 可代ᄒᆞᄆᆡ 熱帶航海者들이 常食을 作ᄒᆞᆫ 者이라. 넷氏ᄂᆞᆫ 曾昔 此 果를 善喫ᄒᆞ엿든고로 一度處에 巨大喜不自勝ᄒᆞ야 아氏를 回顧曰 今에 如此 好食物을 摘得ᄒᆞ엿ᄉᆞ니 不食이면 不可라. 아ㅣ氏 笑曰 貴君의 所欲이어든 十分 飽食ᄒᆞ라. 余 亦 拾食ᄒᆞ리라 ᄒᆞ고 草席에 散坐ᄒᆞ야 枯木을 集燒ᄒᆞ고 果物을 向炮ᄒᆞ야 柑勸相食ᄒᆞ니 時過正午라. 歸路를 探訪ᄒᆞᆯᄉᆡ 넷氏 愀然曰 吾輩ㅣ 此 島에 上陸ᄒᆞᆷ이 例外幸運이니 徐徐히 還鄕의 策을 講究ᄒᆞᆷ이 何如오. 아氏 掉頭不肯 曰 넷君의 言도 無理ᄂᆞᆫ 아니나 此ᄂᆞᆫ 好個時機가 아니니 假令 吾輩ㅣ 暫時 脫船의 幸運을 得ᄒᆞᆫ들 茫茫ᄒᆞᆫ 此 海島에서 蠻人의 侵害를 如逢ᄒᆞ면 後悔가 莫及이니 速히 歸艦ᄒᆞ엿다가 明日 再獵이 似好好ᄂᆞ로다. 넷氏 默然 良久에 打膝低言曰 余心 已定이라. 君言을 信從ᄒᆞ리라 ᄒᆞ고 摘得ᄒᆞᆫ 果實을 艇舟에 滿載ᄒᆞ야 五時 半頃에 노티라스에 歸着ᄒᆞ니라.

翌日 早朝에 獵具를 再次 整備ᄒ고 콘, 넷 兩逢得ᄒᄆᆡ 人을 率ᄒ고 艇舟를 再駕ᄒ야 길-썬아 島를 向進ᄒᆯ시 넷氏ㅣ 아, 콘 兩人을 回顧曰 今日은 鳥獸의 美肉을 應喫ᄒ리니 舊路를 放棄ᄒ고 新路를 取進ᄒ쟈 ᄒ고 新路를 取漕ᄒ야 前日 上陸處에셔 四五百尺 西方에 回着ᄒ야 携手上 陸ᄒ니 此處는 鳥類가 頗多ᄒ야 萬樹綠陰이 陰陰ᄒ 處에 嚶嚶의 聲을 送ᄒᄂᆫ 者도 有ᄒ여 嘎嘎의 鳴을 弄ᄒᄂᆫ 者도 有ᄒ야 茫茫ᄒ 孤島 中에 遠遊ᄒᄂᆫ 旅人을 歡迎ᄒᄂᆫ 듯 三人 心懷가 愁中에 喜色을 相帶ᄒ고 或瞻 或眺ᄒ니 皆是 食料品物은 아니라 此處彼處로 食料品을 熱探터니 콘셀이 白鳩一羽와 靑鵠一羽를 獵獲ᄒ여거늘 直時 枯木을 集燒ᄒ야 骨筋도 無餘 盡喫ᄒᄆᆡ 於是 三人氣力이 飢困을 僅免이라. 喜色相帶ᄒ고 談笑一班으로 散獵須臾에 三人이 各히 獵取物을 相聚ᄒ고 山谷으로 前進코져 ᄒ든 際에 山林陰翳ᄒ ᄒ 毒蛇가 多數 蟠在ᄒ엿거늘 一時 進路를 中止ᄒ고 回踵ᄒᆯ 時에 忽然 飛石이 林中으로 從來ᄒ거늘 三人이 驚怪ᄒ야 急히 回見ᄒ니 寂寞ᄒ 山陰에 人影이 原絶ᄒ엿스니 但止 怪異ᄒᆯ 쑨이러라. 忽然 飛石이 再次 來落커늘 콘셀이 商量曰 此는 必也 猿猴의 所爲로다. 아氏 曰 否라. 此는 蠻奴의 所爲로다. 吾輩ㅣ 長久히 遲滯ᄒ게 드면 意外의 禍를 難免이니 速히 歸艦ᄒ이 爲好爲好로다. 言未訖에 數百步를 相隔ᄒ 越便樹陰下에 數可二十名의 蠻人이 弓箭과 石投兒(망미)를 各提ᄒ고 矢 石을 向射ᄒᄂᆫ지라. 아, 넷 兩人은 獵取物을 盡投ᄒ고 넷氏는 沒數抱負ᄒ 야 五分時間에 艇舟에 來着ᄒᆯ시 挺子를 急搖ᄒ야 노티라스로 向走ᄒ니 蠻奴는 海岸에 已着ᄒᆫ지라. 三人이 必死의 氣力을 盡費ᄒ야 虎口를 僅免ᄒ 고 노티라스에 急上ᄒ니 當時 네모-는 客室에 團坐ᄒ야 樂器를 弄彈ᄒᄂᆫ 지라. 아氏ㅣ 네모-의 彈琴에 爲妨을 未覺ᄒ고 大呼曰 艦長艦長이여 大事出矣라 再次 大呼ᄒ되 네모-는 依然 不知ᄒᄂᆫ지라 三次 大呼ᄒ니 네모- 吃驚曰 아公이여 今日은 獲物이 應多로다. 아氏 流汗을 頻拭ᄒ며 曰 不意에 數多ᄒ 蠻奴를 逢着ᄒ엿노라. 네모- 曰 然則 諸君은 蠻奴의 攻擊을 應受ᄒ엿스리로다. 彼의 數爻가 幾何런고, 아氏 答曰 無慮 百餘名 이로다. 네모- 曰 然則 길썬-아全島 蠻奴가 依數集來로다. 彼가 如何히

노티라스를 攻擊홀지라도 노티라쓰는 憂事가 毫無타 ᄒ야 泰然히 琴弦만
更引홀 샏이라. 아氏는 憂心 忡忡ᄒ야 甲板上에 再上ᄒ야 씰샏-아島를
向望ᄒ니 日色은 已暮ᄒ듸 蠻人은 依然히 海岸을 不去ᄒ고 一面으로
篝火를 焚之ᄒ며 叫聲을 時發ᄒ니 必是 勇氣를 誇壯ᄒ는 듯 一邊으로
艦長의 所言을 信ᄒ야 蠻人의 來侵을 恐懼ᄒ고 一邊으로는 烟月을 長望ᄒ
야 故鄕을 遠思ᄒ니 凄然 一身이 所在를 莫知라. 寢室에 歸來ᄒ야 輾轉反
側으로 一寐를 未成홀 샏더러 此 夜는 노티라스의 篏窓을 不閉ᄒ고 電光을
如前히 煒照ᄒ니 恰然히 蠻人의 來侵을 固待ᄒ는 듯 ᄒ지라. 아氏는 愁懼
無方ᄒ되 蠻人은 電光의 光輝를 恐怖ᄒ야 此夜一夕은 接近을 未敢터라.
翌日에 아氏ㅣ 蠻人의 來侵을 恐懼ᄒ야 早朝에 甲板上에서 越岸을 望見ᄒ
니 其 數가 六七百名 可量인듸 退潮의 機會를 暗乘ᄒ야 노티라스로 向來홀
形勢더라. 彼 蠻人의 形貌를 槪察컨듸 裸體赤髮에 顔色이 眞黑ᄒ고 耳輪에
骨製環物을 每貫ᄒ며 手에는 弓矢 或은 石投兒를 各持ᄒ엿는듸 其 中
酋長爲名者는 頭圍에 玻製環을 疊圍ᄒ야 猛獰혼 氣色이 人目을 咆驚터라.
衆口一聲에 蠻語를 向吐ᄒ야 喧嘩를 不絶ᄒ더니 少焉에 葉艇을 出泛ᄒ고
一箇 酋長이 先次 乘入혼 後에 衆蠻이 連船ᄒ여 노리라스를 向來ᄒ더라.

[04] 『태극학보』 제17호(1908.01.24). 觀菊記, 惟一閒閒子[17]

江戶(東京古號)는 自古로 名勝之地也라. 水陸草木之花에 可以奇觀홀
者ㅣ 甚히 多ᄒ니 若夫春晩公園에 玉手爭拏는 櫻花時節이 是也오 月明
樓臺에 笙歌妙舞는 秋水芙蓉이 是也오 垂柳長堤에 來輪去蹄는 鶯花富
貴是也라 故로 歐亞大陸의 名士들이 種種 過此ᄒ야 一寓目而輒忘情者
ㅣ 良有以也로다. 閒子ㅣ 來玆數禩에 遍覽四境山水之勝景홀 ᄉㅣ 其西南

---

17) 이 글은 일본 에도의 무고시마, 히비야 등지의 명승지에서 국화를 감상한 것을 내용으로
한 글임. 본문에서 한한자는 이승근(李承瑾)이라고 밝히고 있음

方面에 林園이 尤美ᄒ니 望之鮮明而可餐者ᄂ 向島(무고시마)之百花園
也오 納凉細雨에 忘却蒸炎者ᄂ 日比谷(히비야)之噴水也라 豊草가 綠縟
而爭茂ᄒ고 佳木이 葱籠而可悅이라 四時景이 皆不同而樂亦無窮也라
至若秋霜一夜에 草拂之而色變ᄒ고 木遭之而葉脫이라 萬里風烟에 境虛
關東之野ᄒ고 一陣鴻鴈이 聲斷橫濱之港이라. 從此로 山川이 寂寥에 令
人蕭蕭然無可觀者矣라가 適有黃花一種이 於是乎 始開ᄒ야 獨帶秋光ᄒ
니 其氣也ㅣ 可以凌霜이오 其香也ㅣ 可以襲人이라. 靈露淡淡에 寫史無
妨이오 柔葉嫩嫩에 渫食이 亦可라 美酒一種은 極佳加州(地名)越後(上
仝)之所産이오 人形假裝은 有名下谷區(區名)團子坂(당고사가)之觀光이
라 采來東籬ᄒ니 陶處士(淵明)之獨愛가 在昔何世오 華奢墻園ᄒ니 大隈
伯(重信)之娛樂이 正當今日이라 時維菊辰에 序屬三秋라. 閒子ㅣ 孤燈滄
海夢에 坐看萬國興亡史ᄒᆯ 맛ᄎᆷ고 ᄉᆡ 一客이 叩門이라 萬古史더져노코
酒一壺茶一杯로 百篇花譜細論ᄒ다. 夫桃李牡丹은 花之富貴者也ㅣ라 宜
乎衆人之所愛오 山櫻玉梅ᄂ 花之繁華者也ㅣ라 宜乎佳人才子之所愛오
菊은 花之隱逸者야ㅣ라. 宜乎隱者之所愛而陶後에 鮮有聞焉이로다. 噫
라. 夫世人之愛菊者ㅣ 甚히 多ᄒ나 但知愛其香而愛其色ᄒ고 不知閒子
之愛其愛也ㅣ라. 對其眞面ᄒ야 寫其眞意者ᄂ 閒子也ㅣ니 閒子謂誰오.
漢陽(京城 古號)李承瑾也ㅣ러라.

[05] 『태극학보』 제21호(1908.05.24). 世界 風俗誌, 文一平 譯述[18]

現今 世界ᄂ 競爭世界오 時代ᄂ 交通時代라. 交通이 頻繁ᄒᆯ사록 個人
國家를 勿論아고 交際가 隨而親密하ᄂ니 此 時代에 處한 者ㅣ 不得不

---

18) 이 글은 세계 교류의 차원에서 역술한 풍속지이다. (一)이라는 번호가 있었지만, 연재되
지는 않았다.

他國 國民의 性質如何와 習俗如何를 多少 曉得ㅎ야 交際上에 缺漏를 避케 함이 今日의 一急務가 될 쑨 不啻라 抑亦 普通知識에 莫大한 補益이 되리니 於是乎 外國 風俗에 對하야 迅速 講究홀 必要가 起하도다. 然이ᄂ 我國은 從來 此等 風俗에 關한 書籍의 著述이 無하고 近日에 至하야 如干 外國에 關한 地理, 歷史 等 教科書의 發刊이 有하나 蓋 其 地理, 歷史의 目的은 地體의 構造와 過去의 事實 等에 傾向을 重置하고 細微한 人情 風俗에ᄂ 例外 忖度홀 故로 我最愛하ᄂ 諸青年 人士가 비록 此를 攻究홀 心이 恒切하나 求覽키 末由하니 엇지 慨歎치 안이리오. 所以로 僕이 鈍筆拙文을 不辭하고 茲에 世界風俗誌를 譯述ㅎ야 同胞青年의게 一覽을 供코자 하노라.

日本

序說
　位置 及 地勢

日本國은 亞細亞大陸 東端에 在하니 幾千里間 點點 羅列한 群島로 成立지라. 面積은 二萬 七千餘万里오 地勢ᄂ 大陸 沿岸에 蜿蜒한 狹長 帶인딕 到處에 山岳이 多하고 平野가 少하며 河流가 短하고 海岸線이 長하고 쏘 港灣에 富하니라.

氣候 及 風景 氣候ᄂ 寒, 熱, 溫 三帶에 屬하고 風景은 佳麗하니 彼數 千島嶼가 點綴하야 其 間에 江海가 縈廻하고 到處에 火山岩이 突兀하야 地面이 參差한딕 松竹樹木을 培植ㅎ야 一望四面에 滿眸鬱蒼하야 頗히 美景을 呈하더라.

　人種 及 稟性

日本 上古人民은 原始부터 此 地에 住居한 者 안이오 他國에셔 移住

한 者라. 現在 住民을 大約 四種에 分類하나니 第一은 最多數 最有力혼 大和種族, 第二은 西南에 住하야 勇猛이 素聞혼 熊襲種族, 第三은 北海道 一隅에 殘存혼 아이누種族, 第四는, 臺灣의 蓄種이라. 人口總數는 殆히 五千萬에 近혼되 男子가 女子의 數爻보다 五十萬이 多하더라.

日本 人民(第三, 第四, 以外)의 身長은 男子가 平均 五尺 二寸이며 女子는 五尺 內外오 心身이 早熟早老하는 傾向이 有하야 成年에 達키 前에 夙成하고 壯年에 至하야는 耄碌하는 者] 多하며 人民의 感情이 激烈하야 警急혼 事를 臨하면 前後를 忘하고 突進하는 勇氣는 富하나 經營 勤勉하야 學理를 硏究하며 器械를 發明하는 沈着 忍耐性에 乏하고 唯其摸倣하는 技倆은 甚巧하야 他族에 逈秀하니 此는 古來로 外國의 文物을 摸倣혼 結果에서 出하고 또 海島人民 性質이 自然히 大陸과 特異하니라.

言語 及 文字

言語는 我國 及 蒙古語의 組織과 同一하고 發音이 輕捷하야 語調가 明瞭하며 文字는 古代에 無하더니 中古에 支那文이 輸入된 以後로 專혀 支那文體를 摸擬홈에 言語와 文字가 分岐 兩立하야 甚히 不便하더니 近世에 至하야 數百年 分離하엿던 語與文을 劈破하야 言文一致를 新造혼 以來로 敎育이 普及하고 文化가 速興하니라.

歷史上 槪見

神武天皇 以來로 三千年에 殆近혼지라. 此 長日月 間에 艱難혼 時代와 隆興혼 時代와 改革 進步 時期와 混亂 退步 時期가 幾度 循環하야 今日에 遂至하얏는되 明治維新에 入하야 三十年間 短歲月에 混亂 錯雜혼 事實과 改革 進就혼 狀態를 記述하노니 元年에 三百年來 封建制度를 一朝打破하야 所謂 王政復古의 實際를 現出하야 社會組織에 未曾有혼

大變動을 與하고 其後 間斷업시 泰西文明을 輸入하야 教育, 政治, 法律, 其他 百般事物에 漸次 政良을 實行하야 十八年에 內閣이 初成立되고 二十二年에 帝國憲法을 發布하고 二十三年에 至ᄒ야는 國會의 召集이 有하니 於是에 完全無缺ᄒ 立憲君主國이 되니라. 又 於二十七年에 民法을 改正ᄒ야 人民의 權理 義務를 確定ᄒ고 二十八年에는 嘉永 文久年間에 諸外國과 締結ᄒ 通商條約을 改訂ᄒ야 對等權을 得ᄒ고 駸駸進步ᄒ야 今日의 地位에 至ᄒ니라.

社會狀態

國民階級

維新前에는 上으로 皇族 下로 公家, 武家, 平民, 賤民 四階級에 區別ᄒ야 其 制限의 嚴重함이 我國과 彷彿ᄒ더라. 公家에는 五攝官 等이 有ᄒ야 皇帝를 輔佐ᄒ고 武家에는 德川將軍이 江戶(今日 東京)에 據ᄒ야 三百幾十의 諸侯를 管理ᄒ고 此等 諸侯는 其 管內 人民의게 對ᄒ야 生殺之權을 委行함이 此에 屬ᄒ 諸臣은 一層 人民을 蔑視하기를 禽獸와 갓치 하더니 維新 以後로는 門閥을 打破ᄒ야 비록 形式上으로는 貴族 賤民의 階級이 有ᄒ나 法律上으로는 同等 權理 義務가 有ᄒ니라.

今日에 至ᄒ야는 身分의 貴賤과 財産의 多寡는 不問ᄒ고 智識의 明暗과 才幹의 優劣로 人의 價值를 決定ᄒ나니 彼才智가 有ᄒ 者는 將相地位라도 容易히 占ᄒ 수 잇고 雖富貴의 子弟라도 才智가 無ᄒ면 下等社會에 沈溺ᄒ야 終身苦勞ᄒ고 또 年來 一部 人士가 不平을 抱ᄒ고 社會主義를 唱道ᄒ더라.

[06] 『태극학보』 제21호(1908.05.24). 莊園訪靈, 抱宇生[19]

一週 工課修盡이라. 日曜 春光 探訪코져 竹杖麻鞋短瓢子로 大森 八景園에 드러서니 百花는 紅紅白白 相間 開호야 嬌態를 자랑호고 長松은 鬱鬱蒼蒼 倒絶頂호야 琴聲을 아리는 듯 江水潺潺白鷗飛호고 漁歌一曲 片舟 行호니 武陵桃源이 아닌가. 帽子를 松枝에 脫掛호고 綠陰屏風 芳草席에 黙黙히 안져스니 萬慮飛去 自雲間호고 莊周蝴蝶 잠간되여 宇宙를 遍踏타가 韓半島에 도라드니 物態는 寂寥호고 愁雲만 深鎖호되 可憐無罪 뎌 民族은 祖宗遺業을 誰의게 付托호며 錦繡江山 福樂園은 誰의게 讓與호고 極毒혼 鞭撻下에 驅逐되여 夫子相別 웬말이며 轉於溝堅 웬말인가. 四方八面 放砲聲에 義旗一翻 愛國血은 大韓民族 精神이라. 同胞된 我의 心肝怒氣가 大發호민 袖手傍觀 不能이라. 一死로 欲從터니 瑪志尼의 故事가 思鼓를 擊震이라. 猛然反醒에 憮然自語曰 噫라. 今日을 當호야 相當혼 救濟의 方策이 無호면 雖是千萬의 死라도 終來에 完全혼 結果를 未得호리라 호야 心釰을 自抑호고 撫膝長歎 싱각호되 良策을 不得호야 黙黙히 안졋더니 日已暮矣라 投宿홀 곳 無路호야 이리져리 人家를 尋訪타가 太白山下 다다러서 一曲二曲 도라드니 山은 寂寞萬疊이고 月은 蒼凉黃昏인데 前面을 바라보니 萬丈檀木碧陰下에 一間草屋이 隱隱히 遠映커늘 急急히 前進호야 門前에 當到호니 蒼顔白髮에 風度가 非凡혼 一老翁으로 廢衣破笠으로 愁色이 滿顔호야 書案을 獨倚호고 壁上에 兩幅地圖만 熟視호거늘 잠간 바라보니 大字로 上面에 橫書호여스되 第一은 朝鮮圖라 호엿고 第二는 滿洲 及 蒙古圖라 호엿더라. 心中에 自思호되 昔에 漢室이 傾頹호엿슬 時에 襄陽隆中에 如此혼 事가 有호엿더니 今에 韓室이 危殆혼되 奇蹟이 相照호니 此必其人也否아. 心中에 大喜호야 急急히 門下에 趨進호야 柴扉를 두다리니 老人이

---

19) 일주일 공과 수업을 마치고 일본의 오오모리(大森) 공원으로 놀러 갔다가 한 노인을 만나 일본과 조선의 사정을 문답하는 형식의 잡기.

遑忙히 出迎ᄒ야 室內로 引導ᄒᄂ지라. 隨入坐定ᄒ야 寒暄을 問ᄒ 後에

老人이 曰 客은 何人이며 何로 從ᄒ야 此에 來ᄒ엿나뇨.

答曰 小生은 本是 韓國人으로 國家의 危亂을 當ᄒ야 救濟의 方策이 無ᄒ기로 先生의 高見을 聞코저 來ᄒ엿거니와 願컨틴 鄙타 말으시고 一敎를 垂ᄒ옵소셔.

老人이 曰 壯哉라 此言이며 奇哉라 此言이여. 余의 拜ᄒᄂ 빈도 國를 憂ᄒᄂ 者며 敬ᄒᄂ 빈도 國을 憂ᄒᄂ 者라. 君言이 如此ᄒ니 余雖老軀 無知나 엇지 君을 爲ᄒ야 一時의 討論을 敢惜ᄒ리오. 大抵 國家의 一治 一亂은 自古有之어니와 韓國의 現今 情況이 如何ᄒ뇨.

答曰 極度의 破壞時代에 處ᄒ엿나이다. 然이나 可畏ᄒ 빈ᄂ 我의 反對되ᄂ 者가 旺盛時代에 處ᄒ엿슴니다.

老人이 曰 極度의 破壞時代를 當ᄒ엿스면 速히 建設을 圖ᄒ지라. 만일 遲緩ᄒ면 他人의 建設을 被ᄒ지며 反對者의 旺盛時代에 處ᄒᆷ은 實노 難ᄒ 비어니와 被反對者의게ᄂ 破壞를 促催ᄒ며 建設을 速進케 ᄒᄂ 利益이 될지라 ᄒ노라.

答曰 然則 엇지 ᄒ오릿가

老人이 曰 國家를 爲ᄒ야 一死를 不惜ᄒᄂ 者 幾人이나 有ᄒ며 一定ᄒ 理想과 一定ᄒ 方策으로 經營ᄒᄂ 者 幾人이나 有ᄒ며 쏘ᄒ 誠心이 有ᄒ뇨.

答曰 誠心이 有ᄒ며 國家를 爲ᄒ야 死코저 ᄒᄂ 者도 不少ᄒ나 一定

196

흔 理想과 一定흔 方策으로 行흐는 者는 無흐며 또흔 賣國코저 흐는 者도 多흐의다.

老人이 曰 誠心이 有흐며 犧牲에 甘投흐는 者가 多흐면 一定흔 理想과 一定흔 方策도 亦從出來흐리니 憂慮홀 것이 無흐거니와 韓國의 現態가 幾日을 不越흐야 四面衝突의 變動이 有홀지니 余가 君의게 對흐야 討論의 終結을 定코져 흐노니 速히 準備흐라. 準備는 卽 敎育이라 흐노라.

答曰 近日 各處의 學校가 蜂起흐민 敎育의 態度가 希望이 有흐의다마는 或은 朝創暮廢흐며 或은 繼續흐는 者가 有고여도 妨害흐는 者가 多흐외다.

老人이 曰 誠如君言이면 韓國은 危矣로다마는 好事多障은 人類 社會에 固有難免之理어니와 此는 一般 國民의 冒險附事的 精神을 煥發흐는 原動力일가 흐노라.

答曰 願컨딕 其 相當흔 方策을 下敎흐옵소셔.

老人이 曰 朝立暮止흠은 一定흔 方策이 無흠이라. 然이나 余의 意見을 從홀진딕 幾個條件을 陳述흐리라.
第一條는 全國 敎育機關을 統一흐는 것이 必要흐며
第二條는 其 統一을 爲흐야 獻身흐는 機關의 確立흠이 可흐되 十三道 聯合 總機關이 可흐며
第三條는 敎師니 敎師가 現今 不足흐겨든 外邦에 出學흐는 有志人士로 흐여금 第二條 機關에 聯絡흐면 不過 幾年에 敎師가 充分홀지며
第四條는 敎育 都機關의 處所니 此에 對흐여는 多小 說明을 要홀지라. 君도 知흐는 빅어니와 韓國 人民은 其 本來 品性이 美麗强活흔

程度는 列強民族보다 特擾호거니와 由來鄙習에 生活호 故로 雖是
有志人士라도 鄙習에 沈淪키 容易호즉 不可不 此 機關은 大都會處
近方에 靜閑호 村落이 可홀지며

第五條는 授敎育者니 其 性質이 師範에 適當호 者를 擇호되 活潑勇敢
의 精神을 特有호 者가 可호며 其 數는 一定호야 全邦 敎育界에
充滿케 호되 該 授敎育者로 호여금 第二條 機關에 關係를 有케 호
고 一定호 年限을 定호야 師範을 敎育호되 古昔 스팔타國의 制度를
應用홀지니라.

答曰 以上에 對호여는 先生의 下敎를 順奉호려니와 今日 韓國 形勢에
對호야 其 敎育範圍가 此에 止홀 뿐이오닛가.

老人이 曰 以上에 言호 바는 內地에 對호야 行홀 바어니와 建設홈에
對호야 엇지 此로써 滿足타 호리오. 又 一個 方略이 有호니 卽 外邦에
對호야 要求홀 바라. 此를 實行홈에 對호여는 極히 其 人이 無호면 不可
홀지니 足히 其 責任을 能擔홀 資格을 擇호야 將來 韓國에 對호야 重大
호 關係를 有홀 列邦에 派遣호야 各各 其 相當호 責任을 負擔케 호되
其 要홀 바의 種類는 君도 知호는 바인즉 其 說明을 不要호노라.

答曰 下敎호신 方策은 實노 韓國을 再造호는 恩澤이라. 萬死라도 報
效호려니와 先生의 下敎되로 行호야 其 理想을 達코저 호면 許多호 歲
月을 要호 然後에야 可홀지라. 方今 時勢가 累卵에 處호민 如此호 緩策
을 用호면 不及의 歎이 有홀가 호노니 願컨되 急救之策이 無할넌지요.

老人이 曰 허 君言도 不可홈은 無호거니와 試思호라. 世間萬事에
相當호 準備가 無호고 所望의 結果를 得할 理가 何에 在호리오. 君은
方今 靑年이라 血氣의 作用이 過大호야 如此호 言을 發호거니와 大責任
을 擔任호 者는 恒常 輕擧의 敗를 銘心홀지라. 再三 懇托호니 完全호

準備를 圖호 後에 完全호 結果를 待호라. 種을 播호면 結果를 收호 期限
은 時勢를 從호야 遲速이 有호거니와 君이 不收호면 君의 子孫도 可호
며 君의 同志도 可호야 百代에 連及홈도 無妨타 호노라.

答曰 如此호 責任을 擔負호는 者는 相當호 資格을 抱有홈이 理의 固
然호 비어니와 小生과 如호 者는 此 責任을 擔負홀 義務는 有호거니와
其 資格은 未有호 者인즉 其 資格에 對호야 必要호 秘訣을 下敎호시옵
소셔.

老人이 曰 一曰 博愛, 二曰 至誠, 三曰 勇斷, 四曰 善守秘密이니 此外
에는 其 資格에 對호 要素를 余는 全然 不如호노라.

謝曰 小生을 爲호야 許多호 時間을 費盡호엿스오니 于心不安이오며
如此호 萬古不再之聖訓을 下垂호심에 對호여는 百骨도 難忘이로소이
다………仍호야 姓名을 揖問호즉 老人이 答曰 余는 此 山主人이니 不必
多問이라 호는 際에 無情호 汽笛一聲이 困夢을 驚罷호니 日色은 已暮호
되 遠山에 尋巢鵑은 不如婦를 啼送이라. 精神을 收拾호야 短歌 一曲으
로 旅窓에 歸來호야 잔잔호 燈불 아릭 夢事를 싱각호니 異常코 奇妙호
다. 探景一夢이 이샌인가………

[07] 『태극학보』 제23호(1908.06.24). 遊 淺草公園記, 松南 春夢

是日은 隆熙 二年 七月 九日也라. 霖雨가 快霽호고 風日이 小佳호데
同留學友는 試驗을 因호야 다 上學혼지라 獨坐無聊호엿더니 適會에 金
友志侃氏가 叩門揖余曰 子로 더부러 一遊키를 願혼지 已久호엿스나 但
日氣가 不調호야 尙此未遑호야 耿耿浩歎호 바ㅣ러니 今日은 天氣가 和

暢에 行樂이 可合ㅎ니 蓋往觀之오. 顧余初寄客情이 恒多離齬ㅎ야 雖欲連日遊觀이나 語音方向이 俱是生疎ㅎ야 行動을 不得自由ㅎ고 戶庭의 內에 長時屈沈ㅎ니 엇지 遠遊의 本心이리오. 幸氏가 余의 如是홈을 知ㅎ고 偕往을 枉請ㅎ니 余ㅣ 敢히 不從ㅎ리오. 드듸여 蹶然穿履ㅎ고 數百武外를 出ㅎ야 電車를 搭乘ㅎ고 銀坐通과 新橋場을 歷過ㅎ미 氏가 다 詳明히 指示ㅎ야 初行ㅎᄂ 人으로 ㅎ여곰 瞭然히 曉知케 ㅎ며 其容接情愛가 眞實노 感動홈이 有ㅎ더라. 行ㅎ지 一時餘에 下車ㅎ야 淺草公園內에 入ㅎ니 殿宇는 臨天ㅎ고 庭欄은 平闊ㅎ데 問之ㅎ니 曰 觀音寺라. 人山人海에 磨肩以入ㅎ니 其 棟桶制度는 我國 宮室과 頗類ㅎ고 廣長을 比較ㅎ면 四方百餘步가 洽滿ㅎ지라. 其 宮制의 極頭宏壯홈이 和國의 第一 名刹이라 稱홀너라. 次第로 行進ㅎ야 寺後에 入ㅎ니 有曰 噴水管이라. 圓池石欄에 數十枝派가 長鯨이 噴波홈과 如ㅎ야 淸凉이 衣를 襲ㅎ며 其 管上에 立혼 石人이 佛像과 便同ㅎ며 其 傍에 神馬牧畜場이 有ㅎ니 其事神尙怪의 惡習은 比我尤甚ㅎ더라. 또 數武를 歷入ㅎ니 有曰 協律社라. 鍾鼓管籥이 人의 聽聞을 眩ㅎ며 屋宇簾楣가 人의 視瞻을 聳ㅎᄂ지라. 於是에 券을 售ㅎ야 場에 入ㅎ니 觀聽이 環繞ㅎ야스나 其 坐階가 次次 鱗高ㅎ야 多數혼 男女가 相望에 抵觸치 아니ㅎ니 規樣의 發達홈을 於此에 可驗이로다. 其 遊戲를 觀혼즉 俳優 倡妓가 前後 雜出ㅎ야 奇奇怪怪혼 百般演劇은 枚說ㅎ기 難ㅎ더라. 數時를 經ㅎ야 出場ㅎ야 또 一處에 到ㅎ니 大書曰 水中世界라. 드듸여 其 中에 入ㅎ니 石檻鏡波에 色色 鱗介가 順性으로 涵養ㅎᄂ지라. 氏가 指言ㅎ야 曰 此 水가 新入舊出ㅎᄂ 故로 酸素를 能通ㅎ야 此物이 能히 生活혼다 ㅎ며 嘉境을 漸入ㅎ야 見ㅎ니 曰 洛龜餘種이라 ㅎᄂ 者ㅣ 有혼지라. 曰 嗚呼噫嘻라. 爾가 胡爲乎 此에 到ㅎ얏ᄂ뇨. 以若至靈의 物로 人의 檻牢를 被ㅎ엿스니 其 亦 不祥也ㅣ 宜矣로다. 爾其眞龜耶아. 未可知也로다. 其 餘에 曰 海驢水虎云者가 別段 成形ㅎ야 摹記ㅎ기 難ㅎ더라. 드듸여 出門ㅎ야 活動寫眞館에 入ㅎ니 雜雜혼 人叢 中에 燈燭은 明沒ㅎ고 金鼓는 長短데 一壁紙幅이 十百 變幻ㅎ야 形形色色의 人類가 乍現乍出ㅎ야 歌哭이

或時로 起호며 舞蹈가 或時로 現호니 此乃 古今天下에 未料혼 事實이로
다. 氏가 指言호야 曰 此는 電氣의 所使라 호며 또 出호야 一高樓를 見
호니 是는 日露戰爭 紀念閣이라. 海軍大將 東鄕平八郎과 陸軍大將 大山
巖의 偉績이 人의 耳目을 照耀호더라. 또 一處에 到호니 卽 日本 古來風
俗의 說道호는 館이라. 其 男女의 爭鬪호는 榜樣과 衣服 飮食 居處의
具가 舊式이 瞭然호야 觀호미 甚히 質朴暗昧호더라. 於焉日이 暮혼지라
能히 盡覽치 못호고 未盡혼 風光을 他日에 留期호야 氏로 더부러 還홀
시 慨然 談論호야 曰 此 所謂 三代盛時에 臺池鍾鼓의 與民同樂者也로
다. 由來 我國이 口로 其 書를 誦호여스나 實行혼 者ㅣ 有혼가. 大槪
此 國이 如此혼 公園을 設立호고 人民의게 寺觀의 淸淨홈을 示호야 其
宗敎의 主旨를 發表호며 人民의게 音律의 協和홈을 示호야 無常혼 逸志
를 懲戒호며 人民의게 魚鱉의 樂을 示호야 其 動物의 性質을 解釋호며
人民의게 活畵의 法을 示호야 其 技術의 巧敏홈을 啓發호며 人民의게
表忠호는 意를 示호야 其 勇敢의 思想을 獎勵호며 人民의게 古今 俗尙
을 示호야 其 程度의 行進을 鑑知케 호는도다. 以上 許多 演觀이 一種도
尋常혼 遊戱가 絶無호고 無非國民으로 호여곰 進化호는 具ㅣ니 嗚呼.
我同胞아. 此를 鑑호야 或 興起홀가 因호야 氏를 作別호고 歸호야 此를
略記如右홈은 內地 同胞의 坐覽를 供코져 홈이로다.

[08] 『태극학보』 제23호(1908.06.24). 東西 氣候 差異의 觀感,
　　 觀海客

　山野는 茫茫호고 風雨는 淒淒흔듸 海上 小館에 獨坐혼 一孤客이 其
思也ㅣ 悠悠로다. 大抵 天地가 廣漠호고 陰陽이 循環호야 四時의 迭遷과
三光의 照臨이 率普가 惟均홀 듯 하나 太陽의 光射斜直과 照線遠近을
因호야 寒暖이 不齊홈은 原定될 理이나 同一한 緯線과 同一혼 經度 內에
風雷雨雹과 寒暑燥濕이 互相 懸殊홈은 平日 未料혼 事實이로다. 余가

客月 初에 本國 漢城에 來遊할시(陰曆 五月 初吉)日氣가 炎熱ᄒᆞ야 單衣가
流汗을 不勝ᄒᆞ며 雨澤이 鮮少ᄒᆞ야 田家가 旱乾을 是憂ᄒᆞᆯ 쑨 아니라 街衢
巷曲에 我心憚暑의 歌謠가 在在打耳ᄒᆞ더니 越數日에 日本東京에 遊覽ᄒᆞᆯ
次로 京釜 一番列車를 搭乘ᄒᆞ고 釜山港에 到着(陰 五月 五日)ᄒᆞ니 夕陽이
已西ᄒᆞ고 海雲이 遮升ᄒᆞ야 臨岸一望에 流汗이 快收ᄒᆞᆯ지라. 因ᄒᆞ야 大艦
을 駕ᄒᆞ고 海洋에 泛ᄒᆞ야 四顧를 肝瞻ᄒᆞ니 鯨波蜃樓가 涯畔이 渺無ᄒᆞ더
라. 翼日 朝에 馬關港에 到着ᄒᆞ야 山野를 注視ᄒᆞ니 地勢의 排布는 我地와
無異ᄒᆞ나 森林栽培와 街途淸潔은 錦繡江山을 轉成ᄒᆞ얏도다. 車期를 近待
ᄒᆞ야 良久徘徊ᄒᆞ니 時已上午 九點이라. 客子衣襟이 尙히 凉冷을 不禁이
러라. 因ᄒᆞ야 東京 直行列車를 搭乘ᄒᆞ고 一晝一夜 有半을 駛行ᄒᆞ는디
中路經歷ᄒᆞᆫ 觸感은 許多ᄒᆞ나 大略 農事에 狀況은 我地嶺湖에 榜樣과
恰似ᄒᆞ고 山原의 軀殼은 我地畿洛에 形態가 種有ᄒᆞᆯ지라 然ᄒᆞ나 雲陰이
交駁ᄒᆞ고 風色이 凉撼ᄒᆞ야 夏日可畏의 念이 絶無ᄒᆞ고 袷衣가 反히 蔽身
에 適度ᄒᆞᆯ너라. 因ᄒᆞ야 東京芝區旅館에 接留ᄒᆞᆫ 以來로 雲雨가 連日ᄒᆞᆯ
쑨더러 一日은 雨雹이 暴注ᄒᆞ는디 大者는 如橙子ᄒᆞ고 小者는 如鷄卵이
라. 當場 光景이 如亂石碎下ᄒᆞ야 人獸禽鳥의 殺傷이 無數ᄒᆞ고 屋瓦窓玻
가 率被破損ᄒᆞ니 內地 三十餘年에 曾未一見一聞之怪變이오. 況留 此 三
十日間에 無日不雨ᄒᆞ야 見得天日이 才不過數瞬ᄒᆞ니 誠是何故며 且近日
以來로 寒冷이 非常ᄒᆞ야 衣裳이 重複ᄒᆞ고 氍席이 相仍이라도 猶不勝栗滿
一身ᄒᆞ야 擁爐吹焰ᄒᆞ며 冒裘自栗ᄒᆞ니 抑又何故耶아. 言念我地之氣候컨
디 長夏雨澤이 宜不稀少로대 姑非霖雨不斷之節則必無是理오. 設又陰雨
之日이 自受空氣之冷ᄒᆞ야 不必迎薰이나 至有擁爐冒裘之境은 萬無ᄒᆞᆯ 理
라. 此를 思惟不已ᄒᆞ야 質之於久留同胞ᄒᆞ니 乃曰 此地 氣候가 不特今年
이 如是라 常常如之ᄒᆞ고 至於窮冬ᄒᆞ야는 比我地減寒이라 ᄒᆞ니 嗚呼라.
其 然矣로다. 第觀東京地帶가 比我地少南ᄒᆞ야 至於窮冬則太陽이 稍近故
로 必免甚寒이요 至於長夏ᄒᆞ야는 大陽에 射照가 與我槪同ᄒᆞ나 該 島가
浮在太平洋沿岸ᄒᆞ야 水蒸氣之凝集升降이 固無常度ᄒᆞ고 海上風烟이 亦
無時發作ᄒᆞ야 其 霖也 其 寒也ㅣ 容有如是者ㅣ 必矣로다. 蓋其樹林之暢茂

와 穀果之滋長이 皆以其扶植有方故로 特居東洋之甲點이요 一如我國之 任其天然이면 初不有可稱일 섇 外라 抑人民生活上에 若無衛生敎育이면 以此氣候로 固難保持康健일지라. 所以衛生學之特別發明者耳로다. 目下 所揣가 姑止如是호니 第待明日更解之호리라.

[09] 『태극학보』 제24호(1908.09.24). 遊日比谷 公園, 春夢子

是時 隆熙 二年 八月 十日也에 天氣가 淸爽호고 風色이 微涼이라. 梧 桐一葉 新秋聲에 興懷를 不禁호야 與金鴻亮金鉉軾 二友로 往遊日比谷 公園홀세. 觸目繁華가 與我國名區之淸幽閒邃로 有相天淵호야 人世의 樂觀과 感覺의 機關을 呈露호엿더라. 第一番에 高榭層屋을 望見호니 曰 圖書館이라. 古今書籍을 無遺準備호야 全國人民의 縱覽을 許호니 此 館 에 到호는 者ㅣ 書類의 舊新名義을 無不知得호며 此閱彼搜에 心竅眼孔 이 快濶於尋常之中矣리니 若使匡衡으로 復生이면 耽讀翫市의 弊를 可 除홀지요. 惟意研究가 不知何程일지라. 其使一般民智로 勸奬誘掖이 莫 過於此矣러라. 其 北에 有一池塘호니 中設噴水管이라. 石堤草片이 奇麗 設敷호되 噴流瀑布一帶가 上下屈曲에 一望灑然호야 如入盧山石矼이로 다. 其 前後左右에 營置休憩遊觀所호엿스니 結構便宜호야 蒼藤翠蔓이 爲其庇蔭호며 來人去客이 於焉逍遙라. 其 林泉之興이 聊得自適이러라. 徐步入中호니 東邊에 有名沙場一所라. 白日이 照耀에 銀光世界를 造出 호얏는되 四邊에 鐵造距床은 聯絡布列호야 遊觀者의 坐立을 隨意從便 케 호얏스며 北邊 靑草堤上에 音樂臺를 高築혼지라. 各種 音律이 融融 暋暋호야 人民의 大和氣를 導迎호며 觀聽을 便利케 호야 臺四邊에 無數 혼 鐵椅子를 羅列호엿스니 與衆樂樂의 道가 此에 眞相을 發現호엿더라. 西邊에 一靑草場이 有호니 草色이 軟靑細綠호야 胎花胞蘂가 參差搖妍 혼지라. 無數혼 兒女가 擊毬吹笛으로 嬉戲馳逐호기를 任意擅行호니 其 幼孩의 開放을 確然可觀이며 其 中高堤에 一休憩所를 設호야 一般男女

가 遊焉息焉ᄒᄂᄂ 帷幕이 極히 使人心神으로 至曠且怡ᄒᆫ지라. 一時間을 坐歇ᄒ고 午飯을 畢ᄒᆫ 後에 更히 起步ᄒ야 西望而行ᄒ니 水道로 施設ᄒᆫ 井欄이 有ᄒᆫ지라. 其 欄頭에 鐵瓢를 種種懸垂ᄒ엿ᄂᄃᆯ 渴者의 赴飮을 放任ᄒ엿ᄉᄆᆯ 又 其 西에 砲臺를 設置ᄒᆫ지라. 其 宏壯ᄒᆫ 器仗이 措眼所觸에 驚恠不已ᄒ더라. 其使觀者로 武毅勇敢의 氣를 排出ᄒᄆᆯ 製造發展의 巧를 發ᄒ야 觀感이 備生ᄒᆯ지로다. 又 東行數十武許에 花園에 入ᄒ니 水陸草木之花가 形形色色ᄒ야 其 種類가 不知幾千萬이라. 最所奇玩者ᄂ 園中에 周作靑茅場ᄒ고 以各色細草로 作列種植에 便作亞字形容이러라. 入此中也이 如在春風香國ᄒ야 可히 竟日忘歸ᄒᆯ지요. 又 其 東에 一帶淸溝를 疏通ᄒᆫ지라. 靑鳧素鴨이 上下浮沈ᄒᆷ이 江湖幽興을 惹起ᄒ더라. 於是에 遂停行眄觀ᄒ다가 於焉日已暮矣라 無際ᄒᆫ 風景을 歷歷觀盡키 不能ᄒᄂ러라. 嗚呼라. 蓋 此 公園施設의 本意를 可히 知ᄒᆯ지로다. 古今圖書焉廣示于人民ᄒ야 以均其智識ᄒᄆᆯ 武器焉廣示人民ᄒ야 以勵其敵愾ᄒᄆᆯ 淸流明沙焉廣示人民ᄒ야 以養其閒趣ᄒᄆᆯ 音樂焉普警于人民ᄒ야 以表其與衆同樂之意ᄒᄆᆯ 草場焉男女遊戱가 適足以自誤요 花園焉男女賞翫이 亦足以自快쁜 外라 觀物知理의 一大學園을 造成ᄒ엿도다. 嗚呼라. 我國 同胞ᄂ 如此ᄒᆫ 公園消暢도 一度曾無ᄒ엿ᄉᄂ 普通 智識을 엇지 一般均得ᄒ리요. 繼自今日노 亟期奮發ᄒᆯ 道塗를 爲ᄒ야 外人의 設備如何를 同胞共眼에 供覽코자 ᄒ옵기 前號에 上野淺草芝區 三公園의 所見을 略陳ᄒ고 玆에 日比谷公園所見을 繼陳ᄒ오니 惟我同胞ᄂ 觀感興起ᄒ기를 是望是祝ᄒ노라.

[10] 『서우』 제11호(1907.10.01). 博覽會, 金達河20)

殖産興業을 振起ᄒᄆᆯ 百般의 技藝意匠을 增進케 ᄒᆯ 目的으로써 天然

과 人爲를 不問ᄒ고 各種의 物品製造物을 一所에 陳列ᄒ야 衆庶의 觀覽
에 供ᄒ야 互相參考에 資ᄒ기 爲ᄒ야 開ᄒ 會를 博覽會라 稱ᄒᄂ니라.

內國博覽會란 것은 內國産業의 發達을 遂ᄒ기 爲ᄒ야 內國에 開ᄒ
것이오 世界産業의 進步發達ᄒ기 爲ᄒ야 世界列國에셔 陳列品을 蒐集
ᄒ야 盛大히 開設ᄒ 것을 萬國博覽會라 稱ᄒᄂ니라.

歐洲에셔 博覽會를 初開ᄒᆷ은 千七百九十八年佛國巴黎京이니 當時ᄂ
大革命의 餘波가 全歐洲를 動搖케 ᄒᆷ으로 爲ᄒ야 農工商業에 着手ᄒ
者도 從而少ᄒ 故로 充分ᄒ 結果를 見치 못ᄒ고 其後千八百一年에 또
巴黎府에 開設ᄒ여스나 또ᄒ 國民의게ᄂ 歡迎ᄒᆷ이 되지 못ᄒ고 第三回
博覽會를 其 翌年에 開設ᄒ엿ᄂ디 政府도 注意ᄒ고 市民도 博覽會의
效能을 幾分知ᄒᆷ으로 爲ᄒ야 第二回에 比ᄒ면 幾分好結果를 奏ᄒ니라.
然ᄒ나 實로 博覽會가 世人의게 歡迎ᄒ게 됨은 千八百十五年에 在ᄒ니
라. 第四回博覽會의 會期ᄂ 十日間이나 前回에 比ᄒ면 十數倍盛況이 有
ᄒ야 金碑를 受ᄒ 者도 多有ᄒ니라. 第一回로브터 第四回까지 博覽會ᄂ
會期가 一週間 或 十日間의 短期間인 故로 由今思之컨딘 期間의 短ᄒᆷ이
太過ᄒᆷ도 亦不振에 終ᄒ 所以의 一이 되엿더라.

一千八百十五年以來로 佛國天地가 暫時平和되여 工業의 安全을 保
ᄒ게 됨에 此에 伴ᄒ야 學術의 應用이 漸漸工業家의 注意ᄒᄂ 바 되야
新奇ᄒ 製作品이 弗弗히 市場에 現ᄒᄂ디 就中人目을 惹ᄒᄂ 것은 家什
織物의 種類가 有ᄒ지라. 其時에 政府가 此 機會를 利用ᄒ야 千八百十
四年 巴黎府에셔 第五回博覽會를 開ᄒ고 開期를 一個月로 하고 出品物
을 獎勵ᄒ엿ᄂ디 預想外의 好結果를 奏ᄒ고 第六回ᄂ 千八百二十三年
第七回ᄂ 千八百二十七年에 在ᄒ엿ᄂ디 學術應用의 器械工藝品이 最
世上에 喝采를 博ᄒ야 英國의 工藝를 凌駕ᄒ다 ᄒ니라.

第八回의 博覽會ᄂ 千八百三十四年에 在ᄒ엿ᄂ디 人民도 博覽會가
何者인지 得解ᄒ고 各自競爭ᄒ야 出品을 ᄒᄂ지라 佛國의 工藝品을 世
界萬國에 誇負ᄒᄂ 勢가 됨으로 漸次 試驗的의 博覽會가 將來經濟的

主義에 基ㅎ야 萬國博覽會의 開設에 一步를 進ㅎ니라.

一千八百三十九年 第九回의 博覽會를 巴黎府에 開ㅎ고 經濟的 方針으로 依ㅎ야 出品人을 勸誘ㅎ엿는디 其 盛況이 可驚이라. 陳列館을 新爲增建ㅎ고 第十回는 一千八百四十四年에 開ㅎ엿는디 盆盆其規模를 大히 ㅎ고 開期는 三介月間으로 定ㅎ고 歐米列國에 向ㅎ야 參列의 旨를 通知ㅎ니 當時博覽會는 內國博覽會의 目的를 達홀 것인디 一方으로는 萬國博覽會의 開設를 促홀 것이라 實로 第十二回以降은 歐洲各國은 勿論ㅎ고 米國에셔도 其 必要홈을 感ㅎ야 所到에 博覽會를 開設하니라.

世界産業의 進步發達을 圖ㅎ며 列國의 贊同를 求하야 萬國으로브터 陳列品을 蒐集하야 多大히 開設홀 博覽會를 萬國博覽會라 或 世界博覽會라 云하니라. 萬國博覽會는 內國博覽會의 發達된 것인디 萬國博覽會에 贊同ㅎ는 主要의 目的은 貿易品의 販路를 海外에 擴張ㅎ는 外에는 無ㅎ고 內國博覽會는 其性質上單히 內國興業의 振起를 目的으로ㅎ나 萬國博覽會의 目的은 畢竟貿易品의 見本陳列場인 故로 世界의 需要에 應得홀 物品을 出品치 아니하면 何等效能도 無한지라. 然而往往出品人等이 製品技術의 賞碑를 得하기 爲하야 供給이 少홀 高價의 物品을 出品ㅎ야 他日外國의 注文을 受하니 此에 應하기 不能한 故로 現今의 遣方은 商業會議所或當業의 團體의게 此를 諮하야 其 出品物이 果然世界의 需要에 滿後與否를 定하고 若其時勢가 無하면 出品陳列의 效果를 收하기 不能이니 此邊의 撰擇方法에 就하야는 實業家의 諸氏에도 大可注意오 美術品의 出品에 就하야는 折을 得하야 述하노라.

博覽會의 效果는 決코 陳列物의 精粗優劣를 鑑別홀 쑨 아니라 其 利益의 重함을 擧하면 製品의 改良과 原料의 供給과 貿易品의 鑿別과 企業心의 挑發과 智識의 交換과 職業의 撰擇과 學理의 應用과 品質의 改善과 生産者와 消費者의 接近과 製造業者團結心의 養成과 廉價로 原料購買의 途를 得ㅎ는 等 事를 擧ㅎ면 可數키 不能인디 就中利益의 大者는 實業上 地方割據의 陋習를 打破ㅎ고 國家的 協力經濟를 喚起ㅎ난 것이라 此 感念의 養成은 國家發展上最히 必要홀 事라. 博覽會의 開設

이 偉大혼 效果를 此點이 集호니라. 日本人金子男爵은 此에 就호야 具體的으로 次와 如혼 說明을 호니라.

(1) 國에 生産호눈 農商工業에 關혼 物品를 一堂中에 陳列호야 一目으로 瞭然히 其優劣精粗를 鑑別홀 事

(2) 生産者와 及製造人은 自他의 物品을 比較호야 劣者눈 改良의 手段을 講호고 優者눈 益益進步의 計量를 홀 事

(3) 生産及製造의 方法를 研究홈에눈 專혀 學理와 技術를 應用호야 生産의 數量을 增加호고 並히 其 品質을 善良케 홀 事

(4) 生産業者눈 自己의 原料를 精製호던 製造場이 就호야 其 結果의 良否와 及將來改良의 手段을 熟考홀 事

(5) 製造業者눈 其 製造原料에 供호눈 物品을 廣히 全國에 搜索호야 善良혼 原料를 購買호눈 便利를 得홀 事

(6) 商業者눈 原料의 代價와 製造의 賃銀과 手製與機械製의 比較와 運搬費等을 考査호야 貿易品으로 호기 足홈과 不足홈을 識別홀 事

(7) 各地의 農商工業에 關혼 各種의 實況과 報告數量의 多少와 生産製造의 方法과 並其品質의 良否精粗等의 熟知눈 實業者의 企業心을 惹起호며 且確實케 홀 事

(8) 生産及製造品의 代價로 호야곰 各市場에 均一平等케 홀 傾向을 生홀 事

(9) 生産人及製造人이 從來徒然히 他人의 競爭을 恐호눈 觀念을 去호고 實業界에 就호야正正堂堂혼 競爭心을 惹起홀 事

(10) 同業者의 關係로 호야곰 圓滑親密케 호야 智識을 互相交換호야 協同一致호야 實業의 隆盛을 圖홀 事

(11) 人心으로 호야곰 粗를 捨호고 精을 撰호며 野鄙拙劣의 觀念을 去호고 高尚優美의 意思를 起호야써 美術的觀念及工業을 發達케 할 念慮를 奮起케 홀 事

(12) 生産及製造의 壇上에셔 從來町村市郡府縣을 根據로 호던 割據的

의 觀念을 去ᄒ고 國家的 實業에 廣爲着目케 홀 事

(13) 更히 一進ᄒ야 國家的 觀念을 擴張ᄒ야 世界的經濟及貿易에 着目
ᄒ야 農商工業으로 ᄒ야곰 宇內貿易의 潮流에 伴隨케 ᄒ야 國家의
富强을 企圖ᄒᄂ 精神을 益爲奮興케 홀 事

今回開設의 京城博覽會ᄂ 韓國에 初開ᄒ 博覽會인ᄃᆡ 試驗的의 設計
에 不過ᄒ지라 韓國이 大規模의 博覽會를 開홈은 時期尙早ᄒ니 韓國人
의 商人이 商業的 手腕에 乏ᄒ고 交通에 不便홈이 自然히 經濟上 地方
割據의 狀態를 現ᄒ 故로 今日博覽會를 開ᄒ고 人民의 觀覽을 勸誘ᄒ야
몬져 博覽會가 何物됨을 周知케 ᄒ기로 用意ᄒ니 聞ᄒ즉 開會當日來로
出品物이 尙未整備홈을 不拘ᄒ고 日日數千人觀覽者中에 韓人이 七分
以上의 數를 占ᄒ엿다 ᄒ니 此上益益盛況을 致ᄒ야 豫期ᄒ 目的을 達ᄒ
며 今回의 試驗으로브터 次回의 設計를 ᄒ고 弗弗히 規模를 擴張홈도
決非遲事니 當局者되ᄂ 宜乎斯點에 注意ᄒ야 博覽會의 效果를 大케
ᄒ야 今回의 試驗으로브터 韓民産業上의 割劇的 觀念을 排除ᄒ고 右에
述ᄒ 博覽會發達의 歷史와 ᄌᆞ치 小規模小設計로브터 大規模大設計에
移來ᄒ고 內國博覽會로셔 萬國博覽會에 進ᄒ기를 厚望ᄒ노라.

[11] 『서우』 제11호(1907.10.01). 新嘉坡의 植物園談

此ᄂ 日本 林學博士某氏의 談인ᄃᆡ 頗有趣味可觀故로 左에 載ᄒ야셔
覽者의 心을 悅케 ᄒ노라.

新嘉坡의 植物園은 棧橋로브터 約二里弱(此日本里로 言홈이니 日本
里數一里가 朝鮮十里가 되ᄂ니라)市街로브터 約一里餘에 在ᄒ니 馬車
人力車를 通ᄒᄂ 途中에 모모다마나印皮네무 等地의 行道樹가 有ᄒ고
又左右의 田地에ᄂ 닝구스단의 菓樹園이 不少ᄒ고 園內丘陵狀을 稍作

ᄒᆞ엿ᄂᆞᆫ디 內에 二個池塘이 有ᄒᆞ고 園의 周圍ᄂᆞᆫ 約二十町이 되ᄂᆞᆫ디 熱帶地方의 植物이 大抵 不備ᄒᆞᆷ이 無ᄒᆞ고 特於園의 後方에 屬ᄒᆞᆫ 幾多小森林은 各種의 熱帶植木인디 極其繁茂ᄒᆞ고 其葉이 廣大ᄒᆞ야 肉質深綠色이러라. 又長大ᄒᆞᆫ 狀葉을 具ᄒᆞᆫ 巨木의 間에 幾多의 常綠灌木類竹類. 椰子類가 密生ᄒᆞ고 更히 此等樹木을 連호되 無數ᄒᆞᆫ 肖藤類의 蔓莖植物로 以ᄒᆞ니 其素麵干과 如히 密密細長ᄒᆞ야 數十尺의 枝上으로브터 下垂ᄒᆞᆫ 者 或 縱橫ᄒᆞ야 細網狀을 作ᄒᆞᆫ 者 或 巨大ᄒᆞᆫ 蔓莖一幹이 卷盡ᄒᆞ고 更히 他幹으로 移ᄒᆞ야 蜿蜒ᄒᆞ 空中에 橫ᄒᆞᆷ이 幾十百尺되ᄂᆞᆫ 者 或 林上에 頭를 高打ᄒᆞ야 宛然히 巨龍昇天의 狀態를 作ᄒᆞᆫ 者 或 地上에 低垂ᄒᆞ야 大蛇의 蟠ᄒᆞᆫ 狀態를 作ᄒᆞᆫ 者 等이 眞千態萬狀이오 更히 其 林間을 細視ᄒᆞ니 其爲樹爲竹爲蔓을 不分ᄒᆞ고 何에던지 鳳萊蕉, 蘭類, 地衣類 其他 無數ᄒᆞᆫ 寄生植物又攀綠植物이 有ᄒᆞ니 宛然히 空中에 畵ᄒᆞᆫ 一種植物園이라. 右瞻左顧에 實로 應接ᄒᆞ기 不暇러라.

　正門의 左方에 一團의 棕櫚藪와 似ᄒᆞᆫ 者ᄂᆞᆫ 此 卽 西穀椰子의 林인디 西洋料理에 用ᄒᆞᄂᆞᆫ 「세-고」米란 것이 此木의 實은 아니오 實로 此 幹中에 含ᄒᆞᆫ 澱粉으로 ᄒᆞᆫ 것이라. 然則卽是米되ᄂᆞᆫ 木인디 木의 高ᄂᆞᆫ 六七百間의 幹됨이 棕櫚와 如ᄒᆞ고 葉은 大ᄒᆞᆫ 羽의 狀인디 長三四間이오 稍上에 花梗을 抽ᄒᆞ고 柿實大의 菓實이 叢生ᄒᆞ고 此幹을 割ᄒᆞ면 內에 多量의 澱粉을 藏ᄒᆞ니 此澱粉을 採ᄒᆞ야 西穀米等을 製造ᄒᆞᄂᆞᆫ디 一幹으로 一人一年分의 食料를 可産이라 云ᄒᆞ더라.

　園內其他市街의 間과 村落의 附近과 又無住의 島地에던지 熱帶地方에 最多ᄒᆞ야 人目을 惹引ᄒᆞᄂᆞᆫ 者ᄂᆞᆫ 本椰子의 林이라. 此木은 前의 西穀椰子과 似ᄒᆞ고 葉間에 細而高ᄒᆞᆫ 花梗이 抽ᄒᆞ고 纍纍ᄒᆞᆫ 人頭大의 菓實이 結ᄒᆞ엿ᄂᆞᆫ디 一樹에 每年百餘顆를 産ᄒᆞᄂᆞᆫ 者잇고 海岸에 産ᄒᆞᆫ 椰子에셔 自然히 落ᄒᆞᆫ 實은 其實를 水面에 浮ᄒᆞ면 所到의 熱帶島嶼에 漂着ᄒᆞ야 곳 發芽ᄒᆞ야 椰子林을 造ᄒᆞ니 卽 此是海岸에 此木이 多ᄒᆞᆫ 所以러라. 此實이 乾熟치 아니ᄒᆞᆫ 間은 中에 充ᄒᆞᆫ 二合許의 液을 椰子乳라 稱ᄒᆞ야 盛히 土人의 飮料에 供ᄒᆞ고 其乾熟ᄒᆞᆫ 實核은 堅固ᄒᆞ야 水瓢其他食器를 可作이

오 乳液이 乾固ᄒ야 蠟狀을 成ᄒ니 所謂「고푸라」라 ᄒᄂ 商品이라. 椰子油又幾多香料ᄂ 石鹼類의 原料가 되ᄂ니 近來 歐洲에 輸出ᄒᄂ 幾百萬個의「고푸라」ᄂ 其大部分植物性牛酪又擬牛酪을 製ᄒᄂ지라. 熱帶의 無人島等到處에 存ᄒ 椰子林은 熱帶植民의 第一注意ᄒ 바 되ᄂ니라.

園內又園에 隣ᄒ 王宮入口의 行道樹로 雄大ᄒ 觀을 呈ᄒᄂ 者ᄂ 油椰子也라. 此木은 棕櫚와 類ᄒ나 幹의 周圍ᄂ 四五尺以上이오 高가 六七間이오 羽狀葉의 長이 三四間에 達ᄒ고 梢上에 人頭大의 集果를 結ᄒ니 其 菓實로 一種의 油를 可製니 熱帶地方의 重要ᄒ 産物이러라.

其 外 酒椰子라 稱ᄒᄂ 者 有ᄒ니 新芽又花梗으로 酒及醋을 可釀이오.

又 象牙椰子가 有ᄒ니 其實의 核이 固似象牙라. 彫刻, 鈕其他에 可供이오.

竹狀의 長而狹ᄒ 美幹을 抽ᄒ고 頂에 僅히 羽狀葉이 附ᄒ 風雅잇ᄂ 檳椰樹의 實은 土人의 好嚼ᄒᄂ 바러라.

其 蒲葵라 稱ᄒᄂ 椰子ᄂ 其葉이 棕櫚狀인ᄃ 幹에ᄂ 苞毛가 欽ᄒ나 幹은 各種의 用材되고 葉은 屋根, 壁, 蓆의 等을 作ᄒᄂ니 此木이 熱帶地方의 林中에 存홈이 最多ᄒ고 士人家屋의 材料에 供홈이 亦最多ᄒ 者인ᄃ 所謂椰子의 柱에 椰子의 屋根椰子의 蓆上椰子酒에 醉ᄒ 者ᄂ 其一半이 本椰子以外의 椰子라 ᄒᄂᄃ 但 世人이 多是椰子라 云ᄒ면 椰子쏜으로 解ᄒ고 椰子類가 一千餘種이 有홈을 不知ᄒᄂ 者 多ᄒ니라.

라즉가椰子ᄂ 其 幹의 上部(新苞의部分)에 赤色을 呈ᄒ야 頗爲美麗ᄒ지라 園內休息所의 前及王宮의 玄關前에 植ᄒ고 其他 가리오太椰子類ᄂ 其葉形이 最可愛오 扇椰子ᄂ (一名旅人木)其狀이 棒의 頂에 大扇을 擴홈과 恰如ᄒ야 頗爲異觀이러라.

熱帶地方의 林木에 椰子類 以外貴重ᄒ 菓物를 産ᄒᄂ 樹木이 多ᄒ니 就中 망고스뎬을 世界菓物王이라 稱ᄒᄂ니라.

망고스뎬은 新嘉坡附近에 栽培홈이 多ᄒ니 常綠厚質橢圓形七八寸大의 美葉이 有ᄒ고 今也花가 盛開ᄒ여스나 其 菓實를 賣홈이 亦不少ᄒ

야 一個三錢許인딕 圓形卵大ᄒ고 柿의 實과 似흔 蒂가 有ᄒ고 黑褐色을 呈ᄒ며 中에 白肉으로 包흔 種子數個가 有ᄒ니 天下無類흔 佳味라 見稱흠은 其 種子를 包흔 白肉이라 ᄒᄂ니라. 菓樹園에 栽흔 것은 十坪에 一本許오 高ᄂ 五六間인딕 遠見ᄒ면 柑橘類의 菓樹園과 似ᄒ고 此實의 季節에ᄂ 船中의 食卓에 載흠이 多ᄒ니라.

熱帶地方에 甚多需用ᄒᄂ 망고ᄂ 頗爲高木이라 其葉은 長이 一尺餘오 幅이 二三寸이오 實은 망고스덴보다 顯著히 大ᄒ야 其長이 四五寸에 至ᄒ니 此實이 熟ᄒ면 黃色을 呈ᄒ고 其味가 眞苽의 熟흠과 似ᄒ되 甘味가 强ᄒ고 氷보다 冷ᄒ니 二에 割ᄒ야 匙로 食ᄒᄂ니라. 此木이 臺灣及比律賓其他熱帶地方到處民舍의 附近에 植ᄒᄂ니라.

熱帶土人의 好食ᄒᄂ 팡노木의 實은 大ᄒ기 人頭와 如흔데 稍長흔 者 多ᄒ고 木의 種類가 亦多種인딕 或其葉의 形이 櫟의 葉과 似ᄒ야 深裂ᄒ고 二尺이 大흔 者 又僅히 四五寸이 大흔 橢圓葉이 된 者 等이 有ᄒ니 人家의 附近에 植ᄒ고 其實의 味난 甘ᄒ나 一種臭氣가 有ᄒ더라. 此木이 林中에 野生ᄒᄂ 者도 多ᄒ니 林內에 在ᄒ야 팡의 落ᄒᄂ 것을 待得흠은 熱帶에 限흔 幸福이러라. 眞木苽ᄂ 落葉과 似흔 葉이 有ᄒ고 十數間되ᄂ 大木이라 葉間에 無數한 人頭大의 實를 結ᄒ니 普通野菜로 各種料理에 用ᄒᄂ니라.

木材로 此 地方에 可見ᄒᆯ 木은 紫檀大木이 有ᄒ니 其葉이 常綠厚質인딕 深綠色을 呈ᄒ고 黑檀樹가 有ᄒ니 植物園中에 特히 衆樹에 抽ᄒ야 矗矗히 天을 衝ᄒ고 幹의 周圍가 地上五尺의 高에셔 二丈에 達ᄒ고 枝下가 亦八九間에 過ᄒ고 使人垂涎三尺케 ᄒᄂ 것은 데루미나리야 及 소레아의 二種인딕 前者ᄂ 其葉이 百日紅에 近ᄒ고 後者ᄂ 其葉이 쇼지와 似ᄒ니라.

其他橰類로 誤ᄒ기 易흔 幹狀을 呈ᄒ고 枝頂에 七葉이 叢生ᄒ고 高가 二十餘間이오 幹圍가 十數尺에 達ᄒᄂ 지라, 其 葉이 「즉구바네가시」와 似흔 보네아라 ᄒᄂ 大木, 人이 「직구」로 誤ᄒ기 易흔 大葉을 有흔 모모다마나라 ᄒᄂ 木光澤이 有흔 深綠色의 中葉을 有흔 야라보라

211

ᄒᆞᄂᆞᆫ 並木, 白而又赤ᄒᆞᆫ 花가 開ᄒᆞᄂᆞᆫ 印度合歡이라ᄂᆞᆫ 大木蓮의 葉과 似
ᄒᆞᆫ 葉을 有ᄒᆞᆫ 하스노하기리 等 其成木의 雄大壯麗ᄒᆞᆷ이 到底히 比ᄒᆞᆯᄃᆡ
無ᄒᆞ더라.

特히 煙草의 葉과 如히 大ᄒᆞᆫ 葉을 有ᄒᆞ고 頗勇壯ᄒᆞᆫ 大木은 卽 船艦用
材의 王인 직구樹인ᄃᆡ 軍艦飛脚船으로 始ᄒᆞ야 大船의 甲板欄梯子段等
은 大抵 此材를 用ᄒᆞᄂᆞ니 全體가 鐵로 ᄒᆞᆷ과 如ᄒᆞᆫ 巡洋艦과 如ᄒᆞᆷ도 其
一隻을 作ᄒᆞᆷ에 少ᄒᆞ여도 此材의 尺(尺角二間의 材를云)一千本과 其他木
材二千本을 要ᄒᆞᄂᆞᆫᄃᆡ 직구材ᄂᆞᆫ 尺一本의 價가 三四十圓이라 ᄒᆞ니 此木
이 元來暹羅及緬甸의 天然林으로 伐出ᄒᆞᄂᆞᆫ 것인ᄃᆡ 近來濫伐의 結果로
漸告不足ᄒᆞᄂᆞᆫ 傾向이 有ᄒᆞᆷ을 爲ᄒᆞ야 英國政府에셔ᄂᆞᆫ 其印度領內에 此
植林을 盛施ᄒᆞᄂᆞᆫ 中이러라.

其 枝葉의 繁茂ᄒᆞᆷ이 最多ᄒᆞᆷ은 卽 베루지야미나 榕樹인ᄃᆡ 園內並市街
의 行道樹로 植ᄒᆞᄂᆞ니 空中으로 氣根을 下垂ᄒᆞᆫ 者 多ᄒᆞᆫ지라. 特히 熱帶
地方에 有名ᄒᆞᆷ은 此 榕樹의 近種인ᄃᆡ 東印度地方에 最多ᄒᆞᆫ 所謂 팡양樹
니 此 木이 其 百草生의 一樹라. 本幹의 周圍가 四十六尺이 되고 更二百
三十二本의 氣根이 空中으로 生ᄒᆞ야 何處에던지 地에 達ᄒᆞ야 大木이
되고 其大ᄒᆞᆷ은 幹圍ᄂᆞᆫ 不言ᄒᆞ고 氣根圍가 十三尺餘가 되니 葡萄棚狀으
로 四方에 擴張繁茂ᄒᆞ야 一樹로 二町七畝步의 地를 覆ᄒᆞᄂᆞᆫ 者 有ᄒᆞ니라.

蓋世界에 存ᄒᆞᆫ 樹木에 其 橫大로ᄂᆞᆫ 卽前의 팡양樹오 其高로ᄂᆞᆫ 濠洲
의 아미구다有加利樹니 此木이 高가 四百九十五尺이오 枝下도 亦二百
六十尺에 過ᄒᆞ고 其高와 其橫과 其材效用의 大가 皆天下에 可稱ᄒᆞᆯ 것은
北米「가리호루니아」의 기강도世界聖樹라 ᄒᆞᄂᆞᆫ 것이니 此 木이 地上五
尺에 幹의 周圍가 三十三間이오 高가 三百九十六尺에 達ᄒᆞ고 此木의
根元에 存ᄒᆞᆫ 空洞은 六頭立의 郵便馬車를 優可通行이오 他의 橫方에
存ᄒᆞᆫ 小孔에ᄂᆞᆫ 或 吹雪ᄒᆞᄂᆞᆫ 夜에 母子三十七疋牛의 潛居ᄒᆞᆷ이 有ᄒᆞ다
云ᄒᆞ더라.

時ᄂᆞᆫ 三月十九日也라 午前十時半에 植物園을 辭ᄒᆞ고 待居ᄒᆞ던 支那
人의 人力車를 乘ᄒᆞ니 早期薄暗으로브터 朝食을 아니ᄒᆞ고 五時間餘를

園中으로 馳廻ㅎ야 腹이 虛ㅎ면 芭蕉의 實를 十錢에 二斤斗를 買ㅎ야 車夫파로 分食ㅎ니 味甚佳라 途中에 日本領事館三井, 靑物市場 等을 尋ㅎ얏는듸 靑物市場에 水瓜, 茄子, 夕顔, 蔓으로 된 胡瓜, 木으로된 木瓜, 椰子의 實, 味柑佛手柑, 오렁지, 망고스당, 퐝의 實又各種의 野菜菓物이 頗多흔데 但 甘藍이 此地에셔는 木狀으로 成ㅎ야 丸치 아니흔 것으로 日本等 寒地에셔 輸入ㅎ엿다 ㅎ더라. 正午十二時에 歸船ㅎ야 汗과 塵埃에 爲汗흔 衣服을 換着ㅎ고 休息ㅎ엿노라.

[12] 『공수학보』 제1호(1906.01.31). 旅窓에 感循環理, 揚致中[21]

風瑟ㅎ고 寒惻惻흔 旅舍 孤燈 夕에 悄然 投筆ㅎ고 搔首長歎息ㅎ니 獨坐兮 不寢로다. 牕戶(창호)를 開拓ㅎ고 난간을 從倚(종의)ㅎ니 魚鱗薄雲遠橫(어린박운원횡)ㅎ고 蟾影殘月高懸(섬영잔월고현)이라. 故國山川 何處是오 盈襟漏를 難禁일셔. 天一方兮 望美ㅎ니 玉宇崢嶸星河冷(옥우쟁영성하냉)이라. 今日悲境 我同胞여. 慷慨志氣一般일셰. 余已作遠遊兮 殊方萬里國이여. 滄海一粟身이라. (…중략…)

우리 大韓 國步가 艱難ㅎ고 民生이 困悴(곤췌)한지 一朝一夕 안이로다. 陰盡陽生 自然理와 否往泰來輪回運은 胡爲乎北遲遲흔가. 望復望眼欲穿일셔. 白日到中天ㅎ면 爓火氣禩卽消ㅎ고 陽春匝大地(양춘잡대지)ㅎ면 層氷堆雪自解ㅎ지 自强不息ㅎ여보셰. 何事不成ㅎ깃는가. (…하략…)

---

21) 『공수학보』에는 기행문이 등장하지 않는다. 다만 유학생의 견문 심리를 적은 몇 편의 글이 실려 있다.

[13] 『공수학보』 제2호(1907.04). 橫須賀 有感, 豊溪生 姜筌

　是處는 卽 日本의 最要 軍港이라. 재작년 旅行時에 適因 日露戰役ᄒ
야 別無可覩러니 余 昨歲冬에 有事更過ᄒᆯ시 伊時에 該港을 觀察ᄒᆫ즉
周圍가 如弓ᄒ야 深碧成灣ᄒ얏ᄂᆞᆫ딕 砲艦, 驅逐艦, 戰鬪艦 등의 鐵製ᄒᆫ
兵船이 簇立羅列ᄒ야 藩屛(번병)의 勢를 作ᄒ고 雄壯高矗(웅장고촉)ᄒ
야 雲霄(운소)의 光을 蔽ᄒ니 실노 玩賞ᄒᆷ을 堪치 못ᄒᄂᆞᆫ 바나 噫 彼艦
隊가 曩年에 其英威銳氣를 宣揚ᄒ야 黃河에 日淸의 役과 日本海에 日露
戰으로 皆捷報를 奏ᄒ야 勝利를 收ᄒᆷ이요. (…하략…)

[14] 『대학흥학보』 제2호(1909.04)~제4호. 觀日光山記,
　　　斗山人 尹定夏 (3회)

▲ 제2호

　日光山水ᄂᆞᆫ 是世界의 公園이오 日光社殿은 卽 世界의 美術이라는 話
柄은 日本人의 擘頭로 誇張ᄒᄂᆞᆫ 배요 日光을 不見ᄒ면 結構(我語에 홀
능ᄒ다ᄂᆞᆫ 意味라)를 語키 不能이라ᄂᆞᆫ 俚諺은 日本人의 舌端에 膾炙ᄒ
ᄂᆞᆫ 배라. 由是觀之ᄒ건딕 日光山水 景色의 明媚秀麗ᄒᆷ과 日光 社殿制度
의 華美宏大ᄒᆷ이 日本 勝地中의 第一 屈指ᄒᄂᆞᆫ 位에 處ᄒᆷ을 可히 測知
ᄒᆯ지니 故로 日本人은 勿論ᄒ고 東西洋의 紳士 貴孃이라도 日本地域에
投足ᄒᆫ 人이면 世界의 公園이란 日光을 踏치 아닌 者ㅣ 無ᄒ며 世界의
美術이란 日光을 賞치 아닌 者ㅣ 無ᄒ야 一年 中에 觀光ᄒᄂᆞᆫ 人員이
稀ᄒ야도 幾十萬名에 不下ᄒᆯ지오 消費ᄒᄂᆞᆫ 金額이 少ᄒ야도 累百萬圓
에 可達ᄒᆯ지라. 記者에 至ᄒ야ᄂᆞᆫ 經營이 已 久로딕 機會가 尙 遲ᄒ야
四載의 夢을 空做에 一見의 願을 莫遂이러니 何幸 去月頃에 學校로셔
秋期 修學旅行의 旅行地를 日光山으로 擇定ᄒ니 此時ᄂᆞᆫ 卽 登晃의 宿願

을 遂行홈과 學海의 精神을 修養ᄒᄂ 好機會라. 躍雀의 歡을 不勝ᄒ고 附驥의 行을 是定ᄒ야 同月 二十四日 早朝에 學校의 職員 學生 三百七十餘人으로 上野驛에셔 同時 出發ᄒ야 同 午後 一時 半에 日光驛을 到達ᄒ니 天氣ᄂ 微陰ᄒ고 秋色은 蕭冷이라 携筇西進ᄒ야 拭眸四望ᄒ니 山管橋(一名은 神橋)의 珠欄石柱ᄂ 東西 唯一의 奇觀이오 東照宮(德川 將軍의 神廟)의 拜殿唐門은 今古 無雙의 美術이며 千峰萬壑에 霜葉의 丹楓은 其 狀이 錦繡의 羅列과 如ᄒ고 前谷 後巷에 雷響의 白瀑은 其 勢가 龍虎의 怒吼와 同ᄒ지라. 一見에 眼界가 快闊ᄒ고 再望에 精神이 淸爽ᄒ야 歸思를 頓忘이오 秋興을 難堪이라 數百 學友로 萬千 景槪를 次第深賞ᄒ 後日 光町神山 旅館에 投宿ᄒ고 其翌 二十五日에 早起ᄒ야 東照宮, 二荒社, 大猷院의 三殿을 巡觀ᄒ고 霧降, 裏見, 華嚴의 三瀑을 歷覽ᄒ 後에 中禪寺 湖畔에서 中火ᄒ고 又 前進ᄒ야 西北方의 湯本山田 旅館에셔 宿泊ᄒ고 又 其 翌二十六日未明에 發程ᄒ야 日光町에 還着ᄒ니 時唯十點鍾이라 更히 市中을 巡覽ᄒ고 午后 二時半의 列車로 東京에 返還ᄒ얏ᄂᄃ 旅行 前後의 三日間에 實聞實見ᄒ 歷史, 社殿, 名勝, 産物 等을 次第 摘記ᄒ야 後日 日光을 遊賞코져 ᄒᄂ 諸紳士淑女의게 敢히 紹介ᄒ기를 試ᄒ노라.

一. 日光歷史

日光山은 下野國(栃木縣)上都賀郡의 北隅에 位ᄒ야 古代에ᄂ 極키 險惡深邃ᄒ 山谷으로 毒蛇 猛獸 等이 成群橫行ᄒ야 人跡의 一切 不到ᄒ 던 處이더니 神護 景雲 元年(日本稱德皇의 年號인ᄃ 距今 千一百四十三 年)에 僧 勝道가 千萬의 辛苦로써 邪를 辟ᄒ고 境을 拓ᄒ야 初也에 四本 龍寺를 建設ᄒ고 山을 補陀落山이라 稱ᄒ고 其 後에 中宮祠 湖畔에 中 禪寺를 設ᄒ며 쏘ᄒ 日光山大權現을 勸請ᄒ 後 弘仁 八年 二月에 四本 龍寺에서 死去ᄒ얏ᄂᄃ 同 十一年 七月에 僧 空海가 登山ᄒ야 瀧尾山女 體中宮祠를 開建ᄒ고 山號를 日光이라 改稱ᄒ다. 其後 屢百年 間에 僧

系가 繼繼ᄒ야 寺院을 或 增設ᄒ며 或 變改ᄒ야 僧家의 權勢가 一時 熾盛ᄒ더니 慶長 十八年 四十七世 僧 昌尊의 時에 至ᄒ야 一山의 衆徒 와 隙을 生흠으로써 昌尊은 마침ᄂᆡ 退院ᄒ고 旣往 第四世 僧 昌禪의 建設ᄒᆫ 바 座禪院의 住職이 斷絶된 後로 旣設ᄒᆫ 寺院이 仍ᄒ야 廢止되 얏다가 同年에 僧 天海가 德川將軍으로부터 日光山을 拜領ᄒᆫ 以後로 座禪院을 宿坊으로 定ᄒ고 元和 三年 東照宮의 鎭座ᄒᆫ 後 同 七年에 至ᄒ야 原光明院址에 所謂 御本坊을 建立ᄒ얏다가 寬永 十八年에 御本 坊을 再建ᄒ야 日光山 中興의 業을 漸擧ᄒ얏스니 今滿願寺가 是也라. 天海中興의 開祖로부터 公海, 守澄, 天眞, 公辨, 公寬, 公遵, 公啓, 公延, 公澄, 舜仁의 諸法師가 相繼ᄒ고 舜仁의 後職을 襲ᄒᆫ 輪王寺宮의 當代 에 在ᄒ야 明治維新의 事가 有ᄒᆫ 以後로 寺院의 制가 一變ᄒ야 今日에 ᄂᆞᆫ 佛徒로써 住職케 ᄒ다.

東照宮은 德川家康의 神을 奉祭ᄒᄂᆞᆫ 處인ᄃᆡ 同德川將軍은 愛國勤王ᄒᆫ 功勞가 特著ᄒ다 ᄒ야 正保 二年에 勅命으로써 宮號를 賜ᄒ고 明治 六 年에 別格官幣社에 配享ᄒ야 每年 六月 一日에 例幣使를 特派ᄒ야 大祭 를 執行케 ᄒ고 翌日에ᄂᆞᆫ 神事의 次第가 有ᄒ야 其 節次ᄂᆞᆫ 封建當時의 儀式을 從ᄒᄂᆞᆫᄃᆡ 其 儀式의 莊嚴가 幣物의 隆崇은 他에 其 比를 不見ᄒᆯ 배라. (未完)

▲ 제3호, 1909.5.20.

二. 日光社殿

日光驛에셔 下車ᄒ야 西方으로 日光町의 中央大道를 通過ᄒ야 町의 西端에 至ᄒ면 一大 金欄의 虹橋가 有ᄒ니 卽 大谷川 中流에 架設된바 神橋［一名은 山菅橋 쓰ᄂᆞᆫ 蛇橋］라. 同橋의 起源을 略述ᄒᆯ진ᄃᆡ 稱德日 皇 時代에 僧勝道가 日光山을 開拓코져 ᄒ야 此 處에 來ᄒᆯ 時에 兩岸絶

崖에 大谷의 水勢가 激揚沖天ᄒᆞ야 不可跋涉이라 躑躅長嘆ᄒᆞᆯ 除에 偶然 深砂大王이 自現ᄒᆞ야 手裏의 持來ᄒᆞᆫ 靑赤兩蛇를 大谷川의 南北兩岸에 橫架ᄒᆞ니 直一條의 長橋가 成ᄒᆞᆫ지라 然이나 其 狀이 悽愴魋怪ᄒᆞᆷ으로 勝道가 敢히 前進치 못ᄒᆞᆯ 時에 ᄯᅩ 一神童이 出來ᄒᆞ야 山菅이란 草를 刈取ᄒᆞ야 蛇背에 散布ᄒᆞ고 勝道를 前導ᄒᆞᄂᆞᆫ 故로 勝道가 踏橋而去ᄒᆞ야 回首而瞻 즉 雲霧ᄂᆞᆫ 暝暝ᄒᆞᆫᄃᆡ 但慈悲鳥의 聲ᄲᅮᆫ이라. 仍ᄒᆞ야 此를 山菅의 蛇橋라 命名ᄒᆞ얏ᄂᆞᆫᄃᆡ 其後 二百六十七年을 經過ᄒᆞ고 明治 三十五年 九月頃에 至ᄒᆞ야 大水로 因ᄒᆞ야 落橋되고 同四十年九月에 更히 新造ᄒᆞᆫ 者이 今日의 所謂 神橋인ᄃᆡ 廣이 三間, 長이 八間으로셔 欄干은 擬寶珠 를 附ᄒᆞ고 總히 塗朱鍍金ᄒᆞ얏스며 橋柱ᄂᆞᆫ 石材를 用ᄒᆞ야 長久히 支撑 케 되얏ᄂᆞᆫᄃᆡ 前後로 朱柵을 設ᄒᆞ고 門扉를 鎖ᄒᆞ야 每年 二月二十參日과 參月二日外에ᄂᆞᆫ 一般의 通行을 禁止ᄒᆞ더라. 神橋下에 在ᄒᆞᆫ 日光橋를 渡 ᄒᆞ야 좀 左進ᄒᆞᆯ진ᄃᆡ 右便에 斜長ᄒᆞᆫ 一坂이 有ᄒᆞ니 此長坂을 旋登ᄒᆞ면 終點의 廣路가 卽 輪王寺後 門前으로 通ᄒᆞ나니 卽 滿願寺란 處라 此 寺院은 故日光御門主라 稱ᄒᆞᆫ 輪王寺宮의 殿跡인ᄃᆡ 其前에ᄂᆞᆫ 頗히 美麗 ᄒᆞᆫ 殿閣이더니 自今三十九年前에 火災에 燒失되야 只今은 一寺院의 移 築ᄒᆞᆫ 者ᄲᅮᆫ으로 美麗치ᄂᆞᆫ 아니나 古器物과 畵屛風等의 藏置가 有ᄒᆞ고 滿願寺의 北에 三佛堂이 有ᄒᆞ니 日光中의 第一大 建築이라 千手觀音, 彌陀如來, 馬頭觀音의 三大佛을 安置ᄒᆞ고 ᄯᅩ 勝道僧의 木像이 有ᄒᆞᆫ 處 요 後面의 西에 銅製圓柱의 相輪塔이 有ᄒᆞ니 高가 四丈二尺이라 塔의 正面의 門을 出ᄒᆞᆯ진ᄃᆡ 卽 東照宮의 大門이라.

東照宮을 觀覽코져 ᄒᆞᆯ진ᄃᆡ 몬져 石門으로조차 入ᄒᆞ나니 門內의 左便 에 總高十丈五尺되ᄂᆞᆫ 朱色의 五重塔이 有ᄒᆞ고 門의 正面에 在ᄒᆞᆫ 石階로 昇進ᄒᆞᆫ즉 左便에 入場券을 販賣ᄒᆞᄂᆞᆫ 表番所가 有ᄒᆞ니 此處에 觀覽票 一枚(每名에 二十錢)를 買得ᄒᆞᆫ 後에 表門으로 入ᄒᆞᆫ즉 右에 三神庫와 齊 淨이 前後로 有ᄒᆞ고 左에 槇木(三代將軍의 手植ᄒᆞᆫ 木)과 木製의 御廐(猿 猴의 彫物을 置ᄒᆞᆷ)와 內番所 等이 次第로 有ᄒᆞ며 其 次에ᄂᆞᆫ 御手洗屋의

影物이 有흔티 水盤은 花岡石製로셔 盤底에셔 泉水가 湧出흐고 其前에
논 唐銅門이 孤立흐얏논티 其 左方에 二重建의 輪藏이란 堂內에 童子의
木像을 置흐고 其 銅門을 通過흐야 石階를 登흔즉 左石의 石柵에 有名
흔 飛越獅子를 刻立흐얏고 또 右便에논 鐘樓와 朝鮮鐘(此논 我國셔 寄
附흔 鐘이라 흐나 年代논 未詳흠)과 蓮燈籠이 有흐고 左便에논 鼓樓와
廻燈籠(此亦我國셔 附與흔者라흠)과 釣燈籠(荷蘭國의 所贈)이며 藥師
堂이란 神院이 有흔지라 此를 一一히 巡覽흐고 更히 石段을 登흐야 陽
明門으로 入흐면 門塀의 左右에 廻廓이 連接흐얏고 正面에논 唐門이
兀立흔지라. 唐門으로부터 東照宮拜殿에 至흔즉 殿內殿外에 草木禽獸
의 彫刻美術과 間東間西에 靑紅黑白의 圖書彩色이 人目을 眩荒케흐고
陽明門內의 東便에논 神樂堂, 西便에논 神輿舍가 有흐며 神樂堂과 社務
所의 間을 過흐야 鐵門(一名은 不開門)으로 向흔즉 廻廓承塵上에 眼猫
의 影物이 有흐니 此를 過흐야 鐵門으로 入흐면 層層의 石階가 凡二白
段의 長登흔 處라 最終點의 坂上에 至흐면 拜殿의 一字가 有흐고 其
後面에 石의 玉垣이 有흔티 垣內를 見흘진티 石築흔 高處에 銅製의 寶
門이 有흐야 其 下에논 將軍의 屍體를 藏置흐얏다 흐더라.

二荒神社논 東照宮前 卽 五重塔의 側으로부터 西折흐야 進行흐면 銅
製의 大華表가 有흔지라 此를 過入흐면 前面에 朱塗美麗흔 建物인티
國幣中社에 列흐고 舊日光三社大權現이라 稱흐논 有名神社라 此에셔
轉흐야 南坂으로 下흘진티 正面에 常行堂과 法華堂의 二堂이 有흐니
此논 大猷院의 初入이라. 二堂前에셔 右로 直進흐건티 二正門으로 入흔
處라. 門內에논 水屋이 有흐고 南折흐야 石階를 登흔즉 二天門에 出흐
고 更히 石階에 上흔즉 鼓樓와 鐘樓가 其狀이 東照宮과 同흐고 또 石段
이 有흔티 其上에논 夜叉門과 또 石段上에논 唐門이 有흔지라 唐門으
로 入흐면 拜殿과 本殿이 有흔티 本殿에논 大猷公의 座像을 安置흐논
處요 皇嘉門을 入흐야 石階를 登흔즉 大猷公의 靈屋과 梶氏의 墓가 有
흔 地라.

以上은 東照宮, 二荒社, 大猷院, 滿願寺等의 社殿에 就ᄒ야 略述ᄒ 者로서 此外에도 數三의 神社가 有ᄒ나 別노 有名치 아니홈으로써 玆에 省略ᄒ노라.

▲ 제4호, 1909.6.20.

三. 日光 名所와 勝景

外山, 神橋셔 右折ᄒ야 日光學校의 後路로부터 稻荷川을 渡ᄒ야 興雲津院前으로 向치 말고 直左折ᄒ야 三十分間으로 登ᄒᄂ 嶮岳이라. 山頂에 至ᄒᄌ 北東에 雞頂山과 右便에 不二山, 羽黑山이 目에 當ᄒ고 西方에 筑波峰과 左便에 加波山이며 또 北西를 回顧ᄒᄌ 男體山, 大眞那山, 小眞那山, 赤薙山, 女體山 等이 次第로 元立ᄒ야 四方의 眺望이 頗美ᄒ고

小倉山, 은 外山과 連亘ᄒ 草山이라 格別ᄒ 景色은 無ᄒ다. 日光町으로 面ᄒ 丘陵에 噴水의 裝置가 有ᄒ고 夕陽이 山의게 隱蔽되야 納涼ᄒ기ᄂ 最宜ᄒ 處라.

霧降瀑, 은 神橋로부터 小倉山麓을 旋回ᄒ야 東北方으로 或登 或下ᄒ야 約 十里半을 往ᄒ면 忽然 山頂에 出ᄒ나니 此 山上에서 北望ᄒᄌ 絶壁에셔 飛流ᄒᄂ 瀑布라. 此 瀑은 山頂에서 十四 五丈을 降ᄒ야 一段이 되고 更하 十二 三丈을 下ᄒ야 二段이 되얏ᄂᄃ 上段은 廣이 十四 五尺이오 下段의 廣ᄒ 處ᄂ 約 四十尺餘라. 其垂流ᄒᄂ 波勢난 中央處에 二派로 分ᄒ야 岩石에 觸散ᄒᄂ 水沫은 霧天과 恰似ᄒ지라. 故로 霧降이라 名稱ᄒ다. 또 此 瀑의 上流 二馬場되ᄂ 處에 胎內瀧이른 瀑布가 有ᄒᄃ 高가 五丈廣이 十三 四尺되ᄂ 者로셔 霧降瀑과 恰似ᄒ야도 좀 小ᄒ고 瀑落處ᄂ 井과 갓치 深ᄒ야 人身이 河沒ᄒ겟더라. 此 近傍에 또ᄒ 滑川瀧(霧降下流의 小百村)素麵瀧(鳴蟲山北麓)寂光瀧(若子神社西北의 岩角)相生瀧(若山神社의 東倉下山)七瀧(赤薙山中腹) 等의 瀑布가 有ᄒ나 格別ᄒ 名이 無ᄒ니라.

裏見瀑, 은 日光原町서 西方으로 田母澤의 橋를 渡ᄒᆞ야 村路로 入ᄒᆞ
면 裏見瀧에 至ᄒᆞ나니 日光서 凡十五里라. 此 瀧은 大眞那山麓의 盤石
에 飛下ᄒᆞᄂᆞᆫ 瀑布로셔 其 高 八九丈 其 幅 六七丈되ᄂᆞᆫ 大瀧이라. 瀧 裏
에ᄂᆞᆫ 岩石이 有ᄒᆞ야 其 上에 廣四尺餘의 小道가 通홈으로써 觀覽客이
隨意로 通涉ᄒᆞ야 瀧의 裏面을 探知케 되얏고 쏘 此水를 溯上ᄒᆞ야 十里
假量되ᄂᆞᆫ 處를 往ᄒᆞᆫ즉 山間에 慈觀瀧이 有ᄒᆞᄃᆡ 瀑上에 一大平石이 橫連
ᄒᆞ야 瀑水가 此 石上으로 流來ᄒᆞ야 凸凹ᄒᆞᆫ 鼻端에셔 幾派로 分流ᄒᆞ니
其 奇異ᄒᆞᆫ 狀은 實노 人目을 驚動케 ᄒᆞ더라.

含滿淵, 神橋셔 大谷川을 沿ᄒᆞ야 西方으로 約 五里되ᄂᆞᆫ 處에 在ᄒᆞᄃᆡ
電燈會社와 太谷海衣 製造所가 有ᄒᆞ고 慈雲寺와 納骨塔이 有ᄒᆞ야 쏘ᄒᆞᆫ
一覽ᄒᆞᆯ 處라 此를 觀覽ᄒᆞ고 更히 西進ᄒᆞ다가 淸瀧村에 至ᄒᆞ야 淸瀧神社
와 淸瀧觀音堂을 歷觀ᄒᆞ고 又 少進ᄒᆞ면 馬返이란 村에 到達ᄒᆞ나니 此地
로부터 漸次 山岳으로 登去ᄒᆞᄂᆞᆫ 道路인ᄃᆡ 道路ᄂᆞᆫ 廣坦ᄒᆞ다 ᄒᆞ나 徒步
前登ᄒᆞ기에 미우 折骨ᄒᆞᆯ 處라. 劍峰의 中腹에 至ᄒᆞᆫ즉 茶店이 有ᄒᆞᄃᆡ 茶
店에서 北便을 望ᄒᆞᆫ즉 方等瀧과 般若瀧이 落來ᄒᆞ고 茶店을 離ᄒᆞ야 左便
으로 坂路에 達ᄒᆞᆫ즉 巓路가 甚히 急斜ᄒᆞ야 中宮祠去路中 第一 難處라.
此 嶺을 登涉ᄒᆞ랴면 急喘아닌 者ㅣ 絶無ᄒᆞ나니 山頂과 山根의 距離ᄂᆞᆫ
約 七馬場이라. 凡 一時間을 費ᄒᆞ고 嶺上에 達ᄒᆞᆯ진ᄃᆡ 太平이란 平地가
出ᄒᆞ나니 此에서 左折ᄒᆞ야 急坂으로 約 一馬場을 下ᄒᆞ면 忽然 瀑聲이
入耳ᄒᆞ야도 瀑水ᄂᆞᆫ 難見이리 少進ᄒᆞ야 谷에 臨ᄒᆞᆯ진ᄃᆡ 日光 中에 有名
ᄒᆞ 華嚴瀑이 有ᄒᆞᄃᆡ 此 瀧은 中宮祠 湖水로부터 落來ᄒᆞ야 絶壁을 飛下
홈이 七十餘丈이오 廣이 十五尺餘라. 瀧邊에셔 約 百五十尺되ᄂᆞᆫ 東便에
茶店이 有ᄒᆞ고 華嚴瀑에 至ᄒᆞᄂᆞᆫ 途中에 高三十丈廣四十餘尺되ᄂᆞᆫ 白雲
瀑이 有ᄒᆞ며 瀑의 中央에 烏鵲橋를 架設ᄒᆞ야 通行ᄒᆞ기에 甚便ᄒᆞ더라.

中禪祠와 中禪祠湖華嚴瀑에서 西으로 約 三馬場 行進ᄒᆞ건ᄃᆡ 中禪祠
가 有ᄒᆞ야 數個의 寺院과 十餘의 族館等이 極히 華嚴宏大ᄒᆞ고 其前面에
日本湖水 中 最高ᄒᆞ 中禪祠湖(海面에서 四千三百七十尺(日本尺)가 有

호되 東西의 長이 三十里요 南北의 廣이 十里라. 其 水가 淸호야 魚産이 多호고 夏季에는 游泳호기 甚便홈으로써 來贊行客이 連絡 不絶호더라.

男體山, 은 黑髮山, 補陀洛山, 二荒山, 日光山, 이라도 稱호는되 此 山을 登호랴면 二荒山奧院에 在혼 登口門으로 從호나니 其高가 八千二百五十尺 假量인되 此를 登호야 觀홀진되 四方의 眺望이 極히 佳絶호다 稱호니라.

湯本과 湯湖中禪祠에셔 湖畔을 沿호야 西北方으로 約 十里를 往호면 小橋를 渡호야 右便에 地獄茶店(此는 茶店의 東 卽 二荒山의 麓에 地獄 갓흔 深穴이 有홈으로써 世人이 地獄茶店이라 稱홈)이 有호고 左便에 는 龍頭瀑이 有호나 그러케 有名치는 아니호며 此에셔 白樹林中道로 從호야 坂頭에 達혼즉 北方에 一大平野가 有호니 此는 中古에 足利와 南朝의 戰爭이 有호다 호야 戰場原이라 稱호다. 此 戰原을 通過호야 또 西北間으로 向上혼즉 湯湖에서 落下호혼 湯瀧의 上部가 뵈이고 湯瀧의 北坂으로 從上혼즉 山上에 一湯湖가 有호되 東西는 約 二里요 南北은 約 三里半이라 湖水의 北에 湯煙의 上昇호는 處는 卽 湯本이라 호는 村인되 中禪祠에서 約 三十里요 湯生處는 東山의 際에 十餘坪假量이 有호되 最有名혼 者는 河原湯, 純子湯, 姥湯, 瀧湯, 中湯, 笹湯, 御所湯, 自在湯 等이라. 浴室 內에는 다 分析表를 揭在호고 湯直으로써 人家 十一戶가 有호되 季候가 比他尤寒홈으로써 陰曆 四月 八日부터 九月 八日 꺼지 浴室을 開放호나니 避暑養病호는 人의게는 實노 無比혼 沐浴湯이오 前山은 白根山이라 稱호는되 中夏라도 白雪이 猶在호다더라.

名所에 就호야는 大略 上陳과 如호거니와 更히 筆頭를 轉호야 日光의 勝景을 槪寫홀진되 小倉春曉, 鉢石炊烟, 含滿驟雨, 寂光瀑布, 大谷秋月, 鳴蟲紅楓, 山菅夕照, 黑髮晴雪 等 卽 日光八景이라 稱호는 景致가 有호코 其外 華嚴, 霧降, 裏見 等의 諸 瀑布와 男體, 白根, 庚申의 諸山岳과 中宮祠, 湯本의 湖水와 足尾의 銅山 等의 景槪는 쏘혼 其 名이 特著 호니라.

四. 日光産物

製造品, 은 細工物에 漆器類, 尺類, 房具, 玩具, 栗杓子, 木鉢, 曲桶 等인디 漆器의 産額은 頗多ᄒ야 明治 十八年 調査에 一萬四千九百四十圓이라ᄒ고 其外 高卓子類와 花鳥 草木 等의 彫刻物이며 또 輸出品에 有名ᄒ 者ᄂ 羊羹(菓子類)苦椒漬, 海衣, 毛皮 等이라.

天産物, 鳥類에 鳩, 駒鳥, 岩燕, 山鴫, 慈悲心鳥, 山鷄, 鷦鷯 等이며 魚類에 鰈, 鱒, 岩魚, 鮎, 鯉, 鰍, 山生魚 等이며 植物類에 白根葵, 白根蘭, 白根人參, 雪割草(似櫻艸), 苦桃(酸味草), 岩千鳥(似蘭有莖), 岩鏡(岩間草), 岩蓬(如梅松), 岩櫻(花櫻 葉梅), 婿菜(土人의 食用), 岩澤瀉(如苔生岩), 石楠花(如枇杷), 肉蓯蓉, 日光蘭, 態谷草, 敦盛草, 緋櫻, 白檜, 姫小松, 虎尾草, 沙羅樹等이며 食用類에 岩草, 獅子茸, 椎茸, 松茸, 粟, 胡鬼子, 蕃椒, 唐辛(苦草), 羊羹 等이라.

附記

日光遊覽ᄒᆯ 人의 參考로 爲ᄒ야 紙尾에 附記코져 홈은 卽 往復費用의 幾何라. 物價의 高下로 由ᄒ야 一定커ᄂ 難ᄒ나 他途ᄅᆯ 迂廻치 아니ᄒ고 日光서 各瀑布 各 神社의 觀覽과 湯本溫泉의 行을 作ᄒ고 東京으로 回還ᄒ라면 約 一週間에 十二圓으로 二十三圓 假量이면 可用ᄒᆯ지나 同行이 多ᄒ면 勿論 隨減ᄒᆯ지오 또흔 節用ᄒᆯ진디 一人에 六七圓 假量으로도 足히 往復ᄒᆯ지며 其外 別노히 用ᄒᆯ것은 轎子나 人力車로써 中宮祠 往復이 二圓二十錢, 湯本이 三圓八十錢, 霧降, 裏見,이 七十五錢 假量이나 此를 徒步로 代ᄒᆯ진디 此 額은 利가 되나니라.

222

[15] 『소년』 제1권 제1호(1908.01)~제2호.
   (광고) 小人國 漂流記 (2회)

이 冊은 순국문으로 〈썰니버 旅行記〉의 上卷을 번역한 것인데, 우리의 듀머니에도 열아문 스무나문ㅅ식 딥어 너흘 만한 알 사람 사난 곳에 드러가 그 닌군의 사랑을 밧고 행세하던 이약이라. 긔묘 묘한 온갖 경력이 만소.[22]

巨人國 漂流記(一), 英國 스위프트 原著(썰늬버 旅行記 下卷)

▲ 제1권 제1호

멧 百年前 아니되야 英國에 썰늬버란 航海 됴와하난 사람이 잇섯소. 航海란 것은 익기 前에는 苦生이라면 苦生이로되 익어만디면 아모럿티도 안을 쑌더러 더욱 여긔뎌긔로 往來하면서 經難도 만히 하고 求景도 만히 하며 넓으나 넓은 바다에 노난 고래와 닮긴 鰐魚로 벗을 삼아 男兒의 壯한 氣運을 펴난 것이 坦한 非常한 滋味가 잇난 일이오. 이 썰늬버란 사람은 原來 英國 어늬 곳에서 醫術을 工夫하얏난대 텨음부터 男兒 一平生에 快하고 됴흔 일이 碧海 둥둥 써다니며 우에는 限이 업시 큰 하날을 이고 아래는 限이 업시 넓은 바다를 밟고서 그 사이에 浩然한 氣運을 쐼어 봄에서 더 클 것 업난 듈 생각하야 工夫로 當初부터 航海에 必要한 行船法과 數學 等을 힘서 하얏고, 坦 那終에 醫學을 工夫하기도 畢竟 航海하난데 要緊할 듈 알은 故라, 醫學을 卒業한 後에는 곳 學費대여 듀던 主人의 請을 싸라 돗타쑤나 하고 玄鳥號란 배에 船醫가 되야서 멧 해ㅅ동안 이리뎌리 다니면서 異常한 物情에 듀린 눈을

---

22) 이 글은 기행문은 아니지만, 표류기 소설을 번역한 것이므로 기행 담론에 포함하여 일부 내용을 입력하였음.

배불니고 그 后에는 海中에서 風浪을 맛나 小人島란 알사람 사난 곳에 漂流하야 우리의 손ᄉ가락 한아 밧게 못되난 사람들에게 온갖 殊遇를 밧으면서 神通한 滋味를 보다가 數年만에 多幸히 故國 배를 맛나 還國함을 엇어 얼마ᄉ동안을 靜養하얏소.

그러나 이 사람은 旅行으로 생긴 사람이라. 機會만 잇스면 아모 데라도 갈 것이오, 또 小人島에 잇슬 째에 온갖 奇奇妙妙한 求景을 다하얏난 故로 滋味가 잇서서 스사로 깃분 마음을 抑制티 못할디라. 이에 한 번 더 異常스러운 곳에 가서 異常스러운 求景을 하리라 하고 또 배를 타고 東印度島를 向하야 볼 것을 탸디러 갓소.

이번에 쏘 海中에서 日氣가 突變하야 배가 가댜난 데로 가디 안코 다만 東便 한 쪽으로만 二十餘日쯤 漂流한 긋헤 겨오 어늬 陸地에 다다럿소. '에구됴와라, 네가 陸地더냐.' 하면서 올나가 쉬일 次로 從船을 푸러 가디고 十二人쯤이 타고 안댜 上陸하얏소.

그 째에 썰늬버는 性味가 異常한 것 보기를 됴와함애 무엇 異常한 것이나 업나 하고 四面八方으로 도러다넛소. 그러나 잇다난 것은 다만 크나큰 바위와 크나큰 造山쑨이오, 別노 神通한 것은 업난디라, 에라 볼 것 업다 배로 도라가리라 하고 다시 海邊에 와 본 則 야단이 낫네, 무삼 야단? 只今ᄭ디 海邊에 잇던 同僚들이 다 배를 타고 뒤도 도라보디 안코 디어가난디라, 어이한 일인디 몰나 가만히 본 則 다라남도 怪異티 안타, 맛티 에닐곱 層塔 갓흔 큰 사람이 바다 우흘 털썩털썩 거르면서 그 뒤를 싸라 댭으러 가난구려.

이것을 보고는 썰늬버도 膽이 덜컥 나려안댜 '어익구 뎌 싸위 큰 사람도 세상에 잇나, 뎌런 놈에게 붓들니면 손톱으로 튀기기만 하야도 둑겟구나. 이것 탐 큰일 낫구나.' 하고 뎌도 들모라 다라나나 발서 배가 멀니 가서 아모리 헤염하야도 싸르난 수 업슴으로 할 일업시 山間으로 避해 숨엇소.

허덕더덕하면서 겨우 山을 넘어 본 則 훨신 開野가 되고 보리밧이 느러 잇난데 그 보리는 다 듥은 대와 갓흔 것쑨인 故로 보리밧이 바루

數千里 連한 대수풀 모냥이오. 이 일에도 쏘 쌈쌱 놀나우나 그 대신 自己가 隱匿하난 데는 이러한 곳이 第一이라고 急히 그 속에 쭈여들어 이만하면 그만이디 하고 暫時 쉬고 잇섯소.

그리한 則 무엇인디 머리 우에서 왈각왈각하난 것이 맛티 雷霆(뇌졍) 갓혼 큰 소리가 나난 故로 에구머니 날이 쏘 긋나보다 하고 엉금엉금 보리 듈기에 올나서 휘휘 둘너본즉 雷霆 소리로 알엇던 것은 亦是 사람의 소린데 海邊에서 보던 사람 갓혼 巨人이 쏘한 巨人 쎄에게 무삼일을 식히난 모양이라. 內心에 自料하되 '그러면 이곳은 巨人國인가, 그러나 하길내 보리까디도 더리 크디, 이것은 탐 頉(이: 탈)낫구나. 아모리 異常한 곳이 돗타 하야도 더런 巨人에게 붓답혀 부벼둑이난 쎄에는 어렵구나. 웃더케 하면 다러날고,' 하고 새삼스럽게 무서워서 견델 수 업난 故로 다만 들키디만 아니하랴고 옴티리고 잇슨 則 됴곰 잇다가 空中으로서 번쩍번쩍 번개가 나고 쏘 쐬쐬하난 무서운 소리가 들나나 비는 한 點도 써러디디 안난 故로 무엇인고 하고 잇슨즉 그 소리가 나난 대로 보리 수풀 속이 甚히 울녀 몸까디 써러딜 듯한 故로 가만가만히 엿본즉 이것도 야단일다, 앗가보던 巨人 갓혼 者가 六七人듀옥 느러 안댜서 데각금 낫을 두루면서 이 보리를 버히난 것인데, 번개 갓히 번쩍거리던 것은 낫을 들 쎄오, 쐬쐬 비오난 소리 갓히 나던 것은 낫으로 버혀 넘어 써리난 소린 듈 비로소 깨다럿소. 이러케 알고본즉 에구머니 날 살녀 듀오. 더런 낫에 걸니기만 하면 이 몸은 가루가 되고 말겟다 하고 듁기를 긔쓰고 집숙하게 다러나려 하나 原來 굵은 보리싹리가 가득하게 드러서서 암안 애를 써도 마음대로 갈 수가 업서 向方을 몰나할 샌이오. 그러할 틈에 하날이 캄캄해디고 웬 일인디 呼吸이 턱턱 막히며 몸이 異常스럽게 苦롭더니 다시 天地가 明朗해디고 됴곰 편하야디난디라, 얼는 이러서서 四面을 본즉 이것은 탐 야단이로구나, 썰늬버가 어늬 틈에 발서 巨人의 掌中에 올녀 노엿소.

"어허, 畢竟에 붓들녓구나."하고 비로소 精神을 타럿스나 그러나 웃디할 수 업시 되얏고 되디 못하게 逃亡하려 하다가는 곳 부텨둑일 形便

이라, "일이 이믜 이리되얏슨즉 싹 마음에 酌定하고 이 巨人에게 降服을 하리라, 그리하면 아모리 巨人이라도 亦是 사람의 탈을 썻슨 즉 설마 罪업난 놈을 둑이리오."하고 먼녀 帽子를 벗고 허리를 굽흐려 恭遜하게 禮를 하고, "自己는 決斷코 버레갓혼 것이 아니라 이러케 보여도 또한 사람이니 그녀 데발 德分에 못된 일은 하디 마오. 그리하면 나도 決斷코 常업난 일은 아니하오리다."하난 쯧으로 손ㅅ딧을 하면서 懇請하얏소. 그리한즉 이 사람은 이 近處 地主로 다른 農軍들의 어룬인 故로 卽時 談辨이 結末나서 뎌의도 또한 決斷코 못된딧은 아니할 것이오. 또 달 보아 둘 것이니 마음 놋코 잇스라는 쯧을 손ㅅ딧으로 이르고 그대로 썰늬버를 바루 멧독이나 답은 듯이 手巾에다 곱게 싸서 自己 딥으로 도라왓소. 그리한즉 그 딥 마누라나 兒孩들은 이 됴고만 썰늬버를 보고 텨음에는 개구리나 거믜갓히 딩그럽게 넉이더니 仔細히 본즉 亦是 사람의 形像인데 두 손 두 발이 다 데 數爻가 잇고 입도 달 놀니난 듯한 故로, "이것은 탐 滋味 잇난 산 閣氏로다. 妙한 노리ㅅ감이 생겻다."하고 다들 됴와서 그로부터는 暫時도 몸에 써이디 안코 밥 먹을 째에라도 뎌의 밥 床 우에 언녀놋코야 먹난 故로 그 德分에 됴곰도 不便한 일은 업스나 쪽 한가디 어려운 것은 그 兒孩들이 十歲 內外된 한탐 댤난ㅅ군인 故로 째째가다 고개를 드러 걱구로 세기도 하고 손을 붓답아 느러써리고도 하야 못 견대게 구난 것이오.

또 한가디 무서운 것은 이 딥에 잇난 괴와 개니 괴는 큰 黃여소만하고 개는 코ㅅ기리 갓혼 故로 放心하고 그 겻헤 가면 한 집에 딥에삼킬 쯧하오. 어늬날 썰늬버가 뜰에 나와 잇더니 孔雀갓혼 크나큰 나비가 퍼얼퍼얼 날너오난 故로 그 어엿분 모양을 홀녀보고 잇난데 개가 달녀드러 瞥眼間에 썰늬버를 물엇소. 그러나 當初부터 답어 먹으랴난 것이 아니라 다만 댝란으로 하야 그대로 主人 압헤 가뎌다가 곱게 나려노혼 故로 목숨은 保全하얏스나 意外ㅅ일에 놀나서 그 當場에는 暫時 氣絶하얏소. 또 어늬 째에는 한 살쯤 된 어린 兒孩의 놀님감이 되얏더니 됴곰 잇다가 손ㅅ가락 대신에 입에 넛코 쌜냐드난디라, 크게 놀나 落膽

226

하야 씩 씩 하면서 나오난 대로 소리를 디르니 어린 兒孩도 놀난 듯하야 亦是 애애 우난데 그 소리의 큰 法이 맛티 巨鐘을 한 百個 느러놋코 一時에 울니난 듯하드라오.

또 어늬날 뎌녁엔 담을 댜더니 不意에 개만콤식한 뒤게다가 두 마리나 와서 댭어먹으려 드럿소, 이 째에 썰니버는 웃디할 듈을 몰낫더니 다행히 軍刀를 가뎟난데 이 째에도 벼개 우에 두엇섯난 故로 急히 軍刀를 쌔혀 한 머리를 둑엿더니 한 머리는 물에 놀나 다러낫소. 이러케 째째 危殆한 일이 잇서 그럴 째마다 썰니버가 씩씩 擾亂히 구난 故로 主人도 未安하게 알더니 뒤에는 아홉 살 된 自己짤을 식혀 썰니버를 보야듀게 하얏소.

이 이약은 次次 맛잇난 데로 드러가나니 썰니버가 이 巨人國에서 무삼 英特한 일을 當하얏난디 그 滋味는 이 다음에 쏘 보시오.

▲ 제1권 제2호(1908.12)

이 이약의 댜미를 온뎐히 맛보랴 하거던 第一年 第一卷(前號)을 보라.

그런데 이 계딥 아해는 딘실노 얌뎐하고 뎡다운 사람이오 그 우혜 또 몸까디 남보다 뎍으며 썰니버를 거나리난데도 극히 익숙한 고로 썰니버가 크게 깃거하야 '엄마, 엄마'하면서 싸르고 이 아해도 썰니버를 '아가 아가'하면서 귀히 녁여 듀오.

이러구러 이일이 탸탸 세상에 뎐파되야 "뎌 옷말 리동디는 요사이 뎌의 보리밧에서 시상스러운 버레를 두엿다더라. 무엇이 모냥이 사람과 흡사하고 입도 쇄 쌋다니 그것 희한한 것 아닌가." 하야 이런 소문이 남애 여긔뎌긔서 구경하랴 오난댜이 날마다날마다 만허디난고로 아모리하얏던디 구경ㅅ감으로 내여돌니면 쏙 돈을모으리라 하고 즉시 뎌댜

로 나아가 덩그런 패를 내여달앗소, "댜 드러오시오 드러오시오1 이것
은 왕사람나라 왕보리톤에서 산이로 댭은 다시는 업난 알사람이오! 요
알사람은 이르난대로 그네도 쒸고 듈도 타고 듈쒬도 쒸고 튬됴 튜고
검무(劍舞)도 튜고 그 외에도 여러 가디 대됴를 부리오. 드러오시오,
드러오시오. ! 사라 생년에 이런 구경을 못하면 뎌생에 가도 원귀가
되오." 하면서 문덕이란 놈이 큰 소래로 써드니 모다 여긔 반하야 사면
팔방으로서 구경ㅅ군이 됴수 미듯 드러오오.

불상하다. 썰니버는 뎨가 알사람 나라에서 가뎌온 딤생을 잉글낸도
서 구경ㅅ거리를 삼은 뢰로 이번에는 이 왕사람나라에서 뎨가 구경ㅅ
거리가 되얏구려.

그러나 이러케 되고본즉 드러안덧서도 하난 수 업난디라. "아모리
하얏든 댝뎡하고 대됴를 부려 쑤릿뎬 사람은 대됴 만횬 것을 왕사람에
게 보이리라." 하고 이로부터는 날마다 마당 한가운대서 쒸며 굴며 온
갓 대됴를 다 부려 보인즉, 소료대로 왕사람들이 손ㅅ벽을 티면서 댜미
롭게 아라, "뎡말 이런 우수운 것은 우리나라 개벽 후 텨음 잇난 구경이
로다. 이런 것 모 봇고 듁은 녯 로인들이 불상하다."들 하야 나둉에는
왼다라 안에 방방곡곡 딥담 사람사람히 모이면 이약을 하도록 되얏소.

그리한즉 이나라 황후가 쏘한 이 소문을 듯고 "그것은 웃디하얏든
한번 보아야하겟다." 하고 즉시 구경터에 거동을 하야 하로를 보신즉
과연 듯던 바와 틀님업시 탐탐 이상하고 신통하고 우숩고도 댜미로운
디라. 포옥 마음에 드러 마팀내 돈을 만히 나리고 이 알사람 썰니버를
보아듀난 계딥아해까디 써서 사드려 대궐 속으로 싀어러드렷소.

황후가 이 알사람을 사드린 뒤에 즉시 다리고 황뎨 압헤 나아가 이
앙딍한 뎨됴를 보시게 하얏소.

이 째에는 썰니버가 이믜 이 나라말을 반이나 딤댝한 고로 목구멍이
터디라고 기ㅅ것 소래를 딜너 "왕사람나라 황뎨 폐하 만세 만세 만만
세."를 부르면서 섬돌 아래서 국궁 딘퇴한대 황뎨씌셔도 깜쟉 놀나서
"탐 공교롭게 만드러낸 긔계로다."하야 텨음에는 쏘한 댝란ㅅ감으로

아시더니 더 댜세히 보신즉 톄수는 비록 뎍어도 사기백해가 다 온뎐하고 이목구비의 박힌 법이 한아토 사람과 틀님이 업난디라. 더욱더욱 이상스럽게 아셔 "이런 희한한 버렐 낭은 하루 밧비 알코홀에 태여서 박물관(博物館)에 버러두난 것이 됴타."고 관원들에게 령을 나리셔 거의거의 그리될ㅅ번하얏소.

그러나 황후는 "목숨이 디듕한 것인데 알코홀 태움을 하기는 딘뎡 불상하외다." 하면서 엽헤서 여러 가디로 만류하야 겨오 목숨을 보뎐하야 그대로 대궐 안에 두어 기르기로 되얏소.

그리한 후 황후쯰서는 먼뎌 일등 목수를 불너 쎌니버에게 알맛도록 새댱 모냥으로 됴코한 딥을 디여 그 속에다 담아 뎐각 한 귀에 두시니 쎌니버는 일생이 이 속에 드러잇고 보야 듀난 계딥아해는 항상 그 겻헤 붓허 잇서 이 알사람의 먹을 것이며 입을 것의 심바람을 하야 듀란 딕분을 맛헛소.

그런데 황후는 이 알사람이 깁히 깁히 마음에 드섯던디 언데던디 밥 때에는 의례히 소반 우헤다 올녀놋코 겸상 세음으로 먹소. 그럼으로 쎌니버에게는 은뎝시 우에 싸로 됴고카한 소반을 올녀놋코 모시고 먹난데 이 째에 가만히 본즉 탐 왕사람나라의 황후라고 다른 것이 그뎌 듀섬듀섬 먹난데 이것이 쑤릿탠사람이면 농군 열ㅅ둘이 한공일 동안에도 다 못 먹을 큰 고기덩이가 한입에 쓸떡쓸떡 넘어가고 그뎌 쌱릇드(썩)에 발나먹난 비둘기의 고기 구운 것이란 것이 우리의 거위보담 십배나 더 크더라 합듸다. 이런 일에는 쎌니버가 번번히 입을 딱딱 버릴 쑨인데 어늬 째에는 쌱릇드(썩) 부스럭이에 걸녀 뎝시 우헤 넘어뎌서 몹시 발을 닷틴 일이 잇소.

(…하략…)

[16] 『소년』 제2권 제2호~제2권 제7호.
로빈손 無人 絶島 漂流記 (5회)[23]

▲ 제2권 제2호(1909.2)

나는 西曆 一千六百三十二年에 쌕리탠 國 요옥 府에서 난 로빈손 크루서란 사람이온데 내가 經歷한 말삼을 여러분 압헤서 베픔은 참 榮光 슯게 아난 바올시다.

나는 原來 배혼 職業이 업고 平生에 생각하기를 널분 하날 큰 바다 사이에 적은 배를 씌워 이리로 가서 고래의 등을 어루만지고 저리로 저어 鰐魚의 꼬리를 당겨보아 눈기동 갓흔 물ㅅ결노 더부러 서로 마주 치고 다닥다리난 것처럼 상쾌한 일이 업다 하야 제발 德分에 船人이 되어지라고 至死爲限하고 父母의 請願하얏소이다.

그러나 우리 父親의서는 性質이 매우 溫順하고 더욱 남들과 갓히 自己 子息도 편한 工夫를 하고 便한 돈을 엇어 便한 밥을 먹게 하랴난 바람이 잇난 故로 恒常 法律 工夫를 하야 判檢事나 辯護士 갓흔 것을 되라고 勸하시난지라. 그럼으로 이런 말삼을 하기만 하면 구태여 그런 생각을 하지 말나 하시더니 갈사록 나의 船人되려 하난 생각이 有加코 無滅하야 보채기를 더욱더욱 甚하야 가매 하루는 當身房으로 불너 안치시고 눈물을 흘니시면서, (…중략…)

▲ 제2권 제3호(1909.3)

런돈에 와서는 얼마ㅅ동안 멈을으난 사이에 前次에 苦生한 일도 次

---

23) 기행문은 아니나 표류기를 내용으로 하는 기행 소설임.

次 이저바리고 집으로 도라갈 생각도 次次 사라저 감애 이에 아쯔리카로 가난 배를 탓난데 이 째에는 주머니ㅅ속에 돈이 쇄 만히 잇섯난 고로 쭈니아 海岸에 가서 土人으로 더부러 貿易할 양으로 여러 가지 物貨를 실헛소이다. 그럼으로 沙工 노릇은 그만두고 船長의 勸하난 말대로 배를 타고 가난 中에서 <u>數學과 行船法을</u> 배홧소이다. 이번ㅅ길은 매우 結果가 조와서 利를 만히 남겨가지고 런돈으로 도러갓소이다. 그러나 이런 일이 잇기 째문으로 滋味가 나서 나는 冒險心이 漸漸 熾盛하야 나중에는 噬臍無及(서제무급)할 患難을 當하얏소이다.

둘재ㅅ 번 길에는 伊前 船長은 죽고 그저 船人으로 잇던 사람 한아가 그 뒤를 들어선 고로 나의게는 매우 便한 일이 만헛소이다. 그럼으로 이번에는 當初의 本錢과 이번에 利 남은 돈을 다 드려 여러 가지 物貨를 실코 카나리 島를 바라고 써낫소이다.

(…중략…)

▲ 제2권 제4호

船長 以下 여러 사람이 우리들을 매우 懇篤하게 待接하고 돈도 조곰 밧지 아니하며 웃더케 생각하얏던지 나의 배와 쭈리를 팔나 하난지라, 배는 아모리 하야도 조흐나 쭈리란 놈은 오랜 동안 忠實하게 服事한 것을 이제 돈을 밧고 그 自由를 팖은 마음에 매우 未安한 故로 주저주저하얏더니 船長이 매우 精誠스럽게 要求하고 쏘 그 아해가 예수 敎 信者면 十年 後에는 良民을 만들어 주겟다고 굿게 盟誓함으로 마음이 돌녀 그만 <u>그 아해를 팔앗소이다</u>. 그러나 그 뒤에 나는 이 일을 생각할 째마 웃지하야 제가 그 아해의 自由를 팔앗난고 하야 居常 後悔하얏소이다.

그 위에 나는 쌕럿실에서 砂糖을 栽培하야 不數年에 相當하게 財産

을 일우엇소이다. 대개 사람이란 것은 財物이 모히고 일이 만하지면 만하지난 대로 그대로 여러 가지 慾心이 생기난 法이라, 나도 亦是 虛慾에 씌워서 여러 가지 狼狽를 보앗소이다.

쌔럿실에 잇난 동안 四年에 나는 여러 가지 장사속을 배웟소이다. 어늬 쌔에 내가 갓갑게 지내던 親舊들에게 쉬야나 航海의 이약이며 거긔서 貿易하기 쉬운 일이며 쏘 奴隷들이 만히 잇난 일을 이약이하얏더니 그 잇흔날 여러 사람이 와서 쉬야나에 가서 <u>貿易도 하고 십고 쏘 奴隷도 사오고 십흐니</u> 자네가 그 監督을 하지 아니하랴 하난지라, 이 쌔 나도 쏘한 속에 당긔매 곳 許諾하고 내가 업난 동안 일은 이웃 사람에게 付托하고 --

▲ 제2권 제6호(1909.6)

일이 이러케 되어 이곳에 오래 머무르지 아니치 못하게 되엿슨즉 조흔 쌍을 골나 집 한아를 짓난 것이 急先務라, 그런데 집터로 말하면 第一은 쌍이 高燥하고 새암이 소사나아오난 곳이라야 할 것이오, 第二는 太陽의 炎熱을 避하기에 形便이 조흔 곳이라야 할 것이오, 第三은 土蠻과 野獸의 掩襲하지 못할 곳이라야 할 것이오, 第四는 바다가 환하게 내여다 보여 언제던지 救助船이 보일 만한 곳이라햐 할이라고 생각하얏소이다. (…하략…)

▲ 제2권 제7호(1909.7)

그 뒤 數年ㅅ 동안은 바다로 지나간 배도 보지 못하고 다른 사람도 맛나보지 못하면서 이러한 써러진 섬에 形影이 相吊하면서 지내난데 하나님의 이 세상을 다사리심을 밋고 이믜이러바린 것에 希望을 두고 잇지 아니한 故로 도리혀 마음이 平和하야 아모 씌임에 싸지지도아니하고 참 泰平으로 지내엿소이다.

또 俗談에 "必要는 창작의 母"라 하더니 과연 나는 여러 가지 필요에 씰녀 거긔 적당한 것을 만드러 냇소이다.

이 째 나의 모양은 웃더하얏나냐 하면 염소가죽으로 바지저고리 병거지까지 만드러 쓰고 또 신발과 버선이 업슴으로 이와 비슷하게 한아 만드러서 가죽씬으로 쬐여 신고 또 허리에는 가죽씌를 씌고 양편 허구리에는 톱과 독긔를 차고 억개에는 附帶 비슷하게 만든 것을 쬐여 걸어 화약 등속을 너허 두엇스며 또 밧겻헤 나아갈 째에는 억개에 총을 먹히고 태양의 더위를 피하기 위하야 가죽 日傘을 밧고 다녓소이다. (…중략…)

▲ 제2권 제8호(1909.8)

*로빈손 무인 절도긔 역술을 완성하고 화자의 입을 빌려 당부하는 말을 기록함

그 뒤에 쌰럿실에 잇난 農物 栽培所를 남에게 팔고 그 돈을 가지고 잉글낸드로 도라오니 생각에는 餘生을 安穩하게 마치려 함이나 그러나 와서 본즉 또한 마음이 가란ᄉ지 아니하야 여러 가지로 煩悶하다가 다시 마음을 決斷하고 뒨일은 前부터

(…중략…)

나는 只今 나이 七十二歲ᄂ데 그만 다시는 내 몸을 苦롭게 아니하기로 하고 이 오랜 동안 恒常 頉(이) 업도록 도라보아 주신 하나님의 恩惠를 깁히 感謝하오며 또 내 平生에 지내본 旅行보담 더 永遠한 저 生길을 닥그면서 날을 보내노이다.

내가 그동안 지낸 일은 이쑨 아니나 너모 張皇하면 도로혀 厭症이 생기실 쯧하야 大綱大綱 싸서 엿줌이니 仔細하게 알녀하시면 內外國 文字間에 내 事蹟이 記錄되지 아니한 데가 업스니 그것을 보시오, 그러

나 한가지 願하난 것은 가장 光明스럽고 榮譽 잇슬 前途를 가진 <u>新大韓</u> <u>少年</u> 여러분은 여러분의 나라 형편이 三面으로 滋味의 주머니오 보내의 庫ㅅ 집인 바다에 둘닌 것을 尋常한 일노 알지 말어 恒常 그를 벗하고 그를 스승하고 또 거긔를 노리터로 알고 거긔를 일터로 알어 그를 부리고 그의 脾胃를 마초기에 마음 두시기를 바라옵나니 엇접지 아니한 말삼이나 깁히 드러주시오. 그런데 한마듸 부쳐 말할 것은 우리 모양으로 私利와 작난으로 바다를 쓰실 생각 말고 <u>좀 크게 놉게 人文을 爲하야</u> <u>國益을 爲하야</u> 眞實한 마음과 精誠스러운 뜻으로 <u>學理 硏究·富源開發 等</u> <u>조흔 消遣을</u> 잡으시기를 바람이외다.

여러분은 應當 이 늙은 사람보담 더욱 滋味 잇난 海上 經歷이 잇슬 터이라 좀 들녀 주시구려. (完結)

[17] 『소년』 제1권 제1호(1908.11)~제3권 제3호(1910.03).
快少年 世界周遊 時報 (7회)[24]

▲ 제1권 제1호

△ 이런 세음으로 假定함 △

崔童 健一은 方年이 十五에 夙慧가 超人하고 銳氣가 쏘한 出羣한데 去年 學期에 養英學校 普通科를 卒業하고 一年餘를 英 日 淸 等 外國語를 約히 硏究한 後에 學校 講堂에서 圖繪로 見하고 講語로 聞하든 우리 世界의 實狀을 視察하야 知見을 廣히 하고 眼目을 宏히 할 次로 累度 其 父親에게 懇願하야 旅費 若干을 辨備하야 去十月 一日에 同窓 諸人

---

24) 여행기 형식을 빈 여행 담론. 최건일을 화자로 설정했으나, 실제로는 최남선 본인임. 건일은 가상의 인물이나 최남선과 밀접한 관련이 있는 이름이었을 것으로 추측됨.

의 誠實한 歡呼 中에 드듸여 世界 周遊의 道에 登하얏난데 精彩燦爛한 其見聞記는 追次하야 我 編輯局에 來到한 故로 餘白이 잇난대로는 本報에 揭布하야 滿天下 少年 諸子에게 이러한 快文字를 紹介코댜 하노니 讀者는 그의 文章이 如何히 暢達하고 그의 事實이 如何히 奇妙하고 그의 觀察이 如何히 透徹한 것을 看홀디어다.

此 快少年의 快文字를 紹介함에 當하야 本執筆人은 이와 갓흔 快少年이 續續 出來하야 少年 韓半島의 名譽를 全世에 宣揚하고 이와 갓흔 快文字를 益益 寄送하야 〈少年〉 紙上에 光明을 大加하기를 勞祝하노라.

ㅡ少年 執筆人 識

第一步

願하면 이루디 안난 일이 업슴=實見하디 아니하면 시원티 못한 性味 =文字와 圖繪와의 地理學의 不足함=前途의 미리생각=臨別贈言=우리의 祖先은 興國民이라=旅行을 忌하난 弊風=旅行을 모르난 文士와 政家=드른이 風月=우리 딥에 다니난 文士의 實例=우리나라 古文士의 生活=旅行의 功果=少年의 旅行을 勸함=古人의 旅行에 對한 金言

願하야 이루디 안난 일이 업고 마음 먹어 되디 안난 일이 업나 보외다. 나는 말노만 배호고 귀로만 듯난 것보다 눈으로 보고 마음으로 염량하난 것을 낫게 아난 性味ㄴ 故로 前 學校에 다닐 째에도 漢拏, 白頭 두 山 우에 噴火口 餘地가 잇단 것을 말노만 듯고는 마음에 시원티 아니하야 暗夜에 남모르게 實地 視察을 하랴다가 어룬에게 붓답힌 바ㅣ 되야 밋텨 가디 못하고 말은 일도 잇거니와 今番 길도 쏘한 이 性味의 부림이니 大體 아시아 유롭파 아메리카 等 大陸과 支那 터어키 써잇취 쑤릿탠 等 邦國과 崑崙 히말나야 럭키 等 山岳과 에니세이 유우쯔렛 나일 미시십피 等 江河는 이것이 아니 우리들이 學校 講堂에서 地理 時間에 막대드신 先生이 地圖를 가르티시며 說明하실 째에 웃더니 웃더니 하난 論說을 듯디 아니하얏소. 또 사람 답어먹난 사람은 어대 잇스며 밝앗케 벗고 사난 사람은 어대 잇스며 숫검뎡 갓게 검은 人種은 어대 잇스며 구리ㅅ빗 갓게 붉은 人種은 어대 잇스며 런돈은 그 殷盛이 웃더하고 파리는 그 華麗가 웃더하고 늬유욕은 그 宏壯이 웃다하다 함은 우리가 그림으로 눈이 시도록 본 것이 아니오잇가. 그래도 나는 한 째 講說과 한 幅 圖繪로 滿足할 수 업서 恒常 내 발노 親히 밟고 내 눈으로 親히 보기가 願이러니 多幸히 이데 世界一周의 길에 올음에 시베리아의 들도 내가 밟을 것이오, 앞르의 山도 내가 넘을 것이오, 데임쓰 江에 夕照도 바랄 것이오, 에니스 浦에 朝暾(조돈)도 볼 것이오 월터룰노에 啾啾한 鬼哭聲도 드를 것이오, 나일 江口에 輶輶(당탑)한 烟波鳴咽聲(연파명인성)도 드를 것이오, 카이로 郊外 피라밋에 올나서 五千年 前의 텨음 열닌 文化도 懷想할 것이오, 필나델피아 市中 獨立閣에 드러가 一百五十餘年 前에 비로소 아메리카가 쌕릿탠의 抑壓을 벗고 自由獨立한 寄別을 十三道에 猛傳하던 '自由의 破鍾'을 氣運ㅅ것 울녀 太平洋 물이 震起한 뒤에 그틸디니 이는 所願을 이루어 四足을 펴고 멀니 노라나간 나의 디닐 일이라. 몸은 비록 혼대 가오나 글월이나마 댜됴 올녀 노난 興致는 갓히하오리다.

그러나 여러분이여. 길 쩌남에 臨하야 나는 한마듸 부틸 말이 잇소이다. 大抵 우리나라 사람이 旅行을 시려하난 傾向이 잇슴은 가리디 못할 事實이니 '밋틴 놈이나 金剛山 드러간다.', '八道 江山 다 도라다니고 말 못할 난봉일세.', '子息 글은 가르티고 십허도 求景 다니난 꼴 보기 시려 그만 두겟다.' 하난 말은 다 이 傾向을 言明한 것이라. 大抵 古代 泰東史上에 雄飛活躍한 我大韓人이 今에 아모리 一時라도 屈蟄(굴칩)된 것은 前에 旺盛한 旅行誠이 今에 衰降한 까닭에 말매암음이 쏘한만혼 것을 나는 말하랴 하노이다. 보시오. 古代엔 우리 民族은 '興國民'이 아니오닛가. 여긔와서는 이 나라를 세우고 뎌긔 가서는 뎌 나라를 세우며 北으로 나아감애 쌍을 千里나 열고 南으로 건너감애 萬世에 새로운 基業을 일히켜 탐 번쩍번쩍하게 活動하디 아니하얏슴니가. 이러 튼 民族이 오날에 이르러 왜 이러케 儒弱하야덧슴니가. 왜 이러케 元氣가 銷沉하야덧슴닛가. 다른 것 아이라 旅行誠이 減退하야 冒險과 經難을 시려하게 된 싸닭이 아니오니가. 行李가 匆匆(총총)함애 밋텨 그 根本理由=旅行誠이 減退한 所以然에 對하야 條陳할 겨를이 업거니와 딥 안에서는 父母가 子息의 門밧 노리를 싸딧고, 書堂에서는 스승이 弟子의 冊床 머리 싸러 안딤을 賞하며 버선 해디고 옷 더럽난 덕은 理由로써 댜라가난 氣運을 抑制하고 성가신 九容과 座右銘으로 안ㅅ방 아루묵이 네 天地요, 벼루 右便이 네 世上이니 행여나 싼 생각할나 하면서 닦달한 사람이 댜란 뒤에 무삼 생각이 나오릿가. 그는 계얼너딜 것이오 그는 陰沈해딜 것이오 그는 幽鬱해딜 것이오 그는 便辟해딜 것이오, 그는 暗愚해딜 것이니, 이 自然한 理致가 아니오릿가. 이런 者가 댜라면 政治家가 됨애 '不出戶而知天下'는 姑捨하고 데딥 行廊일도 쫏쫏히 못 알며 學者가 됨애 '通內外達事理'는 姑捨하고 드른이 風月로 '기럭기 훨훨 大同江上飛'나 옴기고 冊에서 親한 싸닭에 글 句마다 洞庭湖月과 赤壁江風을 너흐며 웃더한 形勢도 모르고 서울이라면 '山河百二'의 地라 하야, 司馬長卿이 江南에 一遊한 것을 그만 猶恐不及하게 頌讚하니 天下에 可憐한 일이 이에서 디날 者ㅣ 업겟소이다. 우리 딥에 다니난 文士 한아이 잇스니 딥이 京城 안 어대에 잇섯난데 나이 回甲이 되도록 城外 十里에 잇난 노돌을 모르다가 六十三歲에 딥이 구태하야 宿所 업난 所致로 萬歲峴에 借宿하게 되야 비로소 京江을 보앗다난 사람인데 그래도 글은 디으면 操紙筆立寫千萬言이 다 某處의 風月은 如此如此하고 某地의 水石은 這般這般이라 하나니 내가 이를 對할 째마다 寒心한 생각을 익이디 못하난 것은 우리나라 文士의 生活을 聯想하난 故ㅣ라, 毋論 우리나라 文士에도 車五山 金春澤 갓히 一平生을 竹杖麻鞋 單瓢子로 尋山問水하난 속에 보낸 이도 잇고 〈海東諸國記〉〈燕行歌〉 等書의 著者 갓히 觀風察俗에 허비한 사람이 업디 아니하나 이는 小數라, 足히 全體를 말하디 못할 것이오, 그 全體로 말하면 오딕 案頭에 窮伏하야

家禮를 習讀하고 窓前에 閑坐하야 杜詩를 吟詠하다가 째가 이르면 도라가 아듀 世上으로 더부러 相關이 업난 듯하니, 詩人에 '쌔이론' 갓흔 熱情人이 업고, 學者에 '짜아윈' 갓흔 血性人이 업고 土人에 '싼리' 갓흔 豪勇兒가 업서 '탸일드, 하롤드' 갓히 우리의 마음을 感動하난 旅行上 文字가 나디 안코 生物 進化의 證跡을 發見함 갓흔 學術上 功績이 잇디 안코 暗黑 大陸을 開發함 갓흔 地理上 勳勞가 생기디 안어 우리 갓흔 少年으로 하야곰 空然히 '金방울傳'에 눈을 머물고 '田禹致의 史蹟'을 외우게 하야 文字로는 古人의 感化를 밧을 것이 업슴애 이러한 中에 댜란 우리가 또 콜넘버쓰 갓히 新大陸을 탸댜 내고 마겔난 갓히 世界 舟航을 쇠할 사람이 못되야서 儒弱을 싸이어 오다가 오날을 當함이 쏘한 偶然한 일이 아니라, 우리는 이를 생각하고는 소리ㅅ것 古文士와 古政家를 弔傷하디 아니하랴도 할 수 업사외다.

이데 내가 밧분 길을 써나디 안코 이 글을 抄함은 다름 아니라 다만 얼마ㅅ동안 衰降하얏던 旅行誠을 更起케 하야 그녀 우리 少年만이라도 뎜 活潑하고 뎜 快活하야 能히 男兒 四方의 志를 드릴 만한 사람되기를 勸하고댜 함이라, 나는 別노 旅行의 德을 頌하디도 아니할 것이오, 旅行의 利를 說하디도 아니하오리다. 그러나 나보다 쎄콘스필드가 "旅行은 眞正한 智識의 大根源이라."한 말 한마듸를 傳하오리다. 바라노니 少年이여. 鬱積한 일이 잇슬 理도 업거니와 잇스면 旅行으로 느리고 더욱 工夫의 餘暇로써 旅行에 허비하기를 마음두시오. 이는 여러분에게 眞正한 智識을 들 뿐 아니라 온갖 보배로운 것을 다 드리리이다. 가난 길이 밧붐애 알외올 말을 다 목 덕삽나이다. 삼가 여러분의 珍重하심을 酬하옵나이다.

十年의 宿願을 비로소 이루어 世界 周遊의 길에 오르난 崔健一은 南大門 停車場에서

第二報

너는 뉘 車를 타고 안딘 둘 아나냐＝佳勝과 名地가 쪼한 마음을 깃겁게 못함＝天下에 第一 不幸한 國民＝새삼스럽게 掌心 힘ㅅ둘이 슷슷하야디난수＝京釜鐵道歌의 一節

開城

小生은 只今 義州로 向하는 三等 客車 中 一隅에 옥으리고 안뎌 잇소.
뎌러케 열닌 田野와 뎌러케 秀麗한 江山과 뎌러케 泰平한 村落을 볼 째마다 오오 아름다운 우리나라여, 오오 깃거운 우리나라여, 하다가도 今時에 아름다운 것을 업시하고 깃거운 것을 쌔앗난 한 感想이 잇스니 다른 것 아니라 곳 이 汽車의 主人을 무러보난 생각이라. 생각이 한 번 이에 이르러,
"너는 뉘 車를 타고 안딘 둘 아나냐?"
하난 것이 電光갓히 心頭에 오르고 霹靂鞭갓히 神經을 싸릴 째에 果然 나는 마음이 便티 못하고 뜻이 깃겁디 못하오.

나는 여긔쌔디 오난 동안에 여러 곳 景槪 묘혼 데를 보앗소. 漢江 中에 쩌 잇난 蘭芝島의 飄然(표연)한 것도 보앗고 德物邑에 노혀 잇난 德績山의 超然한 것도 보앗고, 碧波가 蕩漾(탕양)한데 白帆이 그 우흘 點綴한 汶山의 개도 보앗고 기름 갓흔 물에 칼 갓흔 바람이 부난데 비오리 갓흔 배가 살갓히 닷난 漢江의 흐름도 보앗스나 不幸히 그 佳景과 그 好勝을 보고도 能히 거긔 相當한 興趣를 일히키디 못하얏노니 이는 그 韻致가 아름답디 못함이 아니라 곳 수레 임댜를 무러보난 생각이 나의 神經을 鈍하게 만드러 美感이 이러나디 못하게 함이오.

天下에 不幸한 國民이 만흐리다. 그러나 고은 物色을 보고 눈에 깃겁디 못하도록 된 處地에 잇난 人民에 디날 者ㅣ 또 잇사오릿가. 나는 이를 생각하고 우러야 됴흘디 우서야 시원할디 웃디할 듈을 아디 못하얏소이다.

그러나 瞥眼間에 다시 새 긔운이 나서 掌心ㅅ듈이 긋긋하야 디난 수가 생기니 이는 곳 우리 少年 사이에 恒常 剛健한 思潮가 漲落(창락)하고 豪壯(호장)한 氣風이 吹動하야 次次 新大韓은 少年의 것인즉 이를 興盛케 함도 少年이오 이를 衰亡케 함도 少年이오 이믜 일허바린 것을 탸다 올 사람도 少年이오 아딕 남어 잇난 것을 保全함도 少年이어니 하난 생각이 아모의 腦에도 박혀서 牢不可拔(뇌불가발)하게 됨을 생각한즉 그러케 슯흔 마음과 됴티 안은 뜻이 雲散霧消하얏소이다.

드듸여 엽헤 사람이 잇거니 말거니 公六子[25)]의 '京釜鐵道歌'의

우리들도 어늬 째	새 긔운 나서
곳곳마다 일흔 것	차자 드리여
우리 장사 우리가	主張해 보고
내 나라 쌍 내 것과	갓히 보일가
오날 오난 千里에	눈 씌우난 것
터진 언덕 붉은 山	울이 갓혼 집
어늬 째나 내 살님	넉넉하야서
보기 조케 집 짓고	잘 사라 보며
食前부터 밤까지	타고 온 汽車
내 것 갓히 안저도	實狀 남의 것
어늬 째나 우리 힘	굿세게 되야
내 팔쑥을 가지고	구을녀 보나

---

25) 공육자: 최남선.

를 노래하면서 익고도 섯투른 山水를 시골 사람이 泥峴日舘의 塵舖陳物(전포진물)을 드려다 보낸 모양으로 琉璃窓에 두 손을 대이고 汨沒(골몰)히 구경ᄒ더니 精神탸럽라 하난 듯 쌕 디르난 汽笛 소리에 놀나 도라안디니 슬그면이 汽車가 머믈면서 '開城'이란 驛標가 눈에 씌우난 디라, 아모리 外國 구경도 밧부디마는 王家 四百五十年의 興廢 遺跡도 한번 弔傷하리라 하고 가방과 毯褥(담요)를 둘너메고 車를 나렷소이다.

十月 一日 夕 開城 停車場에서 亂草謹上

△ 註解 △

'漢江'은 우리나라 五大江의 一이니 그 源에 엣인데 一은 江原道 金剛山에서 나오고 一은 忠淸北道 俗離山에서 나오고 又一은 江原道 江陵于筒이란 곳에서 나와서 蜿蜒(완정)하게 幾里를 流하야 木覓山陽에서 漢江이 되야 가디고 仁川海로 入하나니라. '蘭芝島'는 京義線 水色驛에서 十里되난 漢江 中에 잇스니 周圍가 二十里 假量인데 風致가 佳麗하니라. '德績山'은 長湍驛 西二十里에 잇스니 高麗 經世家 崔瑩의 祠宇가 그 우헤 잇난데 妖巫愚氓(요무우맹)의 致誠供物(치성공물)노 因하야 다못 熱鬧(열뇨)하니라.

▲ 제2권 제1호(1909.1)

第三報

松都의 三絶＝羅城＝冶隱의 詩＝萬古萬國에 가장 索莫한 史記＝崔瑩과 鄭夢周＝千古仁人의 志士의 同聲一哭할 일＝武愍 崔公의 壯志＝開城의 市街＝滿月臺＝高麗人의 俗尙＝瞻星臺＝天文學을 賤視한 陋習＝紫霞洞의 泉石＝高麗의 亡國 記念碑＝數年前의 我學生 社會를 回憶함

241

='길ㅅ굿'=洪倅(홍졸)의 死職=鄭三峰의 詩=佳山麗水에 對하야 쑛쑛한 顔皮

小生은 龍岫山(용유산) 우혜서 나려쏘이난 볏홀 밧으면서 方將 朴淵瀑布 花潭先生 黃塵眞娘의 三絶이 낫다난 松都—五百年 갓갑게 王氏 집 大鼎을 便安히 맛하가지고 잇던 松都—우리나라 出口貨의 가장 主要한 物件이 되난 人蔘의 主要 産地인 松都의 西小門을 바라면서 터덜거리고 드러가오.

보아라 逶迤(위이) 蜿蜒(완연)하야 山谷 原野를 둘는 저 二萬 九千尺 되난 城은 그 一殘礎半破壁이라도 다 四百五十年 王家의 盛衰를 가장 分明하게 말하난 者가 아니냐. 우리는 匹馬 타고 도라드지는 아니하얏다마는 依舊한 山川에 人傑 업슴을 슬허하난 情은 古人과 다름이 업노니 한줌 눈물을 싸서 吉冶隱으로 한가지 꿈갓흔 太平烟月을 弔傷하기를 수고로히 하지 아니하오리.

[註] 冶隱 吉再 詩에 "五百年 都邑地를 匹馬로 도라드니 山川은 依舊커늘 人傑은 어대간고. 어즈버 太平烟月이 쑴이런가 하노라."가 잇나니라.

우리가 前朝의 歷史를 넑으매 매양 嘔逆남을 禁치 못하난 것은 太祖 以后에 聖神文武하다 할 만한 君主가 한사람도 나지 아니하고 또 臣下에도 良輔碩弼이라 할 만한 者가 잇지 아니하야 契丹, 蒙古 等이 强盛한 以後로는 恒常 屈辱과 羞侮를 當하얏슬 쑨이오 조곰도 後世에 對하야 誇矜하고 顯耀할 만한 事物이 업난 것이니 萬古 萬國史記 中에 高麗史 갓히 索莫한 感을 惹起할 者가 稀罕하오리다.

日暮西山하야 나라가 이믜 亡하난데 崔瑩 갓흔 武將이 나고 鄭夢周

242

갓흔 文臣이 낫스나 死後 淸心丸 세음은 아니라 할지라도 造化가 萬一 王家史尾를 粧飾하기만 爲하야 이러한 人物을 이러한 째에 내엿다 하면 이는 너모 人物 節用을 아니하심이 아니오리ㅅ가. 아ㅅ갑고 슳흐다. 造化가 왜 조곰 더 일쌔 忠烈王 째쯤이나 忠宣 忠惠王 째쯤 이러한 人物을 내여서 覆國의 禍亂를 未然에 先防함은 그만둘지라도 乙支文德이 楊廣을 摧折하고 楊萬春이 李世民을 驚怯케 한 것처럼 저 驕橫跳踉(교횡도랑)한 胡虜(호로) 鐵木眞 以下 父子祖孫을 爽快히 膺懲케 하지 아니하얏난고! 이 웃지 千萬古 仁人 志士가 同聲一哭할 곳이 아니오릿가.

우리가 武愍 崔公의

"綠駬霜蹄 살지게 먹여 시내물에 시처 타고 龍泉雪鍔을 들게 갈아 두러메고 丈夫의 爲國忠節을 세워볼가 하노라."
를 외올 째마다 깁흔 感慨가 이러나지 안난 째가 업슴이 이 까닭이외다.

이 생각 저 생각하면서 어늬 틈에 太平館을 지나고 西小門을 드러왓던지 어슬넝 어슬넝 繁華하다면 繁華하다 하고 凋殘하다면 凋殘하다 할 市街를 거러지나서 오래 일홈으로 듯던 滿月臺下에 이르럿난데 月夜가 아님애 興致는 업스나 白日이 晴朗한 아래서 彼黍 離離한 저 꼴을 보니 지나간 일이나 눈물이 더욱 난다.

"興亡이 有數하니 滿月臺도 秋草로다. 五百年 王業이 牧笛에 부쳣스니 夕陽에 지나난 客이 눈물겨워 하노라."

大抵 이 臺는 開城의 鎭山인 松嶽의 半腹에 잇스니 高麗 延慶宮 正殿의 前階라. 高麗 仁宗 時(距今 四百六十四年 前) 李資謙의 亂에 無情한 炬火가 一部를 燒盡하고 坯 恭愍王 時에 紅賊의 亂을 經한 後로 다시 收建치 아니하야 只今은 滿目苔斑에 荒凉이 莫甚하고 오작 殘陛遺礎가 處處에 散在할 쑨인데 臺上 階下가 다 漫漫한 雜草에 埋沒하야 足히 觀賞할 것이 업스나 『宣和 奉使高麗圖經』을 據하건댄 伊時의 習俗이 飮食에는 節儉하나 宮室 修築하기는 好한다 하얏고 坯 記錄하얏스되,

"故, 至今王之所居堂構, 圖顧方頂 飛甍連甍 丹碧藻飾(도로방정비휘
련맹단벽조식) 望之潭潭然, 依松山之脊, 層道突兀, 古木交陰, 殆若嶽祠
山寺."라 하얏스니 이를 보면 그 規模의 宏麗함과 觀望의 壯美함을 足
히 想見하겟고, 또 五十尺 되난 高臺의 前左右가 다 石築인데 모다 長方
形의 花崗石을 層積한 것을 보면 아모라도 그 基臺가 웃더케 宏大하얏
슴을 斟酌할지니 萬一 漢京의 景福宮이 慶會樓의 石柱로써 자랑하난
것을 삼난다 하면 松都의 延慶宮은 滿月臺 石段으로써 氣를 질느려 하
겟습늬다. 臺의 後方은 地勢가 漸高하고 門廊 殿宇의 礎石 遺物이 處處
에 隱現하얏스며 西方 低地는 적이 平坦하고 또 廣潤한데 相距 稍遠한
곳에 瞻星臺의 遺趾가 잇스니 이 臺는 何朝 何年에 刱建한 것인지 모르
거니와 大槪 高麗朝에서 天文曆象을 賤技라 하야 學者ㅣ 少하고 元宗時
에 天文을 通하난 者를 大學博士를 拜하니 世人이 다 嘲笑하얏다 함은
우리가 史記에서 본 바이라, 그런즉 이 臺는 일홈은 瞻星이라 하얏서도
實狀 天象을 窮究하던 곳이 아니라 쌔쌔 君主가 여긔 올나서 雲物을
觀望하던 곳이 아닌지도 모르겟소이다.

　여러분은 支離하시드라도 天文 賤視한 일에 對하야 한마의 말삼을
더하게 하시오.

　大抵 星象을 究하고 人時를 授함이 何等 大事오닛가. 우리가 萬古 聖
君으로 그의 人格을 推仰하고 萬古聖世세 그의 時代를 理想하난 堯舜
은 첫 政事가 무엇이오닛가. 欽天愼時(흠천신시)가 아니엿슴니가. 우리
歷代 님군들이 가장 完美한 典謨로 模倣하기를 힘쓴 周禮에는 太史, 馮
相氏(天文의 次序를 視하난 官)·保章氏(天文의 變을 觀하난 官) 等의 官
職이 잇스되 그 地位가 三公九卿의 下에 處하얏단 말이 揭傳에 업지
아니하오닛가. 그러한 것이 왜 우리 東國에 와서는 天象家를 그리 下待
하고 天文學을 그리 等閑히 하게 되얏슴닛가. 우리는 이러한 일을 보난
쌔마다 恒常 우리나라 사람들이 前부터 實地로 남의 文化를 移植하지
못한 것을 깁히 恨하노이다. 高麗쌔 일은 姑舍하고 本朝로 말하야도
觀象監에 修業하난 者가 쓸대업난 譜牒을 工夫하고, 空然한 『曰若稽古』

를 엉정뎡정 외오난 者에게 中人ㅅ 待遇를 밧고 坐 斯學의 出身은 雜科
라 하야 仕版에 그 일홈이 변변히 으르지도 못하지 아니하얏슴닛가.
어림업다 이리하고야 學術이 웃지 發明되오며 人才가 웃더케 出來하오
릿가. 伊前의 이른바 人才養成이란 것이 全數히 政海獨浪에 거름 실흔
배 지을 사람만 造出함에 지나지 못하얏슴을 생각하오매 눈물이 쑥쑥
써러짐을 禁치 못하겟소이다.

(이 사이에 近代 文明과 天文學과의 關係를 一瀉千里의 勢로 長提하
얏스나 너모 張皇하야 省略하다.)

小生은 因하야 鄭夏園의 '時來統合三分國 運去頹荒數畝宮(정래통합
삼분국 운거퇴황수무궁)'을 외오면서 滿月臺를 辭職하고 글노부터 두
어 등성이를 넘어 紫霞洞에 이르러 보니 洞府가 幽邃(유수)하고 泉石이
淸淡하야 居然히 한 別乾坤인데 到處 巖石上에 今古 騷客의 懶姓閒名이
或 鮮然히 新한 者도 잇고 或 頑然히 磨한 者도 잇난데 이 刻銘은 그네
들은 應當 風流 盛事를 千載에 傳할 次로 한 것이나 感情이 만흔 나의
눈으로 보건댄 이것이 坐한 高麗의 亡國 紀念碑가 아닌가 하난 생각이
나니 大抵 高麗人이 遊賞宴樂을 조와한 것은 遺文舊記에 歷歷히 可考할
事實이오 坐 그쑨 아니라 驕奮安逸하고 着實한 氣風이 업섯슴도 坐한
事實이니 庶民은 姑捨하고 王家에서도 八關會갓흔 巫祝과 擊毬戲갓흔
要遊를 大典通編에 매인 法처럼 依例 設行하난 것을 보아도 可히 그
習尙을 알 것이오, 더욱 擊毬戲갓흔 것은 常人이 하난 것이 아니라, 居
半은 武官 中 年少한 者를 簡拔하야 彎弓舞槍을 가르칠 時間에 이것을
肄習하야 年少 銳氣를 兒女戲事에 消磨케 하얏다 하니 이 웃지 後世에
들닐 말이며 坐 宋史를 據한즉 國子監 貢生이 六千人인데 聲律만 尙하
고 經義를 하난 者ㅣ 적엇다 하니 생각해 이에 이르매 다시 무엇이라고
評論하여야 조흘지 모르겟소이다. 슯흐다. 國運이 썰치지 못하난 째에
는 어늬 나라던지 世情物態가 다 갓하지난 듯 하외다. 數年 以前=곳

우리 健全有爲한 新少年이 생기기 前까지로 말하면 졔 日 學生이라 하
난 者 社會에 참으로 德을 修하고 智를 進하기에 用力한 者가 얼마나
되엿슴니가. 依例히 父師가 가르치난 일은 歷史오, 地理오, 數學이오,
格致學이오, 外國語이지마는 그가 親知逢場에서 서슬 잇게 팔을 쏨내
고 高聲大唱하난 것은 '寧邊東臺'가 아니면 '人間離別萬事中'이 아니엿
난가, 우리는 가장 힘서 少壯時代에 歌唱이 必要한 줄을 唱論하난 者니
'마르세이유 歌'를 高歌하던 쓰랑스 靑年을 膜拜하고 '헤일, 콜넘비아
曲'을 朗咏하난 아메리카 少年을 敬禮하기를 남보다 못하게 하지 아니
한다. 그러나 數年前 우리 學生界에 一時 盛行하던 그 노래 그 소리는
귀를 싸매고 다니면서 듯기를 避하고 ㅇ늬 모를 틈에 드러오난 수가
잇스면 꿈에라도 潁川水(영천수)에 귀를 썻고야 말앗나니 이는 대개
우리는 不幸히 亡國傳喝(망국전갈)을 正面으로 드를 수 업난 故이러니
이제 이르러서 이 風潮가 丕變(비변)하야 雄建剛勁(웅건강경)하고 光明
純潔한 노래만 傳唱하난 것과 劇場歌社에 少年의 足跡이 드러오지 아
니하게 됨은 新大韓의 前途를 爲하야 歡躍喜舞함을 마지 아니하난 바
외다.

松都길ㅅ굿이 有名하다함은 말노는 배불니 드럿스나 내가 親히 보지
를 못하얏스니 성가신 評論을 그만두거니와 大抵 이 '길ㅅ굿'이란 것도
다만 婦女 迷信으로 盛行하난 것만 아니라 쏘한 여긔ㅅ사람 놀기 조와
하난 마음에 드러나지 아니한 根據가 박히지 아니하얏난지도 모를 일
이오, 쏘 路傍 小兒에게 奇怪한 말을 드른 것이 잇스니 近來 郡守 洪
某氏가 크게 人民의 迷信을 打破하기에 힘쓰다가 頃者에 不幸 身故하
얏다난데 이것은 德物山上에 잇난 崔 將軍의 祠宇를 毀撤한 罰力을 입
음이라 하니, 우리는 그 理由에 對하야 詳知함이 업스나 眞僞間게 으가
貴重한 生命이 일로 因하야 업서젓 하니 悲悵한 마음을 禁치 못하니와
웃지하얏던지 洪倅의 此據를 나는 稱譽하야 마지 아니하려 하노이다.

조리 졸졸 새암은 無心하게 잘도 흐른다마는 너는 鄭道傳이가,

"仙人橋 나린 물이 紫霞洞에 흐르나니, 半千年 王業이 물소래쑨이로

246

다. 兒戲야 故國興亡을 물어 무엇하리."

라 한 말을 듯고 흐느냐, 못 듯고 흐르냐. 나는 더욱 深味잇난 中章을 一唱三嘆하지 아니치 못하노라 하고 元來 風流 韻事에 貧乏한 나는 이러한 쌍에서도 絶句 한 首를 부르지 못하고 저 佳山麗水에 對하야 쓴쓴한 顔皮를 손으로 가리고 千載忠魂을 弔傷할 次로 疲困한 다리를 밧비 옴겨노아 善竹橋로 向하옵내다. (以下 次號)

쪽지글로

우리가 가장 미워하난 사람은 乾達보담도 難捧보담도 '밥ㅅ버레'와 '담배ㅅ구덕이'라. 機會만 잇스면 우리는 이런 무리의 討伐隊를 組織하야 모도 다 잡어다가 써지지 안난 熱火地獄에 너흐려 하노라

라는 글을 첨가하였음

▲ 제2권 제2호

第三報 (接前)

善竹橋＝麗末 노리개＝圃隱의 血＝우리가 하날을 疑하난 일＝忠臣과 忠僕＝宋事의 引例＝杜門洞 諸賢과 不朝峴 諸生＝鄭好仁의 功德

善竹橋ㄴ 東大門에서 멀지 아니한 大廟里에 잇스니 舊名은 選地橋라 '麗末 노리개' 鄭圃隱이 半生ㅅ동안 資賴하야 民利國福을 計劃하던 一腔子赤血(일강자적혈)＝旣傾한 大廈를 雙手로 扶持하고 已轉한 天運을 獨力으로 挽回치 못하야 부글부글 통 長斫(장작) 집힌 가마물 갓히 쓸턴 그 피를 쌕린 곳이 이곳이라, 슯흐다. 우리가 恒常 하날을 疑心하난 일이 한가지 잇스니 무엇이뇨 하면 곳 나라가 滅亡하기 前에 賢臣을

내지 안코 滅亡할 臨時하야 忠臣節臣이란 것을 내이난 일이라. 果然 말이지 忠臣節臣이란 일홈이 後世로서 보면 尊嚴한 듯도 하고 貴重한 듯도 하나 그째 그 形勢로 두고 말하면 무심 稱道(칭도)할 만한 功績이 잇단 말인가. 難捧의 子息이 나서 한 집안을 다 決斷 내인 째에 忠誠스러운 奴僕이 난 것만도 오히려 못하지 아니한가. 宗家가 亡하면 祭器는 남는다 하니 이러한 째에 忠僕이 잇스면 이 祭器 나름질이나 하여 주려니와 나라란 것은 한번 亡하면 온갖 蠹國害民(두국해민)하던 暴君 亂臣의 일홈과 일을 記載한 數葉 亡國史밧게는 아모것도 써러지난 것이 업나니 이러한 째에 忠臣節臣이란 것이 무억이로 잇슨들 무슨 效驗이 잇겟난가. <u>아참에는 閔某가 죽엇다, 저녁에는 崔某가 죽엇다</u>[26] <u>하야 갓득이나 騷動된 民心</u>을 거듭거듭 驚愕케 할 쑨이 아니오닛가. 일노써 말하면 秦檜·王倫이 生긴 것만 南宋을 爲하야 슬허할 일이지 岳飛·文天祥이 난 것은 毫髮도 賀禮할 것이 업지 아니하오닛가. 이 意味上으로 나는 鄭夢周의 麗末에 잇슴을 조곰도 나흐게 알지 아니하오며 쏘 짜로혀 杜門洞의 諸賢과 不朝峴의 諸生을 조곰도 稱歎하지 못하노니 그 不出仕·不應擧만을 비우서 그리하난 것이 아니라 그 생각의 不足함을 썰째 아름이라. 이믜 나라를 爲하야 <u>榮華와 身命을 바려서라도 操守를 보이려 하면 왜 竹槍席旗라도 들고 이러나서 單砲放 씨름을 한번 하야보던지 그러치 아니하면 느직느직 實力을 養成하야 못될 새 못되더라도 興復을 計圖하던지 하야 價値잇게 光彩 잇게 일을 하지 못하고 卑怯하게 狹小하게 움크리고, 숨기는 왜 숨으며, 어슬넝어슬넝 다라나기는 왜 다라난단 말인가.</u> 天下에 意味 업난 일이 이에서 더 큰 것이 어듸에 잇사오릿가. 依例히 우리도 淤泥(어니)에 白蓮 갓흔 그의 處身은 感嘆도 하고 推奬도 한다 그러나 感嘆하고 推奬하난 同時에 쏘한 嘲笑가 나옴을 禁치 못하노이다. 나도 다른 意味上으로 忠臣烈士를 敬崇하난 일은 쏘한 남에게 나리지 아니함을 부처 말하노이다.

---

26) 민모, 최모: 민영환, 최익현 등을 일컫는 표현으로 보임.

(文中 處處에 鄭圃隱의 被刺에 對하야 感慨를 瀉한 곳이 許多하얏스나 生覺하난 일이 잇서 省略하얏고, 쏘 '明道學 輸入者로서 鄭夢周'와 '使 臣으로의 鄭夢周'에 關하야 長堤한 바ㅣ 잇스나 그 張皇함을 嫌하야 執 筆人이 省略하얏소.)

다른 말 하기에 主要한 말삼을 이저 바렷구려. 이 다리는 田間小溪에 架設한 小石橋ㄴ데 木橋에는 石欄(석난)을 四圍하야 踐踏을 禁케 하니 이는 그 바닥에 紅點의 斑斑한 것이 잇서 故老들이 圃隱 先生의 流血이 엉긔여서 바람에도 갈니지 안코 비에도 씻기지 아니함이라 하난 것을 그의 後孫이라 하난 어느 쌔 留守 鄭好仁이 欄을 架하야 通行을 禁止하 야 神聖한 遺跡을 永保케 한 것이라 하며 그 南에 別노 人馬通行하난 小橋가 잇스되 이도 쏘한 鄭留守의 架設함이라 하니 나는 別노 그 祖上 만 爲하난 일에 對하야는 別노 稱讚하지 아니하나 都大體 古蹟 保存이 란 마음은 毫末도 업난 우리 韓人 中에서 그와 갓흔 이가 잇서 半千載 뒤 나로 하야곰 半千載 前 그의 遺血을 鮮然히 보게 한 그 功德을 致謝 하지 아니치 못하노이다. (以下 次卷)

▲ 제2권 제3호

*백두산 의식의 출현: 이곡 선생의 명문을 보고 백두산 자유퇴 히말라야 정의 퇴를 떠올림
*일본의 문화재 침탈 = 경천사보탑 침탈/〈대한매일신보〉언급 = 이때 필자는 일 본 도쿄에 있었다고 함. (1908년 당시이므로 이 글은 최남선의 기행문임, 복도훈(2005) 참고.)

第三報 (接前)

圃隱의 碑銘=石南川의 詩=松京의 惡風=崧陽書院(숭양서원)=南

大門 梵鐘=偶然한 妄想=可憐한 高麗史=滿月臺·善竹橋의 敍述은 簡略히 하고 觀察한 所以=敬天寺 寶塔問題=可憐한 我韓의 學者=日本의 잇난 我國 古物의 一二種=同窓友의 邂逅

다리에 面하야 碑閣이 잇고 그 안에 碑銘 二座가 잇스되 한아에는 '道德精忠亘萬古 泰山高節圃隱公'이라 刻하얏고 또 한아에는 '危忠大節光宇宙 吾道東方賴有公'이라 銘하얏스니 이것이 곳 石希璞詩(석희박 시)에

山河依舊市朝空 流水殘雲落照中
歇馬獨來尋往迹 斷碑猶記鄭文忠

이라 한 當者ㄴ가 하노이다.

이럭저럭 夕陽이 在山하고 人影이 散亂하니 이믜 오날 汽車에는 타고 가난 수 업슨 즉 실여도 한밤은 여긔서 새울 터이라. 드른즉 이곳에서는 밤이 되면 旅舍에서도 손을 부치지 아니한다 하니 해지기 前에 밧비 宿所를 定하리라 하고 이 다리 저 祠堂에 無限한 感慨之心을 抑制치하면서 男山東南 圃隱先生의 舊基에 세운 崇陽書院을 지나서 南大門으로 從하야 城內로 드러가다가 구경이라면 人事 精神 모르난 小生은 해가 漸漸 咸池에 갓가워 가난 것은 이저바리고 宿所 걱정도 다 후루쳐 던져두고 門樓 엽헤 걸은 梵鐘 구경을 울너갓소이다.

이 鍾은 只今부터 五百六十年前(高麗 忠穆王 二年 元 至正 六年)에 그 째 마참 元으로서 鐵工이 온 것을 機會삼아 鑄造한 것인데, 鐘口의 直徑이 六尺 二寸(新準尺)이오 周圍가 十九尺 二寸 八分이오 厚가 八寸이오 鐘口에서 鐘頂에 잇난 龍트림 밋까지 高가 八尺 三寸이오 龍트림의 高가 二尺 四寸이오 總高는 十尺 七寸이며 全體의 貌形은 우둥퉁하며 鍾口는 여덜번 쑤불퉁거럿고 쑤불퉁거린 썩긴 눈마다 八卦를 그럿스며 그 위에는 줄 둘을 두루고 그 사이에는 波紋을 삭엿스며 허리에는

굵은 줄 셋을 두루고 또 그 上下에 가는 줄 셋이 듬은듬은 잇고 그 사이에는 梵字를 삭엿스며 그 上下에 여러 間劃을 긋고 上에는 三佛帝釋을 그리고 下에는 銘文과 밋 董役人·化緣者의 姓名을 陽刻하얏스며 또 上部 四面에는 別노 長方形의 둘네를 긋고 그 안에 位牌 모양을 그리고 또 그 안에 '皇帝萬歲' '國王千秋' '法輪常轉' '佛日增輝'의 文字를 對刻하얏고 그 억개에는 蓮花를 삭이고 龍을 노앗는데 두 龍이 左右로 숨틀거려서 各其 두 손으로 鍾頭를 웅켜쥐고 한편 다리를 들어 如意寶珠를 밧들엇난데 그 技術은 얼만콤 圓熟하지 못하다 할지로대 그 形狀은 美麗하다 하겟고, 그 裝飾도 또한 都雅하다 하겟더이다.

銘文은 李穀 先生이 하신 것인데 낡어 나려가난 中 '一聞鐘聲皆醒心' 한 句에 이르러 小生은 웃더케 하면 내 손으로 이러한 鍾을 한 개 만드러서 白頭山 絶頂에다 매여 놋코 靜 且 淸한 夜半에 自由槌(자유퇴)를 놉히 들어 힘껏 싸려서 靑邱 二千萬民의 頑蒙을 깨우고 그리한 뒤에는 다시 히말나야 山 에예레쓰트 峰에 옴겨달고 正義槌(정의퇴)를 번썩 들어 全世界 十五億 姓의 醉心을 께치게 하리오 하야 쓸대 업난 妄想에 한참 精神을 일코 잇다가 偶然히 머리를 들어 다시 鍾面에 '國王千秋'라 한 글을 보고 되지 못한 北方 오랑캐 밋헤 눌녀서 敢히 聖壽 萬歲 갓흔 文字를 쓰지 못하도록 옴치라든 高麗史에 對하야 瞥眼間에 神經이 衝激되여 이 생각 저 생각이 다 간곳업시 스러젓소이다.

看官 여러분은 應當 이를 닑으시고 우스시오리다. 무엇이냐 하건대 重要하다면 重要하다 할 滿月臺의 殘礎는 몟 조각이오 善竹橋의 石欄(석난)은 몟 間이라고 記錄하야 온 것도 달나서 다른 곳에는 그 形勢 處地도 分明히 記錄치 아니하고서 되지 못한 南門 梵鐘 한 개는 왜 그리 張皇하게 觀察을 하고 記錄하난고 하시기도 怪異치 아니하외다. 그러나 여러분이여. 종작업난 이 어린아해의 짓을 조곰 容恕하시고 다시 알외난 말삼을 暫時 드러 주시오.

敬天寺 寶탑이라면 제 나라 古蹟에 밝으신 여러분이 應當 漢城 中央에 잇난 廢 圓覺寺 탑과 姊妹間이 되난 豊德 寶蘇山 中에 잇난 玉石탑

그것 말이냐 하시고 얼는 對答하시리이다. 올소이다. 올소이다. 果然
그것 말이외다. <u>그런데 이 탑이 白白地에 남에게 見奪한 줄을 아시오 몰</u>
으시오. 멀지 아니한 昨年 夏間 일인즉 아즉 이즈실 理도 업고 分明
알으시겟소이다. 그 時에 우리 〈大韓每日申報〉는 갓득이나 달은 붓이
송도리째 업서지도록 이 問題에 對하야 우리 頑冥한 同胞의 注意를 喚
起할 양으로 그 貴重한 紙面을 여러 번 割愛하야 盜賊하야간 狡彼 商
人[27]의 背德義함과 盜賊 맛고도 앗가온 줄을 몰으난 痴我同胞의 無神
經함을 論難하얏스나[28] 그 째에 우리 同胞 中 果然 이 일에 對하야 同
感을 表하야 憤慨한 者가 멧멧이나 되얏슷닛가. <u>小生은 日本 東京에 잇
서 이 所聞</u>을 듯고 中心으로 소사나아 오난 憤心을 익이지 못하야 萬一
東京에만 到着되기만 하면 博浪沙中 쓰고 남은 鐵槌(철퇴)를 한번 여긔
다 試用하려 하고까지 하얏더니 밋쳐 到來하난 것을 보지 못하고 歸國
하게 되야 汽車를 타고 오다가 馬關 停車場 待合室에서 '福岡 日日新聞'
에서 이것 일턴 前後 經過를 보고 더욱 분함을 참지 못하야 新聞 閱覽床
을 치면서 울기까지 하얏소이다. 그 事實이란 것을 드른즉 우리 漢城에
居留하난 日本 어늬 商人이 恒常 敬天寺塔이 貪이 나서 하더니 그 째에
日本 宮大田中 氏=이번에 六十 老齡으로 十八歲 된 갈甫 出身으로 더
부러 山海를 盟誓하다가 輿論을 惹起하야 辭職까지 한 田中光顯 氏가
特使로 옴에 이것을 機會로 삼아 田中 氏에게는,

　우리나라에서 敬意를 表하기 爲하야 貴下에게 이것을 주려 하난데
貴下의 意嚮을 몰나서 한다 하고 우리 政府 阿某 大官에게 와서는 田中
氏가 매우 이것을 바란즉 待接誠에 贈呈하난 것이 조흘 듯하다 한즉
國寶란 것이 웃더한 關係가 잇난지 몰으난 그 박이는 要功ㅅ거리나 될
가 하야 '그 싸위 山谷 廢物을 갓지시려 하면 무엇이 앗가워 아니 드리
겟소. 가져 가라고 하시오.'하야 이력저력 이 狡猾한 商人이 數三次 往

---

27) 교피상인(狡彼商人): 교활한 저 상인.

28) 일본의 문화재 침탈 역사를 확인하게 하는 내용임. 〈대한매일신보〉 1907.3.21. '옥탑탈거
　　의 속문', 1907.6.4. '옥탑탈거의 전말' 참고.

來하야 안 壁치고 밧 壁 치난 中에 엇갑다 五百六十年 傳來하던 國民的 世傳 寶物이 白白地에 남의 손에 도라갓다 하니 다른 사람은 姑舍하고 <u>史學으로써 職業을 삼난 우리가 왜 이런 일을 보고 울지 아니</u>한단 말이오 닛가. 그러치 아니하야도 우리 國民이 古蹟 保存이란 것은 毫末만콤도 쯧이 업난 까닭에 史學과 歷史的 地理學(Historical Geography)과 考古學의 硏究가 極難한데 如干 殘存한 古蹟도 이와 갓치 업시하야 바리니 難捧질하난 놈은 저 조아 하나보다마은 아난 것이 憂患으로 무엇무엇을 硏究한다는 일은바 學者란 것들은 將次 무슨 엉터리를 가지고 터전을 잡으며 집을 짓겟슴닛가. 이런 일을 보면 學者가 되더라도 韓 天아래에는 태여나지 말나 함이 아닌지 痛矣痛矣라 할 일이오며, 쏘 異常한 것은 同年 同時에 同人의 手로 作成하야 同一한 願意로 南北에 分置하얏던 두 탑이 三百六十年(昨年에서 起算하야)을 隔하야 가지고 한아(서울에 잇난 것)는 그의 兵燹(병선)에 焦頭爛額(초두난액)을 當할 샌 아니라 身首가 異處되고 한아(敬天寺탑)는 그의 慾浪에 몸까지 씌워서 海外 萬里에 姉妹가 各衾하야 春風秋雨에 怨淚가 마를 째가 업시되니 몰으괘라. 저 日本 사람은 元世祖 忽必烈에게 밧은 辱을 (西曆 一千二百七十四年의 日本의 일은 바 元寇)이 七十餘年 後人인 元丞相 脫脫이가 씌쳐둔 頑冥한 石片에 갑흐려 하난지 분한 中에 우슬 만하외다. 쏘 一說에는 田中 氏가 恒常 我韓의 寶物을 한아 엇으려 하더니 그 째 使臣으로 건너온 것을 機會삼아 어늬 日本 商人이 居中 弄奸하야 田中 氏에게는 돈을 쌔앗고 우리 政府 某大官에게는 日本 某處의 所望이라 하야 이 탑을 쌔아서 갓다 하니 어늬 말이 올흔지 아즉 알 수 업사외다. 슯흐다. <u>이런 일이 한가지ㅣㄴ가 두가지ㅣㄴ가. 우리가 東京에 구경 갓슬 째 일노만 말하야도 靖國神社(우리나라의 獎忠壇 갓흔 곳) 안에는 우리나라 咸鏡道에서 移來하얏단 倭寇 討平비를 보앗고 쏘 어늬 大官의 庭園에는 어늬 陵園의 石物 몃 種이 잇단 말을 드럿고 其他 上野(地名)의 帝室 博物館과 九段의 遊就館 속에서는 古衣甲·錢幣·古器皿 等이 버러 잇슴을 구경하얏스며 그 外에 私人의 所藏한 器物과 圖書의 보고 드른 것은 이로 혜아릴</u>

<u>수 업나니</u> 이런 일을 보고 當한 우리는 이 짜위 古物을 對하난 째마다 문득 이것은 몟칠이나 제 나라 쌍에 保存하야 잇다가 外國人의 手中으로 드러갈고 하난 생각이 남으로 이 <u>梵鐘에 對하야도 特別히 比較的 細密하게 觀察하고 仔細하게 記錄함이외다.</u>

因하야 四圍가 컴컴하야 드러오난데 놀나서 에구어머니 人家 櫛比한 都會地에서 可憐하게 露宿하게 되나보다 하고 얼는 나려와 큰 걱정을 속으로 하면서 잠시 걸어가더니 별안간,

"너 崔健一이 아니나?"

하고 모르난 결에 억개를 탁 치난 者ㅣ 잇난지라. 다시 놀나 돌어다보니 이런 일이 잇난고로 邂逅란 말이 낫고나 하고 나도 얼는 나아가 억개치던 사람의 손을 흔들면서,

"이것 누구냐? 洪敬三이로구나."

하면서 不意에 넷벗을 맛나 가삼에 갓득하게 품엇던 걱정도 피게 되고 그 外에 조흔 일도 만히 잇섯습니다.

이번 片紙는 쓸대 잇난 말 쓸대 업난 말 雜湊並進으로 匆忙(총망) 中 적어 보시기에 매우 支離하실 듯하기에 그만 쓰치옵내다.

월   일 洪學友宅 小舍廊 旅次에서 亂草 謹上

▲ 제2권 제10호(1909.11)

=日本人의 구멍가가=捲煙과 豬肉=눈 서투르고 귀 서투른 일=古人의 勝蹟 保存法=秀吉의 軍扇=우리의 先民은 古蹟 保傳에 이러케 苦心하엿더라=顯陵=新墓柩盜賊(신묘구도적)=새로히 슮흔 일=詩에는 두 가지 잇슴=偶成三首

洪學友의 德澤에 잘 먹고 잘 잠을 엇엇슬 샌 아니라 半千年 王都 되얏

던 松京에 關하야 여러 가지 有益한 새 知識을 엇엇스니 겨우 하루ㅅ밤이나 蒙을 啓하고 陋를 破함은 컷소이다.

食前에 이러나난 길노 喇(?)洗를 罷하고 곳 市街의 구경을 나아가서 이리저리로 도라다니난데 日本人의 구석구석 구멍 장사가 만흠은 어대던지 그런 바어니와 곳곳마다 새삼스럽게 놀남은 여긔서도 一般이오, 이外에 市中 處處에 捲煙塵이 만흔 것과 飮食에 豬肉이 흔한 것도 매우 異常스럽게 보이나 喫煙界에 그 聲譽가 雷震(뇌진)한 松烟의 土山地오 豬肉 偏嗜(편기)로 中外에 馳名한 松都라, 當然할 것이라고 속으로 씌썩거렷고, 쏘 이 外에 두 가지 서투르게 생각한 일이 잇스니 한아는 草笠 쓴 사람이 온갖 장사를 다 하난데 甚至於 길ㅅ거리에 나무ㅅ바리까지도 붓들고 섯슴이니 이는 서울ㅅ生長 나의 눈 서투르게 본 것이오, 쏘 한아는 머리로 支揭를 삼난 婦人 行商네들이 或 "썩사……리, 苦椒(고초)ㅅ가루 사……리."하야 서울 모양으로 '사려오'라고 敬稱하난 일이 업슴이니 이는 麗亡 後 杜門洞에 逃隱한 모든 사람이 一朝에 生計가 업서지매 산아희는 신도 삼꼬 자리도 역그며 그의 안해는 菜蔬·飮食·布木 等屬을 이고 市中으로 行賣하난대 舊日의 地體를 생각하매 얼는 市民에게 對하야 敬稱하난 말이 나오지 아니함으로 '사……리'란 한가지 特別한 半발을 創出하야 썻난데 그럼으로 '사……리' 장사를 보면 杜門洞에서 나온 줄 알고 市民들도 그 苦衷을 짐작하고 그 苦生을 불상히 녁여 쏘한 相當한 敬意를 表하얏다 하니 이째부터 생겨서 오늘까지 왓스나 近時에는 매우이 말이 업서젓다난데 이는 他方ㅅ生長 나의 귀 서투르게 드른 것이외다.

여긔 古人의 勝蹟 保存法에 關하야 한 奇妙한 일을 살외리다. 天下의 第一 江山도 구경하얏고 第二江山도 구경하얏거니와 우리나라 안에 잇난 山水泉石이 어늬 것이 自然의 美妙를 本대로 가젓스며 樓亭樓榭(누정누사)가 어늬 것이 人工의 奇妙를 녜대로 보전하얏난가. 그 터전과 廳堂은 汚穢 投棄場이 아니면 公用 便所가 되얏고, 그 석가래와 마루청은 公採火柴林(공채 화시림)이 되야서 이놈 내 손에 너의가 얼마나 견대나

255

보자 한 드시 억망 구지를 만들어 바리지 아니한 것이 업고, 城堞(성첩)
의 흙과 階墀(계지)의 돌까지도 穩全한 것이 업난데 오직 前報한 滿月
臺의 地臺石은 荒草가 沒逕(몰경)한 뒤로만 하야도 五百餘年이로되 싸
싹업시 그대로 잇슴은 모를 일도 잇다 하야 어적게 처음 對할 새에 매
우 異常스럽게 녁여 무삼 까닭인고 하얏더니 뒤에 洪學友에게 들은즉
果然 크게 까닭이 잇더이다.

우리가 歷史를 볼 새에 녜나 이졔나 自稱 萬物之中에 唯我가 獨靈하
다난 무리 人類들이 되지 못한 迷信으로 하야 웃더케 精神과 行爲를
自繩으로 自縛하얏난지, 또 웃더케 그 째 社會와 그 뒤 歷史에 波瀾을
이릐켯난지 참 그럴 수도 잇슬까 하도록 놀나지 아니하얏습닛가. 카알
나일이 일음과 갓히 참말이지 "人의 信奉은 人生의 大事라." 그럼으로
이의 君이 되고 이의 師가 된 聰明叡智는 반다시 그 時代 人心의 信奉을
잘 삷혀 그 信奉하난 바를 利用하야 발으고 조흔대로 引導하니 이 滿月
臺의 地臺石이 오날까지 古色이 蒼然하게 잇슴도 쏘한 麗朝 遺民이 頑
固함을 利用하야 아모조록 古蹟을 永世에 遺傳하려난 古人이 만일 이
돌을 遷動하면 神罰이 立至하고 家禍가 不絶한다난 <u>方文을 쓴 싸닭으로</u>
敢히 웃지하지 못함이오, <u>特別히 이곳 사람이 古蹟 保存에 뜻 잇슴이</u>
<u>아니라 하더이다.</u>

녜사람이 이런 일하기는 一手라. 城隍堂 녑헤 나무나 洞里를 裝飾하난
데 必要한 木石을 保全하랴면 반다시 이리하얏고 그쑨 아니라 有名한
器物을 遺傳하려 하야도 쏘한 이러케 하얏스니 가장 갓가운 例證을 들어
말하건대 度支部에 한 古物庫가 잇서 數百年間을 傳하기를 이 庫를 열면
반다시 그 사람이 卽死할 쑨 아니라 世上에 큰일이 난다 함으로 다른
庫는 다 變易이 여러 번이로되 이 庫는 혼자는 곱다랏케 오더니 <u>月前에</u>
<u>이르러 우리 政府의 囑託을 밧아 古建築 調査를 擔當한 이가 이를 열어보매</u>
<u>놀나겟다.</u> 이 속에 累百年 된 重要한 古器物이 無數하고 더욱 모다 셋밧
게 업난 중 日本 帝室에 겨오 한아를 감추고 다른 둘은 간 곳을 모르던

豊臣秀吉의 軍用 金扇 두 개가 말씀다 그 속에 잇슨 것 갓흔 것이 이라, 이 外에도 녯사람이 盤谿曲徑(반계곡경)으로 工巧스럽게 人民을 導率한 일이 無數하거니와 더욱 이런 일은 그 神妙한 方法을 驚嘆함을 禁치 못할지라. 迷信은 時代 時代와 族屬 族屬에 習慣과 道德을 維持하난 데만 必要할 쑨 아니라 澆薄(요박)한 世上과 淫巧한 時節과 아직 참으로 참 神의 품ㅅ속에 다갓히 드러가기까지 安心立命하난 데도 업슬 수 업스며 또 쯧밧게 우리나라ㅅ 前時節갓흔 民智 程度에는 古蹟과 古物을 保傳하야 先民의 足跡과 手澤을 後人에게 끼치난 데도 또한 著大한 制裁가 되니 으흐 迷信의 힘도 크지 아니하오닛가!

그러나 우리는 迷信家도 아니오, 또 남을 迷信坑으로 쓸어느려 하난 者도 아니라 다만 이 일에 對하야 往哲이 迷信을 利用하기에 웃더케 巧妙한 것과 아울너 先民은 古蹟을 保傳하기에 웃더케 苦心한 것을 말하고자 함이외다.

아참ㅅ밥을 罷한 後에는 洪學友를 作伴하야 松嶽山 西 巴只洞南에 잇난 麗太祖의 顯陵을 구경하려 가다가 十里를 채 가지 못하야 **道上에서 日本人 數名이 巡査에게 拿捕되여 가난 것을 보앗난데 이는 巴只洞 附近에 散在한 高麗 名陵墓를 發掘하야 高麗磁器를 흠쳐다가 파난 못된 놈들인데** 洪學友의 말을 들은즉 잡히기도 각금하거니와 實狀 이것을 專業 삼난 者가 單二三十名쑨 아니라 거의 이것은 公現한 秘密이라 하더이다. 이에 이 일에 對하야 悲憤한 情을 익이지 못할 것을 억지로 말노 寬慰하면서 다시 五里許를 나아가 여러 列王의 陵寢과 公卿의 墓宅을 哀弔하난 情으로 구경하난데 果然 雄大하게 封建한 무덤이 여긔 저긔 헤쳐 잇고 甚한 者는 白骨이 드러나기도 하야 애닯고 슲흔 눈물이 스스로 옷깃을 적시더이다. 恨흡다. 이 못된 놈들아. 한 개 楪匙(접시)와 한 벌 鉢伊(발이, 바리)를 캐여내면 너의의 所得이 얼마나 되나냐? 멧 개 金錢에 지나지 못하겟거늘 無嚴無憚하게 남의 先王의 陵墓를 掘破(굴파)하니 設或 그를 守護하난 遺民은 너의를 웃지하지 못한다 할지라도 홀노 저 하날이 무섭지 아니하냐. 너의가 만일 우리의 古文明을 알녀하야 곳 學術를 爲하야 敢히 이를 한다 하야도 가만히 盜賊질을 함은 너의 自身도 마음이 편할 수 업고 또 우리도 너의를 容恕치 못하겟거늘 하믈며 다만 盜賊질할 생각으로만 盜賊질하난 너의를 우리가 웃지 니를 갈며서 미워하지 안켓나냐. 으흐 너의를 웃지하면 조흐랴. 只今의 우리가 이 陵을 뵈옵고 슯허함은 다만

'象設半埋沒 荒草何萋萋 夜有狐狸聚 晝多烏鵲啼'(成任의 詩)

함일 뿐 아니외다.

이 陵에 서서 萬感이 交集함으로 低佪彷徨(저회방황)하야 참아 쩌날 생각이 업다가 偶然히 日影을 보니 쌜니 도라가도 汽車 時間에 뒤느질 念慮가 잇슴으로 洪學友를 催促하야 다름질하다십피 寓所로 도라와 行裝을 收拾하야 방장 쩌날 準備를 할새 怱忙 中 筆硯을 닛그러 爲先 이만 적습나이다.

因하야 偶成한 것에 세머리를 부쳐 記錄하옵나니 毋論 格도 본 것 아니오 調에도 맞추지 아닌 것이라 하믈며 聲律에 석길 理가 잇스리오마는 詩를 만일 노래할 것과 닑을 것 둘에 난홀 수가 잇다하면 닑을 것 편에 석거 닑어주시기를 바라노이다.

西風아 불지마라 滿月臺下에 말은풀 건더릴나
千年 故國이 쓸슬하기 저러하니
모처럼 지나난 손 눈물 겨워 하노라.

松嶽山은 萎縮하고 禮成江은 愁沈하다.
文殊會 북소리엔 너도 삼싹 질겻나니
오늘에 저 모양된들 무삼 恨이 잇스랴.

紫霞洞 부난 바람 萬年歡히 宛然하다.

애달프다 이 소래는 어늬 商婦 희롱이냐.

至今에 北暴東頑을 못드르니 울고자 하노라.

[註] 文殊會는 恭愍王이 祈子하노라고 設行한 法會니 辛旽으로 하야곰
　　高麗를 亡케 한 端緒가 이에 이러낫고, 萬年歡은 忠肅王이 妓生
　　萬年歡을 피임으로 지은 歌曲이오, 北暴東頑은 高麗의 歌曲이니
　　北은 契丹을 가르침이오 東은 倭를 가르침이라.

▲ 제3권 제3호(1910.3)

　京義 車中 雜感＝車中의 冥想＝學校쓸에서 巡奴잡기＝어엿븐 敬一이
＝아니쇼은 掌車手＝난 또 오오끼나 기세루다로오＝억개 미상 잘못햇
서＝漢江물은 몸살도 업서＝太空에 鐵道 노면＝丈夫의 經綸

一.

　瑞興에도 나리고 십고 黃州에도 나리고 십고 平壤에는 毋論 나리고
십혼 마음이 굴쑷 갓핫스나 外國 구경간다난 길에 너모 여긔저긔 제
나라 짱을 구경하기에 만혼 날을 허비함도 웃지 생각하면 合當하지 못
할 쯧하애 다 고만두고 곳 義州로 向하기로 하얏소이다.

　汽車는 나 가난대로 어두음은 더하고 어두음이 더할사록 窓 밧게 보
이난 것은 주니 밤ㅅ중의 汽車에서는 할 일이라고는 熟睡가 아니면 冥
想이라. 이에 小生은 씸벅씸벅하난 石油ㅅ燈을 벗하야 눈을 썻다 감앗
다 하면서 한거름 한거름 冥想界로 들어가노이다.
　그러나 小生갓혼 어린아해가 冥想이라고 한들 무슨 씀찍한 것이오릿
가. 乞人의 쑴에는 王者도 잇슬난지 몰으거니와 小兒의 생각에는 經天
緯地·濟世安民의 재조 업시 못될 생각도 업고 酒池肉林·朝雲暮雨의 째

안 되면몰을 생각도 업고, 더군다나 宇宙니 人生이니 하난 深奧高大한 생각은 거림자싸지 업스니 우리의 冥想은 範圍가 좁고 그 對象이 갓갑소이다.

二.

*이 부분에서는 문체가 바뀌었음＝상상 장면, 회상 장면이서서 문체를 바꾼 것임

눈을 한번 감으니 생각이 억그적쎄 學校쓸에서 允吉伊 秀童伊와 술네잡기하던 모양이 쌈쌈한 中 明朗한 한복판에 顯然하게 써나왓다, 今時에 씨슨 듯하게 업섯것다, 집에서 써나올 쎄에 父母 두 분은 念慮하시난 中에도 어린 아해로 그런 생각 잇난 것이 奇特하게 아르셔 매우 이 길 써나난 것을 깃버하시난 듯하야 和한 목소리로 여러 가지로 압길에 對한 訓諭를 주시난데 멋업난 三寸叔 한 분이 녑헤서 이러니저러니 되지 못한 소리로 써날 臨時에 방주을 놋난 모양이 써나왓다, 또 今時에 업서것다, 맛치 活動寫眞의 映畵板일다. 停車場에서 여러 사람이 반갑게 作別하난 中에 둘재ㅅ동생 敬一이가 "언니 나하고 갑시다."하기에 가자고 손을 내밀엇더니 어마님 품으로 고개를 살짝 돌니면서, "엄마도 가야지"하고 괴안(空然)히 젓도 목먹게 하던 어엿분 모양과 車를 타고 안질 쎄에 掌車手가 韓日人을 分揀하야 이리타라 저리 타라 하던 아니꼬운 꼴과 其他 처음으로 넓은 世上에 나와 보고 들은 景象이 밧구어차기로 써나온다.

三.

帽子가 다 씨그러지고 몬지가 켜켜이 안진 갓을 뒤통수에 제쳐 쓰고, 압자락에 뭇은 쌔가 거의 격이 이러날 쯧한 두루막을 옷고름을 느직하

260

게 매여 닙고, 석쇠 집신에 솜이 쥐역쥐역 나오난 버선으로 보기도 실
케 걸어안자서 기다란 담배ㅅ대에 닙담배를 담아서 요모조모 눌으면서
쌔억쌔억 목젖이 쩌러질 쯧하게 쌜다가 녑혜 잇던 日女 한아가 눈을
찡그리면서 "난쏘 오오씨나 기세루 다로오, 아레다쎄 수우데 시마우쏘
잇지니쎄 구라이와 시라누마니 구레루데쇼오네."하고 갓히 안진 놈팽
이 한하와 서로 도라보고 웃다가 손ㅅ가락으로 그 사람의 무릅을 쑥쑥
씰으면서, "담베 마시 종고시오."하니 그 사람 고개를 끄썩거리면서,
"네, 네, 술맛 한가지오. 사탕 한가지요."하더니 이 말하난 틈에 불이
죽게 되얏던지 주머니ㅅ헤 달닌 범의 발톱갓히 생긴 쇠갈구기로 담배
花峰에 針을 두세번 주고서 볼을 내밀고 옴으리면서 담배ㅅ불을 내 불
고 드리불고 하난 서슬에 공교하다 불쏭이 쮜여 桃花ㅅ빗 고은 그 계집
의 쌤에 싹근한 맛을 보인지라. 얏고 좁은 그 性稟, 독살이 발씬 나서,
"이놈아 요보야, 안되겟다. 무승일이 잇서."하고 담배ㅅ대를 쌔아스려
하니 그 사람은 無上한 罪나 犯한 드시 惶恐無地하야 어늬 쌔 배와 두엇
던지 고개를 끄썩끄썩하면서 "억개미상, 잘못햇서, 응 잘못햇서, 응, 안
되겟서, 말이햇서, 내 저 쪽으로 대고 먹으쎄에."하고 불이낫케 내 압흐
로 돌녀 대이난 모양.

　이것은 龍山에서 水色으로 오난 동안에 汽車 안에서 본 꼴악운이.

四.

　　漢江水 흘으난 물 氣勢도 健壯하다.
　　千里 長程에 쉬움 업시 오건마는
　　몸살나 누엇단 말은 風便에도 못 들어

　　白雲을 잡아타면 玉京을 다다를싸
　　바람채쭉 못 엇으면 근들 엇지 期必하랴
　　두어라 太空에 鐵道노아 宇宙 구경

山이 가고 물 지나고 한 고븨를 도라보니

四顧茫茫 넓은 쓸은 丈夫 經綸 그럿도다

이 길노 誠意車 지여 奮進코자. (以下 次卷)

[註] 三中에 '난쏘 오오씨나 ……'云云은 日語에 "아아 어지간히 큰 담배
ㅅ대로군, 저 통으로 한 대를 피우자면 어늬틈 지난 줄 몰으고 하
로 해는 다 가겟네."한 쯧.

[18] 『소년』 제2권 제1호(1909.01)~제2권 제2호. 現世界 最大 踏査家 헤듼 博士의 略歷 (2회)

▲ 제2권 제1호(1909.1)

先生[29]은 수웨덴 人으로 西曆 千八百六十五年에 그 서울 스톡호룸
府에서 나니 애當初부터 先生은 踏査家가 될 양으로 世上에 나왓고 世
上은 踏査家를 만들 양으로 先生을 불너내엿소, 生地와 밋 쎄를린 大學
에서 地理學을 배호면서도 夢魂은 각금각금 아시아 便에 달녀서 夢寐
에도 파미르를 생각하고 造次에도 틔벳트를 잇지 아니하며 쏘 째째로
몸이 親히 퍼시아와 메소포타미아 사이로 出入하다가 千八百九十三年
에 正말 踏査家로 나서서 오날까지 기첫소.

先生의 踏査는 오날까지 合三次에 난홀 수 잇스니 제일차는 1894-7
네해 동안에 파미르 高地와 밋 타리무(搭里木) 陷地를 답사함이니 行程
이 범 6만리인데 2만 6백 60척되난 무스타쯔아타 高嶺을 蹂하고 타로

---

29) 스벤 헤딘(Sven Anders Hedin, 1865~1952), 스톡홀름, 스웨덴 탐험가. 75권의 여행기가
  유명하며, 통감시대 이토히로부미의 영접을 받으며 조선에도 왔었음. 이와 관련한 자세
  한 내용은 노형석(2007)의 「헤딘은 조선에서 무엇을 보앗나」(『한겨레21』 제675호, 2009.
  8.30)를 참고할 수 있음.

라마안 沙漠을 횡단하야 北京에 出함이오, 제이차는 1899-1902 네 해 동안에 탑리목 함지와 밋 西藏 북방의 답사함이니 행정이 2만 7천리인데 탑리목 江을 나려가 로브노아 호의제를 해결하고 그 舊湖 北岸에서 漢代의 유물을 발굴함이오, 제3차는 1906-8 세 해 동안에 두 번ㅅ재 西藏을 답하함이니 歷路는 분명치 못하나 퍼시아로부터 印度를 지나 서장으로 드러가 중앙에 잇난 닌댓단라 大山脈을 발견하고 쓰라맙트라 江 등의 水源을 窮究함이올시다.

선생은 다만 이러케 간단한 果敢豪邁한 한 대여행가일 쑨 아니라 쏘한 蘊抱宏博한 言語學者오 쏘한 그보담 더한 과학 연구가올시다.

선생의 저술노는 제1차 답사로서 得한 『아시아 橫斷記』 2책과 제2차 답사로서 得한 『중앙아이사와 밋 西藏』 2책이 잇스니 이 양서의 가치가 큰 것은 그 중 순정학술에 관한 부분을 특별히 國費로써 公刊함과 쏘 그 전문이 십여국어로써 번역됨으로 보아도 알 것이오, 쏘 이외에 『서장답사』란 書가 잇소니다.

선생은 몸집이 크지도 안코 적디도 안으며 키도 알마진 신사올시다.

선생은 功績과 學識이 이러함으로 각국 학회에서 닷토아 상패를 주니 쌐릿탠 국 상훈패인 '엑토리아 메탈'과 쓰랑쓰 국의 특제 금패와 써잇취 국의 사방 일척 은제 '쎅코레이슌' 등과 기타 각종 상패 24개를 가젓슴니다.

선생은 금번에 제3차 답하를 마치고 귀국하난 길인데 東京地學協會의 초대로 일본에 가 놀고, 歷路에 우리나라에 옴이니 거년 12월 13일에 경성에 드러와 孫澤孃邸에 투숙하고 각처에서 강연을 여른 후 동 이십일일에 우리 황상 폐하씌 陛見하야 자기의 경력을 주달하고 동 22일에 경의선을 타고 發程하얏난데 우리 황실에서는 특별히 고귀한 훈장을 하사하사 써 그 人文에 공헌한 공적을 표창하시고 우리 부민은 성대한 환영회를 여러 그 용쾌한 성해를 接하니 항상 빗업시 주어오던 우리나라 훈장이 비로소 빗잇게 준 사람을 엇엇고 항상 정업시 대학자를 대접하던 우리 부민이 비로소 정 잇게 대접한 손을 자젓슴니다.[30]

선생끠서 이번 귀국하시면 오래 良緣을 맺고 佳期를 맞나지 못하던 아모 여사로 더부러 즉시 醮禮를 행한다 하니 우리는 먼저 시베리아의 매운 바람과 百海의 사나운 물결에 몸성히 잘 가시기를 축수하오며 다음 가신 뒤에는 동방화촉 경선화장에 자미나 만히 보시기를 바라나이다.

〈참고〉 제2권 제1호에는 「近年까지도 祕密國으로 有名하던 西藏」(해상 대한 사 중 삽입한 아시아 대륙지도를 참조하시오)라는 글이 추가되어 있음

우리는 이믜 용감한 답사가 헤된 선생의 경력을 말하얏스니 不得不 서장이란 웃더한 곳인지를 쏘한 말하겟소.

서장이란 나라는 淸國의 운남·사천 두 성의 서방, 인도의 카시미르 동방, 차이나, 터어키쓰탄의 남방에 잇서 世界上에 놉흔 곳으로 유명한 데니 그 가장 低平하다 하난 곳도 쏘한 우리나라의 白頭山 머리(해발 구천척)와 놉기가 갓흐니 이만하면 반이나 짐작할 것이외다. 이 나즌 곳은 동남부니 곰보 혹 뎁모라 일컷난 지방이니 여긔는 수목이 叢生하고 쏘 일년에 두 번 농사하고 松柏나무들도 번무하얏소이다.

西藏의 近中史에 잇난 그 서울 拉薩府는 해발이 일만이천 척이니 이 근처에는 거의 큰 나무들이 업고 간혹 곰보·뎀보 등지로서 移種한 松檜 갓흔 나무가 生育하고 토산의 나무는 다 灌木이오. 농사도 일년 1차오 所産은 보리 메밀 豆太 등이며 아주 서북방에는 토지가 차차 놉하저 해발이 일만 오천 척 이상, 일만 구천 척 이하가 되고 山嶽은 이만 이천 척 이상의 雪山이니 이 근처에는 兩麥 갓흔 穀類는 姑舍하고 푸성귀 갓흔 것도 생육하지 아니하며 여름에 풀이 좀 날 쑨이니 그럼으로 이 近處는 牧畜에나 적당하외다.

이와 갓히 서장의 地勢는 대개 세 쪽에 난회니 서북의 고원은 寒帶에

---

30) 이와 관련한 기사는 『대한매일신보』 1908.12.29~20. 잡보에도 등장함.

갓가운 모양을 가지고 납살부 근처는 溫帶로는 좀 치운 모양이오. 다음 곰보 近處는 正溫帶의 모양이니 사람이 혹 납살부로써 極寒地처럼 생각하나 그리 치운 곳이 아닐 쑨 아니라 기후상으로 보면 매우 조흔 곳이니 해발 일만 치언 척 되난 놉흔 곳에 잇스나 북위 27~8도 사이에 잇서 심히 북방에 치우처 잇지 아니하야 태양의 光熱을 밧음이 갓가운 고로 자못 溫暖하며 겨을 눈이 만히 오난 째라도 삼척을 싸히난 일이 드물고 恒庸 5촌으로 일척까지 싸히난데 잇흘이면 다 녹어바리나니 우리나라에서는 日光이 빗치지 안난 곳이면 열흘 스무날 눈이 그대로 잇난 수가 잇스되 이 나라에서는 山野의 積雪이라도 하루만 지나면 거의 다 녹나이다. 쏘 치위가 더한 서북방에 나가면 산에 四節이 녹지 안난 눈이 잇고 江河가 다 두텁게 어러 어름을 타고 다니기도 하나, 납살부부텀도 얼기는 어러도 타고 건널 만콤은 어러본 적이 업고 여름에는 대단히 서늘하야 기후로는 더할 말 업소이다.

서장 사람은 여러 人種이 混合한 것인데 그 중 히말나야 산으로 넘어온 族屬이 만코 그 외에 淸人, 몽고인, 카시키르 인 등이 석격스며 인구는 이백만 가량이오 그 性情은 대개 고집이 세고 쏘 저만 조타난 생각이 잇서 남의 하난 일이 저와 갓드라도 대단히 그르게 알고 復讐心이 대단하야 睚眦之怨(애자지원, 눈을 홀기는 원통함)이라도 반다시 갑난데 그 수단이 극히 陰險하니 자기가 害를 밧드라도 것흐로는 개의하지 안난 듯하다가도 속으로 凶惡하게 갑고야 말며, 만일 납살부에 외국 사람이 드러오면 것흐로는 대단히 친절하게 待接하고 여긔저긔 구경을 식히면서도 날마다 음식에 조곰식 毒物을 너허 대접하야 모르난 동안에 병드러 죽게 하난 일이 非一非再올시다.

首都 랏사(拉薩)는 북위 29도 309분 동경 90도 57분에 잇서 킹추 江에 瀕하니 인구는 3만 3천에 僧徒가 2만이나 되고 승도의 총섭직으로 서장의 主總權者를 겸한 達賴나마가 이곳에 잇스니 人民들의 參拜하난 자가 만흐며 街衢는 거의 다 궁전과 사찰쑨이니 장엄하기 싹이 업소이다.

대저 이 서장은 서력 1700년래로 청국에 隸屬하갸 理藩院에서 관리

하난데 ㄷ년만콤 교대하난 駐藏大臣 양인을 파견하야 군사와 외교를
감독하게 하고 내정과 法敎에 관한 사항은 다 달뢰라마가 執行하난데
그 實 大權은 쨔보=이른바 俗王에게 잇스니 이 속왕은 法王이 어렷슬
째에 고승 중에서 선정하야 攝政이 되난 자올시다.

서장에는 라마교란 佛敎의 일파가 잇서 人民이 독실하게 崇奉하니
이 敎의 고승을 라마라 일컷난데 人民들은 이를 보기를 天神갓히 하고
쏘 그 중에서도 달뢰라마와 반선라마가 가장 신성하고 양자 중에서도
달뢰라마가 가장 고귀한 고로 정권은 이가 가지옵내다.

이 나라 풍속은 별별 怪惡한 일이 만흐나 다른 째 쏘 말삼하오리다.

이 나라에서는 장사하난 外人은 혹 드러오게 하야도 踏査家와 宣敎
師들은 입국함을 嚴禁하므로 근년싸지도 그 內情을 아지 못하야『세계
의 비밀국』이라 일홈을 듯더니 요사이에 이르러서는 여러 篤志한 학자
들의 모험 탐색한 결과로 자못 그 내정을 알게 되얏슬 쑨 아니라 이번
헤딘 박사의 답사로 인하야 더욱 밝히 되얏소이다.

▲ 제2권 제2호(1909.2)

西藏人의 習俗

혜딘 博士 講說 鈔錄

(혜딘 博士의 史蹟은 前卷을 間하라)

一妻多夫 一夫로 數妻를 거나리난 풍속은 여러 군대 잇거니와 一女
로 삼사인식 男便을 다리고 사난 것은 별노 업난 일이오, 그런데 西藏
에 가 보니 일처다부의 풍습이 盛行하난데 심한 자는 三兄弟가 한 계집
을 다리고 살되 질투, 시기도 업시 살님을 하야 갑듸다. 이 계집에게서
아들이 생기면 그 아해가 누가 아비인지 알 수 업난 고로 형제의 年齒
次序로 큰아바지 가운데아바지 작은아바지라고 부르오.

남편 3인에 女便 2: 더욱 기괴한 것은 산아희 3인이 계집을 둘을 다리고 사난 일이니 두 산아희와 두 계집은 난호아 살녀니와 써러지난 한 산아희는 두 계집을 아울너 다리고 사난데 그런 고로 서장 아해들에게는 '왼통아바지' 혹 '절반 아바지'라고 부르난 아비가 잇소

宏大한 寺刹: 喇마교의 사찰에는 엄청나게 큰 것이 잇난데 達賴喇마의 본산에는 삼천칠백여 인의 승도가 움질움질하되 이 大衆이 다 각기 別房을 차지하고 잇슨 則 일노만 생각하야도 엇더케 宏大한 것이 推測되오리다. 이러케 만혼 무리가 한 당에 모혀서 경을 닑으면 마치 呐喊(눌함)하난 소리와 갓고 쇠북이나 북을 쑹쌍치면 귀가 앏하 견대난 수가 업나니 아모리 부처라도 귀를 싸고 도망하지 아니할 수 업소.

輪迴說: 서장 사람은 극단의 운회설(불가에서 사람이 죽으면 靈魂은 어대 가서 태여난단 말)을 밋난데 그들의 말에 사람이 목숨써지난 그 시에 영혼은 날나가서 어늬 胎兒에게 托依한다 하오. 그럼으로 유명한 喇마가 죽난 고 째에 출생하난 兒孩난 가장 복이 잇스니 그 아해가 아모리 하천배의 所出이라도 總攝職(대나마)의 영혼이 의탁하얏다 하야 副攝職을 삼으오.

犬을 崇奉함: 서장 사람의 미신에는 하 엄청난 것이 잇소. 사람이 죽더라도 그 屍體는 결코 매장하지 아니하고 고기를 잘게 썰어 개에게 먹이며 쎄는 가늘게 가루하야 경단을 만들어서 쏘한 개밥으로 주오. 서장인은 개를 신성하게 알어 寺院마다 수백두씩 길느오. 또 어늬 곳에서는 사람의 시체를 교외에 放棄하야 孤狼의 밥을 만드나니 웃지하얏던지 사람의 골육을 空然히 썩히난 것을 暴殄天物하난 듯 하개 하오,

안자서 殞命: 賴마승은 죽을 째에 누어서 운명하지를 아니하고 반다시 안자서 하나니 누어서 죽으면 成佛하지 못한다 하난 짜닭이라. 그럼

267

으로 죽을 임시에는 몸이 넘어지지 안토록 버틤을 하거나 사람이 좌우로 부축하야 안자서 숨을 지오.

토굴에 禪定: 육근(불가에서 眼 耳 鼻 舌 身 意를 두고 말하는 것)은 不淨의 드러오난 구멍이니 귀와 눈은 고은 것을 보며 듯고, 함으로 物慾이란 이러나난 것이라 하야 이를 두절하기 위하야 토굴이나 석굴에 入處하야 밧겻흐로 잠그고 일생을 나아오지 아니하며 먹을 것은 쌍 밋흐로 구멍을 쏠코 막대 싯헤 달어서 그리로 드려보내주면 넙죽넙죽 밧어먹으면서 육근을 청정하고 念佛을 하다가 죽난 자도 잇난데 이러케 죽은 자를 본즉 毛髮이 길게 자라고 째가 더덕더덕하야 마치 地獄의 餓鬼 그림과 갓습듸다.

큰 것: 서정에는 엄창나게 큰 것이 잇난데 喇마사에서 차를 煎하난 솟회 큰 것은 키가 육칠척이나 되나니 삼천칠백인의 먹을 차를 다리난 것인즉 괴이할 것이 업스며 차를 늣코 저으려 하면 사다리를 놋코 상아ㅅ대 갓흔 몽둥이를 너허 두루며 쏘 그 다음에 큰 것은 정초에 부난 나팔이니 길기가 십척이나 되난 것을 사람 두서넛이 억개에 메고 불고 다니오. (以上)

[19] 『소년』 제2권 제1호(1909.01)~제4호.
六朔一望間 搭冰 漂流談: 北極 探險 事蹟 (4회)

▲ 제2권 제1호(1909.1)

*상단과 하단에 질문을 던졌음

웃더케 그들은 사나희다운 일을 하나?

웃더한 일노 그들은 酒草의 滋味를 代身하얏나?

웃더케 그들은 衣食의 奴隷를 免하얏나?

웃더한 일에 그들은 제 몸을 바리려 하얏나?

이 아래 記錄하난 말삼은 터럭만콤이라도 小說的 修飾을 더하지 아니한 實談이라. 내가 이를 譯述함은 써 아랫목에서 윗목까지 가기도 萬里遠征이나 하난 듯하게 녀기난 웃밥 씨름꾼들에게 刺激劑 가 될가 함이로다.

△ 죽기를 긔쓰고 秘地를 踏査할 양으로 △

一千八百七十一年 六月 二十九日 아참에 짜뜻한 해ㅅ빗을 밧으면서 아메리카의 쑤룩클닌 浦에 出帆한 배 한 척이 잇스니 배 일홈은 '폴나리쓰'오 船長의 일홈은 쯔란시쓰 호올이오 副船長의 일홈은 타이쓴이니 이는 軍職으로 副尉까지 지내인 사람인데 前後 二十五年 동안에 恒常 北海의 억센 물ㅅ결을 휘젓고 다니던 有名한 航海家오 그 部下들도 모다 豪邁勇敢(호매용감)한 水夫쑨이러라.

이 배는 어늬 곳을 向하야 무엇을 하려 써낫나요.

폴나리스 號가 向하고 가난 곳은 凍氷寒雪노 密閉堅鎖한 北極이오 호올 以下 船人의 目的은 비록 몸과 목숨은 바리드라도 이째까지 장겨 잇서 그 속을 모르난 이 빙세계의 내정을 탐지하야 고금 幾多 勇士의 懇切하얏스나 성취치는 못한 뜻을 한번 慰勞하야 보자 함이라. 未嘗不 지금까지 이 속을 한번 드려다 보려 하야 여러 有志한 남아들이 배를 氷海에 씌윗다가 써만 어름ㅅ구덩이에 뭇고 말며 혹 生還하난 자가 잇서도 겨오 이 隱祕境의 어귀를 흘슴 보고 말엇슬 쑨이라. 그럼으로 폴나리스 호의 船人들은 선배들이 하랴다가 못한 險地에 깁히 드러가 銀山雪野를 기어코 답파하야 隱祕란 것을 업시하고자 함이러라.

鮫浪(교랑)을 斫(작)하고 鰲濤(오도)를 剖하면서 이 豪勇한 소년을 실은 폴나리쓰 호는 압호로 나아가기를 마지 아니하난데 혹 獰風(녕풍)이 형세를 도읍난 줄ㅅ결 속으로도 나아가며 혹 豪雨가 위엄을 쌥내난 서음 엽호로 지나기도 하야 몟번을 海上에서 쓰난 날을 맛고 지난해을 보내난 중 이러구러 부드러운 바람과 물ㅅ결은 억세게 되어 가더니 인하야 살ㅅ점을 쎄여 가난 듯한 朔風이 무서운 소리를 질느면서 바다 일면에 퍼붓난 듯한 눈이 온다 진눈깝이가 온다 하야 지금까지 춤추고 쒸놀던 물ㅅ결 외에는 태평무사하던 해상이 별안간에 擾亂하야지고 북극별계에 長 드러업듸엿기가 심심하게 알앗던지 泰山갓흔 氷塊가 여긔도 한아 저긔도 한아 둥게둥덩실 써나려오더니만 그런지 얼마 아니되야 폴나리쓰 호 한 척이 맛참내 이 氷塊들의 포위한 배 되야 좌우전후에 오작 쌔여난 玉峯과 널푸러진 銀野뿐이 되얏더라.

△ 氷壙에 安魂코 雪褥에 弄璋 △

무서운 것은 북빙해상의 冬節이라. 치여다보면 陰氣로 凝結한 寒天이오 나려다보면 凍氷으로 閉塞된 冷地인데 만목황량하게 씌우난 것은 눈 아니면 어름이라. 혈관 속으로 흐르난 피까지도 어러붓흘 듯하니 이 쌔까지 이러한 치위를 격거보지 못한 船人들이 차졈차졈으로 한아ㅅ식 둘ㅅ식 병이 나고 鐵骨熱血을 자랑하던 타이쓴 부장까지도 쏘한 몸시 고로워할 지경이라. 이런 일 저런 일노 하야 船人들이 조곰조곰 제풀대로 規律업난 일을 하기를 始初하더라.

선인들의 걱정, 배의 뒤ㅅ걱정 이 걱정 저 걱정으로 하야 호올 船長은 마참내 黃泉客이 되어 북해의 원귀가 되고 만지라. 죽은 것을 노코 보아도 하난 수 업슴애 드듸여 어름을 파서 壙을 짓고 시신에 포환을 부쳐서 천만 길 깁흔 물ㅅ속으로 이 한귀를 餞送하얏더라.

일이 이러케 되매 타이쓴 副尉가 호올 씨의 뒤를 이어 선장이 되야서 위선 선인들에게 명하야 멀지 아니한 곳에 陣營을 짓게 하니 우러러 보건댄 찬란하기 明珠 갓흔 北極星은 낫에도 朗耀한데 그만하야도 치

위에 익은 선인들은 혹 廣耳를 들고 쌔치며 혹 가래를 가지고 헤쳐 陣營을 만들고 인하야 썰매를 몰고 다닐 만한 길까지 개통하얏더라.

이러케 빙천설지에 蟄居하야서 나날이 다달이 판에 박어낸 듯 한 살님을 하면서 지내난 중에 씌린랜드 근방에서 엇어온 에쓰키모 인(북방 한지에 居生하난 민족 명)의 계집이 滿朔이 되얏던지 解腹을 하니, 아마 이것이 天地開闢한 뒤에 처음으로 이 세계에서 呱呱한 우름소리를 내인 시초인 듯하니 폴나리쓰 호가 膠着한 곳은 북극의 오백마일(영리의 아 4리 가량) 못밋처더라.

빙세계에도 光陰은 물갓히 흐르난지라. 이러구러 이듬해 시월이 되얏난데 이 쌔까지는 별고 업시 지내엿스나 이제로부터 의외에 큰 變故가 생겻더라.

지금까지 고요하던 하날이 별안간에 구저지고 게다가 폭풍이 불매 배가 얼어부텃던 氷塊가 썽썽 소리가 나면서 쪼개지기를 시작하니 여러 선인들이 죽을 힘을 다 드려 아못조록 배가 가배얍게 할 차로 실엇던 여러 가지 什物(집물)을 되난 대로 내여바렷난데 그 중에는 매우 귀중한 物件도 드럿더라.

△ 氷塊에 실녀서 둥실둥실 △

얼마 아니되야 그만하면 無慮하다 하야 타쓰인 선장이 부하 諸人을 다리고 앗가 내여바린 집물을 주을 차로 배를 나려가서 배에서 천 야아드쯤 相距되난 곳에서 여긔저긔 주섬주섬 차차 주어가지고 다시 나리던 곳에 와서 본즉 배 겻헤 서 잇던 한 에쓰키모 인이 별안간에 헉갭이에게 홀닌 듯시 소리를 질느난지라. 尋常치 아니한 부르짓난 소리에 놀난 捜索隊의 일행은 급히 달녀드럿스나 그러나 발서 일은 글넛더라.

저 소리를 드러보게 ─ 쾅쾅 소리가 사방에서 나더니 불시에 왈각왈각 부걱부걱하난 무서운 소리가 그들이 서 잇난 발밋헤서 나난지라. 일행이 에구머니 이건 어름이 쌔지지 안나 ─ 하면서 미친 놈처럼 쒸여

서 째지난 어름을 넘어 폴나리스 호로 올나드러가랴 하얏더니 이 찰나
에 천지가 문허지난 듯한 소래가 나더니 보기조케 어름이 둘에 좌악
쏘개지고 마듸에 옹이로 마참 굿센 바람이 불더니 이 일행을 태인 채로
한 쪽 氷塊가 둥실둥실 배를 내여바리고 써다라나난구려. 그러매 그들
은 목청을 째힐 수 잇난 대로 째혀 소리를 질느며 발을 동동 굴느면서
쒸며 지치나 멀니 써러저 잇난 孤島와 갓흔 빙괴는 次漸次漸으로 배를
써나 어대로 가난지 지향업시 가기만 한다.

인하야 밤이 되다 暗中으로 부러오난 바람ㅅ소리는 혹선풍의 날늠질
과 孫悟空(손오공)의 筋斗雲(근두운)의 형세와 갓히 얼새고 굿게게 한
업시 연속한 빙산의 위로 사러지고 날이 더욱 어두워지난 대로 일동이
다 견뎰 수 업난 무서운 생각이 나서 다만 서로 도라다 보고 잠잠할
쑨이오 한사람도 능히 소리를 내이난 사람이 업더라.

이 째 선장 타 씨는 빙글빙글 우스면서

"무엇 무서워할 것 업서. 그러나 幕雪席氷하고 밤새기는 참 좀 어려
울걸."

하야 모든 사람을 위로하고 자난 것이 세상이라 하난 듯 그저 거긔다
머리를 트러박고 드르렁드르렁 코를 불면서 자니 다른 사람들도 선장
의 평탄은 쏠을 보고 어름구돌 어름요에 자며 째며 하룻밤을 새우다.

밤이 새인 뒤에 보니 하늘에서 다라올녀 갓난지 쌍에서 씌어러 드려
갓난지 폴나리스 호는 형상은 고사하고 그림자까지도 보이지 아니하더
라. (하차는 차권을 보라.)

▲ 제2권 제2호(1909.2)

△ 무서운 눈바라가 바다를 뒤덥허 △

써러진 사람 中에는 '에쓰키모' 人의 母子도 드럿난데 氷塊의 길이는
百七八十 '꼬우트'오 넓이도 거의 相等하더라.

272

바다란 놈은 인정이 업난 듯 져의 힘껏은 쮜놀고 지랄을 하며 써나가
난 氷塊의 주위에는 크기 비슷한 빙괴가 무수하게 쎼를 지여 각금각금
무서운 소리를 질느면서 서로 衝장(?)하며 그쑨만 아니라 어름ㅅ장의
쪼개지고 부서지난 소리는 십리 이십리를 隔해서도 분명하게 들니니
이 소리를 드를 째마다 입버리고 덤비난 사나온 虎豹의 어홍 소리보담
더 무습게 들녀 소름이 쪽쪽 끼치더라.

그런 중 다행히 從船 두 척과 양식 약간이 써러져 잇스나 위태하기
이를 것 업스매 종선을 푸러 타고 本船으로 향하난 수 업서 부득이 귀
쌜들만 만지면서 연해 연방 멀니 써나려가난 빙괴를 싸라 실녀 나려가
더라.

열 스믈 백 이백 써나려오난 져 大氷塊의 무서운 모양을 보게! 어놈
저놈이 서로 마조 싸리난 져 무서운 소리를 드러보게!

이를 타고 안진 여러 사람의 운명은 씨그러져 오난 層巖絶崖 밋헤
서 잇난 것보담도 더하구나 어늬날 어늬 시에 이 어름배가 째지고 우리
수십명 승객이 다 絶海孤魂이 될난지 죽을 날이나 기다릴 밧게 업난
처지라. 그러나 천우신조하야 혹 폴나리쓰 호를 만나도 하고 바랄 수
업난 일을 바라고 가더라.

그러나 하날은 이 처지의 이 希望싸지도 쏘한 용납지 아니하시려 함
인지 별안간에 무서운 눈바라가 바다를 뒤덥혀 와서 금시에 하날 쌍
어름 사람 할 것 업시 모도 다 듯허운 눈에 싸여 바렷더라.

이러케 되고 본즉 본선을 만나기는 고사하고 사러날 가망이 영영이
씬첫고 설혹 이 地獄갓흔 군대는 버서난다 할지라도 여긔서부터 칩팔
백리 동안을 남으로 나려가지 아니하면 捕鯨船(포경선)이라도 만난 수
업슨즉 그 째싸지 어름이 쩌지지 안코 잇슬난지 쏘 설혹 그리하야 水鬼
는 되지는 아니하더라도 그 째싸지 양식이 支過하야 餓鬼됨을 면할난
지 이 쏘한 알 수 업난 일이라. 웃지를 하면 조흐란 말이냐 웃지를 하면
조흐탄 말이냐.

△ 從船까지 부셔저 火木을 하다 △

사지에 째진 그들은 어른 아해 산아희 계집 할 것 업시 다 함쯰 죽을 힘을 다하야 눈움(雪窟)을 짓고 그 중 한 사람은 探望軍이 되어 海豹나 海象이나 기타 먹을 것을 搜探한다.

얼마 후 움이 다 畢役됨애 여러 사람이 다 그 속으로 드러가 處하고 싸로 눈고앙(雪倉)을 營造하야 영식이며 기구를 드리 싸엇난데 이른바 양식이란 것도 이 째에는 겨오 장조림 약간과 총탄 약간과 漁具와 휘장 등속 쑨이라. 양식은 조곰조곰식 分量을 정하야 일동에게 분배하야 가더라.

이 움과 져 움이 서로 연접하야 통행하기 위웁도록 虹霓門을 지엿고 움의 속은 심히 협착하야 팔도 훨씬 펼 수가 업스며 燈盞에는 鯨油를 켜서 밤을 밝히고 글노부터는 온갖 음식을 燈火에다 쓰리고 굽고 지지고 복가 만들더라.

움이 畢役된 후 수일만에 한이란 에쓰키모 사람이 海豹 한 머리를 잡은고로 즉시 차비를 하고 조리를 하난데 定規대로 등화에 구웁기는 귀치안타 하야 전부터 종작업난 作亂軍 한 패가 선장이 만류하난 것도 듯지 안코 종선 한 척을 내여 부셔서 그 木片으로 氷上에 불을 피고 그 고기를 구으면서 밋처 익기도 전부터 아귀모양으로 치며 쌔아스며 먹더라.

대체 이 작란군 한 패는 항상 종작업난 짓만 하야 親厚한 타이쓴 선장을 각금각금 고롭게 구니 몸을 녹이라고 매일 매인에게 鯨油 십일 온쓰(英衡)식을 주기로 牢定하얏거늘 작란패의 놈들은 왕왕 선장을 협박하야 정량 이상을 搶奪하야 먹더라.

이러한 모양으로 지내매 저장하야 두엇던 약간 식량은 얼마 아니되야 다 업서지고 보통은 설은 해표의 고기로 양식을 함으로 잡은 것이 업난 째에는 하루ㅅ식 굼고 지내기도 여러 번 하얏고 病人에게는 藥 대신으로 肉膏 건포 林檎 약간을 주더라.

이러케 지내여 가난 중 이 여러 사람을 태운 빙괴는 해류의 방향대로 연해 연방, 남으로만 흘너 나려가고 그리할사록 이귀져모 부서진다, 아흐레를 지내인 뒤에는 어느 급한 여울에 이르러서는 별안간에 氷塊가 반대의 방향으로 흘너간다. 얼마 아니되야 태양은 보이지를 아니하다. 조곰조곰 부서져 가난 빙괴는 여전히 流矢갓히 흘너간다. 양식도 핍진하얏다. 이것도 걱정이오 져것도 걱정이로다. (이하 차호)

▲ 제2권 제3호(1909.3)

△ 주린 배로 예수 誕辰을 지내다 △

치운 물 치운 바람 속에서 南方으로만 向하야 흘너가난 중 七十一日째 가서는 泰西 사람이 第一 큰 名節노 아난 예수 誕辰(十二月 卄五日)이 되얏구나. 萬一 本國에 잇기로 말하면 金裝銀飾이 輝煌燦爛(휘황찬란)한 會堂 한에서 곳 갓혼 계집도 잇고 옥 갓ㄴ 산아희도 잇난 가운데 석겨서 讚美歌 깃분 소리에 밤 가난 줄을 모를 터인데 불상하다 雪天氷地에 주린 배를 붓들고 눈물과 嘆息으로 이런 날을 지내난구나.

다정한 타이쓴 선장은 마음만이라도 表하려 하야 지금까지 深深藏貯하얏던 썩과 포를 내여서 여러 사람에게 난호아 주고 해표의 피를 마시면서 晩餐會를 열엇더라.

인하야 除夕이 되고 인하야 元朝가 되니 嶺外守歲도 여렵다 하고 슯흐다 하거든, 하믈며 絶海險濤에 생사를 몰으난데서리오. 悽惻한 심회와 비참한 정경이 다시 무슨 말을 하리오. 그러나 그들은 산아희라 수염 잇난 산아희라. 불알 잇난 산아희라. 이만 고생은 미리 알어차린 바 ㅣ라. 슯흔 중에도 묘한 맛을 차지며 지내더라.

이 째에 빙괴는 차차 破碎하야 長이 삼백 척이 되고 廣이 이백 오십 척이 되얏고 쏘 둘도 업난 양식으로 생명이 攸繫한 해표까지도 매우 捕獲할 수 업시 되야서 째째 일이일ㅅ식 한점 한 알 목궁그[31]로 넘기난

275

것도 업시 지내기를 하고 여편네며 어린아해들은 등잔에서 心炷(심주)를 집어내여 이것을 쌜면서 겨오 목숨을 이여가니 말할 것 업시 모든 사람이 다 쇠챙이 갓히 말나쌔젓스나 다행히 병든 사람은 한사람도 업섯더라.

오날도 어제갓히 오난 길도 지난 날 갓히 이 氷塊는 남방으로 흘너나려 갈 쑨이라. 만일 이 째에 달은 배를 맛나지 못하고 다만 바람의 부난 대로 물ㅅ결의 흘으난 대로 표류하야 가면 그들의 운명은 바람압헤 燈火보담 오히려 위태할너라.

좌편을 보던지 우편을 보던지 눈에 씌운단 것은 素服한 빙괴쑨이라. 아모리 勇邁하고 豪敢한 이 사람들도 이러케 적막하고 이러케 단순하고 쏘 이러케 위태한 빙선 逍遙에는 퇴도 내얏고 困憊도 하얏스며 간혹 해표와 海象의 무리를 원해상에 보기는 하나 잡을 수는 업슨즉 그림에 썩이오 거울ㅅ속 꼿이라. 눈은 째째 배울으나 속은 항상 주리니 기아와 피곤에 정력이 乏盡한 여러 사람들은 晝夜長川에 눈움ㅅ속에 들어업대며서 빙괴의 기슭으로 隱現하난 白熊의 무서운 모양을 치여다보며 나려다보며 멀니보며 갓갑게 보며 장우탄탄 중 오날을 보내고 내일을 마저 가더라.

△ 餓鬼냐 사람이냐 餓鬼란 무섭다 △

일월 26일에 이르러 에쓰키모인 阿某가 바르 그 엽호로 흘너 나려가난 빙괴에 긔여올으난 海豹 한 머리를 쏘아 넘어 싸리고 죽을 고생을 격고서 그 해표를 붓들어서 움 겻호로 가져왓더니 여러 선인들이 이것을 보고는 타 선장의 道理를 타서 일으난 말을 듯지 안코 마음대로 海豹에 달녀들어 손에 다닥 싸리난대로 그 고기를 문틋어 燈火에도 거슬니지도 아니하고 날것째 주려 썰니난 니를 싹싹 울니면서 먹더라. 빙괴

---

31) 목궁그: 목구멍.

를 둘너 흘으난 치운 물ㅅ결이 눈을 날니난 바람에 길길히 일허날진댄 그들의 운명은 바위ㅅ돌을 매여단 조약돌 모양이 될지니 잇다가 웃더할지 來日이 웃더할지 몰으난 터이라. 그러나 주려죽을 지경에 쌔진 그들은 다만 한 째 식욕을 채우기 위하야 목전에 임박한 죽을 것을 이저바리고 이러케 亂暴한 일을 하더라. (…중략…)

△ 異常스러운 소리와 불행중 多幸 △

이럭저럭 春三月 好時節이오다.

달은 곳 갓흐면 화란춘성하고 만화방창하야 왼 세상 왼 사람이 다 靄靄(애애)한 화기 중에 싸여 잇겟거늘 이곳에는 그 쏫은 안 피우고 이상스러운 일이 한가지 생겻더라.

이 달 중순 어늬날 저녁일이라. 지금까지 寂寞幽靜하야 묘지갓던 사위에서 별안간 소름이 끼칠 무서운 소리가 나더니 인하야 百萬 小銃을 일시에 발사하난 것 갓혼 이상스럽고도 무서운 소리가 잇대여 나되 그 중에서도 더 굉장한 소리가 그들이 서 잇난 발밋헤서 나난지라. 모든 사람이 다 겁에 씌워 급히 만일지비로 다만 한 척 남은 종선을 풀어가지고 그 전에 손을 다이고 잇더라.

이 무서운 소리가 一 晝夜를 계속하다. 선인들은 氷塊가 쏙에지지 안토록 여긔저긔 구멍을 쑤럿더니 공교도 하고 다행도 하다. 이 구멍으로서 불시에 여러 머리 海豹가 어름 우흐로 쒸여올나온지라. 한 달 동안이나 고명을 한 飯食을 먹어보지 못한 여러 사람들은 이번에는 天賜實갓혼 이런 것이 구하지 안코 落手됨애 비로소 고요하게 그 해표를 조리하야 먹더라.

여러 달ㅅ동안 견댈 수 업난 아귀에 苦死한 여러 사람들이 천만 의외에 만흔 해표를 잡아서 마음대로 말은 창자를 살지게 하얏스나 다시 몸을 돌이켜 자기네들의 처지를 생각하야 보니 형용할 수 업난 웨타한 眉睫에 걸녀서 기가 막힐 쌴이더라.

277

△ 氷塊가 쪽애지다 從船 한아에 열아홉 사람 △

기막힌다.

그달 그믐께 가서는 두 쪽에 쪽애지고 일이 또 그릇되느라고 그러한지 여러 사람은 적은 쪽으로 써러젓난데 이 적은 편은 길이가 팔십척이오 넓이는 겨오 삼십척인즉 아미로 히야도 열아홉 사람은 안전하게 실난 수는 업슴애 여러 사람들이 아못조록 큰 편으로 옴겨갈 양으로 한업서 애를 썻스나 암만하야도 근접하난 수 업고 이리하난 동안에 빙괴는 더욱 더욱 적어지니 멈춧멈춧하다가는 이대로 물ㅅ귀신이 될지도 코르겟다 하야 필경에 종선을 나려서 타고 큰 편으로 지여 가려 하다. (…중략…)

△ 無情한 물ㅅ결이 行具를 搶去 해 △

그 잇흔날 타이쓴 선장이 조반을 먹고 잇난대 어제 쪽애진 빙괴의 한 쪽이 불시에 써러져 흘으난지라. 타 시가 이것을 보고 누가 잡아일 희키난 듯하게 얼는 일어나 약쪽 쌜니 저편 빙괴로 쒸여온겨 가려 하다 가 앗갑다 불상하다 이 조혼 사람이 그만 海中으로 써러저 웃더케 죽엇 난지 몰으게 죽엇더라.

이러한 참사가 매일 每夜에 쓰니지 아니함애 여러 사람들은 참 마음 이 편치 못하더라. 그래도 세월은 가난지라. 어느덧엔지 달은데 갓흐면 綠陰芳草에 鶯聲이 遍滿할 사월 9일이 되얏더라.

나날이 사나워 가난 바다에는 태산갓흔 물ㅅ결이 洶湧(흉용)하게 쒸 놀아서 여러 사람의 신명을 맛하가지고 잇난 빙괴는 갈사록 부서져 간 다. 배는 아모 째던지 내여 타도록 하고 잇스나 처량하기 짝이 업난 四圍의 광경을 보면 기가 턱턱 막힌다.

쒸놀고 용춤추난 물ㅅ결은 각금각금 氷塊를 수셈이질한다. 여러 사 람들은 그리하난 대로 이리로 피하고 저리로 피하야 서로 손들을 써쥐 고 물ㅅ결에게 할퀴여 가기를 면하려 하더라.

不知不覺에 금강산으로 말하면 毗盧峯 갓흔 놉흔 물ㅅ결이 철썩추악 소리를 벽력갓히 질으면서 氷塊 우흘 씨쳐 나아가다. 물결이 지나간 뒤에 본즉 여러 사람들과 종선 밧게는 만치는 안으나마 명맥이 달닌 양식과 衾枕과 여한 器皿이 모도다 씻겨 갓더라.

주림과 치위에 반은 정신을 일혼 여러 사람들은 지금 쏘 무서운 물결의 습격을 맛나 온갖 필요한 물건을 쌔앗겨서 인제는 참 정말 絶體絶命할 지경이라. 그러나 탐욕이 한량업난 물결은 쏘다시 기세를 사납게 하야 몹시 氷塊 우흐로 엄습하야 업습하난 대로 겨오 殘存한 한 척 종선을 쌔앗고야 날녀 하더라.

응흐, 이 종선! 이것이 적기는 적은 物件이다마는 그네들이 아모 새던지 여러 목숨을 실코 가려하난 것이라. 만일 이것마저 쌔앗기면 그제는 참 정말이지 죽음 한아가 남을 쑨이로다. 그럼으로 모든 사람이 다 죽기를 기쓰고 이를 직힌다. 그러나 주린 범갓은 미친 물ㅅ결은 사람과 배를 한데 써서 써서 갈 양으로 연해 연방 달녀든다. 그대로 그네들은 물결 벼락을 마지면서도 이 배를 붓들고 노치를 아니한다. 노치를 못한다. 놀 수가 업다. 몰으괘라. 이 여러 사람든 장차 읏지될고!

▲ 제2권 제4호(1909.4)

前卷 四十頁 第四行 '불상하다'의 上文을 '겨가니 副長도 쌀어 쉬여 옴기다가'로 改正할 것이오니 讀者는 訂筆하신 뒤에 改讀一番하시오.

△ △

물ㅅ결의 飛沫(비말)이 소낵비처럼 쏘다져 나려오난 氷塊를 터전으로 하야 自然力과 人力의 戰爭은 얼마ㅅ동안 繼續하다.

그러치 아니하야도 連日 連夜 飢餓와 困勞로 因하야 왼몸이 다 餘地

업시 풀어진 水夫들은 限 잇난 힘으로 限 업난 苦生에 익이난 수 업서 漸次 次漸 筋力이 시진하야 從船을 부리난 두 팔이 거의 感覺을 일케 되얏더라.

오오 요 幾分間 중 그들의 반년 동안 氷棲風餐하고 九死一生하야 겨오 금일까지 끄어려온 명수가 요 幾分 동안에 결정이 난다. 이를 웃지하나 사람의 힘은 한이 잇난데 퍼다가 붓난 듯한 물결의 못살게 구난 것은 한이 업고나. 몹쓸놈의 저 生使者는 그들의 목숨을 달나고 해가 써러지난 대로 갓갑게 오난 듯하야 벌서 맑은 정신은 다 나간 듯하더라.

일이 이러케 되고 보니 아모리 생각하야도 사람의 힘으로는 이 죽을 짜에서 이 죽을 사람들을 救濟하야 내일 수단도 업고, 방법도 업더라.

그러나 한번 놉흔 것은 필경 나져지고 마난 것이라. 그러케도 무섭게 쒸놀고 날치던 暴風狂浪이 한껏은 천지를 威嚇(위혁)한 뒤에는 인하야 다시 勢焰이 써저가서 차점차점 沈靜하고 말더라.

바람도 자고 물결도 주자안지니 그들에게는 달은 것이 活路가 아니라 이것이 곳 活路라 그들이 몸은 고사하고 목숨을 실코 잇난 從船은 써나려감을 면하야 萬死 중에 겨오 일생을 엇엇더라.

큰 싸홈을 지내고 난 전장이 평시보담 더 쓸쓸하단 세음으로 눈기동 갓흔 물결도 자고 옥가루 갓흔 거품도 지고 바다 위에 방울 한 덤 일지 아니하니 찬바람 쌀쌀한 북극 해상 새워가난 밤은 적적하기 일을 것 업더라. (…중략…)

그네들은 어제통에 혼은 다 나간 터이라. 다만 무안 본 사람모양으로 고개들을 숙이고 잇슬 쑨이오 그 등에 생기가 좀 남은 사람이라야 바다를 내여다보더라. 불시에 마른 하날에 천동소리 갓히 부르짓난 소리가 나니 그 소리는 무슨 소리냐.

"고래잡난 배 고래잡난 배 저긔저것."

△ 一線의 餘望이 이것조차 쓰니다 △

절간에 불강 모양으로 길가에 미륵 모양으로, 입 담을고 손 묵고 정신업시 안젓던 여러 사람들이 이 소리를 듯고 누가 생맥군자탕이나 長服하야 새긔운이 나난 듯이 벌쩍 일어서면서

"무엇이야, 어듸야 어듸."

하고 소리나던 편으로 가서 그들의 눈이 이상스럽게 영채가 돌면서 해상을 내여다보되 틔쓸 한아도 남기지 아니하려 하더라.

부르지진 사람은 볼볼 썰니난 손가락으로 바루 자기네들의 목숨을 살녀주시려고 온 觀音菩薩이나 갈으치난 돗키

"저긔 저것 말야 저것 저거."

하니 여러 사람들도 쏘한

"果然이다 과연이다. 고래ㅅ배로구나."

하고 멀니 氷塊의 기슭에 검으뭇훗한 선체를 본 여러 사람들은 목구멍이 터지도록 소리를 질느고 쏘 총을 쓰내여 한방 두방 투당퉁 탕퉁 노아서 여긔 사람 잇슴을 통지하나 그러나 들엇난지 못들엇난지 그 배는 조곰도 이리로 오려 하난 긔척이 업더라.

여러 사람들은 다시 웃웃을 버서가지고 휘둘으니 열하홉벌 웃웃이 마참 불어미난 바람에 펄펄펄 휘날닙니다. 그러하되 옷만 공연히 씨져지고 아모 긔척이 업슴애 다시 속옷을 버서가지고 씨저지거나 해여지거나 마음대로 하라 하고 긔운껏 휘둘으다. 그러나 어이한 일인지 그 배는 사람으로 치면 원편 눈도 쏨적어리지 아니한다. (…중략…)

△ 만사 중 겨오 일생 △

모처럼 눈에 씌운 고래잡난 배! 그들에게는 곳 하날에서 보내신 救命使 갓히 생각하야 백방천계로 아못조록 죽어가난 사람 그네가 이곳에 잇슴을 알니려 하얏스나 아모 효험업시 독갭이 불 모양으로 보엿다가 다시

281

독갭이불 모양으로 살어지니 여러 사람의 수상비탄하난 말이야 다시 무엇으로 형용하리오, 말도 한마듸 아니 나오고 눈물도 한 덤 써러지지 아니한다. 인제는 꼭 목숨 붓흔 채로 차기나 싹이 업시 찬 북극 氷海에 매장될 수밧게 업구나. 이 여러 사람을 태여가지고 하야곰 목숨을 보전케 한 이 氷塊도 좃케 말하면 마참내 그네들의 水晶棺이 되난구나.

그러나 어대까지던지 용력이 넉넉하고 희망이 가득한 타이슨 선장은 조곰도 전보담 달음업시 말나 배트러진 얼골에 복상스러운 우슴을 씌고서

"절망하지 마시오, 낙담하지 마시오. 우리들의 운수는 안즉 다하지 아니하얏소. 얼마 아니가 서 구조선을 맛나리다."

하야 모든 사람의 마음을 위로하더라.

주린 놈에게는 먹을 것을 주어야 하고 목말은 놈에게는 마실 것을 주어야 하난 법이라. 시시각각으로 갓갑게 오난 地府邏卒을 기다리난 사람에게는 이 타 선장의 다정한 말도 아모 효험이 업더라.

이러케 하기를 메칠에 어느 날은 한 깃븐 소식이 천외일방으로 落來하니 곳

"돗대가 보이네 돗대 돗대"

이것이 어이한 일이냐. 사지에 싸저 죽을 쌔가 오날인가 래일인가 이제인가 저제인가 하난 중에 어대로서 오나냐 분명한 白帆이 멀니 저 곳에 썻다.

白帆의 향하난 곳은 的然 그네의 잇난 곳이라. 그네들이 이것을 본지 일시간 반후에는 발서 다시 생환할 가망이 업던 열아홉 사람이 깃븐 눈물에 낫흘 씨스면서 필나델피아의 기선 타이스레스 호의의 갑판에 올낫더라.

인제는 염려업시 살엇다. 그들의 조아하난 말이야 다시 무엇이라 하리오. 친척을 사별하고 鄕里를 써난지 수년이오 쏘 빙괴에 — 실녀서 표류하기를 백구십육일＝여섯달 한 보름에 쏘 하루를 하다가 만사 중 일생을 僅保한 이 19 용사는 비로소 거고 미증유의 산아희다운 대경난

을 하고 타이스레스 호 선장의 다정한 간호 중에 올애간만에 마음놋코 단쑴을 일우더라.

어허 그네들은 산아희가 한 번 지내볼 만한 難境을 지냐엇더라. 어허 그네들은 산아희 갑을 하얏더라.

그네들의 표류하던 시종은 이믜 다 슷흘 내엿거니와 마조막 다시 폴나리쓰 호의 운명을 말삼하리로다.

타이쓴 정위의 일행이 구조된지 미기에 폴나리쓰 호 수색을 개시하니 용감인애한 타 정위도 자청하야 이 隊中에 참가하더라.

여러 가지로 수색한 슷헤 어름에 응결한 폴나리쓰 호의 소재를 搜出하얏스나 승탑하얏던 사람들은 이믜 한사람도 업더라. 뒤에 안즉 그 째에 배에 쩌러진 사람들은 모다 종선을 풀어가지고 흘니저어 가다가 다행히 썍리탠 국 포경선에 구조한 바ㅣ 되얏다더라.

이 째까지 장황하게 긔록한 것은 당초에도 말삼한 것처럼 조곰이라도 거짓말 한 곳은 업슴을 밋으시며 또 작년초에 그 용감호매한 타이쓴 正尉가 아메리카의 늬유욕에서 붓그럽지 안케 下世한 것을 알으시오.

누륵의 사재는 지게미 모양으로 사람의 사 재는 옷밥씨름쑨이라. 이 글이 이 짜위에게 다소 자격제가 되기를 발아노라. (終)

(편집실 통기: 해상 대한사, 쾌소년 세계주유 시보, 성진담, 이런 말삼을 들어보게 등은 다 술자의 사정과 지수의 상관 등으로 금차에는 게재치 못하오니 서량하시옵소서)

[20] 『소년』 제2권 제6호(1909.07).
快男兒의 消遣法: 最新 南極 探險家

新豪傑 謝堀敦 參尉의 偉大한 功績[32]
(新豪傑의 出來)

本年 三月 二十四日 아참에 왼 썩리탠 國人과 아울너 왼 유로파 大陸 人들은 한 新豪傑이 出來한 寄別을 '쩨리메일' 新聞紙上으로서 傳聞하고 그 사람갓지 아니한 사람의 사람 못할 일을 하야 크게 功業을 이룸을 驚嘆한 일이 잇스니 그 사람은 누구며 그 일은 무엇이뇨. 이는 곳 우리가 이 아래 紋述코자 하는 謝堀敦 參尉의 南極 探索의 成功이라. (…중략…)

우리는 다시 한마듸 말을 우리 新大韓 少年에게 부치노니 적게 말하면 우리 世界에도 아직도 探査할 區域이 적지 아니하며 크게 말하면 이 宇宙는 아직도 손톱 한아만콤도 건데려 본 者가 업나니 만일 마음을 크게 먹고 뜻을 굿게 가지면 空中의 征服도 諸子의 功名을 이룰 일이오, 海底의 査究도 諸子의 閑寂을 쌔칠 일이라. 지금까지도 許多한 秘密界는 新大韓 少年의 손으로 開發되기를 祝願하고 잇나니 모름직이 힘슬 지어다.

果然이라. 新大韓 少年이 消遣할 일은 담배ㅅ대 태우고 글ㅅ귀 짓난 것이 아니라 自然을 征服하고 神秘를 開發함이며 消遣할 곳은 한간칠 홉도 되지 못하난 데 唾具 재써리가 半 넘어 次知한 새서방 舍廊이 아니라, 누어도 발을 시원하게 쌧고누을 이 大地오, 다녀도 활개를 마음 노코 치며 다닐 저 宇宙니라. 젊은 銳氣와 어린 熱血노 담배씨에 뒤웅을

---

[32] 『데일리 메일』의 남극 탐험 기사를 역술함. 역술 원전인 『데일리메일』은 미상.

파던 可憐한 心理的 老人들은 벌서 舊大韓의 일홈화 함쯰 歷史란 壙中에 埋沒되지 아니하엿나냐!

우리는 이 그을 닑고 이러한 功名을 '앵글노색손' 人種에게 아인 것을 憤하게 녁일 少年이 만히 잇슬 것을 推測하면서 이에 붓을 던지노라.

삼가 新大韓 少年을 代表하야 極地 探査에 無前한 大功績을 세운 謝堀敦 參尉 以下 모든 從事者에게 最上의 敬意를 表하며 아울너 太西洋 一隅에 偏在하야 豪勇한 快男兒를 産出한 쌕리틔쉬 島에 上帝의 福庇 (복자)가 더욱 크시기를 비노라.

〈참고〉 남극 탐사기 다음에 世界的 智識을 이어 서술함.

□ 世界的 智識, 現世界上 屬地 甲富는 쌕리탠 國

상단 교훈

우리나라를 이 틈에 넛코 比較하야 보아라.
나라는 웃더케 富强興盛치 못하얏스며
人民은 웃더케 文明開化치 못하얏난가
그러나 諸子는 失望치 말나, 落心치 말나
다만 智識과 模範을 힘써 世界에 求하라.
그리하야 부즈런히 쓴긔잇게 일하여라
꿈 갓흔 歲月에 모르난 동안 우리도 그리되네
힘써 배호라. 힘써 하라. 힘써 試驗하야 보아라.
남들도 그리하야 今日의 功을 이루엇나니라.
눈을 크게 쓰고 너의 處地를 삷혀 보라.

[21] 『소년』 제2권 제7호(1909.08)~제9호. 半巡城記(上), N.S. (3회)

▲ 제2권 제7호(1909.8)

五月 一日 雜誌 〈少年〉의 春期 特別卷 編輯을 겨오 마치고 나서 발서 午前 十一時 二十分이 되엿더라. 그러나 솔 만흔 南山과 돌 만흔 北陌(북 맥)이[九十韶光(소광)에 째를 맛나 내 모양 보시오 하고 낼 수 잇난 대로 모양내여 피운 꼿은 參考書 冊張 뒤져 그 속에 잇난 열매를 한줌 두줌 훔쳐내기에 그러케 懇切하게 보아 주시오 보아주시오 하난 것을 無情도 하고 昧情도 하게 한번 찻지도 못하고 마랏스니 꼿이 만일 感情 이 强할진댄 나를 오즉 怨望하리오. 아모리 只今은 風妬雨打(풍투우타) 에 紅稀綠暗(홍희녹암)할지라도 오히려 한번 만나보고 이러저러한 事由 나 말하야 매친 마음이나 풀어주고 십흐되, 군대가 만만치 아니하니 그 代身 苦行林에 드러가 罪業을 消滅하는 세음으로 北半部 巡城을 하리 하 하고 얼는 몸을 이릐혀 입엇던 두루막에 '캡' 한아만 집어언지니 裝束 이 이믜 完全한지라. 이에 營業部로 가서 내가 花娘子에게로 謝過를 가 자고 나섯스니 同行 志願者가 잇거든 口頭 請願으로 나서라 한즉, K君은 "어대로 處所를 定하얏나냐?"하고 R君은 잇다가 "公六의 구경이니 規模 밧게 버서나겟나, 山이어니 골이어니 논이어니 밧이어니 질거니 마르거 니 이마가 맛닷토록 황새거름으로 다라날 터이지."하고 업혜 안졋던 <u>新文館內 썰늬버로 聲名이 隆隆하신 C主事</u>[33]는 안가삼 내밀고 이러나 면서 "예, 구경이 다 무엇이냐, 총채 저긔 잇스니 冊 먼지나 썰고 此中 自有好江山이나 외여라."고 嘲弄하난지라, 내가 千鍾祿·美顔色 等은 잇 거니와 好江山이란 것은 어대 잇냐고 反詰하고 십흐나 그만두고 東小

---

33) 신문관 내 썰늬버: 이 구절을 참고할 때 '걸리버 여행기' 역술자가 최남선이 아닐 수도 있음. C주사의 별명인지, 그가 역술을 했는지는 미상.

門外로 나서서 城을 끼고 西大門으로 드러오겟다 하니, "그저 그럴 줄 알엇다."하고 滿座가 다 嘲笑하며 다른 사람은 다 마다하고 오직 R君이 싸르난데 몰녀가듯 닷지 아니하여야 한단 條件을 부치더라.

正午에 이르러 겨오 門을 나서 順路로 統內로 드러가 左右에 잇난 뷘 營舍를 變作하야 스파타 制로 學生 寄宿舍갓흔 것을 만들면 쓸도 넓고 房도 만코 坐 座處도 조아 돈 아니드리고 有益하게 되겟단 말을 하면서 大韓醫院 압 어느 日人의 菓子舖에서 내가 十八錢으로 쓰랑쓰 麵包 두 조각을 사고 二十錢에서 二錢 남난 것으로 砂糖을 사려 하얏더니 마참 업다 하야 웃지할 줄 모르던 次 길 저편을 건너다본즉 조고마한 洋食物舖가 잇난지라. R君이 大奮發노 三十錢에 '쨤'34) 한 통을 사난데 四錢은 더 주난 줄 알지마는 하난 수 업다 하고 들고 나서니 書生의 노리로는 醬設이 너모 宏壯하더라.

그리로 東小門으로 나서니 어대서 가져오난지 寺院門側에 세우난 天王像을 支揭에 지워 오난데 兒孩들은 그 奇怪한 모양에 놀난 눈을 휘둥거리고 싸르더라. 北으로 썩겨 언덕 위로 한참 가다가 R君이 昨年에는 偶然한 일에 이곳에 와서 잘 노랏노라 하면서 盛히 勾溪洞의 幽僻하고 坐 風韻이 넉넉함을 일커르니 나는 連方 이 近處에는 그러한 곳이 업슨즉 놀기는 잘하얏스려내와 그곳 景致는 변변하지 못하리라 하야 서로 쓸ㅅ대 업시 相持하다가 그러면 實物을 가지고 判斷하자 하고 다시 길을 고쳐 아래로 나려서 勾溪洞을 向할새 조곰 나아간즉 물업난 시내에 늙어서 그리되얏난지 바람에 그리되얏난지 버들나무 한 株가 속업난 이탈늬 體 A字 모양으로 한 쪽은 길고 한 쪽은 싸르게 굽으러져 썩긴 등성마루 날씬하게 이 곳이 휘여서 저 쌍에 다앗난데 左右主幹에 새 가지가 푸르게 도닷스니 그 形貌의 自然으로 되고 自然스럽지 아니한 것이 坐한 趣가 잇난지라. 만일 長霖(장매)째가 되야 山谷 中으로서 모래비질하야 오난 물이 추얼추얼 흘너 나려와 살짝 고개를 이리로 데여

---

34) 쨤: 쨈.

밀고 쑥 싸져나아가면 쏘한 詠物 詩人의 詩題가 됨 직하다 하고 이에 嘉名을 賜하야 柳橋라 하니 大槪 月落鳥啼霜滿天할 째에 夜半鐘聲到客船하던 楓橋의 모양과 近似한 故로 楓字만 고침이라. 그러나 알 사람 나라의 배면 모르되 그러치 아니하면 배가 다닐 道理는 萬無함을 말할 것 업시 알 일이라. 다시 數十步를 압한즉 길 右邊에 반듯하게 새로 지은 집이 잇난데 窓살마다 푸른 添을 하고 쏘 琉璃를 씨우고 쓸에 運動틀이 잇슴을 보니 分明한 學校나 生徒들의 노난 것은 한아도 볼 수 업고 쓸쓸하기 뷘집이나 다름 업스며 門牌조차 부치지 아니하얏더라.

다시 시내를 끼고 올너가니 果木이 簇生(족생)한 속마다 精潔한 茅屋에 或 둘 或 셋 반다시 드러안젓스며 실갓흔 물이나 썩기난 목마다 반다시 늙은이 젊은이 석겨 안져 투덕투덕 쌀내질하니 생각이란 우스운 것이라. 이것을 보고 偶然히 南華經 생각이 나서 저 마나님네들이 한참 隆冬(융동)에 손 터지지 안난 藥이나 가지고 쌀내를 하나 하다가 今時에 쏘 물어난데는 私情이 업슨즉 藥은 잇고 업고 물이 얼어바리면 쓰난 수도 업게다 하야 空然한 생각을 空然히 이릐키다가 제 스사로 否認하고서 적은 防築으로 썩기다가 그 어귀에 우물이 잇고 돌 위에 박아지가 잇슴을 보고 내가 먼쳐 한박을 쩌서 목마르던 次 甘露 갓히 마시고 R君이 쏘한 두어박 기우리니 藥泉은 아니나 이 위에 가서는 다시는 물맛을 보지 못할가 함이라. 막 어귀를 도라서니 右邊 屛風石上에 '勾溪洞天' 네 글ㅅ자를 두렷하게 색인 것이 보이난지라. 이에 거름을 急히 하야 洞口에 이르러 치여다 보니 일홈 모르난 적은 나무속으로 좁으죽하게 길을 내엿난데 이리 드러간즉 다시 左右로 덩굴나무 虹霓(홍예)가 잇난지라. 먼쳐 右邊門을 드러서 쓸닌 대로 나아가니 곳 勾溪洞天을 색인 石床이 잇난 곳인데, 네 글ㅅ자 엽헤 '辛巳 季春 海觀書'라 한 것을 보고,

田園에 남은 興을 저 나귀에 모도 싯고
溪山 익은 길노 興치며 도라와서
兒孩야 琴書를 다사려라, 남은 해를 보내니라

를 소리 높혀 부르면서 도라서 左邊門으로 드러간즉 亭子直이 잇난덴 듯한 방에는 발을 半만 느렷난데 다듬이 소리가 귀어지럽게 나며 길이 조곰 써러지면서 시내ㅅ가 언덕 위에 웃독하게 지은 亭子가 보이난데 집은 成하지는 못하나 過히 허술치도 아니하며, 亭子로 드러가난 데는 시내 左右에 돌노 築을 싸코 나무로 다리를 노코 欄干을 첫난데 거의 다 석엇스며, 다리를 넘어드러간즉 나브죽한 담에 門雖設而常關하얏슴으로 드러가 便安히 안져보지도 못하얏스며 門싹에는 粉筆노, '山多藥草山無病 水多銀魚水不貧'의 어린아해 작난이 잇스며 水閣에는 '黃花四屋 紅葉一床' '芙蓉秋水比隣' 等 秋史의 落款한 懸板이 잇더라.

이에 둘이 共論하고 第一次 療飢次로 시내를 가하야 조곰 나려와 솔나무 그늘지고 들꼿 향긔 쑴난 곳에 權設 食堂을 베풀고 옷 버서 노코 먹을 差備를 할새 손을 씨스려 한즉 R君이 이러나면서 瀑布水 잇난 대로 가자 하난지라. 속 마음에 아니쇠운 瀑布水는 어대 잇노 하고 싸라간즉 다리 밋헤 바위 한아가 노엿난데 위에서 나려오난 몰이 여긔 와서는 쑥 써러저 줄기져 흐르니 瀑布의 定義가 잇서 거긔 合할난지는 모르되 아직 사람으로 치면 成人 못된 모양으로 成瀑이 되지 못한 오좀 줄기 갓히 물이 써러지난지라. 나는 R君에게 對하야 李太白이는 글 잘하난 탓으로 桃花潭水를 三千尺이라고 부럿거니와 老兄은 말 잘하난 탓으로 이 싸위도 瀑布라 하나냐고 꼭꼭 박고 R君은 昨年 나왓슬 째에는 長霖 中이라 물이 만하 볼 만하얏다고 連方 辨明하면서 손을 씻고 도라와 나는 麵包를 썰고 R君은 '쌈'桶을 여니 째에 마참 喜鵲(희작)이 머리 위에 가리운 가지에서 째액째액 울어 제 싸는 '웰컴' '웰컴' 하난 듯하더라.

한참 먹다가 배가 적이 이러섬으로 잇다가 다시 먹을 次로 다 거두어 다시 사고 옷 쎄여 입고 城을 向하니 해는 발서 未中이 되얏더라.

골목을 나아오다가 건넌 山을 치여다 보면서 詩라고 한 首 지으니 七言絶句는 平生에 처음이라 되고 안되고,

花掩柳遮山更幽
渾忘何處是塵區
層層石閣潺潺水
細語如矜不息流

웅얼거리니 R君은 病身이거든 取材나 보지 말나 하나 大勇斷으로 이를
이루다. (以下 次卷)

(이것은 尋常한 消暢하던 일을 記錄한 것이어니와 이 다음부터는 學究
的 旅行記를 連續하야 揭載하겟소.)

▲ 제2권 제8호(1909.9)

여긔까지는 한번이라도 와 본 길이라 서슴업시 차자 왓거니와 여긔
서부터는 길도 업난 듯하고 또 城이나 끼고 돌면 곱은 곳에는 곱으리고
곳은 길에는 곳게 가면 그만이나 여긔서부터 城까지 가자면 그 相去가
또한 迢遠(초원)한데 바르게 가는 길도 모르난지라. 서로 길ㅅ공론을
하다가 뒤로 도라서 便하고 갓가운 것을 取함보담도 차라리 압흐로 나
아가서 어렵고 먼 것을 격난 것이 少年의 行色이오, 또 뒤로 가면 꼭
갓가울 쭐 알지도 못하난 바인즉 애 當初부터 城만 바라고 一直線으로
가자 하고 城 잇난 곳을 바라본즉 城이 굽으숨하게 썩기난 곳에 **(기
호)形으로 내여민 곳이 잇난지라. 그러면 저긔를 目標로 하고 山巓(산
전: 산꼭대기)이고 水盡이고 골이고 언덕이고 쪽바루만 가자 하고 爲先
太陽熱氣에 極度까지 달은 모래 언덕 한아를 허덕지덕 넘난데 사람의
通行이 別노 업슴으로 沙汰에 밀녀 나려온 대로 그대로 잇서 발이 푹푹
쌔지난 것을 바루 아프리카 探險家 스탄릐 氏가 사하라 大沙漠이나 橫
斷하난 세음으로 지내놋코 보니 압헤 또 그만한 언덕이 잇난지라. 또
지내고 또 잇스면 또 지내기를 三四次하야도 압헤와 가리느니 모래 언

290

덕이라. 하 어이가 업서 이리 하야서는 신발은 쑤러지고 해는 써러져 가고 城까지 가기도 아직 먼 듯하야 신날도 쏘이지 아니한 길에 압길이 茫然한 次에 R君이 連方 신을 버서 바닥을 보면서 허허허허 하야 모래에 부스러지난 것을 걱정하야 것흐로 말은 못하나 그만두고 갓스면 하난 생각이 歷歷히 얼골에 드러나며, 나도 쏘한 처음보담은 前進할 勇氣가 주럿스나 그러나 암만 그리하야도 길은 가야 업서지난 것이라. 사나의답게 奮勵一番하야 <u>不撓不屈의 少年 精神을 發揮할 機會</u>가 이 쌔라 하고, 되지 아는 큰 마음을 먹고 우어차 우어차 하야 소리로 氣運을 내여 繼續하야 올너가다가 버서드럿던 帽子 써러지난 줄도 몰나 三馬場이나 뒤ㅅ거름하야 집어쓰니 R君은 "帽子는 旣往 써러터렷거니와 이 다음 五臟이나 操心하라."하더라. 이에 둘이 서로 붓들고 붓들녀가면서 한숨에 그 中 놉흔 峰으로 올너가니 비로소 감은 빗 바윗돌이 겹처 노여 잇슴을 보겟난데 이모저모 剝落(박락)이 莫甚하고 쏘 크거 적은 窟穴이 無數한데 사이사이에 山躑躅(산척촉) 간드러진 꼿이 제 싸는 幽香을 보내난 모양이라. 지나느니 모래밧에 들 한아 못 보다가 이제 바위란 것을 본 것이 이믜 얼만콤 單純에 배부른 눈을 위로할 만한데 더욱 꼿까지 잇서 錦上添花의 格을 이루엇스니 詩人이면 이에 一首 詩가 업지 못하리로다. 말만하고 쌈난 옷을 푸러 헤치고 萬戶長安을 一指로 指點하면서 街衢(가구)의 어듸어듸를 알의키면서 여러 가지 걱정을 紛紛히 하니 그 中에는 南山의 體格이 너모 單純한 걱정도 잇고 멀니 보이난 漢江물이 都城 안으로 쇠쑤러 나아가지 못한 걱정도 잇고, 우리나라 市街가 놉흔 곳에서 蓋瓦ㅅ장 고랑을 보면 할 쯧하되 아래로부터 보면 그러치 못한 걱정도 잇고, 堂堂 帝國의 首都＝世界的 大都會에 整齊한 街衢와 宏壯한 建築과 美麗한 市井과 暢潤한 遊園이 업난 걱정도 잇고, 工藝 發達의 說明者되난 煙筒이 別노 空中으로 聳起치 못한 걱정도 잇고 <u>越村一區가 거의 다 남의 집된 걱정</u>도 잇서 그 옷자락 넓은 걱정이 限量업시 뒤대여 나오난 것을 나는 R君을 抑制하고 R君은 나를 抑制하야 서로 강잉히 몸을 일히켜 압흐로 나아가기 始初하니 R君 모르게 말이지 果然 이 째에 나는 쓸ㅅ 대는 잇고 업고 걱정스러운 이약이나 交換하면서라도 앓흔 다리를 더 쉬엿스면 생각이 업지 아니하더라.

(전권 중요 정오) 14頁 제8행 '아니하나'는 '아니하난'의 오. 54頁 상단 제1행 '웰킴' 둘은 다 '웰컴'의 오. ----(교정 사항 입력 생략)

▲ 제2권 제9호(1909.10)

글노부터는 多幸히 구렁이 등 모양으로 생긴 길이 前부터 잇슴으로 길대로만 한참 나아가 □(기호 입력 못함) 形城角을 지나 다시 暫間 匈配 느러진 언덕을 올나가본즉 이곳은 景福宮 뒤 白岳山頂인데 쏫밧기라. 오기 前까지는 인제도 彰義門까지 가자면 신날도 쇠지 안이한 세음이려니 하얏더니 참 쏫밧기라. 三溪洞 石坡亭이 咫尺 松林 속 나려다보인즉 남어도 얼마 남지 아니함을 可히 推測할지라. 나는 이를 보고 世上 모든 일ㅡ士子가 工夫를 함이나 學者가 道를 求함이나 事業家가 일을 經營함이나 다 마치 한가지로 얼만콤은 애썻 힘썻 精誠껏 하다가도 '조곰만 더'란 妙理를 모르기 째문에 얼마 남지 아니한 것을 疲困한 기음에 아직도 먼줄만 녁여 그만 中途에 씨그러지고 마난 까닭으로 '失敗'란 辱된 말이 걸핏하면 남의 事業 쏫흘 막난 줄노 생각하니 우리도 만일 저짐세 다리좀 앓흔 째에 여긔만 바라보고 다시 勇氣를 鼓發치 못하얏더면 참 애는 애대로 쓰고 結果는 우습게 되고 마럿슬지니 이에 무슨 일에던지 어렵게 생각되난 째와 은제나 되나 하난 생각이 날 째마다 '조곰만 더'란 哲理를 생각하기로 작정하고 조흔 쏫헤 쏘 곱흔 배나 채울 次로 가진 麵包와 '쨈'을 우걱우걱 다 집어신 後 여긔서부터는 白岳山의 分水脊이 되어 急峻한 坂路(판로)가 된 것을 헐덕헐덕 나려와서 바루 苦戰難鬪나 격근 듯 몸을 풀밧헤 집어던진지다. (以下 省略)

毋岳재에 걸넛던 해가 거림자도업시 업서지고 天地가 바야흐로 다치

려 할 쌔 느러진 발ㅅ길노 舘에 도라와 보니 언제 썩거 가졋던지 조개
꽂(菫花)35) 두 줄기가 손 속에 드러 잇더라. (完)

(편집실 통기: 쾌소년 세계주유시보를 내이려 하다가 지면 상관으로
못하고)

[22] 『소년』 제2권 제7호(1909.08). 執筆人의 文章36)

　　나는 이 여름을 海邊에 가 지내겟다.
　　우리는 이 쌔쌔지 金剛山 구경을 못하얏기로 틈만 잇스면 竹杖麻鞋
落考紙들매로 '雲歸□獨立'한 一萬二千峰을 보라 가자 하얏더니 올녀
름에는 적은 틈이 잇스나 쏘한 못가게 되얏구나!
　　前에 우리가 글배던 書堂에 洪參奉이란 渾厚한 어룬 한 분이 계셔
恒常 金剛山이 조키는 조호되 因緣 업난 사람은 아모리 조흔 機會가
잇서도 그 조흔 것을 구경하지 못하난 法이라 하시면서, 自己의 四寸이
江原 監司로 잇슬 쌔에 싸라가 잇난데 監司 使道 指令한 度만 가지면
절 站을 대여 돈만 아니 들 쑨 아니라 依例히 이 절에서 저 절까지는
밧구어차기로 僧徒들이 모셔다두며 쏘 供饌가 極盡할 터이언마는 平生
에 願만 하면서 이내 가서 보지 못한 말삼을 하셧소.
　　나는 金剛山 생각이 날 쌔마다 이 말 생각이 싸라 나서 나도 洪氏
모양으로 金剛山과 前生부터 因緣이 업지나 아니한가를 걱정하기를 여
러 번 하얏소,
　　올 녀름에는 왜 쏘 못 가난고? 가랴면 挽留할 사람도 업고 붓들닐
일도 업스나 내 생각에 一年一度 한번 구경 行次란 것을 나시난데 아모

---

35) 조개꽂(菫花): 제비꽃.
36) 최남선의 금강산에 대한 생각, 금강산보다 바다로 향하게 된 이유를 설명한 글. 기행문은
　　아니지만 기행 담론에 포함함.

리 靈秀하다고 하더라도 그싸진 쎄죽쎄죽 내여민 山을 보고서 만단 말인가. 한번 보면 눈이 시원하고 두 번 보면 가삼이 시원하고 세 번 네 번만 보면 前에 世上이란 좁은 것 적은 것 더러운 것 하던 생각이 뭉텅이 채로 업서져 바리고 내 마음ㅅ속으로부터 몸 밧게 잇난 온갖 物象이 다 시원이란 외폭 裌子에 사인 듯하게 感動되난 바다를 아니본단 말인가 하야 心猿意馬가 한 汽罐車에 슬녀서 바다란 停車場으로 向하게 되얏소.

金剛山으로는 因緣을 매질 機會가 아즉 이르지 못하얏나 그럿치 아니하면 아주 업나.

웃지 되얏던지 나는 이 여름을 海邊에서 지내겟다!

[23] 『소년』 제2권 제8호(1909.09)~제2권 제10호. 嶠南鴻爪(교남홍조), 公六 (2회)

▲ 제2권 제8호(1909.9)[37]

一. 바다를 보라.

가서 보아라! 바다를 가서 보아라!

큰 것을 보고자 하난 者, 넓은 것을 보고자 하난 者, 긔운찬 것을 보고자 하난 者, 슫긔 잇난 것을 보고자 하난 者는 가서 시원한 바다를 보아라! 應當 너의들이 平日에 바라보던 바보담 以上을 주리라.

마음이 큰 者어든 저의 큰 것이 얼마나 큰 것을 比較하야 볼 양으로,

---

37) '三. 대구행'은 이 시기 남부 지방 기행문으로 최초의 것으로 볼 수 있음. 1910년대 주유삼남, 오도답파여행 등의 전 단계로 기행문 발달 과정에서 의미 있는 작품으로 평가된다.

마음이 적은 者어든 사람이 고러케 마음먹고 잇서도 올흘난지를 判斷하야 볼 양으로, 이믜 큰일을 한 者어든 싸어노흔 功塔을 들고 大小 다톰하야 볼 양으로, 將次 큰 일을 하랴 하난 者어든 規模와 度量을 웃더케 하여야만 可謂 크다고 할난지를 占卜하야 볼 양으로 암만 工夫를 하야도 속이 담배ㅅ대 구멍밧게 뚤니지 아니하야 事理 쌔다름이 遲鈍한 者어든 좁은 속을 넓혀볼 양으로, 한번만 보면 열ㅅ번 쌔닷고, 한가지만 드르면 열ㅅ가지를 짐작하난 재조가 잇서 매우 工夫ㅅ속이 밝은 者어든 그러토록 聰明하야도 쇠털보담 더하고 바다ㅅ물 갓히 만흔 自然界의 理致를 容易히 알어 다하지 못할 것을 알기 爲하야 다 함쯰 옷깃을 聯하고 발을 마초아 가서 바다를 보아라. 크게 너의들의 狹隘한 所見과 微小한 氣宇를 개우쳐 주리라.

네가 工夫하기를 조와하나냐. 그리하거든 가서 바다를 보아라. 學理와 物性이 갓초아 잇지 아니한 것이 업난 自然物은 바다 밧게 업스며, 네가 놀기를 조와하나냐. 그리하거든 가서 바다를 보아라. 天下에 偉大한 景, 莊嚴한 景, 美麗한 景, 奇妙한 景, 平和의 景, 殺伐의 景, 拙工으로 그리게 하야도 名畵를 만드러내일 景, 駿士로 베풀게 하야도 雄文을 이루게 할 景 等이 가초가초 잇서 海棠 一枝가 秋雨를 씐 듯한 優美, 芙蓉萬朶(부용만타)가 春波에 간드러진 듯한 艶美(염미), 나야가라 瀑布38)가 獅子吼를 지르면서 萬丈斷崖에 곤두서 써러지난 듯한 壯美, 凍氷寒雪이 堅閉密鎖한 흰칠한 벌판에 羊齒한 모슴 蘇苔 한 포기 나지 안코 오직 赤松 한 줄기가 歲寒에 勁節을 자랑하고 섯난 듯한 嚴美, 싸늡 江 구뷔 지난 곳에 白白合 한 瓣(판)이 퓌고 쩨네삐 湖 거울 갓흔 面에 彩帆 한 幅이 쓴 泰西美, 遠山幽壑에는 孤寺가 半만 드러나고 近水浦口에는 漁火가 明滅하난 듯한 泰東美, 墻壁 瓦礫(와력)39)에도 사랑이 뭉킈고 風雷雲物에도 平和가 가득한 예수 敎美, 九品 蓮花臺上에 諸佛

---

38) 나야가라 폭포: 나이아가라 폭포.
39) 와력(瓦礫): 깨진 기와. 보잘것없는 것.

菩薩이 가지런하게 無量功德을 얼골과 몸으로 나타내고 給孤獨園 道場에 모든 比丘와 比丘尼들이 純全한 한마음으로 佛의 光明에 隨喜하난 佛教美 等에 <u>이 美, 저 美 할 것 업시 가지지 아니한 업시 具備한 自然物은 바다밧게 또 업나니라.</u>

네가 道學을 조와하나냐. 그리하거든 바다를 보아라, 生動하고 活躍하난 事實노 仁과 義와 愛와 和를 가르치난 者는 바다며 네가 哲理를 알녀 하나냐? 그리하거든 바다를 보아라. 平易하고 簡明한 態度로 宇宙와 人의 關繁, 人生의 價値와 밋 歸極, 理氣의 循環, 知識의 本體 等 여러 어려운 問題를 解答할 者는 바다니라.

漢江이 와도 밧고 錦江이 와도 밧으며 쏭물이 드러와도 밧고 진흙이 드러와도 밧으며 크고 긴 것도 밧고 적고 싸른 것도 밧흐며 永久的도 밧고 一時的도 밧아 容納하지 아니하난 것이 업스되 다 한갈갓히 하야 주니 그 量도 넓기도 하다. 이러한 바다에게 可히 偉人되난 法을 배홀지며, 鯤도 살고 鰲도 살니며 蝦도 살니고 蟹(해)도 살니며 사납고 굿센 것도 살니고 순하고 약한 것도 살니며 長壽하난 것도 살니고 短命한 것도 살니되, 差等을 두지 아니하고 그 德도 크기도 하다. 이러한 바다에게 可히 聖人의 道를 배홀지로다. 그런즉 나도 가서 바다를 보아야 할 것이오, 너도 가서 바다를 보아야 하겟도다.

장사하난 사람으로 바다를 볼진댄 눈에 씌우난 것이 어늬 것이 殖利할 것이 아니며, 글 하난 사람으로 바다를 볼진댄 마음에 박히난 것이 어늬 것이 조흔 題目이 아니리오. 그런즉 泰東 사람도 항상 바다를 보아야 할 것이오, 泰西 사람도 항상 바다를 보아야 할지로다. 울고 보채난 兒孩가 잇거든 바다의 무서운 모양을 보여라. 고양이 소리보담 더 效驗이 잇슬 것이며, 죽기를 서러하야 한숨으로 歲月을 보내난 老人이 잇거든 바다의 꿋꿋한 光景을 보여라. 꼿 갓흔 美人의 무릅을 비고 드러눕난 것보담 效驗이 잇스리라. 이에 알괘라. 바다는 老少업시 다 보아야 할지로다.

바다는 가장 完備한 形式을 가진 百科事彙(Encyclopaedia)라. 그 속에

는 科學도 잇고 理學도 잇고 文學도 잇고 演戱도 잇슬 쑨 아니라 물한아로 말하야도 짠물도 잇고 단물도 잇스며 더운물도 잇고 찬물도 잇스며 산ㅅ골물도 잇고 들물도 잇스며, 東大陸물도 잇고 西大陸물도 잇서 한 번 써드러 보면 업난 것이 업스며, 바다는 가장 眞實한 材料로 이른 修養 秘訣이라. 自彊不息의 精神, 獨立 自存의 氣象, 淸濁並呑의 度量, 深濶한 胸次, 遠大한 經綸, 洪遠한 規模, 勞動力作, 向上精進, 不偏 不比, 不驕不傲, 勇敢活潑, 豪壯快樂 等 온갖 德性을 다 가지고 잇슬 쑨 아니라 行事에 나타내니 바다는 입으로 말하난 者가 아니라 일노 말하난 者오 말노 가르치난 者가 아니라 몸으로 가르치난 者ㅣ라. 한번 對하야 보면 큰 感化를 밧지 아니리 업스리라. 이에 알괘라. 바다는 學術家, 修養家 할 것 업시 다 보아야 할지로다.

큰 사람이 되려 하면서 누가 바다를 아니보고 可하다 하리오마는 더욱 우리 三面에 바다가 둘닌 大韓國民＝將次 이 바다로서 活動하난 舞臺를 삼으려 하난 新大韓 少年은 工夫도 바다에 求하지 아니하면 아니되고 遊戱도 바다에 求하지 아니하면 아니될 터인즉 바다를 보고, 볼 쑨 아니라 親하고 親할 쑨 아니라 부리도록 함에서 더 크고 緊한 일이 업난지라. 新大韓 少年에게 잇서서는 바다를 보지 못하얏다, 알지 못하얏다 하난 것이 最大 恥辱이오 最大 愁傷인 것처럼, 그 反對로 바다를 보앗다, 안다 하난 것처럼 光榮스럽고 快悅한 일이 업나니라.

가서 보아라! 바다를 가서 보아라!!

바다! 바다!! 바다!!!

우리가 가장 다른 나라 사람에게 자랑하난 바오, 쏘 우리 스스로 幸福으로 아난 일은 곳 三面에 바다가 들닌 나라에 남이니라. 가장 잘 이 理致를 깨닷고 깨다른 結果를 實行하난 者라야, 新大韓 史上에 가장 光榮잇난 勳業을 세우난 사람이 됨을 엇을지며, 쏘 그 일홈이 永遠히 新大韓 少年의 입에 오르나리리라.

우리나라에는 未嘗不 써이취 國의 베를닌 大學과 쌕리탠 國의 옥쓰
포오드 大學 갓흔 크고 조흔 學校가 업다. 그러나 우리는 그리 섭섭히
알지 아니하며, 쏘 파리 府의 '쌘아드 쓰로늬유'와 런돈 府의 '하이드파
악' 갓흔 크고 조흔 公園이 업다. 그러나 우리는 그리 섭섭히 알지 아니
하노라. 무엇이 넉넉하야 그리하냐 하면, 우리나라에는 바다란 사른 大
學校와 바다란 쮜노는 大公園이 잇서 우리 新大韓 少年의 敎習場과 遊
樂處로는 아직 滿足치 못한 點이 업슴일새니라.

二. 나는 이 여름을 바다ㅅ가에서 지내겟다.

나는 工夫 삼아 消遣삼아 스승도 하고 벗도 할 양으로 金剛山 갈 생
각도 간절하지마는 드듸여 바다ㅅ가로 가기로 決定하고 바야흐로 處所
를 가리더니 忽然히 秋風嶺 고개 넘어로서 南海 軟風에 번듯번 듯 날녀
오난 片紙 한 장이 冊床머리에 써러지거늘 얼는 바다보니 깃분 消息이
로다. 東萊에 잇난 우리 親友 金雨英 君의 囑托片紙ㄴ데 "多幸히 틈이
잇서 우리게로 오면 獎忠壇 서늘한 달에 鄭撥의 忠魂을 弔傷하고 海雲
臺 가는 물ㅅ결에 崔致遠의 高韻을 懷想하야 크게 君의 史癖을 마출
일도 잇고 詩脾를 살지게 할 일도 잇스며, 더욱 海紅의 단맛과 生鰒의
준둑준둑한 맛은 크게 前生餓鬼오 此生食蟲인 君의 脾胃를 놀낼 만하
다."하얏난지라 이 片紙를 보니 그러치 아니하야도 그리하랴 하던 次이
매 두 번 생각할 것 업시 卽時 그리하마고 答狀을 써 보내고 그 準備로
〈少年〉編輯을 모라쳐 하다.

以下에 記錄하난 바는 往返 三十二日 동안 보고 드른 것을 소의 춤
갓치 질질 흘녀논 것이라 쓸ㅅ대 업시 冗長(용장)한 紀行文의 上乘일
지니라.

三. 南大門-大邱

十九日 月曜, 初伏. 雨後의 天氣라 空中 水滴의 日光 反射가 가장 强
盛하야 一碧萬里 흰칠한 하날에 한조각 구름도 볼 수 업다.

오날은 食前부터 서둘너 아참 아홉時 急行車에는 쏙 떠나야만 先發
한 李君과 相約한 것이 거짓이 아니되겟다고 불이 낫케 如干 殘務를
整理하고 제싸는 아직 여덟 時밧게는 아니되엿스리라 하고 밧비 '숙가
방'에 如干 行中에 必要한 冊子를 넛코, 집으로 도라가 朝飯을 한술만
먹은 後 아래웃옷 두어벌을 밧아 가지고 다시 舘으로 도라와 본즉, 아
야야 아긋아긋하다. 쏙 아홉時가 되얏슨즉 停車場까지 나아갈 틈이 업
난지라, 空然히 혀만 툭툭 차고 말고 다시 저녁 十時 五十分 車로 써나
기로 하다. 조곰 까싹하야 靑春紅顔의 조흔 째를 노치면 한것업시 白髮
마지를 함이 이러한 까닭인다. 己爲 해는 한나잘이나 남앗고 볼 일은
다 磨勘하얏난 故로 數日前부터 틈틈이 〈東國輿地勝覽〉, 〈擇里志〉와
밋 外國人의 踏査報告書 中으로서 摘錄하야 오던 歷路備考를 조곰 修增
하고 뒤에는 地와 人에 關한 事項을 若干 考審하면서 이럭저럭 해를
지우고 밤에 드러가다.

午後 十時 五十分이라. 하루도 멧 千名 사람을 吐呑하난 南大門驛 吐
出口로서 부닥겨 나아가 三等 客車 한모통이에 자리를 잡고 帽子와 두
루막을 버서 시렁에 언소 겨오 가방을 엽헤 모시고 궁둥이를 椅子에
부치니 압헤서는 서울 아 간다 봐라 하난 汽笛 소리가 쎅쎅 나고 窓
밋헤서는 잘 다녀오라 하난 作別 소리가 紛紛히 이러나며 쏘 뒤에 連한
一等 客車에는 凶測하게 帝都의 血管을 任意로 賣却하야 '高腹弗安'하
시단 前 漢城電氣會社 營業人 콜불안이가 탓난데 키 큰 '젠틀맨'들과
허리 가는 '매담'네가 萬里 外邦에 同胞와 난호임을 앗김인지 이번 일의
成功을 祝賀함인지 停車場만 하야도 남의 집이어늘 조곰도 忌憚업시
驪駒歌(여구가)를 合唱하면서 天地가 째저라 하난 듯 써들다가 무엇 하
난 동 刜叟 외마듸 소리(아마 萬歲聲인 듯)를 一齊히 부르자 푹푹 쏨어

나오난 煙氣와 슬슬 굴느기 始作하난 車輪이 몟 百 사람의 共同 呼吸·共同足이 되야서 各其 所願대로 或 百里 或 千里式 대신 거러줄 양으로 南으로 向하야 써나다.

픅! 픅! 픅! 픅! 특1 턱! 특! 한거름 한거름 汽車의 速力이 늘면서 밤ㅅ 帳幕을 찟고 쪽바루 나아간다. 어두어서 보이지는 아니하나 關廟도 지내고 利泰院도 지냇다. 轉瞬間 龍山驛에 다다라 몟 사람은 吐하고 몟 사람은 삼키고서 쏘 다라난다. 今時에 宏壯하게 울니난 소리가 車 밋흐로서 나니 이는 斗尾·月溪 나린 물=永宗 八尾로 흐르난 물=浩浩蕩蕩 漢江물 허리 위로 건너노흔 二千〇六十三呎 되난 漢江鐵橋를 지남이로다. 이럭저럭 鷺梁津을 지나고 永登浦를 거쳐 東北方에 聳起한 果川 冠嶽山의 우들두틀한 모양을 暗中에 摸捉하면서 始興 安養 軍浦 等 小驛을 지나 京畿 觀察府 所在地인 水原驛에 이르다. 水原은 우리 日本 滯留中 同鼎而食(동정이식)하고 聯衾而寢(연금이침)하던 親友 東凡 羅君의 居地오, 쏘 三年 前 曾遊의 地라. 訪花隨柳亭에서 부빔ㅅ밥 먹던 일과 華城將臺에서 西湖霽景을 바라던 일과 東將臺로는 스파타 制 公共 體育場을 만들고 華虹門(화홍문) 附近 一帶의 區域으로는 華城公園을 만들자 하던 當時의 小經綸이 次第로 念頭에 써나와 매우 戀戀한 情이 이러나 琉璃窓을 들고 애을 쓰고 八達山 翠松과 祝萬堤 綠水를 보려 하야도 한아는 밤이 어두움으로 한아는 相去가 迢遠(초원)함으로 다 눈에 드러오지 아니하야 이리저리로 두리번두리번 하난 中 한소리 쎅에 車가 써남으로 하난 수 업시 도로 걸어안짜.

車가 쏘 進行하기 始作하야 氣를 쓰고 나아가난 모양이라. 이 쌔 나는 '이숩 寓話'에 잇난 토쎄와 자라가 다름박질 내기하던 이약을 생각하고 허덕지덕 나아가난 이 汽車에 對하야 여러 가지 空想을 베푸러 空想이 空想을 낫코 아들이 손자를 나어 혼자 汩沒하난데 얼마 가다가는 或 슬그머니 쉬기도 하고 或 슬그먼히 써나기도 하더니 "成歡! 成歡!" 하난 驛夫의 외오난 소리에 空想界로서 現實界로 도라와 아아 餠店, 烏山, 振威, 西井里, 平澤 等 驛을 어늬 틈 지낫난가, 이곳은 中東戰

爭의 血戰地가 아닌가 하고, 急히 고개를 窓밧게 내여밀고 여긔저긔 바라보나, 水原에서나 이곳에서나 어두웁기는 一般이라. 쏘한 아모것도 본 것 업시 그만두다.

이로부터 車中은 當時의 戰談으로 써들썩한데 그 이약의 主人은 거의 다 日本人이라, 내 자리 건너편에 안저 이 째까지 서로 물그름말그름 쳐다보던 '시루시반덴'(日本 商店 雇人의 입난 店名 記入한 上衣 일홈)에 麥稈帽子(맥간모자) 쓰고 긴 목 洋靴 신혼 半開化 日本人 한아가 나를 向하야 손ㅅ짓 발ㅅ짓하면서 "저어긔, 어적게어적게 '시나진'(日本人이 淸人을 일컷난 말)만히만히 산단지 베리햇소, 이루본사람 '반사이, 반사이'(萬歲, 萬歲), 알아잇소."라 하니 궁글니고 궁글녀 듯건댄 곳저그서 지나간 甲午年 中東戰爭에 日兵이 淸兵을 만히 죽이고 得勝하얏단 武功을 자랑하려 하야 쏩씩기지 못하난 혀로 반벙어리에 얼치기를 兼한 소리를 힘드려 함이라. 그리하난 것을 무엇이라 할 수 업서 "쏫소, 쏫소."하니 저도 쏘한 그러타 하더라. 그로 더부러 對話는 이로 一小段落을 이루엇스나 그러나 始作하다가 쓰치다가 하야 連方 이약을 밧고 난데 열마듸 中 아홉 마듸는 우리나라 風習을 嘲弄하난 소리라, 나도 大綱은 日本 일을 斟酌하니 그대로 對句를 할가 하다가 구태여 惡을 對敵할 것 업다 하야 그만두다.

大抵 日本人의 心事가 官人이고 新聞記者고 商人이고 工匠이고 우리나라 일이라면 滋味스럽게 凶보난 것은 便是 한 公例라. 毋論 괴악한 弊瘼이 山을 이루고 조치 못한 習慣이 痼가 된 우리나라와 사람에 萬一 털을 불어 欠을 차질진댄 여러 가지 비우슬 일도 잇고 凶볼 일도 잇슬지니 나에게 흉보일 만한 일이 잇서 남이 흉보난 것인즉 나는 조곰도 冤痛치 안코 다만 붓그러운 마음과 뉘우쳐 고칠 생각쏜이어니와 모르면 몰나도 恒庸 日本人의 우리를 辱보이난 말이 事實보담 너모 誇大하고 附益하난 弊가 업난지 모르노니 여러 우리나라에 滯留하난 日本 通信員과 밋 日本 新聞雜誌記者들의 붓쯧흐로 나아온 通信과 밋 論文이 웃더케 君子의 量이 업고 쏘 品位와 學識이 넉넉지 못한 것을 제손으로 드러내

난지를 보면 우리는 참으로 愛惜하난 情을 禁치 못하난 바ㅣ라. 웨 그러냐 하면 놀니기 조흔 주둥이와 붓대로 마음대로 우리의 惡만 揚하고, 우리의 咎만 彰함은 그네게 잇서서는 無等한 快事오 쏘 우리게 잇서서는 改遷할 動機가 될 忠言이라 兩便에 다 害롭지 아니하나 그러나 이 者야, 日本人으로 더욱 日本 無識한 무리로 諸君의 글을 닑으매 한 번 두 번에 不知中 韓人은 'いやなもの'(조호지 못한 者)란 생각을 傳受하고 쏘 아모리 昌言 듯기조와 하난 우리나라 사람도 밤낫으로 제 凶만 드르면 웃지 感情이 업스리오. 自然히 日人은 얼마나 잘하던고 생각이 나서, 서로 欠疵(흠자)를 찻게 되어 이 조고만 憾情이 크게 두 나라 사람의 사이를 疎隔(소격)식히나니 그 緣起는 비록 적으나 그 結果ㅣ 웃지 두렵다 아니하리오. 韓日 兩國의 國交를 爲하야 생각건댄 가장 두려운 有毒菌은 日本人의 排韓熱이 아닐난지 모를지라. 只今 이 厥者로 말하면 삷히건댄 우리나라 歷史가 웃더한 것을 모를 쑨 아니라 自己나라 四十年 前 歷史도 모르난 듯하고 우리나라 社會가 웃더한 것을 짐작하지 못할 쑨 아니라 自己나라 方今 社會도 斟酌하지 못하난 듯하야 씨무든 입으로 겨무든 입을 나무람이니 足히 責望할 것이 업스나 그러나 그 말하난 보를 보건댄 쪽 이른바 視察人의 語調가 아니면 新聞記者들의 筆法이니 分明 집히 삷히거나 생각한 일도 업고 그저 그네들의 口吻(구문)을 배홈이라. 여러 가지 일을 생각하고 긔막힘을 禁치 못하다.

한 녑흐론 厥者의 말을 코對答하고 한 녑흐론 이런 생각을 하난 中 車가 天安驛에 이르러 男女 作伴한 조촐한 日本人 두 패가 各其 信玄囊 (日本人의 行具)을 들고 나리니 이는 아마 이 驛에서 三十里를 隔해 잇난 溫陽溫泉으로 湯療하라 가난 一行인 듯한데 가만히 본즉 그 中 한 패는 참 內外가 아니라 좀 異常한 女人을 一時에 다린 것인 듯한지라, 나는 믄득 생각하기를 萬一 泰西列國갓흐면 웃지 이러한 여러 사람 中에 醜業(추업)하난 女人을 마음놋코 다리고 다니기를 生心이나 하리오마는 日本으로 말하면 當者도 자랑으로 알고 남도 쏘 當然으로 許諾하니 갓흔 文明國이로대 이러한 일에는 分別이 잇난가 보다 하다.

302

車가 이로부터 小井里驛(天安)과 全義驛을 지나 서울노서 釜山을 가
난 데는 처음 잇난 城谷洞道(五七○呎)로 싸져 鳥致院에 이르니 褓負商
두서넛이 올나타난지라, 어이한 사람인고 하야 가만히 생각한즉 오날
이 이곳 場이라. 낫에 場본 사람들이 이 아래로 나려감인 줄 알다. 大抵
鳥致院은 燕岐郡 砧山(침산) 압헤 잇난 平坦廣闊한 곳이니 이 쌍은 忠
淸南北道와 밋 全羅南道에 通한 四通八達한 商業上 小中心이오, 兼하야
四十里를 隔하야 淸州의 沃野를 씨고 잇서 穀物의 産地라, 陰曆으로 三,
八日에 서난 場에는 貿易하난 사람이 항용 五六千人이 모여들고 적드
라도 二三千名에 나리지 아니한다 하며 只今 日本人口는 近七百이라
하난데 傳하기를 新羅째 崔致遠이 처음으로 이곳에 場市를 베플엇슴으
로 그 일홈을 조차 일홈하얏더니 音相似한 싸닭으로 只今과 갓히 鳥致
院이 되얏다 하나, 確否는 모르겟더라.

車가 여긔서 써나 尾湖川 鐵道橋(七八二呎)를 건너 文義郡 芙江驛에
이르다. 이곳은 公州 燕岐 文義 三郡의 境界에 노혓스니 녯적부터 湖中
에 有名한 큰 場이라. 陸路로는 鐵道의 便이 잇고 水路로는 錦江의 利가
잇슴으로 商業이 날로 盛大함에 나아가고 場날 貿易하라 오난 사람은
鳥致院보담 더 만흐며 主要한 貿易 物貨는 鹽·米·大豆·木·煙草·砂金
等인데 이 中에서도 鹽의 興販은 京釜鐵道 沿線中 싹이 업난 바며, 이
近處는 地味가 기름져 原來 穀産이 만흔데 더욱 內浦쓸을 씨고 잇서
그 豊富한 穀石이 錦江의 부드러운 물 가뷔야운 돗대에 쓸녀가져옴으
로 米穀의 貿易이 盛大하며 忠淸南道 觀察府의 所在地인 公州는 五十里
를 隔하야 잇스니 舟行의 便이 잇더라.

이 째에는 車中 乘客이 열에 아롭은 누엇난데 드르를 드르를 코부난
소리가 이 구석 저 구석에서 이러나 漢文套로 形容하면 '鼾聲如雷(한성
여뢰)'라 할 만한데 이 여러 사람의 安穩한 꿈을 실코 車는 숨 도를 틈도
업시 連해 써난다. 밤도 이믜 깁헛슬 듯하니 나도 잠이나 좀 자볼가
하야 가방을 벼개하고 다리를 오그리고 모로 두러누어 암만 자랴고 애
를 써도 웃지한 싸닭인지 눈이 점점 반반하야지면서 잠은 速去千里의

眞言을 드른 듯 다라나난지라, 하난 수 업서 도로 이러나 안져 冊도 볼 마음 업기에 여러 사람들의 자난 얼골을 보면서 혹으로 이 생각 저 생각하고 잇다. "이 鐵道의 ㄴㅡ 짱은 뉘 ㅏㅣ며 이 ㅐ 에 ㄴㅡ 鐵道는 ㅣㅅ 노 -나라 ○-鐵道완댄 타고 다니난 사람은 누가 만흔고…"40) 하다가,

저 건너 네댓간 압헤 누은 日本 婦人, 나은 限 二十三四歲나 된 듯한 데 저는 근심업시 자난지 모르나 나 보기엔 매우 근심 잇난 듯한 그 자난 얼골을 보고, 그 婦人의 身上에 對하야 여러 가지 想像이 이러난다. 저 婦人은 무엇 할 양으로 우리나라에 나아왓노. 或 窮僻한 시골노 處女 후리려 다니난 못된 놈의 朝鮮이나 滿洲로 가면 下婢노릇을 하야도 月給이 數十圓式된다난 단말에 써러저 玄海灘 거친 물에 배스멀미로 苦生을 始作하야 마참내 人形은 畜生이 되어 魔窟에 棲息하고 賣買하난 物貨가 되야 苦海로 漂蕩하난 可憐한 薄命女가 아닌가, 그러치 아니하면 信州 峽裏山軍의 지에 나거나 北海 寒地 農父의 아래 길녀 먹고 입을 것이 넉넉지 못한 탓으로 갓혼 女子 갓혼 年甲에 남들은 英語를 배오네 琴曲을 닉히네 하고 '에비자, 하가마'(日本女學生의 外出禮裳)를 휘두루며 다니지 아니하면, '호시오, 스미레요'를 짓난다거나 '러어부 키이쓰'를 맛본다거니 하고 '히사시가미'(日女들의 新式 束髮法)를 내밀고 다니난데 저 婦人은 崎嶇한 八字 쌤을 하노라고 故鄕에도 부터 잇지를 못하고 千里萬里 먼길에 남의 나라로 와서 多幸히 衣食거리나 엇을가 하야 轉蓬飛絮(전봉비서) 모양으로 이리저리로 다님이 아닌가 하야 불상타 하난 생각이 마음에 가득하게 이러나다가 다시 생각이 도라그러치 안티, 저 婦人 한 몸으로 보면 多少 苦生스러운 일도 잇스리라마는 纖弱한 女子의 몸으로 韓土 利殖民의 한 分子가 되야 日本帝國의 發展을 爲하야 몸을 바치고 나선 모양이 되얏스니 제가 조와서 왓던지 迫不得

---

40) 이 구절은 원문대로 입력한 것으로 오타가 아님. "이 철도의 오는 짱은 뉘 짱이며 이 짱에 오는 鐵道는 뉘것인고"를 이렇게 식자한 것으로 보임. 이 시기의 검열을 피하는 방법 중의 하나로 판단됨.

已한 身勢로 왓던지 쏘한 壯한 사람이란 생각이 나며, 그리하다가도 다시 〈미써레이쌀〉(書名)의 코오쎄트 娘子의 생각이 나서 萬一 저 婦人이 코 娘子와 갓흔 慘毒한 地位에 잇다가 天幸으로 짠쌀짠 갓흔 恩人을 맛나 救出함을 입어 故鄕으로 도라가난 길은 아닌가 하니 앗가 醜業婦로 팔녀가난 길은 아닌가 하고 생각할 째에는 그 엽혜 누은 三十五六歲된 男子 한아가 이 婦人을 다리고 가난 놈인 듯하야 바로 惡魔도 갓고 夜叉도 갓히 보이더니 이번에는 巨大한 財物을 앗기지 아니하고 一片義俠心으로 獸畜보담도 甚히 壓制를 밧고 勞役을 하던 코오쎄트를 개 도야지 갓흔 主人에게서 贖出(속출)하던 짠쌀짠 갓히도 보여 쓸ㅅ대 업난 생각이 連方 갈내가 지난지라, 혼자 안자 消遣ㅅ거리는 着實히 되나 그러나 저 婦人이 모른다고 내가 마음대로 그 身分을 臆測함은 道義上 올흔 일이라 못하리라 하야 헤여졋던 마음을 收拾할 次로 〈擊蒙要訣〉의 立志章과 革舊習章을 高聲 朗讀하다가 어늬 停車場에를 왓난지 車가 멈추난지라, 車와 함씌 소리를 씃치고 窓으로 내여다보니 어늬틈 三九六哩의 芙江洞道를 쌔져 新灘津驛을 지나 太田驛에 이르럿더라.

太田은 懷德郡에 잇스되 南太田, 北太田의 分別이 잇스니 停車場은 北太田에 잇난데 이곳은 五六年前싸지 日本人의 居住者가 一二戶에 지나지 못하더니 交通機關이 完成함으로부터 農商業者들이 만히 모혀드러 只今은 戶가 三百餘戶오 人口가 五千百에 이르럿다 하니 이 한 군대 일노만 보아도 日本人의 느러가난 힘이 웃더케 큰 것을 알너라. 여긔서 써나서는 七五九哩 되난 九丁里洞道41)와 二九七哩 되난 第一增若洞道와 五三八哩 되난 第二增若洞道와 八五八哩 되난 第三增若洞道를 次第로 쌔져 增若(沃川驛을 지나 沃川(沃川)驛에 이르러는 적은 무리로 큰 對敵에 對하야 조곰도 畏怯하고 退縮하난 모양을 보이지 아니하고 鬼神을 혼씌울 勇氣와 日星을 씌일 忠誠으로 한 목숨으로 義를 取하야 快快하게 朝鮮 男兒의 固有한 眞精神을 發揮한 新羅將 韻連의 成仁하던 陽山이

---

41) 동도(洞道): 마을을 건너는 철교.

여긔서 六十里임을 생각하고 無限한 崇敬之心을 이리키면서 乙支文德이라던지 金庾信이라던지 安市城主라던지 隋營潛卒이라던지 웃지하야 三國 小史上에 朝鮮 男兒다운 일을 한 人物이 만히 실넛난고 하야 그 原因을 생각하난 中 車가 龜卜洞道(九五〇呎)를 쌔져 伊院驛(沃川)을 지나 第一錦江鐵橋(一,〇一五呎)를 건너 汪洋한 形勢로 千里에 羣山近海로 注入하난 크나큰 錦江＝忠淸南道의 豊富한 穀産을 먼 대 갓가운 대 이리저리로 마음대로 運轉하야 주난 고마운 錦江＝南으로 全羅道 長水郡 分水時에 大主源이 發하고 北으로 忠淸北道 報恩郡 俗離山에 一小源이 出하야 各其 無數한 적은 개천을 合하야 燕岐郡에 이르러 두 물이 서로 合하야 世上 사람 모양으로 눈쌉만한 일, 손톱만 한 일에도 서로 怨望하고 서로 排擠하난 일도 업고, 다토고 싸호난 일도 업시 둘이 和親하야 數百里를 말업시 흘느난 團體잘 된 錦江물을 씨고서 深川驛(永同)을 지나 深川津 鐵道橋(三二三呎)를 건너 잇대여 各 三八八呎되난 第一 第二의 兩永同鐵橋를 건너 覺溪洞道(三一六呎)를 쌔져 永同驛(永同郡)에 이르다.

永同은 京釜間의 折半에 處하고 또 忠淸北, 全羅北道, 慶尙北道 等 三道에 걸쳐 잇스니 南으론 屛風갓히 둘는 天摩山이 어두운 中에도 검은 帳幕갓히 보이며 邑西에 잇난 雲門山에는 有名한 落花臺가 잇스니 岩角이 潭中으로 쎄죽하게 드러가 큰 자라가 웅크리고 업뒨 것 갓흔대 新羅쌔에 國立이 이곳에 宴遊할새 춤추던 妓生이 바람에 날녀 물에 써러진 故로 일홈함이라. 낫갓흐면 望遠鏡으로라도 처져볼 터이나 하난 수 업다. 이러한 黑夜로다.

[附記] 沃川驛에서 六十里 되난 곳에 陽山이란 古戰場이 잇스니 新羅의 武烈王이 百濟와 高句麗를 칠새 韻連으로써 將帥를 삼앗더니 連이 陽山의 麓에 陣하고 나아가 助川城을 치려 하다가 城兵이 間諜을 노아 이를 알고 夜陰을 타 來襲함이 急한지라, 이에 連이 馬上에 안져 敵이 오면 크게 싸호려 하더니 大舍銓知가 馬를 막고 갈오대 이제 敵이 暗中

에 來襲하니 公이 비록 戰死하신다 하야도 남이 알지 못할지라, 나는 생각호니 얼마간 여긔를 써나 다시 精銳를 섚아 回復을 圖謀함이 조흘가 하노이다 호대 連이 듯지 아니하야 갈오대 大丈夫ㅣ 몸으로써 나라에 許諾하니 웃지 일홈을 求하리오 하고 드듸여 力戰하다가 죽으니 時人인 '陽山歌'를 지어 弔傷하니라.

이로부터 黃澗洞道(九九○呎)를 쌔져 東南으로 黃嶽山을 보면서 黃澗驛을 거쳐 秋風嶺驛(黃澗郡)에 이르다. 秋風嶺은 우리나라의 北境으로서 온 大山脈의 分水嶺이나 南北 兩便에서 비스듬하게 數百里를 올나온 故로 上下하면서도 놉흔 곳인 줄 쌔닷지 못하겟더라. 이로부터 써나 南田川 鐵道橋(三二二呎)를 건너 金泉驛(金山郡)에 이르다. 이곳은 南으론 扶桑, 倭館을 안쇼 北으론 金山 秋風嶺에 接하고 東으론 開寧을 지나 尙州府에 達하고 東南으론 星州를 隣하야 商業上에 매우 樞要한 쌍이니 鹽·米穀 等의 集散地로 商況이 매우 盛大하야 京釜線 中에서는 大邱에 다음가난 큰 場이라. 場의 定日은 陰曆으로 五, 十日이니 앗가 탄 裸負商은 여긔서 나리더라. 秋風嶺에서부터 먼 東이 터오던 하날이 여긔 이르러 훨씬 밝어 거의 紅日이 불씬 소슬 뜻하게 東녁 하날이 붉게 찌면서 四面 禿山의 밝아버슨 慘酷한 꼴이 말씀 다 눈에 드러오난데 새비맛을 보아 깃겁게 夭夭하게 고개를 흔드난 벼가 욱어진 논ㅅ속에는 발써 산아희 女便네 할 것 업시 안이드러선 곳이 업시 우리 부지런을 보소하난 듯하더라. 이에 왼저녁 한눈도 못 부친 졸닌 눈을 부비면서 停車場 洗面器에 두서너번 얼골을 씻고서 아참 新鮮한 空氣를 마시다가 다시 올나타다.

여긔서 써나 金烏山이 놉히 소슨 金烏山驛(開寧)을 지나 洛東江이 멀니 둘닌 若木驛을 지나 洛東江鐵橋(一五三四呎)를 건너난데 이곳 江물은 비가 새로 온 뒤 언마는 그리 만타 할 수 업스며 第一倭館洞道(八二五呎)와 第一倭館洞道(二七七呎)[42]를 쌔져 倭館驛(仁同)에 이르다. 이곳은 洛東江을 上下하난 큰 배의 終泊處ㅣ니 釜山 金海로 往來하난 船

舶이 恒常 쎄로 모여든다 하더라. 여긔서 써나가난 中에 가만히 車窓을 열고 내여다보니 첫재 깃분 일은 오래 旱騷(한소)로 걱정을 매우 하더니 이제 본즉 數三日來 온 비에 苗 아니낸 데는 업난 듯함이오, 둘째 氣막 힐 일은 赤松綠杉(적송녹삼)으로 거죽을 하고 黑檜翠柳(흑회취류)로 안을 너어 밤나무 푸른 깃에 배나무 고름을 다라 滄海에 狂瀾(광란)갓히 到處에 起伏한 山岳에 아래 웃웃을 꼭 맛게 지여 입히면, 山마다 靈秀하고 골마다 遊邃(유수)하야 뒤ㅅ산과 압시내가 둘니고 곱으러진 곳에 곳곳마다 別乾坤을 이루겟거늘 이 못된 어리석고 게어른 百姓이 왜 비여다가 쓸 知覺만 가지고 다시 심을 知覺은 업섯던지 山名色에 밝아벗지 아닌 山은 한아도 볼 수 업슬 샏 아니라 하날까지 이믜 弊衣緼布도 못 가린 놈이니 아모리 하야도 相關이 업스리라 생각하얏던지 비마저 몹시 와서 沙汰가 여긔저긔 나고 바람마저 몹시 부러 바위가 여긔저긔 드러나서 그 至毒한 모양을 참아 사람의 눈을 가지고는 볼 수가 업시 되얏ᄂᆫ데 朝晝暮夜로 이러한 보지 못할 꼴을 보면서도 두렁이 한아 지여 입을 생각=慈悲心을 내이지 아니하난 우리 시고을 同胞오, 셋재 바듸져 죽이고 십도록 믜운 일은 남들은 도랑이 잠방이도 겨오 가리운 몸으로 논ㅅ골 밧골에 비지쌈을 흘니면서 새벽부터 들에 나와 이리나 하면 豊年이 들까 하야 한되 쌀 한 말 콩이나 더 날까 하야 勞動 力作하난데, 四肢 成한 젊은 놈이 도야지 우리갓흔 속에 日上 三竿(삼간)하도록 잠을 자다가 겨오 눈을 부스스 쓰고 이러나기도 前부터 半몸만 이릐겨 가지고 머리맛을 더듬더듬 차져 담배ㅅ대를 집어가지고 거짓말 보태면 큰 瓢子朴만 하다 할 담배통에 쓱쓱 눌너 담아가지고 盛洋 드윽 거셔 부쳐 물고 도로 도라누어 썩썩 쌜고 누어잇난 모양을 車ㅅ속에서 나려다 봄이오, 넷재 눈물 나난 일은 沿路에 눈 씌우난 人民의 살님사리라. 그 집을 모아라. 도야지 우리오, 그 먹난 것을 보아라, 개밥이로다. 恒庸 外國 사람의 記錄에는 韓人은 家屋은 陋鹿하게 하고 잇스나 衣食은 매

우 擇한다 하나 그러나 이는 낫잠이나 자고 담배나 피우면서 農軍의 피와 쌈을 쌔라먹고 사난 京鄕間 遊食하난 寄生蟲들의 말이오, 이 싸위를 奉養하난 一般 農軍의 옷으로 말하면 참 말못할 情狀이라. 무명고의 한아 쏙쏙한 것 입은 산아희와 베속것 한아 성한 것 입은 계집도 쏘한 드므니 娛樂의 設備라던지 文明의 機關이라던지 조곰 奢侈스러운 일이야 더 말할 것 업난지라. 새삼스럽게 一般 人民이 얼만콤 이러한 地位에 自安하난 어리석음과 所謂 志士니 愛國者니 하난 者가 이러한 實際問題는 等閒히 하고 空然히 써드난 거짓(虛僞)을 웃지하면 쌔칠쏘 하다. 조흔 일은 一時的의 한가진데 조치 못한 일은 繼續的의 세 가지라. 無限한 感懷를 품고 잇난 中 車가 新洞驛을 거처 慶尙北道 四十一群의 政治上 中心=南韓의 文明上 中心인 大邱府에 잇난 大邱驛에 到着하다. (以下 次卷)

바다야 크다마라 大氣圈盞 삼아도 그 속에 쌀코 보면 얼마되지 못하리라. 宇宙에 큰 行世 못하기는 네나 내나 다 一般. (公六)

▲ 제2권 제10호(1909.11)

*앞에 이어 대구행

四. 大邱에 二日間(다른 쌔)

*이날의 기행을 싣지 못한 이유는 알 수 없음

五. 大邱-龜浦

이틀 間 나를 품어준 大邱를 下直하고 李君의 當付하난 叮嚀한 말을 밧으면서 午後 一時 發 南行列車(卄一日)로 쩌나니 二十餘里 비마진 몸이 춥고 척척하야 소름이 連方 끼치난지라. 滿車의 內外人이 어대로서 온 사람인고 하야 疑訝의 눈을 내게 주더라. 即時 六七〇呎되난 新川 鐵道橋를 건너 慶山驛(慶山城外)을 지나 清道川 鐵道橋(三二二呎)를 건너고 一一五呎의 河圖洞道를 쌔져 잇대여 아직까지 우리나라 洞道 中 第一 긴 三千九百四十八呎의 省峴 洞道를 나갈새 鐵路에 처음 탄 듯한 어늬 시골 사람 한 분은 "이것 아니 地獄이라고 冥府란 것이 캄캄한데란 말이 아닌가."한즉 쏘 한 분 하난 말이, "地獄도 이와 갓히 한번 들어 갓다가 다시 쌔져나올 수만 잇스면 작히 죳켓나."하며 서로 石油 燈火에 얼골을 보면서 웃더라. 여긔서 압헤는 鰲山을 안쏘 東으론 雲門川을 씨고 西으론 清道城(十里)을 바라면서 清道驛을 지나난데 이 近處 風土에 매우 닉은 듯한 한분 鄕客이 바로 親切하게 이약이하난 말이 鰲山은 郡南 二里에 잇난 本郡 鎭山인데 山의 東에 한 골이 잇서 일홈을 高沙洞이라 하난데 異常한 것이 무엇인고 하니 天氣가 將次 바람이나 비를하려 하면 얼마 前期하야 울고, 쏘 구름을 쌤난데 이 구름이 洞內로들어가면 비가 오고, 구름이 洞外로 나오면 바림이 불며 크게 울면 그當日에 맛고 적게 울면 一二日間에 맛난다 하더라. 第一 龍水川 鐵道橋(三二二呎)와 楡川江 鐵道橋(四一三呎)와 第二 隱谷洞道(八九呎)와 第一 隱谷洞道(三〇六呎)와 楡川洞道(一七一呎)를 次第로 지나 楡川驛(清道)에 이르니 楡川은 密陽 大邱ㅅ사이에 잇서 農産이 豊饒한 곳이오, 여긔서 九百七十里 假量은 가다가 다시 第二 第一 月淵洞道(前者는 一八五呎 後者는 一一八呎)를 쌔져 密陽驛에 이르니 停車場은 密陽府城의 東 田野의 사이에 잇스니 京釜線 路中 南部에서는 大邱 다음가난 큰 都會ㄴ데 東 北 西 三面은 山陵이 聚立하고 西에는 平野가 連하고東南隅는 清道郡東 雲門山과 舊豊角縣北 琵瑟山 두 군대서 發源하야楡川驛 겻혜서 合流하난 凝川이 흘너가며 城內에는 商塵이 櫛比하고賈客이 連絡하야 別노 近處 商業上의 小中心을 이루엇스며 有名한 嶺南樓는 密陽 客館의 東便 凝川의 언덕에 잇스니 만히 頹落하얏스나 驛의西便으로 그 儼然한 모양을 볼지라. 〈東國輿地勝覽〉을 보건댄 原來 嶺

南寺의 一部이던 것을 麗末에 金溱이란 사람이 員이 되야 와서 舊制대로 重創하고 그 일홈을 인하야 쓴 것이라 하얏난대 金知郡의 記에「俯控長川 平呑曠野」라 한 것은 이 루의 形勝이 그럴 쓴 아니라 실노 밀양 군이 그러할 쓴이라. 金季昌 詩에

(시 입력하지 않음)

이라 한 것은 실경이 그러하겟더라. 여긔서부터는 碧波가 蕩漾하고 白帆이 은영한 낙동강의 흘음이 깃븐 얼골노 엽헤 모셔 잇나니 이 물도 멀지 아니한 곳에서 바다와 서로 연한 것을 생각한즉 쏘한 얼만큼 나의 목말은 듯한 정을 寬慰할 듯한데 5백 47척의 청룡산 洞道와 1450척의 무월산 동도를 쌔져나가 삼량진역에 가서는 마산선으로 옴겨 타난 사람이 다 나리난데 대구에서 올가탄 뒤로 이 째까지 만좌시서의 초점이 되얏던 綠衫藍裙의 미인이 여긔서 나리니 차중이 금시에 추풍든 感이 잇난지라. 태서 소담에 婦人의 머리털 한아에 콧기리도 끌닌단 말도 잇거니와 새삼스럽게 한 미인의 세력이 쏘한 위대한 것을 생각함을 금지 못하다. 여긔서 원동천 철도교(323척)를 건너면 강에 임하야 石堤를 올녀 싼 위에 웃둑한 門樓가 잇슴을 보니 이는 곳 네 시 전절부터 험하기로 유명한 鵲院關이라 위에는 嶄巖(참엄)한 큰 바위가 나리눌니고 아래는 千杖碧潭에 임하야 풍광도 매우 明媚하며 쏘 네나 이제나 남북 통로에 거치지 아니치 못할 要害處니 참 一夫가 當關하야도 萬夫가 莫開하리란 險要地라『여지승람』에

鵲院 在府東四十一里 自院南行五六里 松崖棧道甚危險 其一曲 鑿石開路 俯視 千丈之淵 水色甚碧 人皆競膽

이라 한 것을 보던지 쏘 지금은 잇고업고 몰으거니와 員墜巖이란 바위가 잇스니 이는 전에 한 수령이 써러져 죽은 고로 일홈함이라 함을 듯던지 하면 그 험난함과 위태함을 가히 斟酌하겟거늘 이제는 차중에 편히 안자 안온하게 지나면서 양스것 백사청송 雲影水光을 배불니 함

을 엇으니 이 쏘한 文明의 德澤이라 할난지, 그러나 지금 보난 이 집은 本來부터 여긔 잇던 것이 아니나 업던 걸을 修築하고 철로를 노을 쌔에 沿線의 物色도 도웁고 고대의 건축도 보존할 양으로 짐짓 옴겨다가 이 곳에 둠이라 하더라. 작원관 동도(194척)를 쌔져 對岸에 바위끗이 쇗족하게 강으로 들어온 龍山을 보면서 원동역(梁山)을 거쳐 물구경에 정신업시 新酒幕 동도(269 척)를 쌔져 김해, 양산 사이의 나루터인 물금역을 거쳐 호포천 철도교(494척)를 건너 임진란의 城址를 보면서 구포역에 다다라 에구 시원하다 하고 튀여 나려오니 기차는 아직도 나는 부산진, 초량, 부산항 등 세 역이 남앗슨즉 당신 쌀아 여긔 주자안질 수 업다 하난 듯 나리기가 무섭게 써나가더라. 차표가 여긔까지ㄴ 고로 나리기는 쉽게 잘 나렷스나 初行이라 웃더케 하여야 조흘지 몰을 쓴더러 더욱 여긔서 東萊를 가려면 어늬길노 웃더케 가야 하난지 쏘 해는 거의 지게 되얏난데 해 전에 능히 드러갈만 한지 全數히 몰으난지라. 하난 수 업시 짐지워 달나고 보채난 아해지계에 가방을 지워가지고 주막거리로 나아가 물은즉 철로로 동래를 가려 하면 부선진에서 나려야 길이 平坦하야 가기에 힘이 아니들고 여긔서는 里數는 비록 십리가 들하야 이십리나 萬得峴이란 험한 재가 잇서 매우 어렵다 하면서 馬軍의 버리할 생각으로 말타지 아니하면 해 전에 드리대지 못할 말과 已往이 짐이 잇슨즉 짐지워 가난 삭만 하야도 마삭이 다 든단 말을 하야 慫思하니 村鷄의 관청이라. 그 말을 들으매 그도 그럴 듯하야 매십리에 30전식 정삭하야 석양 산로에 말탄 양반이 되야 평생에 처음을 쯰댁 風流客이 되기로 하다. (이 아래는 내년에 여러 가지 제목으로 쌔쌔 내일 터)

[24] 『소년』 제2권 제10호(1909.11). 平壤行, N.S.

*최남선의 평양 기행문 = 장편

九月 十九日 日曜, 前九時 十分, 南大門驛發 新義州行 第一列車

나는 너에게 感謝한다. 長城 一面에 용용한 물과 大野東頭에 점점한 산은 내가 시인의 입으로 平壤의 조흠을 알고「삼정승원을 알고 평안감사원을 하소」는 내가 旅客의 글노 평양의 조흠을 알고, 檀箕 양조 2천년 도으버로는 내가 역사로 인하야 평양을 생각하고, 關海 양서 육칠십주 중심지로는 내가 지리로 인하야 평양을 생각하고 돌팔매 밧기론 평양의 風習을 익히 듯고, 妓生, 帶子론 평양의 특산을 오래 듯고, 을밀대 七星門으론 古戰場을 밟을 생가이 간절하고, 연광정 부벽루론 錦繡江山 볼 마음이 그윽하고 그림으로 보아 대동문을 웃지하면 보고, 말노 드러 咸從栗을 웃지하면 먹나 하며, 모통이 모통이 형양 구경의 생각이 소사나와서 평양이란 뉘집 娘子는 얼마ㅅ동안 나의 相思人(ㄴ러얘[43]) 이러라. 그러나 오백오십리 머나먼 길을 일순천리 나르난 듯한 기차가 생긴 뒤에도 쌔를 맛나지 못하야 평양성도 八帖屛을 대할 쌔마다 '상사불견 이내진정'만 탄식하더니 네가 나에게 무슨 갑혼 은혜가 잇관대 나를 천일방 우리 님의 곳에 실어다가 매친 마음을 푸러주겟다 하나냐. 오냐 이것저것 무를 것 업다. 잘만 태워다 다고 시로 글노 말노 일노 듯기만 하야 가삼이 타던 못 본 우리님이 얼마나 잘낫자 시원하게 눈으로 좀 보자. 이러케 고마운 너에게 말노만 感謝하겟나냐. 약소 하기는 하다마는 사환 3전 주난 것이니 小禮를 大禮로 알아 한참 酒次나 하여라. 나는 다시 너에게 감사한다. ― 道中雲煙 ―

---

43) ㄴ러얘(love): 러브.

마음은 몸을 싸르고 몸은 기차를 싸라 龍山 新開地의 굉장한 日本官舍가 일인 市井을 놀나면서 새로 짓난 용산역사 엽헤 잠시 멈춘 후 뒤ㅅ거름으로 의주ㅅ집아 평양집아 어서 보자 하고, 나아갈새 沿江 上下에 제일 성업하다 하야도 우리 눈엔 그 모양이 貧寒한 어촌 갓흔 용산, 마포와 근강부곡에 제일 殷富하다 하야도 기차에선 곡 그 家宅이 난잡한 豚柵갓흔 동막 공덕리를 보고 불상한 이 사람아 계어른 이 사람아 하야 한번 弔傷하고서 반공에 놉히 쌔여난 탁지부 연와제조소 煙突에서 쏨어나아오난 黑煙이 무슨 意味가 잇난 듯하야 近世 文明과 煙突의 關係며 20세기 이후의 기관과 원동력 등 문제를 생각하난데 수색역에서 정차치 아니한 기차가 일산역에서 잠시 정차하난지라. 고개를 들고 내여다 보니 주막 거리엔 혹 불면 날너갈 쯧한 백의 양반들이 場보시기에 雜踏한 모양이오 동북방으로 보이난 고봉산에는 蒼翠가 써러질 쯧한데 그리로부터 열닌 넓으나 넓은 들은 익어가난 벼가 豊年빗흘 씌여 가지런히 고개를 숙엿더라. 다시 나아가 設始한지 얼마 되지 아니하난 金村驛에서 名色으로만 정차한 후 한숨에 문산포로 드리대겟다고 기차가 허위단심(噓의歎息)하고 다름질하난데 우연히 문이 열님으로 그 다음에 달닌 이등차실을 들여다보니 어늬 택 마님인지 곱게 바른 분얼골과 곱게 비슨 기름머리와 곱게 裝束한 비단옷으로 곱게 안지신 한분 貴婦人이 계신데 다른 곳은 곱게 할 줄은 아시면서도 기다란 담배ㅅ대 물고 연기 피난 것이 곱지 못한 줄은 모르시난 듯하야 양칠간죽 마친 푸릇불긋 파란 노은 담배ㅅ대를 무시고, 조곰 附益해 말하면 기관차 연통과 경분(아직 이 문자로 形容코자 하오)을 하야 우승기 엇을 만큼 피난 것을 보니 내 생각에는 그 만혼 외국인 중에서 구태여 담배 잘 자시난 자랑을 저대지 하실 것이 무엇 잇노 하얏스나, 그의 생각에는 그것이 한참 行世ㅅ보인지도 몰을지라. 얼골만 쌘히 치여다 보더니 기차가 문산포에 이르러 멈추엇다가 다시 써날 째에는 문이 다첫슴으로 그 구경도 다시는 못하다.

문산포는 역에서 멀지 안케 잇스니 장단고랑포로 나아오난 신계, 원산, 마산, 적성, 장단 등지에서 나난 穀屬(더욱 大豆)의 임진강에 써서 인천으로 가난 歷路에 잇슴으로 商況이 쇄 盛繁하다고 하나 그러나 문산포에 왕래하기는 전후 육칠차로대 客主란 것이 웃더케 우수운지 점심 한번 맛잇게 먹어보지 못하얏고, 去年 겨을에 왓슬 재에는 우연히 場날이라 매우 飮食이 잇다 하기로 食商 客主로 간즉 猪肉에 만두에 다른 재보담 낫기는 한데 못처럼 썩국에 만두를 한그릇 식엿더니 만두 소는 고기가 부족하얏던지 버러지가 두어개 드러서 脾胃만 거슬녓노니, 여긔만 그런 것이 아니라 그 더러움을 쏘한 可知오, 쏘 어늬 재는 기차에서 나려서 낫 療飢를 할 차로 오리나 되난 포구까지 나아가도 밥 재가 지낫다고 먹을 것 잇단 食商客主가 한아도 업서 이것도 상업상 소중심지인가 하기도 하얏스며, 쏘 포구란 데는 役軍과 行商들이 만혼 고로 하야 풍기의 紊亂함이 말과 생각 밧기니 이는 대개 쌔끗한 물이 항상 더러운 罪惡의 種子를 運漕하난데 편리한 까닭인가 하더라. 역을 지나 오리이나 나아가 밝안 대낫에 '람푸'를 켜난 것은 본즉 긴 洞道가 당두한 줄을 아모라도 알지라. 이 구석 저 구석 웃녓든 창을 나리기에 惹端(야단)이 나더니 과연 조곰 잇다가 기차의 행진하난 소리가 다름으로 그런 줄 알고 잇난데 이제나 저제나 하나 쇄 한참 나아가난 고로 鐵道誌를 펴본즉 延長이 칠백오십구 척이라 하얏더라.

얼마가지 아니하야서 臨津江流의 돗개에 이르러는 獅子奮進의 勇으로 돌진하던 기차가 별안간 존압청 신랑 압혜 拜禮하라 나가난 신부의 거름이 되기에 이상하야 내여다본즉 怪異치 안타 기나긴 강에 노힌 1600척가 더되난 긴 철도교가 나무로 노혼 가교임으로 아모리 실수는 업스리라 하야도 천만을 念慮하야 속력을 大減함이러라. 이 다리 동편 녑헤는 방장 철가본교의 工役이 盛大하야 泛彼中流한 대소선 척이 거의 다 이 역사에 從事하난 것인데 한가운대는 한참 지대를 쌋키에 분주하며 양 녑헤는 각 두 간식 鐵欄까지 둘너쳣스니 畢役할 기한이 응당

315

멀지 아니하얏슬지라. 강원도 谷中으로서 흘너나아오난 이 물이 한참 隆冬에 平板갓히 얼어붓고 눈석긴 바람이나 펑펑 부난데 그의 허리를 호기등등하게 넘어가면서 삼백년 전 古戰를 追懷할진댄 이 쏘한 시인의 조혼 題目이 되겟더라. 강을 건너갈사록 전야는 점점 열니고 곡속은 더욱더욱 豊穰하니 알괘리 이는 長湍豆의 산지로다 하야 京近人의 며주콩 밥팟을 공급하난 쌍이 네더냐 하고 바라보난 중 기차가 장단군 중서면 잇난 장단역을 거처서 다시 서다난데 우리 崔哥가 자랑할 만한 名祖오 우리 국민이 다갓히 숭경할 만한 대경륜가 무민공 崔瑩의 사당이 잇난 德物山이 이 근처려니 하고 일업시 뒤리번뒤리번 내여다 보나 엇던 것인지 알지 못할너니 우연히 압헤 안진 한 사람이 갓히 탄 사람에게 가르치난 모양으로 서편으로 멀니 보이난 逶迤(위이)한 연산 중 獨秀한 高峯을 가르치면서 저긔 저 산이 덕물산이니 에서 20리오 산꼭댁이에 簇生한 송림이 최장군 사당 잇난 곳인데 기복양재에 靈驗이 偉大하거니 전에는 신의 위엄이 매우 대단하야 만일 그 압호로 지나가난 방백 수령이 특과로 치성을 하지 안커나 쏘 行客이라도 차마간 무난히 타고 가기만 하면 큰 罰力이 立至하더니 어늬 쌔 어늬 수령이 백마를 잡아 피를 쑤린 뒤로 그 일이 업서젓거니 이러니 저러니 여러 가지 俗忌와 미신을 주거니 밧거니 하난 통에 겨오 산과 사당을 아른 뒤에는 시도 치성 등 일홈으로 어리석은 백성들이 거룩한 사람을 욕보히난 일을 웃지하면 아주 업서지게 할소의 방책을 思究하다. 한참 나아가다 송도 조곰 못 밋처서 연로 동편으로 넓은 벌판길 녑헤 홀노 웃둑 섯난 조고만 石塔을 보고 경천사 보탑44)을 연상하야 분한 마음이 불쓴불쓴 소사나오더니 이럭저럭 송도를 다다랏난지 반 넘게 頹기한 성벽 넘어로 되지 못한 이층옥의 洋制도 아니오 本國制도 아닌 것이 쎄죽쎄죽 나온 것을 보고 아아 될 쎈 文明과 얼 開化의 보기 실혼 것을 대표하기 위하야 네가 나를 맛나냐 하고 경덕궁을 지나서 개성역에 이르러본즉

---

44) 이 시기 일본인이 경천사 석탑을 훔쳐가는 일이 발생했음.

웃더한 사람이 써나시난지 退色다된 후록고투와 이귀저귀 쑤그러진 중고모(실물은 그러치 아니한 듯하나 나보기에) 쓴 어느 나라 양반이 전별차로 무수히 느러섯난데 나보기에는 내가 이 역을 통과함으로 나를 맛기 위하야 나옴인 듯하야 억개가 크게 버러지더라.

장차 松京을 등지고 써날새 서문을 보고 한 시가 잇스니

허술한 門樓 위에
허술한 지揭ㅅ군이안졋네
두 손을 무릅압헤 맛잡고
곰방대에 담배를 피우면서

송악산 연봉위엔 마음업난 구름이 오락가락하고
滿月臺 地臺 아래엔 개쏭감춘 풀포기가 푸릇누릇하도다
그가 열업시 보난 것이 무엇인가?

반천년 왕업이 길기도 하거니와
三國을 統一하야 처음으로 高麗한 半島에 帝國을 세우니
쏘한 盛하도다
그러나 지금은 기림자도 업구나
그가 얼업시 생각하난 것이 무엇이뇨?

한 세상을 고요하게 지낼 세
너에게 자랑할 것 自負할 것 한아 업섯도다
그러나 태황조이 宏遠한 규모를 現實할 양으로
— 사랑과 올흠의 대제국을 人間에 세울 양으로
— 그리하야 主의 뜻을 이루고 아울너 우리나라의 흙이 된 지구중 가장 큰 것을 만들 양으로

317

그 목숨을 내여논 崔瑩은
高麗史의 저녁노을이러니라 죽이긴 죽이고 죽기는 죽엇서도
오호! 이 淚脈이 넉넉지 못한 사람은 피로 대신하야 우난 곳이로구나
그가 얼업시 도라다 보난 것이 무엇이뇨?
(…이하 시 중략…)

성 넘어로 혹 머리만 혹 허리싸지만 혹 길고, 혹 싸르게 혹 흐릿하고 혹 드러웁게, 혹 샟죽하고 혹 펑퍼짐하게, 혹 푸르고 혹 붉게 松岳의 連峯이 날늠날늠 기웃기웃하난 것을 도라다보면서 出發하야 오리 許에 잇난 1188척의 긴 洞道를 싸져 토성역에 이르니 먼저 눈에 씌우난 것은 철로 선로 서편에 잇난 煉瓦製造所인데 쏘한 日本 사람의 經營인 듯하고, 다음 눈에 드러오난 것은 서북편으로 멀지 아니한 곳에 잇난 적은 언덕을 둘너싼 토성이니 松林이 森束하야 별노 일취가 잇스며, 조고마한 건천교(100척)를 건너서 금천군 동면에 잇난 계정역을 지나난데 이 역에서 동남으로 멀지 아니한 곳에 有名한 청석관이 잇다하나, 이 近處에는 더욱 적은 丘陵이 만히 기복한 고로 차져보려고 가르치난 사람의 손을 쌀아 눈을 암만 주어도 엇지 못하고, 다만 이곳에서 압흐론 기차가 靑石을 鑿開한 협도로 한참 감으로 청석관의 일홈이 徒爾함이 아님을 알앗고, 長位川을 건너 同郡 내면에 잇서 禿山이 四圍한 잠성역을 거쳐 20리 나가다가 1011척이나 되난 취병까지 튼 용진강의 긴 철교를 건너서 푸른 풀과 푸른 물이 서로 비최고 흘으난 물과 도라가난 물네방아가 서로 도와주난 광경을 보면서 평산군 금암면에 잇난 간포역에 이르러 보니 읍이 멀지 아니하야 그러한지 장차 出荷하려하난 穀包와 炭石이 산갓히 싸혀 잇고 쏘 동미운송부 지점이라 기타 내외국인의 運送業者가 만흔 것을 본즉 가히 짐작할 만하며 여긔서 기차가 물을 느허가지고 다시 쩌나가난데 선로 동편에 비교적 成한 石城이 보이되 그 길이가 매우 길고 쏘 동으론 용진강을 씨고 서북으로 평야를 안아 形勝이 매우 조흐며 이 다음 동군 상룡암면에 잇난 南川역에 이르러 보니 산간

벽소한 역에 숫섬이 만흠을 보건댄 과연 薪炭의 산지 갓흐며, 여긔서 칠리 許에 가서 제삼 남천 철도교(262척)를 건너 즉시 쏘 320척되난 葱香山(총향산) 洞道를 나갈새 董越의 記와 왕창의 시를 생각하고 그 이후 몃백년ㅅ동안 지나의 遊客이 이곳을 위하야 錦繡(금수)를 앗기지 아니한 승지도 이제와서는 폭약은 그 배를 뚤코 철로가 그 밋흘 쇠여 악마의 닙김과 갓흔 매연이 주야로 더러힘을 생각하고 위하야 일탄을 발하다.

예서부터 제4 남천철도교(171척)를 건너서 동군 안성면에 잇난 物開 驛에서는 정차도 아니하고 쌍교천 철도교(140척)를 건너 1200척의 차 유령 洞道를 쌔져 얼마 아니가서 서흥군 화회방에 잇난 신막역에 이르 니 이곳 부근은 다 토지가 膏沃하야 풍산이 풍요하고 쏘 薪炭의 산지로 유명한데 모다 이 역으로 모여들어 철도로 각처에 헤쳐감으로 商況이 자못 번성하나 철로에서 나려다보건댄 눈에 쯰우난 것은 오직 되지못 하게 지엿서도 이층집의 연장 접무한 것이 다 日本人이러라. 여긔서 기관차를 밧고아가지고 坪松川 철도교(120척)를 건너 서흥군 중부방에 잇난 서흥역에 이르러서는 남천에서부터 써러지던 비가 매우 형세가 늘어 창경 바닥에 수정 구슬 동그란 것이 뱅그를 쏙 씩고 쏜살갓히 수 직선으로 써러지난 것이 맛치 나리긋난 劃을 붓대일 새 멈추멈추 하다 가 쑥 나리쏩닌 듯하더라. 십리인지 이십리인지 한참 와서는 동편으로 서흥군 읍내가 보이난데 진소위 背山臨流하야 경승도 할 쯧하고 土沃 産饒하야 민생도 견대일 만한 조흔 곳이라난데 마조 보이난 山麓에는 개와도 바로잡고 아귀토도 새로 물닌 관사가 보이는데 그것이 郡衙인 지 校舍인지는 몰으겟스며 밧흘 격하야 보이난 客館은 쏘한 荒頹하야 볼 것이 업더라.

서흥천에 이르러서는 차가 가만가만히 가난데 양산이 서로 쪄안으려 고 미거안래하난 사이를 쌔져나간즉 푸른 필 비단 갓흔 내가 쏘 노엿고 사면에 稚松이 소담스럽게 덥힌 산이 병풍 모양으로 둘넛난데 산은 물을 씨고 잇고 물은 산을 겻헤 흘너 별노 한 乾坤을 自成한 중 벼가 누우럿케 닉어 황금이 일면에 쌀니고 白鷺가 틈틈이 나르난 곳에 쏘한 운치잇게 나무로 지붕을 이은 집이 자연에 조화하야 헤여져 잇고 곳곳이 허리긴 黃海道 소가 풀을 뜻고 잇서 오래 자연의 美에 주렷던 눈을 한써번에 배불으게 만드러 황활히 잘그린 油畫를 대하난 듯 신성한 靈界에 드러온 듯하니 아모리 몰풍류한 내기로 여긔야 그져 가난 수 잇나냐.

　　仙源이 어대매냐 보이나니 桃花로다
　　닭을 봉으로 봄도 눈에 眼鏡이라 하니
　　우리는 이곳 구븨구븨에 표석세고 가려 하노라

　　서흥천 흘으난 물은 유정코 多情하야 참아 바로 가지 못하난 데 맵시 잇고 몰치 좃케 요리 쌔쏠 요리로 곱으리고 조리 얼씬 조리로 돌녀 쑴을거리기를 말지 아니하난데 鐵路와 기차는 무정도 하고 매정도 하야 그대로 일자로 남의 허리를 맷 번 식 타고 한번도 흘씀 도라보난 일 업시 가니 타고 안진 내가 얼만콤 미안하더라.

　　예서는 홍수원 동도(557척)와 홍수원천 철도교(300척)를 지나 봉산군 구연방에 잇난 홍수역에 이르니 이곳은 서홍 봉산 양군의 경계인데 곡속 집산의 소중심이오 다시 검수천 덜도교(200척)와 화계천 철도교(30척)를 건너 동군 동방에 잇난 청계역을 지나 산수원천 철도교(200척)를 건너 마동역에 이르니 이곳은 봉산 동군 토성방에 부첫다난데 동북에는 멀니 丘陵이 연亘하고 서북에는 길히 전야가 平衍(평연)하더라. 예서부터 써나가난데 나의 자리 엽헤 그 何父인 듯한 산아희게 쌀녀가난 한 계집아해가 잇서 의자의 걸어안진 저의 嚴親의 두 무릅 사이에 머리털이 다박다박하난 고개를 이리저리 부비면서 연지ㅅ빗 닙살을 열엇다 다닷다 하야 '달아달아 밝은달아'를 마치면 '형님형님 사촌 형님'을 始作하고, 고양이소리를 쓰치고는 닭의 울음을 쓰내여 잠시도 쉬지 아니하고 곳잘 노니 그 근처에 안진 사람의 視線이 말큼 다 이 아해 몸으로 集注하얏난데 日本人짜지라도 人情은 잇난지 行具를 열어 감자 멧 개를 주니 조곰도 어려워 아니하고 밧난데 그리하난 동안에도 노래는 잠시도 쓰치지 아니하야 그 어엿븜과 그 천진스러움이 참 사람의 정신을 쌔앗고 소불하 나 한사람으로 하야곰은 一切의 사념, 惡念, 陋念을 비질하야 업시하난지라. 이에 그 게스발 갓혼 손을 잡으면서 일홈을 무르니 얼는 대답하기를 '점순이'하고 또 나를 물으니 '인제 설혼식 네 번하고 스물 한번만 밤을 자면 다섯 살이야.'라고 매우 어렵게 말하며 滿座가 다 그 대답의 기이함을 놀나하며 그 눈을 본즉 나와갓히 온갖 더러운 것이 한 째 마음속에 업서진 듯하더라.

이에 나는 저 지지밧게는 더러운 것 못 보고 진 쌍 밧게는 더러운데 쌔져보지 못한 그의 쌔긋한 눈과 쌔긋한 몸=하나님이 계시다 하면 응당 저 모양 갓흘 거룩한 그가 은제짜지던지 저대로만 잇서 이 怪惡한 사람이 모도여 된 怪惡한 세상에 한 사람이라도 聖潔한 天女를 두고십흠을 心視하고 아울너 이 자리에서 이 아해를 볼 째 사람들이 이 아희게 가지난 이 생각을 할 수 업스면 다만 한 각 동안이라도 왼 世上 사람이 왼통 가지고 지내엿스면 좃켓다고를 空想하다가 금시에 다른 생각이 나서 아니다 안될 말이다, 그 아희가 아직 우리들 갓히짜지는 아니되엿서도 그를 사랑한다난 그의 부모와 그의 집안 식구와 밋 이웃사람들의 성가스럽게 놀녀준다고 벗하난 중에 이믜 애증이란 感情도 배홧슬 것이오 所有權이란 惡魔의 法律도 알앗슬지니 나의 생각이 妄佞이니라 함으로 저 혼자 멈추멈추하난데 등뒤에 안졋난 일본인 내외가 남편이 잇다가 '고도모쏘 유우와 가이아몬데스네'(어린애란 어엿분 것이로군)하매 그 여편의 대답이 '혼쏘데쓰네 못도모 고레니와 깃도 오시다가 데씨룬데쓰요'(그래요. 더욱 이 아희는 아우를 타난 모양이오.)하난 것을 그 건너 안졋던 되지 못한 자가 남의 말에 홍두쌔를 집어느허 朝鮮사람은 어려서는 우리보담 더 쏙쏙하다가도 20만 넘으면 어림이 업서가니

321

<u>이상타 하난 소리에 성이 불끈 나서 치여다 보더니</u>, 차가 맛참 사리원역에 멈추더니 오르고 나리기에 분주하야 이생각 저생각 다 업서지다.

沙里院은 봉산군 북 20리되난 사원방에 잇스니 유명한 鐵産地 載寧의 郡治가 여긔서 40리오 또 사위에 풍요한 농산지를 끼고 잇서 미곡의 집산이 성대할 쑨 아니라 서남북에는 大野가 망망하야 안계가 窮盡함이 업고 서북에는 水昜河가 흘너가서 수륙 양방으로 사통팔달한 한 시장인데 근년에 이르러 철도짜지 개통된 고로 한층 더 市況이 번창하얏스니 매월 음역으로 오·십일에 열니난 장에는 한 장에 賣買하난 금액이 일만환이 넘난 海西에 멧재 아니가난 큰 시장이라. 근처에 산출하난 곡속이 차편으로는 경성 방면으로, 선편으로는 겸이포와 甑南浦(증남포)로 운반하야 각처로 헤져 가난데 수이하 줄기에 석탄포·종로포·화이포·석해포·당포 등 다섯 포구가 잇서 다 곡속의 出浦가 만타더라. 생각하건댄 거년 6년 전에 京義線이 아직 군용 철도로 잇슬 째＝객차란 것은 貨車에 조고만 유리창 멧 개 박은 *陋한 것이오 선로는 治道가 변변치 못하야 차의 울니고 흔들이난 것이 대단할 째에 지금보담 갑절이나 되난 임금을 주고 이곳에 와서 비로소 해서의 흙을 밟아보고 해서의 물을 먹을새 생래에 처음으로 客主ㅅ집 밥을 사먹으면서 아참마다 곡포의 斗量하난 것을 보고 저녁마다 貿穀商(무곡상)들의 국수 出斂(추렴)하난 것을 참여하면서 수삼일을 지내난 중 비로소 송도 상인의 영악한 것을 알고 해서 객주의 이악한 것을 구경하얏슬 쑨이러니, <u>이제는 싼 갑에 그 째 대이면 宣化堂갓흔 차를 타고 안온하게 여긔싸지 와 보니 밧바서 나리지는 못하나 前日에 보지 못하던 外國人의 商廛이 거의 정제하게 시가를 이른 것을 보고 새삼스럽게 놀남을 금치 못할 쑨 외에 더욱이 철도의 일노 여러 가지 감개를 억제치</u> 못하다.

이곳에서는 비교적 오래 정차한 뒤에 十許리를 나아가 사동천 철도교(120척)를 건너 동으로 청유한 一境을 別成한 정방산을 끼고 정차도

아니하고 황주군 청룡방에 잇난 沈村驛을 지나 제일 황주천(320척) 제2
황주천(480척) 양철도교를 건너 황주역에 이르다.

　황주읍은 동남으로 십리 許에 잇스니 處地로 말하면 이색 시에 「巴嶺
之西西海頭 界交平壤是黃州」라 한 것이 한 구에 다하얏고 物色으로 말
하면 古人詩에 「只把靑山當城郭 萬家籬落繞黃州」라 한 것이 쏘한 근사
한데 역에 다다르지 못하야 동편으로 산에 의지하야 성을 올니싸코 그
압흐로 황주천이 흘너가난 것을 보나니 이는 곳 황주군이오, 성 위에
翼然한 한 루가 잇서 물에 비최엿스니 이는 곳 월파루오 樓下에 석벽
갓흔 것이 길게 나리질넛스니 이는 곳 有名한 赤壁이라. 이 고을의 이
다락위와 이 다락의 이 벽 밋헤 바람이나 다정하게 불고 달이나 유심하
게 밝은 째에 幾多의 佳人은 영전과 *唱을 자랑하얏슬 것이오 幾多의
詞客은 瓊章(경장)과 玉什을 앗기지 아니하얏스리라마는 이제 보건댄
다만 가는 물ㅅ결이 언덕을 목욕식히난 곳에 漁艇 두서넛이 흔들한들
함을 볼 쑨이니 우리도 쏘한 고인을 위하야 而今安在哉의 탄식을 일발
할지라. 古城 아래 흘으난 물아 듯나냐 못 듯나냐. 대답이나 좀 하얏스
면 하다가 우연히 생각하니 이 성은 천여년 전에 築城한 것인데 그 토
역이 맞추려 할새 役費가 다하야 쯔치려 하얏더니 <u>한 寡婦가 私財를
義捐하야 공이 일궤이 이지러지지 안케 하얏다 하니 고인은 잇고 업고 웃지
되얏던지 지금에 녜전 築城보담 더 시급한 쏘 다 각기 필요한 子弟敎育에
대하야 능히 이 과부인의 씽그림을 본밧난 자가 잇난가 업난가.</u>45) 듯고자
하다. 대저 황주의 일홈을 내게 닉히 듯게 한 자는 실로 黃某라 구증
구포의 제법도 드럿고 生芐熟芐(생하숙하)46)의 분별도 알아 귀로는 매
우 오래 교분이 잇던대라. 초면은 초면이나 얼마콤 반가우며 역은 남방
에 잇스니 겸이포선의 分岐點인데 생김생김 이상한 객차가 겸이포행이

---

45) 옛날 축성 과정에서 과부의 의연 고사를 떠올리면서 자제교육의 필요성을 계몽하고자 함.
46) 생하숙하: 생지황과 찌은 지황.

323

란 관자를 부치고 잇난 것이 보이며, 유명한 자성벌과 기타 다른 곳의 산물이 만히 이곳으로 모여들어 集散함으로 곡포의 싸힌 것도 무수하더라.

여긔서 新大韓少年의 胸度갓히 넓고 新大韓 少年의 所見갓히 열녀얼는 보기엔 씃도 업난 큰 들의 가운데를 나아가난데 부산행의 남행열차가 질풍갓히 가를 시쳐간 뒤에 後江川과 백석천의 두 철도교(전자는 120척 후자는 60척)를 건너 흑교역(황주군 고정방)을 지나 1386척의 길게 쭐닌 중화동도를 쌔쪄나오니 긴 들과 큰 벌판이 의연히 시원하야 전국 到處에 해상의 波浪갓히 山岳이 起伏하얏다난 우리나라에도 적으나마 쏘한 이만한 평야가 잇슴을 까닭업시 깃버하난데 우연히 <u>불쾌한 말이 나의 귀를 씨르니 그 말은 곳 이 近邑 아모 곳에 有名한 鐵鑛이 잇난데 所産이 풍부하야 한 큰 財源이어늘 생사장사한 韓人들은 밤낫보면서도 내바려 두어 하날이 주신 金穴을 열지 아니하다가 필경 礦産法에 의거하야 허가 엇은 某 外國人에게 쌔앗겻다난 外國人 甲乙의 이약</u>이라. 이 말만 들어도 자연 심사가 좃치 아니한데 더욱 이 始來을 다 이약한 뒤에는 "어대로 보던지 韓人은 無心人이야."하난 것을 들은즉 곳 이 좌석 중에서 나의 얼골에 춤을 배앗난 것 갓기도 하고 너도 그 중 한놈이지 무엇이 지질하랴 하난 것 갓기도 하야 속이 불신불신하고 가삼이 두근두근하니 남이 보기에는 아마 얼골까지도 푸르락희락하얏슬네라.

萬里江 철도교(420척)를 건너 力浦역에 이르니 이 역부터는 평양에 부친 짱이라. (용연방) 얼마 아니가서 큰 연화제조소가 보이더니 즉시 지금까지 지나온 큰 등성을 감친 큰 물이 희망이 양양하고 활기가 등등하게 슨긔잇게 길게 빗겻스니 이는 루를 것 업시 檀箕 이래 4천년의 광영잇난 北韓의 歷史를 남은 다 이져바려도 저혼자는 다 아난 大同江이라. 누가 잇서 식히난 듯 금시에 대동강아! 너는 나를 모르리라마는 나는 너를 想思한지 오래다. 오냐 내 마음이 만족하다. 반면도 업난 이

손을 저리 조혼 낫으로 마져주니 너를 그리던 본의 잇다!를 불느면서
石多山은 어대며 箕子陵은 어댄고 평양의 시가는 조긔쯤 잇스려니 綾羅
半月의 고은섬에는 어늬 여을을 만드럿스랏다 하야 여러 가지 공상을
그리난 중 강중의 羊角島로서 양부에 갈닌 제일 제이 양대동강 철교
(2820척, 제1교 1440척, 제2는 1380척)의 길이를 호기잇게 건널새 우아
래로 '연파표묘연천원 사수등명철저청'(권근시)의 광경을 마음대로 집
어먹을 양으로 내여다보니 앗갑다 비가 공교히 세우쳐 처음 대하난 대
동강이 내게는 '浪高如屋雨如拳'의 변성을 보이더라. 즉시 평양역에 이
르니 공연히 가삼이 두근두근하난데 철로선로에 개고리가 나게된 물을
미토리 새버선으로 절벅절벅 건너가서 출구에 이른즉 아마 虎列刺病의
嫌疑로 뒤를 조사하려함인지 순사가 서 所從來와 所向處와 성명과 연령
을 일일이 기록한 뒤에 비로소 내여보내난지라. 마음이 자연히 불안하
며 급기 나서본즉 쌍은 억척이오 雨具는 업서 갈일이 싹하매 은제 한유
하게 평양 최초의 경광을 삷힐 수 업난지라. 얼는 人力車 한 채를 불너타
고 먼저 ○○학교를 차져가기로 하다. 그리하야 밤낫으로 연모하던 평양
은 비를 중매하야 서로 대하난데 풀엇던 머리도 쪽지고 더러운 얼골도
쌔긋하게 하야 모처럼 오난 손님을 마짐이 適當하거늘 무슨 의사로 이
러케 험상스럽게 하고 잇나뇨. 이편으로 말하면 또한 얼마콤 섭섭하나
그러나 내가 너를 널니 찻기까지 사랑하난 것은 너의 것 얼골이 아니라
속마음이니 너도 아마 내 쯧을 짐작하고 이리함은 듯한즉 오히려 마음
이 滿足하노라. (『평양 최초의 인상』 이하는 다시 기회를 보라.)

[25] 『소년』 제3권 제2호(1910.02). 태백산 시집

태백산부

地球의 山 - 山의 太白이냐?

太白의 山 – 山의 地球이냐?

詩人아 이를 뭇지 말라

그것이 緊하게 讚頌할 것 아니다.

하날ㅅ面은 휘둥그럿코 쌍ㅅ바닥은 펑퍼짐한데

우리 님 – 太白이는 웃둑!

獨立 – 自立 – 特立

송곳? 火箸? 筆筒의 붓?

光榮의 尖塔 (…하략…)

[26] 『소년』 제3권 제6호(1910.6). 색긴 솔나무

(平壤에서 본 것)

하로는 箕子陵 솔밧흐로 灑風次 갓다가, 偶然히 異常스럽게 썩거진 솔나무 한 株를 보다.

精血이 消盡하야 다시 서잇슬 긔운이 업섯던가 — 생활이 곤고하야 다시 살아잇슬 생각을 버림인가 — 그가 과연 이러한 怯弱한 무리인가.

火症날 쌔마다 인정업시 남을 못살게 구난 벼락이 그에게 무슨 분풀이를 함인가 — 가져다가 솟 밋헤 구재를 만들 양으로 하난 慘酷한 짓 잘하난 사람이 무지한 독긔를 더함인가 — 그가 과연 이러케 된 犧牲인가?

우리는 그의 지난 일을 알고자 아니하노라.

그의 주위에 千匝萬匝(천잡만잡)으로 드러선 달은 솔들은 꼿꼿한 허리를 하날노 펴고 가지가지에 생기를 드러내고서 바람이 홀쩍 불 쌔마

326

다 우수수우수수 혹 우줄활활 氣力자랑을 한다.

아아 이 한아만 허리불어진 병신이로다 — 게다가 어늬 못된 놈은 겹겹이 닙엇던 붉은 갑옷을 저리도 옵시 벗겨서 하얀 몸ㅅ동아리를 만드럿구나. (…중략…)

七星門을 나서서 의주ㅅ거리로 나가면 우편에 보이난 울밀하고 森束한 송림은 곳 箕子陵園이라.

하로는 유진 선생을 모시고 이 송림ㅅ속에 한자절 오수를 耽하다가 해가 바야흐뢰 써러지고 어두움을 帳幕이 들너쳐 드러올 쯧한 때에 밧비 돌아올 차로 정히 버서노앗던 웃옷을 집어 닙으려 하더니 우연히 여러 어미네(마누라의 그곳 사토리)의 난잡히 짓거리난 소리가 들님으로 눈을 드러 차자보니 얼마 멀지 아니한 송림간에 평양의 명물이라 할 만한 여인의 山遊가 썩 버러젓난데 鸞轉鶯唱(난전앵창)은 기생의 권주가오(여닌네 노리나 기생이 잇슙듸다) 麻裙苧袖(마군저수)는 좌객의 立舞라(女人네 노리에도 杯盤이 狼藉하고 가무가 跌蕩하며 마시고 울고 울로 마심은 평양의 특색이니 아모날이고 산에만 올나가면 안 패두 패는 의례히 보오) 그것 구경스럽다고 어듸 그 압흐로 지나가면서 차람차림을 보난 것도 觀風遠客의 일흥이리라 하야 슬슬 그리로 갓다가 길을 쪼차 나온즉 의주 가난 큰길이 나서더라.

이에 그대로 온 길노 감은 몰매한 일이오 쏘 城을 끼고 돌아서 牡丹臺下로 가자면 지금 나온대가 원길인즉 그 압흐로 왓다가 갓다가 함도 그네에게 대하야 미안하다난 拙한 書生의 약한 마음으로 길이 잇거니 업거니 능 뒤로 作路하자 하야 한참 가다가 下馬牌를 지나 조곰에서 다시 송림으로 드러간즉 참혹하게 밋동아리가 부러지고 재다가 몹쓸 놈의 손에 왼몸의 겁질이 벗겨진 솔나무 한 주가 잇난데 불어진 대로 버서진 대로 올나가서 위에서는 번성하기 남 갓흔지라 올너보고 나려보니 무한히 큰 교훈을 밧난 것 갓더라. 이 나무가 곳 이 편의 主人이라 써 柳 선생에게 드리노라.

[27] 『소년』 제3권 제6호(1910.06).
北極 到達 兩大 快男兒: 北極 探索 史蹟

只今부터 꼭 一年前이라. 우리가 쓰리틔쉬가 産出한 快男兒 謝堀敦氏의 南極 探險談을 揭載하야 크게 諸君의 神經을 興奮케 한 일이 잇슴은 여러분도 아즉 記憶이 새로우시려니와 이제 우리는 좀 오래 된 일이나 그와 갓흔 快男兒가 두 사람이나 한 쌔 나서 한 쌍에 對하야 갓흔 일을 하야 우리에게 큰 敎訓을 준 말슴을 記錄하려 하노니 무엇인고, 페아리, 쿠욱 두 사람이 한 쌔에 北極에 到達한 일이라.[47]

北極! '히에로글늬픽'(에집트 國 上古 文字)이라 하면 우리가 難解한 일을 聯想하난 것처럼 極地라 하면 秘境이란 생각이 나난지라. 果然 極地는 地球가 생긴 뒤 이 쌔까지 密閉하고 堅鎖한 別界대로 잇슨 곳이라. 하느님이 달은 곳은 다 사람에게 許諾하야 살님사리를 爲하야 쓰게 하시되 아즉까지 極地 一圓은 내여 주지 아니하셧스며, 사람이 달은 곳은 다 探査하고 治理하야 살님사리를 爲해 썻스나 아즉까지 極地 一圓은 自己 손 밋헤 집어늣치 못하얏스니 이는 慾心 만흔 우리― 알기 조와하난 우리― 倨慢한 우리가 長 滿足하지 못하야 하난 바ㅣ라. 그럼으로 人類의 가운데서 제 日 勇敢하고 제 日 豪快하다 하난 者가 數百年을 두고 이모양 저모양 이 方法 저 方法으로 내야말노 그 秘庫를 쌔터리고 隱事를 헷치리라 하야 목숨을 짊어지고 그리로 向한 者ㅣ 그 數ㅣ 쏘한 적지 아니하나 相當한 勞役을 식히시지 아니하면 相當한 報酬를 주지 아니함은 하느님의 法이오, 强烈한 欲望을 成就하랴면 强烈한 努力을 압세워야 함은 人事의 쩟쩟이라. 그럼으로 그동안으로 말하면 한 번도 만족한 결과를 엇은 자 ― 업더니 마조막까지 堅忍하난 자는 필경

---

47) 1909년 페리와 쿡의 북극 탐험의 교훈을 논한 글. 기행문은 아니나 탐험 담론을 포함하고 있음.

에 월계관을 쓰난지라. 斬持하던 이 비경도 平澤이 깨지나 아산이 문허지나 네가 숨겨 잇나 내가 죽어 업서지나 어듸 하야 보자 하고 덤뷔난 쾌남아 페아리 쿠욱 두 사람 압헤는 저는 이러한 놈이올시다 하고 가슴을 탁 헤쳣스니 이는 곳 1909년을 장식하난 한가지 보옥이라. 콜놈부쓰의 발견한 신세계가 그 발쒸를 니어 간 자로 인하야 황무가 闢하고 암흑이 開한 세음으로 이 두 쾌남아의 뒤에 쏘 그를 계승하난 사람이 속속히 일어나면 鴻濛이 파하고 비밀이 露하야 보지 아니하야도 火鏡갓히 될 날이 멀지 아니라히로다.

이에 나는 가장 깃거운 마음으로 그 공명담을 기록하리로다.

– 암흑계 탐험의 필요(이하는 어느 외국 잡지를 번역한 것)[48]

근래에 북극탐험담이 세상에 喧傳함에 웃던 사람은 우리에게 질문하기를 북극은 기후가 嚴烈하야 무슨 생물이던지 살 수가 업고 싸로혀 조곰도 생산의 가치가 업서 인생에 대하야 利益을 씨침이 업거늘 왜 어려움을 헤아리지 아니하고 극지 탐험을 행하나냐 하난 일이 만흐니 이는 理치 업난 말이 아니오. 그러나 가만히 생각하야 보건댄 우리 인류란 것은 오늘까지는 萬物 中에 영장인 줄은 아모던지 自覺하난 바ㅣ니 우리 인류가 아즉 착실히 文明한 데 나아가지 못하고 겨오 달은 고등동물과 싹하야 잇던 쌔는 그만두고 오늘날 이 世界가 長 인류의 물건이 된 이상에는 이 주인공인 사람이 자기의 집인 혼원구에 대하야 着實한 智識을 가지고 잇서야 할 것은 말할 것도 업난 일이 아니오.

먼 녯적 일은 姑舍하고 文明한 인종이 지구 표면에 이식되고 분포된 뒤로부터 수백년의 오랜 세월을 지냇스며 쏘 여러 가지 교통기관이 근년에 와서 크게 발달해져서 우리가 이를 공교하게 利用하면 겨오 사십일을 가지고 지구 일주의 旅行도 극히 편하고 질겁게 할 수 잇스니,

---

48) 북극 탐험에 대한 외국 잡지를 번역한 글임. 번역 원전은 확인되지 않음.

이 지구를 크다고 하면 크지 아님이 아니나 지구의 半徑은 겨오 일만오천리 남짓한 것이니 이러한 적은 데를 여행하야 여러 가지 지식을 구함이 그리 어려운 일이 아니오. 그러나 이 무슨 우스은 일이오. 우리의 이 지구상에 — 우리가 살님하난 세상인 — 우리 인류의 영토인 — 이 적은 혼원구상에 아즉도 우리 압헤 그 비밀을 직히고 잇난 지방이 잇서서 우리에 대하야 暗黑界대로 잇고 지도 위에는 오히려 희끗희끗하게 모호하게 실녀 잇난 곳이 잇지 아니호오닛가. 이 무슨 한되난 일이오닛가. 세계의 文明이 맨처음 생긴 아쯔리카 대륙과 아시아 대륙의 내지와 갓흔 대와 쏘 남북 양극 지방 갓흔대와 그 외에 군대군대 사람의 발ㅅ자최가 나지 아니한 곳이 적지 아니하니 이 웃지 만물의 영장이오. 지구의 주인인 사람이 맛당히 스스로 붓그러워할 일이 아니오릿가. 사람의 극진할 職分이 여러 가지 잇스려니와 이 자기의 領土의 지리를 밝히난 것이 그 천직 중 한아가 아니오릿가. 金이 난다던지 銀이 난다던지 함과 갓흔 초초한 物質的 利益을 보난 것보담도 더한층 고원한 智識을 엇을 양으로 이 자연의 잠을ㅅ쇠를 열 양으로 생각한 사람이 여러번 이믜 이러한 암흑계에 향하야 발을 드려노핫스나 째가 아즉 못되엿던지 人力이 自然을 늬기지 못하야 자연계엣 여러 가지 地勢와 險惡과 기후의 峻酷과 食物의 窮乏과 기타 여러 가지 자연계의 압박 등이 長이 등 탐험가에게 各色 障碍를 주어서 피안으로 到達치 못하게 하얏소.

　－探險과 實驗智識 (…중략…)
　－兩極 探險 最近 十年間 (…중략…)
　－2대 探險家의 長擧 (…하략…)

[28] 『소년』 제3권 제7호(1910.07). 題辭[49]

녀름은 놀 째라. 돌아다닐 째라. 往日을 爲하야는 일헛던 精力을 恢復하고 來日을 爲하야는 銳氣를 養畜할 째니 곳 겨을 봄 가을은 腦를 勞力하난 철임과 갓히 녀름은 손과 발과 눈을 勞役하난 철이라. 그러나 물건은 쓰지를 아니하면 綠 나난 것도 잇고 버레 생기난 것도 잇스며 쏘장 쓰난 열ㅅ쇠는 번쩍거리나니 그럼으로 修養이란 것은 하루도 廢할 것이 못되난 것이라. 古人의 일은바 須臾不可離란 것은 곳 이것이니라. 달은 機關을 比較的 더 쓸싸는 몰으나 아모리 녀름이기로 우리가 腦길으기를 웃지 게을니 할싸 보냐. 더욱 녀름은 霾氣(매기)가 채난 째라. 조곰만 힘쓰지 아니하면 곰팡이 남에랴.

이제 우리들은 一年 中 가장 질거운 녀름 休暇를 當하얏스니 오래 冊좀으로 더부러 싸호던 腦를 깨끗하게 沐浴식힘도 이 동안에 하여야 하겟고 먹쏭으로 더부러 씨름하던 손을 고요하게 休憩식힘도 이 동안에 하야야 하겟고 佳山麗水에 놀아서 주렷던 煙霞癖을 療饑함과 名蹟勝地에 다녀서 透徹한 觀察眼을 養成함도 이 동안에 하여야 할지라. 놀 째에 공부함은 공부할 째에 놀미나 달음 업거니 웃지 이 녀름까지 손을 니마에 대고 지내리오.

그러나 役事는 그만두어도 材木은 석히지 아니하여야 할지니 곳 口中에 가시ㅅ ₩덤불이 나지 안코 腦裏에 곰팡ㅅ장이 슬지 아늘 만한 勞力은 잇서야 할지라. 이 婆心으로서 이에 말은 쌀르고도 뜻은 깁고 힘은 적게 드려도 利益은 만흘 것을 가린단 것이 東西古今 哲人達士의 格言을 모을새 통 每 一人에 一則식 選拔하야 合 六十三則으로 兩朔間

---

49) 여름=가산여수=연하벽=관찰안을 기르는 계기라는 여행관 피력. 이 글은 철학자와 달인의 격언을 모아 휴가 기간에 참고하도록 하기 위해 적은 글임.

日課 삼기에 合當하게 하얏노니, 이것 쯤은 아모리 쉬난 째라도 決코 무거운 負擔이라 하지 못할 듯하도다.

(…하략…)

[29] 『소년』 제3권 제8호(1910.08). 天主堂의 層層臺[50]

쌈을 쌜쌜 흘니면서 북다란재(鍾峴) 天主堂의 層層臺를 올나가난 村夫子가 잇다.

后 세 時 — 出入門을 열난 鍾은 부난 바람에 氣勢를 엇어 다앙당당 氣波를 닐희킨다.

집도 놉기도 하지 — 웃지하면 저러케 짓노—

저 속에는 무슨 英特한 物件이 들어 안잣노? 宏壯하랏다.

한 層階 올나서서는 한번식 치여다보면서 連해 連方 무릅을 썩난다. 이럭저럭 첫 번 層臺는 다 올낫다.

저 웃둑한 집의 조곰이라도 갓가와 지난 것이 分明히 이의 눈에 깃븐 빗흘 담께 한다.

한번 휘의 숨을 돌니면서 갓을 버서들고 니마의 쌈을 훔친다. 당ㅅ줄에 눌니지 아니한 머리털은 가는 바람에 요리조리 날닌다.

둘째 層臺에 와서는 이런데 다니기에 닉은 사람이 아닌 故로 오금이 空然히 앏흐고 다리 쏘한 쩟쩟지 못하야 앗가 모양으로 다름질노 올나갈 수 업다.

집에 잇슬 쌔로 말하면 큰골 가서 나무할 쌔에 그리 險하고 길은 遮陽 바위도 우습게 올으나렷난데 요만한 것에 이리 疲困하니 이 쏘한 몰을 일이로다 하야 서울은 물이 달나 그런가 보다 하면서 스스로 疑心

---

50) 종현 천주당의 층계를 오르고, 예배당의 모습을 보며 허탈감을 피력한 감상문. 기행문으로 보기는 어려움.

하고 因해 스스로 解決한다.

한 層이 한 層보담 어려워간다.

쌈은 事情업시 나고 홀으난데 휘죽은 한 褲衣(고의)가 連方 정강이를 휘감는다.

나는 드시 압서 올나간 구경 식히라 온 듯한 아희는 위로서 나려다보면서, "조흔 구경은 힘도 드난게다!"

말 對答하난 모양으로 쉬우랴고 "아 그놈의 데 쇄 수얼치 안타."하면서 서울 아희라 달으단 쯧을 먹음은 눈으로 올녀다 본다.

제싼은 만히 애를 쓰고 꼿까지 올나가서 치여다 보더니 "이 집에 든 甓(벽)돌이 모다 멧 개가 될고?"

"여보 얼는 갑시다. 空然히 못 들어가리다."하난 말에 怯이 펄쩍 나서 "그럼 애, 어서 가자."하고 달은 데를 둘너보지도 못하고 쌀아선다.

처음에는 사람이 그리 만흔 줄 몰낫더니 及其 門ㅅ間에를 가서 보니 옹긔옹긔 서고 이리저리 부비난 모양이 시루엣 콩나물이라. 저속 구경이 웃더케 조흐면 저리도 사람이 모여드난고 하야 드러갈 마음이 더욱 더욱 急하야진다.

겨오 휩슬녀 들어가다 — 기름 짜듯 조리난 틈을 타서.

한 벌 밧게 업난 둘으막이는 구구지 망구지가 되고 발ㅅ등에는 흙이 가득. 우리골 鄕校 – 孔子님을 모신 곳 一年 一次 釋尊에도 사람이 이러케 몰녀 들어가난 일은 업난데 한다.

아이구 저 天庭 보게 — 아 琉璃窓도 燦爛도 하다 – 凶物스러운 저 그림들은 다 무엇인고.

그러나 내가 그리도 몹시 보고 십던 것은 무엇인가? – 그 애를 쓰고 들어올 쌔에 무엇을 求하얏던고?

"여보시오. 저긔 저것 보시오. 宏壯하지오." 하난 소리를 듯고 房으로 치면 아루목이라 할 곳을 올녀다 본다.

異物스러운 物象 – 金燭臺 – 희미한 불 – 컴컴한 가운데 色스러운 옷 닙고 무엇인지 들고서 서며 업듸며 중얼거리난 洋人 – 그런 듯도 하고 그러치 아니한 것도 갓흔 그 光景.

果然 집으로 보아도 明倫堂 거보담은 낫고 숨인 것으로 보아도 大成殿 속보담은 씀씩하나 그러나 물건너 새 절 法堂에 比해 보니 別노 조흘 것은 업난걸, 거긔다가 암만 보아도 祭享 드릴 精誠도 나지 안코 또 암만 佛供을 올녀도 福 줄 것 갓지도 아니해!?

그는 머리를 굽으린다.

애쓰고 드어옴이 무엇을 보랴고 함인지 그것은 한아토 눈에 들어오지 안난다.

異物스러운 洋人의 닙을 쌀아 무어무어라 중얼거리난 소리에 비로소 만흔 사람이 左右로 갈나서 업듸엿슴을 보앗다.

쏘 疑心이 난다 – 저 사람들은 쏘 무어을 보랴 왓노? 求하랴 왓노? 한다.

이리저리 둘너보다 – 그러나 아모 것도 눈 씌우지 안난다. – 다시 自己가 처음부터 찻난 것이 무엇인고를 생각하야 아모 것이 아님을 쌔닷고 그러면 내가 왜 그 애를 쓰고 여긔를 들어 왓난가 하니 虛하기 싹이 업서한다.

아모 생각도 다 업서지고 今時에 무슨 손에 잔쏙 쥐엿던 貴重한 물건을 몰으난 틈에 일흔 듯하다.

남 나오난 틈에 휩슬녀 나오난데 脈도 쏘한 느리다.

아희는 남의 속도 몰으고, "처음 뵛지오. 저집 짓기에 돈이 그 덩어리만콤 들엇답니다."

層臺ㅅ길노 느릿느릿 돌아오노라니까 보자지 아니하야도 長安 城內 西편 北편의 光景이 '파노라마'처럼 眼界에 들어온다. 앗가는 보지 못하던.

層臺에 와서 한발 나려놋코 고개를 돌녀 쏒족집을 다시 한번 치여다 본다.

母岳재 넘어가난 해는 얼쌔진 해의 潤ㅅ氣 업난 빗흘 그 놉흔 집의 쏙뒤로부터 발쏫까지 퍼부엇난데 겹치고 눌닌 벽돌은 낫낫치 "에구 등ㅅ줄기 얇하."를 불으짓난 듯. (以上)

03.

식민지적 계몽성과
재현 의식의 성장
(1910년대)

1. 매일신보

[01] 『매일신보』 1913.02.07~20. 白頭山 探險記,
朝鮮總督府 觀測所長 理學博士 和田雄治 (9회)
[02] 『매일신보』 1914.06.23~07.10. 周遊三南, 조일제 (12회)
[03] 『매일신보』 1914.10.28~29. 秋둘 探ㅎ야 淸凉里行 (2회)
[04] 『매일신보』 1915.03.09~14. 청도 시찰 일기, 조일제 (5회)
[05] 『매일신보』 1915.04.08~20. 元山 視察團 (2회)
[06] 『매일신보』 1915.04.25~06.09. 매일신보사 주최 金剛山 探勝會
(30회)[1]
[07] 『매일신보』 1915.06.12. 濟州嶋의 風俗, 於濟州旅舍 井田 居士
[08] 『매일신보』 1915.07.01~04. 驪州 往還記 (3회)
[09] 『매일신보』 1915.07.29~08.17. 南鮮 史蹟의 踏査 (16회)
[10] 『매일신보』 1915.07.03~08.15. 헤테인 博士의 獨 戰線 巡遊記 (26회)
[11] 『매일신보』 1915.08.18~19. 百濟의 舊都 扶餘로브터, 小原新三 (2회)
[12] 『매일신보』 1915.10.17~31. 金剛山 遊記, 蘇峰生 (11회 연재)[2]
[13] 『매일신보』 1916.05.07~06.17. 金剛行, 天鳳 沈友燮 (총 23회 연재)
[14] 『매일신보』 1916.06.17~07.07. 嶺東紀行, 天鳳 沈友燮 (9회)
[15] 『매일신보』 1916.09.14~17. 百濟 古都 扶餘 探勝記, 江景支局 雲樵生 (3회)
[16] 『매일신보』 1916.09.22~23. 大邱에셔, 춘원 (2회)
[17] 『매일신보』 1916.09.27~10.05. 湖南遊歷, 無佛居士 談 (8회)
[18] 『매일신보』 1917.06.29~09.12. 李光洙, 五道踏破旅行 (52회)
[19] 『매일신보』 1917.08.16~30. 秦曉星, 釋王寺에 (12회)

---

1) 매일신보사 주최 금강산 탐승회 보고서로 30회에 걸쳐 승경, 고적을 중심으로 쓴 여행
안내문임.
2) 도쿠도미 소호(德富蘇峰, 1862~1957): 일본의 저널리스트, 사상가, 역사가. 『국민신문』을
주재하고, 『근세 일본국민사』를 저술하였음. 소호는 호, 본명은 이이치로(猪一郎).

[01] 『매일신보』 1913.02.07~20. 白頭山 探險記, 朝鮮總督府 觀測所長 理學博士 和田雄治 (9회)

▲ 白頭山 探險記(1)[3]

一. 探險史

白頭山은 朝鮮 滿洲의 國境에 凸起흔 最高嶺(海拔 二千七百 米突[4])이라 稱홈)으로 東亞 三大河 鴨綠江, 圖們江, 松花江의 水源地라. 古來로 登山흔 高官 學者 等이 不尠호고 史實에 有흔 바 最古ᄂ 金王 昭祖라 호니 〈金史〉 本記 第一에 '昭祖耀武至于靑嶺白山'이라 호얏더라. 昭祖ᄂ 諱를 石魯라 稱호야 太祖 二三代 前의 王으로 其 登山은 卽 距今 約 一千年 前이며, 其次에 朝鮮人의 登山은 世宗祖(距今 四百七十八年 前)의 曆官이라 호니 〈增補文獻備考〉 卷二에 曰 (…중략…)

▲ 白頭山 探險記(2) 매일신보 1913.2.8.

*세 개의 등산로 소개와 가장 편리한 길 안내

二. 登山路

---

3) 백두산 탐험의 역사를 사료 중심으로 서술함=〈금사〉를 기준으로 금나라 소조가 가장 먼저 백두산을 탐험한 사람이라고 주장함. 1913년 2월 11일~2.20일까지의 탐험기는 입력하지 않음. ▲ 白頭山 探險記(4) 매일신보 1913.2.11. (등산 개황) 연속 ▲ 白頭山 探險記(5) 매일신보 1913.2.13. 四. 定界碑 ▲ 白頭山 探險記(6) 매일신보 1913.2.14. 五. 白頭山 ▲ 白頭山 探險記(7) 매일신보 1913.2.17. 六. 白頭山의 標 ▲ 白頭山 探險記(8) 매일신보 1913.2.18. 七. 白頭山의 位置 ▲ 白頭山 探險記(9) 매일신보 1913.2.19. 八. 白頭山의 噴火 ▲ 白頭山 探險記(10) 매일신보 1913.2.20. 九. 白頭山 附近의 沼湖

4) 미돌(米突): 미터.

前記와 如히 從來로 內外人 登山호 通路는 三이 有호니 甲은 滿洲 吉林 方面에서 來호는 者의 便利가 되는 處로 松花 沿岸을 據호고, 乙은 鴨綠江 流域이니 南鮮 方面에서 來호는 者가 此 通路를 經過호며, 丙은 圖們江 流域이니 鏡城 又는 東間嶋에서 來호는 者에게 此가 便利호니 라. 白頭山은 海拔 九千尺에 近호나 海岸을 距호기 六百 鮮餘里[5]에 在 호지라 其 緩傾斜는 馬行이 便호야 西洋人 等은 往往 山頂신지 馬行호 다 호며 唯 登山에 最히 困難을 感홈은 山麓 約二百 鮮里의 間은 殆히 無人境임으로써 糧食 寢具의 携帶라. 我一行은 東便 農事洞에서 往復호 얏슨즉 他와 比較를 試호기 不能호나 聞호 바를 依호즉 西便 卽 惠山鎭 에셔 登山홈이 最便호다 호며 殊히 京城 方面에셔 登山호랴 호는 者는 今에 京元線으로 元山에 達호야 自是로 新浦를 經호야 北靑 甲山에셔 惠山鎭에 至호는 新道路를 取호면 甚호 困難홈을 不見호리라 호노라.

▲ 白頭山 探險記(3) 매일신보 1913.2.10.

*등산 일정과 경로 소개

三. 登山 槪況

故 咸鏡北道 長官 帆足準三 氏는 昨夏에 管內 茂山郡을 巡視홀신 白 頭山 探險을 計劃호고 二十名 內外의 同行을 慫慂호야 遠히 東京帝國大 學 敎授신지도 勸誘홈과 如호지라.

故로 今回는 茂山을 一行의 集合地로 호고 農事洞을 解散地로 호얏 는되 我 一行을 實行호 行程은 如左호도다.

(…하략…)

---

5) 선리(鮮里): 조선에서 사용하는 거리.

[02] 『매일신보』 1914.06.23~7.10. 周遊三南, 조일제 (12회)

▲ 주유삼남(1) 매일신보 1914.6.23.

晉州에서 一齊

　주긔는 출싱흔 이후로 죠션 닉디를 널니 유람흔 바이 업슴을 흥샹 한탄ㅎ야 유의막슈흔지가 임의 亽오년 간에 일으럿스니 엇지ㅎ여 결단코 길을 써나 디방의 슌유홀 소지를 일우지 못ㅎ얏ㄴ고, 신테가 건강치 못흔 것도 안이오 려비의 곤난흠도 안이오 가루에 억미이여 그러홈도 안이오 다만 그 긔회를 엇지 못흔 연고이라. 유지쟈 亽경셩이라 흠은 주고의 격언이라 <u>금번에 다힝히 삼남디방을 처음으로 한박휘 돌게 되ㄴ 긔회를 엇엇슴으로</u> 깃분 무음을 익의지 못ㅎ여 발졍ㅎㄴ 젼놀은 거의 잠을 일우지 못ㅎ고 뎐뎐반칙ㅎ엿스니 이ㄴ 근심이 심즁에 잇셔 그러홈이 안이라 <u>질거운 무음이</u> 가슴에 가득ㅎ야 어린ㅇ희가 셧달 금음늘 저녁을 당흔 듯이 릭일은 셜보임흘 싱각에 잠자지 못ㅎ듯시 <u>깃거워셔</u> 요亽이 굿치 쌀은 밤도 오히려 넘오 긴 것을 한탄ㅎ엿더라.

긔챠 속에셔 한나잘

　대정 삼년 류월 십삼일 오젼 여달 시 반에 경부션 렬챠를 남대문 역에셔 타니 힝구ㄴ 다만 바랑 한 기와 칙 두셔너 권이요 무명옷 한 벌의 간단ㅎ고 경쳡흔 려힝을 추리엿스니 주긔ㄴ 짐을 단니ㄴ 즁에도 몸의 편암흠을 구ㅎ고져 ㅎㄴ 마암이 업ㄴ 것이 안이로디 안일흔 것을 피ㅎ고 모조록 괴로움을 亽셔 괴로운 亽이에셔 취미를 구ㅎ고져 ㅎㄴ 것이 주긔의 평싱의 고벽흔 마암이라. 속담에 일은 바 죽장망혜로 천리 강산 구경한다 ㅎㄴ 말도 역시 그 쯧은 일반 일지로다. 여덟 시 반이라 ㅎㄴ 긔챠 써나ㄴ 졍각이 되미 호각 쇼릭와 기뎍 소릭가 션후ㅎ여 나더니 긔챠는 움작이기 시작ᄒ야 뎡거쟝과 젼송ᄒ는 여러 사름을 뒤으로 보니며 흐린날 갓던 챠 안이 별안간에 푸른 하ᄂᆞᆯ 묽은 빗이 창안으로 빗초인다. 이등실 안에 몸을 붓치여 이슨 즈긔는 다시 챠실 안을 도라보니 닉디 사름 ᄉ오명이 동승ᄒ엿ᄂᆞ디 그 중에 군인이 두 사름이라. 서로 아는 사름을 맛나기도 ᄒ고 독힝ᄒ는 사름도 잇셔 이 구셕 저 구셕에서 리약이와 짓거리는 소리 긋치지 안이ᄒ건만은 즈긔는 다만 독힝이라 묵묵히 창 밧그로 눈을 쥬어 멀니 목면산과 동구지 련화봉 쳥파 룡산 등디를 바라보며 경셩을 작별ᄒ고 삽시간에 영등포를 다라라 잠시 뎡거ᄒ고 다시 살ᄀᆞᆺ 닷는 챠는 시흥 안양 군포 쟝슈원을 지니여 갈 동안에 어ᄂᆞ덧 곤뢰ᄒᆞᆫ 몸은 교의를 의지ᄒ야 혼곤이 잠이 드럿던 것이라. 그 젼날 받은 여러 친구의 젼별쥬를 과음ᄒ얏던지 넉젓히 자지 못ᄒᆞᆫ 잠이 긔챠 안에 훈증ᄒᆞᆫ 긔운과 혼자 묵연이 안져 잇슴으로 그 기회를 타셔 잠이라 ᄒ는 버러지가 침로를 ᄒ엿ᄂᆞᆫ지라 이윽도록 잠을 자다가 문득 눈을 ᄶᅴ여 교의에서 이러나며 창밧글 ᄂᆡ여다보니 긔챠는 속력이 감ᄒ야 점점 뎡지ᄒ는 모양인디 흰 픽에는 평퇴이라 썻ᄂᆞᆫ지라. 발셔 평퇴ᄭᅵ지 슈빅여리를 잠즈는 동안에 다ᄃᆞ랏는가 ᄒ고 눈을 부뷔이며 챠 안을 숨혀보니 쳐음붓터 탓던 사름은 의구히 안져 잇스나 그 외 한 사름이 더 늘엇ᄂᆞᆫ지라. 즈셰히 보고 셔로 고기를 숨벅ᄒ야 인사ᄒ니 그 사름은 <u>경셩일보 긔챠 모씨</u>라. 어ᄂᆞ 뎡거쟝에셔 올낫는지 모르겟스나 잠든 동안에 피츠에 반가히 맛나며 피츠의 가는 곳을 무른 후 이것저것 짓거리는 동안에 텬안 뎡거쟝에 도착ᄒ니 경일 긔챠는 모즈를 벗고 '사요나라' ᄒ고 나려간 후 즈긔는 벗을 일허 다시 말ᄒᆞᆯ마디 밧골 사름도 업섯더라. 츙쳥남도를 다 지니고 경상도 디경을 다다르니 슈벽연신지도 흰 모릭와 붉은 흙으로 올연히 일기 토둔ᄀᆞᆺ치 웃득ᄒ던 텰로 연변에 산과 산이 돌연히 변ᄒ며 혹은 '아가시아' 혹은 살나무 울밀ᄒ게 드러셔셔 푸르고 연연ᄒ게 단쟝ᄒ엿고 들에는 남녀가 나와셔 논 가는 사름 버리 버히는 사름 쓰레질ᄒ는 사람, 버리 타작들 ᄒ는 사름 모ᄂᆡ이는 사름이 츌몰ᄒ야 한참 밧분 ᄶᅵ이라. 늙은 쳐와 젊은 며ᄂᆞ리는 밤고릭를 머리 우에

이고 어린 아들은 박아지에 물을 써 들고 논 귀역으로 나와 뎡ㅈ나무 아리에 나려 노으면 호미 들고 잠방이 입은 농군들은 다리에 물못디로 뎡ㅈ나무 아리로 모여들어 탁주 흔 그릇을 한 입에 마시이고 슈염까지 쌜며 희희락학ㅎ야 일가족이 단취ㅎ야 화긔가 ㅇㅣㅇㅣㅎ니 혹시 뭇노니 호화ㅎ게 지니는 경셩 니 신ㅅ즁에도 그만흔 질거움이 잇슬가. 버리는 풍년 들고 모닐 물은 넉넉ㅎ다. 깃거워 ㅎ는 모양으로 곳곳이 ㅅ오인식 모혀 안진 것은 쟈긔로 ㅎ야곰 부럽고 깁히 감동되게 훌 쑨 안이라 <u>총독부의 산업뎡칙(産業政策)이며 식림ㅅ업(殖林事業)의 과연 보급된 것은 일로좃ㅊ 가히 츄측ㅎ겟더라.</u> 경상남도 이하로는 긔후가 더운 연고로 논에도 버리를 가라 한 번 먹은 후에 다시 갈고 모를 니이는 것이 의례히 ㅎ는 일이라고 챠 안에 갓치 탓던 ㅅ람이 말ㅎ여 준다. 긔챠는 점점 쌜니 박휘를 구을너 다라나고 쟈긔도 가슴에는 여러 가지 감동이 얼키여 일어날 졔 왜관(倭館) 뎡거쟝을 향ㅎ는 즁간에셔 긔관챠는 홀연 뎡지ㅎ며 챠쟝 긔관슈 쇤이 승긱등이 긔관챠 앞으로 무여드는디 무슨 일인고 ㅎ야 고기를 창밧그로 내여 일어보는 즁 챠쟝 흔 ㅅ람이 급히 드러오더니 모ㅈ를 벗고 ㅎ는 말이 시로 졔조흔 긔관챠가 병이 나셔 훈련을 못ㅎ겟스니 대구에서 구원병이 오기ㅅㅣ지 잠시 기다리시기를 바라옵ㄴ이다 ㅎ고 나가쟈 긔챠는 다시 뒤거름ㅎ여 왜관으로 도라어고 대구로붓터 긔관챠가 도챡ㅎ기를 기다리기를 흔 시간 가량이라. 비로소 구원병의 일으기를 기다려 대구ㅅㅣ지 도챡ㅎ니 네 시 오분의 도챡훌 것이 여섯시가 임의 넘은지 올인지라. 쟈긔는 마산포(馬山浦)로 향ㅎ려든 그 째에 변경ㅎ여 대구에서 ㅎ로져녁을 ㅁ물기로 겸심ㅎ얏더라.

▲ 주유삼남(2) 매일신보 1914.6.24.

대구에서 하로 저녁

대구 뎡거쟝에 도챡흔 째는 오후 여섯시가 지니고 십분이 더ㅎ얏더

라. 조고마흔 2짐을 엽혜 씨고 총총히 뎡거쟝 밧글 나셔 ᄉ면을 도라보며 쟝ᄎ 갈 곳을 슯히는 즁에 엽헤로셔 쇼민를 지긋 잡아다리는 사름이 잇스며 「쥬무시고 가실남닛가」 도라다보니 머리 싹고 일본 나무신 신고 운동 모ᄌ 쓴 십삼ᄉ세 된 ᄋ희인디 엽헤 들고 셧는 짐을 억지로 달나ᄒᆞ야 들고 「어서 가십시다 져의 집이 뎡거쟝에셔 데일 갓갑고 졍ᄒ외다」 ᄌ긔의 싱각ᄒᆞᄂᆞᆫ 바는 크고 화려흔 려관보다 젹고 ᄯᅩ는 츄흔 집을 ᄎ져가는 것이 연구홀 가치가 잇스리라 ᄒᆞᄂᆞᆫ ᄆᆞ음으로 못 익의는 테ᄒᆞ고 그 ᄋ희의 ᄒᆞᄂᆞᆫ 디로 닉버려 두엇더니 그 ᄋ희는 짐을 억기에 메이고 압셔 간다. 그것을 보고 다른 ᄋ희들도 져의 집으로 ᄭ으러드릴 욕심으로 ᄉ오명이 좃ᄎ오며 '우리게로 갑시다. 그 ᄋ희 집은 됴치 못ᄒ홈니다.' ᄒ며 압흐로 뒤으로 ᄯᅡ라오는 아히들이 닉 얼골만 치여다보며 좃ᄎ오는 것이 한 사름을 가온디에 너허 놋코 포위공격을 ᄒᆞᄂᆞᆫ 모양이라. 우스며 딕답지 안이ᄒᆞᄂᆞᆫ 것을 보더니 홀일업시 한 아히 두 아히 다 ᄉ러져 가고 한 아히가 아직도 남아 잇셔 종용흔 길가에셔 은근히 옷자락을 잡아다리더니 '여보시오 이것 안 살락홈닛가.' ᄒ며 손에 들고 보이는 것은 눈빗갓흔 식골 부인네의 은지환(銀指環) 한 커레라. ᄌ긔는 그 지환을 보고 다시 그 아히의 모양을 숣혀 보니 나히는 불과 십이삼 세요 형용은 초최ᄒᆞ고 의복은 람루ᄒᆞ야 아모리 보아도 져의 집에셔 팔나온 것은 안이오 혹은 남의 것을 졀취ᄒᆞ얏는가 의심ᄒᆞ여 '이놈아 그것이 왼 것이냐' ᄒ엿스나 그 아히가 속에는 팔십 로옹이 들어안자 가지고 도리여 어룬을 넘보는 줄을 아지 못ᄒᆞ고 어린 것으로만 업슈히 녁이엿던 터이라. 그 아히는 어리광ᄒᆞ듯이 '네 이것은 뎡거쟝에셔 엇은 물건이니 지젼 두 쟝만 쥬시고 ᄉ 사시오.', '뎡거쟝에서 어덧스면 경찰셔에 갓다 맛기고 임쟈를 ᄎᄌ 쥬는 것이 올은 일이지 네가 임의로 팔아먹는단 말이냐.' ᄒ엿드니 그 ᄋ희는 이가 마를 듯시 좃ᄎ오며 일 원만 달나ᄒᆞ기로 소위가 아름답지 못ᄒ며 소릭질너 나무라고 물니쳣더니 그 후에 다시 그 곳 사름을 불너 무러보니 그 반지는 뎡짜가 안이라 빅동에 은물을 씨워셔 촌의 모르는 사름을 속여 파는 것이라 홈을 비로

345

소 듯고 싱각ᄒ니 과연 싼 것이라고 허욕이 일어나 ᄉ지 안이ᄒ 것이 대단 잘 되얏슬 쑨 안이라 뎡당치 못ᄒ 일은 아모리 천만금이 싱긴다 홀지라도 욕심을 ᄂ지 안이ᄒᄂ 것이 리치에 합당ᄒ고 또ᄂ 의외에 손 ᄒ도 면ᄒᄂ 법이니 이ᄂ 천고에 불역지뎐이라고 은근히 감탄ᄒ얏도 다. 왈 구년 전에 대구ᄂ ᄒ 번 지ᄂ인 일이 웃스니 그 째ᄂ 임의 예젼이 라. 셩벽도 ᄉ면에 에워잇고 관찰ᄉ 군슈의 위의와 군로ᄉ령 토인 등의 구습이 의구ᄒ엿더니 남을 싸라 변ᄒᄂ 것은 시셰의 ᄌ연ᄒ 리치라. 산천과 풍물은 조곰도 변ᄒ 곳이 업스나 셩은 헐니여 그 ᄌ리가 길이 되고 밧과 논은 변ᄒ여 집과 틕디 되어 신샤(神社)도 잇고 료리뎜도 잇스며 곳도 잇고 운동쟝도 잇다. 잠시간 압뒤의 샹황을 숢히다가 아ᄒ ᄅ 아ᄒ를 싸라 려관으로 드러가니 십여간 초가에 손 두ᄂ 방은 서너너 덧에 지ᄂ지 못ᄒ며 그러나 한 방은 한 간에셔 넙지 못ᄒᄂ 방이라 지 시ᄒ여 쥬ᄂ 듸로 방 하나를 뎡ᄒ고 드러가니 양지 도빅ᄒ 벽샹에ᄂ 죽엽문도 그리엿고 혹은 민화송이도 쳐쳐에 붉엇스니 혼ᄌ 싱각에 올치 오날 져녁의 잠ᄌ리ᄂ 가위 짐ᄌ가ᄒ리로다. 낫을 씻고 다리 씻고 또ᄂ 져녁을 쥬문ᄒ 후 한간방에 외로이 토막이 흔기를 베고 누엇스니 공연 이 고젹ᄒ ᄆᄋ음만 일어나며 발치 문밧그로 ᄂ여다 보면 어여 머리에 삿갓 쓰고 치마 고리 한자ᄅ은 허리츰에 질어 씨른 녀ᄌ들만 왓다갓다 ᄒ며 「아! 문둥아! 어듸 갓던고」ᄒ며 반가이 인사ᄒᄂ 소릭가 가쟝 귀 에 시로올 쑨이라. 경셩으로브터 불과 칠팔 시간만에 도착ᄒᄂ 곳으로 그 말과 풍속이 이와 ᄀ치 상위가 되ᄂ가 ᄒ며 스스로 언어의 통일치 못흠을 탄식ᄒ얏도다.

▲ 주유삼남(3) 매일신보 1914.6.26.

격젹 무인 야반경에 녀학싱의 신셰타령 ᄒ 곡죠라

오후 아홉시쯤 되야 쥬인집 아ᄒ가 져녁상을 들고 오ᄂ듸 뒤 밋쳐

한 사름의 로인이 힝구를 들고 쟈긔의 방으로 역시 드러오니 그 로인은 경성 익랑골 사는 김모(金某)라 ㅎ는 사름으로 젼일에는 디위가 죵이품에 금관즈가 망건 뒤에셔 번젹거린다. 피츠에 한 방안에 잇는 고로 져녁상을 디ᄒᆞ야 비로소 인스ᄒᆞ니 진소위평슈상봉ᄒᆞ니 진시타향지긱(萍水相逢 盡是他鄉之客)이라 당쟝의 셔로 지면ᄒᆞᆫ 사름이라도 그간에 친ᄒᆞᆫ 것은 슉면이나 다름업다. 상을 파ᄒᆞ고 담비 한 디를 틔우지 못ᄒᆞ여 홀연 밧그로셔 창문을 쏙쏙 두다리는 소리 나는 고로 목침을 버히고 두 사름이 얼골을 서로 향ᄒᆞ야 누엇던 고기가 일시에 들니이며 그 창문으로 네 눈이 향ᄒᆞ여지는디 문 두다리는 소리는 역시 긋치지 안이ᄒᆞᆫ다. 우리는 이것이 무엇인고 ᄒᆞ고 '그게 누구냐' ᄒᆞ며 창문을 열고 늬여다 보니 문 밧은 컴컴ᄒᆞ여 자셔히 보이지 안이ᄒᆞ나 분명한 사름의 그림즈들이 문압헤 웃둑 셔셔 잇난디 아리는 검고 윗도리는 희다. 김경감(金슈監)과 쟈긔는 셔로 닷호아 늬여다 볼 즈음에 그 사름에 그림즈가 불빗 압흐로 옴겨스며 '약 흔 봉 가라 줍시오' ᄒᆞ는 목소리는 열오륙셰 먹은 계집아히의 청량ᄒᆞᆫ 목소리요 ᄯᅩ는 <u>그 말소리가 대구 디방의 방언은 안이미 우리는 역시 반가운 ᄆᆞ음이 싱기여 즈셰히 보니 검은 모시 초마에 당목져고리 입은 녀학싱 모양이라.</u> 한 손에는 쵝보즈 들고 한 억기에는 약바랑을 며이고 인단 평심단 쳔금단(仁丹 淸心丹 千金丹) 등속의 단이라 ᄒᆞ는 단은 모다 늬여 노ᄒᆞ며 가라달나 이걸ᄒᆞ듯시 두 계집ᄋᆞ히가 이를 쓰는 고로 보기에 싀골 ᄋᆞ히도 ᄀᆞᆺ지 안이ᄒᆞᆯ 쓴 안이라 긱즁에 외로운 등불 아리에셔 젹막ᄒᆞᆫ ᄆᆞ음을 위로치 못ᄒᆞ던 우리는 별안간에 호긔심(好奇心)이 이러나며 '이이야 늬가 너의를 보아ᄒᆞ니 외양도 쏙쏙ᄒᆞ고 나히도 과년ᄒᆞ얏다 홀 만흔 계집ᄋᆞ히요 ᄯᅩ는 목소리 드러보니 이곳의 싱쟝은 안인 듯ᄒᆞᆫ디 혹은 약쟝ᄉᆞᄒᆞᆯ 츠로 서울셔부터 챠를 타고 느려왓느냐. 그쑨 안이라 이 밤즁에 쳐ᄌᆞ들이 무서운 줄도 아지 못ᄒᆞ고 남즈 잇는 곳으로 츠져단이는 것은 원일인고' 그 즁에 큰 ᄋᆞ히 한아는 공연히 얼골에 비챵ᄒᆞᆫ 긔싴이 낫타나며 약봉지로 입을 가리고 ᄒᆞ는 말이 '그런 것이 안이라 져는 본릭 서울 ᄉᆞ동(京城 寺洞) 사름으로 셩명은 최금옥(崔金玉)이요 나히는 열네살이올시다. 이 ᄋ히도 서울 ᄋ히로 나와 곳치 여긔서 약장ᄉ를 단이는듸 약봉이나 팔아야 집에 드러가 늙은 어머니 진지를 ᄒ야 드리고 시간이 잇스면 야학교에를 가겟습니다. ᄌ션심을 쓰셔셔 한 봉식 가라 줍시오.' ᄒ는 말이 그 ᄋ히 가슴에는 무한ᄒ 회포가 물네박휘갓치 드러나오는 모양이라. 우리는 더욱더욱 그 ᄉ정의 무슨 복잡ᄒ 일이 잇슴인가 ᄒ야 ᄌ셔ᄒ 일을 발견ᄒ 싱각으로 이곳져곳 씌여 닉인다. 그 ᄋ히는 홀일업시 약 ᄒ 봉 팔아볼 욕심으로 계 ᄉ정을 ᄌ셔히 말ᄒ나 간간히 그 어리고 고흔 얼골에는 홍조가 올으며 속눈섭에 가는 이슬이 방울방울 빗치며지 길고 긴 신셰담 일편(身勢談 一篇)이라.

▲ 주유삼남(4) 매일신보 1914.6.27.

　나는 본시 경성 ᄐ싱으로 부모 슬하에 금옥곳치 길너나셔 셰샹이 무엇인지 곤궁이 무엇인지 치우면 더운 의복 더우면 가벼운 의복으로 부모의 총이 즁에셔 이지즁지 길너날 졔 어려운 게 무엇이며 곤난이 무엇인지 밤이면 일직자고 낫이면 ᄆᄋᆷ딕로 놀아 셰상도 닉 셰샹곳고 사름들도 닉 사름곳ᄒ야 부러운 것이 업시 십여년을 지닉일졔 후일에 이르는 오늘날 곤난을 밧을 줄은 쑴결인들 어이 싱각ᄒ얏스리 즘사 ᄋ이 못되려면 비루가 쇠이는 것이오, 사름이 집이 망ᄒ랴면 요물이 싱기는 법이던가. 화목ᄒ던 우리집 안으로난듸업는 <u>요쳠 흔아 드러오며</u> 집안사름의 남녀로쇼 물론ᄒ고 ᄒ 손으로 휘둘너 쪄으며 <u>부인은 판관되고 모친은 쇼박이라.</u> 그 ᄉ이의 어린 나는 독틈에 탕관이오 고릭 싸홈에 쇠오등이라. 구박도 ᄌ심ᄒ고 모친 우는 모양 더욱 볼 슈 업다. 모녀와 안졋스면 눈물이 나 한슘이오 그리 다가 들키이면 업든 걱정 쇠로 난다. 그토록 얌젼ᄒ던 부친의 셩미로도 하로아참 련ᄒ ᄆᄋᆷ 그닥지도 혹힛는지 이쳡의 말이 나면 일 분부 시힝이오 뭊인의 힝동에는 일일이 눈살이라. 어린 나의 ᄆᄋᆷ에도 모친의 불상흠을 참아 보지 못ᄒ야 부친의 쇼미를 붓들고 울며 간ᄒ여도 보앗스나 여홎혼 계집에게 ᄒ 번 변ᄒ 무음 부녀간의 졍리도 싱각업고 도로혀 쥬먹질이오, 그러치 안이 ᄒ면 호쵸리가 몸에 온다. 비켜셔면 문 뒤에셔 울음이오 밥샹을 ᄃᆡᄒ야도 슛갈이 목에 메이고 모친과 니불을 함ᄭᅴᄒ면 밤시도록 흔탄ᄒᄂᆞᆫ 리약이라. 셰샹일의 변ᄒᄂᆞᆫ 것도 이러트시 허무ᄒᆫ가. 샤모의 박ᄃᆡ와 부친의 ᄭᅮ지람은 날로 심ᄒ여 나죵에ᄂᆞᆫ 모녀 두 사름을 구지쳐 못밧그로 ᄶᅩᆺᄎᄂᆡ니 슈십여년 규즁에서 싱활ᄒᄃᆞᆫ 모친과 나ᄂᆞᆫ 갈 바를 아지 못ᄒ고 도로에서 방황타가 홀일업시 모녀가 손목을 마죠잡고 경샹도 대구로 외가집을 차ᄌᆞ오니 외가도 그간 집에 탕ᄑᆡ가산ᄒ고 슈간모옥으로 살님이 초솔ᄒ니 그 집에서 의뢰키도 어려우나 당쟝에 엇지ᄒᆞᆯ 슈 업셔 몃칠을 지ᄂᆡ며 경셩에 계신 부친이 다시 회심ᄒ야 올나오라는 긔별이나 ᄂᆞ려오기를 축원ᄒᆞ얏더니 야속ᄒᆞᆯᄉᆞ 부친이여 수년을 하롲치 기다리것만은 맛참ᄂᆡ 쇼식이 업다. 모친은 품팔이 바ᄂᆞ질이오 어린 나ᄂᆞᆫ 작년브터 약봉지나 밧아 가지고 단이면셔 쥬막쥬막 ᄎᆞ져 단이며 손님네ᄭᅴ 약봉이나 팔고 보면 한 봉에 오젼이 리익이라. 일슈가 됴흐면 돈 십젼이나 버러가지고 집으로 도라가셔 져녁아참 먹이를 변통ᄒ고 나ᄂᆞᆫ 다시 야학교로 가셔 녀ᄌᆞ의 공부라고 ᄒ고 보나. 가슴에 밋친 한은 날이 가고 희가 갈수록 깁고깁허 몃십년이 지ᄂᆡ가야 다 풀닐ᄂᆞᆫ지 칙보를 들고 학교를 가나 집으로 도라오나 가늘 길 오늘 길에 간간히 눈물만 압흘 가리우니 이 신셰가 쟝ᄎᆞ 엇지되올ᄂᆞᆫ지 압일을 싱각ᄒᆞ면 묘묘ᄒᆫ 창회즁에 일엽편쥬를 쎄여 노은 듯 여러 손님ᄭᅴ셔도 이 인싱을 불샹히 싱각ᄒᆞ오셔 약 ᄒ 봉식 가러주시기를 천만 바라ᄋᆞᆸᄂᆞ이다.

ᄒᄂᆞᆫ 최금옥(崔金玉) 녀학싱은 경셩 말투에 간간이 경샹도 사토리가 셕기여셔 나오ᄂᆞᆫ 것도 한귀염이 더ᄒᆞ여지ᄂᆞᆫ 듯우리ᄂᆞᆫ 그 쳐ᄌᆞ의 ᄉᆞ졍을 듯고 더욱 동졍의 눈물이 흐르며 칙은흠을 익이지 못ᄒ야 김령감(金令監)도 한봉지 자긔도 한봉지 이십 젼을 모아쥬며 아못죠록 공부나 잘ᄒ라고 당부ᄒ니 그 학싱은 고마운 마음을 익의지 못ᄒ야 약비랑을

억긔에 메이고 셰번 네 번식 치스호며 간 후에는 다시 려관의 외로운
등잔만 젹막호엿더라.

▲ 주유삼남(5) 매일신보 1914.6.30.

밤즁에 곡셩 나고 아고머니 바야로다

싀골은 빈디가 업다 호는 것은 경셩에서 싀골 와 보지 못혼 사름의
말이라. 대구라 호는 곳은 도쳥도 잇는 곳이오, 경부간에 뎨일 가는 대
도회라고 사름마다 일컷는 곳이로디 죠션 인민의 려관이라 호는 것은
가히 용신홀 곳이 업스니 즈긔는 일부러 더럽고루츄혼 려관을 차자 드
러가셔 그러혼지는 알 슈 업스나 삿각 지붕에 긔흙벽이오 양지쟝이나
붓치기는 호엿스나 십년이 되엿는지 이십년이 되얏는지 연긔에 걸고
먼지에 더러웟스며 머리 째 빈디피는 쳐쳐에 허여졋스니 보기만 호야
도 잇는 사름의 몸이 군실군실호여지는 곳이라. 즈긔는 김령감과 혼가
지로 벼기를 련호여 누엇더니 피차간 힝로 피곤혼 몸이나 속히 잠은
안이오고 번디불 굿혼 조고마혼 등잔은 간신이 갓가이 잇는 사름의 얼
골이나 알아볼 만혼디 간간이 텬뎡으로부터 쏙쏙호며 무엇이 써러지는
것은 처음에는 무엇인지 아지 못호여 의심호엿더니 나죵에 즈셔이 보
니 분명혼 사름의 피를 흡슈호는 갈보(蝎甫) 군스가 단병졉젼차로 격국
의 잠든 긔회를 타셔 모라오는 것이라. 우리도 그 도젹을 방어홀 계칙
으로 진즁에 등불을 발키고 마권팅쟝호여 디젹을 포살(捕殺)홀 쥰비를
호는 즁에 난디업는 모긔 군스가 뢰고납함을 호며 달녀드는 귀쌰에는
산명곡응(山鳴谷應)호야 갈보군은 아리로 모긔군은 우으로 상하 협공
(上下挾攻)호는디는 아모리 항우 쟝비굿혼 우리의 쟝스로도 과불덕즁
의 형셰는 엇지홀 슈 업시 곤지회 심혼 경우에 일으러 즁위(重圍)를
버셔나지 못호기를 오리호엿는디 맛참 이웃집으로부터 괘죵쇼리가 열
한 번을 쌍쌍 치고 쏙 쓴이며 도로 방은 젹젹호여졋는디 우리는 그 썩

신지 여러 덕군의 디덕을 밧아 명이 괴로움을 익의지 못ᄒ여 일어낫다 누엇다 두 손을 부비엿다 다리를 글것다 덕군을 물니칠 계획이 모도지 업시 ᄒ로밤은 경신 일로 알고 지닐 작뎡을 ᄒ엿더라. 이렷틋 정히 곤난을 밧을 째에 홀연 밧그로 두어 간을 젹ᄒ요 '아고바아' ᄒ며 스토리 쓰는 말로 부르지즈며 우는 녀즈 한 사름이 잇는지라. 자긔는 별안간에 곡셩이 잇슴을 듯고 놀닉여 누엇든 몸이 어나 틈에 일어낫는지 문으로 향ᄒ여 고기를 기우리고 듯는 판이라. 자긔의 잇던 쥬막은 대구 원뎡 일뎡목 현모(大邱 元町 一丁目 玄某)의 집이라. 그 곡셩에 놀닉여 간신히 잠을 일우려 ᄒ던 눈을 부비여 가며 일어나 셔로 물그럼이 치여다보며 곡졀을 아지 못ᄒ야 진소위면면 상고ᄒ는 즁에 밧그로서 들니는 소릭가 남즈의 소리도 잇고 녀즈의 쇼리도 간간히 셕기여 난다. 디화ᄒ는 말은 모다 그곳 스토리이라. 닉가 원체 그리ᄒ드나 '닉가 언제 침을 빅앗드냐.', '이 년아 감이 네가 남즈의 얼골에다가 침을 빅앗는 일이 어디 잇는가. 그런 힝셰를 ᄒ다가는 죽고 남지 안이ᄒ리라. 여간 복쟝 조곰 맛진 것을 가지고 그리ᄒ여 목숨만 남아 잇는 것도 다힝이지.', '닉가 언제 침을 빅쓰냐. 네가 그것은 억지의 트집이다.', '이년아. 그만두어라. 닉가 너ᄒ고 사라. 아모리 썩을 ᄒ여 놋코 노그며 정성을 드려 보렴으나. 닉가 너를 다리고 사나.', '언제 닉가 너다려 사즈드냐. 네가 몸을 바려노을 째에 갓치 살기라도 ᄒ즈 ᄒ엿지. 이놈아 원통한 쇼리도 작작 ᄒ여 두어라.' ᄒ며 분긔가 츙텬ᄒ여 셔로 닷ᄒᄂ 져음에 남이 듯는 것도 붓그리지 안이ᄒ고 밤소리가 더욱 크게 들니여 동닉가 요란ᄒ다. 우리는 호긔심을 익의지 못ᄒ여 김령감을 도라보며 '대톄 무슴 복잡한 스정이 그 닉용에 잇는 모양이니 잠도 안이 오던 츠에 우리 구경이나 합시다.' ᄒ고 두 사름의 의견이 일치ᄒ여 감안히 쥬인집 으희를 불너 슐을 조곰 스오라 ᄒ니 약쥬와 소쥬는 업고 막걸니쑨이라 ᄒ는 고로 막걸니를 스다노코 두 사름이 셔로 향ᄒ며 안쟈 디박으로 한 잔식을 기우리며 오릭도록 싸호은 소리를 듯고 잇다.

351

▲ 주유삼남(6) 1914.7.1.

ᄉ랑에 겨워 싸홈

 이럿탓 싸호ᄂ 남녀의 목소리ᄂ 혹은 놉핫다 혹은 ᄌ젓다 ᄒ며 혹은 우ᄂ 소리 혹은 욕ᄒᄂ 소리 규측이 불일ᄒ더니 나종에ᄂ 큰쇼리가 변ᄒ며 ᄂ져지고 다시 두런거리ᄂ 쇼리가 창밧그로셔 드러오ᄂ지라. 고기를 느리여 ᄂ여다보니 과연 그 남녀가 길가퇴마로에 거러안져 졔풀에 싸호다가 졔풀에 화희ᄒᄂ 모양인뒤 싸홀 째에ᄂ 말니ᄂ 사름은 업섯고 셔로 보고 웃기만ᄒ얏던 터이라. 두 남녀의 속살거리ᄂ 말을 듯건뒤 가장 그 ᄂ용이 ᄒ번 우슬 만ᄒ기에 잠간 긔록ᄒ노라.

 그 계집은 본릐 밀양 계집으로 남편을 일코 신구 가족속즁 그 형이 방금 대구에셔 려관을 버리고 잇슴을 알고 그곳을 바라고 대구로 올나왓던 길이라. 날이 가고 달이 지나믹 아직 이십남아지의 쳥츈 녀ᄌ로엇지 형의 싀집인들 남의 집에셔 반찬이나 밥이나 ᄒ야 쥬고 일ᄉᆼ을 헛되이 보ᄂ려 ᄒᄂ 사름이 어딕 잇스리오. 그ᄲᆫ이 안이라 그 얼골이 ᄯ흔 츄흔 것은 면ᄒ얏슴으로 어ᄂ날이든지 <u>나롤 알아 줄 임쟈가 초져 오기만 긔다리엿던 모양이러니,</u> 하로ᄂ 깁흔 밤즁에 잠을 우연히 씨여보니 혼ᄌ 자ᄂ 방안에 니부자리 갓가히 남ᄌ 한 사름이 누어 잇슴으로 놀ᄂ여 이러나며 다시 숣혀보니 이ᄂ 곳 그 려관에 손으로 와셔 여러 달 동안을 묵고 잇ᄂ 최셩언(崔聖彦)이라 ᄒᄂ 사름이라. 쳐음에ᄂ 다만 육욕을 치우기 위ᄒ야 일시뎍 발동된 ᄆ음으로 그리ᄒ얏스나 ᄒ 번 몸을 바린 계집의 ᄆ음에ᄂ 그러케 싱각지 안이ᄒ고 양원흔 사나희로 알고져 ᄒᄂ 것을 최모도 알앗던 모양이라. 그럼으로 그 녀ᄌ의 ᄆ음을 위로ᄎ로 빅년의 아름다운 계약을 그날 져녁으로 밋져 영원히 변치 마쟈 밍셔ᄒ얏던 터이러니, 최모ᄂ 취즁에ᄂ 호긔스러히 그 ᄆ음이 업셔지고 도라본 톄도 안이ᄒ다가 다시 술잔이나 빅속에 드러가면 그 싱각이 도로 간절호야 공연히 그 녀즈를 가지고 귀치안케 홀 뿐 안이라, 루츄호고 비루한 힝동이 무소부지호는 고로, 그 녀즈(밀양집)는 젼후의 결말을 지여 계약을 굿친 후에야 다시 그 남즈의 말을 드를 싱각으로 혹은 거졀도 호며 쏘는 칙망도 호고 혹 이원도 호며 쏘는 야속히도 녁이여 호는 말이 최모의 귀에는 거슬너 들니엿던지 셜왕셜릭간에 일장 풍파는 이날 밤 려관 안에셔 일어나 심지어 구타호는 딕ᄭᅵ지 다다럿는 고로 밀양집은 임의 남자 붓그러온 딕경을 당호기는 일반이라 호는 나음으로 남이 보거나 듯거나 길가의 사름이 잇스나 업스나 불고호고 소릭를 질너가며 스나희를 딕하야 무슈히 공갈을 호다간 졈졈 그 형셰가 줄어 나죵에는 다시 졍다히 소군소군 리약이호여 가며 웃는딕 일으럿스니 일은 바 남녀간의 싸홈은 칼로 물 버히기라 호는 말이 과연 리치 잇는 말이라 호겟도다. 그럭져럭 시로 한 뎜을 쌍호고 치는딕 그 남녀들은 다시 리약이도 업고 한가지 방으로 드러간 모양인딕 우리는 탁쥬상을 물니치고 셔로 얼골을 향호야 한 번 우슨 후 토막이를 다시 베히고 누엇스니 술 긔운이 젼신에 온화호여지는 긔회를 타셔 문장군(蚊將軍)의 침노도 쏨 박그로 녁이고 한 잠이 깁허졋더라. 잇흔날은 곤뢰한 잠이 오젼 아홉시 재나 되어셔 비로소 ᄭᅢ여 셰슈호고 옷을 입는딕 발셔 아참상을 압헤다 노흐며 '진지를 일즉이 호엿드니 인졔야 일어나셔셔 진지가 모다 식엇슴니다.' 호는 녀즈는 푸른 치마에 흰 모시적삼에 머리는 쏙지엿는딕 즈셔히 슯혀보아도 어졔 밤에 스나희호고 싸홈호던 녀즈인 듯호야 상을 노코 간 후에 심바름호는 아희를 불너 감안이 무러보니 과연 그 녀즈가 어졔밤 싸홈호든 사름이라고 ᄋᆞ희는 우슈며 고기만 ᄭᅳᇧ덱ᄭᅳᇧ덱호다. 우리도 그 말을 듯고 그 계집의 얼골을 한 번 더 보앗더라.

353

▲ 주유삼남(7) 매일신보 1914.7.3.

마산포션을 타고

　대구에셔 아참을 맛치고 즈긔는 김령감을 뎡거쟝에셔 작별ㅎ고 열두
시 이십분에 삼랑진(三浪津)으로 향ㅎ얏느듸 한 시간 남아지에 두어
뎡거쟝을 지닉이면 밀양 뎡거쟝이니 그곳으로브터 차를 발ㅎ여 가 본
바른편으로 밀양 남쳔(密陽 南川)이라 ㅎ는 닉가 잇스니 이 닉는 밀양
을 옥야쳔리(沃野千里)의 논물의 근원이 되얏고, 그곳은 긔후가 더운
곳이라. 논에 가을보리를 심어 먹은 후에 버혀닉고 다시 벼를 심은다는
듸 그 쎄가 맛참 보리타작ㅎ는 한참쌔이라. 쳐쳐의 십여명식 동군들은
도리쎄로 밧 가온듸에 보리를 쎠가지고 그 집과 보리는 등에지고 조곰
아흔 빅로 남쳔을 건너 각각 즈긔의 집으로 운젼ㅎ며 각각 코노릭를
부르는 것도 뎐가의 질거움이라. 오후 셰시 쌔에 마산션(馬山線)을 가
라타고 죠곰 잇슨즉 락동강(洛東江) 우의 텰교를 건너가 연안을 슯혀보
니 가위 산명슈려ㅎ듸 연안으로는 어촌(漁村)이 산골작이마다 다섯집
식 드러안져 쾌락흔 싱활을 짓고 잇는 모양이요, 조고마흔 아히들ᄭ지
도 손에 긴 락시듸를 들고 강가에셔 고기를 낙고 잇는 것도 흔 경치를
도읍는 듯ㅎ다. 락동강을 건너 진영(進永)역이요, 다음에는 챵원(昌原
驛)이니 챵원은 젼일에 감리셔(監理署) 잇던 곳이라. 관쳥의 남아지 터
는 여젼이 웃둑ㅎ게 수쳔호 대촌 즁에 독입ㅎ얏스나 지붕에는 푸른 익
기가 가득ㅎ고 기와솔이 총ㅎ야 셔의 똥이며 ᄭ차치 무리가 져녁과 아참
이면 모혀드러 지져귀고 잇슬 쑨이라. 구마산을 지닉여 신마산(新馬山)
뎡거쟝에 도착ㅎ니 이 쌔는 오후 다섯시라. 즈긔는 챠에 나리여 즉시로
죠션려관 마산부 통뎡 일뎡목 일통 일호(馬山府 通町 一丁目 一統 一戶)
김명련(金命連)의 집으로 드러가니 이곳에 죠션인의 려관이라 ㅎ는 것
은 김명련의 집외에 한 집 밧게 업는 터이라.

354

▲ 주유삼남(8) 매일신보 1914.7.4.

마산의 그림곳흔 경치

신마산에 도착ᄒ야 김명련(金命連)의 려관에셔 져녁을 파ᄒ고 시가를 한번 비회ᄒ니 압흐로ᄂ 마산만(馬山灣)이 산밋ᄭ지 갓가히 드러와 비록 바다일지라도 고요흔 물결은 그릇안에 담아노은 것곳치 잔잔ᄒ며 호호흔 물 가온딕에 우묵우묵 셔셔 잇ᄂ 셤과 산은 청청흔 긔운이 푸른 물과 한가지로 흐르ᄂ 듯ᄒ다. 뒤으로ᄂ 쳡쳡흔 산이 둘너 잇고 산아리에 듬은듬은 촌가가 보이ᄂ 곳에 ᄉ이ᄉ이로ᄂ 보리밧에 보리가 익어 바름이 불 졔마다 누른 물결이나 뷔긴다. 져녁 날빗을 씌고 어린ᄋ히를 다리고 나온 바다가의 녀ᄌ들은 무릅우ᄭ지 옷을 것고 손에ᄂ 종다리오 머리에 흰 슈건을 눈위ᄭ지 셧ᄂ딕 히변바름에 옷자락을 날니이면셔 죠기를 줍고 잇ᄂ 모양은 셔양의 엇더흔 유화(油畵)를 보고 잇ᄂ 것 곳ᄒ며 보ᄂ 사름의 졍신ᄭ지 상연케 ᄒ고 ᄌ연의 취미(自然的 趣味)ᄂ 비유ᄒ여 말홀 곳이 업다. 멀니 외양(外洋)으로브터 물결을 박츠며 거문 연긔를 토ᄒ고 부두를 향ᄒ야 반가히 인ᄉᄒ듯이 '쉬ー쎗ー'ᄒ고 드러오ᄂ 긔션 소리에 조긔줍든 녀ᄌ등은 그 긔회랄 타셔 바구니든치로 허리를 펴고 고기를 들어 히양을 바라보며 셔로 도라다 보아 무슨 말을 ᄒ고 돌쳐셔 ᄉᄂ 것은, 시계 업ᄂ 촌가의 부녀ᄌ가 날마다 그 시간을 일치아이ᄒ고 드러오ᄂ 긔션으로 시간을 짐작ᄒ야 느진 줄을 알고 집으로 도라가ᄂ 모양이라. 종다리 속에 가득이 잡아녀흔 조긔를 어린ᄋ히들은 제각금 그 모친의 좌우 손에 밀여달니며 종다리를 쎗아스랴 ᄒ면 그 모친되ᄂ 사름은 안이 쥬려 ᄒ다가 긔어히 그 ᄋ희의게 지고 마ᄂ 것을 보건딕 어린ᄋ희의 호긔심(好奇心)은 집에 도라가 그 초지ᄂ 제가 모다 잡은 것곳치, 쟈랑홀 싱각이 분명ᄒ니 어린ᄋ희의 텬진으로 나오ᄂ 심리(心理) 가히 짐작ᄒ기 용이ᄒ리로다. <u>신마산(新馬山)</u>은 근년에 이르러 식로히 긔쳑흔 곳이라. 시가에ᄂ 닉디인의 젼혀 영업ᄒᄂᆫ 바이요, 구마산은 본릭브터 죠션인의 어촌으로 호구가 쳔여호에 밋치ᄂᆫ딕 즁요ᄒᆫ 직업음 도다 어업이요, 그러치 안이ᄒᆫ면 비 부리ᄂᆫ 사공이며, 그 남아지의 쇼부분은 농민이 뎜령ᄒᆞ얏더라. 오릭동안 륙디에셔만 지니다가 안목이 일신ᄒᆞ고 졍신이 샹쾌ᄒᆞᆫ 히변 공긔를 졉ᄒᆞ니 어느듯 ᄒᆞ가 졈으러 바다와 산이 져녁 긔운에 사라져 가ᄂᆫ 것도 ᄭᅢ닷지 못ᄒᆞ고 황홀히 안졋다가 다시 몸을 일어 려관으로 도라드러오니 려관에ᄂᆫ 발셔 방안마다 불을 켜 놋코 리약이ᄒᆞᄂᆫ 소릭ᄭᅡ지 ᄭᅳᆫ이엿더라. 그러나 그 려관 뒤편으로셔ᄂᆞᆫ 녀즈의 음셩으로 쇼셜칙 읽ᄂᆞᆫ 소릭가 고요ᄒᆞᆫ 밤긔운을 능멸ᄒᆞ고 량량히 귀에 드러온다. 그 소릭가 귀에 드러오며 대문 안에 드러셔면 발길을 멈츄고 귀를 기우려 졀쳥ᄒᆞᆫ즉 그 소릭가 쳥아ᄒᆞ고 류량ᄒᆞ야 ᄉᆞ실ᄭᅡ지 분명히 알겟ᄂᆞᆫ딕 그 칙은 다른 쇼셜이 안이라 조긔가 작젼에 져작ᄒᆞ야 신보샹에 련직ᄒᆞ던 쟝한몽(長恨夢)이요, 그 째에 읽은 구졀은 평양 부벽루(浮碧樓) 아릭에셔 심슌이(沈順愛)가 리슈일(李秀一)을 리별ᄒᆞᄂᆫ 마당이라. 한참 읽다가ᄂᆞᆫ 슌이와 리슈일의 위인을 평론ᄒᆞ며 혹은 슌이를 나무라기도 ᄒᆞ며 혹은 리슈일이 불샹타 ᄒᆞ기도 ᄒᆞ고 엇지면 인졍이 그러ᄒᆞᆫ가, 부모가 글느지 그리 말ᄒᆞᄂᆫ 사름도 잇ᄂᆞᆫ 모양인딕 감안이 싱각ᄒᆞ건딕 그 방안에ᄂᆞᆫ 여자가 혼자 잇슴이 안이요 두어 사름이 잇ᄂᆞᆫ 것이라. 그 쇼셜을 비평ᄒᆞᄂᆫ 말에 자연이 마암이 ᄯᅴ을너 그 소릭나ᄂᆞᆫ 방으로 감안감안 갓가이 가셔 그 엇다ᄒᆞᆫ 녀즈들인가 여허본즉 그 방안에ᄂᆞᆫ 한머리에 칙샹이 노여 잇고 그 우에ᄂᆞᆫ 셔칙 몃 권과 남포가 노엿스며 칙샹 압ᄒᆞ로 녀즈 두 사름이 돌너안자 졍신이 업시 칙ᄲᅡᆫ 골몰ᄒᆞᆫ 모양이라. 한 녀즈ᄂᆞᆫ 년긔 십팔칠셰 되어 보이ᄂᆞᆫ딕 편발ᄒᆞᆫ 져츠라 힌 모시젹삼에 당홍 모시치마를 두루고 ᄯᅩ ᄒᆞᆫ 여자ᄂᆞᆫ 검은 치마에 모시 등젹삼을 입고 머리ᄂᆞᆫ 쪽지엿스며 년긔ᄂᆞᆫ 이십이삼셰 가량이라. 문 압ᄒᆞ로ᄂᆞᆫ 치마로 ᄭᅳᆾ헤 라쥬 셰쥬렴을 느리여 은은이 그 아릿다온 얼골이 쥬렴 밧그로 보이ᄂᆞᆫ 것은 형산의 빅옥도 안이요, 월궁의 항아도 안이요, 분명ᄒᆞᆫ 시골 촌가의 녀즈 안이면 일가ㅣ 쥬막집에 ᄯᆞᆯ이라. 그러나 그 얼골이 분명히 형뎨인 듯ᄒᆞ며 그 용모ᄂᆞᆫ 과연코 디방 일기 벽촌에셔는 구ㅎ지 못홀 얼골이라. 볼 아릐에 쪼는 발 밧그로 혹은 얼골이 돗보여 그러흔가 의심ㅎ고 눈을 자로 씨셔가며 보나 분명흔 션녀가 하강이라 ㅎ겟더라.

▲ 주유삼남(9) 매일신보 1914.7.5.

딕교 소교ㄱㅈ흔 쏠을 두고셔 손칙 쥬유ㄱㅈ흔 사의를 구히

즈긔는 보기를 이윽히 ㅎ다가 대쳥에 걸닌 죵이 열 덤을 치는 소릐에 깜짝 놀닉여 밤길을 돌쳐 즈긔흔 뎡흔 방안으로 드러오니 젹젹흔 뷔인 방에 등잔 흔아히 벗이 되고 창문을 자조 두다리는 것은 바다가의 쳐량흔 바름이라. 한참 안져 잇다가 일어나 창문을 열고 밧글 향ㅎ야 닉여다 보니 하늘에는 검은 구름이 가리여 별 흔 긔도 보이지 안이ㅎ고 밍렬흔 바름을 좃ㅊ 물결이 힝단에 부듸치는 소릐와 '와-슈-쾅우-'ㅎ며 나무와 나무는 셔로 부듸치며 슬니며 '우슈우-' ㅎ는 소릐가 텬디를 요란케 ㅎ고 외로운 긱의 심회만 쳐량케 ㅎ는듸 간간히 바름 소릐가 끈일 쌔마다 잠간잠간 귀안에 드러오는 소릐는 옥반에 구슬을 구을니는 듯흔 악가 보던 녀즈의 쇼셜 보는 셩이 이막에 부듸친다. 창문을 닷고 다시 안져 잇다가 목침을 베이고 누엇슨 잠은 일우지 못ㅎ고 공연히 심회난 이러나며 쪼난 그 녀즈의 형뎨가 엇더흔 사름인지 닉용의 비밀흔 ᄉ실을 히부ㅎ고 십흔 뭉듬이 간졀ㅎ야 계교를 궁리ㅎ는 중에 무슴 계칙을 싱각ㅎ얏는지 문득 무릅을 스치고 이러나며 문을 열고 마로에 나아스니 그 마루 건너로 한간방은 쥬인의 김병련이가 홀로 자는 방이라. 그 로파는 오십이나 갓가운 사름으로 몸이 샹당히 부듸ㅎ고 사름도 셔글셔글ㅎ야 가히 슈작홀 만흔 사름이라. 쥬인의 방문을 쏙쏙 두다리며 '여보, 슐 흔 잔 파시오.' ㅎ는 소릐에 잠드럿던 로파는 얼푸시 일어나며 눈을 부비고 홋트러진 골머리를 두손으로 드러 언지며 나오는듸 '무슨 슐을 자시려오. 쇼쥬도 잇고 막교니도 잇스니 ᄆᆞ음듸로.',

'막걸니 흔 잔을 쥬시오.' 쥬인 로파는 말걸니 항아리를 씨고 안져 안쥬는 목판직로 너여놋코 국ㅈ로 한 보ㅅ기를 듬북 써서 쥰다. 쳐음 잔은 바다먹고 둘직잔은 포라에게 권ㅎ며 한 잔 두 잔 삼ㅅ비에 일으려는 로파의 슐긔운이 잇고 자긔도 말ㅎ기 죠흘 만치 되엿는지라. 여보 노마님 ㅎ고 졍다이 부르며 너가 엿쥬어 볼 말슴이 잇쇼 ㅎ며, 문뎨를 졈졈 그 녀ㅈ 형뎨에게 밋쳐셔는 로파도 취흥이 도도ㅎ야 ㅈ초지죵의 리약이를 ㅎ는딕 그 말이 가히 드름즉ㅎ엿더라.

그 아히들은 형뎨가 모다 늬 똘이오. 큰 똘은 지금 나히 스물두살인 딕 우리가 젼에는 챵원(昌原)에서 싱쟝ㅎ야 이곳이 안틔본이올시다.(안틔본이라 ㅎ는 것은 그곳 퇴싱이라 ㅎ는 사토리) <u>우리 큰 똘은 어렷슬 씩부터 기싱에 박어 일홈을 금향(錦香)이라</u> ㅎ고 여러 호탕흔 남ㅈ들의 노리기로 지니기를 삼년 젼식지 ㅎ엿니 ㅊㅊ 셰월도 그러치 안커니와 기싱으로 영업ㅎ는 것도 별 자미가 업슬 쑨 안이라 남에게 쳔딕밧기도 실코 나는 집안이 원릭부터 큰 직산은 업셔도 몃 식구가 간신히 먹어갈 것은 잇는 고로 삼년 젼 <u>큰 똘은 기싱에 쌔져나셔 일홈을 광ㅈ(光子)라고 하이칼나로 짓고</u> 신마산으로 이ㅅㅎ여셔 쥬막업을 시쟉ㅎ엿습니다. 그리ㅎ고 ㅈ근 똘은 즉시로 학교에 너허 공부를 식이엿더니 금년에는 보통학교를 우등으로 졸업ㅎ엿다고 상품과 졸업쟝을 타 가지고 왓는딕 그 쌔에는 어미된 마음이 엇지 깃거운지 몰낫습니다. 지금 자근 똘년의 나히는 열일곱살이오 직죠와 인물도 남아 탐너일 만큼 싱겻습니다. 그런 식둙으로 ㅅ방에셔 통혼은 만히 드러오지오만은 모다 거졀ㅎ고 나는 일단 마음이 그것이나마 한아 잘 가라쳐셔 죠혼 ㅅ외를 엇을 젹에 위인은 골션풍이오 직산은 부거만이오 문필은 왕희지 리틱빅을 겸ㅎ야 은안쥰마로 우리집 문젼을 번요케 흘 사름을 구ㅎ는딕 그런 사름이 쉽지 안이ㅎ오이다 그려. 우리 ㅈ근 똘 하임(荷任)이는 언제나 그런 비필이 싱길는지 사름이 갑갑ㅎ여 못 견딕깃셔요.

ᄒᆞ며 리약이가 점점 마나 들어갈 졔 양쳘 치양에 쪽쪽 울니며 써러지ᄂᆞᆫ 빗방울에 로파ᄂᆞᆫ 말을 즁지ᄒᆞ고 일어나며 '아이고 쟝독 쑤에를 안이 덥헛네.' ᄒᆞ고 쓸아리로 나려가ᄂᆞᆫ듸 자긔ᄂᆞᆫ 방안으로 다시 드러가 잠을 지촉ᄒᆞ고 비ᄂᆞᆫ 점점 긴ᄒᆞ여 창 밧 긔쳔으로 물 흐르ᄂᆞᆫ 소릐가 쫠쫠홀 ᄲᅮᆫ이라.

▲ 주유삼남(10) 매일신보 1914.7.7.

우즁에 긔션을 타고 마산을 써나 진쥬로

잇흔날 십륙일은 젼날 져녁부터 오던 비가 잠시도 긔이지 안코 폭포 ᄀᆞ치 쏘다지니 텬디ᄂᆞᆫ 몽롱ᄒᆞ고 신구마산의 조고마ᄒᆞᆫ 쌍은 은연즁 물 가온듸에 드러 잇ᄂᆞᆫ 것 ᄀᆞᆺ다. 즈긔ᄂᆞᆫ 그 우즁에 감히 써나갈 싱각을 못ᄒᆞ면 이 방안에서 누엇다 안잣다 ᄒᆞ고 잇ᄂᆞᆫ듸 그 엽헤 방에 드러잇ᄂᆞᆫ 손들도 혀를 ᄎᆞ며 혼즈 한탄ᄒᆞ여 비만 원망ᄒᆞ며 다 ᄀᆞᆺ치 갑갑ᄒᆞᆫ 회로로 쟝쟝하일을 다 보늬고 져녁 여닯시가 되나 역시 쏘다지ᄂᆞᆫ 비ᄂᆞᆫ 조곰도 감셰가 업고 사름의 마음을 조조히ᄒᆞᄂᆞᆫ듸 그날 밤도 그 집의 신셰지ᄂᆞᆫ 몸이 되엿더라. 다시 즈고 일어나ᄂᆞᆫ 십칠일 아츰에ᄂᆞᆫ 비를 무릅스고 그곳에서 머지 아니ᄒᆞᆫ 텰도 뎡거쟝으로 나아가 즈동챠의 진쥬 릭왕 여부를 무러본즉 비가와셔 릭왕치 못ᄒᆞᆫ다 ᄒᆞ고 우션 회샤에 가셔 츌범ᄒᆞᄂᆞᆫ 비의 유무를 무른즉 그 동안에ᄂᆞᆫ 안긔로 인ᄒᆞ여 긔션도 불통ᄒᆞ엿더니 오날은 져녁 일곱시에 써나가ᄂᆞᆫ 비가 잇스리라 ᄒᆞᄂᆞᆫ 고로, 급히 쥬막으로 도라와 헛트러 노앗던 힝장을 슈습ᄒᆞ여 ᄀᆞ지고 쏘ᄂᆞᆫ 즈긔가 션발 셩자가 되어 진쥬(晉州) 방면 가ᄂᆞᆫ 손님이 잇거던 오늘 가ᄂᆞᆫ 션편에 타ᄂᆞᆫ 것이 됴겟다 ᄒᆞ며 뎡거쟝에 역부가 챠 써나갈 림시ᄒᆞ야 손님을 지촉ᄒᆞ고 단이듯시 방방이 ᄎᆞ져가셔 크게 외오ᄂᆞᆫ 효험으로 동힝 슈삼인을 엇엇슴으로 일힝 삼인이 셔로 힝리를 졍돈ᄒᆞ여노코, 츌범ᄒᆞᄂᆞᆫ 시간 오기를 고듸ᄒᆞ야 져녁 일곱시에 ᄒᆡ변으로 비를 기다리려 나아가니 조곰 잇다가 과연 죠션 우션회샤(朝鮮郵船會社)의 긔션 통영환(統營丸)은 사름을 틱우려고 부두로 갓가이 와 닷는다. 비의 막히여 써나려던 사름의 쳐쳐에 모엿다가 물고에 물 터 노은 것ㅈ치 서로 밀치고 쏘다져 가며 비 우에 올으난딕 ㅈ긔의 일힝도 그 ㅅ이에 씨여 이들실 한편 구석에 씨엿더라.

쑹-쿵광쿵광 하는 긔적 소릭와 닷 감는 소릭와 한가지로 긔션은 셔셔이 움작이며 물결을 츠고 나아갈 째의 진실로 참 심신이 상쾌흠을 금치 못하얏도다. 셤과 산을 싀이여 가며 나아갈 제 졈졈 속력을 더하며 살ㅈ치 다라나는 길에 불과 서너 시간만에 통영(統營)이라 하는 곳에 비를 딕이니 그 째는 밤 열흔 시 가량이라. 하늘은 도로 흐리여 캄캄하고 다만 통영 항구의 불빗만 길게 반작거리는딕 만일 밤이 안이요 쏘흔 조고마흔 여가가 잇섯스면 이곳에 유명흔 <u>전일 리츙무공(李忠武公)의 젼짓하던 고젹을 초져보고져 하얏스나 그롤 실힝치 못흔 것은 흔 낫 유감이라.</u> 그 째에 흔가지 그곳 풍속의 유젼하는 말을 듯건딕 녜젼에 리슌신이 통영에 진을 치고 잇슬 째에 여러 쳥년으로 하야곰 돌팔민 치는 법을 쟝려하얏는고로 그 풍속이 지금ㅅ지도 유릭하야 일년 닉에 몃 번식은 반다시 셕젼(石戰)을 흔다는딕 그것은 셔로 편을 갈너가지고 싸호는 것이 안이라 일마쟝이나 되는 곳에 관역으로 조고마흔 나무 흔 긔를 셰워놋코 돌을 던져 그 나무를 맛초아가니 그것은 하류비가 하는 것이 안이라 졈잔은 집안 ㅈ질이 모다 싀옷을 입고 나셔셔 돌팔민를 치는딕 그 팔민가 긔긔히 그 관역을 맛츄고 써러져 흔 긔도 헛방이 업다 하는 말도 드럿더라.

▲ 주유삼남(11) 매일신보 1914.7.8.

진쥬라는 촉셕루 론긔 ㅅ당도 그곳

긔션은 더욱 진힝하여 삼천포(三千浦)를 지닉고 얼마 안이하여 션진

(船津)이라 ᄒᆞᄂᆞᆫ 항구에 다다르니 그 째는 십팔일 오젼 여섯시라. 불그
름ᄒᆞ게 흐린 하날은 바다 바름에 더욱 습긔가 사름의 몸을 음습ᄒᆞᆫ다.
션진이라 ᄒᆞᄂᆞᆫ 곳은 비록 션쳑이 츌입ᄒᆞᄂᆞᆫ 곳이로ᄃᆡ 아즉도 츙분ᄒᆞᆫ 발
달은 되지 못ᄒᆞ여 인가도 최소ᄒᆞ고 ᄒᆡᆼ인도 만치 안이ᄒᆞ나 다만 진쥬
한 곳을 등에 지고 영업을 ᄒᆞᄂᆞᆫ 곳이라. 쟝산은 ᄒᆡ변ᄭᆞ지 나와 잇고
그 압ᄒᆞ로 산골쟉이마다 삼수호식 촌가가 곳곳이 잇셔 젹막무미ᄒᆞᆫ 일
긔 ᄒᆡ변 촌락이라. 긔션에서 나리셔며 즉시로 마챠를 비로 오십리의
거리 되ᄂᆞᆫ 진쥬부로 향ᄒᆞ여 가ᄂᆞᆫᄃᆡ 그 길은 요ᄉᆞ이 치도ᄒᆞᆫ 곳이라. 쌍
이 완젼히 굿지 못ᄒᆞ야 비온 후에 쇼발ᄌᆞ초와 구루마의 왕ᄅᆡᄒᆞᆫ 쟈국이
며 농군의 발ᄌᆞ국이 우먹우먹ᄒᆞ야 오쟝이 요동ᄒᆞᄂᆞᆫ 마차가 그 우로 지
ᄂᆡ여 가ᄆᆡ 박휘ᄂᆞᆫ 걸니며 흙에 박히고 ᄭᅳᆯ고 가는 말은 평싱의 힘을 다
ᄒᆞ야 두 눈이 불ᅀᅡᆫ 솟도록 근력을 다ᄒᆞ나 박회ᄂᆞᆫ 용이ᄒᆞ게 흑슉에셔
버셔나지 못ᄒᆞ고 공연ᄒᆞᆫ 말은 힘만 쓰는 것이 일긔 말도 못ᄒᆞᄂᆞᆫ 동물이
라도 그 신세의 가련ᄒᆞᆷ을 칙은이 싱각ᄒᆞ얏도다. 그ᄲᅮᆫ이 아니라 그 말은
슈쳑ᄒᆞᆷ이 극도에 달ᄒᆞ야 가위 피골이 샹련이라 ᄒᆞ얏도 가ᄒᆞ겟ᄂᆞᆫᄃᆡ 말
을 어거ᄒᆞᄂᆞᆫ 쟈ᄂᆞᆫ 칙칙을 들고 그ᄅᆡ도 아니 간다고 두다리니 긔운이
시진ᄒᆞᆫ 말은 다만 그곳에셔 네족만 버리젹거리고 잇슬 ᄯᆞ름이라. ᄌᆞ긔
ᄂᆞᆫ 민망ᄒᆞᆷ을 익의지 못ᄒᆞ야 마부에게 질문을 ᄒᆞ얏더라. 아모리 즘싱이
라 ᄒᆞ기로 힘드는 일을 식히면셔 잘 먹지도 아니ᄒᆞ고 져럿툿 슈쳑ᄒᆞᆫ
말을 만드러 놋코도 무슨 셧셧ᄒᆞᆫ 얼골이 잇셔 그와ᄀᆞ치 두다리ᄂᆞ냐.
　그 말의 ᄃᆡ답이 더욱 무도ᄒᆞ다. 그 말은 본ᄅᆡ에 <u>군ᄃᆡ에셔 쓰던 말로
년긔가 차셔 민간에 방ᄆᆡᄒᆞᆫ 것인ᄃᆡ 이후 일이년 동안만 지ᄂᆡ이면 그 말은
이셰상을 하직ᄒᆞ게 되ᄂᆞᆫ</u> 고로 아모리 잘 먹인다 ᄒᆞ야도 목슘을 길게
지팅치ᄂᆞᆫ 못ᄒᆞ고 공연ᄒᆞᆫ 돈만 드릴 ᄲᅮᆫ이니 찰하리 살아잇슬 쌔에 ᄆᆞ암
ᄃᆡ로 부리여먹는 것이 리익이라 ᄒᆞᄂᆞᆫ 말을 드럿도다.
　인간과 동물을 물론ᄒᆞ고 신셰가 뎌 모양이 되면 가히 탄식ᄒᆞᆯ 밧게
다른 도리ᄂᆞᆫ 업스리라 ᄒᆞᄂᆞᆫ 싱각에 ᄌᆞ긔ᄂᆞᆫ 무한ᄒᆞᆫ 동졍을 그 말의 신샹
에 ᄃᆡ하야 주엇스나 그 말은 그와ᄀᆞᆺᄒᆞᆫ 동졍심이 잇ᄂᆞᆫ 사름이 뒤에 잇ᄂᆞᆫ

줄을 아느지 모르느지 여젼히 칙직이 무서워셔 굽을 허비며 젼신에 쌈을 흘니여 락슈를 지엿더라. 의러홀 동안에 ᄉ오시간을 지니이민 ᄉ쳔(泗川)읍을 지니고 삼십리를 압흐로 나아가셔, 진쥬 남강을 바라보며 강두에서 마챠를 나리엿스니 시간은 졍오 쎠이라. 먼져 ᄉ롭게 눈에 쎄우는 것은 쳐쳐마다 울울챵챵흔 쥴김(竹林)이 늠렬흔 긔운으로 외타의 초목을 암시ᄒ는 듯흔 것이오 쏘는 진쥬부의 한 경식을 도읍는 즁요흔 물건이라 ᄒ겟더라. 남강을 왕리ᄒ는듸 편리ᄒ도록 다리(浮橋)를 노코 한번 건너가면 그 삭이 일젼이라 로비의 남아지를 쎠러니여 일젼을 쥬고 다리를 건너가 부즁으로 드러가니 젼일에 듯던 진쥬 감영이 실디로 졉촉홈에 딕ᄒ야는 외양으로만은 별노히 감복홈에는 일으지 못ᄒ얏도다.

지쥬 남강변의 쥭림

*사진 1폭이 실림

▲ 주유삼남(12) 1914.7.10.

진쥬의 ᄌ틔프* 도화동의 탁쥬집

진쥬는 ᄌ고로 죠션 니에셔 굴지ᄒ던 도회쳐이라. 젼일에는 관찰ᄉ의 잇던 곳이요, 지금은 도장관의 잇는 곳이라. 호슈는 삼쳔여 호라 ᄒ나 모다 다 쓰러져가는 듯흔 초가집만 질비ᄒ야 잠간 보기에는 일기 젹막ᄒ고 빈한흔 초막과 다름이 업스나 그 실샹인즉 궤짝지 ᄀᆺ흔 조고마흔 집속에 버리집과 틔글이 틱산갓치 자이여 잇슬지라도 실샹으로 니용을 ᄌ셔이 죠ᄉᄒ야 보면 루거만의 거부가 모다 그 속에셔 우물우물ᄒ고 잇셔 진실로 일은바 나모로는 슘은 부자는 그곳에 잇다고 홀 것이나 그것으로 인ᄒ야 연구ᄒ야 볼 것 갓흐면 구일 한국시듸에 탐관

362

오리가 발호ᄒ야 그 위협을 면ᄒ 츠로 거짓의면을 츄솔히 ᄒ야 극빈ᄒ 형적을 낫타ᄂᆞ임이니 젼일 도탄에셔 곤란을 밧던 그 빅셩들의 형상은 지금도 가히 그 일 한가지로 능히 츄칙ᄒ겟도다. 성벽은 홰철ᄒ야 혹은 도로 혹은 인가가 되얏ᄂᆞᆫ듸, 북으로 외외히 셔셔 부ᄂᆞ를 구비 보ᄂᆞᆫ 비봉산(飛鳳山)이 잇고, 동으로 순텬봉(順天峰)이 길게 나리와 옥봉(玉峰)에 일으기ᄭᆞᆺ지 청룡(靑龍)을 지엇스며 셔으로ᄂᆞᆫ 남강(南江)이 흘러 멀리 동으로 향ᄒ야 나려가ᄂᆞᆫ듸 그 물이 묽고 얏하 경치로 보기에ᄂᆞᆫ 극히 그윽흔 츄미가 잇다 ᄒ겟스나 다만 흔가지 흠결되ᄂᆞᆫ 것은 션쳑이 왕ᄅᆞ치 못ᄒ야 디방 발달에 큰 방ᄒᆡ물이 된 것을 유감으로 아ᄂᆞᆫ 바이로다.

디위ᄂᆞᆫ 죠션 즁 극남에 처ᄒ야 긔후가 온난ᄒ고 토디가 고옥ᄒ야 비록 고산쥰령이라도 곡물을 심으면 잘 살지 안이ᄒᄂᆞᆫ 것이 업스며 ᄯᅩ난 한듸 디방 ᄉᆞ롭으로 ᄒ야곰 쳐음에 눈을 놀ᄂᆞ일 것은 석류(石榴)나무가 삼ᄉᆞ질식 되ᄂᆞᆫ 것이 잇셔 집집마다 담 안에 셔셔 ᄭᅩᆺ피일 ᄯᆡ에ᄂᆞᆫ 무슈흔 ᄭᅩᆺ봉오리가 나무 젼체를 붉게 단쟝ᄒ고 결실ᄒᄂᆞᆫ 가을에ᄂᆞᆫ 슈쳔긔의 셕류가 마른 가지에 붉은 덩어리로 휘여지게 달닌 모양은 일듸 장관을 일올네라. 진쥬의 산이라 ᄒᆞᆯ 것은 업스나 명물(일홈난 물건)을 듸강 몃가지를 말ᄒ건듸 <u>뎨일은 기ᄉᆡᆼ이니 녜젼부터 진쥬라 ᄒᆞ면 먼져 기ᄉᆡᆼ을 련상(聯想)ᄒᄂᆞᆫ 터인고로 그 슈효 쳔명으로ᄡᅥ 계산ᄒ더니 요ᄉᆞ이도 오히려 삼빅여명에 일은다 ᄒᆞᆷ은 ᄉᆞ실이라.</u> 그러나 그 만은 기ᄉᆡᆼ이 조고마흔 일 도회디에셔 무엇을 바라고 그와 ᄀᆞᆺ치 슈효가 만흐뇨. 그 실샹 ᄂᆡ용을 보건듸 ᄌᆞ젼으로 기ᄉᆡᆼ 음위업ᄒᄂᆞᆫ 풍속이 고벽을 지어 엇더흔 사름이던지 ᄯᅡᆯ을 나으면 인물이 아조 루츄흔 것은 ᄉᆡᆼ의치 못ᄒ려니와 한번 보와 츄흔 ᄯᆡ만 버슨 계집아희ᄅᆞᆯ 둔 부모ᄂᆞᆫ 반ᄃᆞ시 기ᄉᆡᆼ의 명부에 올니여 어려셔부터 가무를 가르치며 한편으로 농ᄉᆞ ᄯᆡ이면 그 부모와 ᄯᅩᄂᆞᆫ 일ᄭᅮᆫ과 한가지로 김도 ᄆᆡ고 모도 심으며 방아도 씻고 쌀ᄂᆞ도 ᄒ여 보통 농부의 집 계집아ᄒᆡ와 다름이 업스나 여가가 잇ᄂᆞᆫ ᄯᆡ이던지 혹은 츳ᄌᆞ오ᄂᆞᆫ 손이 잇ᄂᆞᆫ ᄯᆡ에ᄂᆞᆫ 농부의 복식을 버셔 바리고, 홍군취샹으로 좌석에 나안져 의례히 륙ᄌᆞ박 한마듸ᄂᆞᆫ 모다 명챵으로 부를 줄 아ᄂᆞᆫ 것이니 이는 기싱으로 젼업ᄒᆞ는 것이 아니라 <u>농ᄉᆞᄒᆞ는 여가에 기싱 노릇은 부업을 솜는 것이라</u>. 그럼으로 진쥬 일읍 인구에 디ᄒᆞ야 비다교ᄒᆞ면 오십분의 일은 기싱이 뎜령ᄒᆞ얏다 ᄒᆞᆯ지라. 고로 진쥬에는 유명ᄒᆞᆫ 격언이 잇스니 '만일 오늘도 로상에셔 기싱을 맛나지 못ᄒᆞ면 내가 한 턱을 ᄒᆞ겟다.; ᄒᆞᄂᆞᆫ 말로 좃ᄎᆞ 감안히 싱각을 ᄒᆞ면 그곳에는 기싱의 수효가 얼마나 만으며 길에 왕리ᄒᆞ는 기싱이 얼마나 만은지 츄측ᄒᆞ기 어렵지 아니ᄒᆞ리로다. <u>뎨이는 죽순(竹筍)이니</u> 오륙월 ᄶᅢ에는 어느날 쟝이던지 죽순 몃 짐식은 ᄶᅥ날 ᄶᅢ가 업고 ᄯᅩᄂᆞᆫ 죽슌으로 료리ᄒᆞ는 방법도 발달되엇다 일으리로다. <u>뎨삼은 막걸니(濁酒)이니</u> 그 슐은 젼혀 찹살로 제조ᄒᆞ는 고로 그 맛이 감미가 만코 일홈은 탁쥬라 ᄒᆞ야도 ᄆᆞᆰ기가 쳥쥬와 거의 다를 것이 업스며 제조ᄒᆞ기를 뎍당ᄒᆞᆫ 방법을 리용ᄒᆞ야 진쥬에는 이 셰 가지가 명산이라 ᄒᆞ겟도다. 그러나 지금에 급히 우션 착슈ᄒᆞᆯ 것은, 읍ᄂᆡ의 시구기졍이라고 ᄌᆞ긔는 싱각ᄒᆞ얏도다. 협소ᄒᆞ고 쇼불쇼불ᄒᆞᆫ 장에는 사름이 드러셔면 오예물의 부픽ᄒᆞ는 되음식가 코를 ᄶᅵ르는 것이 위싱상 극히 위틱ᄒᆞᆫ 일이라. 잇ᄒᆞᆫ날 십구일에 ᄌᆞ긔는 죠션 팔경 중 한 아되는 쵹셕루(矗石樓)에 올낫도다. 지목은 젼부를 괴목(槐木)으로 ᄉᆞ용ᄒᆞ야 일빅오십평 가량의 큰 무듸가 강져(江渚)에 놉히 소스 시인묵긱의 한번 올음이 무방ᄒᆞ게 되얏스며 압ᄒᆞ로는 남강이 잔잔이 흐르고 물가에는 론긔(論介)의 ᄶᅡ져 죽은 의암(義岩)이 지금도 의연히 물밧게 나타나 녯일을 싱각ᄒᆞ는 듯 그 우에는 론긔의 비셕을 셰워잇고 쵹루 오른편에는 의기ᄉᆞ(義妓祠)라 ᄒᆞ는 ᄉᆞ당이 잇셔 론긔의 신령을 위ᄒᆞ엿더라. 강상에는 삼삼오오의 쳥년등이 비 우에 술을 싯고 하로 낫 더운 긔운 강상에셔 잇고 질기는 사름이라. 역부졀ᄒᆞ며 혹은 비머리를 두다리며 소리도 ᄒᆞ고 혹은 반취ᄒᆞ여 누오 시름을 죠리는 쟈도 잇다.

셕양에 기우러 지는 히빗을 ᄶᅴ고 강변으로 나려와 낙시질ᄒᆞ는 사름의 종다리를 기우러 십여 미라 젹은 싱션을 사셔 손에들고 슈정봉(水晶峰) 아릭 도화동(桃花洞) 엇더ᄒᆞᆫ 슐집으로 드러가니 그 집은 진규에셔 유명ᄒᆞᆫ 복ᄉᆞ나무가 방송ᄀᆞᆺ치 그늘지어 그 아릭에는 물로 단을 모으고 그 우에셔 ᄉᆞᆯ을 사 먹ᄂᆞᆫ 곳이라. 겸ᄒᆞ여 그 집에ᄂᆞᆫ 계월(桂月)이라 ᄒᆞᄂᆞᆫ 어린 기ᄉᆡᆼ이 잇셔 손을 졉ᄃᆡ하ᄂᆞᆫᄃᆡ 반가히 나와 ‘어셔옵시오, 탁쥬ᄅᆞᆯ 잡수시렵니ᄭᆞ.’ ᄒᆞ며 복ᄉᆞ나무 아ᄅᆡ로 마자 들리여 습쳐 주ᄂᆞᆫ 것도 ᄯᅩ ᄒᆞᆫ ᄯᅩᄒᆞᆫ ᄀᆡ묘 흥취ᄅᆞᆯ 도읍ᄂᆞᆫ다.

[03] 『매일신보』 1914.10.28~29. 秋ᄅᆞᆯ 探ᄒᆞ야 淸凉里行 (2회)

▲ 秋ᄅᆞᆯ 探ᄒᆞ야 淸凉里行(上) 매일신보 1914.10.28.

은하슈 머리 셔으로 쾌히 돌며 밤마다 놉하 보이ᄂᆞᆫ 푸른 하ᄂᆞᆯ 아ᄅᆡ에 쌀쌀히 부ᄂᆞᆫ 가을 바ᄅᆞᆷ일 ᄯᅡ라 이 셰샹의 가을은 그 졀ᄀᆡ가 쾌히 깁헛도다. 동편 울밋헤 두셰나무 와싸로 션 국화ᄂᆞᆫ 셔리도 업스히 넉이ᄂᆞᆫ 놉흔 졀ᄀᆡᄅᆞᆯ 자랑ᄒᆞᄂᆞᆫ 듯이 타ᄅᆡ진 봉우리가 반씀 우슴을 먹으멋고 남산 허리 이곳저곳 쓰염쓰염 잇ᄂᆞᆫ 단풍나무ᄂᆞᆫ 가을털을 혼쟈 챠지ᄒᆞᆫ 듯 붉은 단장이 졈졈 깁허가ᄂᆞᆫ 이즈음 텬디도 쳥아ᄒᆞ고 사ᄅᆞᆷ의 마ᄋᆞᆷ도 상쾌ᄒᆞ다. 복잡ᄒᆞᆫ 경셩의 시가ᄅᆞᆯ 등지고 뎐챠에 몸을 시러 동문 밧 쳥량리로 가을 구경을 나가며 어제나 그제 갓튼 봄여름 ᄉᆡᆼ각을 ᄒᆞ니 을근붉근ᄒᆞᆫ ᄭᅩᆺ헤 마ᄋᆞᆷ이 씌워셔 화류랄 나간다, 화로 갓흔 더위에 소챵을 나간다, 일요일 토여일 뎐챠마다 가득 실고 나가고 뎐차마다 가득실고 들어오던 그 사ᄅᆞᆷ들은 다 어ᄃᆡ로 갓ᄂᆞᆫ지 괴나리봇다리에 쌜리 가ᄂᆞᆫ 뎐챠도 늣게 ᄉᆡᆼ각ᄒᆞᄂᆞᆫ 츄슈머리의 농가 사ᄅᆞᆷ이 뎨일 만흔ᄃᆡ 유두분면과 회롱을 못ᄒᆞ야 그런지 챠장 운젼수도 가을이 상쾌ᄒᆞᆷ을 ᄭᆡ닷지 못ᄒᆞ고 도리혀 봄여름보다 아모 흥치가 업고 ᄀᆡ력이 업는 모양이라. 아— ᄒᆡᆼ복이여. 이 ᄯᅢ의 ᄒᆡᆼ복이여. 이 쳥량ᄒᆞᆫ 텬지ᄅᆞᆯ 혼자 차지ᄒᆞᆫ 듯ᄒᆞᆫ 그 잠시의 나의 ᄒᆡᆼ복이여 …… 쾌락이 이 ᄒᆡᆼ복 ……그러나 쾌락이라는 것이 엇지 귀에 됴케 들리고 눈에 됴케 보이ᄂᆞᆫ 것만 쾌락일가. 고젹ᄒᆞ고 슯흔 듯ᄒᆞᆫ 회포(悲哀의 高潮)가 ᄯᅩᄒᆞᆫ ᄒᆞᆫ가지 쾌락이라. 한가지 쾌락ᄲᅮᆫ 아니라 쾌락 중에는 데일르 조흔 쾌락이 안인가 ……슯흔 쾌락……슯흔 쾌락을 진정흔 쾌락으로 알 것이로다. …… 늬남 흘 것 업시 연극장에셔 연극 구경을 ᄒ더라도 우습고 짓거운 것보다 불샹ᄒ고 슯흔 연극을 더 ᄌ미잇게 넉이며 눈믈을 흘니면셔도 오히려 그 연극이 좃타좃타 ᄒ는 것만 보아도 우리의 인셩은 이 슯흔 쾌락을 짓거워ᄒ게 됨이로다 …… 이 싶흠을 쾌락으로 넉임이 우리 인셩의 신령흔 감화(靈感)이로다. 우리 금일 쳥량리 가는 쾌락도 이 슯흔 쾌락에 갓가온 쾌락임으로 우리가 이를 쾌락다 흠이라. 탑골 모퉁이 도슈쟝으로 드러가며 목숨이 핍박흠을 하소연ᄒ노라 슯히 우는 암쇼 소리 …… 그 극히 슯흔 소리가 묽고 맑은 가을 공중으로 좃ᄎ 썰썰썰썰 울리는 **뎐챠챵으로 늬 귀에 조모맛케 진동될 쌔에 나는 눈믈이 흐름을 금치 못ᄒ얏노라.** 그러나 그 눈믈이 흐를 그 일초 동안에 나의 ᄆ음은 이 시속을 쩌나 거의 신셩(神聖)애 ᄀ흔 한 종류 묽고 놉고 졍ᄒ고 엄흔 감동이 일어남을 씌다랏스니 이 일은바 슯흔 쾌락이 안인가. 량편으로 길게 느러션 져 버들 만고녀걸의 혼령이 길게 조으시는 홍릉 어구를 호위ᄒ고 션 져 버들 엊그제ᄭᅵᆫ지 쳥흔 무르록은 그늘로 더위에 목마른 사름의 속을 시원케 ᄒ더니 언의던 그 무르록게 푸르던 입이 황금식으로 변ᄒ랴 옛가지를 사례ᄒ고 가는 바름 오는 바름에 펄펄 날리여 단이다가 필경은 그 나무 ᄲᅮ리로 도로 써러지기도 ᄒ며 뎐챠의 텰로 바탕 우에도 써러지는듸 텰로 우에 써러져 노엿던 져 락엽 살갓치 달니는 뎐챠가 지나가며 뒤를 도라보니 악마ᄀ흔 뒤박휘에 진눌려 다다르고 죠곰 붓헛던 남아지 진익만 반들반들흔 텰로 우에 흔젹을 머물럿고 남아지 형톄는 박휘에 말려 보이지 안이흔다.

"아…참혹ᄒ도다. 져것도 우리와 ᄀ치 죠물의 힘을 난호아 엇은 것이로구나."

뎐챠의 바름에 뎐챠의 좌으로 펄젹 늘아 오르는 그 근쳐의 여러 락엽ᄯᅡ에 써러졋서도 뎐챠박회에 진물니기는 두려워 피ᄒ랴.

권농단 동젹뎐을 가라치며 이젼에 임군님이 친이 밧틀 가라 빅셩의
농ᄉ를 권쟝ᄒ시던 곳이라, 이젼 감회도 싱각ᄒ며 안암동 동그레산을
치여다 보며 져 산에는 ᄉ쌜간 산에나무는 업셔도 돈으로 싸아올리다
십하 ᄒ얏다. 셔울 사름의 돈 만흔 것을 부러워 하는 것도 갓고 경원
텰도의 쳥량리 뎡거쟝을 가리치며 져 텰로가 싱기기로 인ᄒ야 이젼에
는 부모쳐ᄌ를 눈물로 리별ᄒ고 드러가던 금강산을 하로에 가게 되얏
다. 즈긔의 아는 말을 서로 짓거리는 말이 말ᄒ고 말 듯는 댱쟈간에는
엇더흔 싱각이 이러는지는 알 수 업스나 듯는 이 몸의게는 모다 이샹흔
싱각이 안이나는 것이 업셧노라.

뒤편으로 올라 타던 챠를 알문으로 샤례ᄒ고 여름에 쳥량사 드러갈
찰나 갈길 번번히 슐 사먹던 슐집 ……얼골들 밉고 사름들 밉고 순직흔
삼십여 셰되야 보이는 녀편닉 쥬인 잇는 ……슐집문을 기웃기웃 ᄒ얏
스나 나와 동힝ᄒ는 쟈는 양디에서만 형샹을 낫타닉이는 닉 그림ᄌ쑨
이라. 심심ᄒ야 고만두고 발길과 머리가 흠쯰 북으로 돌며 눈에 가득흔
슈려쳥경 이는 곳 홍릉동구의 가을 얼골이라. 한발 두발 거러 드러가며
한 덤 두덤식 이 셰샹의 더러온 ᄆ음이 써나가는 듯흔 그 홍취…… 가
슴에 넘치엿고 닉 머리에 박혓것만 입으로 말도 안 되고 붓으로 글도
이루지 못ᄒ는딕 …… 그 째의 그 감회를 입으로 능히 말ᄒ면 닉라셔
웅변이오 붓으로 능히 쓰면은 닉라셔 문쟝이련만은 쳥량리의 가을을
업슈히 넉이고 변변치 안이ᄒ리라 싱각ᄒ면서 다만 이 신문에 이 긔ᄉ
를 쓸 요구에 쓸려 닉이키지 안이ᄒ는 발을 억지로 닉이것던 바이라.
그럼으로 변변치 못ᄒ게 넉엿던 경치도 한번 눈에 부듸치믹 곳 변변흔
싱각이 나며 변ᄒ야 사랑ᄒ는 싱각이 나는 것이니 이 산슈의 풍경을
극히 ᄉ랑ᄒ는 싱각이 날 째에는 ……티끌 셰샹의 ᄆ음이 젼혀 씻겨가
니 ……아— 즈연이여 ……산슈 풍경의 즈연이여 …… 우리의 인스피려
슌6)은 네가 그 어버이로다. 이십년 젼을 돌려 싱각ᄒ면 지금이 그 맘

째가 안인가. 그 째가 이 맘 째가 안인가. 싱각홀ᄉ록 빅가지 감회가 가슴에 얼기줄을 치고 물건이 목구멍에 걸녀 막힌 듯ᄒ도다. ……쳔고의 녀걸…… 그 셰력이 대동강산을 진동ᄒ고 그 슈단이 동양 텬디롤 놀닉게 ᄒ시던 명셩황후ᄂ 이십년 젼 팔월 이십일일 ……지금이 그맘째가 안인가. 그 째에 싀로 심은 버들은 봄이면 입이 피고 가을이면 져ㅈ치 이우러 왕릭 하 ㅇ인의 무한ᄒ 심회롤 돕것만은 길게 조으시ᄂ 령혼은 ᄉ시쟝텬한 모양으로 엄슉ᄒ 묘상에 히 들고 달 비출 쑌이라.

비위 거슬리ᄂ 싸스[7] 연긔 귀에 거슬리난 나발 쇼릭롤 방약두인으로 토ᄒ며 소긔로 ᄉ구라 꼿[8] 구경 단이던 ᄌ동챠도 보이지 안이ᄒ고 얌견치 못ᄒ 미인방ㅌ낭에 일숨ᄂ 쳥년이 가득ᄒ던 평량ᄉ 각 초막도 븨인 듯이 쓸슬ᄒ 것을 혼ᄌ 질겁게 넉이며 반찬 업다ᄂ 늙은 승을 졸라 ……쳥닉에셔ᄂ 엇어 보지 못홀 …… 그릇그릇이 가을 빗이 가득ᄒ 절 방에 한조각 감회롤 위로ᄒ며 한가지 흥취롤 도울 초막 슐을 마시고 먹고 빈 가죽에 북을 머인 후 언덕 우에 단풍 한가지롤 썩다가,

아서라 금년의 목슘이 얼마나 나맛다구 구틔여

그만두고 갈 길을 다오신다

바름 업건만 락엽은 ᄉ면 날리며 빅안이 오것만 가을 구름은 산우에 가득ᄒ더라.

---

6) 인스피려슌: 인스피레이션. 감흥.

7) 싸스: 가스.

8) 사쿠라 꼿: 벗꽃.

[04] 『매일신보』 1915.03.09~14. 청도 시찰 일기,
    조일제 (5회)

▲ 靑島 視察 日記(1) 一齊生, 매일신보 1915.3.9.
  歡樂 嬉嬉中 出帆
▲ 靑島 視察 日記(2) 매일신보 1915.3.10.
  船中에셔 各項 滑稽
▲ 靑島 視察 日記(3) 매일신보 1915.3.11.
  好船長의 好苦心
▲ 靑島 視察 日記(4) 매일신보 1915.3.12.
  靑島 官紳의 大歡迎
▲ 靑島 視察 日記(5) 매일신보 1915.3.14.
  靑島 市中의 雜觀

[05] 『매일신보』 1915.04.08~20. 元山 視察團 (2회)

▲ 元山 視察團, 諒闇 除夜의 大淸遊 매일신보, 1915.4.8.
  釋王寺 探勝 元山 視察團 (광고)

▲ 一日 行樂記 매일신보 1915.4.20 (원산 시찰단 관련 기사)
  本社 主催 視察團의 大成功
  車中의 歡聲=釋王寺의 款待=元山 官民의 熱誠흔 歡迎=大芳濱의
曳網=港灣 內의 船遊=一行의 無事往復=團員 萬歲=元山 萬歲 (…내
용 생략…)

[06] 『매일신보』 1915.04.25~06.09. 매일신보사 주최 金剛山
探勝會 (30회)[9]

−목차 및 주요 내용
▲ 每日申報社 主催 金剛山 探勝會 매일신보 1915.4.25. (광고)
▲ 東洋 名勝 金剛山(1) 매일신보 1915.4.27.
　△ 金剛의 位置
▲ 東洋 名勝 金剛山(2) 매일신보 1915.4.28.
　△ 金剛山의 由來
▲ 東洋 名勝 金剛山(3) 매일신보 1915.4.29.
　△ 寺刹의 盛衰
[참고] 傳說에 包圍된 金剛山과 秦始皇: 半島 靈地의 祖宗, 매일신보
　　　 1914.4.29. (기사)
▲ 東洋 名勝 金剛山(4) 매일신보 1915.4.30.
　△ 金剛山의 特色
　第一 名勝地로 其 區域이 廣ᄒ며
　第二 同山은 社會의 俗界를 遠離
　第三 此 境內에ᄂ 幽靜
　第四 此山은 最古 歷史를 有
　第五 金剛山에 不思議의 鳴動이 有흠은 附近 人民
　△ 各節季의 風光
[참고] 偉大흔 大自然=텬하 샤람의 허긔진경치 두고도 못보면 평싱 유
　　　 한, 매일신보 1915.4.30. (기사)

▲ 東洋 名勝 金剛山(5) 매일신보 1915.5.1.

---

9) 매일신보사 주최 금강산 탐승회 보고서로 30회에 걸쳐 승경, 고적을 중심으로 쓴 여행
안내문임.

△ 外金剛의 名勝舊蹟

[참고] 絕大흔 快樂=우리는 쾌락이 안이면 살 수 업소. 금강한을 구경
        홈은 최대의 쾌락, 매일신보 1915.5.1. (기사)

▲ 東洋 名勝 金剛山(6) 매일신보 1915.5.2.

  △ 外金剛의 名勝舊蹟=신계사, 구룡연

[참고] 自然흔 共進會=즈연의 힘은 인력보다 위티흠 죠션 사름으로 못
        보면 큰 슈치, 매일신보 1915.5.2. (기사)

▲ 東洋 名勝 金剛山(7) 매일신보 1915.5.4.

  △ 外金剛의 名勝舊蹟=고성 부근, 삼일포, 사선정, 몽천암 등지

[참고] 金剛山 探勝會는 如斯흔 大大的 大盛況, 매일신보 1915.5.4.

▲ 東洋 名勝 金剛山(8) 매일신보 1915.5.5.

  △ 外金剛의 勝景=마하연 미륵의 상, 해금강 수원단불암

[참고] 金剛山과 仙佛=探勝會員과 同伴흘 姜大蓮 和尙 談, 매일신보
        1915.5.5.

▲ 東洋 名勝 金剛山(9) 매일신보 1915.5.6.

  △ 外金剛의 勝景=일승정, 해산정

[참고] 多福흔 探勝 會員=至急히 電話로 申請흐시오, 매일신보 1915.
        5.6.

▲ 東洋 名勝 金剛山(10) 매일신보 1915.5.7.

  △ 外金剛의 勝景=서면탑, 칠송정, 쌍벽정

▲ 東洋 名勝 金剛山(11) 매일신보 1915.5.8.

  △ 外金剛의 勝景=영랑호, 구선봉, 현종암

▲ 東洋 名勝 金剛山(12) 매일신보 1915.5.11.

  △ 外金剛의 勝景=보현동, 이호리

▲ 東洋 名勝 金剛山(13) 매일신보 1915.5.16.

  △ 外金剛의 勝景=달음리, 관희동, 소년소, 유점사

▲ 東洋 名勝 金剛山(14) 매일신보 1915.5.18.

  △ 外金剛의 勝景=

▲ 東洋 名勝 金剛山(15) 매일신보 1915.5.19.

  △ 外金剛의 勝景＝명영수, 선담, 만폭동, 미륵봉, 구룡소, 은성대, 칠성대

▲ 東洋 名勝 金剛山(16) 매일신보 1915.5.20.

  △ 外金剛의 勝景＝점심청, 내문령, 신금강

▲ 東洋 名勝 金剛山(17) 매일신보 1915.5.21.

  △ 金剛의 名所舊蹟＝장안사 부근 27개소

▲ 東洋 名勝 金剛山(18) 매일신보 1915.5.23.

  △ 金剛의 名所舊蹟

▲ 東洋 名勝 金剛山(19) 매일신보 1915.5.26.

  △ 金剛의 名所舊蹟

▲ 東洋 名勝 金剛山(20) 매일신보 1915.5.27.

  △ 金剛의 名所舊蹟

▲ 東洋 名勝 金剛山(21) 매일신보 1915.5.28.

  △ 金剛의 名所舊蹟

▲ 東洋 名勝 金剛山(22) 매일신보 1915.5.29.

  △ 金剛의 名所舊蹟

▲ 東洋 名勝 金剛山(23) 매일신보 1915.5.30.

  △ 金剛의 名所舊蹟

▲ 東洋 名勝 金剛山(24) 매일신보 1915.6.1.

  △ 金剛의 名所舊蹟

▲ 東洋 名勝 金剛山(25) 매일신보 1915.6.2.

  △ 金剛의 名所舊蹟

[참고] 春川 春日 春皐遊: 伯爵 李完用 氏 感想, 매일신보 1915.6.2.

▲ 東洋 名勝 金剛山(26) 매일신보 1915.6.4.

  △ 金剛의 名所舊蹟

▲ 東洋 名勝 金剛山(27) 매일신보 1915.6.6.

  △ 金剛의 名所舊蹟

▲ 東洋 名勝 金剛山(28) 매일신보 1915.6.8.

　△ 金剛의 名所舊蹟

▲ 東洋 名勝 金剛山(29) 매일신보 1915.6.9.

　△ 金剛의 名所舊蹟

▲ 金剛山 楡岾寺: 沿革과 佳持의 奇蹟, 매일신보 1915.6.11.

　△ 金剛의 名所舊蹟

＝제1회~제2회

▲ 東洋 名勝 金剛山(1) 매일신보 1915.4.27.

　△ 金剛의 位置

　東洋의 勝地 別區도 其名이 天下에 冠絶ᄒᆞᆫ 金剛山은 朝鮮 半島의 北部 太白山脈에서 起ᄒᆞ야 咸鏡南道에 入ᄒᆞ야 釖山(일산)을 作ᄒᆞ고 江原道 淮陽郡 西北에 來ᄒᆞ야 鐵嶺이 되며 通川郡 西南에서 楸地嶺이 되고, 高城郡界에 亘(긍)ᄒᆞ야 비로소 金剛山이 되얏슴으로 嶺東 嶺西의 分水界를 作하얏스니 嶺東에 屬한 部分을 外金剛이라 稱하며, 嶺西에 屬한 것은 內金剛이라 稱하야 周回 二百有餘里에 轟轟한 巒峰은 撑天而立(탱천이립)ᄒᆞ야 其群峰이 實로 一万二千에 至ᄒᆞ고 連峰은 擧皆 奇觀勝景에 富ᄒᆞ며 變幻結曲에 造化之妙를 山中에 蒐集無遺ᄒᆞ야 實로 海內無比ᄒᆞᆫ 靈地로 名聲이 天下에 冠絶ᄒᆞᆫ 所以이라. 且此 山名에ᄂᆞᆫ 金剛山, 皆骨山, 涅槃山, 楓嶽, 怾怛山(기성산)의 五個가 有ᄒᆞ니 此ᄂᆞᆫ 佛語에서 出ᄒᆞᆫ 者ㅣ 多ᄒᆞ며, 別로히 景勝으로 因ᄒᆞ고, 四季의 眺望에 依ᄒᆞ야 各其 季節에 適應ᄒᆞᆫ 名稱이 有ᄒᆞ니, 卽 春節에ᄂᆞᆫ 花*鳥啼 故로 金剛山, 夏節에ᄂᆞᆫ 草木繁茂 故로 蓬萊山, 秋節에ᄂᆞᆫ 丹楓이 滿山 故로 楓嶽山, 冬節에ᄂᆞᆫ 草木이 枯死ᄒᆞ고 殘骸와 如ᄒᆞᆫ 形態를 現出ᄒᆞᄂᆞᆫ 故로 皆骨山이라 稱ᄒᆞ야, 無非奇觀勝景이라. 山中에 楡岾寺, 神漢寺, 長安寺, 表訓寺 等의 巨刹 及 大小 數十處의 庵寺가 有ᄒᆞ야 往古 三韓時代에ᄂᆞᆫ 內外 金剛山

中 百八寺라 云ᄒᆞ얏스나 今에는 廢寺된 者 | 多ᄒᆞ며, 傳記에 曰 華嚴經 中 東北海中에 金剛山이 有ᄒᆞ야 一萬二千峰 曡無竭 菩薩이 恒常 其中에 處ᄒᆞ얏다 ᄒᆞ얏고, 又 唐의 淸凉 國師는 帝王에게 疏를 上ᄒᆞ야 曰 世界에 八金剛이 有ᄒᆞ니 其中 七 金剛은 海中에 隱ᄒᆞ고 一 金剛은 海東 朝鮮에 現出ᄒᆞ얏다 云ᄒᆞ얏스니, 元來 此를 信키 難ᄒᆞ나 一万 二千峰이라 稱ᄒᆞᆷ 은 羣峯의 數를 稱ᄒᆞᆷ이 안이라, 華嚴經의 一万二千峯이라는 語를 後世에 傳說된 것이 안인지, 此亦 斷言키 難ᄒᆞ며 且此 山名이 內外에 廣布되야 天下의 名山으로 指稱ᄒᆞᆷ은 唐의 時代로브터 始ᄒᆞ얏다는되 一次 此山을 觀ᄒᆞ면 死後에 地獄으로 陷落ᄒᆞᄂᆞᆫ 事 | 無ᄒᆞ다ᄂᆞᆫ 迷信으로, 上은 公卿, 下ᄂᆞᆫ 士庶에 至ᄒᆞ기ᄭᆞ지 妻子를 携ᄒᆞ고 巡遊禮拜ᄒᆞ야 冬期 積雪과 沍寒 (호한)의 候를 除外ᄒᆞᆫ 以外ᄂᆞᆫ 登山ᄒᆞᄂᆞᆫ 者 絡繹不絶ᄒᆞᆷ으로 地方官吏ᄂᆞᆫ 其勢를 畏ᄒᆞ야 東奔西走에 惟命是從ᄒᆞ며 年年歲歲로 此에 供ᄒᆞᄂᆞᆫ 바 費用이 數万으로써 計ᄒᆞ얏스며, 金剛山下의 住民 等은 其 誅斂에 難堪 ᄒᆞ얏다ᄂᆞᆫ 傳說이 有ᄒᆞ고, 其他 近時 朝鮮 上流人士의 參觀ᄒᆞᄂᆞᆫ 者도 有 ᄒᆞ니 以上의 狀況으로브터 徵ᄒᆞ건되 往昔 金剛山의 名은 朝鮮全道ᄲᅮᆫ 안이라 支那 本土에 傳播되야 探勝 又ᄂᆞᆫ 參拜者가 頻繁ᄒᆞᆷ은 勿論이나 山中에 建立ᄒᆞᆫ 寺利의 大伽藍[10]은 皆支那 工人의 手로 成ᄒᆞᆫ 者이오 又 今에 人跡이 無ᄒᆞᆫ 幽谷絶壁에 至ᄒᆞ기ᄭᆞ지 鐵鎖를 用ᄒᆞᆫ 痕迹이 有ᄒᆞᆷ을 見ᄒᆞ야도 往昔에 幾多 登山者가 有ᄒᆞ얏ᄂᆞᆫ지 可히 推察ᄒᆞ리로다.

一次 金剛山 勝景을 探ᄒᆞ고 其 眞想을 言語로 能히 發表치 못ᄒᆞ며 紙筆로도 其 絶景을 寫出키 難ᄒᆞᆷ은 極히 遺憾될 者 | 多多ᄒᆞ지라. 今에 此 金剛山을 遊覽ᄒᆞᆫ 人에게 向ᄒᆞ야 其 勝景의 如何를 問ᄒᆞ면 十中八九 ᄂᆞᆫ 다만 雄大ᄒᆞ다, 絶景이 壯觀이라 ᄒᆞ고 答ᄒᆞᆯ ᄲᅮᆫ이니, 此를 畵家로 ᄒᆞ 야곰 言ᄒᆞ라 ᄒᆞ면 너무 雄大ᄒᆞ야 畵키 不能ᄒᆞ다 ᄒᆞ고, 寫眞師로 ᄒᆞ야곰 言ᄒᆞ면 雄大에 至ᄒᆞ야 版에 筬(감)치 안이ᄒᆞᆫ다 歎息ᄒᆞ고, 文士로 ᄒᆞ야 곰 言ᄒᆞ면 此를 形容ᄒᆞᆯ 詞가 無ᄒᆞ다 ᄒᆞ니, 此로써 觀ᄒᆞ게 되면 其景이

---

10) 대가람(大伽藍): 큰 절.

如何히 絶勝흔가 可히 想像홀지라. 今에는 此 名山勝景이 漸次로 社會에 紹介되는 時를 當ᄒᆞ야 探勝者의 便利에 供홀 目的으로써 起稿코자ᄒᆞ니 山中을 探索흠에 從ᄒᆞ야 其 奇觀景勝이 續續 出來ᄒᆞ야 容易히 盡言키 難ᄒᆞ며 又 其 眞想은 到底히 紙筆로 顯出키 不能흠은 甚히 遺憾이라. 然이나 다만 普通 遊覽者의 顯路로 旣히 世人에 膾炙흔 奇勝名利의 大槪를 順次로 記述ᄒᆞ야 如此흔 景勝을 廣히 社會에 紹介코저 ᄒᆞ노라.

▲ 東洋 名勝 金剛山(2) 매일신보 1915.4.28.

△ 金剛山의 由來

金剛山의 由來에 對ᄒᆞ야는 記錄이 區區ᄒᆞ나 ---

[참고] 高麗國에 生長된 몸, 金剛山을 一見ᄒᆞ세 (기사), 매일신보 1915. 4.28.

원컨딕 고려국에 탄싱되야 금강산을 한번 보앗스면 (願生高麗國 一見金剛山)이라 탄식ᄒᆞ는 글을 읊던 이는 그 누구인가. 당나라의 긔국공신으로 만고명장되는 리정(李靖)이라. 리조 국초에 권양촌이 사명을 밧들고 연경(燕京)에 드러갓슬 ᄶᅢ에 명나라 황데는 ᄾ연셕에서 특별히 금강산이라는 글뎨를 나려 글짓기를 권ᄒᆞ야 한 구의 시로써 금강산의 쇼식을 듯고 ᄒᆞ얏스니 그 첫말로 텬하를 거나린 대명 텬ᄌ로 금강을 이ᄀᆞᆺ치 사모흠을 보라. 싀빅여 쥬에 지나 폭원이 닉의 텬하의 젼경이 젹은 바 안이언만은 이와 ᄀᆞᆺ치 금강을 즁히 녁임은 대뎌 금강산이 지나의 유명흔 산쳔보다 몃갑졀 나흔 것은 가히 알리로다. 지나의 산슈를 질겨ᄒᆞ는 사롬들은 칙쇽에서 금강산의 글구를 더러 엇어가지고 그것을 근본으로 싱각딕로 그림을 그려 벽상에 거러놋코 쥬야 사모ᄒᆞ는 풍습이 일시는 크게 힝ᄒᆞ얏고 지금도 오히려 션비의 집에셔는 금강산의 그림을 본다ᄒᆞ니 금강산이 ᄌ고로 얼마나 지나 텬디에 일홈이 놉핫고,

쏘한 얼마나 지나 스름의게 간졀히 사모되는가. 그를 싱각ᄒ면 우리는
도리혀 붓그러운 싱각을 금치 못ᄒ는 바이로다.

젹벽강 동뎡호는 사름마다 칭찬ᄒ며 엇지 금강산은 그보다 더 죠흔
줄을 몰랏던가. 산과 물의 아름다옴을 아울러 가지고 돌과 나무의 진긔
흠을 함ᄭᅴ 가져 잇는 이 금강산은 일홈만 텬하에 쮜여낫슬 ᄲᅮᆫ 안이라
그 실상의 경치가 졍말 세계에 웃듬이라. 쥬위 이빅여리에 ᄉ방으로
련면국곡ᄒ야 반공에 놉히 소신 져 일만이쳔봉 한 바위 한 나무가 심샹
ᄒ 것이 잇고 한 싀암 한 언덕이 모다 긔이치 안이홈이 업셔, 여긔는
외외 쥰령이 잇는가 둘러보면 저 곳은 만쟝의 폭포가 귀를 놀릐이며
눈 압헤는 빅화가 만발ᄒ얏는가 ᄒ면 하늘을 ᄶᅮ르는 봉오리에는 빅셜
이 가득히 실려 잇다. 돌려 싸인 봉오리 속에 꾕장히 웅거ᄒ 녯 졀은
영화 잇던 녯 재의 죠션 불교를 ᄌ랑ᄒ며, 만불의 형상을 낫ᄒ늬인 져
만물상(萬物相) 죠화의 극진ᄒ 묘를 힘ᄃᆡ로 다ᄒ야 창조된 한 선경의
경치라. 봄은 깁허 이 텬하 졀경의 츈광은 졍히 무르록앗다. 그 즁에
도 유명ᄒ 히금강에는 은빗ᄀᆺ흔 봄물결이 핑빙ᄒ고 의ᄃᆡᄒ 져 산뫼에
는 여간 산곡에서 보지 못ᄒ던 긔이ᄒ 초화는 벙글벙글 웃으며 우리의
말도 듯지 못ᄒ던 아름다온 싀는 봄 곡됴를 읍죠리며, 죠화옹의 혜퇴을
기리올 ᄹᅢ에 쥭장망혜로 삼삼오오 ᄶᅡᆨ을 지어 이러ᄒ 승디강산을 구경
하는 단원 졔군의 힝복! 실로 만텬하 ᄉ람의 부럽게 넉이는 관혁이 안
인가. <u>통죠션의 부자로온 창고를 긔발식이는 경원션의 렬차에 몸을 실고</u>
오빅 오십리의 령동 경치를 구경ᄒ며 원산항에 빈를 타고 만고유명ᄒ
창히를 도라 령동 고읍의 바다 경치를 상륙ᄒ야 탄탄ᄃᆡ로 온졍리(溫井
里)에 도착ᄒ면 이셔부터 션경이라. <u>긔차 긔션은 이등ᄃᆡ우요 려관은 이등
의 ᄃᆡ우로써 아못죠록 환ᄃᆡᄒ며 간간히 ᄌ미잇는 여흥으로 산슈경치에
빈부른 이목을 질겁게 ᄒ는 이런 힝복을 엇으랴면 이번의 긔회를 놋치고
는 다시는 ᄹᅢ를 엇기 어려울 듯……더구나 작은날 젹은 회비로……</u>

[07] 『매일신보』 1915.06.12. 濟州嶋의 風俗,
   於濟州旅舍 井田 居士

濟州嶋의 風俗, 於濟州旅舍 井田 居士, 매일신보 1915.6.12.

*관무를 띠고 제주도에 가서 한라산을 보고, 제주 풍속을 기록한 견문담임.
한라산 백설, 제주 삼성혈 등

[08] 『매일신보』 1915.07.01~04. 驪州 往還記 (3회)

▲ 驪州 往還記(1), 一記者, 매일신보 1915.7.1.

時雨는 初晴ᄒ고 薰風이 正緊ᄒ딕 東拓 會社 副總裁 野田大塊 翁과
本社長 無佛 先生이 自動車로 驪州 遊覽을 試코자 흠이 際ᄒ야 記者도
此行에 參加ᄒ 光榮을 彼ᄒ얏더라. 自動車 乘客은 余가 出生 以後에 初
記錄이라. 곳 活動寫眞을 보는 것 갓치 四邊이 忽田忽用이 얼는거리며
送迎흠은 (…하략…)

▲ 驪州 往還記(2), 一記者, 매일신보 1915.7.2.

▲ 驪州 往還記(3), 一記者, 매일신보 1915.7.4.

[09] 『매일신보』 1915.07.29~08.17. 南鮮 史蹟의 踏査 (16회)

일본 관학자인 구로이타 가츠미(黑板勝美, 1874~1946)의 고적 조사 답사기로 식민 사관을 피력한 대표적인 기행문임

-목차 및 내용-

七. 慶尙南道 金海郡 酒村面의 平原

▲ 南鮮 史蹟의 踏査(8), 東京帝國大學 教授 文學博士 黑板勝美, 매일신
보 1915.8.8.

八. 第二期 任那日本府의 所在地

▲ 南鮮 史蹟의 踏査(9), 東京帝國大學 教授 文學博士 黑板勝美, 매일신
보 1915.8.10.

副葬品에 關흔 考古學的 研究

▲ 南鮮 史蹟의 踏査(10), 東京帝國大學 教授 文學博士 黑板勝美, 매일
신보 1915.8. 11.

蟾津江과 百濟時代의 交通

▲ 南鮮 史蹟의 踏査(11), 東京帝國大學 教授 文學博士 黑板勝美, 매일
신보 1915.8.12.

百濟에 在흔 築城의 新樣式

▲ 南鮮 史蹟의 踏査(13), 東京帝國大學 教授 文學博士 黑板勝美, 매일
신보 1915.8.13.

南朝鮮 沿革과 倭寇의 遺蹟

▲ 南鮮 史蹟의 踏査(14), 東京帝國大學 教授 文學博士 黑板勝美, 매일
신보 1915.8.14.

忠州에셔 發見흔 佛像의 光背

▲ 南鮮 史蹟의 踏査(15), 東京帝國大學 教授 文學博士 黑板勝美, 매일
신보 1915.8.15.

扶餘山上의 古瓦의 蓮片

▲ 南鮮 史蹟의 踏査(16), 東京帝國大學 教授 文學博士 黑板勝美, 매일
신보 1915.8.17.

如斯히 研究의 端緒를 得함 (終)

〈제1회〉

朝鮮史의 研究는 從來 多數훈 學者의 研究훈 바 l 되어 旣히 多少 明瞭히 된 点도 有호나 然이나 上代의 歷史에 至호야는 今日싯지 不明 훈 点이 不少호니, 此는 畢竟 朝鮮에 在來훈 正確훈 記錄이 甚乏호고 且 又 朝鮮人이 史學의 研究에 對호야 非常히 冷談훈 事에 起因홈이라. 故로 今日에 吾輩는 彼 高麗時代에 出版된 三國史記, 三國遺事 如何훈 書冊을 據호야 總其一斑을 携홀 쑨에 不過호나 然이나 朝鮮 上代의 研 究는 直히 日本 上代의 歷史와 密接훈 關係가 有호야 其研究는 移호야 日本 史學界의 重要훈 研究 問題가 될 것이라. (…하략…)

[10] 『매일신보』 1915.07.03~08.15.
　　　헤테인 博士의 獨 戰線 巡遊記 (26회)

▲ 7월 3일

先年 日本에도 來遊호고 西藏 探險으로 世界에 有名훈 瑞典의 스텐 헤테인 博士의 近著〈武裝한 國民〉의 梗槪를 玆에 紹介호노라.
歐洲 戰亂이 勃興홈이 博士는 親히 戰線을 踏査호야 世界 大戰亂 眞 相을 世上에 傳布코져 호야 作하야 (…하략…)

[11] 『매일신보』 1915.08.18~19. 百濟의 舊都 扶餘로브터,
　　　小原新三 (2회)

我國 京都의 山을 評호야 曰 馬琴은 '聳而不尖'이라 하고 風雪은 曰 '衾을 被호고 寢호는 形이라 호얏는딗 余等은 曾往에 新羅의 舊都 慶州

에 遊ㅎ고 此 附近 一帶의 山容이 심히 母國의 此와 近似홈을 驚ㅎ얏스나 且 又 今日에 百濟의 구도 부여 近邊에 立ㅎ야 願望ㅎ건딕 山谷이 용이불첨하고 空際를 劃ㅎ 峯과 峯의 曲線의 柔軟홈도 亦 母國의 此와 恰似홈을 見ㅎ고 (…하략…)11)

[12] 『매일신보』 1915.10.17~31. 金剛山 遊記, 蘇峰生 (11회 연재)12)

▲ 10월 17일

一. 實로 世界의 寶

余의 道樂은 讀書와 遊覽이라. 平生을 多忙ㅎ 職務에 從事홈으로 如意히 되지는 못ㅎ나 暇隙만 有ㅎ면 名所舊蹟과 或은 天下의 山水의 奇홈을 探홈에 努力ㅎ노니 敢히 蓋爲遊覽ㅎ엿노라 홈은 안이나 日本 內地에셔는 嚴嶼는 물론하고 天之橋立, 松島 혹은 富士의 麓

  *일본과 중국의 명승지와 금강을 비교하는 글

▲ 10월 19일(2) 二. 해금강의 奇勝을 一瞥
▲ 10월 20일(3) 三. 소위 金剛의 山城
▲ 10월 21일(4) 四. 朝鮮人과 金剛山
▲ 10월 22일(5) 五. 外金剛의 眞面目
▲ 10월 23일(6) 六. 詩와 畵의 不可企及
▲ 10월 26일(7) 七. 一刻 千金의 眺望

---

11) 일본인의 관점에서 백제 구도를 견문한 기록임.
12) 도쿠도미 소호(德富蘇峰, 1862~1957): 일본의 저널리스트, 사상가, 역사가. 『국민신문』을 주재하고, 『근세 일본국민사』를 저술하였음. 소호는 호, 본명은 이이치로(猪一郎).

▲ 10월 28일(8) 八. 新萬物相에 向흠

▲ 10월 29일(9) 九. 造化의 一大 文章

▲ 10월 30일(10) 十. 焚紅葉 飲熱湯

▲ 10월 31일(11) 十一. 靑山雖好不題詩

[13] 『매일신보』 1916.05.07~06.17. 金剛行, 天鳳 沈友燮 (총 23회 연재)

이 기행문은 천봉 심우섭이 매일신보의 후원으로 금강산을 탐승한 기록이다. 기록 내용은 금강산까지 가는 과정, 금강산 탐승을 본 내용으로 17회 연재하였고, 속편은 금강산의 명승뿐만 아니라 각종 산업과 풍물 관련된 설명을 중심으로 8회 연재하였다. 이 점에서 금강행 자체는 기행문의 성격을 띠고 있으나, 이 시기 관광 담론 또는 유희 담론의 연장선에서 금강산 탐승이 이루어졌음을 확인할 수 있다.

▲ 5월 7일

余가 薪憂(신우)로 鷺梁江關에 閑居ㅎ야 身體의 强壯을 專意함이 于玆에 殆 一年有餘라. 其效가 坐한 不無ㅎ나 近者에는 更히 高襟風의 新式病 卽 神經衰弱의 徵候가 顯著ㅎ야 氣鬱心燥ㅎ고 安眠을 不得ㅎ야 見苦頗甚ㅎ더니 幸히 阿部 無佛 先生13)의 懇切흔 注意와 援助로 略二個月間 名區勝地를 跋涉ㅎ야 精神을 怡養(이양)코져 흘식 關西 一路와 三南地方은 曾히 一次 巡遊흔 處이오, 今番은 金剛 探勝을 試흘 順序라.

▲ 5월 10일, 金剛行(二)

▲ 5월 13일, 金剛行(三), 京畿丸에서

---

13) 무불(無佛)이라는 호를 갖고 있는 아베(阿部) 선생으로 추측. 신문사 관계자.

▲5월 14일, 金剛行(四), 溫泉里에서

▲5월 16일, 金剛行(五), 神溪寺에서

▲5월 17일, 金剛行(六), 九龍淵에서

▲5월 18일, 金剛行(七), 萬物相

▲5월 19일, 金剛行(八), 楡岾寺

▲5월 20일, 金剛行(八), 楡岾寺

▲5월 27일, 金剛行(十), 彌勒峰 中內院

▲5월 28일, 金剛行(十一), 楡岾寺로브터 摩訶衍(마하연/마가연)에 至
   ᄒᆞᄂᆞᆫ 勝景

▲5월 30일, 金剛行(十二), 楡岾寺로브터 摩訶衍(마하연/마가연)에 至
   ᄒᆞᄂᆞᆫ 勝景

▲5월 31일, 金剛行(十三), 須彌庵, 船庵

▲6월 1일, 金剛行(十四), 暴風雨 四日間

▲6월 2일, 金剛行(十五), 表訓寺, 正陽寺

▲6월 3일, 金剛行(十六), 靈源洞, 百塔洞, 望軍臺

▲6월 4일, 金剛行(十七), 毘盧峰

▲ 6월 6일, 金剛行(續一), 總論(頭敍)

如何ᄒᆞᆫ 天下의 絶景奇勝이라도 悲者ᄂᆞᆫ 此를 悲觀ᄒᆞ고 如何ᄒᆞᆫ 陋巷壁
境이라도 樂者ᄂᆞᆫ 此를 樂觀ᄒᆞ나니 瀟湘(소상)의 風景이 엇지 奇絶치 아
님이랴. 二妃ᄂᆞᆫ 悲淚를 灑(쇄)ᄒᆞ야 千古의 悲劇을 演ᄒᆞ고, 陋巷에 處ᄒᆞ
야 一簞食一瓢飮이 誰가 其憂를 堪ᄒᆞ랴. 顔回ᄂᆞᆫ 此中에 樂을 得ᄒᆞ니 故
로 人의 感想如何를 隨ᄒᆞ야 景物도 其色態를 變ᄒᆞᄂᆞᆫ 것이라. (…중략…)
   一. 金剛山과 그 位置

▲6월 7일, 金剛行(續二), 總論
   二. 金剛山과 山勢 並 內外山의 區劃

[14] 『매일신보』 1916.06.17~07.07. 嶺東紀行,
　　 天鳳 沈友燮 (9회)

이 기행문은 '금강행'의 연장으로 볼 수 있다. 고성, 삼일포, 해금강 등을 대상으로
하였다.

▲ 6월 17일, 嶺東紀行(一)
　固城
▲ 6월 20일, 嶺東紀行(二)
　三日浦, 海金剛
▲ 6월 21일, 嶺東紀行(三)
　杆城
▲ 6월 29일, 嶺東紀行(四)
　乾鳳寺
▲ 6월 30일, 嶺東紀行(五)
　淸澗亭
▲ 7월 1일, 嶺東紀行(六)
　洛山寺
▲ 7월 2일, 嶺東紀行(七)
　鏡浦臺
▲ 7월 5일, 嶺東紀行(八)
　五臺山
▲ 7월 7일, 原(?)州 淸心樓에셔

*심우섭이 금강산 기행을 하면서 쓴 편지글임＝잘 읽을 수 없음

[15] 『매일신보』 1916.09.14~17. 百濟 古都 扶餘 探勝記, 江景支局 雲樵生 (3회)

▲ 9월 14일, 百濟 古都 扶餘 探勝記(一)
▲ 9월 16일, 百濟 古都 扶餘 探勝記(二)
▲ 9월 17일, 百濟 古都 扶餘 探勝記(三)

[16] 『매일신보』 1916.09.22~23. 大邱에셔, 춘원 (2회)

*대구에 취재차 간 것으로 보임: 강도 사건＝이광수의 친일 행적을 보여주는 기행문임
*대구 지역에서 발생한 청년회 독립 운동을 '명예욕의 불만족', '할 일 없음'(직업이 없음), '교육과 사회의 타락'(실용 교육 대신 불건전한 사상 교육)으로 인해 발생한 것으로 규정하고, 이들이 병합 이전에 교육을 받은 사람들이어서 병합 후의 사회에 적응하지 못하는 사람들이라고 매도함.

▲ 9월 22일

아참에 先生을 拜別하고 終日 비를 마즈며 大邱에 到着하엿나이다. 旅館에 들어 清酒 一合에 淘然(도연)히 네 활기를 쌔드니 連日 路困이 一時에 슬어지고 清爽한 精神이 羽化한 듯하야이다. 苦海갓흔 人世에도 往往 如斯한 快味가 잇스니 人生도 아조 바릴 것은 안인가 하나이라.

水原 近傍에셔 부슬부슬 始作한 비가 大田에 미처서는 大雨가 되고 大邱에 다달아서는 暴雨가 되여 發穗時(발수시)를 當한 農家의 憂慮는 同情을 할 만하더이다.

이튿날 暫時 비가 그친 틈을 타서 市內에 몃몃 親舊을 訪問하니 到處에 이번 强盜事件이 話題에 오르더이다. 이번 事件의 犯人은 皆是 相當한 教育을 바던 中流 以上人들이오 兼하야 多少間 生活할 만한 財産도 잇는 者들이며 일즉 大邱 親睦會를 組織하야 大邱 靑年의 向上 進步를 圖謀한다던 者들이라. 그러흐거늘 社會의 中樞가 되어야 할 그네가 이러한 大規模의 大罪를 犯하게 되니 이를 單純한 强盜事件으로 泛泛 看過치 못할 것은 勿論이라 반다시 그네로 흐여금 이에 니르게 흔 動機가 잇슬 것이로소이다. 그네는 임의 犯罪者라 法律이 應當 相當히 處罰하려니와 社會의 改良指導에 쯧을 둔 宗教家 教育家 操觚家는 이 犯罪의 心理的 又는 社會的 原因을 究激흐야 後來의 靑年을 正道로 引導하야

써 如斯훈 戰慄훈 犯罪를 未然에 防遏훌 意氣가 잇서야 훌 것이로소이다. 모르레라 朝鮮人 中에 如斯훈 事件을 如斯훈 意味로 注意코 觀察코 思想훈는 者가 幾人이나 되는가.

足下의 炯眼은 임의 此 事件의 眞因를 洞察하엿슬지오 足下의 深謀는 임의 此에 對훈 明確훈 成算이 잇슬이니 듯기를 願훈거니와 爲先 先生의 淺短훈 見解를 陳述훈야 써 高評를 엇고져 훈노이다. 이에 그 原因을 列擧훈고 槪略히 說明훈건디

一. 名譽心의 不滿足이니 그네는 대개 倂合 前에 敎育을 다 닷고 倂合 前에 임의 靑年이 되엇던 者들이라, 小生도 記憶훈거니와 當時는 朝鮮에셔 적이 覺醒된 社會에는 政治熱이 沸騰훈얏섯고 쏘 그 中心은 靑年이 잇섯는지라 싸라서 所謂 英雄이 勃發훈야 擧皆 治國平天下의 大功을 夢想훈얏느니 前途에는 大臣이 잇고 國會議員이 잇고 大經世家가 잇셔 모다 英雄이오 모다 豪傑이라. 그러훈더니 一朝 倂合이 成훈며 그네의 素志를 펴랴던 舞臺가 업서지고 文明 程度 놉흔 內地人의 손에 全般 社會의 主權이 들어가니 敢히 萬般 事爲에 步武를 가치 훌 슈 업시 된지라. 그 社會의 中流 以上 人物을 多數로 吸收훌 官界도 다시 希望이 업고 整備훈 官公立 學校가 簇生훈며 그네의 活動훌 만한 私立學校가 根盤을 일허바리고 實業界에 니르러는 無限훈 曠野가 잇건마는 그네에게는 아직 實業 意義와 價値를 理解훌 頭腦도 업섯거니와 設或 理解훈다 훌지라도 이를 經營훌 만한 智識과 能力이 업섯느니 이럼으로 그네는 于今 六七年來를 아모 훌 일도 업시 鬱鬱훈게 지니는 것이라. 이는 前에는 社會에서 그네의 存在를 認定훈야 相當훈 尊敬과 稱讚도 주더니 이제는 임의 過去훈 人物 落伍훈 人物이 되어 어느 누가 自己의 存在도 認定치 아니훈는지라. 野心잇는 世上에서 忘却되느니 보다 더훈 苦痛이 업느니 그네는 正히 六七年間의 苦痛을 격근 者들이라. 그네가 만일 聲明훈엿던들 飜然히 쯧을 돌이켜 新社會에서 活動훌 만한 實力을 길러 今日은 眞實로 社會의 中樞가 될 만훈 資格과 能力을 엇엇스련만

은 그네의 無謀흔 血氣와 智識의 暗昧흠이 이를 씨닷지 못흐게 흐야 맛츰
니 今日의 悲劇을 釀成흠인가 흐나이다. 이러흔 狀態에 잇는 者가 그네
쑨이면 卽 併合 前에 敎育을 밧고 併合 前에 靑年이 되고 智識의 暗昧흔
者를 例흐면 米洲 露領 等地와 南北 滿洲 等地로 漂流흐는 一部 靑年
가튼 者들 쑨이면 그 數도 얼마 안이 될 쑨더러 十年 二十年을 지니여
代가 밧고임을 싸라 絶滅흘 슈도 잇스련마는 今日 高等程度學校의 出
身者의 幾部分도 正히 如斯흔 危險 狀態에 잇지 아니흔가. 져 內地 留學
生의 多數가 當局의 注意 人物이 되고 其他 朝鮮 各地에 當局의 危險視
之흐는 高等 遊民이 散在흠은 正히 이 째문인가 흐노이다.

▲ 9월 23일, 大邱에셔(二), 春園生

二. '할 일 업슴'이니 사람이란 順境에 處흐야 '할 일 업스면' 조흔 일을
하기 쉽고 逆境에 處흐야 '할 일 업스면' 惡흔 일을 흐기 쉬운 것이라.
甚히 무슨 일에 奔忙흐면 그 일 以外엣 思慮흘 餘裕가 업나니 만일 저
犯生들로 흐여곰 奔忙흔 무슨 事業에 從事케 흐엿던들 如斯흔 事件은
出來치 아니흐얏슬 것이라. 그러흐거늘 朝鮮人 靑年은 自古로 無爲遊
惰흐던 者가 만턴데다가 近來 所謂 新敎育을 바든 者도 흘 일 업셔 優遊
度日흐니 엇지 危險 思想과 罪惡의 根源이 안이리오. 그러나 이는 다만
靑年의 罪쑨라 흘 슈 업슬지오 靑年을 需用치 안이흐야 靑年으로 흐야
곰 遊惰흐게 흐는 一般 社會의 缺陷이라 흘 슈 잇슬지라. 官界나 敎育界
나 郵便 電信局, 鐵道, 運船, 銀行 會社 等은 敎育바든 多數 靑年을 需用
흘네라. 그 大部分을 事務가 高尙흐고 複雜흐야 아직 朝鮮人을 使用키
不能흐며 當局에셔도 當分間 內地人만 主흐야 使用흐거니와 銀行, 會
社, 商店의 事務員과 工場의 技術師와 普通敎育의 敎員에도 多數한 有
敎育 靑年을 需用할지라. 假令 大邱 內의 財産家가 奮發흐야 有敎育흔
靑年 一百人을 使用흘 만한 事業을 닐히엿다 흐면 大邱 內에 有敎育흔
靑年 卽 此種 危險人物될 만흔 靑年의 거의 全部에게 事業을 주게 될지

니 그러면 今番 二十餘人도 그 中에 들어 安分聚業ᄒᆞᄂᆞᆫ 良民이 될 쑨더러 同時에 社會의 産業을 發展ᄒᆞᄂᆞᆫ 動功者가 될지라. 京城도 이러하고 平壤도 이러ᄒᆞᆫ가 ᄒᆞ나이다. 그러ᄒᆞ거날 이 社會의 大資本되ᄂᆞᆫ 靑年으로 ᄒᆞ야곰 反ᄒᆞ야 社會를 戕害ᄒᆞᄂᆞᆫ 罪人이 되게 ᄒᆞ니 社會 損失이 果然 얼마ᄒᆞ나잇가. 나ᄂᆞᆫ 이 二十餘名 靑年의 大犯罪를 目睹ᄒᆞᆷ에 數萬 數十萬 後來 靑年의 危機가 眼前에 彷佛ᄒᆞᆫ 듯ᄒᆞ야 戰慄을 禁치 못ᄒᆞ나이다.

三. <u>敎育의 未備와 社會의 墮落</u>이라 ᄒᆞ나이다. 그네가 强盜를 짐짓ᄒᆞᆫ 目的은 二種에 不出ᄒᆞᆯ지니 一은 <u>所謂 政治的 陰謀에 資</u>ᄒᆞ려 ᄒᆞᆷ이오 他 一은 <u>酒色에 耽</u>ᄒᆞ려 ᄒᆞᆷ이오 或은 朦朧ᄒᆞ게 此 二種을 結合ᄒᆞᆫ 것이거나 又ᄂᆞᆫ 前者의 名義를 빌어 後者를 耽ᄒᆞ려 ᄒᆞᆷ일지라. 그러나 於此於彼에 이ᄂᆞᆫ <u>智識이 不足ᄒᆞ고 社會에 秩序가 업슴이니 만일 져 二十人으로 ᄒᆞ야곰 西洋史 一卷이나 國家學 一卷을 말고 一二年 동안 新聞 雜誌나 읽게 하얏더라도 自己네 能力과 그만한 手段이 足히 그 目的을 達치 못ᄒᆞᆯ 줄을 ᄭᅢ달을 것이니</u> 일즉 <u>海外에 잇셔 激烈ᄒᆞᆫ 思想을 鼓吹ᄒᆞ던 者가 東京에 와셔 二三年間 敎育을 밧노라면 飜然引舊夢을 바려 以前 同志에게 腐敗ᄒᆞ얏다ᄂᆞᆫ 嘲笑ᄭᅡ지 듯게 되는 것</u>을 보아도 알지라. 新聞과 雜誌와 書籍과 善良한 靑年會又혼 交際機關이 잇셔 機會를 ᄯᅡ라 新智識을 注入ᄒᆞ면 決코 如斯ᄒᆞᆫ 無謀를 行치 아니ᄒᆞᆯ 것이라. (…중략…)

大邱 朝鮮人 實業界의 萎靡不備ᄒᆞᆷ도 말슴ᄒᆞ려 ᄒᆞ오나 넘어 張皇ᄒᆞ고 ᄯᅩ 車 時間이 臨迫ᄒᆞ야 긋치나이다. (完)

[17] 『매일신보』 1916.09.27~10.05.
湖南遊歷, 無佛居士 談 (8회)

▲ **9월 27일**

湖南線에 入흠

湖南線 地方이 米産의 中心地오, 朝鮮의 寶庫라ᄂ 事ᄂ 일즉 吾輩도 耳에 聞ᄒ얏스나 居常俗務가 匆忙(총망)ᄒ야 아직 一回도 同方面에 旅行할 機會를 得지 못ᄒ엿더니 今回에 東拓의 野田 副總裁로브터 全羅南道 及 忠淸南道에 在흔 稻毛의 檢分次로 往ᄒ니 同行치 안이ᄒ겟ᄂ가 ᄒᄂ 勸을 受ᄒ고 殆히 大塊 副總裁에게 腕을 捉(착)흔 ᄇᆡ 되어 視察의 途에 就ᄒ게 되얏ᄂ듸--

▲9월 28일
光州의 一日(上)
▲9월 29일
光州의 一日(下)
▲9월 30일
木浦港 所見
▲10월 1일
羅州에서 全州에
▲10월 3일
李朝 發祥地
▲10월 4일
米의 群山
▲10월 5일
湖南線과 運輸

[18] 『매일신보』 1917.06.29~09.12.
李光洙, 五道踏破旅行 (52회)

이 기행문은 이광수의 대표적인 남도 기행으로, 묘사적 문체가 뛰어는 기행문이다. 그러나 내용상 5도 민중의 삶의 모습보다, 일제 강점기 신문명론, 특히 신작로로 대표되는 발전론을 곳곳에 드러낸 기행문임을 확인할 수 있다. 〈이광수 전집〉을 참고할 것.

－내용－

*6월 29일부터 7월 5일까지는 제1신~제7신의 편지 형식, 7월 6일부터는 답사 지명을 표시함

▲7월 6일, 白馬江上에서 ▲7월 7일, 群山에서 ▲7월 8일, 全州에서 (一) ▲7월 10일, 全州에서(二) ▲7월 11일, 全州에서(三) ▲7월 12일, 全州에서(四) ▲7월 13일, 裡里에서(一) ▲7월 14일, 裡里에셔(二) ▲7월 15일, 裡里에셔(三) ▲7월 16일, (결) ▲7월 24일, 光州에셔(一) ▲7월 25일, 光州에셔(二) ▲7월 26일, 光州에셔(三) ▲7월 27일, 木浦에셔(一) ▲7월 29일, 多島海 ▲7월 30일, 多島海(二) ▲8월 3일, 多島海(三) ▲8월 4일, 多島海(四) ▲8월 5일, 統營에셔(一) ▲8월 7일, 統營에셔(二) ▲8월 8일, 東萊 溫泉에셔(一) ▲8월 9일, 東萊 溫泉에서(二) ▲8월 10일, 海雲臺에셔(一) ▲8월 12일, 晉州에셔(一) ▲8월 14일, 晉州에셔(二) ▲8월 15일, 晉州에셔(三) ▲8월 16일, 晉州에셔(四) ▲8월 17일, 釜山에셔(一) ▲8월 18일, 釜山에셔(二) ▲8월 23일, 馬山에셔(一) ▲8월 24일, 馬山에셔(二) ▲8월 25일, 大邱에셔(一) ▲8월 26일, 大邱에셔(二) ▲8월 28일, 大邱에셔(三) ▲8월 29일, 徐羅伐에셔(一) ▲8월 30일, 徐羅伐에셔(二) ▲8월 31일, 徐羅伐에셔(三) ▲9월 2일, 徐

羅伐에셔(四) ▲ 9월 3일, 徐羅伐에셔(五) ▲ 9월 4일, 徐羅伐에셔(六) ▲
9월 5일, 徐羅伐에셔(七) ▲ 9월 6일, 徐羅伐에셔(八) ▲ 9월 7일, 徐羅伐
에셔(九) ▲ 9월 8일, 徐羅伐에셔(十) ▲ 9월 9일, 徐羅伐에셔(十一) ▲
9월 10일, 徐羅伐에셔(十二) ▲ 9월 12일, 徐羅伐에셔(十三)

〈제1신~제7신〉

▲ 6월 29일 第一信

車中에서 島村抱月, 松井須磨子 一行을 만낫다. 仁川서 木浦로 가는
길이라는듸 매우 疲困흔 貌樣이다. 나는 名啣을 들이고 朝鮮 巡遊에 對
흔 感想을 들엇다. 氏는 文學者닛가 朝鮮文學에 對하여서 여러 가지 말
을 하더라. 미우 有益홀 쯧하기로 그 大綱을 記錄흘란다.

朝鮮은 歷史가 오릭닛가 自然 特別 思想 感情이 有홀 것이다. 그러나
오릭 동안 支那 文明의 壓迫을 바다셔 그것이 充分히 發育하지 못하고
凋殘(조잔)하야지고 말앗다. 그쑌더러 設或 아직 남아 잇는 것이라도
發表가 되지 못하얏다.

그러다가 只今은 新文明을 바다 모든 것이 식로운 生氣가 나는 씩닛
가 思想 感情 即 精神도 식로운 生氣를 어더 發育하고 表現되어야 하겟
다. 그러홈에는 朝鮮文學이 發達하기를 期約하여야 하겟다. 대기 精神
生活을 表現하는 것은 文學밧게 업스닛가 그럼으로 朝鮮 新靑年 中에
文學에 有意하는 者는 一致協力하야 크게 新文學 建設을 爲하야 힘쓸
必要가 잇다.

文學의 內容은 思想 感情이어니와 그것을 表現하는 器具는 語와 文
이다. 朝鮮語와 文을 余는 不知하거니와 아마 아즉 文法이나 文体가 完
成되지 아니하얏슬 쯧하다. 그러닛가 爲先 語文을 整頓하여야 하겟고,
다음에는 小說이나 詩나 劇又혼 文學上 諸形式을 朝鮮語文에 合하도록
移植하여야 하겟다. 이것은 總히 君等의 責任이잇가 專心 努力하기를

바란다 ᄒ고 京城서 崔南善 秦學文 諸氏 七人을 만낫던 말을 ᄒ며 그네에게 多大ᄒ 囑望을 가지니 京城에 가거던 問安을 傳ᄒ여 달라 ᄒ더라.

나ᄂᆫ 氏의 懇篤ᄒ 말슴에 感謝ᄒᄂᆫ 뜻슬 表ᄒ얏다.

抱月 氏ᄂᆫ 爲先 須磨子의 자리를 잡아주고 風枕(풍침)에 空氣ᄭᆸ지 부러너어서 便安ᄒ게 ᄒ 뒤에 自己도 風枕에 지듸여셔 졸더라, 그 겻헤ᄂᆫ 須磨子의 養女라ᄂᆫ 어엿분 處女가 이 亦是 걸상에 기듸여 졸며 잇다금 그 고운 눈을 半쯤 써셔ᄂᆫ 아모 싱각업ᄂᆫ 듯이 室內를 둘러본다.

쉬일 틈없시 食堂車로 出入ᄒᄂᆫ 貴公子들은 李王殿下를 奉迎ᄒ 次로 釜山으로 가ᄂᆫ 무슨 侯爵 무슨 伯爵이다. 그러고 全北에 有名ᄒ 富豪로 京城 中央學校를 獨擔 經營ᄒᄂᆫ 金暎仲 氏도 偶然히 同車ᄒ게 되엿다.

비가 不足ᄒ야 근심ᄒᄂᆫ 낫츠로 논버리에 우둑허니 섯ᄂᆫ 農夫들을 바라보면서 <u>나ᄂᆫ 鳥致院에 다다랏다</u>. 抱月 氏 一行은 한창 ᄭ우샤의 ᄭᅮᆷ을 ᄭᅮ는 中임으로 作別 人事도 하지 못ᄒ고 나렷다.

밧비 公州行 自動車를 잡어타고 公州 監營을 向ᄒ야 다라난다. 아직 이만 (廿六日 午後 鳥致院에서)

▲ 6월 30일, 第二信

道路도 죠키도 죠타. 이러케 죠흔 거슬 웨 以前에ᄂᆫ 修築ᄒ 줄을 몰낫던고, 疾風ᄀᆺ치 달녀가ᄂᆫ 自働車도 거의 動搖가 업스리만콤 道路가 坦坦ᄒ다. 그러나 쌀가버슨 山, 쌧작 마른 기쳔, 쓰러져 가ᄂᆫ 움악사리를 보면 그만 悲觀이 싱간다. 언제나 저 山에 森林이 좀 쑥 드러셔고 河川에ᄂᆫ 물이 깁히 흐르고 村落과 家屋이 번젹ᄒ여질ᄂᆫ지.

鳥致院 公州間은 거의 쌜간 山ᄲᅮᆫ이다. 잔디ᄭᅵᆫ지 벗겨지고 앙상ᄒ게 山의 ᄲᅧ가 드러낫다. 져 山에도 原來ᄂᆫ 森林이 잇셧스런만은 知覺 업ᄂᆫ 우리 祖上들이 松虫으로 더부러 말씀 쯧어먹고 말앗다. 무엇으로 家屋을 建築ᄒ며 무엇으로 밥을 지을 作定인가. 道路 左右便에 느러 심은 아카시아가 어더케 반가운지 이제부터 우리ᄂᆫ 半島의 山을 왼통 鬱蒼

한 森林으로 茂盛ᄒ게 덥허야 ᄒ다. 모든 山에 森林만 茂盛ᄒ게 되어도 우리의 富ᄂ 現在의 몃 갑절이 될 것이다. 十年의 計ᄂ 植木에 잇고 百年의 計ᄂ 敎育에 잇다고 ᄒ거니와 現今 朝鮮에셔ᄂ 植木과 敎育이 同時에 一年計요 十年計요 百年 千年 萬年計일 것이다.

鳥致院 公州間에 쾌 훌륭ᄒ 橋梁이 만치마ᄂ 그 알에로 맛당히 흘러 가야 ᄒᆯ 물은 一滴도 업다. 橋下에 흘러가ᄂ 물이 업서지면 橋上으로 걸어가ᄂ 사름도 업슬 것이다. 그런데 그 긔천을 보건듸 昔日에ᄂ 多量의 물이 잇섯던 듯ᄒ다. 山에 森林이 업서짐으로 漸漸 河川이 枯渴ᄒ야 진 것이다. 다시 森林이 茂盛ᄒᄂ 날에ᄂ 河川도 復活ᄒᆯ지오 河川이 復活ᄒᄂ 날에ᄂ 萬物이 復活ᄒᆯ 것이다.

錦江도 三四年 前까지ᄂ 公州 漢江썻지 船舶이 通行ᄒ얏다 ᄒ나 漸漸 水量이 減損ᄒ야 現今에ᄂ 小木船조차 잘 通行치 못ᄒᆫ단다.

나ᄂ 이 山川을 對ᄒᆯ 째에 아라비아나 波斯를 聯想ᄒᆫ다. 그러나 아라 비아나 波斯ᄂ 雨量이 極少ᄒᆷ으로 天成ᄒ 不毛之地여니와 朝鮮의 不毛 ᄒᆷ은 純全히 住民의 罪惡이다. 이미 罪惡(?)을 自覺ᄒ얏거던 卽時 悔改 ᄒ여야 ᄒᆯ 것이다.

오날 忠南 道長官을 訪問ᄒ야 植林에 對ᄒ 方針을 이러케 깃분 對答 을 어덧다.

"二十五年 豫定으로 忠南 全躰의 森林을 作ᄒ려 ᄒ오. 一邊 採伐을 禁ᄒ고 一邊 每年 二百町步式 各郡 各面으로 ᄒ야곰 積極的으로 苗木을 植付케 ᄒ려 ᄒ오. 大田, 燕岐, 天安 等 鐵路 沿線 地方은 十年 豫定으로 實行ᄒ려 ᄒ오."

그러면 二十五年 後에ᄂ 忠南 全躰에 禿山의 그림자가 업셔지고 一 面 鬱蒼한 森林으로 덥힐 것이다. 더구나 忠南 道長官은 森林에 精通ᄒ 다 ᄒ닛가 그를 長官으로 삼ᄂ 忠南을 祝賀 아니ᄒᆯ 수 업다.

忠南쑨 아니라 各道에 다 이러ᄒ 計劃이 잇슬 터이닛가 三十年만 지 나면 朝鮮의 山이 復活되고 河川이 復活될 것이다. 그러나 官廳의 힘으 로만 될 것이 아니다. 第一 重要ᄒ 것은 人民 各自의 自覺과 努力이다.

植林 思想을 鼓吹ㅎ는 것은 아마 現今에 가장 重要ㅎ 것의 ㅎ나일 쓷ㅎ다. 雙手山城의 蒼翠를 바라보며 錦江의 淸流를 건너 二千年 古都 公州에 入ㅎ 것은 午後 一時 半이다. 아직 이만. (公州에셔)

▲ 7월 1일, 第三信

旅裝도 그르기 전에 곳 도청장관, 工林 道長官을 訪問하얏다. 長官은 이믜 王白에 매우 온후한 사람이엇다. 長官을 大略 左記 三項에 亘하야 기자의 질문에 대답하얏다.

一. 兩班: 본 도는 兩班의 道이다. 昔日 갓ㅎ면 監司를 들이고 닉고 할 雄門 巨族이 處處에 跋扈ㅎ야 容易히 新文明을 容納ㅎ지 안이ㅎ다. 그러나 워낙 敎育 잇는 上流階級이닛가 한번 覺醒ㅎ기 始作만 ㅎ면 급속ㅎ게 철저ㅎ게 進步홀 수가 잇스며 또 상놈들과 又치 ㅎ번 開明ㅎ얏다가 다시 野蠻으로 돌아오는 일이 업다. 그러므로 兩班들은 비록 覺醒이 더듸다 ㅎ더라도 마츰내는 亦是 이전 양반이 싀양반이 될 것이다. (…중략…)

二. 産業: 本道의 산업의 重要ㅎ 자는 毋論 農業이다. 鑛産 水産도 결코 尠少홈은 아니나 農業이 主業이다. 灌漑 (…중략…)

三. 森林: 25년 계획으로 本道 內의 植林을 完成ㅎ려 ㅎ다. 年年 2백 町步式 各郡面이 分擔하야 苗木을 植付하기로 한다. (…중략…)

장관은 극히 懇篤ㅎ게 熱心으로 말을 ㅎ며 眉宇에는 成功의 確信이 浮動ㅎ더라. (…중략…)

▲ 7월 3일, 第四信

밤에 늦도록 通信文을 써 노코 旅程 第一日의 客舍의 잠이 들엇다.
ᄉ랑하는 동생을 만나보던 꿈을 ᄭ우고 문득 잠을 ᄭ니 雷雨가 大作이다.
客舍의 야반 雷雨聲은 쇄 客懷를 두더라.

翌朝 早飯을 먹고 雨을 冒하고 公州 市街와 附近의 景勝을 구경ᄒ얏
다. 시가는 천여호에 불과ᄒᄂᄂ 山峽의 소도회요 家屋에 瓦家가 드문
것은 五百年의 暴政을 表한 것이다. 道路는 極히 整備ᄒ얏다. 公州라
부름은 市街를 두른 山들이 公字形을 作한 ᄭ닭이엇다. 듯고 보면 그럴
ᄯᆺ도 ᄒ다. 나는 歷史의 知識이 不足흠으로 자세한 沿革은 알지 못ᄒ거
니와 熊津州 등 名稱으로 백제 이래의 연고 깁흔 都會라 ᄒᆫ다.

此地에 십년치 居住ᄒ노라는 中津 씨의 말을 듯건듸 십년 전의 공주
와 現時의 공주와는 전혀 ᄯ판 世上이라 한다. 일찍 상투 ᄶ고 백의
입은 자의 公州이던 것이 지금은 머리 ᄭᆨ고 裕衣(유의, 편한 옷) 입은
자의 공주가 된 것을 보아도 알 것이다. (…중략…)

▲ 7월 4일, 第五信

퍼붓는 비를 무릅쓰고 早朝에 利仁을 ᄯ낫다. 利仁셔 扶餘 오십리
間은 대개 山峽 길이엿다. 坦坦한 新作路가 狹長한 山峽間으로 다라난
것이 마치 一條 淸流와 갓ᄒ다. 게다가 도로 좌우 엽흐로 아까시아가
죽 느러서 그 韻致 잇음이 비할 데가 업섯다.
(…중략…)

新地境 고기라는 고기 마루턱에 올라설 적에 문득 들리는 杜鵑 啼聲
은 遊子의 이를 ᄯ는 듯ᄒ엿다.

이리 돌고 저리 돌고 고기 넘고 저 고기 넘어 느러진 버들 그늘에 서너 茅屋이 暮雨에 잠겨 잇슴을 보앗다. 막걸니 파는 美人에게 무른즉 地名은 '왕장터'요 부여서 이십리라 흔다. 목도 渴흐고 시장도 흠으로 매어기 안쥬에 막걸니 흔 잔을 마셧다. (…중략…)

(27일 부여에서)

第六信

客主에셔는 寢具도 아니 준다. 憲兵 分隊에셔 담뇨를 주어서 困흔 몸이 편안히 잣다. 아침 일즉 닐어나 헌병 분대에셔 부처주는 보조원 일명을 案內者 삼아서 百濟의 舊蹟 구경을 써낫다. 바로 헌병대 구내에 石槽 2개가 노혓다. 이것은 백제의 貴人이 沐浴하던 것이다. 일개는 다리 벗고 안기 죠흐리만 하고 일개는 반득시 눕기 죠흐리만 흐다. 나는 한창적 羅馬人을 聯想흐얏다. 그럿케 百濟인은 번젹번젹흐게 살앗다.
扶蘇山은 山이라기보다 岡이다. 羅馬의 七岡이란 엇던 것인지 모르나 아마 이러흘 것이다. 山에는 蓋瓦 조각이 흔발 깔렷다. (…중략…)
—28일 부여에서

▲ 7월 5일, 第七信

困흔 다리를 잠간 쉬어 離離흔 靑草 중에 平濟塔을 차잣다. 大唐平百濟塔이란 일홈은 羞恥이언만은 如此흔 萬古의 大 傑作을 後世에 끼친 우리 祖先의 文化는 또흔 자랑흘 만하다. 석양을 빗기 바든 塔은 즉시 날기를 벌리고 半空으로 소사오를 쯧흐얏다. 엇더케 저러한 構想이 싱기고 엇더케 저러한 技術이 能흐고 저러케 調和잇고 웅장하고 그러고도 美麗한 形狀을 案出흐난 그 大藝術家의 精神은 얼마나 崇高흐엿던고.

(…중략…)

*이광수의 부정적인 역사의식을 드러낸 글이 이어짐

▲ 7월 6일, 白馬江上에서

(양개 악인에게 일곡을 청하고, 흥취를 노래하는 장면)

우리는 窺巖津을 써낫다. 百濟의 商船과 兵艦이 써나던 데요, 唐, 日本, 安南의 商船이 各色 物貨를 滿載ᄒ고 輻輳ᄒ던 데다. 自溫臺(자온대)의 기암은 現今에는 의자왕의 逸遊ᄒ던 터로 명성을 전하지마는 당시에는 아마 離別岩으로 有名ᄒ엿슬 것이다.

▲ 7월 7일, 群山에서

江景서 약 5시간을 머물러 오후 8시 半차로 群山을 向ᄒ다. 엇더케 더운지. 全身이 쌈이로다.

朝鮮 第一의 平野오 제일의 米産地인 全北平野에 들어섯다. 일망무제다. 天賦한 沃土다. 移秧이 거의 싯낫다. 음12일 달이 열븐 구름 속에 걸넛다. 평야 중에는 여긔저긔 造山갓흔 죠고마흔 산이 잇고 산이 잇스면 반드시 그 밋헤 村落이 잇다. 마치 바위를 의지ᄒ야 굴이 붓는 것 갓다.

(일제의 수재 방지, 곡물 수출항, 신문명론, 신부강론 등) (…하략…)

[19] 『매일신보』 1917.08.16~30. 秦曉星, 釋王寺에 (12회)

▲ 8월 16일, 釋王寺에(一)

世間에는 一日의 勞를 三杯酒로 忘ㅎ는 人도 잇고 一月의 疲를 一夜의 遊興에 依ㅎ야 곳치는 사름도 잇지만 나는 一日의 勞를 위로ㅎ기 寢牀 우희 冥想으로써 ㅎ고 長時間의 倦怠를 回復홈에는 都會를 써남과 大自然의 품 속에 抱擁됨으로써 흔다. 그리고 大自然의 壓迫을 感ㅎ는 째에는 다시 都會로 들어가 人間과 握手홈으로 나의 孤寂홈을 곳친다. 그러흔 故로 나는 自然을 멀리ㅎ야 人間에셔만도 살 수 업고, 人間을 써나 自然만으로도 살어갈 수 업는 사름이다. 要컨딕 나는 人間과 自然이 適中ㅎ게 調和된 곳에 나의 참된 生活이 잇다. 그리고 그를 調和식이고즈 ㅎ는 곳에 나의 努力이 잇고 悲哀가 잇고 쏘 歡樂이 잇다.

나의 今番 旅行은 名所 古蹟을 찾는 探勝的 旅行도 안이고 쏘 單純히 더위를 避ㅎ고즈 ㅎ는 所謂 避暑도 안이다. 長時間 營營흔 都會生活에 후져셔 全然히 彈力을 일어바린 自己의 生活을 큰 自然의 힘으로 回復식이고즈 흠이 今番 旅行의 目的이다.

나는 旅行ㅎ는 것만 조와셔 좀 感崇(감수)가 잇슴도 不顧ㅎ고 南大門驛에 달녀가 九時 三十分發 元山 列車에 올넛다, 車內에 드러간즉 씨는 듯이 더운 空氣가 확 씨쳐 숨까지 막힌다. 그럿치 안어도 日間의 더위를 못 닉여 日中이 되면 半은 죽어나는 이 몸이 炎署의 一日을 이 좁은 車室 속에서 엇지 지내나. 고만 勇氣가 索然ㅎ야진다.

列車는 南大門을 發ㅎ야 往十里, 淸凉里 …… 이와 굿치 가는 中에 停車場마다 乘客이 잇다. 큰 짐을 안고 쌈을 조로로 흘니는 農村 사름들이 쑤역쑤역 드러와 德亭驛까지 온 째에는 車內에 一分의 餘地가 업시 되얏다. 나는 더위를 이져바리기 爲ㅎ야 新聞을 얼골에다 이고 暫時 눈을 붓첫다가 눈을 써 보니 列車는 벌셔 漣川 大光里를 지나 漸漸 놉흔 곳으로 올너간다.

桔梗(길경)꼿의 鐵原 曠野를 꿈속ㄱ치 通過ㅎ 汽車도 平康 福溪의 高
原을 當ㅎ야셔는 헐덕헐덕 ㅎ면셔 客車를 무겁게 쓰러 올닌다. 三防을
當到ㅎ니 山岳은 重疊ㅎ되 矗然(촉연)ㅎ 高峯에서 瀑布가 소다진다. 一
種 壯嚴ㅎ 긔운을 感ㅎ는 同時에 머지 안이ㅎ 金剛山 싱각이 난다. 그
天然美에 感激홈인지 내 엽헤 안졋든 婦人이 마조 안진 二十 歲 前後의
절문 女子를 向ㅎ야,

"참 景致도 죠타!"하고 歎聲을 發ㅎ니, 그 절문 녀즈도,

"참 죠키도 함니다."ㅎ고 同感을 ㅎ나 그는 京城 出生으로 門밧 구경
도 못ㅎ다가 元山 잇는 男便을 좃쳐 감이라 혼다.

"싀골은 孤寂ㅎ겟지요?"ㅎ고 鄕村 生活을 豫想ㅎ야 孤寂ㅎ게 넉이
는 모양이다. 한 婦人은 뜻밧게,

"싀골도살어나면 관게치 안어요."ㅎ고 慰勞혼다. 이에 列車는 一聲
汽笛을 놉히 지르고 캄캄흔 굴 속에 드러가 버렷다. 두 사름의 會話가
잠시 긋쳣더니 돈네루를 通過흔 뒤에 그 婦人은 山밋 외짠 집을 가르
치며,

"져것 보시오. 져런 곳에셔 夫婦가 즈미롭게 살어갑니다."ㅎ고 절문
女子를 慰勞혼다. 느는 그 婦人의 意外의 말을 듯고 敬歎ㅎ얏다. 참!
人生은 마음먹기에 달엿다.

▲ 8월 26일, 釋王寺에셔(九), 閻羅王과 裁判, 인제는 그만이라

▲ 8월 28일, 釋王寺에셔(十), 有名흔 炭酸 溫泉＝용이히 차례 오지 안이 흐는 목욕탕

▲ 8월 29일, 釋王寺에셔(十一), 僧侶의 生活, 견듸기가 어려운 악식

▲ 8월 30일, 釋王寺에셔(十二), 僧侶의 生活, 녀식과 악식의 난관

*⟨권상로, 불교 시찰단⟩, ⟨우보 철원 일별⟩, ⟨소봉 만주 기행⟩ 등은 장편이어서 입력한 뒤 살펴볼 필요가 있음.

2. 『청춘』 기행 담론

[01] 『청춘』 제3호(1914.02). 入學宣誓 拾週年, 公六(최남선), 1914.12.

[02] 『청춘』 제4호(1915.01). 冷罵熱評

[03] 『청춘』 제6호(1915.03). 海蔘威로서, 第一信, (其一): 호상몽인

[04] 『청춘』 제7호(1917.05). 東京 가는 길, 한샘(최남선)

[05] 『청춘』 제8호(1917.06). 咸興 陵幸 陪從記, 何夢

[06] 『청춘』 제8호(1917.06).
第三回 極東選手權 競爭 올림픽 大會 參觀記, 方斗煥

[07] 『청춘』 제8호(1917.06)~제10호(연재). 南山 蠶頭에서, 引慶道人 (3회)

[08] 『청춘』 제9호(1917.07). 我觀, 修養과 旅行

[09] 『청춘』 제9호(1917.07). 東京에서 京城까지, 春園

[10] 『청춘』 제9호~11호. 어린 벗에게, 외배(이광수) (3회)

[11] 『청춘』 제11호(1917.11). 京城小感, 小星(현상윤)

[12] 『청춘』 제12호(1918.03). 彷徨, 春園(춘원의 유학 생활 모습 관련 소설)

[13] 『청춘』 제13호(1918.04). 尹光浩, 春園

[14] 『청춘』 제14호(1918.06). 白頭山(畵報)

[15] 『청춘』 제14호(1918.06). 南遊雜感, 春園

[16] 『청춘』 제15호(1918.09). 北城磯, 崖溜生(권덕규)

入學宣誓 拾週年, 公六(최남선), 1914.12.

〈해설〉이 자료는 1914년 12월 〈청춘〉 제3호에 실린 최남선이 쓴 것으로,
1904년 황실특파유학생(정부 파견 유학생) 50명 가운데, 1914년 당
시 경성에 거주하던 유학생들이 모여 10주년 간친회 개최 상황을 소개
한 글이다. 1904년 황실 특사 유학생 파견 사실을 알 수 있으며, 유학
생들의 모습을 짐작할 수 있다. 또한 유학생 출신의 인사들의 사상과
활동 내용을 알 수 있다.

○ 이런지 저런지 모르고 지내다가 日前에 崔麟, 姜荃 兩君의 통긔로
비로소 우리들의 日本留學 써낫든 지가 滿 十年된 줄도 알고 十日月
五日이 東京 府立 第一中學校에서 入學宣誓式을 行하든 十朞日인 줄도
알다.
○ 十周年 二十周年이 그리 特別한 뜻이 잇잘 것은 업지마는 몃달 몃해
만큼 한아둘식 서로 써난 뒤에 卒然히 맛나보지 못한 이도 만코 맛나는
이라도 한 자리에 온전히 모혀 情談穩討할 機會도 엇섯기에 이번을 機
會삼아 懇親會를 열기로 하는대 더욱 그 쌔 敎師로 訓導하든 大山一夫
氏가 쏘한 京城에 잇서 學事에 周旋함으로 아울너 請待하기로 하다.
○ 處所는 明月館 日時는 當日后 四時 會費는 壹圓 五拾錢 當年 "이모쇼
셰이"의 모임으로는 애오라지 싸지는 못하는 大奮發로 出席하야 歡情
을 가치 하신 이가 十一人이니 伊時 四十六人 內에서 死亡하신 이 몃
분과 在他하신 이를 쎄고 居住 未詳한 在京者 兩三人 外에 거의 다 모임
셈이러라.
○ 先着 第一은 내님이라는 이사람이라. 얼마를 기두르매 우리가 宗氏
라는 崔麟(최린) 君의 蓬蓬한 턱이 보이고 이내 具滋鶴(구자학) 姜荃(강
전) 兩君이 이르며 동안이 매오 써서 池成沇(지성연), 姜元永(강원영)
兩 國手와 劉秉敏(유병민) 尹台鎭(윤태진) 兩君이 오고 이 사이에 大山

(오오야마) 氏가 오아 인사며 치사며 坐席에 비로소 질번질번하더니 全于榮(전우영) 君이 옴에 밋쳐 君의 獨特한 諧諧(회해)와 活潑한 擧動이 들어와 春風이 不時에 座上에 吹滿하며 마조막 文昌奎(문창규) 君의 質重한 몸이 와서 一座에 금시에 重鎭을 得한 듯하다.

○ 十年이 쌀을 법은 하야도 사람의 一生에서는 매오 오랜 동안이라. 陵谷도 오히려 變遷이 잇고 星宿도 얼마콤 移動이 잇겟거든 하믈며 浮萍轉蓬가튼 人生의 일이며 어느 運命에 몸이 매고 어느 座地에 궁둥이를 부쳣는지 모르는 吾輩의 일이랴. 應當 許多한 變化가 잇스려니 함은 내남업시 짐작하얏슴인 듯하더라.

○ 그러나 이러케 한자리에 모여보매 첫재 意外라 할 것은 各箇 身上事에는 이러타할 特殊한 變化가 업시 모다들 依然한 舊阿蒙으로 잇슴이니 果然 넘어 平板的이오 單純하도다.

○ 毋論 업든 나롯 잇는이도 잇고 여위든 몸집 쑹쑹한 이도 잇고 '쓰메에리'가 '셰비로'가 되고 書生이 紳士가 된 變化는 잇스며 어리든 이가 점잔하지고 졂든 이가 늙은 變化는 잇스니 이도 變化 아니기야 아니지마는 우리의 생각하는 바 變化란 것허고는 넘어 틀리는 變化로다.

○ 日俄戰事가 바야흐로 張大하야 風雲이 한참 飜覆할 째에 이른바 政府 特派로 별안간 五十名 留學生을 東京으로 派遣할새 보내는 者 가는 者가 다 深切한 自覺과 明白한 意識이 잇섯다 할 수가 잇슬는지는 모르나 그 意思를 생각하면 자못 深重한 것이 잇는 일이며 가는 이들로 말하야도 으스름하게라도 한가지 自覺과 自期들을 가짐이 잇섯도다. 제각기 속에는 오는 누리의 機關手와 役事軍은 내어니 하는 自任이 잇든 것이로다.

○ (…중략…)＝飯田町 寄宿舍

○ 〈최린〉 咸興出

○ 그가 東京에 잇스매 見識과 言論으로 同輩間에 相當히 推量을 바드며 더욱 아름다운 목청과 헌걸한 키새로 辯壇一邊에 雄을 稱하니 이른바 二十八 英雄의 一人이오 질겨 政治를 생각하고 議論하고 아울너 그

곳 政客을 차즈니 當時 同輩로 가장 만히 早稻田 늙은이를 차져단이기는 그라. 그 몸 가짐새 말하는 보는 만히 그 사이에 물들미오 坯 배홈일지니라.

○ 그가 처음 東渡할 째에 나이 한 二十四五니 老成人 축에 한아이오 坯 曾往 오래 所謂 留京客으로 舊風物의 點染이 比較的 깁혼이라. 그 째부터도 物情 짐작은 남만 하얏슬 터인대 더욱 東渡 後에도 공부에는 쇄 用力을 하고 坯 東洋的 英雄主義의 盤渦中에 석겨 지내면서도 은근히 讀書하기를 일삼으니 그 見識을 이 속에서 기름이 毋論이니라.

○ 法律, 독서 범위가 넓고, 論理學 科程을 질겨 가르침, 哲學, 宗敎

○ 지금 普成學校長

○ **具滋學**: 키 큰 것이 最大 特長＝＝＝＝東京府 師範學校

○ 進明 女子高等普通學校 敎授

○ **姜荃**: 渭史라 號하니, 최연장자

○ 漢學의 素養이 자못 深博하고 坯 述作에 能하니 이 點으로 非但 우리 축 中의 翅楚라. 坯한 當時 留學生 界의 漢學 望士라 詩도 하고 文도 하야 어져간하게는 다함으로 그 째 學生界의 儀式上 文字로 그의 손은 빈 것이 자못 만핫스며 坯 곳잘 長篇 漢詩 가튼 것을 지어 여러 學報上에 揭載하니라.

○ ---안팟으로 어른을 뫼신 듯하더라

○ --年德과 學德--

○ --仁川 商業會議所로 商報 經紀하는 소임--

○ --慶南日報의 聘--培材學堂 絳帳--雜誌 〈公道〉에 글을 내더라

○ 다 서로 兄弟가치 지내는 中에도 姜荃 君허고 特殊히 親近하게 지내든 이는 **尹台鎭 君**이라. --

○ 그는 方顔短軀 --- 자못 漢學의 素養이 잇스며 才稟이 卓越한지 모르나 공부에 誠勤이 過人한 好箇學究이엿스며 凡事에 다 誠이 잇서 그가 會員된 學報에 그의 글이 나지 아니하는 일이 업섯더라.

○ 그째 우리가 〈大韓留學生會報〉를 마타볼 새 그 째만 하야도 思想發

表의 新形式에 方向이 업고 쏘 國漢文 交用하는 文體에 익지들 못하매 그 보내는 글들이 과연 변변치 못한 것이 만흔 가운데 그의 "愛國當如家"라 한 一編은 論旨가 밝고 文體 쏘한 合當하야 매오 感嘆하던 것이라. 쏘한 오래간만에 法律를 畢修하고 돌아와 한참 地方의 屬官으로 다니고 或 學校에 敎鞭을 잡기도 하더니 시방은 賣文으로 生涯를 삼는다 하더라. 모든 職業이 다 神聖하거니와 더욱 君의 斯擧가 아주 時宜에 合하는 것으로 밋는 우리는 滿腔 誠心으로 流澤이 大益하기를 비노라.

○ <u>劉秉敏 君은</u> 培材學堂 出身이니 우리 측에서 英語에 暢達함으로 首座라. 雍容端雅하야 比較的 謹拙한 편임으로 샌님의 ----

○ 東京 高等師範學校에 歷史地理科를 畢修하고 돌아온 뒤 各學校에 敎鞭을 잡아 이 우리 學界上 未開한 境域을 開拓하기에 努力하며 쏘 土曜 講習所에 誠心勤勞하야 이 兩 科目으로 써 靑年者流에게 特殊한 暗示를 주려하니 君가튼 誠勤한 心事와 純潔한 操持로 써 이럿튼 一方面 育英에 盡瘁함은 과연 感謝한 일이오 ----

○ 만일 그 째 측에서 面㾧의 特甚한 이를 쏩자면 실혀도 <u>姜元永</u> 國手를 推擧할 밧게 업고 그 다음에는 <u>池成沇(지성연)</u> 國手를 --- 두 분 다 醫學에 注意하야 히포크라테쓰의 學을 닥고 --

○ 지성연 君은 號를 ｜ ｜라 하고 쏘한 湖人이니 --

○ -- 우리는 仁術界를 爲하야 慶하리로다.

○ 내가 두 번재 東渡하매 --- (함께 지냄: 영어, 독일어 공부하던 추억)

○ 面㾧王 강원영 --- (…중략…)

○ 當日 席上에서 우리가 特別히 깃겁고 늣거운 것은 <u>全宇榮 君</u>의 일이라. 이런 말을 할지라도 君이 容恕할 줄 알므로 적거니와 그동안 十年間에 進步와 發展이 가장 著大한 이를 말하자면 不得不 君에게 屈指할지니, 이는 君의 오늘날 社會的 地位를 가지고 말함도 아니오 物質的 財産을 가지고 말함도 아니라 思想 行爲 學問 事業 總言하야 人格 完成의 運動上으로 君이 아즉까지 多大한 成功을 어듬으로 말이라. 까필드의 所謂 사람으로 먼저 成功하란 條件으로 보아 君은 분명 成功的 人物로

許與할 만하도다.〈성공적 인물: 가필드〉

○ 失禮나 當時의 君은 年齒로도 그러하얏지마는 더욱 공부하는 上으로 말하야도 素地가 넘어 不足한 嘆이 업지 아니하얏스며 이 째문에 공부 보담도 작난이 압서는 傾向이 잇던 터이러니 普通科를 마치고 商科 專門을 비롯할 무렵부터 그의 思想에 一大 波動이 생기어 生涯가 一轉하더니 더욱 卒業이 갓가워 옴으로부터는 思行 兩方으로 무섭게 精力主義를 發揮하야 온갓 成功者의 生涯에서 볼 수 잇는 光彩를 그의 日常에서 볼 수 잇게 되엇더라.

○ 要하건대 그 무렵쯤하야 그는 다른 立志傳中의 人物들이 다 거쳐가는 一大 '터닝 포인트'를 거첫더라. 自己에 對한 眞摯한 自省의 結果로 엇더한 한가지 痛烈한 自覺을 어덧더라. 眞心으로 深心으로 '이래서는 아니되겟다'하는 話頭를 가지고 懊惱煩苦를 備經한 뒤에 能히 自傷치 아니하고 能히 自抛치 아니하고 쏘한 能히 苟安이란 惡魔와 妥協하지도 아니하고 廓然히 自定하고 猛然히 自奮하야 '그리하여야만 되리라'하는 길을 걸엇더라.

○ 칼라일의 닐은 바 '두잇(Do it)'은 그가 修省의 科條를 삼은 것이오 그의 勇進의 原動이 된 것이니 게으름의 鞭策도 이로써 하고 쇠임의 防牌도 이로써 하면서 晝로써 夜를 繼하고 心으로써 身을 代하야 ---

○ -- 學校는 內外國人間 優等으로 --

○ -- 內的 素養과 所得 --

○ 그는 이제 韓一銀行에 職을 奉하야 --

○ 맨 끚헤 마지한 **文昌奎 君도 우리**가 사랑하는 이오 더욱 그 맨처음 東渡 志學하던 誠意에 對하야 滿腔의 敬意를 表하는 者로니 그가 우리의 축에 들기는 留學生 試驗에 應選됨도 아니오 特別한 推擧가 잇서 入參된 것도 아니라 實로 억지로 쎄군가치 一行을 짜라와서 애도 未嘗不 만히 쓰고 마츰내 所期를 貫徹함이라.

○ 갓 쓰고 白衣 입은 채 무턱으로 우리 탄 배에를 올라와 馬關까지 가서야 여러 사람의 周旋으로 理髮도 하고 洋服도 입고서 東京까지 作

伴하야 가서 지내니 名色도 아모것도 업고 毋論 資斧도 가짐이 없는지
라. 生疎한 짱에서 그가 이동안에 여러 가지 어려움과 고로움을 격것슬
것은 毋論이니 그 事情을 보는 者ㅣ 아모든지 向學의 至誠에 對하야
深厚한 同情을 禁치 못하얏더라.

○ 과연 질겻더라. 아마 그저 참고 견대면 씃치 잇겟지 하는 작뎡을 가
젓섯더라. 아모 말 업시 쑥 참고 지내더라. 그 쌔의 그는 熱烈한 基督教
信者ㅣ라. 원래 만치 아니한 行囊에 冊은 여러 권 잇고 그 冊이 거의
다 基督教에 有關한 것들이니 新約全書 讚頌歌 等은 毋論이오 그外에
〈天道潮原〉〈德慧入門〉等 漢文教書를 가지고 晝夜업시 틈만 잇스면
祈禱를 들이거나 이런 等書를 翻讀하니 或 天主學을 한다 하야 얼마큼
비웃는 이도 업지 아니하얏스나 우리는 實로 그 熱烈한 誠心과 敬虔한
信仰에 對하야 어린 마음에 쳐다보기를 마지 못하얏도다.

○ 다행히 官費生에 添入되야 비로소 安心勉學하는 便宜를 어드니 그
깃거움이 엇더하얏스리오. 겻헷 사람까지 代賀하는 情이 깁헛더라. 뒤
에 東京高商에 배호다가 돌아와 오래 官場 生活을 하니 그 뒤 일은 우리
가 가치 지내지 아니함으로 모르거니와 ---

○ 그는 體軀가 ---

○ 그 쌔 教師오 舍監을 兼한 大山一夫 氏는 岡山縣人이오 自少로 育英
에 從事하든 이니 爲人이 磊落(뇌락)하고 ---

○ --시방은 京城學校組合이란 대서 ---

○ 이러케 적는 이는 그쌔 그 축에 가장 年少하고 가장 미거하면서 얼마동
안 學校에서는 組長 노릇을 하고 寄宿舍에서는 班長 노릇을 하다가 이쌔
싸지 가장 所成이 업는 當日 席末의 崔南善이러라.

[02] 『청춘』 제4호(1915.01). 冷罵熱評

헷 留學

○ 日本 留學生은 모도다 偉人인게데. 偉人으로 暫時 日本의 文化를 구경하고 批評하며 自己의 高博한 學識과 日本 여러 學者의 學識과 人格과를 比較하량으로 留學을 가나 보데. 그네는 大學校 講室에서 體面을 바릴 수 업나니 講演을 듯나니 대개 그 白髮이 드린 老學者가 그네의 눈에 아조 幼稚한─少不下 自己네보다 幼稚한 學究로 녀김이라. 그네가 이러한 老學者를 부를 째에 決코 先生의 稱號를 加하는 일이 업스며 自己의 微賤한 手下人을 부르듯이 놈이라든가 여석을 달아 부르나니 實로 曠古 未曾有한 大變이로다. 제 스승이 죽으면 父母와 한가지로 三年을 心喪하던 우리 祖上이 보시면 果然 開明이란 異常한 것이라 하고 혀를 차리니 아마도 그네가 혀차는 것을 보고 "우리는 이러케 옹하니라."하고 배를 내어 밀리로다.

　대개 大學이 잇슴이 다만 所要의 學術講演만 들음이라 하면 웨 구태어 萬里 異域에 父母를 그리게 하리오. 千里에 스승을 짜름은 그의 재조를 배호기보다 먼저 그 재조를 가지게 된 人格과 性行을 사모함이니 만일 엇던 者가 한 스승을 싸르어 그 스승의 재조만 배호앗다 하면 이는 고기국을 먹으로 가앗다가 그 말국만 두어 술 어더 먹고 옴이니 實로 그 재조가 貴함이 아니라 그 재조를 닥가 善用할 수 잇는 品格을 貴하다 할지니 이제 우리 留學生은 다만 講壇 우헤서 하는 그 講演만 古談 듯듯 하기 二三年이면 學士랍시고 大學敎育을 바닷거니 하거니와 만일 具眼者의 눈으로 보면 校外生으로 講義錄을 購讀한 者에서 나음이 무엇이리오. (…하략…)

[03] 『청춘』 제6호(1915.03).
海蔘威로서, 第一信, (其一): 호상몽인

저는 오래 留하려 하던 上海를 지난 ○일에 써나아 오늘 아츰 無事히
海蔘威에 上陸하엿나이다.14)

제가 上海를 서다는 날은 正月 바로 初生바람 세게 부는 날이러이다.
새로 지은 洋服에 새로 산 구두를 신고 나서니 저도 제법 洋式 紳士가
된 양하야 맘이 흐뭇하더이다. 게다가 平生 못 타 보던 人力車를 疾風가
티 몰아 英大碼路 장판가튼 길로 달릴 째엣 맛은 나가튼 싀골쑥이에게
는 어지간한 호강이러이다. 그러나 路上에서 眞字 洋人을 만나매 나는
至今껏 가지엇던 푸라이드가 어느덧 슬어지고 등골에 찬 쌈이 흐르오
不知不覺에 푹 고개를 숙이엇나이다. (…하략…)

[04] 『청춘』 제7호(1917.05). 東京 가는 길,15) 한샘(최남선)

간 곳마다 杉이나 松의 深林이 잇스니 반드시 神社가 잇고 村閭 中에
놉고 큰 용마름이 보이는 것은 반드시 寺院이오, 十里 或 五里式 廣庭高
棟에 窓鏡이 連匣한 巨屋은 小中學校라. 東征 數千里程에 沿路 光景이
이 點에는 如印 一板이니라.

老松나무 숩 깁흔대 紅살門은 '야시로'(神社)오
성냥통집 소북한 中 놉다라니 '데라'(寺院)로다.
쓸 넓고 硫璃窓박은 큰집은 學校인가 하노라.

---

14) 『청춘』 제3호(1914.12)에 '상해서'라는 서신 형식의 기행 자료가 있음.
15) 일본의 풍경을 설명하고, 시로 옮김.

鐵道線路가 通路로 橫斷한 것을 '후미기리'라 닐커러 반드시 看直人을 두고 汽車가 通過할 째에는 防柵을 베플어 行人도 禁斷하고 兼하야 白布 信號旗를 들어 汽車로 하야곰 安心 通過케 하는대 이 看直은 그리 힘드는 일이 아님으로 壯丁들은 다른 버리를 하고 혼이 老人이나 婦女들이 보더라.

半 넘어 늙은 女人 얼골은 茶色인대
다린 아이 '기모노'(衣服)도 군대군대 누덕이라.
성하고 째긋하기는 信號旗쑌이러라.

馬關 近傍은 南暖地라. 겨울에도 들이 오히려 푸르고 柑子나무의 綠葉黃實은 色이 더욱 鮮하며 그리로서 한동안에는 菜蔬가 오히려 밧헤 잇는대 半日程쯤 가면 光景이 크게 틀리고 東京 近地에 이르러서는 山에는 積雪이 잇고 들에는 찬바람이 부는대 馬關서 東京까지 急行車로 晝夜半程이니 一宿을 지내고 아츰에 車外를 보면 春國으로서 별안간 冬王下에 든 듯하더라.

나무에 연 黃柑子를 보고서 馬關서나
陽地싹 밧고랑에 치위하는 배추 보고
밤 지내 눈 잇는대 오니 東京이라 하더라.

[05] 『청춘』 제8호(1917.06). 咸興 陵幸 陪從記,[16] 何夢

○ 六堂 先生

---

16) 편지 형식의 기행문. 기차가 통과할 때 관민이 그것을 보기 위해 담을 이루듯 쳐다보는 장면을 묘사함.

○ 今回의 咸興行 은 陪行이라는 語 가 임의 被動的이오 兼하야 突然에서 나온 일이라 北關의 地理 太祖의 歷史는 姑捨하고 此 紀行의 根柢될 關北殿陵誌 一冊도 閱見치 못하야 거의 赤手로 戰線에 立하는 感이 有하외다.

○ 그러나 平素에 薄識寡聞임을 恨하는 外에 他道가 更無한지라 그런대로 가 볼써나 하는 厚面皮로 五月 九日 午前 八時 半 南大門驛에서 尊駕를 밧들고 北行의 路에 登하얏나이다.

○ 汽車가 大路에 橫走하며 **驛站을 通過할 쌔마다 祗迎祗送의 官民이 堵를 成**하얏나이다. 逍遙散의 新綠을 指顧할 餘暇도 업시 連川驛까지는 다만 沿路의 群衆을 탐스러웁게 觀望하얏나이다. 車中은 적이 無聊하외다. 汽車의 長時旅行에는 此驛에서 新客이 下하고 彼驛에서 新客이 上하는 代謝의 觀望도 적지 아니한 消遣인대 他人의 乘降을 禁하는 特別列車는 山河 幾百里를 行하야도 南門驛부터의 熟面쑨이오 다시 一新顏을 볼 수 업나이다.

○ 海拔 二千尺의 洗浦驛을 飛騰하야 三防 天險에 入하면서는 壯山이 漸高하야 重疊한 群峰은 雪을 戴하고 徘徊하고 叢雲은 驟雨조차 去來케하야 滿目眺望이 都是 雄偉할 쑨이로이다. 三防驛서부터는 아조 峽中의 天地ㅣ라 縱橫한 山水는 變化가 益妙한데 長蛇가튼 火車가 土龍가치 明暗에 出入할 쌔마다 **絕景이 絕景을 加하야 初行客의 心神을 恍惚케**하나이다.

○ 主要한 車站마다 電報가 交換되더니 永興 咸興間 道路 險惡으로 元山에 一日을 滯任케 되는 貌樣이라 올치 永興彎 視察할 機會가 생기나보다 하고 홀로 적은 愉快를 쌔다르며 二時 五十分 元山驛에 到着하얏나이다. 漢陽에서 元山까지 山岳 重疊한 半千里를 僅히 六時餘에 得達하니 舟車의 別은 다르지만은 千里 江陵 一日還의 句가 想起되나이다.

○ 六堂 先生
○ 酒可飮 兵可用이라는 陳龍川의 京口評은 그대로 옮겨다가 元山에 仍

用할 수 잇나이다. 今日에는 要塞地帶라 (…하략…)

[06] 『청춘』 제8호(1917.06).
第三回 極東選手權 競爭 올림픽 大會 參觀記, 方斗煥

*식민지 시대 일본에 대한 경탄 – 자아에 대한 비하(절망적인 심정 표현)

東京이 別곳 아니언마는 이것져것 말로만 듯고 지내는 나에게는 무슨 큰 秘密이나 숨어 잇는 듯하야 늘 궁금히 지내더니 뜻밧 不時에 오래 벼르든 데를 가게 되니 한편으로는 시원도 하고 한편으로는 무서운 듯도 하야 머리속에 소용도는 갓가지 感想을 一筆難記로다.

째는 ---

꿈에 玄海灘을 지나고 어렴풋이 잠을 쌔니 발서 下關이라. 눈을 부비고 배를 나리니 상자갓흔 적은 汽車가 대령하고 잇다. 이곳 汽車는 왜 그리 적은지!

神戶에서 暫間 나려 靑年會를 訪問하고 市内를 巡覽하게 되엿다. 船舶의 輻湊함과 商館의 矗立(촉립)한 것은 果然 有數한 商港의 일홈을 表하는도다. 한곳을 다다르니 길가에 큰 佛像이 싹 섯다. 그 佛像 크기는 크다 하는 나의 입속말을 듯고 同行이 우스며 하는 말이 '그것이 佛像이 아니라 伊藤 太師의 銅像일세.' 나도 생각하니 어지간이 시골쭉이로다. 佛像과 銅像도 못 區別하고! 軒軒한 氣像으로 싹 서서 '요사이는 무엇 하나냐? 너는 무엇하랴 오나냐? 무슨 選手더냐?'하고 뭇는 듯 나는 코가 맥맥하도다. (…하략…)

아! 슬프다! 하날이 人生을 稟하실 쌔 特히 너의들은 劣하라, 어두어라 하섯슬 理 萬無하겟고 너의들은 衰해라 殘해라 하섯슬 理 萬無하겟것만!

우리도 權利가 잇고 能力이 잇다. 우리도 할 것이라, 굿세고 힘잇게
할 것이라.

눈물로 구경하니 興味도 別로 업고, 四五日 동안 作客하니 客味도
업지 안타. 나는 敗軍에도 못 參與하고 敗軍에게 마진 者와 한 貌樣되야
풀업시 쫏겨오니 風景도 시들하다. 눈 싹 감고 東京을 作別한 後 幻夢間
에 釜山에 到着하야 京釜線 三等室 한 구석에 드러 안지니 흰옷입고
상투짜고 갓 젯처쓴 여러분네들, 독한 葉담배 퍽퍽 피며 "요사이는 山
에 伐木을 못하게 하야 困難이 莫甚일세"하는 이약이 안에셔 한잠 자고
눈 쩌 보니 南大門驛이러라.

여긔까지 적어오며 생각하니 <u>내가 가기는 무슨 意趣엿든지 구경은
무슨 興味로 하얏는지, 讀者 여러분의 報告할 거리가 무엇인지, 도모지
엿줄 말슴 업스며</u> 이만한 노리에나마 한자리도 차지 못하는 원통이 엇
더탈 길 업다 하는 밧게 다른 感想은 아모 것도 업도다.

[07] 『청춘』 제8호(1917.06)~제10호.
(연재) 南山 蠶頭에서, 引慶道人 (3회)

*남산을 소개한 글

○ 南山은 都城의 南에 在함으로 稱함이니 그 正名은 木覓山이오 雅號
는 紫閣峯이오 一名은 引慶山이라. (…하략…)
○ 余의 神經은 石頑하고 余의 心思는 木强하니 喜怒와 哀樂이 容易히
發表되지 아니함은 實로 此故로소이다. 然이나 余는 兼人의 切悲大痛
이 有한 者 | 며 倍他의 殷憂深愁가 有한 者 | 니 다만 辭色으로써 發表
한다 하야도 絲毫의 暢敍가 되잘것 업고 心術로써 泄洩(설설)한다 하야
도 勻合의 減損이 잇지 아니하겟스매 짐짓 舍忍하며 容黙할 싸름이와
다. 다만 膨脹한 盛氣는 適當히 發散함을 要하나니 이러틋 한 째에는

반드시 鼇頭에 高上하야 (…중략…)

[08] 『청춘』 제9호(1917.07). 我觀, 修養과 旅行

*여행의 의미에 대한 논설: 인생 수양의 방법으로 여행의 의미 강조

修養이 무엇이뇨. 쉽게 말하면 鍛鍊한다는 말이라. 意志의 鍛鍊이 便是 精神의 修養이란 것이오 智能의 鍛鍊이 便是 學問의 修養이란 것이오 筋骨의 鍛鍊이 便是 身體의 修養이란 것이니 修養이란 것이 鍛鍊을 意味함은 엇더한 境遇에서든지 마치 한가지니라.

鍛鍊의 方法=修養의 道1 갓가지로 잇스니 잘난 師友를 交接함은 德을 鍛鍊하기에 妙하고 조흔 書冊을 親炙함은 슬긔를 鍛鍊하기에 妙하고 법잇는 運動을 勉行함은 몸을 鍛鍊하기에 妙한 것이 진실로 毋論이어니와 이싸위 여러 가지 가운대 내가 特別히 推擧코자 하는 것은 旅行이로니 旅行처럼 人生 修養에 갓가지로 緊要한 效益을 具備한 것이 업슴을 미듬일새니라.
웨 사람은 사괴는고. 이렁저렁 經歷을 하자는 것이지. 이는 旅行에서 넉넉이 어들 바로다. 웨 책은 보나뇨. 이것저것 見聞을 넓히자는 것이지. 이는 旅行 本來의 目的이로다. 웨 運動을 하나뇨. 이리저리 忍耐力과 順應性을 기르자는 것이지. 이것은 참 旅行에서 가장 잘 成就할 것이로다. 여긔서는 이런 사람을 맛나 이런 經歷을 하고 저긔서는 저런 사람을 맛나 저런 經歷을 하야 接與하는 人物의 種類와 階級과 方面과 形相의 만키야 旅行이 웃듬일지니 南船北馬, 水村山廓, 天下가 다 한 交際場이라. 區區한 舍廊追逐으로 써 엇지 同日而語하며 --

第一信

앗가 停車場에서는 참 서운하게 써낫다. 네가 풀라트홈 싯헤 서서 내가 보이지 아니하도록 手巾을 두를 쌔에 나는 눈물이 흐를 번하엿다. 그것도 그럴 일이 아니냐. 나를 알아주는 이가 너밧게 업고 너를 알아주는 이가 나밧게 업다 하면 한몸의 두 쪽 갓흔 우리 두 兄弟가 비롯 暫時라도 서로 써나는 것이 슬프지 아니할 理가 잇느냐. 더구나 네가 몸이 편치 못한 것을 보고 써나는 것이 내 마음에 몹시 걸린다. 同生아. 날더러 無情하다고 하지 말어라. 내가 늘 네겻헤 잇서서 너를 慰勞하여 주고 십기야 여복하랴마는 우리는 情에만 ᄭᅳᆯ릴 사람이 아니다. 눈물을 ᄲᅳ리며 千萬里의 遠別을 하는 것이 우리의 八字다. 그러나 나는 비록 어대를 가든지 어느 쌔나 늘 너를 생각할 것이다. <u>그러나 돌아다니며 滋味 잇는 것을 볼 쌔마다 네게 알려줄 터이다. 너는 그것을 보고 나를 본드시 웃고 慰勞를 바다</u>라.

第二信

移秧이 한창이다. 부슬부슬 비가 오는데 도롱 삿갓 쓴 農夫들이 허리를 굽으리고 볏모를 옴긴다. 그네들에게는 쇄 밧분 일이언마는 겻헤서 보는 내게는 헉 閒暇해 보인다. 나도 왼통 집어내던지고 져들과 갓히 農夫가 되엿스면 하는 생각도 난다. 그러나 돌려 생각하면 우리는 그러케 제 한몸의 安樂만 爲할 쌔가 아닌 것 갓다.

東京속에 잇서서는 봄이 가는지 녀름이 오는지 몰랏더니 밧게 나와보니 벌서 녀름이 무르 녹앗다. 너도 틈틈이 郊外에 놀러나가서 <u>大自然과 자조 接하도록 하여</u>라. 大自然을 接하면 自然히 胸襟이 爽快 豁達하여지고 塵世의 齷齪하던 것을 니저바리게 되며 아울러 生命의 깃븜을

切實하게 깨닷는다. 모다 살앗고나 모다 生長하는 고나 모다 繁昌하는 고나 모다 活動하는고나 個人도 이러할 것이오 一民族도 맛당히 이러해야 할 것이란 생각이 굿세게 닐어난다. 同生아 부대 活力이 만코 希望이 만코 活動이 만허라.

第三信

國府津을 지나면 汽罐車의 숨소리가 더욱 헐덕헐덕한다. 물결 잔잔하고 물맑은 고은 바다는 次次 아니 보이고 그 代身 山이 次次 놉고 갓가워간다.

녀름비에 말가케 씻겨낸 푸른 山은 가슴부터 우흘 黃昏의 컴컴한 안개속에 감초앗다. 그 안개가 쌍에서 나온 듯도 하고 茂盛한 나무닙새에서 나오는 듯도 하고 쏘 엇지보면 바위 틈으로서 나오는 듯도 하다. 그러고 山 밋흐로는 一條 溪流가 여울을 지며 흘러나려 간다. 그것이 몹시 희게 보인다. 푸른 山에 對照해서 엇더케 아름다운자 모르겟다.

모든 景致가 黃昏의 빗에 가리어서 그 깁숙하고 慇懃한 맛이 비길 데가 업다. 그 사이로 우리 列車는 헐덕어리며 箱根山嶺의 御殿場驛을 向하고 올라간다. 銀魚로 有名한 山北驛에서부터 압뒤에 汽罐車 두 놈이 달려서 밀고 쓸고 하건마는 그래도 쒸어나리기 조흐리만큼 천천히 달아난다. 우루루하면 鐵橋를 건너고 쏘 우루루하면 굴을 지난다. 굴을 나서면 쏘 굴이오 鐵橋를 지나면 쏘 鐵橋다. 東海道線 中에 第一 굴 만흔 것이란다. 車室에 石炭 煙氣가 갓득하게 찻다. 乘客들이 손 手巾을 코에다 대고 숨을 앗겨 쉰다. 어듸까지든지 왼통 굴만인 것 갓다. 그러나 仔細히 생각해보면 그래도 굴보다는 밝은 데가 만타. 어듸까지 가도 굴쑨인가 보다 하는 말이 끗나기 前에 벌서 굴 업는 곳에 나왓다. 우리가 사철 옷을 지어닙는 西洋木 玉洋木 等 필육을 짜내는 富士紡績會社의 宏壯한 工場이 보인다. 어서 漢江가에도 이러한 것이 섯스면 조켓다.

참 조흔 景致다. 네게 보여주고 십흔 景致다. 黃昏의 빗은 漸漸 짓허

417

저서 이제는 山들의 주름이나 草木도 다 아니 보이고 다만 컴컴한 뭉렁이와 갓히 보인다. 멧부리들은 모다 구름 속에 무쳣다.

수십 길이나 될 쑷한 우묵어리 맑고 서늘한 물속에서는 개구리의 슴唱이 들린다. 파궈놔놔 하고 왼통 야단이 낫다. 아마 그 개구리는 푸른 빗을 씌엇슬 쑷하다. 엇지해 그럴 것 갓히 생각이 된다. 그 山 속 그 물 속 그 黃昏에 그 개구리 소리는 참 비길 데 업시 조타. 네가 보드면 조고마한 손벽을 싹싹 치면서 어린애 모냥으로 조하할 것을 너는 저 개구리가 웨 우는지 아니? 그것이 우는 것이 아니라 깃버서 소리를 하는 것이란다. <u>이 조흔 天地에 이 조흔 時節에 이 조흔 生命을 타낫스니 웨 조치를 아니하겟느냐.</u> 나도 사람만 아니 되엇던들 썸벙하고 쒸어 들어서 개구리와 손을 마조 잡고 옹앙옹앙 하고 한바탕 소리를 하고 십다. 그러나 사람의 體面에 그러할 수도 업스닛가 손으로 울어서 文字 소리를 낸다. 그래도 울엇거니 하면 속이 좀 시언하다.

개구리들은 이 깃븜을 만케 하기 위하야 아들 쌀을 만히 나흐려 한다.

第四信

애 저 구름이 어듸로 가느냐. 저긔 저 우묵컴컴한 골목으로 슬근슬근 긔어나와 한참 山 머리를 向하고 올라가더니 무슨 생각이 나는지 슬적 머리를 돌려 山 허리를 감돌아 東으로 달아나는고나. 저것보게. 次次 쌀리 달아나네, 앗불사. 山모롱이로 돌아서서 업서지고 말앗다.

밤이 되엇다. 沼津驛에 다달으니 暫間 作別하엿던 물결소리가 다시 들린다. 네가 퍽 바다를 조하하고 물결소리를 조하하지? 네가 年前 江島에 갓슬 쌔에 일불어 海岸에 面한 旅館의 海岸에 面한 房을 잡고 밤새도록 물결소리에 醉하여서 잠을 못 일윗노라고 햇지? 그러고 그 물결소리가 마치 네 心臟 쒸는 소리와 諧音을 짓는다고 햇지? 나도 네게 배화서 바다와 물결을 퍽 사랑하게 되엇다. 바다의 넓음이 조코 깁흠이 조코 永遠함이 조코 活動함이 조코 소리남이 조코 …… 네것이라면 내게는 다 조흔 것과 갓히 바다의 것이라면 내게는 다 조타. 사람 中에는 너 萬物 中에는 바다.

晴明하고 달이 잇슬 째 갓흐면 여긔서 富士山이 보일 것이지마는 오늘은 구름이 써서 아모것도 아니보인다. 다만 져긔쯤 富士가 잇것다 할 쭌이다. 富士말이 낫스니 말이다마는 昨冬에 내가 名古屋 갓다올 째에는 참 아름다운 富士를 보앗다. 富士가 白雲을 닙고 深靑한 밤하늘에 쑤렷이 나쓴 모양은 참 壯美하고 崇嚴하더라. 게다가 지새는 달이 그 側面을 비최어 치마주름가치 여긔져긔 그림자가 새겨진 것은 참 아름답더라. 그것을 보게 네게 '天女가 下界에 나려왓다가 닭의 소리에 놀래어 미처 치마고름도 매지 못하고 天上으로 오르랸 모양'이라고 써 보낸 듯하다마는 네가 記憶을 하는지? 나는 그 째엣 여러 생각을 하다가 또 이것을 쓴다. 너는 이것을 보거든 그째엣 생각을 할 터지?

第五信

나는 서늘한 바람을 쏘이면서 車窓으로 캄캄한 밧겻흘 바라본다. 아이구 시연도 해!

져것져것! 반딋불, 반딋불! 만키도 하다. 져것, 져긔도 잇네. 져긔도 잇고. 참 훌륭하다. 웬 반딋불이 져러케 만흔가. 아마 반딋불들이 통썰어 나와서 밤구경을 하는 게지. 아마 競走를 하나 보다. 아니, 그런 것이 아니라 숨박국질을 하는 게다. 그러기에 져러케 번젹하다가는 깜박 업서지고 하지. 져런, 져긔는 數十놈이 한데 모엿네, 數十놈이 무엇이야. 數百놈, 數千놈 되겟네. 올치올치 아마 빗자랑을 하나 보군. 마치 우리가 옷자랑을 하는 모양으로. 아이구 반딋불도 만키도 만하! 그것들이 질겁게 노는 것이 부러워진다.

너는 웨 반딋불이 져러케 빗나는지 아니? 깃버서 그러탄다. 녀름의 서늘한 밤이 넘어나 조하서 져러케 번젹번젹 하면서 쒸어다니는 것이란다.

419

져것은 빗은 나면서도 熱은 아니 난다고 博物學 先生님이 그러시더라. 그럴 테지. 熱이 나면 熱病이게. 빗은 나면서도 덥지 아니하닛간 용한 것이다. 벌서 열시가 지낫다. 어 시언해. 너는 아마 편안히 잠이 들엇겟지? 나도 이제는 자겟다.

나는 엇던 조는 乘客의 '스켓치'를 하다가 들켯다. 毋論 져편에서야 自己의 쑤시시한 얼쌔진 얼굴이 내 그 잘 그리는 線으로 내 '스켓치쑉'에 올리운 줄은 모를 테지. 나는 재미 잇서서 그 그림과 實物을 比較하면서 속으로 '이것봅구' 해 주엇지. 車속에서 더구나 三等車 속에서 자는 쏠은 참아 못 볼 게다. 그러기에 약은 女子는 決코 자지를 아니 한다더라.

그러고 나서 한잠 잘 양으로 눈을 부쳣스나 암만 애를 쓰니 잠이 들어야지. 머리와 팔다리 둘 곳이 잇서야 자지. 암만 몸을 들추고 돌리고 하야 몸을 가지고 가진 物象을 다 만들어 보아도 암만 해도 머리와 팔다리 둘 곳이 아니 나와. 이런 쌔에는 暫時 四肢를 쓰더서 가방 속에 너허 두엇스면 조켓다. 참 쏫대로 아니 되는 世上이다.

나 잇는 車室 바로 겻히 一等 寢臺車다. 그런데 그 넓은 데는 엇던 쑹쑹한 者가 네 활기 쑥 쎗고 누엇슬 쌘. 그러나 내가 들어가면 당장 내쏘칠 테지. 하하. 아이구 아픔이 작고 나네. 또 한번 잘 工夫를 해 볼가.

第六信

엇덕케 재미 잇는 일이 만혼지 이것을 네게 말 아니하고 엇더케 해! 내 車室에 우수운 老人 한 분이 탓는데 머리에는 굵다란 머리카락이 서너개 말쑥 모냥으로 일어서고 그 얼굴을 빗 모냥 할 것 업시 쏙 動物園 어구에 잇는 늙은 원숭이다. 이 兩班이 停車場마다 술을 사들여서는 겻헷 사람에게 억지로 먹이지. 그러고는 혼자 조하서 웃고 써들고 소리하고 춤추고 야단이다. 南無阿彌陀佛도 불러보고 하나님이시어 아멘도

420

불러보고 마치 六十年間 해보던 소리는 왼통 한번 複習을 하는 것 갓다. 그래서 왼 車中이 야단이지. 벌서 十二時가 넘엇건마는 나도 아직도 그 구경을 하노라고 째어 잇다. 毋論 자랴도 잠이 아니 들지마는 가진 런 짓을 다 하니 잠이 들어야지. <u>決코 밤 車에 三等은 탈 것이 아니다.</u> <u>얘 멀어도 十年 後에는 꼭 一等을 타고 에헴하도록 해야</u> 한다.

져것 보아! 그 녕감쟁이가 겻헤 안즌 白衣님은 젊은 중을 못 견듸게 군다. 번번한 머리도 쓸어주고 턱도 쳐들어 주고 弄談도 하고 甚하면 니마에다가 튀하고 술냄새 나는 침도 뱃고 그러하건마는 和尙은 極樂 世界에 往生할 道를 닥노라고 하는 대로 두고 가만히 안젓다. 참 용하다. 나 갓흐면 부쳐님은 暫間 주머니에 집어너코 한바탕 싸려 주련마는.

第七信

胎兒 모양으로 四肢를 쇠브리고 댕금하게 누어서 모처름 한잠이 들엇더니 얄민 모긔란 놈이 손가락을 왼통 물어트더서 그만 아수운 잠을 쌔고 말앗다. 고까짓 조고만 놈이 내 피를 싼다면 멧푼어치 쌀랴마는 실컷 처먹은 갑스로 蟻酸인가를 注射해서 가렵게 하는 것이 괘씸하다. 그러나 엇지 생각하면 가렵게 하는 것이 사람에게 利로울는지도 모른다. 만일 가렵지도 아니하면 모긔가 사람의 피를 왼통 쌀아먹더라도 쌀리는 줄도 모를 것이다.

벌서 午前 一時半. 名古屋에 왓다. 네가 只今 무슨 꿈을 꾸는지 퍽 그립다. 몸 弱할 째에는 자는 것이 第一이라 하니 부대 十時가 되거든 꼭 자거라. 運動도 잘 하고.

第八信

右便에 아직 새벽빗에 싸힌 琵琶湖를 보면서 午前 六時頃에 나렷다. K兄을 차자가서 爲先 한잠 실컷 자고 나서 닭고기와 앵두 실컷 어더먹고 이번에야말로 실컷 京都 구경을 하리라 하엿더니 막 밥을 먹고 나자 비가 쏘다진다. 나는 아마 京都 구경을 할 緣分이 업는지 四次 京都에 들럿것마는 四次 다 비가 온다. 비가 쏙 나를 싸라다니다가 내가 京都驛에 나릴 만하면 얼는 내 압길을 막는 것 갓다. 나는 火症을 내어서 午後 一時車를 타고 京都를 써나기로 하엿다. 집에 그리운 사람을 두고 一刻이 三秋갓히 試驗 씃나기를 기다리던 同行 K兄은 내 쎄거지에 못 이긔어 突然히 京都에 나렷다가 人力車貰만 밋겻노라고 連해 게두덜거린다. 바로 車를 타고 나니 구름이 쏙 것기며 볏이 째듯하게 나겟지. 더욱 火症을 내서 나는 밋진 잠이나 補充하리라 하고 눈을 붓첫다.

쌔어나니 大阪 神戶도 어느틈에 다 지나가고 <u>日本 海岸 中에 가장 아름다운 海岸이라는 須磨明石의 海岸</u>에 다달앗다. 바람도 시언키도 하다. 날이 맑앗다. 瀨戶 內海는 마치 鏡面과 갓다. 눈섭갓혼 遠山이며 一字진 水平線! 玉가루 갓혼 白沙우에 늙고 검푸른 소나무! 그 밋헤 죽 늘어선 그림갓히 고운 別莊들! 그 모든 것이 왼통 夕陽 빗에 統一이 되어 말할 수 업시 爽快한 늣김을 준다. 흰돗에 가벼운 바람을 잔쑥 바다가지고 돌아오는 所謂 遠浦의 歸帆은 넘어 例套엣 말이어니와 시컴한 鐵甲船이 시컴한 石炭煙을 피우면서 슬근슬근 걸어가는 雄壯한 모냥은 이 世紀에서만 볼 偉觀이다.

얼마를 와서 別莊도 아니 보이는데 아이들 작난감 내버리드시 되는 대로 白沙 우헤 내어던진 적은 배 사이에는 避暑 온 도런님 아가씨들이 쎄를 지어 밀려다니면서 논다. 그 中에도 엇던 어엿분 西洋 아이 오누이가 모래와 자갯돌로 城을 싸코 노는 것이 더욱 내 注意를 쓸더라. 참 조흔 景致다. 엇지해 늘 보던 景致가 이번 싸라 이러케 더욱 아름답게 보이는지.

이제는 困한 것도 풀리고 다만 깃브기만 하다. 이것을 보거든 너도 깃버해 다오.

第九信

422

柳井津서부터 馬關까지 오는 山에는 엇더케 暎山紅이 만혼지. 쌜간 곳이 엇더케 만히 퓌엇는지. 넘어도 美麗하기에 노래를 지엇다.

暎山紅이 피엇다.
暎山紅이 피엇다.
푸른 山에 点点点
붉은 것은 暎山紅
杜鵑새 피를 배타
퓌어나니 暎山紅
나뷔는 춤을 추고
輕風은 스쳐간다.
아츰해 빗을 바다
暎山紅이 피엇다.

무슨 노랜지 나도 모르지.그러나 車窓으로 내다보며 이 노래를 부르 닛가 엇더케 快한지.
그리고 한 고대를 가닛가 노랑곳 흰곳이 만히 피엇는데 엇더케나 놀 앙나뷔 흰나뷔가 만히 모혓는지 그래서 이번에는 어린아이 노래를 지 엇지.

나뷔나뷔 난다.
난다 나뷔 난다.
흰곳에는 흰나뷔
놀앙곳에 놀앙나뷔
놀앙곳에 흰나뷔
흰곳에 놀앙나뷔
나뷔나뷔 난다.
잘도 잘도 난다.

엇더냐. 어듸 네가 曲調를 부쳐서 한번 불너 보아라. 나도 詩歌를 좀 짓기는 지어야겟는데 當初에 되지를 아니한다. 그러나 차차 되겟지.

第十信

對馬丸 上에 잇다. 마츰 바람은 업스니 多幸이다. 對馬丸은 關釜連絡 船 中에 第一 조고만 배다. 좁고 더럽고 말이 아니다. 갓흔 갑 주고 참 憤하다. 決코 對馬丸은 탈 것이 아니다. 그러나 쏀이는 매우 親切하다. 茶도 주고 벼개도 주고 勿論 돈이 貴해서 그러는 것이지마는 돈 爲한 親切이라도 親切은 깃브다.

甲板 우에는 토끼 색기가 한 六十놈 탓다. 토끼 색기도 三等客 待遇를 밧는지 바로 三等室 門 밋헤 노혓다. '이로부터 三等客의 通行을 禁함' 하는 牌를 써 부첫슴으로 三等客들은 人事를 차려서 구경하기 조코 안 끼 조흔 一二等客 甲板上에 나가지 아니하건마는 一二等客은 버릇업시 三等室 甲板에 넘어와서 우리와 同等客되는 토끼 색기를 戱弄한다. 토 끼 색기들은 참 곱다. 배채 닙사귀를 주면 한 닙사귀에 네다섯 놈씩 둘러부터서 누에 쏑 먹드시 오믈오믈 먹는 것이 참 귀엽다. 너는 토끼 귀가 웨 져러케 긴지 아니?

차차 배가 흔들린다. 나는 자겟다. 同行하는 K 君은 죽은드시 모으로 누어서 눈을 쌈막쌈막한다. 아마 잠이 들랴고 애쓰는 모냥이다. 나도 이제는 그 숭내를 낼란다. 十餘時間 後면 반가운 故園의 흙을 밟을 것이 다. 부대 잘 잇거라.

第十一信

배에서 쾌 困햇다. 夜十一時 發 奉天行을 타고는 곳 잠이 들엇다. 中間 에 멧번 쌔엇스나 밧껏히 어두어서 山 구경도 못햇다. 窓을 열면 벌레소리 가 '이제 오시오' 하는 듯하엿다. 그럴 것이다. 비록 져는 벌레요 나는 사람이지마는 제나 내나 멧 百代 祖上적부터 이 짱이 하늘 알에 살아왓스 닛가 오래간만에 돌아오는 나를 보고 반가와 할 것도 맛당하다.

  太田을 지나서 十五分쯤 와서는 검하고 아삭바삭한 山 머리로서 붉은 太陽이 쑥 베어진다. 이것은 一年만에 처음 보는 朝鮮의 太陽이다. 붉듸붉 은 太陽이다. 이제 나지나 되면 萬物이 다 타져서 죽을 것 갓다. 太陽빗이 저러하고야 決코 비오는 法이 업다고 흰옷 닙은 사람들이 걱정을 한다.

  해가 쓰니 초라한 朝鮮의 꼴아군이가 分明히 눈에 씌운다. 져 쌜가버슨 山을 보아라. 져 쌧작 마른 개천을 보아라. 풀이며 나무까지도 오랜 가물에 투습이 들어서 계모의 손에 자라나는 게집애 모냥으로 참아 볼 수가 업게 가엽게 되엇다. 그러나 이제 비가 올 테지. 싀언하고 기름갓흔 비가 올 테지. 져 쌜가버섯던 山이 기름이 흐르는 森林으로 컴컴하게 되고 져 밧작마른 개천도 맑은 물이 남울남울 넘칠 째가 오겟지. 그래서 고운 꼿이 피고 청아한 새소리가 들릴 째도 오겟지. 確實히 오지. 네가 只今 이러한 새누리의 圖案을 그리는 中이 아니냐. 그러타. 그러나 밧바할 것 업다. 천천히 천천히 宏壯하고 永遠한 것을 그려다오.

[10] 『청춘』 제9호~11호. 어린 벗에게,[17] 외배(이광수) (3회)

▲ 제9호

第一信

  사랑하는 벗이여!

---

17) 이 자료는 1인칭 주인공 '임보형'을 설정한 점에서 단편소설로 볼 수 있음. 그럼에도 상해에서 쓴 편지 형식의 기행 담론을 포함한 점에서 이 자료집에 수록함. 동경 유학 시절 김일홍의 동생 김일연과의 연애 실패 후 그에 대한 대안으로 계몽 운동을 하게 되는 과정을 그려냄.

前番 平安하다는 便紙를 부친 後 사흘 만에 病이 들엇다가 오늘이야 겨우 出入하게 되엇나이다. 사람의 일이란 참 밋지 못할 것이로소이다. 平安하다고 便紙쓸 째에야 누라서 三日 後에 重病이 들 줄을 알앗사오리잇가. 健康도 미들 수 업고 富貴도 미들 수 업고 人生萬事에 미들 것이 하나오 업나이다. 生命인들 엇지 밋사오리잇가. 이 便紙를 쓴지 三日 後에 내가 쥴을는진들 엇지 아오릿가. 古人이 人生을 朝露에 비긴 것이 참 맛당한가 하나이다. 이러한 中에 <u>오직 하나 미들 것이 精神的으로 同胞 民族에게 善影響을 씨침이니 그리하면 내 몸은 죽어도 내 精神은 여러 同胞의 精神 속에 살아 그 生活을 管攝하고 또 그네의 子孫에게 傳하야 永遠히 生命을 保全할 수가 잇는 것이로소이다.</u> 孔子가 이리하야 永生하고 耶蘇와 釋迦가 이리하야 永生하고 여러 偉人과 國士와 學者가 이리하야 永生하고 詩人과 道士가 이리하야 永生하는가 하나이다.

나도 只今 病席에서 닐어나 사랑하는 그대에게 이 便紙를 쓰려할 제 더욱 이 感想이 깁허지나이다. <u>어린 그대는 아직 이 뜻을 잘 理解하지 못하려니와 聰明한 그대는 近似하게 想像할 수 잇는가</u> 하나이다.

내 病은 重한 寒感이라 하더이다. <u>元來 上海란 水土가</u> 健康에 不適하야 이곳 온 지 一週日이 못하야 消化不良症을 어덧사오며 이번 病도 消化不良에 原因한가 하나이다. 첨 二三日은 身體가 倦怠하고 精神이 沈鬱하더니 하로 저녁에는 惡寒하고 頭痛이 나며 全身이 썰니어 그 괴로움이 참 形言할 수 업더이다. 어느덧 한잠을 자고나니 이번은 全身에 모닥불을 퍼붓는 듯하고 가슴을 밧작밧작 들여 타고 燥渴症이 나고 腦는 부글부글 쓸는 듯하야 각금 精神을 일코 군소리를 하게 되엿나이다.

에째에 나는 더욱 懇切히 그대를 생각하엿나이다. 그째에 내가 病으로 잇슬제 그대가 밤낮 내 머리맛헤 안져서 或 손으로 머리도 집허주고 多情한 말로 慰勞도 하여 주고─ 그 中에도 언제 내 病이 몹시 重히던 날 나는 二三 時間 동안이나 精神을 일헛다가 겨오 째어날 제 그대가 무릅 우에 내 머리를 노코 눈물을 흘리던 생각이 더 懇切하게 나나이다. 그째에 내가 겨오 눈을 써서 그대의 얼굴을 보며 내 여위고 찬 손으로 그대의 싸뜻한 손을 잡을 제 내 感謝하는 생각이야 얼마나 하엿스리잇가. 只今 나는 異域 逆旅에 외로이 病들어 누은 몸이라 懇切히 그대를 생각함이 또한 當然할 것이로소이다. 나는 하도 아수은 마음에 억지로 그대가 只今 내 겻헤 안잣거니 내 머리를 집고 내 손을 잡아주거니 하고 想像하려 하나이다. 夢寐間에 그대가 내 겻헤 잇는 듯하야 반겨 쌔어본 즉 차듸찬 電燈만 無心히 天井에 달려잇고 琉璃窓 틈으로 찬바람이 획획 들여 쏠 쌘이로소이다. 世上에 여러 가지 괴로움이 아모리 만타한들 異域 逆旅에 외로이 病든 것보다 더한 괴로움이야 어대 잇사오리잇가. 몸에 熱은 如前하고 頭痛과 燥渴은 漸漸 甚하여 가되 主人은 잠들고 冷水 한 잔 주는 이 업나이다. (…중략…)

나는 只今 어듸쯤에 왓는가, 나선 곳과 검은 곳과의 距離가 얼마나 되는가. 나는 只今 病이란 것으로 全速力으로 검은 곳을 向하야 달아나지 안는가. 할 째에 알 수 업는 恐怖가 全身을 둘러 싸는 듯하더이다. 오늘날까지 工夫한 것은 무엇이며 勤苦하고 일한 것은 무엇이뇨, 사랑과 미움과 國家와 財産과 名望은 무엇이뇨, 希望은 어대스며 善은 무엇 惡은 무엇이뇨, 사람이란 一生에 엇은 모든 所得과 經驗과 記憶과 歷史를 앗기고 앗기며 지녀오다가 무덤에 들어가는 날 무덤 海關에서 말씀 쎄앗기고 世上에 나올 째에 밝아벗고 온 모양으로 世上을 써날 째에도 밝아벳기어 쫓겨나는 것이로소이다. 다만 變한 것은 고와서 온 것이 미워져서 가고 긔운 차게 온 것이 가이업게 가고 祝福바다 온 것이 咀呪 바다 감이로소이다. (…중략…)

이리하기를 三四日 하엿나이다. 上海 안에는 親舊도 업지 아니하오매 내가 알는 줄을 알면 차자오기도 하고 慰勞도 하고 或 醫員도 다려오고 밤에 看護도 하여 줄 것이로소이다. 그러나 나는 내가 알는다는 말을 아모에게도 傳하지 아니하엿나이다. 그 쯧은 사랑하지 안는 이의 看護도 밧기 실커니와 내가 저편에 請하야 저편으로 하여곰 體面上 나

427

를 慰問하게 하고 體面上 나를 爲하야 밤을 새오게 하기가 실혼 까닭이로소이다. (…중략…)

第五日夜에 가장 甚하게 苦痛하고 언제 잠이 들엇는지 모르나 精神을 못 차리고 昏睡하엿나이다. 하다가 겻헤서 사람의 말소리가 들리기로 겨오 눈을 써 본즉 엇던 淸服 입은 젊은 婦人과 男子 學徒 하나이 風爐에 조고마한 남비를 걸오노코 무엇을 슬히더이다. 熹微한 精神으로나마 깜작 놀낫나이다. 쑴이나 아닌가 하엿나이다. 나는 淸人 女子에 아는 이가 업거늘 이 엇던 사람이 나를 爲하야−외롭게 病든 나를 爲하야 무엇을 슬히는고. 나는 다시 눈을 감고 가만히 動靜을 보앗나이다.

얼마 잇다가 그 少年 學生이 내 寢臺 겻헤 와서 가만히 내 억개를 흔들더이다. 나는 쌔엇나이다. 그 少年은 핏긔 잇고 快活하고 상긋상긋 웃는 얼굴로 나의 힘업시 쓴 눈을 들여다보더니 淸語로,

"엇더시오? 좀 나아요?"

나는 無人曠野에서 동무를 만난 듯하야 꽉 그 少年을 쓸어안고 십헛나이다. 나는 힘업는 목소리로,

"네 關係치 안습니다."

이째에 한손에 부젓가락 든 婦人의 視線이 내 視線과 마조치더이다. 나는 얼는 보고 그네가 오누인 줄을 알앗나이다. 그 婦人이 나 잠쌘 것을 보고 寢臺에 갓가이 와서 英語로,

"藥을 다렷스니 爲先 잡수시고 早飯을 좀 잡수시오."

이 째에 내가 무슨 對答을 하오리잇가. 다만 '感謝하올시다 하나님이어 당신네게 福을 나리옵소서.' 할 싸름이로소이다. 나는 억지로 몸을 닐히엇나이다. 그 少年은 外套를 불에 쪼여 닙혀주고 婦人은 남비에 데인 藥을 琉璃盤에 옴겨 담더이다. (…중략…)

오늘은 十二月 二十七日. 부대 心身이 平安하야 게으르지 말고 正義의 勇士될 工夫하소서. −사랑하는 벗

〈제1신의 주요 내용: 상해에서 조갈증에 시달릴 때 이웃 소년과 부인이 간호해 주던 일〉

第二信

前書는 只今 渤海를 건너갈 뜻하여이다. 그러나 다시 살올 말슴 잇서 쏘 그적이나이다.

오늘 아츰에 처음 밧게 나와 爲先 恩人의 집을 차자 보앗나이다. 그러나 姓名도 모르고 統戶도 모르매 아모리 하여도 차즐 수는 업시 空然히 四隣을 휘휘 싸매다가 마츰내 찻지 못하고 말앗나이다. 찻다가 찻지 못하니 더욱 마음이 焦燥하야 뒤에 人跡만 잇서도 幸혀 그 사람인가 하야 반다시 돌아보고 돌아보면 반다시 모를 사람이러이다. (…중략…)

나는 朝鮮人이로소이다. 사랑이란 말은 듯고 맛은 못본 朝鮮人이로소이다. 朝鮮에 엇지 男女가 업사오릿가마는 朝鮮 男女는 아직 사랑으로 만나본 일이 업나이다. 朝鮮人의 胷中에 엇지 愛情이 업사오릿가마는 朝鮮人의 愛情은 두닙도 피기 前에 社會의 習慣과 道德이라는 바위에 눌리어 그만 말라죽고 말앗나이다. 朝鮮人은 果然 사랑이라는 것을 모르는 國民이로소이다. 그네가 夫婦가 될 쌔에 얼굴도 못 보고 이름도 못 듯던 남남끼리 다만 契約이라는 形式으로 婚姻을 매자 一生 이 形式에만 束縛되여 지나는 것이로소이다. 大體 이 싸위 契約結婚은 즘생의 雌雄을 사람의 맘대로 마조부침과 다름이 업슬 것이로소이다. 옷을 지어 닙을 쌔에는 제 맘에 드는 바탕과 빗갈에 제 맘에 드는 모양으로 지어 닙거늘-담뱃대 하나를 사도 여럿 中에서 고르고 골라 제 맘에 드는 것을 사거늘 하믈며 一生의 伴侶를 定하는 쌔를 當하야 엇지 다만 父母의 契約이라는 形式 하나으로 하오릿잇가. 이러한 婚姻은 오직 두 가지 意義가 잇다 하나이다. 하나은 父母가 그 아들과 며느리를 노리갯감으로 압헤 노코 구경하는 것과 하나는 도야지 장사가 하는 모양으로 색기를

429

바드려 함이로소이다. 이에 우리 朝鮮 男女는 그 父母의 玩具와 生殖하는 機械가 되고 마는 것이로소이다. (…중략…)

 넘어 말이 길어지나이다마는 하던 걸음이라 사랑의 實際的 利益에 關하야 한마듸 더하려 하나이다.

 사랑의 實際的 利益에 세 가지 잇스니 一, 貞操니 男女가 各各 一個 異性을 全心으로 사랑하는 동안 決코 다른 異性에 눈을 거는 法이 업나니 男女間 貞操 업슴은 다 한 사람에 對한 사랑이 업는 까닭이로소이다. 大抵 한 사람을 熱愛하는 동안에는 晝夜로 생각하는 것이 그 사람뿐이오 말을 하여도 그 사람을 爲하야 일을 하여도 그 사람을 爲하야 하게 되며 내 몸이 그 사람의 一部分이오 그 사람이 내 몸의 一部分이라 내 몸과 그 사람과 합하야 一體가 되거니 하야 그 사람 업시는 내 生命이 업다고 생각할 째에 내 全心全身을 그 사람에게 바첫거니 어느 겨를에 남을 생각하오리잇가. 古來고 貞婦를 보건대 다 그 지아비에게 全心全身을 바친 者라 그러치 아니하고는 一生의 貞操를 지키기 不能한 것이로소이다. 또 朝鮮人에게 웨 淫風이 만흐뇨. 더구나 男子치고 二三人 女子와 醜關係 업는 이가 업슴이 專혀 이 사랑업는 까닭인가 하나이다.

 二. 品性의 陶冶와 事爲心의 奮發이니 나의 사랑하는 사람의 내 言行을 監視하는 威權은 王보다도 父師보다도 더한 것이라 王이나 父師의 압헤서는 할 조치 못한 일도 사랑하는 이 압헤서는 敢히 못하며 王이나 父師 압헤서는 能치 못할 어려운 일도 사랑하는 이의 압헤서는 能히 하나니 이는 첫재 사랑하는 이에게 나의 義氣와 美質을 보여 그의 사랑을 슬기 爲하야 둘재 사랑하는 者의 期望을 滿足시기기 爲하야 이러함이니 이러하는 동안 自然히 品性이 高潔하여지고 여러 가지 美質을 기르는 것이로소이다. (…중략…)

 三. 여러 가지 美質을 배홈이니 첫재 사람을 사랑하는 사랑맛을 배호고 사랑하는 者를 爲하야 獻身하는 獻身맛을 배호고 易地思之한 同情

맛을 배호고 精神的 要求를 爲하얀 生命과 名譽와 財産까지라도 犧牲
하는 犧牲맛을 배호고 精神的 快樂이라는 高尙한 快樂맛을 배호고 …

(…중략…)

　나는 한참이나 담뇨에 업데엇다가 하욤업시 다시 고개를 들고 冊床
을 對하야 보다 노핫던 小說을 닑으려 하엿나이다. 그러나 눈이 冊張에
붓지 아니하야 아모리 닑으려 하여도 文字만 하나씩 둘씩 보일 샏이오
다만 한줄도 連絡한 쯧을 알지 못하겟나이다. 부질업시 두어 페지를
벌덕벌덕 뒤다가 휙 집어내어 던지고 椅子에서 닐어나 뒤숭숭한 머리
를 수기고 왓다갓다 하엿나이다. 아모리 하여도 가슴에 무엇이 걸린
듯하야 견델 수 업서 그대에게 이 便紙를 쓸 양으로 다시 冊床을 對하
엿나이다. 晝間用 盞을 나이랴고 冊床 舌盒을 열어본즉 어던 書束 한
封이 눈에 씌엿나이다. 西洋 封套에 다만 '林輔衡 氏'라 썻슬 샏이오 住
所도 업고 發信人도 업나이다. 나는 깜작 놀내엿나이다. 이 엇던 書束일
가, 뉘 것일가? 그 恩人─그 恩人도 나와 가튼 생각으로(卽 나를 사랑하는
생각으로) 써 둔 것─이라 하는 생각이 一種 形言할 수 업는 깃븜과 붓그
러움 석긴 感情과 함끠 닐어나나이다. 나는 이 생각이 참일 것을 미드
려 하엿나이다. 나는 그 글 속에 '사랑하는 내 輔衡이어 나는 그대의
病을 看護하다가 그대를 사랑하게 되엿나이다─사랑하여 주소서.' 하
는 쯧이 잇기를 바라고 또 잇다고 미드려 하엿나이다. 마치 그 말이
엑스 光線 모양으로 封套를 쒜쑬코 내 쓰거운 머리에 直射하는 듯하더
이다. 내 가슴은 자조 치고 내 숨은 차더이다. 나는 그 書束을 두 손으로
들고 憫然히 안잣섯나이다. 그러나 나는 얼는 쯧기를 躊躇하엿나이다.
대개 只今 내가 想像하는 바와 다를가 보아 두려워 함이로소이다. 만일
이것이 내 想像한 바와 가치 그의 書束이 아니면─或 그의 書束이라도
나를 사랑한다는 쯧이 아니면 그 째 失望이 얼마나 할가? 그째 붓그러
움이 얼마나 할가. 찰하리 이 書束을 쯧지 말고 그냥 두고 내 想像한

바를 참으로 밋고 지낼가 하엿나이다. 그러나 마츰내 아니 쯧지 못하엿나이다. 쯧은 結果는 엇더하엿사오리잇가. 내가 깃버 쮜엇사오리잇가, 落望하야 울엇사오리잇가. 아니로소이다. 이도저도 아니오 나는 쏘 한 번 쌈작 놀내엇나이다.

무엇이 나오랴는가 하는 希望도 만커니와 不安도 만흔 맘으로 皮封을 쎄니 아름다온 鐵筆 글시로 하엿스되,

"나는 金一蓮이로소이다. 못 뵈온 지 六年에 아마 나를 니젓스리이다. 나는 그대가 이곳 계신 줄을 알고 쏘 그대가 病든 줄을 알고 暫時 그대를 訪問하엿나이다. 내가 淸人인드시 그대를 소긴 것을 容恕하소서. 그대가 熱로 昏睡하는 동안에 金一蓮은 排."라 하엿더이다. 나는 이 書柬을 펴든 대로 한참이나 멍멍하니 안잣섯나이다. 金一蓮! 金一蓮! 올타 듯고 보니 그 얼굴이 果然 金一蓮이로다. 그 좁으레한 얼굴 눈쇼리가 잠간 처진 말고 多情스러운 눈, 좀 숙난 듯한 머리와 말할 째에 살작 얼굴 붉히는 양하며 그 中에도 귀밋헤 잇는 조고마한 허믈—果然 金一蓮이러이다. 萬一 그가 上海에 잇는 줄만 알앗더라도 내가 보고 모르지는 아니하엿스리이다. 아아 그가 金一蓮이런가?

내가 그대에게 對하여서는 아모러한 秘密도 업섯나이다. 내 胷底 속속 깁히 잇는 秘密까지도 그대에게는 말하면서도 金一蓮에 關한 일만은 그대에게 알리지 아니하엿나이다. 그러나 이제 와서는 말 아니하고 참을 수 업사오며 쏘 對面하야 말하기는 수접기도 하지마는 이러케 멀리 써나서는 말하기도 얼마큼 便하여이다.

내가 일즉 東京서 早稻田 大學에 잇슬 제 갓흔 學校에 다니는 親舊하나가 잇섯나이다. 그는 나은 나보다 二年 長이로대 學級도 三年이나 썰어지고 맘과 行動과 容貌가 도로혀 나보다 二三年쯤 썰어진 듯. 그러나 그와 나와는 첨 만날 째부터 서로 愛情이 깁헛나이다. 나는 그에게 英語도 가라치고 詩나 小說도 넑어주고 散步할 째에도 반다시 손을 꼭 잡고 二三日을 作別하게 되더라도 서로 써나기를 앗겨 西洋式으로 왓 쓸아안고 입을 마초고 하엿나이다. 그와 나와 別로 主義의 共通이라든

가 特別히 親하여질 格別한 機會도 업섯건마는 다만 彼此에 싸닭도 모르게 서로 兄弟가치 愛人가치 사괴게 된 것이로소이다.

하로는 그와 함씌 어듸 놀러갓던 길에 어는 女學校 門前에 다달앗나이다. 나는 前부터 그 學校에 金一鴻 君의 妹氏가 留學하는 줄을 알앗는 故로 그가 妹氏를 訪問하기 爲하야 나는 몬저 돌아오기를 請하엿나이다. 그러나 그는 "그대도 내 누이를 알아둠이 조흘지라" 하야 紹介하랴는 쯧으로 나를 다리고 그 寄宿舍 應接室에 들어가더이다. 거긔서 暫間 기다린 則 門이 방싯 열리며 單純한 黑色 洋服에 漆갓흔 머리를 한편 녑흘 갈라 뒤로 츠렁츠렁 싸하 늘인 處女가 方今 沐浴을 하엿는지 紅暈이 도는 빗나는 얼굴로 들어오더이다. 一鴻 君은 닐어나 나늘 가라치며 "이는 早稻田 政治科 三年級에 잇는 林輔衡인데 나와는 兄弟갓흔 사이니 或 爾後에라도 닛지 말고…." 하고 나를 紹介하더이다. 나도 닐어나 慇懃히 절하고 그도 答禮하더이다. 그러고는 限 五分間 말업시 마조 안잣다가 함쎄 宿所에 돌아왓나이다. (…중략…)

(김일연에 대해 사랑 고백의 편지를 쓰고)

이 편지를 써 노코 나는 再三 생각하엿나이다. 이것이 罪가 아닐가. 나는 발서 婚姻한 몸이라 다른 女子를 사랑함이 罪가 아닐가. 내 心中에서는 或은 罪라 하고 或은 罪가 아니라 自然이라 하나이다. 내가 婚姻한 것은 내가 함이 아니오 나는 男女가 무엇이며 婚姻이 무엇인지를 알기도 前에 父母가 任意로 契約을 맷고 社會가 그를 承認하엿슬 뿐이니 이 結婚 行爲에는 내 自由意思는 一分도 들지 아니한 것이오 다만 나의 幼弱함을 利用하야 第三者가 强制로 行하게 한 것이니 法律上으로 보던지 倫理上으로 보던지 내가 이 行爲에 對하야 아모 責任이 업슬 것이라 그럼으로 내가 그 契約的 行爲가 내 意思에 適合한 줄로 녀기는 時는 그 行爲를 是認함도 任意여니와 그것이 내에게는 不利益한 줄을 쌔다를진댄 그 契約을 否認함도 自由라 하엿나이다. 나와 내 안해는 조곰도 우리의

夫婦 契約의 拘束을 바들 理가 업슬 것이라 다만 父母의 意思를 尊重하고 社會의 秩序를 근심하는 好意로 그 契約 — 내 人格을 蹂躙(유린)하고 侮辱한 그 契約을 눈물로써 黙認할 짜름이어니와 <u>내가 精神的으로 다른 異性을 사랑하야 蹂躙된 權利의 一部를 主張하고 掠奪된 享樂의 一部를 恢復함은 堂堂한 吾人의 權利인가</u> 하나이다. 이 理由로 나는 그를 사랑함이오 더구나 누이와 가치 사랑함이오 — 쏘 그에게서 그와 가튼 사랑을 바드려함이 決코 不義가 아니라고 斷定하엿나이다.

(김일연과 연서를 주고받고, 연애를 함 — 김일홍의 거절 — 비관)

그 後 나는 매오 失望하엿나이다. 술도 먹고 學校를 쉬기도 하고 밤에 잠을 못 일워 不眠症도 엇고(이 不眠症은 그 後 四年이나 繼續하다) 幽鬱하여지고 世上에 맘이 뭇지 아니하며 成功이라든가 事業의 希望도 업서지고 — 말하자면 나는 싸늘하게 식은 冷灰가 되엇나이다. 或時 나는 鐵道自殺을 하랴다가 工夫에게 붓들리기도 하고 卒業을 三四月 後에 두고 退學을 하랴고도 하여 보며, 이리하야 여러 朋友는 나의 急激한 變化를 걱정하야 여러 가지로 忠告도 하며 慰勞도 하더이다. 그러나 <u>元來 孤獨한 나의 靈은 다시 나을 수 업는 큰 傷處를 바다 모든 希望과 精力이 다 슬어젓나이다. 나는 이러한 되는 대로 生活, 落望 悲觀的 生活을 一年이나 보내엇나이다. 만일 다른 무엇(아레 말하랴는)이 나를 救援하지 아니하엿던들 나는 永遠히 죽어바리고 말앗슬 것이로소이다.</u> 그 다른 '<u>무엇</u>'은 다름 아니라, "<u>同族을 爲함</u>"이로소이다. 마치 <u>人生에 失望한 다른 사람들이 或 削髮爲僧하고 或 慈善事業에 獻身</u>함가치 人生에 失望한 나는 '同族의 敎化'에 내 몸을 바치기로 決心하야 이에 나는 새 希望과 새 精力을 어든 것이로소이다. 그제부터 나는 飮酒와 懶惰를 廢하고 勤勉과 修養을 힘썻나이다. 가다가다 맘의 傷處가 아푸지 아니함이 아니나 <u>나는 少年의 敎育에 이 苦痛을 니즈려 하엿스며 或 新愛人에게서 사로운 快樂을 엇기까지라도</u> 하엿나이다. 그렁성하야 나는 至今토

록 지내어 온 것이로소이다. 이 말슴을 듯고 보시면 내 行動이 或 解釋
될 것도 잇섯스리이다. 아모리나 나는 그 金一蓮을 爲하야 最大한 希望
도 부처보고 最大한 打擊과 動亂도 바다보고 그 째문에 내가 只今 所有
한 여러 가지 美點과 缺點과 한숨과 幽鬱과 悲哀가 생긴 것이로소이다.
말하자면 하나님이 나를 만드신 뒤에 金一蓮 그가 나를 變形한 모양이
로소이다. (⋯하략⋯)18)

▲ 어린 벗에게, 외배(이광수), 청춘 제10호, 1917.9.

*상해에서 해삼위로 가면서 쓴 편지
*중간에 수뢰에 맞아 배가 난파하고, 뒤따라 오던 코리아 호에 구조되어 나가
사키로 돌아감

第三信

나는 三日 前에 海蔘威에 漂着하엿나이다. 가즌 고생과 가즌 危險을
격고 멧번 죽을 번하다가. 내 一生이 元來 고생 만흔 一生이언마는 이번
가치 죽을 고생하여 본 적은 업섯나이다. 나는 上陸한 后로부터 이곳
病院에 누어 이 글도 病床에서 쓰나이다. 이제 그 동안 十餘日間에 지나
온 니야기를 들으소서.

나는 米國에 가는 길로 지난 一月 五日에 上海를 써낫나이다. 혼잣
몸으로 數萬里 異域에 向하는 感情은 참 形言할 수 업더이다. 桑港으로
直航하는 배를 타랴다가 旣往 가는 길이니 歐羅巴를 通過하야 저 人類

---

18) 제2신의 내용: 조선인으로서 사랑을 모르는 실태 비판=사랑의 의미 등을 서술. 사랑의
　　의미, 임보형이라는 주인공 설정, 김일연의 서간, 동경 유학 시절 김일형의 매씨인 김일
　　연을 만나 사랑하게 된 이야기: 결혼을 한 몸으로 김일연에게 사랑을 느끼는 과정, 연애
　　의 실패가 동족을 위한 계몽의 계기로 작용하는 등의 내용이 서술됨.

世界의 主人 노릇하는 民族들의 本國 국경이나 할 次로 露國 義勇艦隊 포르타와 號를 타고 海蔘威로 向하야 쩌낫나이다. 나 탄 船室에는 나 外에 露人 하나이 잇슬 쑨. 나는 외로이 寢牀에 누어 이런 생각 저런 생각하다가 元來 衰弱한 몸이라 그만 잠이 듯엇나이다. 쌔어본 즉 電燈 은 반쟉반쟉하는데 機械 소리만 멀리서 오는 드시 들리고 자다 쌘 몸이 으스스하야 外套를 뒤쳐쓰고 甲板에 나섯나이다. 陰十一月 下旬달이 바로 牆頭에 걸리고 늠실늠실하는 波濤가 月光을 反射하며 팔앗케 맑 은 하늘 한편에 啓明星이 燦爛한 光彩를 發하더이다. 나는 外套 깃으로 목을 싸고 甲板上으로 왓다갓다 그닐며 雄大한 밤바다 景致에 醉하엿 나이다. 여긔는 아마 黃海일 듯. 여긔서 바로 北으로 날아가면 그대게신 故鄕일 것이로소이다. 四顧茫茫하야 限際가 아니 보이는데 方向 모르는 靑年은 물결을 짜라 흘러가는 것이로소이다. '江天一色無纖塵 皎皎空中 孤月輪'이란 張若虛의 詩句를 읍져릴 제 내 맘조차 이 詩와 가치 된 듯하야 塵世 名利와 뒤숭숭한 思慮가 씨슨 듯 슬어지고 다만 月輪가튼 精神이 쑤렷하게 胷中에 坐定한 듯하더이다. 山도 아름답지 아님이 아 니로대 曲折과 凹凸이 잇서 아직 사람의 맘을 散亂케 함이 잇스되 바다 에 니르러서는 萬頃一面 즈즐펀한데 眼界를 막는 것도 업고 心情을 刺 激하는 것도 업서 참말 自由로온 心境을 맛보는 것이로소이다. 그러나 이러한 中에도 썰어지지 안는 것은 愛人이라 그대와 一蓮의 생각은 心中에 雜念이 업서질사록에 더욱 鮮明하고 더욱 懇切하게 되나이다. (…중략…)

(배의 침몰 직전 광경과 심경)

쌔어본즉 나는 어느 船室에 누엇고 겻헤는 金孃과 다른 사람들이 昏 迷하여 누엇더이다. 나는 몸을 음즈길 수도 업고 말도 잘 나가지 아니 하더이다. 이 모양으로 二十分이나 누엇다가 겨오 精神을 차려 나는 어느 배의 救援을 바다 다시 살아난 줄을 알앗나이다. 그리고 겨오 몸 을 닐혀 겻헤 누은 金孃을 보니 아직도 昏迷한 모양이러이다. 뒤에 들

436

은즉 이 배는 우리가 기다리던 코리아 號요 그 船客들이 衣服을 내어 갈아닙히고 우리를 自己네 寢臺에 누인 게라 하더이다. 저녁 새씀하야 金娘도 닐어나고 다른 遭難客도 닐어나더이다. 三百餘名에 生存한 者가 겨오 一百二十幾人. 나도 그 틈에 씨인 것이 참 神奇하더이다. 아아 人生의 運命이란 果然 알 수 업더이다. 船長도 죽고 나와 가튼 房에 들엇던 이도 죽고 毋論 그 西洋婦人도 죽고─ 그러나 그 새 救助艇에 쮜어오르랴다가 도로 쓸러나린 者는 살아나서 바로 내 마즌 편 寢牀에 누어 알는 소리를 하더이다. 여러 船客은 여러 가지로 慰問하여 주며 엇던 西洋 婦人네는 눈물을 흘리며 慰問하더이다. 나는 그네에게 對하야 나의 目睹한 自初至終을 말하엿나이다. 그네는 或 놀나기도 하고 울기도 하며 그 말을 듯더이다. 그 水雷는 敷設 水雷인가 獨逸 水雷艇이 發射한 것인가 하고 議論이 百出하엿스나 毋論 歸結되지 못하엿나이다. 우리도 국과 牛乳를 마시고 다시 잠이 들어 翌朝 長崎에 碇泊할 째까지 世上 모르고 잣나이다.

長崎서 이틀을 留하야 단번 義勇艦隊 배로 이곳에 到着한 것이 再再昨日 午前 九時로소이다. 그러나 물에서 몸이 지쳐 우리는 그냥 病院에 들어와 只今까지 누엇스나 오늘부터는 心神이 자못 輕快하야 감을 늣기오니 過慮 마르소서.(以下 次號)

▲ 어린 벗에게, 외배(이광수), 청춘 제11호, 1917.11.

第四信

나는 只今 小白山 中을 通過하나이다. 正히 午前 四時. 겹 琉璃窓으로 가만이 내다보면 憙微하게나마 白雪을 지고 인 沈沈한 森林이 보이나이다. 우리 列車는 零下 二十五六度 되는 天地開闢 以來로 일즉 人跡 못 들어본 大森林의 밤 空氣를 헤치고 헐럭헐럭 달아가나이다. 들리는 것이 오즉 둥둥둥둥한 車輪소리와 汽罐車의 헐덕거리는 소리쑨이로소이다. 우리 車室은 寢臺 四個 中에 二層 二個는 부이고 나와 金孃이 下層 二個를 占領하엿나이다. 蒸氣鐵管으로 室內는 우리 溫突이나 다름 업시 훗훗하여이다. 나는 金孃의 자는 엽흘 보앗나이다. 담뇨를 가슴까지만 덥고 입술을 半쯤 열고 부드러운 숨소리가 무슨 微妙한 音樂가치 들리더이다.

(자는 김일연의 모습을 자세히 그림)

그래 나는 제가 잠을 쌔기만 하면 곳 그러한 말을 하리라 하엿나이다. 그러고 다시 눈을 써 그의 얼굴을 보매 如前히 安穩히 자더이다. 나는 다시 생각하엿나이다. 設或 저편이 나를 사랑한다한덜 내가 저를 사랑할 權利가 잇슬가. 나는 己婚 男子라. 己婚 男子가 다른 女性을 사랑함은 道德과 法律이 禁하는 바라. 그러나 내 안해에게는 엇지하야 사랑이 업고 도로혀 法律과 道德이 사랑하기를 禁하는 金孃에게 사랑이 가나잇가. 法律과 道德이 人生의 意志와 情을 거슬이기 爲하야 생겻는가. 人生의 意志와 情이 所謂 惡魔의 誘惑을 바다 道德과 法律을 違反하려 하는가. 이에 나는 道德 法律과 人生의 意志와 어느 것이 原始的이며 어느 것이 더욱 權威가 잇는가를 생각하여야 하겟나이다. 人生의 意志는 天性이니 天地開闢째부터 創造된 것이오 道德이나 法律은 人類가 社會生活을 始作함으로부터 社會의 秩序를 維持하기 爲하야 생긴 것이라 卽 人生의 意志는 自然이오 道德 法律은 人爲며 짜라서 意志는 不可變이오 絶對的이오 道德法律은 可變이오 相對的이라. 그럼으로 吾人의 意志가 恒常 道德과 法律에 對하야 優越權이 잇슬 것이니 그럼으로 내 意志가 現在 金孃을 사랑하는 以上 道德과 法律을 違反할 權利가 잇다 하나니다. (…중략…)

내가 東京을 써난 後 一年에 金孃도 某 高等女學校를 卒業하고 仍하야 女子大學 英文學科에 入學하엿나이다. 元來 才質이 超越한 者라 入學 以

後로 學業이 日進하야 校內에 朝鮮 才媛의 名聲이 赫赫하엿나이다. 그러나 숫과 가치 날로 피어가는 그의 아름다온 얼굴에는 醉하야 모혀드는 蝴蝶이 한둘이 아니런 듯하여이다. 그 中에 一人은 姓名은 말할 必要가 업스나 當時 朝鮮 留學生界에 秀才이던 某氏러이다. 氏는 帝大 文學科에 在하야 才名이 隆隆하던 中 그 中에도 獨逸文學에 精詳하고 또 天稟의 詩才가 잇서 입을 열면 노래가 흐르고 붓을 들면 詩가 소사나는 者러이다. 朝鮮 學生으로 더구나 아직 靑年 學生으로 日本 文壇의 一方에 明星의 譽를 得한 者는 아직것 아마 氏밧게 업섯스리이다. 氏의 詩文이 엇더케 美麗하야 人을 惱殺하엿슴은 일직 氏의 '少女에게'라 하는 詩集이 出版되매 그 後 一個月이 못하야 無名한 靑年 女子의 熱情이 橫溢하는 書翰을 無數히 受함을 보아도 알 것이로소이다. (…중략…)

그러나 某氏는 天才의 흔히 잇는 肺病이 잇서 몸은 날로 衰弱하고 詩情은 날로 淸純하야 가다가 去年 春三月 픠는 숫 우는 새의 앗가온 人生을 바리고 구름우 白玉樓 永遠한 졸음에 들엇나이다. 其後 金娘은 破鏡의 紅淚에 속절업시 羅衿을 적시다가 斷然히 志를 決하고 一生을 獨身으로 文學과 音樂에 보내리라 하야 엇던 獨逸 宣敎師의 紹介로 伯林으로 向하든 길에 今次의 難을 遭한 것이로소이다. 黃海 中에서 不歸의 客이 된 그 西洋 婦人은 卽 金娘이 依託하랴던 獨逸 婦人인 줄을 이제야 알앗나이다. 娘은 言畢에 체연히 淚를 下하고 嗚咽을 禁치 못하여 나는 고개를 돌려 주먹으로 눈물을 씨섯나이다. (…중략…)

알지 못케라. 우리가 가장 멀게 생각하는 阿弗利加의 內地나 南米의 南端에 쉬파람하는 靑年이 나의 親舊가 아닐는지. 쏭 싸고 나물 캐는 아릿다온 處女가 나의 愛人이 아닐는지. 나는 모르나이다. 모르나이다.
이제 金娘과 나와 서로 對坐하엿스니 兩個의 靈魂이 제 맘대로 鼓動하나이다. 그러나 눈에 보이지 아니하는 微妙한 줄이 萬人의 맘과 맘에 往來하니 이 줄이 明日에 甲과 乙과를 엇더한 關係로 매자 노코 丙丁과 戊己와를 엇더한 關係로 매자 노흐리잇가. 나는 모르나이다. 나는 모르나이다. 金娘과 내가 將次 엇더한 關係로 우슬는지 울는지도 나는 모르나이다. 모르나이다.

나는 이제는 明日 일을 豫想할 수 업고 瞬間일을 豫想할 수 업나이다. 다만 萬事를 造物의 意에 付하고 이 列車가 우리를 실어가는 대까지 우리 몸을 가져가고 이 靈魂을 끌어가는 데까지 우리는 끌려가려하나이다.

[11] 『청춘』 제11호(1917.11). 京城小感, 小星(현상윤)

○ 東京으로서 歸省하는 길에 暫間 京城에 들넛다. 들닌 目的으로 말하면 別노 일이 잇서서 들닌 것도 아니오 다만 보지 못한 그 동안에 京城이 얼마나 進步되며 얼마나 發展되얏는가 하고 그 變就의 程度를 보기 爲하야 들닌 것이엇다. 그럼으로 나는 할 수 잇는 대로 여러 사람과 接하며 여러 가지 事物을 보려 하얏다. 그러나 날도 쓰겁고 몸도 困하야 計劃과 가치 그리 되지 못하고 오직 小部分의 멧멧 方面만 보앗다. 그럼으로 지금 이가치 쓰는 것도 무슨 제법한 具體的 感想이 아니오 아조 支離滅裂한 斷片的 생각임에 不過한 것은 미리부터 注意하야 둔다.

그런데 이번 留京의 印象을 몬저 簡單히 말하자면 자그만이 나흘 저녁이오 차즈며 본 것이 數十 時間에 京城도 이만하면 希望이 잇다 하고 생각된 것이 한 재 或 두 재라 하면 이 模樣으로는 아모 것도 아니다 하고 생각된 것이 멧 十째 멧 百째이엇스니 조려 말하면 "京城은 아직 멀엇고나." 하는 것이 그 適當한 對答일가 한다. 아아 京城은 아직것 나아가지 못하얏다. 아직것 열니지 못하얏다. 아니 그뿐만 아니라 京城은 나의 보는 所見으로는 적어도 아니 되랴는 京城가치만 보이고 물너가랴는 京城가치만 보이엇다. 이러케 말하면 或 나를 甚하게 말하는 사람이라 할 이도 잇스리라. 그러나 나는 元來 나아간 京城 잘된 京城을 보려왓던 사람임으로 나의 보는 바도 亦是 조흔 곳 조흔 일만 골나 볼 것은 勿論이어늘 무슨 까닭인지는 모르나 나의 눈에 보인 바는 別노 조흔 것이 아니오 거의 다 조치 못한 것만임을 생각하면 觀察의 對象인 京城 그 自身이 조치 못한 것임은 가리우지 못할 事實인가 한다.

○ 爲先 京城의 空氣는 다른 나라 都會의 空氣에 比하야 무겁고 沈靜하며 弛緩하고 不活潑한 듯이 늣기엇다. 이는 空氣 그 物件이 참으로 그런지 或은 나의 主觀的 感情이 그런지는 아지 못하나 그러나 左右間 나의 몸이 鐘路 갓혼 곳을 거러단이자면 무엇이 고개를 내려 누르는 것 갓기도 하고 팔을 당기는 것 갓기도 하야 활개며 거름이 自然 前가치 납신납신하지 못하며 呼吸을 한 번 하여도 코가 씽씽하리만큼 緊張하고 당글당글한 맛이 없다.

다시 말하면 京城은 아즉것 競爭의 味를 感할 수 업고 自奮의 氣를 覺할 수 업다. 어대서 어대를 가나 모도 다 맛북이 울지 못하고 한 쪽이 당글당글하면 한 쪽은 핑드렁핑드렁하며 한 쪽이 도드라지면 다른 한 쪽은 반드시 움푹하게 게드러간다. 그럼으로 사람과 사람 사이에 競爭이 니러나지 못하고 事業과 事業 사이에 緊張이 생기지 못하야 남도 하는데 나도 한다는 氣象이 한아토 보이지 아니하며 世上이 이러하니 나도 이러하여야 하겟다는 自覺이 아직것 徹底하게 보이지 아니한다.

더 한 번 곱잡아 말하자면 京城은 아조 事無訟하고 四方에 無一事한 것 갓치 보인다. 넘어도 閒暇롭고 넘어도 便安하다. 自己 할 일을 남이 하여 주려니 하는 듯하다. 남은 發明을 하며 發見을 하여 世界文明에 貢獻을 하노라 惹端인데 나는 가만이 안자서 그것의 德이나 보자 하는 듯하다.

그래 그런지는 모르나 京城에는 퍽 노는 사람이 만이 잇는 듯하다. 아츰저녁 밥 먹을 것은 업스면서도 낫잠자기와 將棋 바독은 依然하게 盛行하는 듯하고 文明한 나라 都會로 말하면 日曜日이나 慶節日을 除外한 外에는 市街 가운데로 일업시 단이는 사람이 別노 업슨 模樣이어늘 京城 市街에는 一年 열두달 어느날을 勿論하고 혼들혼들 일업시 단이는 사람

441

이 멧 百 멧 千으로 計치 안을 날이 別노 업는 듯하다. 그리하야 입을
썩 버리고 침을 게제 흘니는 양이며 눈을 힘업시 쓰고 귀싹이를 푹 느린
것이니 어느 便으로 보던지 絶半은 죽은 사람이오 絶半은 中毒한 사람이
며 精神 나간 者 얼싸진 者가치 보인다. 여러 말할 것 업시 이 모양을
一言으로 蔽하야 말하면 京城은 怠氣滿滿이라고 할 밧게 다시 다른 말
이 업는가 한다.

○ 그리하고 京城은 學者를 몰나보는 都會갓다. 따라서 京城은 學問과
는 因緣이 퍽 먼 듯하다. 다른 나라 都會로 말하면 가장 큰 優遇와 가장
큰 尊敬은 官吏의게도 주는 것이 아니오 實業家의게도 주는 것이 아니
며 오직 學者에게나 學生의게 주나니 그들이 恒久한 進步를 하는 것도
亦是 이 싸닭이라 할 수 잇다. 이것은 무슨 誇張하는 말도 아니오 事實
이 그러함이니 爲先 東京만을 가 보아도 그 일을 確實히 알 수 잇다.
  그런데 지금 京城으로 말하면 元來 學者도 업거니와 쏘 設或 잇다
할지라도 그를 尊敬할 줄을 모르고 優待할 줄을 모르나니 學者가 너러
나오기를 엇지 希望하리오. 왜 그러냐 하면 늘 하는 말이어니와 死馬骨
이라도 五百金에 삿는지라. 期年이 못하야 千里馬의 涓에 니른 것이
三이어늘 지금 京城은 이러한 誠意조차 업스니 千里馬는 姑舍하고 千
里馬의 색기나 알도 생길 수가 萬無한 것은 처음부터 明瞭한 事實인
싸닭이다. 試驗하야 보라. 鐘路 네거리에 줄두룬이나 賣法家가 지내간
다면 여러 사람이 거들써 보기도 하고 울어러 보기도 하지마는 어느
學校 敎師가 지내가고 學者가 지내간다 하면 거들써 보기는 姑舍하고
사람으로 보지도 안는 듯하지 안은가고. 이러한 社會에 學者가 생기기
를 엇더케 바라며 무엇을 硏究하는 이가 나오기를 엇더케 期待하리오.
  아아 京城은 두억신이의 京城이오 독갑이의 京城이로다. 爲先 圖書館
한아이 업고 學會 한아이 업스니 사람사람이 두억신이 되기를 避하려
하나 엇지 可히 어드며 독갑이 되기를 願치 아니하나 쏘한 엇지 可히
어드리오. 그럼으로 學校의 先生들이 술 마시고 바독 둘줄은 잘 알으되

書籍을 對할 줄은 잘 모르며 滿都의 靑年들이 夜市나 쌍가리 구경은 갈 機會가 잇스되 學術 講演이나 學者의 硏究 報告는 드를 機會가 업스며 所謂 學者 階級이란 사람들의 가진 바 智識이 甲申式 甲午式하는 時代에 뒤써러진 녯것이 아니면 三年 前이나 五年 前에 學校 漆板 아레서 배호던 노트의 智識 고대로요, 一流라 할 만한 사람들의 아츰저녁으로 交換하고 使用하는 會話가 片時的 瞬間的 閭巷雜事임에 지내지 못하고 제법 高遠하고 深長한 學理的 말은 어더 드르려 하여도 드를 수가 업나니 爲先 이것만을 보아도 京城이 엇더케 學問과 因緣이 먼 것을 可히 헤알 수가 잇다. 그럼으로 나는 이것을 볼 째에 무엇보다도 슯허하얏다. 京城이 만일 이대로만 나아가면 멧 해 안여서 京城의 將來는 볼 것이 업다고도 생각하얏다. 왜 그러냐 하면 녜로부터 어느 나라 어느 都市를 勿論하고 學者나 學問을 背景으로 아니하고 니러난 일이 일즉이 한아도 업섯나니 아테네 市의 文明은 그 全惠를 아테네 學者의게 負하얏스며 로마 市의 文明은 亦是 그 多數를 로마의 學者의게 어든 것이오 文藝復興이며 宗敎改革은 쯔로렌스 베네치아, 巴里, 빈나 等地의 學者나 敎授의 손에 되얏고 最近의 物質이며 여러 가지 科學發達은 쏘한 여러 나라 여러 곳 大學이나 學者의게로 나왓슴을 봄이라. 그런즉 지금 京城은 니러나고져 하는가 스러지고져 하는가 내 甚히 이에 疑惑되노라.

○그 다음 京城은 虛榮의 都市오 書房님의 都市가치 보인다. 조케 보자면 조흔 點도 勿論 만이 잇슬 것이나 그러나 적어도 나보는 所見으로는 京城 一판이 모다 다 바람에 씌운 듯하고 헛 氣에 사로잡힌 듯하다. 그리하야 사람사람이 모도 다 하지 안코도 무엇이 잘 되엿스면 하는 듯하고 비록 한다 하야도 엇더케 單 한번에 千金을 쥐엿스면 하는 듯하다. 그럼으로 힘드려서 엇고 쌈흘녀서 먹는다는 思想은 이곳 사람들의게는 밋친 놈의 말가치 들니는 듯하고 根氣 잇게 참고 억세게 다토는 것은 이곳 사람들의게는 아조 沒交涉한 일가치 보이는 듯하다. 다시 말하면 京城은 西班牙나 佛蘭西 갓흔 南歐羅巴의 이양 잇고 華奢한 貴

公子적 風은 잇스되 獨逸이나 스코틀랜드 갓혼 北歐羅巴의 튼튼하고 勤儉한 平民的 냄새는 조곰도 업는 듯하다. (…중략…)

○ 그럼으로 내 눈에는 京城은 아모리 보아도 속보다 것츨 꿈이는 都會 가치 보인다. 속에는 개똥을 가젓슬지라도 것헤는 비단을 싸려 하는 듯하다. 다른 社會는 다 그만두고 學生社會 한아만을 가지고 본다 할지라도 넉넉히 이 証據를 들 수 잇다. 누가 생각하던지 다 마치 한가지려니와 元來 學生이란 알이 잇어야 하고 쎄가 잇서야 하나니 썹풀이나 고기갓혼 것은 아무래도 關係치 아는 것이라. 그럼으로 다른 나라에서도 學生이라 하면 依例히 弊依破帽를 聯想하리만큼 되여 蠻粧과 學生과는 可히 쎄지 못할 關係가 잇는 듯하다. 그런데 지금 京城에 잇는 學生들은 이와 反對로 工夫는 한 分어치를 한다하면 몸 丹粧이나 채림채림은 一錢어치나 二錢어치를 하려 하나니 爲先 그들의 留宿하는 곳을 차자가 보면 그 証據를 알 수 잇다. 테이불 우에 싸아노은 冊은 可히 보잘 것이 別노 업스되 香油며 粉이며 하는 化粧具는 훌륭하게 具備하엿슴을 볼 수 잇다. 그쑌만 아니라 機會만 잇스면 한 번 밀코져 하던 배어니와 京城에서는 春氣에 各學校 卒業生들이 先生들을 爲하야 謝恩會를 하며 同窓生들을 爲하야 '알범'을 하는 일이 잇나니 勿論 그 自身은 非難코져 함은 아니나 그러나 그리 변변치도 안은 中學校 卒業 한아를 한야가지고 무엇이 그리 壯하야 二三圓의 會費를 가지고 長春館 明月館의 料理집에를 가며 五六圓의 負擔으로 外國 갓흐면 大學校 卒業生도 잘 아니하는 過分의 '알범'을 하는가. 이 일만을 보아도 京城의 學生들이 엇더케 속을 꿈이기에는 粗忽하고 것츨 꿈이기에는 急急한 것을 可히 볼 수 잇는가 한다. (…중략…)

○ 京城에는 中心이 업고 軸이 업는 듯하다. 다시 말하면 일에는 일의 中心이 업고 사람에는 사람의 中心이 업는 듯하다. 짜라서 廻轉이 외로 도라갈 째도 잇고 바로 도라갈 째도 잇스며 자조 돌 째도 잇고 느즉이

444

돌 째도 잇서 조곰도 잡아 종할 수가 업고 計算할 수가 업는 듯하다.
그럼으로 지금 京城에는 생각이 제멋대로며 修養이 제멋대로며 事業이
제멋대로 돈 듯하다.

생각하면 靑年의 不幸이 무엇무엇하야도 模倣하야 배홀 만한 先生과
先輩를 가지지 못함에서 더한 것이 업나니 배호고져 할 째에 배홀 사람
이 업고 본밧고져 할 째에 본밧을 사람이 업는 것처럼 슯흐고 압흔 것
은 다시 업는 싸닭이라. 내 東京에 간 後에 第一 부럽고 第一 貴엽게
생각된 것은 저곳에 잇는 靑年들이 自己네 先輩를 가르쳐 아모 先生,
아모 氏라고 불을 째에 그 先生이라 氏라 불니어지는 사람이 만이 잇는
것을 볼 일이라. (…중략…)

아아 사랑하는 京城아 하로 밧비 나아가 이 글을 쓴 나로 하여곰 後
日에는 今日과 갓흔 늣김이 니러나지 말게 하여라. 아아 사랑하는 京城
아. (一九一七. 七.四. 日夜)

[12] 『청춘』 제12호(1918.03). 彷徨, 春園

(춘원의 유학 생활 모습 관련 소설)

나는 感氣로 三日 前부터 누엇다. 그러나 只今은 熱도 식고 頭痛도
나지 아니한다. 오늘 아츰에도 學校에 가랴면 갈 수도 잇섯다. 그러나
如前히 자리에 누엇다. 留學生 寄宿舍의 二十四 疊房은 횡하게 부엿다.
南向한 琉璃窓으로는 灰色 구름이 덥힌 하날이 보인다. 그 하날이 근심
잇는 사람의 눈 모양으로 자리에 누은 나를 들여다 본다. 큰 눈이 부실
부실 썰어지더니 그것도 얼마 아니하야 그치고 그 차듸찬 하늘만 물끄
럼이 나를 들여다 본다. 나는 '기모노'로 머리와 니마를 가리오고 눈만
반작반작하면서 그 차듸찬 하날을 바라본다. 이러케 한참 바라보노라

면 그 차듸찬 하늘이 마치 크다른 새의 날개 모양으로 漸漸 갓가이 나려와서 琉璃窓을 뚤고 이 휑한 房에 들어와서 나를 통으로 집어 삼킬 듯하다. 나는 불현듯 무서운 생각이 나서 눈을 한 번 깜박한다. 그러나 하날은 도로 앗가 잇든 자리에 물러가서 그 차듸찬 눈으로 물쓰럼이 나를 본다. (…하략…)

[13] 『청춘』 제13호(1918.04). 尹光浩,19) 春園

一.

尹光浩는 東京 K 大學 經濟科 二年級 學生이라. 今年 九月에 學校에서 주는 特待狀을 바다가지고 춤을 추다십히 깃버하엿다. 各新聞애 그의 寫眞이 나고 그의 略歷과 讚辭도 낫다. 留學生間에서도 그가 留學生의 名譽를 놉게 하엿다 하야 眞情으로 그를 稱讚하고 사랑하얏다. 本國에 잇는 그의 母親도 特待生이 무엇인지는 모르건마는 아마 大科 及第 가튼 것이어니 하고 깃버하엿다. 尹光浩는 더욱 工夫에 熱心할 생각이 나고 學校를 卒業하거든 還國하지 아니하고 三四年間 東京에서 硏究하야 朝鮮人으로 最初의 博士의 學位를 取하려고 한다. 그는 冬期放學 中에도 暫時도 쉬지 아니하고 圖書館에서 工夫하엿다. 親舊들이,

"좀 休息을 하시오. 넘너 工夫를 하여서 健康을 害하면 엇져오." 하고 親切하게 勸告한다. 果然 光浩의 얼굴은 近來에 顯著하게 瘦瘠하엿다. 自己도 거울을 對하면 이런 줄을 아나 그는 도로혀 熱心한 工夫로 햇슥

---

19) 1910년대 유학생의 모습을 간추려 제시한 소설로 볼 수 있음. 혈혈의 윤광호가 일본 유학을 하여 성공한 삶을 살게 되었으나 마음속에 결함(빈 것)이 있음. 광호를 이해하는 김준원(동경 K대학의 대학원에서 생물학 전공)과 광호의 전차 통학 과정에서의 감상(아름다운 소년 소녀를 보고 쾌미의 감정을 얻는 유일한 곳), P를 알게 되면서 그를 사모하다가 실연(失戀)하여 자살하는 내용(김준원이 찾은 P는 남자였음) 등이 등장함.

하여진 容貌를 榮光으로 알고 혼자 빙그시 우섯다. 그는 全留學界에서 이러한 稱讚을 바들 째에는 十三四年前의 過去를 回想치 아니치 못한다. 그째에 自己는 父親을 여희고 母親은 再嫁하고 孑孑한 獨身으로 或은 日本집에서 使喫노릇을 하며 或은 국수집에서 멈살이를 하엿다. 그째에 自己의 運命은 悲慘한 無依舞家한 下級 勞働者밧게 될 것이 업섯다. (…중략…)

三.

光浩는 漠然히 人類에 對한 사랑, 同族에 對한 사랑, 親友에 對한 사랑, 自己의 名譽와 成功에 對한 渴望만으로는 滿足하지 못하게 되엇다. 그는 누구나 하나를 안아야 하겟고 누구를 하나에게 안겨야 하겟다. 그는 미지근한 抽象的 사랑으로 滿足지 못하고 쓰거온 具體的 사랑을 要求한다. (…중략…)

이 째에 光浩는 P라는 한 사람을 보앗다. 光浩의 全精神은 不知不識間에 P에게로 올맛다. (…중략…)

그로부터 光浩는 새로 外套를 마치고 새로 깃도 구두를 마치고 새로 毛織冊褓를 사고 새로 上等石鹼(석참)을 사고 아츰마다 香油를 발라 머리를 갈르고 그의 쇠잠그는 冊床 舌盒에는 新聞紙로 쏙쏙 싼 것이 잇다.

[14] 『청춘』 제14호(1918.06). 白頭山(畵報)

이 그림은 白頭山頂 의 火口湖를 보인 것이니 지난 光武六,七年頃에 露國人 누가 撮影하야 傳한 것이라 天池라고도 하고 闥門潭이라고도 하고 龍潭이라고도 하는 것이니 豆滿, 鴨綠, 松花三江의 源이 此에 發하

니라. 대저 白頭山은 支那人은 長白山이라 하고 滿洲人은 歌爾民商堅阿
隣이라 하고 古에는 不咸山, 太白山, 或 白岳이라 하야 大東에 屹立한
巨靈의 天柱라 檀君의 基業이 實로 此地에 肇하고 …(…하략…)

[15] 『청춘』 제14호(1918.06). 南遊雜感, 春園

○ 이믜 雜感이라 하엿스니 旅行記를 쓸 必要는 업다. 水陸 四千里를
돌아다니는 中에 여긔저긔서 特別히 感想된 것―그것도 系統的으로 된
것 말고 斷片斷片으로 된 것을 몃 가지 쓸란다.

旅館과 飮食店의 不備는 참 甚하더라. 現代式 旅館이 되랴면 적어도
客每名에 房 한 間과 그 房에는 冊床, 筆墨硯, 方席은 잇서야 할 것이오,
속 섭데기를 客마다 갈아주는 衾枕과 자리옷과, 녀름 갓흐면 모긔쟝
하나는 잇서야 할 것이다. 그러나 쇄 큰 都會에도 이만한 設備를 가진
旅館은 하나도 업다. 或 衾枕을 주는 데가 잇서도 一年에 한 번이나
洗濯을 하는지, 數十名 數百名의 째무든 것을 주니 이것은 참하로 안
주는 것만도 갓지 못하다. 萬一 傳染病 患者가 덥고 자던 것이면 엇지할
는지, 생각만 해도 진저리가 난다.
또 洗首터의 設備가 업서서 툇마루나 마당이나 되는 대로 쭉 둘러
안저서 하얀 齒磨粉 석근 침을 튀튀 뱃고 方今 밥 床을 對하엿는데 바로
그 압헤서 왈괄왈괄 양츄질하는 소리를 듯고는 嘔逆이 나서 밥이 넘어
가지를 아니한다. 從此로는 旅館에는 반다시 浴室과 洗首터는 設備해
야 하겟더라.

다음에는 飮食 엿후는 부억과 사람이다. 그 煙氣에 쌈아케 걸고 몬지
가 켜켜히 안진 부억, 째무든 치마에 주먹으로 킹킹 코를 문대는 食母,
全羅南北道 慶尙南北道 等地로 가면 웃동 벌어벗고 손톱 길게 둔 머슴,

그러한 사람의 손으로 여툰 飮食을 된쟝과 젓국이 처덕처덕 무든 소반에 바쳐다 줄 째에는 當初에 匙箸를 들 생각이 아니난다. 아모리 하여서라도 旅館과 飮食店은 速히 改良하고 십다.

○ 머슴 말이 낫스니 말이지 湖嶺南 地方의 飮食은- 적어도 <u>客主집 飮食은 大槪 머슴이라 일컷는 男子가</u> 하는데 主人아씨는 깨긋이 차리고 (대개는 아마 행내기는 아니오 前무엇이라 하는 職銜(직함)이 잇는 듯) 길다란 담뱃대를 물고 머슴이라는 男子를 담뱃대 긋흐로 指揮하면 그 男子가 아궁지 煙氣에 눈물을 흘리면서 이 단지 저 단지 반찬 단지에 筋骨發達된 팔뚝을 들여미는 꼴은 <u>果然 男子의 羞恥일러라.</u>

○ <u>忠淸道 以南으로 가면 술에는</u> 막걸리가 만코 燒酒가 적으며 국수라 하면 밀국수를 意味하고 漢北에서 보는 모밀국수는 全無하다. 西北地方에는 술이라면 燒酒요 국수라면 모밀국수인 것과 비겨보면 未嘗不 재미잇는 일이다. 아마 막걸리와 밀국수는 三國적부터 잇는 純粹한 朝鮮 飮食이오 燒酒와 모밀국수는 比較的 近代에 들어온 支那式 飮食인 듯하다. 길을 가다가 酒幕에 들어 안저서 冷水에 채어 노혼 막걸리와 칼로 썰은 밀국수를 먹을 째에는 千年前에 돌아간 듯하더라.

○ 술 말이 낫스니 말이어니와 <u>三南地方에 麥酒와 日本酒의 流行은</u> 참 놀납다. 村 사람들이라도 술이라 하면 依例히 '쎄루'나 '마사무네'를 찾는다. 西北地方에 가면 아직도 '쎄루'나 '마사무네'는 그다지 普及이 되지 못하엿다. 燒酒는 鴨綠江을 건너 오기 째문에 西北地方에 몬져 퍼지고 麥酒는 東海를 것너오기 째문에 嶺湖南 地方에 몬저 퍼진 것이다. 여긔서도 우리는 地理關係의 재미를 째닷겟더라.

○ 누구나 다 하는 말이지마는 <u>全羅道와 慶尙道는</u> 그 地勢가 隣接해 잇는데 反하야 山水와 人心에 判然한 差異가 잇다. 全羅道의 山은 부드러

운 맛이 잇고 둥근 맛이 잇고 美하다면 優美하며 女性的인데 慶尙道의 山은 써칠써칠하고 걲죽걲죽하고 美하다면 壯美오 男性的이다. 扶餘는 忠淸道지마는 泗沘水가에 곱다랏게 염전히 안젓는 扶蘇山은 대개 全羅道 山川의 代表일 것이다. 人心도 이와 갓하서 湖南人은 얌전하고 부드럽고 敏捷하고 交際가 能한 代身에 嶺南人은 쑥쑥하고 억세고 무겁고 接人에 좀 冷淡한 맛이 잇다. 그러나 여러 사람의 말을 듯건대 湖南人은 多情한 듯한데 代身에 좀 엿고 嶺南人은 쑥쑥한 듯한 代身에 속이 깁허서 交情이 깁고 굿기로 말하면 後者가 前者에 勝한다 한다. 아모러나 '湖南'이라는 글字, '嶺南'이라는 글 字부텀이 무슨 特色을 表하는 것 갓지 아니하냐. 湖와 嶺!

○ 湖南을 國土로 하는 百濟人과 嶺南을 國土로 하는 新羅人이 서로 犬 猿 不相容하엿슬 것은 只今서도 想像이 된다. 千年間이나 同一한 主權 下에서 살아옴으로 性情과 習尙이 퍽 만히 融和도 되엿스련마는 아즉도 百濟人 心情, 新羅人 心情의 特色은 鮮明하게 남아 잇서서 只今도 서로 嘲弄거리를 삼는다.

○ 畿湖나 西北地方에는 湖南人, 嶺南人의 子孫이 雜居하기 째문에 純粹한 血統이 업서지고 一種 羅濟 混血이오 西北의 氣候 風土에 感化된 짠 種族이 생겻다. 그러나 百濟人은 新羅人의 被征服者오 只今 朝鮮文明의 直系가 新羅에서 나려왓슴으로 西北人은 言語나 習尙이 嶺南人다운 點이 만타. 짠소리지마는 高句麗人의 子孫은 다 어듸로 갓는지, 平生에 疑問이다.

○ 소리(歌)에 南北의 差異가 分明히 들어난다. 나는 咸鏡道 소리를 들어볼 機會가 업섯거니와 平安道의 代表的 소리되는 愁心歌와 南道의 代表的 소리되는 六字백이에는 그 音調가 아주 調和될 수 업는 截然한 區別이 잇다. 愁心歌는 噪하고 急하고 壯하고, 六字백이는 晰하고 緩하

450

고 軟한 맛이 잇다. 다가치 一種 슯흔 빗히 잇지마는 愁心歌의 슯흠은 '悲'의 슯흠, 哭의 슯흠이오 六字백이의 슯흠은 哀의 슯흠, 泣의 슯흠이다. 樂器로 비기면 愁心歌는 秋夜의 쥬라나 피리오 六字백이는 春夜의 玉笛이나 거믄고일 것이다.

○ 그런데 平安道 사람은 소리를 내면 自然 愁心歌調가 되고 南道 사람들은 自然 六字백이 調가 되며 平安道 사람으로 六字백이 배호기나 南道 사람으로 愁心歌 배호기는 至極히 어렵다고 한다. 아모리 잘 배홧다 하더라도 그 소리에는 自然 제 地方 音調가 씨운다고 한다.

○ 平安道 婦人네의 哭하는 소리를 들으면 꼭 愁心歌 가락인데 南道 婦人네의 哭하는 소리를 들으면 꼭 六字백이 가락이다. 血統과 風土의 자최는 到底히 버서나지 못하는 것인가 보다.

○ 嶺南의 兩班 勢力은 참 宏壯하다. 嶺南 兩班의 印이 깁히 백힌 것은 理由가 잇다. 百濟를 滅하고 高句麗를 合하야 新羅人은 二百餘年間 勝者 治者의 地位에 잇섯고 主權이 或은 松都로 或은 漢陽으로 옮은 뒤에도 國家의 中心 勢力은 實로 新羅의 故疆되는 慶尙道를 써나지 아니하엿다. 朝鮮 歷史의 主流(비록 不美한 것이지는)되는 東西이니 老少니하는 黨派싸홈도 其實은 慶尙道가 그 源泉이엇섯다. 高句麗 兩班 百濟 兩班이 다 슬어지는 동안에 오즉 新羅 兩班이 二千年의 榮華를 누렷스닛가 그 印이 깁히 백혓슬 것은 自然한 理다. 그러나 今日에 와서는 新羅 兩班도 다 썩어진 것을 自覺하여야 할 것이다. 그 兩班님네가 엇더케나 頑固한고 하니 四書五經에 업는 것이라 하야 飛行機의 存在를 否認할 地境이다.

○ 그러나 兩班이 甚한 代身에, 선비를 貴重히 녀기는 생각은 참 模範할 만하다. 西北人들이 선비의 貴重한 바를 모르고 黃金이나 勸力만 崇拜

451

하는 것에 비기면 嶺南人은 果然 兩班이다. 그네는 선비가 社會의 生命인 줄을 理解한다.

○ <u>扶餘에 갓슬 째에</u> 山이 엇더다는 石器時代의 遺物을 보앗다. 아직 農耕의 術이 發達되지 못하고 漁獵으로 生業을 作하던 그네는 平地에 살 必要가 업슴으로 向陽하고 물조코 外敵을 防備하기에 便한 山谷에 群居하엿다. 그 遺物의 大部分은 도씌와 살촉과 그것을 가는 숫돌 等이엇다. 그네는 그것으로 食物을 求하고 外敵을 防禦하엿다. 그네의 唯一한 必要品은 實로 武器엿슬 것이다. 냇가으로 돌아다니면서 粘板巖 가튼 돌을 주어다가 쌔트리고 갈고 밤낮 武器만 만드는 것이 그네의 日常生活이엇고 각금 사냥하기와 이웃한 部落과 戰爭하기가 그네의 事業이엇다. 살촉을 半쯤 갈다가 내버린 것이 잇다. 아마 中途에 戰爭이 낫던 것이지. 精神업시 숫돌에 살촉을 갈고 안젓다가 푸르륵하고 날아오는 돌팔매와 화살에 쌈작 놀나 쒸어 닐어나는 양이 보이는 듯하다. 第一 재미 잇는 것은 숫돌에 갈던 자국이 分明히 남아 잇는 것이다. 그러고 독긔도 아니오 살촉도 아닌 무엇에 쓰는 것인지 十字形으로 갈아노흔 石片이 잇다. 아마 自己짠에 썩 妙한 것을 만드노라고 한 모양이니 이것이 實포 美術의 始初오 만일 그것을 갈면서 興에 겨워 나오는 대로 노래를 불럿다 하면 그것이 音樂의 始初일 것이니 藝術은 實로 이러하야서 생긴 것이다. 아마도 四五千年일이라는데 가만히 생각하면 그 亦是 내 祖先으로 나와 가튼 사람이라 情답게 생각되더라.

○ 慶州서 築山과 王陵을 보고 나는 우리의 退化한 것을 哭하지 아니치 못하엿다. 그 山덤이가튼 무덤! 그것에 무슨 쯧이 잇스랴마는 그 氣象이 참 雄大하지 아니하냐. 二三千年 前의 그 큰 무덤을 쌋는 사람과는 全혀 氣象이 다르다. 그네는 東海와 가튼 바다를 파지 못하는 것을 恨하야 雁鴨池를 팟다. 臨海殿이라는 일홈을 보아도 알 것이 아니냐. 文藝復興이 잇서야 하겟고 엇던 意味로는 精神復古가 잇서야 하겟다. 諸君이

452

라도 古蹟을 구경해 보아라. 꼭 나와가튼 생각이 날 것이니.

○ 여러 가지 感想이 만흔 中에 가장 큰 感想은 우리 靑年들에게 朝鮮에 關한 知識이 缺乏함이라. 우리는 朝鮮人이면서 朝鮮의 地理를 모르고 歷史를 모르고 人情風俗을 모른다. 나는 이번 旅行에 더욱이 無識을 懇切히 깨달앗다. 내가 혼자 想像하던 朝鮮과 實地로 目睹하는 朝鮮과는 千里의 差가 잇다. 아니 萬里의 差가 잇다.

○ 人情風俗이나 그 國土의 自然의 美觀은 오즉 그 文學으로야만 알 것인데 우리는 이러한 文學을 가지지 못하엿다. 그러닛가 모르는 것이 當然하다. 만일 알려 할진댄 實地로 구경다니는 수밧게 업지마는 저마다 구경을 다닐 수도 업고 쏘 다닌다 하더라도 眼識이 업서서는 보아도 모른다. 나는 우리들 中에서 文學者만히 생기기를 이 意味로 쏘 한번 바라며, 그네들이 各其 自己의 鄕土의 風物과 人情 習俗을 자미 잇게 그러고도 忠實하게 世上에 紹介하여 주기를 바란다.

○ 엇젯스나 朝鮮이 무엇인지를 아는 것은 우리에게는 絶對로 必要한 것이다.

○ 이번 길에 民謠와 傳說도 될 수 잇는 대로 蒐集하여 볼가 하엿더니 旅程이 넘어 倥偬(공총)하여서 失敗하고 말앗다. 學生이든지 官吏든지, 누구든지 稍閒삼아 그 地方의 民謠, 傳說, 奇風, 異俗, 風景 갓흔 것을 蒐集하야 글을 만들면 自己도 자미잇고 世上에도 補益할 바가 만흘 것이다. 더구나 京城이라든지 平壤, 大邱 等 大都會며 慶州, 扶餘 갓흔 歷史的으로 有名한 곳이며 釜山, 義州와 가치 自古로 對外 交通 頻繁한 곳의 民謠 傳說은 極히 價値잇는 것일 것이다.

○ 湖南에는 광대가 만코 嶺南에는 妓生이 만타. 광대에는 사내 광대,

계집 광대가 잇스되 妓生에는 毋論 사내는 업다. 湖南 各都會에는 광대 업는 데가 업는 것과 가치 嶺南 各 都會에는 妓生 업는 데가 업스며, 그 代身에 湖南에는 別로 妓生이 업고 잇다 하여도 嶺南産이 만흐며, 嶺南에는 광대라면 대개 湖南産인 듯하다. 서울서도 光武臺 等地에서 써드는 광대는 거의 다 湖南사람인 것을 보아도 쏘 宋 누구니 李 누구니 하는 名唱名琴이 대개 湖南사람인 것을 보아도 湖南은 광대의 本土인 줄을 알 것이다.

○ 파리보다 妓生 數爻가 셋이 더 만타는 晉州를 비롯하야 大邱, 昌原 等地는 妓生의 産地로 有名하다. 京城도 무슨 組合 무슨 組合하고 嶺南 妓生 專門의 貿易所가 잇스며 七八年前 平安道 等地에도 數千名 嶺南産이 跋扈하엿다. 엇지해서 湖南에는 特別히 광대가 만히 나고 嶺南에는 特別히 妓生이 만히 나는지, 거긔도 무슨 歷史的 關係가 잇는지는 알 수 업스나 아모려나 무슨 理由가 잇는 듯하다. 春香의 故鄕되는 湖南에서는 妓生들이 모도 다 春香의 본을 밧고 말엇는지.

○ 平壤 妓生이라면 平壤 兵丁과 함께 서울서도 名聲이 錚錚하지마는 平安道에는 現今에는 妓生 잇는 데가 平壤 外에 數三處에 不過하다는 말을 들엇다. 二十餘年 前에는 내 故鄕되는 定州에도 三四十名 妓生이 잇다 하엿고 劍舞로 有名한 宜川 妓生, 무엇무엇으로 有名한 成川 妓生, 安州 妓生하고 쐐 만턴 모양이나 日淸, 日露 兩 戰役에 平安道는 大打擊을 바다서 繁昌하던 여러 都會가 衰殘함을 짜라 妓生도 絶種이 되고 말앗다. 이것으로 보더라도 嶺南은 西北보다 아즉도 生活이 裕足하야 富者階級, 노는 사람 階級이 잇는 모양이다.

○ 아모러나 妓生制度의 始初는 新羅의 俱樂部 制度에서 發生한 것이닛다. 이는 兩班으로 더부러 嶺南의 二大 特産이 될 것이다.

454

○ 비록 雜感이라고는 하엿스나 넘어 秩序업시 짓거려서 罪悚하기 그 지업다. 明年에 萬一 機會가 조와서 西北地方의 旅行을 마초게 되면 無 識한 내 눈으로 본 것이나마 系統잇게 見聞記를 하나 쓰려 하고 그만 그친다. (丁巳 九月)

[16] 『청춘』 제15호(1918.09). 北城磯, 20) 崖溜生(권덕규)

北城磯(북성 물가)는 聖居山 등성이 한 十里 되는 동안의 일커름이니 무슨 歷史的 遺物이 잇거나 쏘는 들을 만한 이약이가 실렷거나 한 곳도 못되고 눈을 깃겁게 하는 곳이란다던지 마음을 시원케하는 시내가 잇 다던지 한 곳도 毋論 아니오 억지로 取할 것이 잇다면 한풀들이지 아니 하고 살 수 잇는 淸風明月이 잇다 할박게 업는데 놉흔 곳이라 淸風은 언제던지 잇스려니와(썩 놉흐면 稀薄하지마는) 明月은 밤에 잇는 것이 오, 밤이 아니면 일커를 價値가 업는 것이매 그것도 完全하지 못하고 다만 하나 무엇을 가질 것이 잇다 하면 그 놉흔 것 險한 것을 배홀박게 아무것도 보잘 것 업는 곳이라. 다시 말할 것 업시 北城磯는 險하기로 이름난 곳 北城磯하면 오오 '안돌이' '지돌이' 잇는 거긔 말이냐 할 만큼 이름 놉흐신 대라. 開城의 北四十里許에 天磨 聖居 두 山이 잇스니 天磨 는 西에 섯고 聖居는 東에 안젓는대 이 두 山 골작이 물이 모여 한 有名 한 물건을 맨들어 내엇스니 名所로 몃재 가지 아니하는 朴淵瀑布 그것 이라. 南쪽으로부터 이 瀑布 구경을 가는 길이 두 갈래니 하나는 開城 에서 바로 天冠山 골로 하야 들어가는 것이오 하나는 長湍 華藏寺로 하야 北城磯를 넘는 것이라. 이번 길은 이 北城磯를 말미암기로 하다.

---

20) 개성 북쪽의 북성기를 거쳐 박연폭포로 가는 여행기임. 휘문 고보 학생과 직원이 함께 수학여 행을 가는 과정. 국토에 대한 애정이 드러나는 기행문임.

말이 좀 겻들어 가지마는 이번에 여긔 오게 된 動機며 밋 一行의 이약이를 아니할 수 업다. 곳 必要가 잇다. 우리 一行은 徽高 職員 學生하야 四十六名의 거의 한 小隊되는 人衆이오 내가 隨行하기는 ㅈ 學監의 가티 가 달라는 말슴도 몃 번 잇섯지마는 鬚髥 만흔 ㅁ 先生의 懇篤히 씌시는 쯧을 막지 못함이라. 써나기는 六月 十三日 곳 陰五月 五日 곳 수레날이라.

[수레날] 俗에 이 날 먹이는 쑥석을 하되 수레박휘가티 동글아케 하며 쑥의 한 싸위에 수루취가 잇나니 수루는 수레와 비슷하며 다시 말하면 이 수레취의 한 싸위 쑥으로 썩을 하고 여러 가지 놀음을 차리오 놀므로 일음이니 그 起源은 大槪 우리의 黃金時代인 三國적부터 비롯한 듯 하더라.

修學旅行이라 하면 그 文字와 가티 漆板 미테서 배는 것 外에 文字로 보는 것 外에 實地로 격고 보고 배호자 함이니 古俗을 尊重히 아는 開城의 수레날 구경을 하려 하야 이 날을 잡음이다.

(…하략…)

[17] 『청춘』 제15호(1918.09). 仁川 遠足記, 方定煥 (독자문예)

半島 內에서, 一二를 爭하는 大港이오 屈指의 大都會되는 仁川이지만은 나는 한번도 遊覽할 機會를 엇지 못함으로 늘 遺憾으로 思하엿더니 '쯧이 잇는 곳에는 길이 열니나니라', '사람이 機會를 차즐 것이 아니라 機會가 늘 사람을 찻나니라' 한 말과 가티 이 機會는 花爛春城하고 萬化方暢한 陽春佳節을 타어서 나를 부른다. 이것은 곳 日本 第二艦隊가 仁川에 碇泊하고 十八日로 二十二日까지 自由 觀覽을 許한다 함이라. 그

러함으로 나는 緊張한 맘이 高潮에 達하엿다. 어느 틈을 타아갈까 하엿
더니 마츰 學校에서 二十二日에 仁川 遠足會를 開하겟다 頒布한다.

이에 二十二日 아츰이 어서 되기를 기다리던 바, 寄宿舍 主婦의 朝飯
床 차리노라고 달각달각 술저(匙箸) 놋는 소리에 잠을 깨니 집웅 簷下
洋鐵챙에 비방울 듯는 소리가 후두둑 후두둑 한다. 나는 어제 B 先生이
비오면 工夫하겟다 한 말을 記憶하고 緊張되엇던 맘이 바작바작 조인
다. 그러나 여덟 時 지음에는 綿紬(면주)을 보다 더 가늘은 비발이
부실부실 나리어 핑계쟁이 口實 삼기에 適當하다. 이에 나는 不顧하고
南大門 停車場으로 내달으니 近十餘人이나 발서 온 이도 잇고 비오아
못 간다고 돌아 들어가는 이도 잇다. 그러나 熱心者들은 團體 되기를
바라고 기다리는 中 아홉 時가 거진 되매 驛長 交涉委員으로 定한 스
兄 以下 十餘名을 電車가 吐하고 달아난다. 이에 急히 二十四人의 團體
를 組織하고 往復 割引車票를 求하여 三等車 한 間을 싸로 占領하고
사랑스럽은 永信 小學校 團体 六七十名과 함께 타앗다.